La heredera del mar

JUAN FRANCISCO FERRÁNDIZ

La heredera del mar

Grijalbo

Papel certificado por el Forest Stewardship Council®

MIXTO
Papel | Apoyando la silvicultura responsable
FSC® C117695

Penguin Random House Grupo Editorial

Primera edición: marzo de 2024

Printed in Spain – Impreso en España

ISBN: 978-84-84-253-6687-1
Depósito legal: B-700-2024

Compuesto en La Nueva Edimac, S. L.

Impreso en Rotoprint By Domingo, S.L.
Castellar del Vallès (Barcelona)

GR66871

A Amparo, mi madre, que zarpó discreta
mientras La heredera del mar *llegaba a puerto.*
Fue mi luz y así volveré a verla un día, envuelta en ella

En la Edad Media los astros regían la vida de las personas, por eso en la novela hay capítulos que comienzan con el vaticinio del día según el calendario astrológico lunar del Atlas mallorquín de Cresques, del siglo XIV. En otros se citan, al inicio o al final, hechos y datos históricos sorprendentes tal como quedaron documentados en su tiempo.

Prólogo

Palermo,
3 de marzo del año del Señor de 1348

Querida familia:

Viene la oscuridad. El cuarto jinete del Apocalipsis se acerca. No vais a poder evitarlo.

Recordaréis que en 1333 sufrimos el *mal any primer*, con inundaciones y sequías, cosechas arruinadas, hambre y enfermedades. Ninguna generación se había enfrentado a eso, pero os anuncio que en Palermo hemos visto que sólo fue el principio.

Nos ha infestado una muerte negra de Oriente, una peste que pudre el aire y mata de forma horrible. Los astrólogos lo vaticinaban y ciertos prodigios predecían la inminente cólera de Dios; sin embargo, nadie estaba preparado. Nadie creía que eso pudiera pasar.

Dicen que la han invocado adoradores del demonio, pero es imposible asegurarlo. Sólo sabemos que llegó con el invierno, a bordo de diez galeras genovesas. La mitad de la chusma a los remos y de la tripulación estaba muerta, con bultos grandes en el cuello y las axilas que exudaban un pus negruzco y pestilente. Venían de Caffa, una ciudad oriental donde Génova tiene Consulado del Mar.

Lo único que pudieron contar es que el ejército del kan había sitiado la ciudad unos meses antes y que alguno de sus soldados tártaros debía de traer la calamidad. El kan, abrumado por las bajas de la misteriosa epidemia, levantó el sitio para retirarse, pero lleno de rabia catapultó decenas de infectados por encima de la muralla. Los cuerpos quedaron destrozados en las calles de Caffa con esas horribles bubas negras, grandes como ciruelas, y envenenaron el aire. Los genoveses huyeron en sus galeras hasta nuestros reinos, sin pensar en la catástrofe que iban a extender por el orbe entero.

Han bastado unas semanas para ver que no sólo Palermo agoniza, sino Mesina también. La muerte negra arrasa Sicilia como un incendio de verano. Los gobernantes no reaccionan, temen más el pánico del pueblo que actuar con firmeza. Los galenos prueban remedios y recomiendan limpiar las calles de inmundicia y ratas. Aconsejan evitar las muchedumbres, enterrar a los muertos sin demora, bajo cal viva, y destruir en una hoguera sus prendas. Debéis humedecer el suelo y las ropas con vinagre o poleo y quemar esencias agradables para purificar el aire corrupto. Evitad las ratas ya que son las primeras en aparecer muertas; ése es el primer signo de la maldición.

Hacedme caso, os lo ruego. Insistid en la corte del rey don Pedro IV de Aragón para que ordene estas precauciones a los consejos de villas y ciudades, así como a los señores de las baronías. También debe hacerlo Castilla. La ira de Dios avanza sin obstáculos, vacía pueblos enteros, diezma familias y deja muertos en todas las esquinas. Los cementerios rebosan y la gente que sobrevive enloquece de miedo, turbada con la muerte.

Muchos confían en que Dios escuchará sus rezos y protegerá a sus comunidades. Harán procesiones para espantar a la parca con reliquias y actos de penitencia, pero todos —ancianos, niños, ricos, pobres, honorables y miserables— sufrirán la misma agonía.

Escribo estas palabras con el pulso débil y tembloroso. Lamento el dolor que os causo, pero la peste ha llamado a nuestra casa en Palermo. Nadie escapa a ella. Ya noto la fiebre y los calambres. Presiento mi final y, como factor de la Compañía Montaner, cedo el control de los negocios y encomiendas a mi esposa, Monna, que, si bien está embaraza, sigue sana. Lamento anunciároslo en estas circunstancias.

Os costará creer lo que cuento, pero es la verdad. La peste conquista unas millas cada día y pronto llamará a las puertas de Mallorca, Barcelona y Valencia. Entonces la revuelta de la Unión contra el rey en la que estáis inmersos parecerá una absurda disputa de niños. No escribo esta carta para que evitéis lo inevitable, sino para que intentéis que sobreviva alguien y no quede el mundo vacío, como temo que ocurra.

Con el último aliento, me encomiendo a Dios y ruego que proteja a los Montaner, de quienes ya no podré ser el cabeza de familia.

La posteridad feliz, que no experimentará
un dolor tan abismal [...], considerará nuestro
testimonio como una fábula.

Petrarca

INTRODUCCIÓN

Noche del Domingo de Ramos

Valencia, 6 de abril de 1348

Justicia!

—¡Unión! ¡Unión!

—¡La guerra ha acabado!

La arenga se mezcló con música de trompas y tambores. Eran más de cuatrocientos ciudadanos, todos agolpados frente al palacio Real de Valencia, erigido fuera de los muros de la ciudad en tiempos de los musulmanes, en la otra orilla del río Turia.

Agitaban las antorchas. Lejos, en la Casa de la Vila, sonaba la campana de la Unión, fundida para llamar a la revuelta. Esa noche de Ramos, su tañido era de victoria.

—¡El rey don Pedro de Aragón nos recibirá ahora! —voceó alguien con fuerza.

A Marina Montaner se le aceleró el corazón. Iba con la multitud y se abrió paso hacia quien había gritado. Él la había avisado de que esa noche sucedería un milagro y le había prometido que la llevaría ante el rey.

Nadie de su familia había creído lo que su hermano Pere les advertía en la carta que envió desde Palermo: se aproximaba una peste más devastadora que la guerra de la Unión que desgarraba el Reino de Valencia desde el noviembre anterior. Su padre no habló con las autoridades ni con el obispo. Tampoco se daba crédito a los rumores que llegaban al puerto; Dios protegería los reinos de la península, servidores de la Cruz ante los sarracenos nazaríes.

Marina, en cambio, sí lo creyó. Sentía que su hermano ya había muerto y juró cumplir lo que pedía en su misiva.

Las tropas de la Unión habían logrado capturar en el castillo de Morvedre a don Pedro IV de Aragón y a su esposa, Elionor de Portugal, cuando huían y los habían conducido esa mañana al palacio Real de Valencia. Ésa era la razón que la había llevado a escaparse de casa esa noche. Sólo así el rey recibiría a una simple doncella, la hija de unos mercaderes. Alguien le había prometido que podría hablar con el monarca y mostrarle la carta para que tomara medidas.

Marina pasó entre centenares de hombres y mujeres eufóricos, muchos borrachos tras horas de celebración. Llegó al frente, donde marchaban algunos conservadores y otros líderes unionistas.

—¡La mujer más preciosa de toda la Unión!

Quien acababa de interpelarla era Gonzalbo, y a Marina le dio un vuelco el corazón.

—En mi casa pronto se darán cuenta. Las cuatro hermanas dormimos juntas. No sé qué me pasará, pero no importa. Gracias por ayudarme a asistir a la audiencia.

—Tú formas parte de este gran sueño, Marina Montaner.

Gonzalbo de Rodas, a pesar de ser un simple barbero de treinta años, se había ganado un puesto entre los líderes de la Unión, todos ciudadanos influyentes o nobles, gracias a su carisma y a la capacidad para guiar a la gente. Marina se veía seducida por sus palabras como todos, pero también por sus ojos oscuros y brillantes. Ahora la recorrían con deseo, embriagados por el baño de multitudes y el alcohol.

—He traído la carta de mi hermano, para el rey —señaló Marina, nerviosa.

Gonzalbo no pudo responder pues lo auparon a hombros. La joven se situó a su lado y, aunque estaba allí por otra razón, se contagió de la euforia colectiva.

—¡Unionistas, vayamos a recordar al rey los fueros que juró! —clamó Gonzalbo.

Marina jaleó como una más. Muchos la saludaban con gestos efusivos al reconocerla. Tener allí a una de las hijas del respetado mercader Pere Montaner era bueno.

Gonzalbo apuraba las botas de vino que le pasaban y agitaba los brazos, levantando mayor griterío cada vez. No parecían prepararse para una audiencia con el soberano.

—¡Deberíamos hablar con el rey antes de celebrarlo! —gritó Marina para hacerse oír.

—Esto ya es un triunfo, ¡mira! —Gonzalbo se irguió—. ¡Valencia! ¡Unión! ¡Unión!

Cientos de gargantas respondieron. El jurista Joan Sala, otro líder destacado, llamó a la puerta del palacio Real. Los ánimos se caldeaban por momentos ante la posibilidad de entrar.

—¡Marina! —dijo una voz a su espalda.

—¡Padre!

—¡A Dios gracias que estás bien! —Pere Montaner la abrazó con fuerza.

—¿Qué hacéis aquí? —preguntó asustada. La escapada nocturna le costaría cara.

—Unos hombres han venido a advertirme a casa. Esto no me gusta, volvamos.

—¡Traigo la carta de Pere y tengo la oportunidad de avisar al rey!

—Créeme, Marina, Su Majestad lo sabe. Aun así, no le importa; acaba de ser derrotado y capturado. Puede que pierda la corona esta misma noche.

—Padre, creo que mi hermano ha muerto. He hecho una promesa. ¡Hay que insistir!

—Eres tozuda, Marina. No te lo reprocho pues lo llevas en la sangre. Pero mira a tu alrededor: falta la mayoría de los conservadores y de los nobles aliados con la Unión. Esta multitud no pretende parlamentar con el rey. Debemos salir de aquí. Te prometo que yo mismo trataré de reunirme con él otro día para entregarle la carta de tu hermano.

El clamor se acrecentó cuando se abrieron las puertas del palacio. Gonzalbo apareció ante Marina y su padre con una jarra de vino. Le complacía ver allí al mercader, como si lo esperara, y eso llenó a la joven de sospechas.

—Habéis recibido mi aviso *honrat* Pere Montaner. Gracias por venir. ¡Ahora os uniréis de corazón a nuestra causa!

Invitó a beber al mercader. Éste se negó y habló con frialdad:

—Firmé mi adhesión a la Unión como los otros once mil cabezas de familia de Valencia para que no nos confiscarais los bienes, ¿no fue así, Gonzalbo de Rodas? —Ignoró el gesto de sorpresa de Marina ante esa revelación—. Muchas propuestas de la Unión son justas, pero aquí no veo más que locura. Hoy el rey está frustrado por la derrota en Morvedre, y para negociar se requiere serenidad. Sólo quiero irme a casa con mi hija.

La sonrisa se esfumó de la cara del barbero y apareció un rictus de ira.

—No hagamos esperar al monarca —replicó el otro, gélido.

—¡Gonzalbo, déjanos volver a Valencia! —pidió Marina, desconcertada ante el repentino cambio de actitud.

El barbero, con la ayuda de varios secuaces, metió a empujones a padre e hija en el palacio. Marina no reparó en las yeserías y los arcos de herradura que se conservaban de la época árabe. Reinaba el caos. Los unionistas derribaban muebles y cogían cuanto veían de valor. Hubo altercados entre ellos por hacerse con algunos objetos.

Marina se esforzaba en vano por hablar con Gonzalbo. No entendía por qué, de pronto, se comportaba así. La trataba siempre tan bien que creía haberse enamorado de él.

Atravesaron varias estancias hasta el salón del trono. Los que pudieron entrar se agolparon ante la tarima del asiento real y llamaron al monarca a gritos.

—Olvida la carta, Marina —musitó Pere sin soltarle el brazo—. Hemos de evitar que el rey nos vea.

La joven asintió. Sentía que las piernas le fallaban. Veía la ira en las caras de los presentes; aquello no era una audiencia.

Por una puerta estrecha situada detrás del trono entraron cuatro nobles de la escolta y, acto seguido, don Pedro IV de Aragón vestido con una túnica azul. Tenía treinta años y el cabello y la barba rojizos, como todos sus antecesores. A Marina le pareció bajo y enclenque. Decían que era por haber nacido sietemesino. Sin embargo, su carácter férreo compensaba la debilidad física. Era implacable en las decisiones y cruel a menudo, aunque esa noche no ocultaba su temor. El monarca fue abucheado y enrojeció de rabia.

Tras él llegó la reina Elionor de Portugal. Estaba pálida y se notaba que había llorado. Al igual que su esposo, vestía una túnica humilde. Marina llegó a la conclusión de que era más joven que ella; tendría unos veinte años, se dijo. Aquella mujer de aspecto frágil era la segunda esposa del monarca. Un año antes y en ese mismo palacio había muerto la reina María de Navarra a los cinco días de parir al que habría sido el futuro rey de Aragón, que falleció el día de su bautizo. El rey no esperó y acordó con los reyes de Portugal su boda con la infanta Elionor. Desde que había llegado al reino seis meses atrás, la joven no conocía más que la guerra de la Unión; de hecho, su dote había servido para financiarla. A su juicio, su esposo era un desconocido que únicamente quería de ella el dinero y a un heredero varón, pues del matrimonio anterior sólo vivían dos infantas.

Y esa noche los que debían ser súbditos afectuosos con su reina la acorralaban e insultaban en una lengua que no entendía. No se sabía de ningún rey al que le hubiera pasado algo así y no concebía que su marido, arrogante y altivo, lo permitiera.

La sala apestó enseguida a sudor y vino. Joan Sala, el otro líder presente, al ver a los monarcas se lo pensó y cedió el protagonismo a Gonzalbo de Rodas. Éste pareció encantado. Un simple barbero dirigiendo a la multitud en aquel salón destinado a nobles y reyes. Subió a la tarima y aulló para enardecer aún más los ánimos.

—¡La Unión de Valencia saluda a Su Majestad y a su flamante esposa!

—¡Esto es una afrenta! —rugió don Pedro—. ¡Soy vuestro señor!

Gonzalbo caminó alrededor del soberano. Los caballeros desenvainaron, pero el rey pidió calma. Los unionistas eran demasiados y ellos estaban en serio peligro de muerte.

—¡Hemos venido a celebrar que acataréis la Unión! —señaló el barbero—. De lo contrario, majestad, se os podría caer la corona en favor de vuestro hermanastro don Fernando, así…

Le torció la diadema que llevaba sobre la frente. La provocación tensó aún más la situación y aparecieron las primeras caras de preocupación entre el gentío.

—Gonzalbo, cálmate —le aconsejó Joan Sala—. Majestad, sólo queremos que escuchéis las peticiones de los conservadores de la Unión de Valencia.

—¡Vamos, Joan! —lo cortó Gonzalbo—. Ya que nuestro amado rey nos honra con su presencia, debería hacer algo más que escuchar. ¿Qué tal celebrar el triunfo de la Unión?

Se apoderó de una jarra, bebió y la lanzó contra el estandarte real. El vino corrió por el oro y las bandas rojas. Todo el mundo enmudeció. Marina estaba horrorizada.

Gonzalo comenzó a reír y recorrió a los presentes con una mirada enfebrecida.

—¡No pasa nada! ¡Si somos los vencedores…! ¡Músicos, tocad!

Entraron los tambores y las trombas. Gonzalbo parodió un baile cortés alrededor de los monarcas y eso provocó carcajadas entre sus secuaces. Otros no rieron la afrenta.

—¡Bailad, mi rey, bailad! —Su risa helaba la sangre—. Y vos también, mi reina.

Media docena de leales a Gonzalbo apuntaron con sus dagas a los soberanos. Don Pedro pidió calma a su guardia. Jamás se había humillado a un monarca así, y era preferible la muerte, pero pensó en su esposa y, además, barruntó que oponerse agravaría la situación. Así pues, miró a Elionor avergonzado y, acto seguido, con cara cérea comenzó a balancearse con rigidez.

Mientras todos contemplaban la denigrante escena, Marina y su padre retrocedieron entre el gentío, pero los detuvieron en la puerta. Gonzalbo hizo que condujeran a Marina junto a él.

—Quizá os animéis más bailando con una bella doncella de la Unión, majestad.

Marina ya no se acordaba de la carta ni del juramento. Cabizbaja, no se atrevía ni a respirar. Dos secuaces del barbero la empujaron hasta el rey con amenazas de muerte.

—Yo te conozco, muchacha —dijo don Pedro—. ¿De qué familia eres?

—Seguro que me confundís, mi señor —repuso la joven, y dejó que le tomara la mano para bailar.

Marina lanzaba miradas suplicantes al barbero, quien hacía rodar a la reina sin parar de reír. Elionor llamaba a su esposo, pero el rey evitaba posar sus ojos en ella para no perder el control; de lo contrario, la noche acabaría en una matanza.

En cuanto la canción concluyó, Marina se escabulló y fue al encuentro de su padre. Otros unionistas bailaron con los reyes, pero el salón del trono comenzó a vaciarse al ver cómo había degenerado lo que debía ser una audiencia real. Gonzalbo improvisó un verso al son de la música:

—*Mal haya el que se marchará, ahora y no ahora...*

Era una amenaza de muerte, por si trataban de dejar Valencia en algún momento. El monarca se mantuvo callado.

—Vámonos, padre —susurró Marina en medio del delirio.

Como si lo hubiera oído, Gonzalbo empujó al rey por la espalda con tanta fuerza que éste cayó de la tarima al suelo, a los pies de los Montaner. La música cesó de pronto. Pedro IV de Aragón alzó el rostro. En medio del silencio más absoluto, una lagrima de pura rabia bajó por su mejilla hasta la barba rojiza.

—*Honrat* Pere Montaner, después de tantos años de amistad..., ¿ahora sois de la Unión? Vuestro padre se revolverá en la tumba. Y esta traidora es vuestra hija.

Pere lo ayudó a levantarse entre disculpas, pero Gonzalbo tenía algo que decir:

—¡Podéis ver que la Unión cuenta con poderosas alianzas para financiar sus tropas! Cederéis a nuestras pretensiones o seréis destronado por vuestro hermanastro.

Ése era el gran terror del rey, una guerra fratricida por la Corona.

Marina se estremeció, consciente de lo que había sucedido: Gonzalbo de Rodas la había embaucado con promesas, pero a quien quería atraer esa noche era a su padre, el importante mercader Pere Montaner. Lo peor no era la traición, sino haber roto la relación entre su familia y la casa real. El rey jamás los perdonaría. Estaban perdidos.

Los ujieres aprovecharon el estupor para rodear a los monarcas y sacarlos del salón. El eco del portazo desató el caos y todos huyeron del palacio.

—Padre…, la manera en que el rey nos miraba… Lo siento.

Pere no le soltó la mano mientras corrían también. Su silencio angustiaba aún más a Marina. Habría preferido un estallido de ira.

Al llegar a la calle de los Caballeros, donde estaba la casa de los Montaner de Valencia, el mercader le habló al fin con una extraña serenidad:

—Lo que has visto en los ojos del rey es la muerte, Marina. No importa la peste. Los Montaner estamos muertos.

Ben cccc homens ballants ab trompes e tabals; [...] e a la final que Nos e la reina haguerem de ballar. E un barber apellat Gonçalbo quis feia capita dels dessus dits, messe en mig de la reina y de Nos e canta una canso que deya:

Mal aja qui sen ira
encara y ni encara...
E Nos lavors noy responguerem.

Crónica del rey de Aragón Pedro IV el Ceremonioso

Sombras en la cámara real

En la Corona de Aragón se contaba la historia de un antiguo rey que prometió proteger a sus súbditos de la violencia de los nobles. Cuando logró la paz para sus reinos, juró ante Dios que él y sus herederos acatarían los fueros pactados y que regiría la justicia. Sin embargo, los años pasaron; aquel rey murió, luego falleció su hijo y también su nieto. Sus descendientes conquistaron el Mediterráneo, crecieron sus dominios, pero a la par lo hicieron su codicia y ambición. Y así quedó olvidada la promesa hecha al pueblo por el primer rey.

Su corona de bronce, fundida como símbolo del *primus inter pares*, se convirtió en yugo para el pueblo, hasta que un día muchos súbditos de Aragón y Valencia, tanto nobles como ciudadanos, se unieron para alzarse en armas.

Pedro de Aragón, biznieto de Pedro III el Grande y tataranieto de Jaime I el Conquistador, se agitaba en el lecho. Con las manos había desgarrado la sábana. Creía ver a los reyes legendarios del casal de Barcelona desde Guifré el Pilós en las tinieblas de la cámara. Sus rostros espectrales se le antojaban máscaras de puro desprecio hacia él.

Había nacido débil, tanto que los galenos vaticinaron que moriría siendo aún niño. Sin embargo, vivió. Era un segundón sin derechos, pero tras la prematura muerte de su hermano Alfonso, el primogénito y heredero al trono, la corona llegó a sus manos. Todo eran señales sobre lo que el Altísimo le reservaba. Cuando se coronó rey, trece años atrás, los clérigos lo tildaron de elegido y sus astrólogos le auguraron mayor dignidad y poder que aquellos de los que gozaron sus ancestros, y aun así desde entonces sólo había vivido carestías, guerras y ruina financiera. Su anhelo de grandeza quedaba lejos. Era un cristiano devoto y meticuloso con las ceremonias y formalidades de la Corona, pero no bastaba. Precisaba fondos y se rodeó de avezados oficiales, roselloneses la mayoría de ellos, que hacían todo lo posible por llenar las arcas reales, para mayor gloria de la Corona de Aragón y del propio don Pedro.

Pero se excedieron. No comprendían el espíritu de concordia de los fueros de sus ciudades. Para ellos el rey estaba por encima. Comenzaron a llegar quejas a causa de los abusos, contrafueros y decisiones arbitrarias, si bien ni los oficiales ni el monarca concebían que los súbditos se atrevieran a quebrar el orden divino. El soberano sorteaba el descontento ofreciendo promesas que no pensaba cumplir y no vio venir lo que al final aconteció a mediados del año anterior, 1347, en los reinos de Valencia y Aragón.

Lo que prendió la chispa fue nombrar a su hija Constanza sucesora al trono sin convocar Cortes Generales. Una niña de cuatro años se convertía en procuradora general de todos los reinos mientras el rey no tuviera un vástago varón.

La ofensa no fue nombrar a la pequeña infanta, sino despreciar la costumbre sucesoria de la Corona que primaba en ese caso a uno de los hermanos. Era una burla más a los fueros. Las ciudades se unieron para reivindicar sus derechos pisoteados. Una Unión en Aragón, de nobles, y otra en Valencia, con algunos nobles pero que reunía principalmente a ciudades del rey y firmaban mercaderes, artesanos y oficiales.

Pedro IV no rectificó. Los abusos siguieron y, poco después, en noviembre de 1347, comenzó la guerra.

Ahora se arrepentía.

Combatía contra sus súbditos y perdía, batalla tras batalla. A la Unión de Valencia se había aliado uno de sus hermanos —hermanastro, concretamente— con aspiraciones al trono, el infante Fernando de Aragón y Castilla, con un poderoso ejército venido de Castilla, que había recibido a don Pedro a las puertas de Valencia, tras su captura en Morvedre.

Dios no le había reservado nada peor a ningún rey de los que tenía recuerdo. Estaba a merced de los unionistas. Con todo, lo importante para él eran los símbolos. Esa noche, aquel maldito barbero y varios traidores como los Montaner le habían hecho bailar como un bufón. El significado real era recordarle que seguía siendo el niño débil y enfermizo que fue, el infante segundón al que todos esperaban ver muerto.

Con su ejército dispersado, sin poder pagar a los nobles y con cada vez menos ciudades leales, era el fin de su sueño de grandeza. Aun así, lo peor era asumir que no era especial, ni un elegido; eso le resultaba agónico y habría preferido morir esa misma noche.

Lo despojarían de sus reinos, uno detrás de otro, hasta Mallorca, los ducados de Atenas y Neopatria, y acabaría recluido en algún monasterio. Cuando falleciera, su sucesor mandaría que le esculpieran un discreto sepulcro y todos olvidarían para siempre su reinado.

Acabó de rasgar la sábana entre gritos de rabia. Había estado tan seguro de que sería un gran rey que sus escribas ya tomaban notas para una futura crónica de su vida.

No veía la forma de cambiar el futuro. Estaba a merced de demonios como Gonzalbo de Rodas, que lo había amenazado con una canción, y de ricos enemigos como los Montaner, dueños de una de las compañías mercantiles más prósperas del Mediterráneo.

—¡Malditos sean! —Buscó en la penumbra el crucifijo. No lo veía, pero sabía que estaba cerca—. Sólo os pido el consuelo de la venganza, contra todos ellos...

Recreó la humillante escena del baile para retener los rostros. Evocó las facciones delicadas de la joven Montaner, su porte esbelto y la melena suelta de soltera, su cabello castaño claro, y sobre todo sus ojos verdes, de mirada tan penetrante como la de su progenitor.

Tras aquel maldito baile se vio postrado ante Marina y su padre, humillado como el más vil de los hombres. Le dolía el pecho y casi no podía respirar. Era un rey infame, indigno de la Corona, y sufría la noche más oscura de su vida.

Los sirvientes del palacio le habían contado que Marina Montaner se veía en secreto con Gonzalbo de Rodas, aunque no se sabía de cierto si eran amantes.

—Esa joven, la furcia del barbero... —masculló el rey—. Señor, si es tu voluntad acepto que se me prive de mi destino, pero no me lleves al sepulcro sin antes verla ahorcada por su horrendo delito de lesa majestad.

PRIMERA PARTE

Damas

1

La familia

El décimo día de luna Noé empezó a construir el arca. Es un día bueno para cualquier obra, para sembrar y segar. El que nazca ese día vivirá y quien esté enfermo morirá.

Martes, 8 de abril de 1348

Toda la familia Montaner estaba sentada a la mesa del amplio salón, decorado con tapices y muebles de los mejores maestros carpinteros del Mediterráneo. Vestían prendas de seda coloreadas con los mejores tintes. En la mesa no faltaban flores ni copas de plata, colocadas con esmero por docenas de sirvientes. Como cada día, era una comida digna de príncipes, consistente en bacalao marinado, frutos secos y vino fondillón elaborado en los viñedos del sur del Reino.

Todo parecía como siempre, pero nada era igual.

Marina no se atrevía a levantar la cabeza, nadie le hablaba. Había estado más de un día encerrada en su dormitorio, consciente del daño que había causado.

Los Montaner conformaban una próspera saga de comerciantes. Durante tres generaciones habían surcado el Mediterráneo importando especias, objetos suntuosos de Oriente y trigo de Sicilia. Tenían riqueza, tierras, casas en Valencia, Barcelona y Palermo, además de factores en varios puertos y alianzas con otras familias incluso en la rival Génova, con las que armaban naves en comandita durante la temporada anual de navegación.

Una hábil estrategia de pactos les había permitido prosperar y hasta tener tratos comerciales con la casa real. Todo parecía ir bien hasta que el año anterior el mundo comenzó a desmoronarse. Las ciudades se ahogaban con las recaudaciones y los préstamos para el rey y sus guerras. Luego llegó la sequía, las carestías y las subidas de precios. Y al final surgió la Unión, que canalizó el descontento general.

La guerra civil lo alteró todo. Los Montaner firmaron la Unión como hizo la mayoría para evitar problemas, aunque intentaban mantenerse ajenos. Hasta que un día Marina se detuvo en la plaza del Mercado a escuchar a un atractivo hombre que clamaba contra las injusticias que el pueblo sufría. Gonzalbo de Rodas la fascinó y se sintió alagada cuando él se tomó interés en conocerla. Como todos en Valencia, sabía de quién era hija.

Iba a escucharlo a menudo y en ocasiones hablaban un rato después. Ella no había conocido a nadie con aquella magia en los ojos y en la boca. Su familia le aconsejó que se mantuviera lejos de los afines a la Unión. También le advirtieron que los Montaner jamás aceptarían una relación con un simple barbero. Pero Marina no hizo caso, no podía dejar de pensar en Gonzalbo. Le traían sin cuidado los intereses de su casa. Se dejaba llevar por sus sentidos, por la comezón que le producía el juego secreto con él, y el despertar del sexo.

Se veían poco, pero con astucia a veces lograban reunirse en la barbería vacía. Fue allí donde Marina aprendió a besar hasta quedarse sin aliento y conoció las primeras caricias por debajo del vestido. Era excitante, y ya había decidido ceder a los deseos insistentes de Gonzalbo. Lo habría hecho la noche del Domingo de Ramos, si de verdad él hubiera cumplido su promesa.

Ahora las advertencias de su familia y de los sirvientes cobraban sentido. Gonzalbo sólo buscaba su propio interés, la había utilizado para atraer a su padre a la Unión. Pero al final todo se había desencadenado del modo más terrible.

Pere Montaner, macilento, le hablaba a su esposa, Alda de Palermo.

—Debo comunicar lo sucedido a mis hermanos.

No sólo les afectaba a ellos, pues si Pere dirigía la compañía en Valencia, su hermano Dalmau lo hacía en Barcelona. La hermana menor, Matilde, vivía en Mallorca, casada con un noble de Pollensa.

—Sí, hay que prepararse para lo peor —dijo Alda, y dedicó una mirada funesta a Marina.

Su madre, hija de mercaderes sicilianos, era muy consciente de la situación.

Marina había heredado de ella la presencia y la melena castaña, casi trigueña, pero sus facciones afiladas y sus ojos eran un legado de la familia paterna.

El mercader Pere Montaner y Alda de Palermo habían tenido cinco hijos. El mayor, Pere, estaba casado en Palermo; era quien les había enviado la carta, y no se sabía si aún vivía. Lo seguían Romea, Marina, Teresa y Beatriu. Las cuatro estaban sentadas a la mesa. También lo estaba Joan, hijo de un pariente fallecido, ahijado de Pere. Llevaba con ellas desde muy pequeño y las cuatro muchachas lo consideraban un hermano más.

Los pensamientos de Marina se interrumpieron al oírse unos golpes en la puerta principal. En el salón apareció Lluís, el sirviente que hacía de secretario del cabeza de familia.

—Ya está aquí —anunció con voz grave.

—¡Padre! —exclamó suplicante Romea, la hija mayor—. Por favor…

—Tranquila. Lo arreglaremos. No salgáis, sobre todo tú, Marina.

Pere y Alda se miraron. La mujer rozó la mano de su marido para darle ánimos. El hombre bajó la escalinata de piedra hasta el patio de la casa al tiempo que las hermanas y Joan se apostaban con discreción en la galería superior para escuchar.

Romea miró con expresión furibunda a Marina. Lo sucedido le afectaba en especial dado que a principios de ese año se había prometido a Gil de Montnegre, caballero de la corte, con lo que se aseguraba un puesto como dama de la reina Elionor. Era uno de los caballeros que estaban con el rey retenido en el palacio. Lo sucedido podía romper el compromiso. A Romea le angustiaba su edad. Era la más bella de las cuatro hermanas, la que más se parecía a su madre, y durante años fue la casadera más codiciada de la burguesía valenciana. Ambiciosa, había esperado hasta los veinticuatro años, rechazando propuestas hasta que se presentó la posibilidad de desposarse con un miembro de la nobleza, como había hecho su tía Matilde. Ya era mayor, y si perdía esa oportunidad no tendría otra.

Marina era dos años más joven que Romea, y por detrás estaban Teresa, de dieciocho años, y Beatriu, de quince. Joan tenía catorce.

—¡Deberían encerrarte en un convento por lo que nos has hecho, Marina! —le espetó Romea, y al instante se metió en su alcoba y dio un portazo.

Marina no pudo decir nada; tampoco encontraba palabras con las que disculparse.

Entraron unos hombres malcarados y con armas, como si fueran a saquear la casa, pero se quedaron en el patio. Ella reconoció a algunos. Luego llegó Gonzalbo de Rodas. Silbó al ver la residencia de los Montaner, elegante como los palacios de los nobles y llena de sirvientes.

El barbero vestía piezas de cuero negras y una pesada capa, ropas requisadas con impunidad a algún noble leal al rey. Marina lo vio más atractivo que nunca, pero no era el mismo. La Unión se envilecía a medida que sus líderes incrementaban su poder.

—Aquí estoy, Pere Montaner. ¿Me habéis llamado por vuestra hija Marina?

—Dejémosla aparte. Los conservadores no permiten a nadie entrar en el palacio Real, pero pido permiso para hablar con alguien allí. Es muy importante para mi casa.

—¿Vais a traicionarnos?

—No soy tan estúpido. No se trata del rey, sino del joven caballero Gil de Montnegre. Quiero mantener el compromiso de boda firmado con mi hija Romea. Prometo compensar a la Unión.

Gonzalbo estalló en carcajadas.

—¡Ya lo creo que lo haréis, Pere Montaner! No sabéis lo útil que fue vuestra presencia ayer. El rey está destrozado. Dicen que os nombra a menudo... Y a Marina.

A la aludida se le heló la sangre y, sin pensarlo, se asomó a la galería.

—¡Gonzalbo! Mi hermana sólo quiere casarse con ese caballero. Ayúdanos.

El barbero sonrió lobuno al verla.

—Un caballero fiel al rey es un enemigo —aseveró.

Marina lamentó haber intervenido. Ahora no sabía qué más decir. Su padre la miraba con expresión colérica. En ese momento alguien comenzó a bajar la escalera. Era Romea.

Se había puesto un vestido azul, como el color de sus ojos, y una diadema de plata sobre el pelo oscuro, trenzado. Gonzalbo se quedó sin habla y sus hombres silbaron. Era la hija más bella y era innegable que tenía el porte de una reina, como su tía Matilde.

—Gonzalbo de Rodas —comenzó Romea con una sonrisa coqueta—, permitid que os recuerde una cosa: los nobles sólo son fieles a su linaje. Hoy Gil de Montnegre está con el rey don Pedro, pero mañana quizá lo esté con el futuro rey don Fernando, aliado de la Unión. Dejad que vea a mi prometido. Mi padre os compensará y yo no olvidaré vuestra generosidad cuando los vasallajes cambien.

No hizo falta decir nada más, la codicia hizo el resto. Gonzalbo asintió con una sonrisa y salió con sus hombres para escoltarlos.

Pere subió enseguida hasta donde estaba Marina, que miraba al suelo.

—¡Tú también vendrás al palacio Real! El rey está fuera de nuestro alcance, pero te confesarás con su capellán, fray Nicolás Rosell —dijo, y todos volvieron el rostro hacia Teresa, la tercera de las hermanas, pero nadie quería recordar el horrible suceso—. Será un primer paso hacia la reconciliación con el monarca.

—No vamos a resignarnos —dijo Alda, conforme con su esposo—. Los Montaner capearemos este temporal, y tú debes hacer tu parte, Marina, te guste o no.

Marina asintió. Confesaría su relación con Gonzalbo, que ya era la comidilla de la ciudad. Se ruborizó. El fraile querría saberlo todo, y la penitencia que quizá le impondría podría conducirla a un convento, como le deseaba su hermana Romea.

2

Perdón y penitencia

Valencia era una ciudad antigua, encerrada aún en viejas murallas sarracenas, con torres semicirculares y un foso que se llenaba con el agua del Turia. Pere y sus hijas Romea y Marina iban acompañados del secretario Lluís y una sirvienta que sostenía la capa negra de Romea para que no se le ensuciara. Salieron por la puerta de la Piedra y cruzaron el puente de madera hacia el palacio Real.

Marina olía el perfume de rosas y canela que desprendía su hermana; una rareza sólo al alcance de los Montaner. Ella iba desaliñada, con la melena suelta sin cepillar. Su madre había querido que pareciera una penitente para despertar compasión y, de paso, avergonzarla como castigo. Lo había logrado.

Gonzalbo de Rodas iba delante. Pretendía mostrarse como mediador. Marina evitó sus miradas. A cada instante era más consciente de su abuso, y le dolía.

Fray Nicolás Rosell, capellán personal del rey, conocía a la familia y aceptó recibirlos en la capilla del palacio. A petición de Gonzalbo se avisó al caballero Gil de Montnegre. Tenía cerca de treinta años y el mismo aire petulante que Marina recordaba. Como todos los de su alcurnia, miraba desdeñoso a los meros ciudadanos, incluso a la que iba a ser su esposa. Pero se sabía que los Montnegre vivían de glorias pasadas y que su situación era calamitosa. Los esponsales convenían a ambas partes.

Romea cogió las manos del caballero e hincó la rodilla. Marina la vio susurrar y gesticular con tristeza, pero Gil, indiferente, parecía más pendiente de su aspecto. Marina recordó que Gonzalbo también la miraba así cuando se excitaba y quería más; no le gustó.

Tras un rato de confidencias que nadie salvo la pareja oyó, el caballero tomó del brazo a Romea e, impaciente, se la llevó de la capilla. Gonzalbo, divertido, salió tras ellos.

Marina miró con preocupación a su padre, que se hallaba junto al fraile.

—¡Marina Montaner, venid!

El dominico fray Nicolás Rosell, capellán y consejero del monarca, se pasaba las manos por el hábito blanco y la capa negra. La muchacha se aproximó a él con la cabeza gacha.

—Perdonad a esta pobre pecadora, padre.

—¿Y tu hermana Teresa? ¿Ha vuelto a comportarse de forma extraña?

—Aquello pasó —dijo muy cauta—. Reza y comulga a diario.

—Vigilad sus compañías. —Alzó la voz para que Pere oyera la advertencia—. El diablo es astuto y puede regresar del modo menos pensado. Lo que le has hecho al rey huele a azufre, Marina... ¿Por qué las hijas de Eva sois tan débiles de espíritu?

—Lo ignoro, mi señor.

—¡Claro! ¡Qué vas a saber tú, pobre muchacha! Tu padre quiere que medie ante el rey, y el donativo que ofrece a la Orden de Predicadores no es desdeñable, pero el dinero no debe apartarnos del camino recto. Se sospecha que has pecado con ese traidor, Gonzalbo de Rodas, que ya tiene su sitio en el infierno. —La cubrió con la capa de su hábito—. Confiesa todo con detalle, pues debo contar tus pecados.

Marina se sintió morir. No iba a revelar ni la mitad de lo que habían hecho, pero tendría que dar algún detalle carnal o el capellán se enfadaría y sería peor. Arrodillada, contó algún que otro desliz en la casa del barbero, si bien su atención estaba en la ausencia de Romea.

Al terminar, fray Nicolás tenía sus secas mejillas ruborizadas.

—O casadas o religiosas. ¡Sólo así se gana una mujer un puesto en el cielo! Las hay descarriadas, incluso endemoniadas como tu hermana Teresa, pero a mi juicio las peores son las que actúan como hombres, con una libertad que no les corresponde. Espero que no tengas esa enfermedad, hija. Contención y penitencia.

Luego su padre pudo explicar la verdadera razón que había llevado a Marina al palacio la noche anterior. Fray Nicolás tenía noticia de la peste, pero no pareció muy convencido. Al final dijo que hablaría con el rey. En cuanto a la penitencia que imponía a Marina, de momento necesitaría un año entero para cubrir sólo la parte de los rezos. El resto ya se lo diría.

Con permiso del dominico, dejaron la capilla y fueron a buscar a Romea. Un soldado malcarado los guio hasta el patio de armas.

Era una explanada amplia rodeada de casernas de soldados vacías, pues el rey carecía de ejército. Ondeaban varios pendones, y localizaron el estandarte de la casa Montnegre: una montaña negra en campo de oro. Delante estaba Gonzalbo con otros que, según Pere y su hija supusieron, debían de ser soldados del propio Gil. Aunque eran adversarios, reían alborotados. Marina y su padre se acercaron intrigados, seguidos por los dos sirvientes.

A ella se le paró el corazón al oír los jadeos que procedían del interior del barracón. Era Romea. Eso era lo que los hombres jaleaban.

Pere se encogió como un animal herido. De pronto los jadeos cesaron y, poco después, Romea salió del barracón despeinada y alisándose el vestido. Tenía los ojos tristes pero el ceño fruncido. Apareció Gil y saludó a Gonzalbo como si volviera victorioso de una justa.

—¿Qué has hecho, Romea? —le dijo su padre.

—Vuestra hija es complaciente —intervino Gil, y sonrió—, pero mi perdón vale mucho más de lo que me ha ofrecido. —La señaló ante todos—. Si mantengo el compromiso, la nombrareis heredera universal y aportareis el derecho a su dote matrimonial.

No mencionó al rey. Aún no se sabía si conservaría la corona, y las lealtades de las casas nobles variaban a conveniencia.

—¡Maldito seas, Gil!

Pere se le echó encima. El caballero lo tumbó de un puñetazo y le dio varias patadas. Marina se puso delante implorando. El de Montnegre la observó con desdén y luego miró al barbero, con el que ahora parecía tener cierta complicidad.

—Ya llegará nuestro momento, Marina —dijo Gonzalbo—. Ocúpate de tu padre.

Se alejaron, y la joven atendió a Pere, que escupía sangre y respiraba con dificultad.

—¡Romea! ¿Qué te pasa? —gritó su hermana—. ¡Ayúdame!

—Gil nos ayudará. —Miraba la puerta por la que Gil había salido—. Lo hará.

—¡Te ha deshonrado! —replicó Marina, angustiada, pero Romea seguía ausente.

—Aunque es sanguíneo como todo buen guerrero, es un caballero. Respetará nuestro compromiso. Seré Romea de Montnegre.

Marina pensó que su hermana jugaba su propia partida para lograr lo que anhelaba, ser noble, pero había cometido el peor error y toda Valencia lo sabría antes del anochecer. Su padre no iba a ceder la compañía así como así, era absurdo. Gil había pedido un imposible para quitársela de encima. A Romea, con su edad y sin honra, únicamente le quedaba ingresar en un convento o languidecer sola en casa, pero lo rechazaba y se aferraba a una vana esperanza.

—Todo esto pasa por tu culpa, Marina —siseó al fin—. No obstante, yo lo arreglaré.

Ayudadas por Lluís y la sirvienta, se llevaron al maltrecho Pere. Los hombres armados de la Unión, apostados frente al palacio, se rieron al verlas; ya lo sabían todo.

Mientras tanto, en el salón del trono, el rey era forzado a aceptar las peticiones de los conservadores para no ser destronado como pedía el infante don Fernando. Y fuera, la Unión se envalentonaba y demandaba un mayor esfuerzo financiero a las familias burguesas, llegando incluso a la violencia. Para los Montaner, situados en el centro de la tempestad por la imprudencia de Marina, sólo era el principio del calvario hacia la debacle.

Encerrada en casa, Marina pensaba en lo ocurrido y lloraba de vergüenza. Romea era otra Montaner traicionada por el hombre al que se entregaba; por actuar sin tutela, dirían los clérigos.

El deber sagrado de las mujeres era someterse al marido, incluso a su violencia si el hombre tenía un carácter excitable. Y ello por ser hijas de Eva, la primera pecadora. Sin embargo, el precio era excesivo. Tomar conciencia de que eran tan vulnerables dejó marcada a Marina.

3

La marcha

El undécimo día de la luna nació Sem. El día es bueno para cualquier empresa. Quien esté enfermo sanará y quien nazca vivirá.

Miércoles, 9 de abril de 1348

Lo llevas todo, Alda?

—Los documentos y las joyas están en los arcones. Y el ajuar de mi dote también.

Alda miró con pena a su esposo. Pere Montaner se apoyaba en un bastón y no podía disimular el dolor. Tras la paliza propinada por Gil de Montnegre, le dolía el costado. Jacob, el galeno judío que lo atendió, dijo que tenía una costilla rota. Para explicarle cómo había empezado todo, le mencionaron la carta de su hijo desde Palermo. La cara del hebreo se ensombreció, pues ya se habían dado casos de muerte negra en Mallorca. Esta vez sí hicieron más caso.

—Deberíamos marcharnos todos —insistió Alda con aire sombrío.

—Si esa pestilencia es como la describió nuestro hijo y ha contado el médico Jacob, poco importa dónde nos sorprenda.

—Pero habrá algún modo de prevenirse. Nuestro hijo Pere mencionó algo. Tienes clientes en Lleida, y siempre dices que en el Estudio General están los galenos más sabios de la Corona. Ellos sabrán qué hacer. ¡No quiero perder más hijos de esa forma!

—No sabemos si Pere ha muerto —repuso el hombre, y la abrazó con afecto.

Marina los observaba desde el quicio de la puerta de su cámara. Le dolía el pecho. Su vida se desmoronaba y se sentía culpable.

Era la noche siguiente a lo ocurrido en el palacio Real. Toda Valencia sabía ya de la indecorosa forma en que Gil de Montnegre se había desembarazado del incómodo compromiso con Romea Montaner, sin renunciar a tomar la flor más deseada del patriciado local, pero quien sufriría la vergüenza y la deshonra sería la propia Romea. Ella estaba atrapada en un extraño delirio, decía que ya estaba unida a Gil ante Dios, aunque no lo entendieran.

Acudió la esposa de Jacob, Judith, experta en medicina femenina, para lavarle la vagina y evitar el embarazo. Romea se resistió tanto que su madre tuvo que darle varias bofetadas. Las maldecía furiosa y gritaba que, por celos, iban a arrebatarle a su primer hijo noble.

Ya de noche, sus padres decidieron que lo prudente era llevar a Romea a la casa familiar del tío Dalmau Montaner en Barcelona a fin de evitarle el escarnio público. Romea se negó en redondo, no quería alejarse de Gil, pero a la mañana siguiente había cambiado de opinión. Quizá más consciente de la situación, aceptaba instalarse un tiempo en la casa Montaner de Barcelona. Alda iría con ella y se llevarían bienes y documentos, pues ya temían las requisas de la Unión.

—Volveré cada día al palacio Real hasta que el rey me atienda —aseguró Pere a Alda mientras la abrazaba—. Debe entender que fue un engaño.

—¿Aún crees que don Pedro no perderá el trono?

—La Unión tiene lo que quería, pero no podrán retenerlo por la mala cabeza de líderes como ese barbero..., Gonzalbo de Rodas. No me explico cómo ha logrado llegar tan alto. Trataron al rey como a un bufón, sin acordarse de que aún le son fieles toda Cataluña, Mallorca, los ducados de Atenas y Neopatria, además de decenas de casas nobles, la Orden de Montesa y los almogávares. En cuanto el rey recupere la sangre fría tratará de salir del Reino de Valencia, y ya veremos.

—Y volverá para aplastarnos.

—Sí, con la furia y crueldad de un monarca acomplejado y humillado. Es un momento muy delicado para nuestra compañía y debo reconciliarme con don Pedro como sea.

Alda acarició la barba gris de su esposo. Era una situación difícil. Pere Montaner figuraba en las extensas listas de mercaderes y cofrades que se vieron obligados a firmar la Unión el invierno anterior, y su hija Marina estaba atrapada en la mente del rey.

—¿Y la Fuente? —susurró Alda tras asegurarse de que no había nadie cerca.

—Ya está a buen recaudo. Jamás nos la quitarán. Tenéis que marcharos ya.

Pero Marina sí lo había oído.

—La Fuente —musitó. Le pareció increíble que sus padres hablaran de ello en serio.

Hacía años que creía que el secreto familiar era una invención de los mayores para entretenerlos cuando eran niños. Incluso se lo había contado a Gonzalbo entre bromas y confidencias. La Fuente era el secreto de la prosperidad de los Montaner. Ellos y sus primos de Barcelona se habían pasado la infancia especulando. Su hermano mayor, Pere, aseguraba que era un grimorio judío. Ella y Teresa se imaginaban una lámpara mágica de los deseos. Joan se inclinaba por la piedra alquímica que transmutaba metales en oro. Los primos de Barcelona juraban que una noche vieron a su padre, el tío Dalmau, hablando con un demonio encadenado. Romea los reprendía por esas ideas absurdas y sacrílegas. Con el tiempo, su incredulidad se impuso. Sin embargo, ahora Marina se quedó intrigada.

Los recuerdos la apenaron. Eran una familia extensa y unida. Ya nada sería igual.

Su madre bajó la escalera hasta el patio de la casa. Junto al pozo había un carro y los sirvientes metían fardos en toneles.

—Marina es la culpable de esto, deberíamos ofrecérsela al rey ante de irnos.

—Romea, ya lo hemos hablado. Dios dirá.

—¡Madre! —Marina se asomó a la galería; no podía soportar que se marcharan así.

—Baja, hija —dijo la siciliana.

—¡Espero que Dios te castigue por esto! —le espetó Romea, fría como el hielo—. No soportabas que yo fuera noble y dama de la corte. Estabas celosa. Querías conocer al rey antes que yo y mira lo que has logrado. Pero te juro que todo volverá a ser como antes.

—Eso no es cierto. —Marina buscó las manos de su hermana mayor, pero ésta la rehuyó.

Alda abrió los brazos, y Marina corrió a refugiarse en su pecho a punto de echarse a llorar.

—¿Podréis perdonarme alguna vez, madre?

—¡Claro que sí, Marina! Pero tienes que madurar deprisa. Te quedas como la hermana mayor de la casa. Cuida de tus hermanas, de Joan y, sobre todo, de tu padre.

—¿Y si viene la peste?

—Tu padre ha enviado cartas a conocidos de varias ciudades para saber si sus galenos han hallado algún remedio. En cuanto a ti, mantente lejos de ese barbero y no cometas más locuras.

—Se está haciendo tarde —dijo Pere con voz cansada—. La barcaza espera.

Los sirvientes movieron el carro hasta la puerta. Alda fue

arriba para abrazar a sus otras hijas. Era una despedida precipitada y triste.

—Yo no pienso perdonarte, Marina —comenzó Romea—. Nos has destrozado.

—Hermana, si pudiera volver atrás...

Romea se le acercó tanto que sus narices casi se rozaron.

—A mí no me arrastrarás por el lodo. Seré de la nobleza, ya lo verás.

Marina retrocedió. En los bonitos ojos de Romea ardía la obsesión. Nunca se habían llevado especialmente bien, pero ahora... Aquello era odio. No dijo nada a sus padres.

—Cuando salgamos, cerrad bien —ordenó Pere a dos sirvientes.

En la puerta, Alda miró a Marina con una ceja alzada. La hija asintió con firmeza.

—Os lo prometo, madre, los cuidaré a todos con mi vida si hace falta.

El carro salió a la calle de los Caballeros. Pere los acompañaba. Lluís, el secretario, atrancó la puerta. Desde ese día, de la casa sólo se podía salir con permiso del padre.

Marina volvió a su camastro, desolada. Lo ocurrido el Domingo de Ramos ya era conocido como «la humillación del rey», pero de los cuatrocientos que entraron sólo se acordaban de Gonzalbo de Rodas, de Pere y de ella, Marina Montaner.

Seguía en vela cuando, ya de madrugada, resonaron golpes en el portón de entrada.

—¡*Honrat* Pere Montaner! —gritó alguien—. ¡Abrid la puerta a la Unión!

Lluís apareció en la alcoba y pidió a las muchachas que se encerraran. Eran Gonzalbo y sus hombres. En el patio, Pere discutió con el barbero. Marina trató de rezar con sus hermanas, pero no pudo; la rabia y la frustración la dominaban. Se vistió y salió a la galería. Vio a su padre acorralado por varios matones. Se oía el estruendo del registro en el almacén.

—Eso eran patrañas para los niños —explicaba su padre al barbero—. No hay nada.

Gonzalbo quería ascender en el liderazgo de la Unión y la riqueza de los Montaner le era necesaria. Ésa había sido su intención desde el principio. Marina reconoció para sí que sabía muy poco de él, tan sólo que había aprendido el oficio de su padre entre palizas y que se había ido de casa siendo un muchacho; ahora, antes que con las tijeras en la mano, pasaba más tiempo en las tabernas. Fue en ellas donde descubrió su habilidad para influir en la gente. Siempre tenía la palabra adecuada y el gesto preciso. Podía encandilar a truhanes, a jóvenes ingenuas como la propia Marina y hasta a ciudadanos y nobles como los conservadores de la Unión. Pero se sentía acomplejado; Gonzalbo jamás podría ser un *honrat*, salvo que lo respaldara una familia como los Montaner.

Hechizó a Marina con su encanto y le sonsacó toda clase de información sobre los suyos. Ella se daba cuenta ahora, con dolor. No podía dejar que se saliera con la suya esa noche. Se acercó a Lluís, que estaba allí para protegerlas.

—Sal por la puerta trasera y ve al palacio de la Cofradía de San Jaime, a dos manzanas, ya sabes. Allí se encuentra el cuartel general de la Unión. Avisa a quien esté de guardia.

—Dejad que vuestro padre lo solvente. No os metáis de nuevo.

—Haz lo que te pido, Lluís, o no quedará tiempo. ¡Corre!

Marina se mantuvo oculta, hasta que vio que los intrusos se disponían a golpear a su padre.

—¿Éstos son los valores de justicia que promete la Unión? —gritó desde arriba.

El barbero sonrió triunfal. Hizo un gesto y sus acompañantes dejaron en paz al mercader.

—Me alegra que no te hayas ido, querida. Creo que tú puedes convencer a tu padre de que me apoye. La Unión ha vencido al rey, y podemos aprovecharlo. Tu familia y yo.

—No está en mi mano ayudarte a convertirte en conservador de la Unión, Gonzalbo —le dijo Pere—. Buena parte de nuestros fondos están invertidos o bajo la custodia de banqueros judíos de Barcelona. Aquí sólo tenemos lo que nos estáis robando.

—¿Y esa misteriosa Fuente? —Gonzalbo miró a la joven—. Ella me lo explicó.

—Eso era un cuento infantil para impresionarte —intervino Marina—. Me extraña que alguien con tanto mundo se lo creyera. Pero si fuera cierto, tú serías el último en tenerla. —Ya no veía en él nada que le gustara—. ¡Eres una rata despreciable!

—¿Estás segura de ponerte en mi contra? —Gonzalbo torcía el gesto. Comprendía que su hechizo se había roto. Sin poder ejercer su influencia, la amenazó con su daga.

—Hazme un solo rasguño y será tu perdición —lo retó Marina, mordaz.

El barbero y su padre la miraron sorprendidos. Marina aguantó erguida, aunque por dentro le saltaba el corazón. Los secuaces de Gonzalbo salieron del almacén con lo requisado. Por fin la puerta principal se abrió, y la joven se sintió aliviada.

Gonzalbo abrió los ojos espantado. Era el sirviente Lluís, que llegaba con tres conservadores de la Unión: el jurista Joan Sala y dos caballeros, Jaume Castellá y Martín Ruiz.

—¿Qué ocurre aquí? —demandó Joan Sala, ceñudo.

—He sido yo quien os ha avisado —intervino Marina—. Mi padre firmó la rebelión, y Gonzalbo de Rodas ha llevado a cabo un registro ilícito en nuestra casa. ¡Pretendía robar a la Unión!

El barbero estaba tan seguro de su carisma que se creía

intocable y más ante la joven a la que sedujo. Marina le había hecho darse de bruces con la realidad.

Se produjo una fuerte discusión entre los líderes y obligaron a Gonzalbo a salir sin su botín. Aquello podría considerarse una traición. Desde la calle, el barbero se volvió hacia Marina, frustrado.

—¡Los Montaner lo pagaréis con sangre! —amenazó.

Como respuesta, Marina cerró de un portazo. Corrió a sostener a su padre.

—Has sido astuta. Aunque esto es sólo el principio.

—Hemos ganado tiempo. Padre, lo siento. Le conté demasiadas cosas…

—Por ahora lo más importante no está a su alcance, pero Gonzalbo no parará. He visto esa mirada muchas veces. Es el veneno de la ambición. Preferiría morirse a volver a ser lo que era, y eso lo hace más peligroso. Tu madre tiene razón, todos debemos irnos. Van a vigilarnos, pero encontraré el momento. —Pere sonrió a su hija con picardía, y concluyó—: ¡Ha sido una treta magnifica, Marina! Eres rápida como tu abuelo. Me temo que va a hacerte falta a partir de ahora.

Marina olvidó todo el peso de los acontecimientos y, gracias al halago, se sintió dichosa. No duraría, pero fue suficiente para que volviera a confiar en ella misma.

4

La huida

El cuarto día de luna nació Abel. Es un día bueno para cualquier trabajo, para entablar un pleito y para acompañar personajes; el enfermo sanará.

Viernes, 2 de mayo de 1348

Después de tres semanas de espera angustiosa, encerrados en la casa de la calle de los Caballeros, los Montaner salieron en secreto para abandonar la ciudad de Valencia.

—¿Es verdad que nos arrancarán el corazón para dárselo al rey? —preguntó Joan.

Aún no había amanecido. Marina, Teresa, Beatriu y Joan estaban sentados en la playa del Grau de Valencia. La mayor no respondió, le escocía la garganta. Miró a Teresa en busca de ayuda. Era la siguiente por edad y su confidente a menudo. Teresa no se parecía al resto de los hermanos. Ni siquiera en el aspecto, pues tenía la piel muy pálida, el cabello negro, lacio, y unos ojos claros que causaban inquietud. No era fea, pero su madre no había logrado atraerle ningún pretendiente, cosa que no pasaba con las otras hijas. Era tímida, incluso solitaria; extraña para muchos.

—¡Nadie nos arrancará el corazón ya que estaremos en Barcelona! —respondió Teresa—. Allí apoyan al rey y no hay Unión, ni guerra. Madre y Romea nos esperan con el tío Dalmau y el primo Gaspar. Estaremos a salvo.

Beatriu asintió, a punto de llorar. Con quince años, todas sus ilusiones se veían truncadas. Era la más parecida a Romea, con el cabello pajizo, unas facciones dulces, de gran belleza, y la mirada verde, felina, que embelesaba. Su madre decía que acabaría siendo más guapa que la hermana mayor, a la que admiraba.

—Deseo tanto verlas... —musitó nerviosa.

Había pasado casi un mes desde la humillación del rey, y los Montaner vivían los peores momentos. La prestigiosa familia de mercaderes había caído en desgracia en todas las ciudades leales a Pedro IV y les cancelaban los contratos. En Valencia, la Unión los acosaba para tener donaciones. Gonzalbo de Rodas había sido perdonado. No había vuelto, pero estaría planeando la manera de vengarse. Nadie se atrevía a ayudarlos.

Marina miró las aguas en busca de paz. El horizonte se teñía de rojo sobre el mar. Le gustaba imaginar que se iba a un destino lejano y lleno de misterio. Los Montaner eran una estirpe de mercaderes viajeros y en su hogar nunca se agotaban las historias. Ella tenía un vínculo especial con el Mediterráneo, un ser antiguo y caprichoso que hablaba en un lenguaje de murmullos que ya pocos entendían. Su madre decía que contaba viejos hechos y leyendas de los pueblos que bañaba.

A lo lejos, una campana comenzó a tañer y la sacó del ensueño. Era un toque de difuntos. Desde finales de abril las parroquias registraban más entierros de lo habitual. Los notarios no daban abasto redactando testamentos de personas que habían enfermado de manera repentida. Su hermano Pere lo había avisado, la peste negra ya estaba allí. Si embargo, las autoridades mantenían silencio y el rey, retenido, no podía disponer nada.

—¿Y si ese mal nos mata en Barcelona? —musitó Joan, aterrado.

Las jóvenes Montaner consideraban y trataban a Joan como un hermano, a pesar de ser el huérfano de un tío lejano, pues se había criado con ellas en la casa. Era muy delgado y de piel pálida, como Teresa, y soñador. Desde niño le fascinaba el mar y ansiaba enrolarse en alguna de las naves que armaba la familia con otros mercaderes. Un futuro sencillo que, aun así, tampoco tenía ya garantizado.

—Dios nos protegerá —aseguró Teresa.

—¿Dios? —Marina le atrapó la mano y la obligó a enseñar el amuleto que toqueteaba con disimulo: una garra de gallo negra—. ¿Te la han dado las curanderas del mercado? No escarmientas. En Barcelona deberás tener cuidado.

—¡Déjame en paz! —espetó la otra. No le gustaba hablar de sus cosas—. Me ayuda a no tener tanto miedo. No todas somos tan fuertes como tú.

Marina calló. Si hablaba se echaría a llorar.

En la oscuridad de la playa vieron movimiento. Unos hombres arrastraban una barca de vela hasta el agua. Luego ataron un pequeño bote auxiliar. Eran sirvientes de su padre. Enseguida comenzaron a embarcar cajas. Pere fue hasta ellas.

—¿Es preciso que nos marchemos hoy? —lamentó Beatriu—. ¡Tenía la prueba de bordado dentro de tres días!

—Te buscaremos otro taller en Barcelona, mucho mejor que el de María Arqués.

Pere no le dijo la verdad; ya no la querían en el taller por ser una Montaner. Ninguna de ellas tendría futuro en Valencia y mucho menos pretendientes.

Se acercaron a la barca. Pero cuando iban a subir, Lluís dio la voz de alarma:

—¡Señor, mirad esas antorchas! Se aproximan hombres por el camino del Grau.

—¿Son de la Unión, padre? —preguntó Beatriu, asustada.

Se hizo un silencio espeso. Pere Montaner suspiró. A pesar de todas las precauciones, alguien habría advertido su marcha.

—No van a impedirlo —dijo, y sacó una espada de debajo de su capa.

Sus hijas exclamaron de espanto. Los sirvientes también iban armados y corrieron para cortar el paso a los que venían. Se habían preparado por si acaso.

—Hijas, embarcad.

—¡No nos iremos sin ti! —gimoteó Beatriu.

—No os preocupéis. Ganaré tiempo hasta que la barca esté fuera del alcance de esos hombres. A mí no me harán nada. En cuanto pueda, iré yo. —Se encaró a los asustados pescadores—. En Barcelona, mi hermano Dalmau Montaner os pagará el resto de lo acordado, junto con una prima.

Teresa, Beatriu y Joan lo abrazaron. Marina se quedó atrás, triste, dominada por la culpa. Al final, Pere le hizo un gesto y ella corrió a sus brazos.

—Padre… —No pudo seguir. Deseaba tanto aquel abrazo…

El hombre la estrechó como si la protegiera de la furiosa tramontana en el mar y le susurró algo que los demás no oyeron.

—Es posible que ya no pueda salir de Valencia, por eso voy a confiarte mi legado: a tus hermanas y a Joan. —Le acarició el rostro bañado en lágrimas—. Tienes el alma audaz de los Montaner y al mirarte me recuerdas al abuelo. Cuídalos pase lo que pase, se lo prometiste a tu madre. Y también te confío esto…

Se sacó una llave oxidada que llevaba al cuello y se la colocó a Marina.

—¿Qué es? —dijo ella, intrigada—. ¿Es de la Fuente?

—Una llave, sólo eso. Guárdala y no la muestres. Es importante para la familia.

Por primera vez, su padre no insistió en que eran cuentos. Marina advirtió el misterio en sus ojos, pero no tuvo tiempo de hacer más preguntas. Un tintineo les recordó la apurada situación.

Los sirvientes de los Montaner se enfrentaban a los recién llegados. La barca ya se hallaba en el agua y los pescadores los ayudaron a subir. Marina fue la última. Su padre sacó de una bolsa un legajo de pergaminos bien encerados.

—¿Recuerdas que pregunté sobre la peste a mis socios de Lleida? Hace dos días llegó este *Regiment de preservació a epidèmia o pestilència e mortaldats*, recién escrito por un maestro en medicina del Estudio General. Es la ayuda que pedíamos. Cógelo.

—¿Por qué?

—He sabido que la muerte negra ha entrado en Barcelona como no se ha visto otra. Aquí también ha empezado. Que el tío Dalmau lo lleve al Consejo de la Ciudad y a los hospitales. Ayudad en lo que podáis. Allí son fieles al rey, y mejorará la posición de los Montaner.

El tintineo de las espadas se recrudeció. Las antorchas en la arena iluminaban la escaramuza. Marina vio con espanto a Gonzalbo de Rodas. Su pesadilla la miraba.

—¡Corre! —exclamó Pere.

Los pescadores la ayudaron a subir y con los remos alejaron la barca.

—¡Deteneos! —gritó Gonzalbo—. ¡La traición se paga con la muerte!

Bajo la luz crepuscular, Marina vio a su padre enfrentarse a un hombre que pretendía entrar en el mar a por ellos. El mercader no era guerrero; enseguida lo desarmaron y lo hincaron de rodillas.

—¡Volvamos! —gritó Marina a los pescadores.

No hicieron caso. La barca estaba ya lejos y tenían instrucciones claras del mercader: no debían regresar, aunque les pareciera que aquellos hombres iban a matarlo en la playa.

—¡Fuera de Valencia estarás en las garras del rey! —gritó el barbero, ciego de rabia, al ver que su presa escapaba—. ¡El mar será tu tumba, Marina Montaner!

Golpeó al mercader, que quedó tendido en la arena. En la barca, Marina se sentó con el corazón a punto de estallar. A su lado, Teresa, Beatriu y Joan sollozaban asustados.

Ahora eran su responsabilidad, y jamás se había sentido tan desamparada. Entonces una voz, como si percibiera su angustia, gritó desde la playa:

—¡Recuerda que fuiste un regalo del mar, Marina! ¡Tu estrella te protegerá!

Su padre seguía vivo. La conocía bien y le había dado el impulso que necesitaba para no desmoronarse. Mientras se secaba las lágrimas, sintió un primer destello de valor que emanaba de una vieja historia: la suya.

5

Dies irae

La silla del trono salió despedida, impactó contra una pared y arrancó parte de la yesería árabe de los antiguos señores de Balansiya. Los caballeros presentes enmudecieron; importunar a don Pedro IV de Aragón podía acabar con alguien desangrado en el suelo.

Estaban con el rey los ujieres Joan Lobera y García López de Cetina. También Gonzalo de Castellví, portador del pendón real, Gil de Montnegre y el dominico fray Nicolás Rosell, capellán real. Por último, un escriba. Don Pedro seguía siendo el rey un mes después, pero sólo gracias a ceder a las peticiones de la Unión. Permitiría que nombraran consejeros reales para tener más influencia y ya había ordenado a sus oficiales que acataran los fueros, pero los unionistas querían más y su situación no había cambiado. Su hermanastro Fernando de Aragón presionaba por detrás para destronarlo.

El pescador que había llevado la noticia de lo ocurrido esa madrugada en el Grau no había sido autorizado a entrar en la sala del trono por el hedor que desprendía. Ante la cólera del rey no osaba ni respirar, pero tendría algo que contar toda la vida.

—¡Maldito Montaner! Hay que saber adónde va esa barca con su hija.

—Pere está bajo custodia en su casa, a cargo de ese barbero que, a pesar de que casi acaba en la horca por querer robar a la Unión, siempre cae de pie. Pero yo os puedo responder, majestad —dijo fray Nicolás Rosell.

—¡Pues hablad, por Dios!

—La Compañía Montaner tiene dos cabezas: Pere y su hermano Dalmau. Este último reside en Barcelona, en una gran casa de la calle de Montcada. Su padre, Berenguer Montaner, fue amigo personal de vuestro padre, el rey Alfonso.

—¡Lo sé! Han pasado de aliados a traidores, y lo pagarán...

—Hay una tercera hermana, Matilde, casada con el barón de Ternelles, en Mallorca. La familia está muy unida y se visitan con frecuencia, pero esa barca es de cabotaje, por tanto, no irán a la isla. Barcelona es su destino. Dalmau es influyente, ha sido miembro del Consejo de Ciento; buscan protección allí.

—Recuerdo a Dalmau Montaner, el Navegante —señaló el rey con esfuerzo.

—Es un experto patrón de nave. Es viudo, y hace dos años su hijo mayor murió en un accidente en el puerto de Barcelona. Ahora apenas navega. Suponemos que también están allí la esposa de Pere, Alda de Palermo, y su hija mayor, Romea, que partieron hace casi un mes, tras el escándalo... —El dominico miró a Gil de Montnegre con disgusto—. El mercader lleva días pidiendo audiencia, pero los conservadores de la Unión lo impiden. Quiere explicar que el Domingo de Ramos fueron engañados. Su hija Marina sólo pretendía advertiros de que la peste ya diezma Sicilia.

—¡No son más que traidores, mi rey! —intervino Gil de Montnegre.

El monarca lo ignoró.

—¿Cuál es la situación en Barcelona?

Fray Nicolás Rosell se rascó la tonsura.

—A finales de abril llegó un leño de Mallorca, y varios marineros presentaban bubas. Se aisló el barco, pero la muerte negra bajó a tierra. Aquí también está empezando.

—Sostengo que los Montaner pasarán por Barcelona, pero luego huirán lejos de vuestros dominios, si no lo impedís —sugirió Gil—. ¡Se burlan de la Corona!

—¿Es que Dios pretende incluso arrebatarme eso? —Don Pedro, colérico, se acercó al escriba—. Mandad un mensaje urgente a Tortosa. Que zarpe una galera y capture a las hijas de los Montaner, con discreción... Ya veremos quién se burla el último.

—Enviad a la *galiota* Falcona —siguió el caballero, con vivo interés.

—Ordenadlo si es vuestro deseo —intervino el ujier García López de Cetina, más sensato—, pero tenéis problemas más acuciantes, mi señor. Debéis centraros en escapar de Valencia para rearmar a vuestro ejército en Teruel. Aceptad todo lo que la Unión pida y exigid que os dejen marchar para evitar la peste.

—Tiene razón, majestad —siguió fray Nicolás—. Se avendrán a liberaros, pues nadie quiere cargar con la muerte de un rey. Ya os retractaréis de lo firmado si os conviene.

El monarca se detuvo ante su pendón. Se veía la mancha de vino.

—Esta ciudad humilló a la Corona. Hicieron llorar a la reina. —Tomó el crucifijo que presidía las reuniones—. Juro por Dios que destruiré Valencia y cubriré de sal sus escombros. ¡Nadie podrá vivir aquí nunca más!

Los cortesanos se miraron sombríos. El escriba lo anotó para la crónica. Ningún descendiente de Jaume I habría hablado en esos términos, pero Pedro IV sí, y cumplía sus amenazas.

—Hay otro motivo por el que conviene capturar a los

fugitivos, mi rey —habló de nuevo Gil de Montnegre, con ojos codiciosos—. Sé de primera mano que los Montaner podrían tener un secreto que les proporciona riqueza y prosperidad, lo llaman la Fuente...

—¿Alquimia tal vez? —preguntó el rey, muy interesado. Transmutar oro era una de sus obsesiones.

—Romea no lo sabía con certeza. Ella no se lo creía, pero los Montaner en sólo tres generaciones han amasado una de las mayores fortunas de la Corona, de modo que podría ser cierto. —Gil sonrió orgulloso. Había logrado ser el centro de atención, incluso de don Pedro—. Con esa Fuente lograríamos recomponer el ejército. Con las hijas en nuestro poder, podríamos sacar a la fuerza a Pere Montaner de su casa y obligarlo a que os revelara la verdad. Luego ya podréis hacer lo que os plazca con ellos, majestad.

Los ojos del rey brillaban febriles, aunque no quería que se notara.

—Hay que evitar que escapen. Que la Falcona salga con sus velas negras. Esa Fuente me interesa, pero es más importante que no se libren del castigo. Aunque me quiten la corona o la peste se lleve mi alma, no dejaré de perseguir a Marina Montaner. Por su culpa mis ancestros me atormentan cada noche.

El escriba sacó una vitela nueva y redactó con pulso tembloroso. Nadie podía ser más cruel que un rey humillado.

6

Una vela negra

En el séptimo día de luna Caín mató a Abel; el día es malo para todo. El enfermo morirá. Si truena, es señal de muerte.

Lunes, 5 de mayo de 1348

Desde la proa de la barca, Marina miraba el mar. Era el atardecer del tercer día de navegación. Había sido incómodo, sobre todo para las muchachas a la hora de hacer sus necesidades ante los tres pescadores, pero al final ya no le daban tanta importancia. También disminuyó el mareo. Al este, el relieve de la costa estaba envuelto en las sombras del crepúsculo.

—Si sigue soplando esta brisa, veremos Barcelona mañana al amanecer.

—Pareces muy segura —indicó Miquel, el pescador—. Nosotros nunca hemos navegado tan lejos de Valencia.

—Visitamos a mi tío cada año.

—Me da miedo lo que podamos encontrar con esa peste —dijo Teresa.

Marina la veía agotada. No era una barca para navegar tantas millas. El viento azotaba la vela latina e iban escorados. A veces entraba agua y debían achicarla entre todos.

—¡Estoy empapada desde hace días! —Beatriu no paraba de quejarse.

—Paciencia, lo peor ya ha pasado —repuso Marina.

—¡Beatriu, eres una Romea de quince años! —se burló Joan.

Los más jóvenes se enzarzaron de nuevo en una absurda discusión. Marina y Teresa se miraron resignadas; al menos se distraían.

Marina había estado leyendo el *Regiment* del médico de Lleida Jaume d' Agramunt y estaba cada vez más asustada. Temía ver en Barcelona todo el horror que explicaba. Esa peste era un castigo divino que se extendía por el aire corrompido que surgía de las miasmas o de animales mal enterrados. El *Regiment* tampoco descartaba la acción de servidores de Satán que quemaban hierbas venenosas cuyo humo causaba la peste. No tenía cura y los que enfermaban estaban de manos de Dios. Agramunt recomendaba oración y arrepentimiento de los pecados, pero al contrario que los clérigos, añadía consejos de higiene y alimentación para reducir su expansión. Ése era el verdadero valor de la breve obra, pensó Marina, por eso se la habían enviado a su padre.

—Mirad el atardecer —dijo Joan, prendado del color del cielo y el mar.

Marina sonrió. También ella amaba el mar y los barcos.

De pequeña iba con su padre al Grau y escuchaba atenta las diferencias entre las naves de remos y las de casco redondo empujadas sólo por el viento, ancladas en aguas más profundas. Él le señalaba los barcos en los que participaba la Compañía Montaner como *parçoners*. Alguno llegaba a los puertos lejanos de Alejandría y Beirut.

Pasaban entre las embarcaciones a medio hacer sobre estructuras de madera en la playa y hablaban con sus constructores, llamados maestros de hacha. También admiraban el trabajo de los calafates, encargados del alquitrán para brear los cascos. Cada oficio guardaba su conocimiento como un tesoro, pero los mercaderes también guardaban secretos, decía su padre, y Marina pensaba en la leyenda familiar de la Fuente.

Soñaba con los destinos que ella jamás visitaría, pues las mujeres sólo debían navegar en travesías puntuales.

—¡Padre, al sur! —señaló el hijo del pescador—. Una vela negra.

—¡No puede ser que ese demonio esté aquí! —Su voz era de puro espanto.

—¡Mírelo!

Sin soltar la espadilla del timón, el hombre se levantó.

—¿Qué ocurre? —preguntó Marina, inquieta.

—La vela negra es de una *galiota* llamada Falcona. No lleva pabellón, pero se sabe que es del rey. Aparece, tiñe el mar de sangre y se desvanece como un fantasma.

Marina evocó los ojos de don Pedro, la mirada de la muerte que vaticinó su padre.

—¿Viene a por nuestros corazones? —preguntó Joan con voz temblorosa.

La *galiota* era más pequeña y estilizada que una galera. Navegaba a gran velocidad. Los remos bogaban como uno solo, ayudados por la vela triangular, teñida de negro como el casco. La quilla era semejante a una lanza y los apuntaba. Cuando estuvo más cerca, vieron el halcón dorado que adornaba el mascarón de proa.

Marina dejó de mirar la siniestra nave y sorprendió a los pescadores acercando la chalupa auxiliar a la barca. Un mal presentimiento la invadió.

—¿Vais a abandonarnos?

—¡Nuestro padre os ha pagado mucho para llevarnos a Barcelona! —protestó Teresa.

—Así es, pero queremos vivir. Lo siento.

—¡Intentad acercarnos a la costa, por favor! —pidió Marina.

—Eso que se aproxima es un ave de rapiña. ¿No veis

cómo vuela? —señaló el pescador, impasible—. Nos lo temíamos. Vuestra suerte se selló la noche del Domingo de Ramos.

Joan se abalanzó sobre el hombre, pero éste lo empujó con fuerza y sacó un cuchillo.

—¿Nos llevamos su equipaje? —preguntó el hijo—. Tendrán sedas y cosas de valor.

—Si les robáis el botín os perseguirán también —advirtió Marina.

El hombre reflexionó. Hasta él sabía que las razias en el mar se financiaban así.

—¡Vámonos!

Marina retenía a Joan, aún más rabioso. Los pescadores saltaron al bote y cortaron el cabo. Ella cogió el timón para intentar guiar la barca hacia la costa, pero tenían la Falcona encima. La *galiota* movía los remos como un insecto gigante, negro como la noche. Envuelta en las sombras del crepúsculo, recordaba a la nave espectral de las leyendas mediterráneas, la que portaba almas perdidas, según los navegantes.

—¡Cerrad los ojos y rezad!

Teresa, Beatriu y Joan lo hicieron, pero al poco se oyó un chasquido de cuerdas seguido de un chapoteo a lo lejos. Al mirar, vieron que tras la chalupa caía una columna de agua.

—¡Han disparado a los pescadores con una catapulta! —exclamó Joan, impresionado.

La *galiota* tenía los remos levantados y se deslizaba con lentitud. Hubo más disparos, sin atender a los gritos desesperados de los pescadores. El rey iba a teñir el mar de sangre.

El sexto disparo impactó de lleno en la chalupa, que estalló en mil pedazos antes de que se hiciera el silencio. La oscuridad de la noche impedía ver si alguno de los dos pescadores seguía en el agua.

Con una precisión pasmosa para una nave de ese tamaño, la *galiota* viró y bogando con suavidad se situó en paralelo a la barca. La luz crepuscular había dado paso a la noche. Les sobresaltó el golpe de un garfio que enganchó la borda. Marina se colocó delante de sus hermanos en actitud protectora, a pesar de ser consciente de que era absurdo.

No podían ver la cubierta porque estaban más bajos, pero se distinguía un ominoso resplandor rojizo que surgía de la toldilla de popa.

—Parece el barco de Satán —musitó Beatriu. Temblaba.

Marina jamás había tenido tanto miedo.

7

La Falcona

Los hermanos Montaner contenían la respiración. Sólo se oía el chapoteo del agua entre la barca y el casco pintado de negro de la *galiota* Falcona.

—Tal vez nos arranquen el corazón de verdad —musitó Beatriu con lágrimas.

Marina pensaba en otra clase de crueldades que podrían hacerles en medio del mar.

—Todo irá bien —mintió.

De pronto alguien saltó desde la *galiota* y el bamboleo de la barca casi los hace caer al agua. Los cuatro gritaron. Era un muchacho escuálido, poco mayor que Joan. Sonrió feroz. Marina asió un remo. Sin pesar, lo golpeó y lo tiró al mar.

—¡Dios mío! —jadeó Teresa.

El muchacho emergió y se cogió a la borda, aturdido. Entonces se oyeron risas que procedían de la *galiota*. Marina levantó el remo de nuevo.

—Conteneos, Marina Montaner —dijo una voz desde arriba con un marcado acento mallorquín. No era hostil, pero sí firme—. Martín sólo iba a ayudaros a embarcar aquí.

Ella dudó, pero las hermanas le imploraban con la mirada. Resistirse sería peor. Con los labios apretados, soltó el remo. El muchacho rechazó la ayuda y subió al bote. Con malos modos, les ofreció la soga con nudos para ascender hasta la *galiota*.

Cuando iban a izar a Beatriu, Marina vio un charco amarillento en el fondo de la barca.

—Saldremos de ésta —trató de animarla—. Lo juro por Dios.

—¿Qué nos has hecho, Marina? —se lamentó Teresa.

La siguió Joan. Marina estuvo tentada de saltar al agua. Iban a hacer con ellos lo que quisieran y, estaba segura, ella se llevaría la peor parte.

La izaron, y en cuanto pisó la cubierta le vino una arcada, pero la contuvo. El mal olor de las galeras era legendario y en Valencia se notaba desde el Grau. La rodearon varios hombres. Uno menos sucio que el resto, de unos cuarenta años, le habló:

—Estáis en la Falcona. —Marina reconoció la voz de antes—. Soy Felip de Mallorca, el naochero.

—El primer piloto —dijo Marina para demostrar que conocía el significado.

—Sois cautivos del rey Pedro de Aragón. Todos los bienes que lleváis quedan requisados.

Dos hombres saltaron a la barca y comenzaron a abrir las cajas con interés.

—¿Qué vais a hacernos? —Era lo único que preocupaba a Marina.

—El capitán Albar de Ondárroa os espera bajo la toldilla de popa. Él lo sabe.

—¡No me separaré de mis hermanos!

Felip le hizo una advertencia con el gesto y señaló la crujía, la pasarela central que llegaba a la popa, entre las bancadas de remos.

—Nunca has estado en un lugar tan peligroso —le advirtió—. Aquí nadie deja rastro... Sin embargo, eres hija de mercaderes, quizá tengas algo que ofrecer.

Marina se esforzó por no parecer aterrada. Pidió calma a sus hermanos y cruzó la crujía. Contó nueve bancos por banda y se percató de que cada remo era movido por tres hombres, llamados chusma. Como en cualquier galera, entre dos bancos de estribor estaba el brasero para cocinar. Oyó toser. Dos remeros estaban recostados, cubiertos de sudor y demacrados. No parecía debido al esfuerzo de la boga, y tuvo un mal presentimiento: estaban enfermos.

Toda la popa de la *galiota* estaba cubierta con un toldo de lona. De allí salía el misterioso resplandor rojizo que había visto desde la barca. Un maullido la sobresaltó. Sobre un tonel, vio un gato negro. La observaba con sus ojos amarillos. Como si la hubiera avisado, Marina se fijó en que había un hombre negro recostado, un gigante con cuerpo de guerrero vestido a la manera árabe. Tenía muy mal aspecto, sudaba a mares. Al verla movió los labios.

—Agua —susurró, vencido por la fiebre.

Marina se quedó quieta por el miedo. El hombre clavó la mirada en unos toneles.

—Es peste, y nadie se atreve a acercarse —dijo un hombre con un devantal grasiento, quizá el cocinero.

La joven examinó los barriles. Eran de agua y vinagre, que se mezclaban para evitar que la primera se corrompiera. El *Regiment* recomendaba el vinagre para protegerse. Si se armaba de valor podía ganarse el favor de la tripulación. Tomó vinagre en un cazo de latón y se lo echó encima. La tripulación la observó con sorpresa. Luego, manteniendo la distancia, dio agua al enfermo en el mismo recipiente. El hombre bebió un poco y cerró los ojos.

—Dile quién eres de verdad —le susurró.

Tenía un acento extraño, pero más lo eran sus palabras.

Marina cogió aire y apartó la gruesa cortina que ocultaba el fondo de la *galiota*. El fulgor rojizo provenía de una lámpara árabe con cristales tintados. Vio un arcón con cartas de navegación, un astrolabio y la brújula. También había una mesa y sobre ella un pequeño libro mal encuadernado.

La hornacina para la Virgen que tenían los barcos al fondo estaba vacía.

El capitán se encontraba de espaldas, asomado a la noche. Llevaba el pelo largo.

—Soy vuestra cautiva —comenzó la joven—, pero os pido piedad para mis hermanos. Ellos no tienen ninguna cuenta pendiente con el rey.

El hombre no se movió. Sólo le habló con voz profunda:

—¿Conocéis la historia del gesto de la Muerte? En el mercado de Bagdad, el criado de un rico mercader se topó con la Muerte y ésta hizo un gesto extraño. El sirviente, aterrado, corrió al palacio de su señor y le pidió un caballo para huir a Ispahán y ocultarse. El mercader se compadeció y se lo concedió, pero luego fue al mercado y buscó a la Muerte. Le preguntó por qué había mirado así a su criado y la Muerte le explicó que el gesto fue de sorpresa al verlo en Bagdad, pues esa misma noche debía llevárselo en Ispahán.

Marina dio un respingo.

—¿Sois la Muerte?

—Para vosotros sí.

El capitán Albar de Ondárroa se volvió. Rondaba los treinta años. Ella no esperaba eso. Hubo un fugaz instante de desconcierto entre ambos, pero enseguida los ojos del hombre fueron dos abismos fríos que la hicieron sentirse desgraciada.

—Una galera de una treintena de hombres para capturar a una mujer y a sus tres hermanos púberes... Una gesta heroica, capitán. ¿Qué será de vuestra alma?

—Mi alma y su Creador me importan poco.

La cámara se oscureció. Había una herida profunda tras la blasfemia.

—Decidme al menos qué será de nosotros.

—El rey sigue retenido en el palacio Real de Valencia, pero cuando salga cambiarán las tornas. Aplastará la Unión y comenzará la purga de todos los implicados. No quiere que nadie escape. Lo que hicisteis fue terrible.

Marina hizo un esfuerzo por recomponerse.

—Lo terrible fue confiar en alguien y ser traicionada. —Miró la lámpara roja—. Sólo quise advertir al rey sobre la llegada de la muerte negra. De haber tenido éxito, puede que esta *galiota* no se hubiera infectado...

—No sabemos si es esa peste de la que muchos hablan.

—Ya ha entrado en la península. Pronto la Falcona será una nave fantasma.

—Todo el que sube a ella, desde su capitán hasta una cautiva como vos, es un fantasma condenado. No existimos más que en los relatos de los marineros. Su historia es de pérdida y desgracia. El rey nos encomienda las misiones más vergonzosas y los crímenes por los que algún día irá al infierno.

Su voz rezumaba desprecio por el monarca. La cortina se movió.

—¿Qué ocurre, Felip?

El piloto se asomó con gesto preocupado.

—Hay dos remeros más con fiebre. Si esto sigue así, no llegaremos a Valencia.

—Esta cacería os llevará a todos a la muerte —cargó Marina, y luego miró al hombre de la cortina—. Aislad a los enfermos y baldead la cubierta con el vinagre.

—¿Y eso sirve de algo? —Felip miraba con desconcierto al capitán.

—Hay un médico en Lleida que dice que es posible desinfectar lugares apestados.

—¿Pretendéis ayudar? —preguntó mordaz el capitán.

—Mis hermanos están a bordo y los protegeré hasta el final. —Buscó en su zurrón y le tendió el *Regiment*—. Los patrones de la Compañía Montaner no dejarían enfermar a su tripulación sin intentar lo que fuera. Por muy negra que tengáis la conciencia, capitán Albar, seguro que compartís eso.

Albar, crispado, cogió las hojas manuscritas que Marina le ofrecía.

—Esto no es latín. ¿Seguro que lo ha redactado un galeno?

—Lo ha hecho para facilitar su lectura por cualquier autoridad, de donde sea.

—Podría servirle a Agnès —dijo para sí Albar, pensando en voz alta.

—Estamos casi frente a la costa de Barcelona —indicó Felip, atento al capitán.

Marina notó que se entendían bien. Albar tenía dificultades para leer la letra abigarrada del *Regiment*, pero mostraba interés desde que había mencionado a esa tal Agnès. Ese resquicio de humanidad le dio esperanzas.

—Yo puedo leerlo para vos, si lo deseáis —sugirió—. Bajad a mis hermanos en Barcelona. Decid que la peste los mató de camino. A quien el rey quiere atrapar es a mí.

El capitán iba a replicar con acritud, pero el lamento de alguno de los infectados llenó de malos presagios la *galiota*.

—Leed —ordenó hosco.

Marina se acercó a la lámpara de vidrio rojo. Siguiendo las indicaciones del manuscrito, los marineros rociaron con vinagre y agua salada la cubierta y las ropas de todos, incluidas las de los Montaner. El cocinero de la Falcona quemó esparto para limpiar el aire. Marina y Teresa dieron agua a la chusma infectada y al negro con aspecto de guerrero. Era arriesgado, pero se percataron de que la tripulación lo apreciaba. Ya no veían tanta mirada ávida sobre ellas.

Más tarde, Albar de Ondárroa mandó llamar a Marina. Bajo la toldilla olía a vinagre.

—Hemos terminado el registro. Por lo que parece, sólo lleváis ropajes y algunos objetos personales. ¿Nada más?

Por alguna razón, Marina pensó en la llave que llevaba al cuello, oculta, pero no movió ni un músculo de la cara.

—Son prendas de seda, y también de paño de Flandes. Podéis sacar mucho por ellas.

—El rey estaba interesado en otra cosa..., en algo llamado la Fuente.

—Cuando la gente ve a una familia prosperar no suele fijarse en el sacrificio y el riesgo. La Fuente es esto. —Abrió las manos para abarcar el Mediterráneo—. Jugarse la vida durante décadas surcando este mar.

Albar pareció sorprendido por la firme respuesta de la joven, incluso impresionado.

—Seguramente nuestro crédulo monarca espera algo más fácil —concluyó mordaz—. Será una decepción no llevarle ningún genio metido en una ampolla de vidrio.

—Capitán, ¿habéis considerado mi propuesta? —insistió Marina—. El rey no echará en falta a mis hermanos.

—Sois osada y manipuladora. No me extraña que causéis tantos problemas a vuestro padre. —Contempló las estrellas brillantes sobre ellos—. Una buena noche para contar historias. La humillación del rey... ¿De verdad fue tan grave como lo cuentan?

El modo de decirlo hizo que Marina recordara las extrañas palabras del hombre enfermo a quien había dado de beber: «Diles quién eres de verdad».

—Os lo contaré, si al menos valoráis liberar a mis hermanos.

8

Historias del mar

Una epidemia en un barco en altamar causaba espanto, pues solía ser letal. El hecho de haber actuado para intentar que no se extendiera daba esperanzas, y la tripulación no molestó a los cautivos, aunque su destino dependía del capitán Albar de Ondárroa.

Cuando Teresa, Beatriu y Joan dormían hacinados en la proa, el naochero Felip invitó a Marina a acercarse a un brasero donde algunos marinos se calentaban. Desde el principio, el mallorquín parecía cómodo con ella a bordo. Quizá era porque en su isla muchas mujeres de familias marineras realizaban oficios relacionados con la navegación.

Junto al brasero también se encontraba Roger, el cocinero, y otro hombre de más edad. Estuvieron un rato sin hablar, un tanto incómodos. Las olas lamían el casco y las sogas crujían. Era una noche serena.

—Parecéis de lugares muy distintos —dijo Marina para romper el silencio.

—Es cierto. La gente del mar suele ser de lugares diversos, pero en la Falcona coincidimos en algo: una vez tomamos una mala decisión que nos ha arrastrado a este buque fantasma. También tú estás aquí por eso —le dijo, tomándose confianzas—. Yo huyo de un crimen. Cuando tenía veinte años maté a mi padrastro por pegar a mi madre y luego ella me denunció al veguer de Ciutat de Mallorca. Mis conocimientos náuticos me salvaron, pero la única forma de no acabar preso y ahorcado es estar aquí.

—Yo soy Miguel, de Cartagena —se presentó el otro que se calentaba.

—El mejor maestro de hacha de la Corona —informó el mallorquín, orgulloso.

—He de confesarte, Marina Montaner, que muchos admiramos lo que hiciste en el palacio Real. El rey se ha olvidado de sus súbditos, por eso los unionistas se han sublevado. Si por algunos de nosotros fuera, os dejaríamos marchar.

—¡Hacer bailar al rey...! —exclamó Felip con los ojos como platos—. ¡Quién hubiera estado allí! Vaya historia.

Comenzaron a reír. Marina acababa de explicárselo a Albar.

—Os aseguro que fue horrible —dijo ella. Al verlos relajados se atrevió a preguntarles—: ¿El capitán habrá tomado una decisión sobre mis hermanos?

—Albar de Ondárroa no aprecia al rey, pero estás en una de las naves del monarca. A pesar de que todo parezca apacible, la Falcona surge y mata. Ya has visto a esos pobres pescadores. Don Pedro no quiere reclamaciones. Nunca se sabrá la verdad.

—Solemos hundir naves genovesas, aunque a veces cae la de algún noble o mercader incómodo para el rey —explicó el maestro de Cartagena—. Ofensas personales, obstáculos para sus alianzas, prestamistas impacientes..., cosas así. —El piloto Felip torció el gesto—. Una corona cuesta de mantener sin marcharse las manos de sangre.

La joven calló; luchaba para que no aparecieran lágrimas en sus ojos. Iba a morir.

—¿Quién es el hombre enfermo recostado en los toneles? —preguntó al rato.

—Es Nasir, un guerrero mameluco de Egipto, de la etnia de los zanjs. Es el líder de aquellos seis que se sientan aparte. —Los señaló. Todos eran africanos y muy fornidos. Dormían juntos, entre los bancos de remeros—. Son nuestros proeles, los guerreros que se encargan de los abordajes violentos.

—Los barcos mercantes a veces también contratan, por seguridad —señaló Marina.

—No serán como esos demonios. Ya has visto cómo manejan la catapulta.

—¿Son esclavos?

—Siguen al capitán Albar desde que los compró como chusma remera en Bugía. Ahora son libres, pero ¿adónde van a ir?

Marina captó el vínculo. Cada uno de un lugar distinto y con su drama a cuestas, sobrevivían juntos a los peligros del mar y al desprecio de un mundo que los había arrojado a un barco fantasma. Ella se sentía igual de abandonada.

Oyó un maullido y se volvió. Martín, el muchacho que ella tiró de la barca, se acercaba al brasero. Llevaba en brazos al gato negro de ojos amarillos.

—Y éste es el tripulante más importante —dijo el naochero, sonriente—. Lilith, la gata más vanidosa del mar.

El animal observaba a Marina con sus intensos ojos, sin dejar de mover el rabo.

—Creía que sólo los barcos mercantes debían llevar gatos. Supongo que las ratas no distinguen una coca de una galera militar. —Miró a Martín—. Discúlpame.

—Soy de Valencia —dijo el muchacho, contento de que la joven se dirigiera a él—. Oí hablar de los Montaner. Algunos marinos decían que eras un regalo del mar y que te llamas Marina por eso.

—Sí, es cierto. —Pensó en las últimas palabras de su padre. Era su historia.

Se formó un silencio expectante. Nada gustaba más a los marinos que las historias contadas en cubierta durante las noches tranquilas. Así cruzaban los mares y descubrían mundos maravillosos. Contar una historia era dejar por un instante la miseria del presente.

—Me llaman así porque mi madre me alumbró entre Mallorca y Valencia. La familia vivía en Palermo, donde mi padre era el factor de la compañía, el paso previo antes de tomar las riendas del negocio. Allí nacieron mis dos hermanos mayores, Pere y Romea. Faltaba una luna para mi nacimiento cuando llegó la noticia de que mi abuelo había caído enfermo en Barcelona. Era noviembre, y sólo quedaba el último de nuestros barcos para zarpar de Sicilia. Trasportaba pimienta, canela y orfebrería egipcia.

»Mi padre debía viajar a la Ciudad Condal, pero mi madre, Alda Sclafani, es hija de mercaderes sicilianos y no teme la bravura del mar en esa época. Terca, se empeñó en acompañarlo para que no tuvieran que pasar el invierno separados.

—Con una buena coca, si los vientos son favorables, esa travesía puede hacerse en seis o siete días —señaló el piloto mallorquín.

—Pero quisiste ver el mar antes —dedujo Miguel de Cartagena.

—Mi madre se puso de parto a una jornada de echar el ancla, justo cuando se desató una violenta tempestad. A bordo, todos se lamentaban. Si dicen que trae mala suerte que las mujeres embarquen, un parto es peor. —Marina contaba la historia como su padre y los tenía absortos—. Soplaba la tramontana y el barco saltaba olas como castillos, pero al caer la noche el cielo se abrió y no se ha visto una noche tan estrellada. Nací a medianoche, al raso. Me sacó mi propio padre. Al oír mi llanto, aquellos lobos de mar lloraron.

La escuchaban impresionados. Marina vio por el rabillo del ojo a Albar asomado en la toldilla.

—El primer marinero que se acercó para mirarme fue el naochero, Guillem, que también era mallorquín. El mar lo había respetado durante cincuenta años, ¡imaginaos!, podría decirse que era casi sagrado. Me observó mientras trataba de mamar sin mucho atino y susurró que jamás había vivido una cosa igual. —Ésa era, para Marina, la parte favorita del relato—. Levantó la mirada al cielo y buscó la estrella que nace cuando alguien viene al mundo y se apaga cuando es olvidado por todos.

—La verdadera muerte es el olvido —musitó Felip—. Eso se cuenta.

—La encontró cerca del Carro. Nadie se lo discutió, y al momento todos la vieron también. —Marina se encogió de hombros—. Y por eso afirman que nací con estrella. El viejo Guillem decía que soy un regalo del mar y que las aguas me protegerían siempre. Así fue la historia.

Algunos ya trataban de localizar la estrella de Marina Montaner.

—Al final, el piloto no acertó con el vaticinio —concluyó con voz apagada.

Se volvió hacia la toldilla. Albar ya no estaba allí.

Casi a medianoche, Marina se acercó para ver cómo estaba el mameluco llamado Nasir. Tenía fiebre y murmuraba cosas en árabe. Le dio agua, y el guerrero tosió y la miró agradecido. Al final, después de mucho dudar, se atrevió a asomarse tras la cortina. Sólo quería saberlo.

Albar de Ondárroa estaba inclinado sobre la mesa con una carta de navegación.

—No os quedéis ahí, Marina Montaner. Preguntádmelo ya.

—¿Vais a poner rumbo a Barcelona? Haré que mi familia os compense.

—Si reconocen a vuestros hermanos en Barcelona los capturarán. Quizá lo haga gente aún peor.

—¡Mi madre se los llevará a Palermo!

—Ya no sale ningún barco, según dicen. La peste...

—¿Qué puedo hacer para convenceros? —dijo angustiada.

El capitán se levantó y fue a la borda. Miró la noche y luego a la joven.

—No soy de esa clase de hombres, Marina Montaner.

Oír aquello la avergonzó. No pensaba en eso. Se acercó a la mesa para mirar el libro. No era un breviario de oraciones, como había creído. Era una edición tosca. La tapa era de cuero burdo y en el lomo se leía un extraño título:

—*Islario maravilloso* —leyó intrigada—. ¿Son cartas de navegación?

Albar se volvió con el rostro tenso.

—No. En realidad, nunca lo he abierto.

Los Montaner recibían una esmerada educación en las materias del *trivium*, esto es, gramática, retórica y dialéctica, además de en aritmética y en el uso del ábaco. Por lo general, un capitán sabía leer y escribir, pero Marina lo hacía mejor. Desesperada, acercó la mano al libro para cogerlo.

—Yo podría leerlo con facilidad —dijo para congraciarse con él.

El capitán reaccionó con la rapidez de un rayo. Sacó una fina daga del cinto y de un solo movimiento la clavó en la mano de Marina, que ya la había posado junto al libro. La punta atravesaba la carne y se clavaba en la mesa. El estallido de dolor nubló los pensamientos de la joven. La sangre corrió y manchó el libro.

Su alarido rasgó la noche y despertó a todos en la Falcona.

—¡No debéis tocar algo que pertenece a la muerte! —gritó Albar. Sus ojos ardían como los fuegos del infierno cuando desclavó la daga.

Marina jamás se había sentido tan desgraciada y dolorida. Ése era su destino.

9

Barcelona

Martes, 6 de mayo de 1348

—Marina, despierta. ¡Mira!

La joven abrió los ojos, aturdida. Lo primero que sintió fue el dolor lacerante en la mano. Sólo deseaba dormir. Alguien la sacudió, y tuvo que mirar.

El sol ya estaba alto y se veía la vela negra hinchada sobre ella. Además de dolorida, estaba entumecida por el frío. Se miró la mano vendada; tenía una gran mancha de sangre. Roger, el cocinero, se la había cosido con hilo de tripa de liebre.

Joan y Teresa la ayudaron a levantarse. Cuando oteó por la borda le brincó el corazón; estaban ante Barcelona. Delante vio un bosque de mástiles de toda clase de barcos anclados cerca de Les Tasques, una lengua de arena frente a la playa. Numerosas campanas de la ciudad tocaban a difuntos.

Albar apareció en la crujía con Felip y se dirigió a toda la tripulación.

—Nos aprovisionaremos de vinagre y cal. Esta noche zarparemos hacia Valencia.

—¿Y Nasir? —preguntó el paje Martín.

—Si no mejora, no nos quedará más remedio que arrojarlo al mar.

—El *Regiment* dice que hay gente que no muere —apuntó Marina en voz alta, fría.

Albar se acercó. Le observó la mano con expresión grave y luego la miró a los ojos.

—Dejaré marchar a vuestros hermanos.

—¿Es cierto? —Se le aceleró el corazón—. ¿Vas a liberarlos?

—Los acompañaréis, Marina Montaner, y volveréis con treinta libras de plata para comprar el silencio de la tripulación de la Falcona. Si el rey se entera nos desollará. —No parecía que eso le importara demasiado—. La versión será que los ha matado la peste.

Era una suma de dinero importante, pero su tío Dalmau la ayudaría.

—¿Por qué lo hacéis?

—Quiero que os encarguéis de que llegue una copia del *Regiment* a la beguina Agnès, en el hospital de leprosos de Santa Margarida.

Eso despertó la curiosidad en Marina. Cuando la noche anterior mencionaron a Agnès, no la relacionó con la beguina que vivía en Barcelona. En su casa había oído hablar con admiración de aquella mujer que había formado una pequeña comunidad femenina para servir a Dios pero sin someterse a ninguna orden religiosa de la Iglesia, motivo por el cual se llamaba beguinas a quienes eran como ella. Se contaba que en algunos reinos de Europa había beguinatos con cientos de mujeres que vivían en libertad, ejerciendo oficios diversos, y que algunas habían alcanzado fama de santidad y erudición. Pero la Inquisición recelaba. Decían ser fieles al papa y a la Iglesia, pero vivir al margen de la guía masculina facilitaba la entrada al diablo.

En Barcelona eran muy pocas y prestaban su servicio de ayuda en la leprosería, el peor lugar de la ciudad. Ciertos prelados se quejaban por su vida emancipada, pero tanto el Consejo de la Ciudad como el Consejo de Ciento las protegían pues su labor, valiente y generosa, era importante. Muchos ciudadanos las ayudaban también. Quizá Albar era uno de ellos, pensó Marina.

Sentía fascinación por las mujeres que gobernaban su vida, a pesar del descrédito y las dificultades. Eran naocheras de su propio destino. Lo que ella soñaba.

—Gracias, capitán —dijo con sentimientos encontrados.

—No me las deis. Si alguien los reconoce en Barcelona, los cazará y se los venderá al rey, vivos o muertos. —Su frialdad helaba la sangre—. Vamos.

Albar se alejó y Marina miró a Felip. El hombre la animaba con un gesto.

—¿Qué lo ha hecho cambiar de opinión?

—Aunque lo veas así, Albar tiene un código de honor particular y una historia trágica. La orden de capturar a una mujer indefensa le ha afectado más de lo que quiere reconocer. Deja a tus hermanos con tu tío y regresa, así evitarás meterlos en más problemas.

Marina oteó el puerto. Estaba a un paso de la libertad y, sin embargo, no la alcanzaría, pero al menos había salvado a sus hermanos como prometió.

La Falcona nunca se acercaba a grandes puertos, así alimentaba la leyenda. Desembarcarían con la barca de los pescadores. El ambiente se crispó pues parte de la chusma quería salir de la *galiota* infectada. Albar sacó el látigo e impuso su autoridad.

Bajaron Teresa, Beatriu y Marina. Cuando Joan pasó la pierna por la barandilla, el capitán lo cogió del cuello.

—¿Qué ocurre? —Marina tuvo un mal presentimiento.

—¿Qué pensabais? Volved antes del anochecer con el pago y vuestro hermano podrá irse. Si no, él pagará vuestra cobardía bebiendo el pus de alguna de esas bubas.

Albar desapareció arrastrando a Joan, que no dejaba de

implorar a gritos. La angustia dominó a Marina. Ella y sus hermanas llamaron al capitán, pero los silenciosos proeles los condujeron a la orilla. El aspecto feroz de los guerreros helaba la sangre.

Al llegar a la arena uno de los sarracenos agarró a Marina de la túnica.

—Esperaremos aquí hasta el anochecer. —Pronunciaba muy mal las palabras y no parecía entender lo que decía—. Si no aparecéis, nos llevaremos a ese tierno muchachito...

10

Secretos y mentiras

Las tres hermanas cruzaron la playa llena de barcas hacia el descampado que formaba la plaza de Els Encants, donde se subastaban toda clase de objetos usados y para las embarcaciones. Solía ser un lugar bullicioso y difícil de cruzar, pero había muy poca actividad. El ritmo lóbrego de las campanas, tocando a difuntos, ensombrecía el ánimo.

—Aquí también está pasando —musitó Beatriu.

—Vayamos a la casa del tío —dijo Marina—. Cubríos, ¿de acuerdo?

Tres jóvenes envueltas en sus mantos no llamaron la atención de las autoridades de la aduana, ubicada en un viejo edificio frente al mar. No se veían estibadores ni comerciantes. Algo sucedía, se notaba en las caras de los pocos que pasaban. Su padre lo había dicho, la muerte negra estaba allí, ya no eran rumores. Aun así, costaba asumirlo.

Las tres conocían bien el barrio de la Ribera y el Born, los más cercanos al mar. Iban cada año para la asamblea familiar de la Compañía Montaner. El clan estaba disperso en varias ciudades por motivos mercantiles, pero las decisiones se tomaban en la casa Montaner de Barcelona, en la calle de Montcada. El cabeza de familia era el tío Dalmau por edad, aunque siempre se había sentido más inclinado a navegar y ejercer de patrón de barco. Pere, el padre de ellas, era mejor mercader, más parecido al abuelo Berenguer. La tía Matilde era la más avezada, pero había ascendido a la nobleza al casarse con el señor de la cabdalía de Ternelles, en Pollensa, al norte de la isla de Mallorca, y los visitaba poco.

Llegaron a la iglesia de Santa María del Mar, erizada de andamios y sin techo. La visión le trajo bellos recuerdos de su infancia con sus hermanos y primos jugando por aquellas calles bulliciosas. Jamás se imaginaron que un día las verían desiertas.

—¡Atrás! Apartaos.

Con un sobresalto se pegaron a una fachada. Abrían paso dos hombres armados. Detrás venía un carro cargado de muebles hasta arriba. En él iba una dama elegante con sus dos hijos pequeños. Sirvientes con varas se encargaban de que nadie se acercara. Detrás, a lomos de una mula, iba el padre de familia, con bonete y capa de lana oscura.

—Es Berthomeu Dalmases, el banquero de los Mitjavila —dijo Marina.

—¿Ves sus caras? —Teresa estaba pálida—. Son de puro terror.

—Chist… —Marina las obligó a bajar el rostro mientras pasaban ante ellas.

La comitiva se dirigía a la puerta de San Daniel, detrás del convento de Santa Clara.

—Pero los Dalmases son ricos y buenos cristianos. ¡Si viven en la calle de Montcada! —Beatriu no podía creerlo.

—Nuestro hermano Pere lo puso en la carta —afirmó Marina—, este mal ataca igual a ricos y pobres, a buenos y malos.

—¿Cómo vamos a sufrir igual que los pecadores? ¡Eso Dios no lo permitirá!

Marina no se atrevió a responderle. No quería asustarla más, pero lo que vio en la *galiota* no le gustaba nada, y lo mismo podía estar pasando dentro de las casas. La peste avanzaba y ya no estaba en sus manos protegerse de lo que ocurría.

—Sigamos —las instó Teresa, afectada.

En la plaza del Born vieron a un oficial del Consejo, con el escudo de la ciudad en el sobreveste. Dos ayudantes pintaban una cruz con cal sobre la puerta de un taller. Los pocos transeúntes se apartaron con caras de espanto.

El oficial vociferó:

—¡Queda prohibido acercarse a la casa del maestro carpintero Pere Borrell, so multa de cincuenta sueldos y veinte azotes en la plaza del Blat! Tiene la marca de la peste. Que Dios se apiade de sus habitantes.

Marina vio la misma señal en varios portones, todos ellos de comercios que conocían. Eso era lo siniestro; era el mismo mundo, aunque alterado por una calamidad invisible y mortal.

—Pero ¡si los Borrell pagaron un altar en Santa María! —Beatriu no salía de su asombro—. ¿Cómo es posible que Dios lo permita? No me gusta estar aquí.

En la plaza del Born comenzaba la calle de Montcada, la vía de la prosperidad. Había levantado la primera casa Martí de Montcada, hombre del rey y miembro del Consejo de Ciento. Entonces eran campos alejados de la zona noble junto a la *seu*. Cien años después, era una calle elegante con vistosas fachadas de piedra, grandes portales y ventanas labradas. Llegaba hasta el hospital Marcús. Sus edificios palaciegos pertenecían a las familias más importantes de Barcelona. Vivían en ella nobles, oficiales del rey, mercaderes y banqueros.

Pero ese día nadie la transitaba. Las tiendas de seda y tapices habían cerrado. De una puerta surgió un hombre cubierto con una máscara de cuero grueso, que, al toparse con ellas, azuzó el bastón para apartarlas.

—¿Qué hacéis fuera de casa? —Tosió—. ¡Insensatas, esto es el fin! —clamó, y se alejó encogido, sin parar de toser.

También en la calle de Montcada vieron cruces pintadas.

—¡Quiero ir con madre! —susurró Beatriu, y cogió la mano de Marina.

—Yo también, hermana.

La casa de los Montaner estaba a la derecha, hacia la mitad de la calle. Era muy grande y por detrás comunicaba con la estrecha calle de la Ceca, donde la vivienda tenía otra puerta. Su fachada era de piedra como las vecinas, soberbia, con ventanales ojivales en la planta superior. En un sillar sobre el arco de la entrada aparecía grabado un tridente pintado de rojo. Era el símbolo de la compañía mercante que tenía allí su matriz. Todos los documentos y arcones que viajaban en decenas de barcos, con especias y otros productos, llevaban ese emblema y era conocido en todo el Mediterráneo.

Suspiraron aliviadas al ver que el portón de la casa no tenía la marca de la peste.

—Gracias a Dios, hemos llegado.

11

La casa Montaner

La puerta de la casa Montaner se abrió, y Marina se alegró al reconocer al sirviente.

—¡Feliu! Somos nosotras.

—Marina..., Teresa, Beatriu. —Su gesto era de miedo—. ¿Qué hacéis aquí?

Algo no marchaba bien. Entraron en el zaguán y vieron cajas de la compañía preparadas. Pasaron de allí al patio, que era algo más grande que el de la casa de Valencia, con pozo y la escalera ancha que subía a la planta superior. En el centro estaban cargando un carro.

—¿Dónde está nuestra madre? —preguntó Beatriu, ansiosa.

—No llegáis en buen momento —explicó el sirviente—. La pestilencia ha entrado y van a marcar la casa. Ahí viene vuestro primo Gaspar. Ahora es el cabeza de familia.

Aquello las dejó conmocionadas. Había sucedido algo terrible para que Gaspar, el más díscolo de la familia, tomara las riendas. Con él todo eran problemas.

—¡Primas!

Gaspar Montaner tenía casi treinta años y no se había casado. Tras el accidente mortal del hermano mayor, llamado Berenguer como el abuelo, Gaspar era el heredero de

Dalmau en la compañía de los Montaner. El viejo patrón, sumido en la pérdida de su esposa y luego la de su primogénito, se había desentendido de controlarlo. Parecía que acababa de llegar de una animada noche en las tabernas de Regomir, en los callejones del puerto. No se alegró de verlas allí.

—¿Adónde os vais? —quiso saber Marina, intrigada—. ¿Y el tío Dalmau?

—Aquí estamos en peligro —explicó Gaspar, incómodo—. Hay que escapar de la peste y voy a poner a buen recaudo lo que pueda.

—¿Dónde están todos? —cortó Teresa con expresión ceñuda.

Marina examinó el carro. Había muebles, tapices, incluso vestidos y cofias que su madre, Alda, había traído desde Valencia.

De la cocina llegó Romea. Llevaba un valioso brial ceñido y el collar de jade y plata que su madre lucía en los banquetes de gala. Al ver a sus hermanas se mostró sorprendida. Por los semblantes de ambos, Marina sospechó que su llegada era un problema tanto para su hermana como para su primo.

—¡Romea! —gritó Beatriu con alivio.

Se dejó abrazar por Beatriu y Teresa, rígida. Marina no se atrevió a acercarse.

—¿Qué haces con el collar de la abuela? ¿Es verdad que abandonáis la casa?

—¿Y madre? —insistió Beatriu.

—Hemos sufrido una terrible desgracia. El tío y madre están arriba, muertos…

—¡No puede ser! ¡Madre no! —Beatriu se abrazó aún más a su hermana mayor.

—¿Y vais a dejarlos sin enterrar como si fueran perros? —le espetó Marina.

—Los apestados no deben ser manipulados, para evitar el contagio. Vendrán sirvientes de la ciudad a llevárselos. —Ante la desolación de sus hermanas, Romea suavizó el tono—. Es horrible, pero hay que aceptarlo.

—¿Y adónde vais?

—A Can Montaner, la masía de viñedos del abuelo Berenguer. Sólo está a un día de camino, pero allí el aire es puro. Nos aislaremos de la pestilencia y viviremos con esto.

—¿Vas a irte con Gaspar? —preguntó Marina—. ¡Tú sabes cómo es!

—Sin madre, estoy sola... Además, creía que no vendríais. Dicen que las cosas siguen igual en Valencia. Los Montaner han caído en desgracia, y aquí tampoco nos libraremos. Con nosotros vienen unos nobles y burgueses conocidos. Quizá algunas damas.

—Pues debes llevarte a Teresa y a Beatriu —pidió Marina con un hilo de voz—. Yo he de volver y entregarme a cierta gente del rey... o lo pagará Joan.

Romea torció el gesto. Marina no podía soportar más reproches y subió la escalera. Teresa y Beatriu lo intentaron también, pero su primo las detuvo.

—Arriba no hay nada más que muerte —les advirtió Gaspar.

Marina conocía bien la casa. Entró en el recibidor de los aposentos y notó que faltaban las sillas forradas de seda, un tapiz y los objetos curiosos traídos de Oriente. A la derecha estaba la puerta del despacho y el aposento del tío Dalmau; enfrente, la cámara que ocupaban sus padres durante las visitas. Supuso que el cadáver de su madre estaría dentro.

Gaspar apareció tras ella y la detuvo antes de abrir.

—¿Qué haces? —le espetó, pero Marina se zafó de su abrazo—. ¡He de verlos!

—Quiero que pienses una cosa. Tu padre está acabado, el mío se pudre ahí dentro y la peste empeora. ¡Es una señal!

¿Para qué más dolor? —La cogió de los hombros—. Es absurdo que te entregues al rey. Ven a Can Montaner, bajo mi protección. Nos divertiremos mientras llega el fin. El caos será tan grande que nadie se acordará de ti.

Marina pensó que el miedo era tan destructivo como la propia peste, pero ella no soportaría abandonar a Joan.

—Gaspar, necesito treinta libras de plata para pagar el rescate de Joan. El tío guardaba aquí fondos... O, si no, podemos acudir a nuestro banquero, Mossé Natán.

—Ese usurero judío es fiel a mi padre y no se fía de mí. Pedirá explicaciones sobre lo que está pasando... No. Joan sólo es un primo lejano. No voy a malgastar el dinero.

—¡Joan es de nuestra sangre! Mossé lo entenderá, es un hombre sensato.

—¿Sabes qué se dice? ¡Que su raza podría ser la causante de la peste! Nos odian. No pienso acercarme al *call*. Es hora de dejar Barcelona a su suerte.

Marina se sintió frustrada y sola. La tensión le atenazaba el estómago.

—Romea y tú os haréis cargo de Teresa y Beatriu, ¿verdad? —dijo al fin.

—No lo entiendes, Marina. El viejo mundo ha acabado y sus valores también. Los padres están abandonando a sus hijos, incluso sanos si les suponen una carga. Las mujeres dejan a sus esposos enfermos; los clérigos, a los fieles. Ya nada importa pues el castigo es igual para todos. No hay bien ni mal, y no existe el pecado. Sólo vale el tiempo que podamos arañar. Puedes venir conmigo y dejar atrás el pasado... o ver la agonía final.

—¿Por qué hablas sólo de ti? Ahora estás al frente de una familia.

—Iba a llevarme a Romea, pero sigue en su fantasía de convertirse en noble. ¡Cree que recuperará a su prometido Gil de Montnegre! —se burló—. Es un hastío. Ahora que has venido, te prefiero a ti, pero no voy a mantener más bocas.

A Gaspar no le importaba nadie, ni siquiera había querido escuchar de labios de Marina su versión de lo ocurrido. La joven veía claras sus intenciones. Con el cuerpo de su padre y de su tía aún calientes, únicamente pensaba en salvarse él y divertirse. Llevarse a una prima no era sólo para exhibirla, también se garantizaba el control. Cuando la peste se cebara con los Montaner, las herencias de Pere y Dalmau quedarían en manos de los hijos supervivientes. Por eso iba a abandonar al resto de sus parientes en plena epidemia mortal.

Marina, furiosa, le propinó una bofetada. Gaspar la miró colérico.

—¡Tu hermana está loca, pero tú eres una serpiente! —La cogió del cuello—. Entra, que tu difunta madre te revelará una verdad terrible.

—¿Qué estás diciendo, Gaspar?

Abrió el aposento de sus padres y la empujó al interior. Mientras caía de rodillas al suelo, el hedor de la muerte le revolvió las entrañas. Gaspar cerró de un portazo.

—¡Nada de esto habría pasado si no hubieras humillado al rey!

—¡Ábreme! —Marina forcejeó, pero Gaspar había echado la llave.

Siguió un portazo en el vestíbulo y después silencio.

12

Con la muerte

Las puertas de la casa Montaner en la calle de Montcada eran de roble, lustrosas y recias para proteger a los residentes y sus bienes. Marina aporreó con fuerza. La herida en la mano que le causó Albar comenzó a sangrar, y desistió. El olor a descomposición era insoportable y abrió el ventanal de doble ojiva que daba a la calle.

Cuando reunió el valor necesario, se acercó poco a poco al tálamo con dosel.

Veía el pelo castaño de su madre desparramado sobre el lecho. Una mano hinchada y oscura colgaba inerte por el borde. Hizo acopio de más valor y la miró a la cara. Se cubrió la boca con la mano y comenzó a llorar. Alda no tenía bubones ni manchas negras, sino un profundo corte en la garganta. La cama estaba llena de sangre negra.

Una terrible sospecha se abrió paso en su cabeza.

Tras la muerte del tío Dalmau, Alda se habría opuesto a que Gaspar abandonara la casa sin darle sepultura y descuidando los negocios en Barcelona. Pudo amenazarlo con que su tío Pere impugnaría los derechos hereditarios por esa conducta desleal, algo que Gaspar no iba a permitir. Para él no existían el bien ni el mal; tampoco el pecado.

—¡No, no, no! ¡Dios mío…! ¡Ojalá te pudras en el infierno, asesino! —gritó, y volvió a aporrear la puerta sin importarle la sangre que empapaba la venda.

Las horas pasaron y la habitación se llenó de sombras. Nadie subió. Pensaba en Joan esperando angustiado en la Falcona.

De pronto oyó las voces de Teresa y Beatriu. Primero en el patio y luego en la calle. Se asomó por el ventanal. Era casi de noche y nadie había encendido las antorchas que solían iluminar la calle de Montcada. Estaba desierta y el carro de los Montaner avanzaba hacia la plaza del Born tirado por dos mulas. Gaspar y Romea iban encima y los seguían a pie unos pocos sirvientes de la casa. Debían de haber despedido a los demás.

Marina se sintió desfallecer ante lo que vio. Beatriu iba detrás, repitiendo el nombre de Romea y Gaspar. Suplicaba que no las dejaran allí. Teresa se había quedado en la puerta, contraída por el dolor; sabía que implorarles era inútil.

Romea se volvió una vez. Quizá se debatía entre socorrerlas y el miedo a que el único familiar hombre que había la abandonara. Al final bajó la cara, sin abrir la boca.

El carro fue engullido por las sombras. Beatriu se arrodilló en medio de la calle y lloró, hundida. Teresa acudió para abrazarla y se quedaron allí, solas.

Marina se sentó en el suelo de la cámara y gritó de rabia y desesperación. Un oscuro pensamiento se abrió paso en su mente: la desgracia las perseguía por su culpa. Incluso la peste apareció después de humillar al rey. Ahora las habían dejado allí para morir de pestilencia. Jamás se lo perdonaría a Romea.

Al cabo de un instante golpearon la puerta. Era Teresa.

—¿Marina? Veo la llave en un rincón. Espera.

Cuando al fin salió, no dejó que sus hermanas miraran dentro.

—¡Hueles horrible! Madre está ahí, ¿verdad?

—Le daremos un entierro digno —fue lo único que dijo—. Y al tío también. Debo ir al puerto. Puede que la Falcona no se haya marchado todavía... Quedaos aquí.

—¡No nos dejes tú también! —le rogó Beatriu, desesperada—. Romea...

—Prometí que os protegería y lo haré —dijo con una firmeza que no tenía—. No entréis en la habitación de madre, ¿de acuerdo? La peste podría contagiaros.

Teresa la miró con recelo. No había sonado convincente.

Marina salió de la casa y desde la calle de Montcada se internó por el barrio de la Ribera, formado por callejones estrechos y tortuosos. Había inmundicia acumulada. Al doblar una esquina tropezó y rodó por la tierra enfangada. Había un cadáver envuelto en una estera de esparto. La luna permitía ver los bubones del cuello. Corrió aterrada hasta la plaza de Els Encants y desde allí se adentró en la playa.

—No, no, no...

Buscó la silueta de la Falcona entre los barcos anclados lejos, pero no se veía nada. En el fondo, sabía que no estaba. Desesperada, fue desde la Torre Nova hasta el convento de Framenors, al otro extremo de la playa.

Albar de Ondárroa se había llevado a Joan para castigarlo en su lugar.

Marina acabó entrando en el agua, chapoteó frustrada y gritó con todas sus fuerzas hacia el oscuro mar. Sus lágrimas se mezclaban con el agua salada. Deseaba adentrarse más y más, hundirse en el Mediterráneo que la había acunado al nacer. Pero no lo haría.

Abandonó la playa y, temblando, tomó el camino de regreso a la casa de los Montaner. Por puro instinto, se apartaba de los transeúntes y corría si la acechaban. En su interior crecía el vacío lóbrego de la culpa. Se habían quedado desamparadas en una ciudad infestada por una epidemia de dimensiones bíblicas.

—Cuidaré de ellas y te encontraré, Joan —musitó mirando la noche.

Dijo esas palabras para darse fuerzas, pero no eran más firmes que el lejano rumor de las olas.

13

La llave de la casa

Marina abrió la puerta de la casa de los Montaner. No había ninguna lámpara encendida. Sus dos hermanas la esperaban sentadas en la escalera de piedra. Beatriu se había dormido. Al ver la expresión de Teresa se lo imaginó.

—Has visto a madre.

—Sólo yo. —Sus pupilas temblaban, pero no lloró.

—Ha sido Gaspar. Lo único que le importa es hacerse con todo. Sería capaz de matar a Romea.

—Hace mucho frío aquí. Siento como si madre no descansara. Creo... creo que ha ocurrido algo terrible que no vemos...

—No empieces con todo eso, Teresa —dijo Marina, brusca. No quería que su hermana le diera vueltas a su desgracia; además, ya no podían hacer nada—. Te ruego que tengas cuidado. Ya no está padre para protegerte de la Inquisición.

Teresa alzó el amuleto. Un muñeco de esparto con signos pintados. Habló con acritud:

—Fray Nicolás Rosell siempre dice: «Reza, hija, y no te llevará el diablo». —Hizo una mueca—. ¡No dejo de rezar y mira lo que ocurre! Si esto no es mal puro, ¿qué es?

Marina la abrazó y la dejó sollozar en su hombro. Teresa sufría porque sentía cosas y debía reprimirlas. En su alma había algo oscuro, lo afirmaron los dominicos cuando tenía doce años a instancias de fray Nicolás Rosell, juez inquisidor de Valencia por entonces. Teresa tenía intuiciones desde niña, pero todo despertó cuando un día fue con su madre a los dispensarios de hierbas, en una callejuela detrás de la plaza del Mercado de su ciudad. Una curandera le dijo a Alda que lo que le pasaba a la niña era que tenía *gracia*, como su abuela paterna. De ahí su sensibilidad especial.

A pesar del enfado y la negativa de Alda, Teresa quería saber más y se escapaba para visitar a la curandera, quien no sólo vendía remedios curativos a las clases más pobres, sino que también realizaba rituales, preparaba filtros y hasta maldiciones. Era un mundo subterráneo al que acudían incluso nobles y clérigos. Pero a los quince años Teresa cruzó el límite y participó en un ritual con otras cuatro mujeres. Les habían pedido *atar* a un esposo con tendencias adúlteras. El hombre enfermó y casi muere. Alguien las denunció y la *guaita* las sorprendió en un desván rodeadas de un círculo de sal y símbolos extraños.

Marina jamás había visto a sus padres tan aterrados. Se extendió el rumor de que Teresa, la hija tercera del *honrat* Pere Montaner, era hechicera. Su padre donó cien libras de plata a los dominicos y otras tantas al obispado para que cesaran las sesiones de exorcismo en una oscura capilla de la *seu* de Valencia. Sirvió para que no la procesaran por hechicera y todo pasó como una pesadilla, pero Teresa se encerró en sí misma e hizo de la sensatez y la oración su escudo, en apariencia. Por aquello que sucedió no tenía pretendientes, cosa que a ella le importaba poco.

Esa noche, con todo lo ocurrido, parecía que la coraza de su alma se había resquebrajado y Marina temía que apareciera la oscuridad que los miembros de la Orden de Predicadores advertían.

—¿Qué vamos a hacer? —dijo Teresa, más calmada—. Se lo han llevado todo.

—Podríamos dormir en la cocina. Estamos agotadas.

—Es peligroso para tres muchachas solas. Cuando se sepa que la casa de los Montaner está vacía, alguien entrará a saquearla.

—Y si llamamos a los vecinos se sabrá que estamos en Barcelona. Aquí todos son fieles al rey y a muchos les convendrá delatarnos para congraciarse aún más con don Pedro.

—Pues necesitamos cobijo y que te curen esa mano, Marina.

El dolor palpitaba. Al menos el agua del mar habría limpiado la herida. Eso le hizo pensar en el *Regiment.* Alarmada, lo sacó. Estaba húmedo y la tinta se desvanecía.

—El capitán Albar quería que se llevara una copia a Agnès de Santa Margarida, la beguina que cuida a los enfermos de lepra. —Torció el gesto mirando el legajo—. Sólo de pensar lo que ese hombre le hará a Joan, me dan ganas de quemarlo.

—¿Allí nos darían de comer? —Beatriu se había despertado—. Tengo hambre.

Marina y Teresa se miraron. Teresa se puso en pie, sonreía convencida.

—¡Vamos al beguinato y aprovechémonos! Diremos que vamos de parte del capitán Albar de Ondárroa. Seguro que la beguina nos atiende. Cambiaremos el *Regiment* por comida y refugio. Mañana, con más calma, pensaremos en alguna casa leal a los Montaner. Quizá el judío Mossé Natán nos ayude.

Marina no discutió. No tenía ninguna idea mejor. Junto al arco de entrada estaba la llave de la casa colgada en un clavo. Era vieja, de más de un palmo de larga y con un tridente en la empuñadura.

—Cerraremos la vivienda hasta que podamos venir para enterrar a madre y al tío.

Era la mayor y fue la que rodó la llave. Cerrar la casa tenía un fuerte simbolismo. El pasado quedaba atrás. No podían volver a Valencia y estaban abandonadas en una Barcelona que se sumía lentamente en el caos.

Las tres hermanas sabían dónde encontrar a la beguina de Barcelona llamada Agnès y a su pequeño grupo de mujeres. En el hogar de los Montaner se decía que la fundadora era de la nobleza catalana, si bien renunció a su apellido para servir a Dios y cuidar a los enfermos. Su beguinato no pertenecía a ninguna orden religiosa, pero servía al hospital de Santa Margarida, que otros llamaban de Masells, el lugar más aterrador de la ciudad pues las autoridades recluían allí a leprosos, sarnosos, ciegos y tullidos.

Para llegar, debían salir de la muralla antigua, cruzar la Rambla, dejar atrás el barrio humilde del Raval y seguir la carretera entre descampados, huertas y conventos dispersos. La nueva muralla lo dejaría dentro, pero aún seguía en construcción.

Cuando pasaron ante el convento de la Merced vieron la capilla abierta y llena de fieles. Por lo que oyeron, la vigilia era para el cese de la peste.

—Estoy cansada —se quejó Beatriu. Ya llevaban rato caminando entre huertas—. ¿Por qué lo construyeron tan lejos?

—El aire aquí suele soplar de poniente y aleja el aire infecto —explicó Teresa.

—Esa casa es el hospital de Santa Margarida. El tío nos tenía prohibido acercarnos.

La leprosería de Barcelona era un edifico de dos plantas, de adobe y sillares en las esquinas y con el techo a dos aguas. Tenía un aire decrépito. Al lado había una capilla con una casa adosada que no tendría más de dos estancias. Ésa debía de ser la morada de las mujeres que atendían a los peores enfermos de la ciudad.

Las hermanas sintieron una oleada de repulsa. Era instintivo ante la lepra.

—No sé si ha sido buena idea —reconoció al final Marina.

Ya se habían dado la vuelta cuando oyeron una voz.

—Buscáis un plato caliente, ¿verdad? —Las increpaban desde la pequeña casa de las beguinas—. Llegáis tarde, hijas. Hoy ya no queda nada.

Hablaba una mujer mayor. Sostenía un candil en la puerta. Su hábito era de lana cruda sin teñir y llevaba el pelo gris recogido en un moño en la nuca. Las miraba con expresión curiosa.

—Perdonad. No queríamos molestar —dijo Marina, dando un paso atrás.

—Deben de estar muy mal la cosas en vuestra casa para que hayáis venido a este hospital. ¿También os han abandonado vuestros padres?

—Nuestra madre ha muerto —contestó Beatriu.

—Que Dios la tenga en su gloria. —La anciana las iluminó con el candil—. Vuestras capas son buenas. En el mercado de Els Encants os pagarían bien por ellas.

—¿Sois la beguina Agnès de Santa Margarida? —preguntó Marina.

—Me halaga que sepáis mi nombre —dijo con cierta sorna—, pero no puedo ofreceros nada. La nueva pestilencia es peor que otras. Está dejando en la miseria a muchas familias. Volved mañana, a lo mejor nos habrán dado algo.

Marina recibió un codazo de Teresa y sacó el *Regiment*.

—Quizá nos podáis ayudar a cambio de esto. Es un manuscrito sobre la nueva peste. Su autor es un maestro de medicina de Lleida.

—No será el *Regiment* contra la pestilencia de Agramunt...

—Sí —dijo Marina, sorprendida—. ¿Lo conocéis?

—He oído hablar de él, pero no sabía que alguien lo había traído a Barcelona pues los caminos están vacíos. —Frunció el ceño—. ¿Por qué habéis pensado en nosotras?

—Se lo enviaron a nuestro padre desde Lleida, pero os lo traemos a petición de un capitán del rey, Albar de Ondárroa. Dijo que os sería útil.

—¡Dios mío! A veces creo que Dios sí nos escucha. A ver ese documento.

—Se ha mojado, pero puede leerse. A cambio, pido un poco de comida y también techo para hoy.

Agnès se fijó en la venda sucia de la mano de Marina y luego la miró a ella.

—Eso no será una llaga de la peste, ¿verdad?

—No. El capitán me atacó...

—¡Sólo por querer coger un libro! —añadió Beatriu para captar la atención de la beguina.

—Ese diablo y su *Islario*... —rezongó Agnès, sombría—. No lo superará nunca.

—Entonces supongo que conocéis al capitán —preguntó Marina, intrigada.

—¿A Albar? ¡Claro que sí! Aunque entonces era otro. Le falta el corazón, ¿sabéis? —Ante las caras de estupor de las tres muchachas, alzó las manos—. ¡No hagáis caso a esta vieja beata! Vamos, entrad, ya nos apañaremos. Quiero mirar el *Regiment* con atención.

La casa consistía en una cocina y una habitación común. Las recibieron otras dos mujeres con el mismo hábito. Ésa era la comunidad de beguinas de Barcelona.

—Ella es la hermana Mencia, nuestra cocinera. —Agnès señaló a una mujer de unos cuarenta años, rolliza, con la piel ajada y cicatrices—. Y la joven es Sansa. Se encarga de las hierbas y los remedios. Te limpiará la herida de esa mano.

Sansa no tenía aún veinte años. Era menuda, de cabello

castaño y aire tímido. Tanto ella como Mencia las acogieron con calidez.

Teresa miraba con interés los frascos y las redomas.

—A ti también te gusta la curación, ¿eh? —dedujo Sansa con sus ojos del color de la miel clavados en la recién llegada.

—Sí, mucho. Aprendí algunos remedios en Valencia. Pero ¿cómo lo sabes?

—Lo sé. —Sansa se encogió de hombros con una sonrisa enigmática.

—¡Venid a ver el *Regiment*!

Llenaron la mesa de cirios. Agnès y Sansa sabían leer pero con dificultad, y al final Marina y Teresa las ayudaron. Las beguinas escuchaban entusiasmadas, y hasta reían de gozo como niñas. En el peor lugar de la ciudad, reinaba el buen humor.

—¡Vinagre! —gritó Agnès, y de puro nervio se puso en pie—. ¡Lo sabía!

Marina había oído hablar mucho de las beguinas de Barcelona, pero nunca pensó que las conocería y menos que eran tan alegres. Mencia al final se cansó.

—Estáis hambrientas. Algo encontraré por ahí.

Mientras las otras seguían leyendo, sacó migas de pan del fondo de un cesto y con capas desechadas de cebolla y ajos resecos se las apañó para hacer una sopa. En la casa de los Montaner no la habrían probado ni los perros, pero allí les supo a gloria.

—Tengo ganas de enseñar el *Regiment* a fray Benet —dijo Agnès—. Es el franciscano que atiente el hospital. Y debemos llevarlo al Consejo de la Ciudad. Hay que hacer copias para todos los hospitales y parroquias.

—A los frailes de la Orden de Predicadores les molestará si no les consultamos —afirmó Sansa.

—¿Por qué? —intervino Teresa—. ¿También les molestan los médicos?

—Dicen que la peste es un castigo de Dios y que no cabe buscar remedios fuera de la Iglesia. Dios ya ha reclamado las almas que se llevará; sólo cabe rezar y hacer penitencia.

—Si ya desconfían de nosotras, cuando sepan esto se enfurecerán —dijo Mencia.

—Cuando empiecen a enfermar ellos, cambiarán de idea —señaló Agnès con sorna.

—Sois muy valientes al haber elegido este camino —comentó Teresa, admirada, mirando a Sansa—. Las monjas hacen votos y cuidan enfermos, pero no así de... libres.

—Hay muchas maneras de vivir, incluso para las mujeres —aseguró Agnès.

Beatriu eructó de satisfacción y apoyó la cabeza en la mesa. Todas estaban agotadas. Las beguinas les ofrecieron techo, pero tendrían que dormir en el suelo, cerca del hogar.

Cuando estuvieron acomodadas, Agnès se acercó a Marina.

—Que sepas que asumimos un grave riesgo acogiendo a las sobrinas de Dalmau Montaner.

—¿Nos habéis reconocido? —Marina se espantó.

—Tu difunta tía Isabel, la mujer de Dalmau, nos ayudaba mucho con donativos, y os vi hace años por la casa. Tú no te acordarás, eras una cría. Pero tranquilas, lo que nos habéis traído paga con creces nuestro silencio. Aquí podéis tener una nueva vida. Aunque no como damas, sino como beatas.

SEGUNDA PARTE

Beatas

14

Nueva vida

Lunes, 12 de mayo de 1348

Las tres hermanas Montaner temían ser descubiertas si llamaban a las puertas de familias conocidas; la peste cambiaba a las personas. Al final, fueron retrasando su marcha del beguinato de Santa Margarida.

Una semana después ya notaban que no estaban preparadas para una vida como aquélla. Ayudar en una leprosería era duro y a menudo repugnante. No entraban en el hospital, pero limpiaban sabanas llenas de sangre, sacaban cubos de vómitos y cumplían encargos de toda clase. El miedo al contagio era lo peor. También debían rezar las horas con las tres beguinas, y las comidas eran frugales, a base de sopas, verduras y pan negro.

Pero descubrieron a unas mujeres de fortaleza descomunal, capaces de entonar canciones de juglares y hasta glosar improvisaciones mientras acometían las labores más desagradables.

Agnès, con casi sesenta años, pocas veces perdía la sonrisa y su humor mordaz. Era tanta su energía que llegaba a agobiar a las demás. No temía ni al Consejo ni al obispo, pero lo más sorprendente era la red de mujeres de buenas familias de Barcelona que la ayudaban con donativos y favores. Gracias a eso, el hospital tenía sirvientes y contaba con dos galenos que iban cada semana a examinar a los enfermos.

El único hombre que participaba de aquella labor era fray Benet, un franciscano mayor, tímido y afable que acudía todos los días desde su convento de Framenors.

Comenzó a ir al hospital poco después de instalarse Agnès. El franciscano huía de las intrigas de su orden, siempre metida en competencia con los dominicos por ejercer su influencia en la corte y en los consejos municipales. En la aislada leprosería de Barcelona encontró un lugar donde vivir los valores de su padre fundador y a un alma gemela, la beguina, una mujer vivaz y carismática a la que unió su vida. Ambos entendían que su labor era aliviar el dolor y la desdicha de todo aquel que hubiera acabado allí, pero si Agnès era el fuego, el sosegado fray Benet era la suave brisa que atempera los ánimos.

A diario, fray Benet decía misa en la capilla y llevaba consuelo espiritual a los moribundos, una labor esencial esta última, pues nadie salía vivo de Santa Margarida. Las beguinas lo consideraban parte de su singular familia, y les gustaba tomarle el pelo.

Como todas las mañanas, tras el rezo de maitines se distribuyeron las tareas.

—Trae todo el vinagre que puedas cargar, Sansa. Ya nos queda poco.

En la puerta del hospital estaba Agnès con Mencia, Sansa, Teresa y Beatriu. Las hermanas Montaner, medio dormidas, apenas seguían la conversación.

—Cuesta encontrar vinagre. Muchos bodegueros han cerrado —se quejó Sansa.

—Id a la Pia Almoina. Los clérigos de la *seu* no se lo negarán a Santa Margarida.

—El problema es que no llegan mercaderes y no hay donativos. Todos se marchan. Sólo queda vinagre en las tabernas, y lo venden al doble de precio.

—¡Pues vende la túnica y regresa desnuda si hace falta, hija, pero con el vinagre!

Teresa se espabiló de golpe. Las tres beguinas comenzaron a reír a carcajadas.

—No pensaba que os lo tomabais así.

—Dicen que la risa es el lenguaje del diablo. —A Agnès le encantaba desconcertarlas—. Sin embargo, yo creo que es el de la vida. Venga, márchate. ¡Y que haya suerte!

—¿Y yo qué hago? —preguntó Beatriu con poco entusiasmo.

—Lo de todos los días, hija —respondió Agnès con sorna—. Ve con Mencia a la cocina del hospital. Hay medio saco de cebollas para pelar.

—¡Lo odio!

—Ayer odiabas el olor del vinagre, anteayer lavar sábanas... Todo es acostumbrarse. Si hay que bordar algo contaré contigo, tus hermanas dicen que tienes dedos de ángel, pero me temo que aquí no estamos para filigranas.

Beatriu se fue con Mencia refunfuñando.

—Lo siento, Agnès —se disculpó Teresa, un tanto avergonzada—. Venimos de otro mundo. Se adaptará. Lo haremos todas.

—Eso espero. La peste avanza y pronto nos dejarán apestados hasta en la puerta de la leprosería. No puedo mantener a quien no trabaje duro.

—¿Puedo ir con Sansa a por vinagre? —propuso entonces Teresa, nerviosa—. Me cubriré y no hablaré. No me reconocerá nadie.

La beguina sonrió. Era la única de las Montaner que se había acoplado y quería colaborar. No parecía temer vivir pared con pared con leprosos y sarnosos.

—¿Qué opina tu hermana mayor?

Teresa miró la puerta de la capilla y se encogió de hombros, preocupada.

—No me escucha. Es como si no estuviera. Nunca ha sido así, ¡era la más vital de todos! Os pido paciencia, Agnès, por favor. Lograré que nos ayude.

—Ve con Sansa, pero ten cuidado —aceptó la beguina. Tras pensar un momento añadió—: Y no te preocupes por Marina, entiendo por lo que está pasando. Trataré de traerla de vuelta.

Agnès observó a Sansa y a Teresa correr hacia la ciudad, contentas de ir juntas. Sonrió y luego entró en la penumbra de la capilla de Santa Margarida. Marina estaba arrodillada ante la cruz de hierro y la imagen de la santa. Estaba ojerosa y muy delgada.

—Hermana Agnès, ¿la pestilencia puede causar locura? No entiendo cómo unos hijos son capaces de dejar a sus padres sin enterrar. —Le tembló la voz—. Mi madre sigue allí, y Joan…

—¡Basta! —El grito resonó en la bóveda de cañón hecha de ladrillos—. No sé si la peste enloquece, pero el miedo y la culpa sí.

—¡Todo lo causé yo! Humillar a un rey consagrado es… es…

La bofetada resonó casi tan fuerte como el grito. Marina se quedó en blanco, con la mejilla ardiendo, tanto como los ojos azules de Agnès.

—No creo que seas tan importante, hija. Dios tendrá mejores cosas que hacer. Llevamos padeciendo malas cosechas y plagas desde el *mal any primer.* Quizá es cosa de los astros, o por toda la inmundicia que nos rodea, pero seguro que no por una joven ingenua y mimada.

—Pero ¡he hecho tantas cosas mal que Dios está colérico!

Calló cuando Agnès levantó la mano para cortar una nueva retahíla de lamentos. Al final le acarició la melena castaña, llena de nudos y sin brillo.

—Necesitas un baño, hija. De tu mal aspecto sí tienes la culpa. Ven.

—No quiero salir.

—Pues te arrastraré de una oreja. Vamos, quiero que me acompañes adentro.

Marina parpadeó, deslumbrada por el sol. Se angustió al verse en el exterior, pero Agnès no la dejó regresar a la penumbra y la hizo entrar por primera vez en el hospital donde cuidaban a los leprosos. Cuando el miedo la paralizó, Agnès la tomó del brazo.

La casa tenía un patio interior amplio y aireado, con porche de madera. Muchos enfermos tomaban el aire fresco de la mañana sentados en el suelo o en tocones. El silencio sólo se veía interrumpido por algún lamento o ataque de tos. En una esquina había un viejo laúd. Sansa lo tocaba algunas tardes para darles paz.

Marina miraba a los convalecientes con terror y no se atrevía ni a moverse. Agnès reclamó la atención de todos.

—Hoy es un día especial. Esta bella joven vive ahora en el beguinato. La venda que tiene en la mano es por una herida, ¿sabéis por qué? Por tocar el *Islario maravilloso* del capitán Albar. —Aquello avivó el interés de varios enfermos—. Me acuerdo de que en sus páginas estaba la siguiente historia. Nadie la contaba mejor que Deidre, pero lo intentaré para que ella la escuche. ¿Queréis?

Hubo un quedo murmullo de aprobación.

—Dicen que en el Mediterráneo hay una isla adonde son arrastrados los barcos que naufragan, y con los siglos se ha llenado de increíbles tesoros. Pero la protege un monstruo invisible. Quien trata de entrar para apoderarse de las riquezas percibe su siniestra presencia. Aunque no es posible verlo, lo siente detrás, a su espalda. Provoca tal espanto que es difícil no echar a correr, pero resulta que ése es el gran error que todos cometen. Al huir, la bestia crece y crece, pues no come frutos, ni siquiera carne; se alimenta de miedo... —Agnès hizo una pausa. No se oía ni el vuelo de una mosca—. De nada sirven las espadas ni las corazas contra él. Sigue detrás del viajero, a la zaga, hasta que el terror lo domina por completo y, ¡zas!, ¡cae muerto!

Su voz se perdió por las bóvedas. Todos seguían la narración atentos.

—Pero si nadie ha sobrevivido, ¿cómo se sabe de esa isla? ¿Hay alguna forma de vencer al monstruo? —dijo un hombre cubierto de vendajes.

—La hay, Berthomeu, pero es un secreto que pocos conocen.

—Nuestra Deidre sí lo sabía —musitó una anciana que no dejaba de mirar a Marina—. Ella también es guapa. Al capitán le gustará.

—El secreto es que si alguien detiene su huida y se da la vuelta, el monstruo hace lo mismo, se para. Y si se reúne el valor necesario para perseguirlo, resulta que la bestia huye y comienza a hacerse más y más pequeña hasta que desaparece con un destello. ¡El que lo logra tiene ante sí tesoros inimaginables!

Tras un largo silencio, un joven oculto bajo una manta gris habló con voz casi inaudible.

—Es el miedo, ese monstruo es el miedo que tenemos aquí. Lo dijo Deidre.

Agnès miraba a Marina.

—Igual que los sanadores ofrecen hierbas y remedios para el cuerpo, hay ciertas historias que pueden sanar el alma. No me refiero a los *exempla* que los clérigos usan en los sermones ni a los cuentos morales de los nobles. Son historias muy antiguas, que hablan al corazón y versan sobre los deseos y los miedos que todos tenemos. El alma bebe de ellos para curarse.

—¿Esa historia está en el libro de Albar? —Marina no sabía qué pensar.

—Los relatos que pueden sanar vagan de una tierra a otra y de un libro a otro como las buenas recetas.

—¿Queréis que me enfrente al miedo y a la culpa que siento? —dijo con lágrimas.

—No, Marina. Sólo quería enseñarte que aquí, en esta casa, nadie sana el cuerpo, pero estas historias nos enseñan que hay maneras de morir con grandeza.

Marina salió con el interior removido y regresó a la penumbra de la capilla. Había visto que en Santa Margarida estaban desahuciados de verdad, sin ninguna posibilidad, no como ella. Algo nuevo comenzó a crecer en su pecho: eran preguntas.

Cuando un buen rato después entró Agnès para rellenar el aceite del sagrario, Marina le preguntó:

—¿Quién era Deidre?

—La esposa de Albar de Ondárroa. —Ajena a la sorpresa de Marina, Agnès se plantó delante de una losa con una letra D grabada. Sus ojos se humedecieron—. Nunca he visto a nadie amar así, pero se la llevó la lepra.

En ese momento entraron Teresa y Sansa, muy alteradas.

—Ha llegado un paje. ¡Os reclaman en Santa Caterina! El Consejo de la Ciudad se ha reunido y pide que llevéis el *Regiment* para examinarlo.

—¡Alabado sea Dios! Llevo días pidiendo audiencia para advertirles de lo que llega.

—También estará presente el capellán del rey, fray Nicolás Rosell. Ha venido desde Valencia por algún motivo no desvelado.

Marina, alarmada, miró a su hermana Teresa, que ya había regresado. Estaba lívida.

15

El Consejo de la Ciudad

El convento de Santa Caterina estaba junto al barrio de la Ribera. Poseía una iglesia que reflejaba el esplendor de la Orden de Predicadores. Asimismo, era la sede del Consejo Municipal, compuesto por cuatro consejeros más el *conseller en cap*, que formaban la autoridad permanente de Barcelona. También se reunía allí la asamblea del Consejo de Ciento para decidir las cuestiones más importantes de la ciudad.

Agnès había estado numerosas veces y fue directa al altar de las Vírgenes. Varios prohombres y oficiales hablaban en corrillos. Delante del retablo estaban las cinco sillas con el escudo de la ciudad y el pendón.

Ese año el *conseller en cap* era micer Arnau Dusai. Además de los miembros del Consejo, estaban presentes dos frailes dominicos, con su hábito blanco y la capa negra. Agnès los conocía. Uno era Joan Llotger, el inquisidor general de Barcelona, y el otro, llegado de Valencia, era el joven pero influyente fray Nicolás Rosell.

Agnès dejó a las hermanas Montaner aterradas en el beguinato al pensar que Albar las había delatado o que habían hecho confesar a Joan. Pero convenía ser cautos.

Lo primero que la beguina hizo fue aproximarse a los frailes para besarles las manos.

—¡Espero no traer nada infeccioso a la casa de la Santa Inquisición!

Fray Joan Llotger la miró con expresión severa.

—Veo que seguís tan mordaz como siempre, hermana Agnès. Algún día os envenenaréis si os mordéis la lengua.

—Disculpadme. Paso el día entre moribundos que deliran.

Agnès, sin perder la sonrisa, fue hasta las sillas que ocupaban los cinco consejeros. Parecían incómodos por la presencia de los predicadores en la reunión.

—Agnès de Santa Margarida, el capellán fray Nicolás Rosell ha traído una carta del rey desde Valencia. Pide al Consejo Municipal que adopte medidas contra la peste.

—¡Alabado sea Dios! Ya era hora.

—Las ha mandado a todas las ciudades importantes del Reino —explicó fray Rosell.

—Agnès, hace unos días informasteis a este Consejo de que estabais en posesión de un *Regiment* contra la peste escrito por un médico del Estudio General de Lleida. Nos conviene tener una copia y tomar algunas precauciones.

—¡Pues hacedlo rápido, ya han muerto cientos de personas en Barcelona! Sólo tenéis que mirar los carros repletos de cadáveres.

—Seguimos pensando que exageráis —replicó otro consejero, Romeu Llull.

—Aún no sabemos si será tan grave como señalan ciertos vaticinios, pero el rey cuida de su grey —dijo el capellán real—. Esperemos que acabe pronto.

—¡Los pecados de Barcelona son demasiado grandes! —clamó el inquisidor Llotger, y su voz resonó en la iglesia—. ¡Por mucho que se limpien las calles, es inútil si no purificamos las almas con penitencias y mortificaciones! Hay que condenar a blasfemos y herejes, cerrar prostíbulos, tabernas... —Miró a Agnès con severidad—. Y debemos vigilar a los que pretenden seguir a Dios al margen de su Iglesia.

—Ésta es una reunión del *Consell* —cortó Dusai, molesto—. Todos los años hay epidemias que afectan a las clases más bajas. Tomaremos las medidas de costumbre.

—Lamento que el Consejo no vea la realidad de las calles —intervino Agnès, cada vez más enfadada con la actitud de todos—, y lamento más que la Iglesia crea que la penitencia aplacará por sí sola la ira del Altísimo. La peste se contagia por el aire quizá, y mata con rapidez. ¡Viene una calamidad como no se recuerda!

—¡Sí, y Barcelona quedará abandonada! —se mofó riendo otro consejero—. Como cualquier mujer, sois exagerada e ignorante.

—Entonces ¿por qué concedéis la palabra a la beguina? —atacó fray Llotger, irritado—. ¿Qué hace aquí?

—¿Irán los frailes predicadores a limpiar llagas y a recoger vómitos de sangre a la leprosería? —replicó ella con igual ímpetu—. Nadie conoce la muerte como nosotras.

Cayó un silencio espeso. De no ser por la protección expresa del Consejo, la beguina habría acabado en la cárcel de la Inquisición. Altiva, Agnès entregó el *Regiment*.

—Haced copias para los hospitales, las parroquias y los conventos. Decidles que llega el cuarto jinete del Apocalipsis y que deben prepararse.

—¡No blasfeméis más, mujer!

—¡Digo la verdad! ¿Tanto les cuesta entenderlo a los hombres de Dios?

—Arrepentimiento y sumisión. No caben medicinas y consejos.

—«El Señor puso en la tierra medicinas, el varón prudente no las desdeña». Lo dice el Eclesiástico. Dios nos invita a luchar contra los males del cuerpo.

—¿Habéis citado la Biblia en lengua vulgar? ¡Os podría llevar presa sólo por eso!

—Hacedlo y esta misma noche leprosos y sarnosos camparán por Barcelona. Quizá algunos llamen a la puerta de este convento, inquisidor general.

—Serenidad, por favor —terció el *conseller en cap*, aturdido por la disputa.

—Ya veis con qué diabólica desfachatez se dirigen las beguinas a la Iglesia, fray Nicolás —dijo el inquisidor al recién llegado de Valencia—. De nada sirve cuidar los cuerpos si se pierden las almas.

—Hermana Agnès —habló el capellán del rey, sereno—, vuestra labor place a Dios y a la Iglesia, pero contened esa arrogancia. Por cierto, ¿quién os trajo el *Regiment*?

—¿Eso importa? —preguntó cauta.

—Aún no lo sé. ¿Tenéis noticia de dónde más se ha usado vinagre contra la peste? Pues... en una *galiota* que atracó en Barcelona hace una semana. Extraña coincidencia, ¿verdad?

—No sé de qué me habláis —mintió Agnès—. El *Regiment* llegó a través del pariente de un leproso, no recuerdo el nombre. Por curiosidad, ¿qué importancia tendría eso?

Fray Rosell la escrutó con sus fríos ojos grises.

—Esa *galiota* capturó a las sobrinas de Dalmau Montaner cuando venían a ocultarse a Barcelona. Se las buscaba por un delito de lesa majestad. El capitán regresó a los tres días e informó de que habían muerto de peste y se echaron los cuerpos al agua como ordenan las leyes del mar.

—Entonces será así, ¿no creéis? Esta peste puede matar en dos o tres días.

—El rey me pidió que aprovechara mi venida para recabar lealtades a su causa contra la Unión, y de paso debo interrogar a la familia Montaner de Barcelona, pero la casa de la calle de Montcada está cerrada. Ningún vecino sabe nada.

—Dalmau y su hijo habrán huido de la ciudad. Son malos tiempos para buscar a alguien. Y por cierto, usar vinagre para purificar lugares no tiene nada de raro.

—Me ha surgido la sospecha al explicarme el Consejo

que vuestro *Regiment* lo recomienda para la peste. Ese capitán vive en su propio mundo de tinieblas y no sabemos si es totalmente leal a don Pedro. —Miró a la beguina—. Supongo que no os importará jurar ante la Cruz y los Evangelios que ninguna Montaner ha aparecido por el beguinato. Sólo deseo confirmar la muerte de esas muchachas y que el rey se libere de la obsesión que lo devora.

—¿Cómo se encuentra don Pedro IV? ¿Es verdad que la Unión de Valencia podría llegar a derrocarlo?

—El casal de Barcelona vive el momento más delicado en siglos. La Unión de Valencia cuenta con soldados castellanos venidos con el hermanastro del rey, el infante don Fernando, que aspira al trono. La Unión gana, pero es una mezcolanza de intereses dispares entre nobles y ciudadanos. Unos quieren más privilegios y los otros más libertades. Y a todos les ciega el poder logrado de forma tan fácil. No durará. —Cogió aire—. La peste, a pesar del horror, podría permitir al rey salir de Valencia. Dios no ha sellado nuestro destino.

—Si logra salir de su cautiverio contará con el apoyo de Barcelona —señaló el *conseller en cap*.

—Pero cuesta entender que en una situación tan difícil el rey siga obsesionado con esas muchachas —insistió Agnès—. No puede ser sólo por venganza...

El capellán del rey se mostró incómodo.

—Ganará la guerra de la Unión quien pueda pagar a un ejército mayor y a sus aliados. La familia Montaner podría ser un elemento clave, por eso me interesaba también interrogar a los habitantes de la casa de Dalmau en la calle de Montcada, pero no es asunto vuestro, Agnès. Insisto, ¿sabéis algo de Marina, Teresa y Beatriu Montaner?

La mujer observó al predicador intrigada.

—Incluso en la leprosería hemos oído el relato de la humillación del rey, pero no sé nada de esas muchachas. Lo juraré si es necesario, aunque os tengo por un hombre sensato. ¿De verdad creéis que unas jóvenes ricas y malcriadas vendrían a mi agujero de pus a darme el *Regiment*? ¡En la leprosería no resistirían ni un suspiro!

—En eso debo daros la razón, beguina —reconoció el dominico, casi avergonzado ante la evidencia—. Quizá jurar sea excesivo. Con vuestra palabra es suficiente.

Agnès asintió disimulando su alivio. El miedo que tenían las hermanas Montaner de mostrarse estaba bien justificado. Albar había mentido y todos las creían muertas, quizá para protegerse él por el error de confiar en Marina, pero el rey no terminaba de creerlo y había enviado a su capellán. Buscaba algo de ellas, no sólo su castigo.

El Consejo parlamentó en privado sobre las medidas urgentes a tomar. Al final el *conseller en cap* compartió las conclusiones.

—Entregaremos copias del *Regiment*, pero demasiadas precauciones alarmarían a las gentes y podrían provocar disturbios. Se aumentará la dotación de recogedores de cadáveres y limpiaremos las ramblas de animales muertos, como siempre. Las iglesias harán vigilias hasta que la peste se aleje.

Agnès no insistió. La peste seguía siendo algo secundario. Si la máxima autoridad de Barcelona no quería admitir la situación, no iban a poder controlarla. A la Iglesia, por su parte, le interesaba reafirmar su supremacía espiritual en tiempos de crisis profunda.

—Nada detendrá la peor cara de la muerte negra —musitó para sí, decepcionada.

Antes de marcharse, el inquisidor fray Joan Llotger le habló de nuevo:

—El obispo Miquel de Ricomà ha ordenado realizar este miércoles una procesión solemne para que el Altísimo aleje la mortandad. El capítulo catedralicio quiere que las beguinas acudan para dar confianza al pueblo.

—¡Eso no debe hacerse! Las infecciones aumentan si la gente se hacina!

—¡No es una fiesta popular, sino un acto penitencial! Si os disgusta, hablad con vuestro amigo el obispo.

—Lo haré, fray Joan. ¡Empeoraremos más la situación!

—Algún día perderéis a vuestros protectores, hermana Agnès —replicó el inquisidor con una frialdad extrema.

Agnès regresó al beguinato agotada y sin su habitual alegría. Se encerró en la capilla y estuvo sola hasta la tarde.

Caía la noche cuando llegó fray Benet. Ya se había enterado de la reunión en la sede del Consejo de Barcelona. Siempre estaba pendiente de la beguina y a veces parecía un viejo marido que se desvivía por cuidarla. Toda la comunidad se reunió en la pequeña ermita.

—¿Os encontráis bien? Sois demasiado osada —señaló el fraile, preocupado.

La beguina le cogió la mano y se echó a llorar. Él la contemplaba emocionado. Marina veía el deseo de Benet de abrazarla, con todo su ser, pero se contenía. Pensó que Agnès era libre gracias al amor que muchos le profesaban. Aunque el del fraile estaba exento de caricias, era fuerte como una roca.

—¿Creéis que estoy así por miedo? —estalló la beguina—. ¡Me da igual el Consejo y la hoguera que fray Joan Llotger me tiene preparada ya! Lloro por los que morirán. Hace siglos, un líder sarraceno llamado Almanzor arrasó la ciudad. Los cronistas lo llamaron *El dia que Barcelona va morir.* Si no convenzo al obispo, morirá de nuevo.

16

La procesión

El decimosexto día de luna es bueno para comprar campos, formar sociedad y contraer matrimonio. El enfermo sanará y los sueños se realizarán el duodécimo día.

Miércoles, 14 de mayo de 1348

Los astrólogos que aconsejaban al obispo de Barcelona, Miquel de Ricomà, señalaron ese día como propicio para pedir a Dios que sanara la pestilencia. Todas las campanas de la ciudad anunciaban la salida de la procesión desde la *seu*, llevando bajo palio las reliquias de Santa Eulalia y el *lignum crucis*. Recorrería el barrio de la Ribera hacia la puerta de San Damián, un trecho por el exterior hasta el Portal Nou, de allí a la parroquia de San Pere de les Puelles, la plaza de Santa Ana y de nuevo a la catedral.

Las tres hermanas Montaner rezaban en la capilla del hospital de Santa Margarida. Había un grupo de enfermos apartado, con sus mantos y vendas, que seguían las monótonas antífonas de fray Benet. Todo estaba envuelto en una agradable neblina de incienso, que se había quemado para purificar el aire como recomendaba el *Regiment*.

—Dios castigará a los que no vayan a la procesión. Y a nosotras más que a nadie —protestaba Beatriu, nerviosa.

—Fray Nicolás Rosell está en Barcelona y nos conoce —replicó Teresa—. Además, Agnès dice que es peligroso hacinarse cuando hay epidemias.

—¿Sabrá más una mujer que el obispo? Si madre estuviera aquí...

—Pero ¡no está, y cállate ya!

Fray Benet carraspeó desde el altar.

Marina pensaba como su hermana pequeña, Beatriu. Lo correcto era ir a la procesión y pedir perdón, pero Agnès había sido rotunda y estaba de un humor de perros. Había ido tres veces a la catedral para hablar con el obispo. El prelado tenía su propia idea sobre la llegada de la peste: hacía años que las obras de la *seu* estaban detenidas. Mientras los ciudadanos levantaban Santa María del Mar con sus recursos, el Consejo y los nobles habían olvidado el deber de terminar el mayor templo de la Corona.

—Todos buscan sacar algún provecho de este mal —se lamentaba Agnès—. ¡Ciegos! Quizá es cierto que esta peste también trae locura.

Pero las beguinas no podían ignorar al obispo, de modo que acudieron las tres.

—Marina —dijo entonces Teresa—, debemos escribir a padre.

—Podría interceptar la carta la Unión o, peor, la gente del rey. Nos pondríamos en peligro y lo pondríamos a él —negó Marina—. Hay que esperar. Lo siento.

—¡Le habrán dicho que hemos muerto! —Beatriu lloraba—. ¿Y qué habrá sido de Joan?

—¿Acaso crees que no pienso en él? —Era demasiado—. ¡No lo sé! Por favor...

Fray Benet calló y se acercó con calma. Al contrario que Agnès, el franciscano era todo paz y bondad. Las beguinas afirmaban que su sola presencia era ya medicina para los enfermos.

—Hijas, os veo desesperadas, pero estáis sanas y eso aquí ya es un regalo. —Señaló la figura de santa Margarida sobre una columna junto al altar—. La santa era joven como vosotras cuando se convirtió en mártir. Por no renegar de Dios, un dragón la devoró.

—¿Fue así como murió?

—No, con su crucifijo de metal rajó la dura piel de la bestia y salió ilesa —explicó, y asintió convencido—. Si tenéis fe y valor, podréis salir hasta de la peor oscuridad...

—Pero al final la mataron igualmente —concluyó Marina, hundida.

—Sí, y ganó la inmortalidad. —Fray Benet colocó la mano sobre la cabeza de la joven, cubierta con el manto, como si quisiera aliviar su dolor—. Ahora id a por vuestra hermana y volved enseguida. Vamos a comenzar la misa.

Las dos mayores se volvieron y vieron que Beatriu no estaba con ellas.

—¡Dios mío!

Teresa abandonó la capilla, pero Marina se detuvo en el dintel. Temía abandonar su oscuro refugio. No obstante, tenía que cuidar de su hermana; se lo había prometido a su padre. Así pues, inspiró hondo y salió.

Las dos hermanas buscaron a Beatriu en las huertas y el cañar entre el hospital y el monasterio de Sant Pau, por si había ido a orinar. Al no encontrarla, imaginaron lo sucedido. Tañían las campanas de todas las parroquias. La procesión del obispo recorría Barcelona. Avivaron el paso. Tenían el corazón en un puño cuando llegaron al portal de Santa Ana, donde ya se oían los cánticos y el clamor de los fieles. En la puerta había un hombre recostado. Sudaba y estaba cubierto de vómito. En el cuello se le veía un bubón negruzco.

—¿Es peste? —preguntó Teresa, horrorizada.

—Judíos... —musitó el hombre, y tosió—. Esos demonios han envenenado el aire con humo.

Marina arrastró a su hermana ignorando los quejidos y las peticiones de ayuda.

—¿Por qué ha dicho eso de los judíos? No dejan de acusarlos.

—El maestro Agramunt en el *Regiment* sugiere que puede ser obra de ciertas gentes, pero él sólo las llama «hijos del demonio».

Al entrar en la plaza de Santa Ana se quedaron horrorizadas. La procesión se aproximaba desde la calle del Portal Nou. La encabezaba una cruz con dos incensarios que expulsaban espesas columnas de humo. Detrás iba una multitud hacinada que ocupaba toda la calle. La conformaban cientos de hombres, mujeres, ancianos y niños, la mayoría de aspecto miserable.

Cada cual reclamaba para sí la atención del Altísimo. Agitaban los brazos al cielo, vociferaban, se retorcían como posesos o lloraban desgarrados, echándose tierra encima. Muchos vestían jirones o iban desnudos, cubiertos de fango.

—*Paenitentia! Poena!*

Apareció un grupo que gritaba hasta el paroxismo al tiempo que se azotaba la espalda en carne viva. Incluso había mujeres entre ellos. Si alguno se desplomaba, el resto lo pisaba con indiferencia y seguía adelante.

Marina y Teresa estaban aterradas. La miasma humana desprendía un hedor infecto a sudor, heces y sangre. Era lo que Agnès temía. La procesión pasó por la iglesia de Santa Ana y giró por el camino de la puerta del Ángel de regreso a la *seu*. Detrás iban las cofradías de oficios, el Consejo de Ciento, con sus pendones y emblemas, el clero y la curia episcopal. Entre varios grupos de religiosas estaban las tres beguinas, separadas del resto y con los hábitos empapados de vinagre. Por último, una nube de incienso protegía el palio bajo el que iban el obispo Miquel de Ricomà y las reliquias protectoras.

—¿Cómo vamos a encontrar a Beatriu? —gritó Teresa a su hermana por encima del ruido.

Marina olió su túnica y la de Teresa. Se notaba el vinagre con el que las mojaban cada mañana. Recordó el relato que Agnès le contó dentro del hospital. O se volvía contra su monstruo o el miedo la devoraría. Debía decidirlo ya. El tesoro era su hermana Beatriu.

Cogió a Teresa de la mano y se metieron en la procesión a codazos. La presión de los cuerpos no las dejaba respirar y el hedor las aturdía. La angustia creció. Marina se encaramó al abrevadero de Santa Ana para otear, pero no reconoció el manto de Beatriu.

—La procesión acaba en la *seu* —le sugirió Teresa.

La catedral estaba atestada y era imposible entrar. Los esclavos de la *seu* abrían a latigazos un pasillo para que pasara la curia.

—¡Allí, allí! —gritó Teresa—. En la calle del Bisbe.

Señaló el callejón junto al muro de claustro de la *seu*. Beatriu iba de la mano de alguien cubierto con una capa. Enseguida desaparecieron tras la esquina.

El clamor engulló los gritos de Marina y Teresa llamando a su hermana pequeña.

17

La plaza de Sant Jaume

Se llevan a esa niña! —gritó Marina para que alguien la ayudara.

Mientras empujaba para pasar la insultaron, pero no se detuvo. Al final llegó a la calle del Bisbe. Marina se quedó helada al ver que el desconocido se llevaba a rastras a Beatriu hacia la plaza de Sant Jaume. Iba a meter a su hermana por la puerta de reja que cerraba el *call*, el barrio judío. Gracias a los gritos de Marina, varios hombres corrieron a socorrerla.

—¡Suéltala!

El aludido se detuvo al ver que los tenía encima. Se dio la vuelta, y Marina lo reconoció. Era Mossé Natán, el banquero judío de la familia, un anciano corpulento, con una barba gris de rabino. Tenía la rodela amarilla cosida en la pechera de la túnica. Beatriu forcejeaba para soltarse; sin embargo, no se alegró al ver a Marina.

—Sólo impedía que se metiera en el tumulto —explicó el judío a todos.

—¡Marrano! ¿Qué querías hacer con ella? —gritó uno de los presentes, furioso.

Mossé miraba a Marina. Ella temió que el banquero las delatara, pero no lo hizo.

—¡Déjame! —bramó Beatriu—. ¡Tengo que ver la santa Cruz o la peste me matará!

—¡Suéltala, perro judío! —apercibió otro de los congregados.

Marina levantó las manos para pedir calma, pero una piedra pasó cerca del rabino y golpeó el muro del *call*, manchado de heces y desperdicios. El recelo contra la comunidad hebrea aumentaba a la par que la peste. Mossé liberó a Beatriu, quien echó a correr para regresar a la catedral, pero Teresa ya estaba allí y la atrapó.

La pequeña gritó de rabia. Marina aprovechó la distracción para acercarse al judío.

—Cuando me he topado con tu hermana no podía creerlo —susurró Mossé, desencajado—. Todos piensan que estáis muertas.

—Estamos desamparadas, Mossé, y no sabemos nada de mi padre.

—Tu hermana me ha dicho dónde os ocultáis. ¡No salgáis más! Intentaré ayudaros.

La rabieta de Beatriu soliviantó a la gente. Un hombre empujó al banquero.

—¡Hijos de Satán! Todo es culpa vuestra, la usura ofende a Dios.

—¡Asesinos!

El tumulto creció hasta que aparecieron en la plaza los soldados que custodiaban el *call* por orden del rey. La Corona era el mayor deudor de los hebreos y debía protegerlos. Mossé Natán, magullado, llegó a la cancela y se perdió por una callejuela del *call*.

La gente miraba a las tres jóvenes con curiosidad. Marina, harta de la rabieta de Beatriu, la arrastró de la manga calle abajo hacia el hospital de Santa Margarida.

La bofetada fue violenta, tanto que a Marina le ardió la mejilla. Sus dos hermanas lloraban con las caras enrojecidas. Agnès movió los dedos como si la mano se le hubiera quedado entumecida. Estaba realmente enfadada por lo sucedido. No admitía la desobediencia.

Estaban ante la puerta de la casa de las beguinas, pues no las había dejado pasar.

—Quitaos toda la ropa e id a quemarla ahora mismo. Las túnicas limpias os esperarán dentro.

—¡Nos verán... desnudas! —susurró Beatriu, cabizbaja.

—Hoy ya os han visto bastante —replicó con acritud—. Si no queréis, no volváis.

Quemar las túnicas de los enfermos era una tarea que hacían a menudo. Para evitar el miedo y la repulsa de la gente, se realizaba tras los cañares del marjal que había entre el hospital y el monasterio de Sant Pau del Camp.

Sansa, con mirada apenada, les tendió un pellejo que contenía vinagre.

—¡Si alguna de vosotras tiene la flor que queme hasta el trapo! Y frotaos bien.

Beatriu abrió la boca para quejarse, pero Marina la cortó enfadada.

—¡Basta, hermana! ¡Casi matan a Mossé! Es amigo de la familia.

—Y da gracias que Agnès no nos ha echado —añadió Teresa.

—Bueno, eso aún no lo he decidido —respondió la aludida con sequedad.

Las tres beguinas entraron en la casa y las dejaron allí fuera.

—¡Quiero irme de este maldito lugar! —protestó Beatriu, y miró con odio a Marina—. Tú tienes la culpa de todo.

Corrió hacia el cañar hecha una furia. Teresa se disponía a salir tras ella, pero Marina la detuvo.

—Déjala. Tiene razón. Hace dos meses elegíamos sedas bordadas y vivíamos rodeadas de sirvientas. Hoy nos vamos a quedar sin nuestros únicos vestidos.

Entre juncos se desnudaron. Llegó Sansa y las ayudó a lavarse en una charca verdosa. Les sonreía ruborizada. Teresa la salpicó y jugaron un poco. Eso calmó la tensión. Luego se frotaron con vinagre delante de la hoguera en la que quemaron sus túnicas de lana de la mejor calidad teñidas con tintes caros. Acto seguido, se buscaron piojos y liendres. Las tres tuvieron que volver en cueros al beguinato. Primero llegaron Marina y Beatriu. Sansa y Teresa se demoraron en confidencias.

Mencia abrió y entraron cabizbajas. Si quedaba algún resquicio del orgullo de los Montaner, esa tarde desapareció. Sólo Teresa llegó con la mirada iluminada.

En cuanto se hizo de noche, las tres se acostaron en las esteras de esparto. Mucho más tarde, Marina notó unos dedos en el hombro y abrió los ojos. Agnès, con un candil en la mano, la observaba con atención. Ya no parecía enfadada; bien al contrario, sonreía orgullosa.

—Has vencido al monstruo. ¿Ves como sí curan algunas historias?

—Debía encontrarla. —Se encogió de hombros.

Agnès asintió con los ojos húmedos.

—Aférrate a la vida. Ya has visto esa procesión. Van a venir tiempos muy duros. Peste, hambre y disturbios. Quizá sea el fin de todo, pero creo que Dios te ha puesto en mi camino por algo.

—¿Qué queréis de mí, Agnès?

—Os pedí discreción a las tres, casi que desaparecierais. Sin embargo, después de lo sucedido… ¿Sabes cuánta gente abandona a los suyos por miedo a la peste? Necesito a la mujer que he visto hoy para que me ayude. Barcelona la necesita.

La joven quiso beber de la energía de la beguina.

—No sé qué puedo hacer, pero no me quedaré más en la capilla llorando.

—Dios dirá. Aún no sabemos lo que tu espíritu puede conseguir. —Agnès sonrió con lágrimas en los ojos—. Deidre, la esposa de Albar, decía que hay personas que sólo viven y otras que dejan una vida que contar. Y tú eres de las segundas, Marina Montaner.

Hedificat per espay de mes de cent anys per cert honorable ciutada de la dita ciutat, en lo qual certa donzella filla sua, inspirada per lo sant sperit, se reclusi, e aqui fini gloriosament sos dies. E apres si reclusi una molt devota dona apellada sor Sança, companyona de santa Brigida, e apres altres, les quals en santa conversació per tot lo temps de lur vida han loablement continuat lo ervey divinal.

Archivo Histórico Municipal de Barcelona,
Registro de Deliberaciones del Consejo de Ciento

18

La peste

Sábado, 17 de mayo de 1348

Pasados tres días desde la procesión que recorrió la ciudad, el cuarto jinete del Apocalipsis apareció con su montura amarilla y seguido de la muerte negra.

El *conseller en cap*, Arnau Dusai, fue el primer dirigente de Barcelona al que le surgieron bubas en el cuello y las inglés. Sus familiares lo abandonaron en su casa, cerca de la plaza del Rey, y la puerta fue marcada. La noticia espantó al patriciado.

En los dos días siguientes enfermaron decenas de miembros del Consejo de Ciento. El gobierno municipal comenzó a desmoronarse. Los que habían negado que la catástrofe llegaría a la Ciudad Condal morían y los que les recriminaban su necedad también. El pánico hizo que los dirigentes y los nobles huyeran a masías y propiedades lejanas, olvidando Barcelona y a sus ciudadanos más pobres que no tenían adónde ir.

En la memoria del pueblo pervivían calamidades y hambrunas enviadas por un Dios colérico, pero la muerte negra, el fuego de San Antonio o, simplemente, la pestilencia, parecía la sentencia final. Ni las puertas más recias ni los muros más altos evitaban su entrada. Palacios junto a la *seu* y casas del Raval se veían golpeadas por igual, incluso las aisladas clausuras de los monasterios.

Unos decían que se contagiaba por el aire, otros con la mirada de los apestados. También que bajaba de los astros o emergía del suelo desde el mismísimo infierno.

Primero aparecía la fiebre, con dolores y escalofríos. Con el paso de las horas comenzaban los vómitos y los calambres. La muerte llegaba en cuatro o cinco días y mostraba varias caras. Había apestados con bubas que les salían en el cuello, las axilas y las ingles. A otros se les ennegrecía la piel por la sangre pútrida, y había quienes agonizaban entre estertores con el mal corrompiéndoles los pulmones.

Los galenos y los clérigos enfermaban al atender a los afectados y morían, por eso dejaron de asistirlos. A todos les aterraba fallecer sin consuelo y sin el perdón de Dios.

Por las calles transitaban carros llenos de sudarios, cada vez más cargados de cuerpos. Muertos, e incluso moribundos, eran abandonados en sus lechos o en la calle. Como vaticinaron tanto Gaspar Montaner como muchos clérigos, los hijos dejaban a sus padres, los maridos a sus esposas, las madres a sus hijos. Las iglesias no cerraban sus puertas, pero Dios no escuchaba. No se hizo caso al *Regiment*, que pedía no tocar las campanas a difuntos para no aumentar el terror.

Otros decidieron implorar a Dios con penitencias y expiación. Proliferaban grupos de hombres y mujeres que se fustigaban por las calles, enloquecidos y cubiertos de sangre. Los llamaban flagelantes. Pero nada sirvió: la guadaña de la Muerte segaba Barcelona.

Aquel sábado, 17 de mayo, llovía. En la parroquia de Santa Maria del Pi, la cofradía de los plateros enterraba al maestro Berthomeu Tomàs, miembro del Consejo de Ciento. Seis jóvenes huérfanos de blanco portaron el féretro. El arcediano lo incensó y se cantaron antífonas mientras lo bajaban a la tumba en el suelo de la iglesia, cerca de la entrada.

A la misma hora, en el exterior, dos hombres echaban un cuerpo en una fosa bajo el aguacero. Había una docena de sudarios más para enterrar allí y el único rito funerario fue una oración apresurada dicha por un fraile nervioso. La gente miserable observaba y murmuraba: dentro de la iglesia cantaban y fuera tiraban a los pobres en agujeros.

A todos se les había prometido la recompensa en el cielo tras la muerte. Ésa era la gran esperanza de los desfavorecidos. Pero si la pestilencia les impedía recibir una sepultura digna, hallarían las puertas del paraíso cerradas, al contrario que el maestro platero. Tras una vida de miserias, ahora se les quitaba hasta el consuelo de la vida eterna.

Se oyeron gruñidos en el cementerio. Dos perros se disputaban los restos de un cuerpo de un recién nacido muerto de peste. Lo habían desenterrado porque su tumba junto a la iglesia se había hecho a toda prisa y era poco profunda. La gente los espantó a pedradas.

—¡Son los judíos, ellos nos han causado esta calamidad!

La voz fue coreada. Comenzaron a explicarse lo que se rumoreaba por la ciudad.

—Envenenan pozos y queman hierbas que corrompen el aire.

—¡Es cierto! ¡Se los ha visto hacerlo en Montjuïc! En la procesión, uno quiso secuestrar a una muchacha. Casi la metió por la fuerza en el *call*. La salvaron en el último momento.

—¡Querrían su sangre! Dicen que los judíos beben sangre cristiana en sus rituales! —afirmó una mujer con vehemencia.

Los rumores se contradecían, pero a nadie le importaba. Contaban hechos perversos de los judíos, y la población se persuadió de que eran culpables de tanto mal. Unos a otros se convencían.

Los hebreos mataron a Jesús y los cristianos tenían tratos con ellos, vivían en las mismas ciudades y les permitían la usura. Dios dejaba que extendieran la peste como castigo a sus hijos, por su impiedad. Había que enmendarlo para lograr el perdón y el fin de la calamidad.

Los clérigos pedían sumisión y rezos, pero Dios les había revelado el camino y no había autoridades para imponer el orden. Era la voluntad del Señor.

Bajo la incesante lluvia, la consigna recorrió la urbe y por la tarde ya había una multitud delante de la cancela de entrada al llamado *call major*, en la plaza de Sant Jaume.

—¡Asesinos! —gritaban unos, y los más exaltados los jaleaban—. ¡Hijos de Satán!

—¡Muerte a los traidores! ¡Usureros!

Dentro no se movía ni una mosca. La inquietud se convirtió en pánico cuando los soldados de la entrada se retiraron sin decir nada. La turba comenzó a agitar los barrotes de la reja con violencia. Aparecieron espadas y horcas. La cancela saltó, y centenares de enfebrecidos echaron a correr por las callejuelas del *call major*, el principal barrio judío de Barcelona. Rompían puertas atrancadas y entraban en tropel. Los gritos se elevaban bajo la lluvia. Judíos adultos fueron degollados o ahorcados; ancianos y niños, estrangulados; y varias mujeres, forzadas. Pero no era sólo por expiar la ofensa a Dios. La mayoría salía de aquellas casas con sacos cargados. El humo de los incendios atrajo a más asaltantes.

—¡Nosotros también tenemos peste! —gritaba sin cesar un anciano hebreo junto al carro lleno de cadáveres del *call*. Lo tiraron y apalearon entre insultos.

Al caer la noche había centenares de judíos muertos o malheridos por las calles estrechas. Casi todas las casas estaban arrasadas. El odio a la comunidad hebrea era secular, pero jamás había ocurrido algo así. Ni el rey ni el Consejo de Barcelona lo habían evitado. Pasados los días se vio que, además de sufrir saqueos, se destruyeron a conciencia gran parte de las escrituras de préstamo y reconocimientos de deudas de muchos cristianos.

Marina y sus hermanas recibían las noticias en Santa Margarida. Fueron días de angustia. Rezaron por Mossé Natán y los suyos, amigos de los Montaner. Quizá estuvieran muertos y toda la documentación y los fondos de la familia se habrían perdido. También pensaban mucho en su padre. Nadie sabía cómo vivía Valencia la peste.

Agnès parecía una anciana agotada. El mal de la ciudad la afectaba de un modo casi físico. Al final de cada jornada extenuante la comunidad se reunía en la cocina del beguinato pero ya no se oían historias ni canciones. Apenas si tenían ánimos para hablar.

—Lo dije... *El dia que Barcelona va morir.*

Escuchado que el sábado pasado, intervino un espíritu
maligno, olvidando el temor de Dios en nuestros dominios en
forma de tumulto, entraron en el call judío
de Barcelona y allí arrasaron muchos hogares,
y mataron a muchos judíos.

Carta de Pedro IV de Aragón al veguer de Barcelona
y Vallés, Acard de Talarn

19

Desesperación

El vigesimoprimer día de luna es malo para toda actividad y negocio y también para todo trato mercantil. Quien nazca será un hombre malo.

Lunes, 19 de mayo de 1348

Imploremos a Dios para que serene los corazones descarriados y devuelva la paz a Barcelona. —La voz de fray Benet denotaba cansancio. Iba a ser una nueva jornada interminable en Santa Margarida administrando los óleos a moribundos, pero ningún clérigo lo hacía con más paciencia y calidez que el franciscano—. Que se apiade también de los judíos en estos tiempos de tinieblas.

No todos los presentes en la capilla estaban conformes. Agnès carraspeó, y los murmullos cesaron. Fray Benet la miró agradecido. La situación los desbordaba.

Al acabar la misa, las beguinas y las tres hermanas Montaner se quedaron en el templo. Era el momento de repartirse las tareas del día pues poco se verían hasta la noche. Agnès se mostraba de nuevo vital, pero la situación hacía mella en todos.

—El ataque al *call* no ha calmado la cólera de Dios y siguen los disturbios.

—Y el hambre, Agnès —indicó Mencia. Tenía mala cara. Se la veía débil, pero temían mencionarlo—. Luego vendrá la locura entre los que queden.

—Sansa, ¿qué dicen en la plaza del Blat? ¿Ha llegado algo?

—No llega nada, ni siquiera carne, y el puerto está abandonado. El *mostassaf* y el veguer Acard de Talarn han ordenado no repartir más grano y los hornos de pan ya no cuecen. Han muerto dos miembros del Consejo y se han suspendido las sesiones.

—No parece alentador —comentó Mencia.

—Quizá no queda nadie más allá de Barcelona —musitó Beatriu.

—Están saqueando las casas en busca de comida —comentó Sansa—. La gente desesperada es tan peligrosa como la peste.

—Ahora no podemos contar con el Consejo —explicó Agnès—, y la mayoría de las familias que nos ayudan sufren sus propios infiernos.

—Si no llenamos la despensa moriremos de hambre —concluyó Mencia.

La conversación se vio interrumpida por los gritos de una mujer en el exterior. Estaba tirada junto a la puerta del hospital con una pequeña buba en el cuello. Los gritos eran maldiciones a sus hijos, que se alejaban. Ya habían dejado en Santa Margarida a más de uno como ella.

Al caer la tarde, habían muerto cinco apestados en el hospital del beguinato. En la ciudad se contaban por cientos a diario, y cada jornada era peor que la anterior.

A los pocos días Mencia comenzó a mostrar fiebre y náuseas. Le costaba respirar. Gracias a los contactos de Agnès con la nobleza local, las visitó uno de los pocos galenos que quedaban vivos en Barcelona. Tras examinarla, recomendó aislarla en la leñera.

—Nada nos acerca más a Dios que cuidar de un enfermo

contagioso —dijo Agnès con extraña calma—. Pero seamos sensatas, así que quemad su hábito y a la vuelta desinfectaremos toda la casa. Seguro que tenemos ratas.

Esa noche, antorcha en mano, Marina, Sansa y Teresa envolvieron la ropa de la beguina enferma y se internaron en el marjal que había frente al hospital. Mientras contemplaban la hoguera con desánimo, las rodearon unos niños desnudos y famélicos. Querían la ropa.

—¡Al final lo han descubierto! —se lamentó Sansa—. ¡Fuera, fuera!

La respuesta fue una lluvia de piedras. Una golpeó a Teresa en un pómulo.

—Sansa, llévatela y cúraselo —le dijo Marina—. Yo me encargo.

Marina se encaró a ellos. No tenían ni doce años, pero era una jauría peligrosa.

—¡Dejad esa ropa! Llevo comida en este zurrón.

Las mujeres solían llevar mendrugos y agua para los que se acercaban a pedir. Los pequeños recelaron, y Marina les lanzó el pan como si fueran gatos salvajes.

—¿Qué hacéis con esa ropa sucia?

—En las tabernas hay hombres que te dan los restos de su cena si les llevas prendas.

—¡Y si te dejas tocar, te dan pan! ¿Tú también quieres eso?

Los niños hicieron gestos obscenos entre risotadas. A Marina se le heló la sangre.

—En el hospital de Santa Margarida os daremos comida sin pediros nada.

—Allí todos están podridos. ¡Y las beguinas son las putas del demonio!

Comenzaron a insultarla entre risas y volvieron a lanzarle piedras. Marina huyó y se metió en la capilla. Allí rezaban fray Benet, Agnès y algunos enfermos. Beatriu no se separaba de Mencia. En cuanto a Sansa, estaría curándole la herida a Teresa.

—*A peste, fame et bello liberanos Domine* —dijo fray Benet de cara al altar.

Nadie estaba atento al rezo esa noche. Demasiadas preocupaciones. Marina le contó lo sucedido a la beguina. Era desolador.

—Esto va a ser peor si llega el hambre. —Agnès no pensaba en otra cosa.

La joven se quedó pensativa. Entró Beatriu, deshecha. Mencia estaba peor. Agnès la confortó con un abrazo maternal.

—¿Qué ocurre, Marina? —le preguntó a verla ceñuda y distraída.

—¡He decidido volver a la casa del tío! —dijo convencida.

—¿Te has vuelto loca? —reaccionó Beatriu—. ¿Qué pasará si te descubren?

—Gaspar se llevó cuanto había de valor, pero podría haber grano y comida. No queda otra.

—Es peligroso cruzar Barcelona, en especial de noche —dijo Agnès, preocupada.

—Si hubierais visto a esos niños... Podríamos salvar a muchos. Volveré enseguida.

—¡Siempre actúas así! —le reprochó Beatriu—. Y si te ocurre algo, ¿nosotras qué?

—Beatriu, tienes razón —alegó la beguina mientras le acariciaba el pelo. Acto seguido miró a Marina con firmeza—, pero ya no tenemos casi nada. Sólo con rezos no sobreviviremos.

Ésta se santiguó y dejó la capilla. Fray Benet suspiró, nadie le hacía caso esa noche. Agnès le regaló una sonrisa cansada y siguió rozando con afecto el pelo a Beatriu.

—Si te digo la verdad, desde que llegasteis esperaba una iniciativa así —confesó la beguina—. Sois de casta de mercaderes, y necesitamos un poco de audacia.

—Marina siempre ha sido demasiado audaz. Se metía en los almacenes y hasta espiaba las reuniones de padre. Una vez se coló en una nave de la compañía y casi se la llevan a Mesina. No asume su papel de mujer en la familia.

—¿Crees que Dios ha reservado a las mujeres un único papel en la historia? —dijo Agnès, misteriosa—. Si sobrevivimos, te haré un regalo..., un regalo secreto entre mujeres.

—Es cierto. —Fray Benet le guiñó el ojo—. Sé valiente, y te lo contará un día.

—¡Estamos en esta situación porque Marina es así! —repuso Beatriu sin ceder.

Mientras tanto, Marina había entrado a la cocina de las beguinas para coger la llave de la casa Montaner. Oyó risas en el dormitorio común. Algo en el timbre de las voces le hizo ser discreta al asomarse. Sansa limpiaba el pómulo a Teresa con dulzura al tiempo que, con la otra mano, le acariciaba la cara. Se miraban a los ojos, ajenas a todo, ruborizadas. Su hermana tenía una expresión de felicidad que Marina no le había visto nunca.

Los rostros de ambas se acercaron poco a poco. Marina sabía de esa clase de complicidad a través de sus amigas de Valencia. Aquel amor pecaminoso era posible. Desconcertada, se retiró con cuidado y las dejó a solas.

A G. su única rosa. D A. el vínculo de amor precioso.
Todo lo que da placer y delicia sin ti parece
un barrizal pisoteado.
Lloro cuando solía sonreír y mi espíritu nunca
está alegre [...].
¡Regresa, dulce amor! No prolongues tu viaje.

Carta anónima de una religiosa a otra
Abadía de Tegernsee, en Baviera, siglo XIII

20

Sombras

Para ir a la calle de Montcada, Marina tenía que cruzar la ciudad hasta el Born. La luna menguante apenas se colaba en el corazón de Barcelona. No había luces en las ventanas y era difícil transitar entre la inmundicia acumulada. A veces, el hedor a descomposición avisaba de un cadáver, y así la joven podía evitarlo. A otros se los encontraba delante.

Pasó por los Baños Nuevos y cruzó la antigua muralla que abrazaba la catedral, las calles nobles y el *call*. Muchas puertas tenían la marca de la peste. Todo era silencio y se respiraba desolación. Parecía el fin del mundo; sin embargo, Marina se esforzó por mantener el ánimo.

Se detuvo en la parroquia de Santa Maria del Pi. Se lo habían contado, pero era difícil hacerse una idea precisa hasta que no se veía: la plaza estaba cubierta de tumbas y fosas. Casi todo eran túmulos, y había pocas cruces. En el cielo se apagaban las estrellas.

Cruzó estremecida mientras se acostumbraba al olor de la muerte.

Llegó a la plaza del Born, junto a Santa María del Mar. Oyó gritos en una lengua que no conocía; unos hombres daban una paliza a otro con aspecto de peregrino. Junto con los judíos, los foráneos también eran víctimas del miedo y el odio.

—Santa María, ampáranos —rogó Marina al pasar por delante de la iglesia, cuyas obras se habían parado; quizá nunca se retomarían.

Rodeó el ábside y enfiló por la calle de Montcada. Ninguna casa había encendido las antorchas que embellecían la vía por la noche. Todo era silencio y sombras. Ni siquiera se veía luz en los miradores encerados.

Una sombra se situó a su espalda.

—¡Hoy hemos pescado algo digno!

De un empujón, la metió en uno de los portales. Era una sastrería abandonada. Una vela de sebo iluminaba a dos hombres mugrientos que la miraban febriles. Parecían trastornados.

—¡Dejadme, por el amor de Dios!

—Dios nos ha abandonado, puta. ¡Todos vamos a morir!

Entre risas se disputaban quién sería el primero. Marina pensó en lo que su primo Gaspar había dicho: ante la inminencia del fin, el bien y mal habían dejado de tener sentido. Las almas se corrompían y afloraba la condición miserable. Ésa era la verdadera peste.

El pensamiento la hizo reaccionar. Cogió una balda tirada y comenzó a golpear a sus captores con violencia. Sorprendidos, ambos hombres se cubrieron la cabeza y no pudieron detenerla. Marina no les dio respiro hasta que llegó a la calle, donde echó a correr.

No paró hasta la capilla Marcús. Celebraban una vigilia. Una anciana que rezaba en la puerta la vio llegar alterada y dedujo lo sucedido.

—Son como las arañas. Ahora hay ataques y violaciones por todas partes. No se puede ir ya ni por la calle más rica de Barcelona.

Marina temblaba. Pidió a la mujer que vigilara y desanduvo parte del camino hasta la casa Montaner. Tenía los pelos de punta cuando introdujo la llave en la cerradura de la puerta. En cuanto entró cerró de golpe y se quedó con la espalda pegada a la hoja. Soltó todo el aire que había contenido.

En el patio tuvo una sensación extraña y miró con aprensión la galería superior. Recordó las historias de aparecidos y se le puso la piel de gallina. La escalera estaba sucia de restos de comida; las ratas debían de haber infestado la casa.

—Pronto descansaréis, lo juro por Dios —musitó para calmar lo que pudiera haber.

Fue a las cocinas. Olía muy mal y reinaba el desorden. Con el pedernal encendió un candil. Le llegaron buenos recuerdos: el olor del pan en el horno, las risas de sus hermanos y sus primos jugando con la harina, los cantos de siega de las sirvientas venidas de Osona. Ir a la casa del tío Dalmau era lo que todos aguardaban con más anhelo. Juntos eran felices.

El corazón le brincó de alegría al ver tarros de frutas en miel y calabazas en arrope.

Bajó al sótano y, al fondo, halló las tres grandes tinajas enterradas en el suelo. Como suponía, quedaba trigo en ellas. En dos había la mitad y la tercera estaba casi entera.

—¡Gracias, Señor! —musitó emocionada, y cogió un puñado.

Por fin algo le salía bien. Eso le dio confianza para resistir aquella pesadilla.

De pronto oyó un lamento débil, como un suspiro, y un escalofrío le recorrió la espalda. Salió al patio alarmada. Se sintió observada, y con la piel erizada corrió hacia la puerta. Justo cuando se disponía a salir, lo oyó de nuevo. El lamento tenía un timbre familiar. Una duda oscura nació en su alma. Con el candil, paso a paso, subió la escalinata.

En las estancias el olor era nauseabundo. La puerta de

las dependencias de su tío estaba entreabierta. Era imposible. Reunió todo el valor que pudo y entró. Pasó ante la enorme mesa de roble donde se cerraban los contratos. Gaspar se había llevado los tapices. Al fondo, la puerta de la cámara de Dalmau también estaba abierta.

El temor y la emoción hacían que las llamas del candil que Marina sujetaba temblaran, a punto de apagarse. La joven ya sospechaba lo que descubriría.

—¿Tío?

El aposento estaba a oscuras por completo.

—Agua... —pidió alguien con un hilo de voz. Eso era lo que Marina había oído—. Agua...

21

Fantasma

Dalmau Montaner estaba vivo, aunque su voz quebrada auguraba un final inminente. Marina corrió a abrir la ventana para airear la estancia.

—Agua...

—Tío, soy yo, vuestra sobrina Marina.

Se hizo un silencio largo. Marina aún no se había acercado al lecho. Tenía miedo.

—No queda nadie en la casa y tú no deberías molestar a los fantasmas.

La joven lo iluminó. Su tío tenía peor aspecto que un cadáver, con la piel grisácea llena de costras y el cuerpo consumido. Sus ojos hundidos se movían sin ver, deslumbrados. Los bubones se habían deshinchado y eran costras negras que le dejarían cicatrices para siempre. Era de los pocos que había superado la pestilencia. En el hospital también habían sobrevivido algunos. La cama estaba sucia de sangre y pus.

Marina se acordó de los restos de comida que había visto en el patio. Pensó que habían sido las ratas. Ahora consideró, en cambio, que su tío habría bajado a por alimentos, si bien al final la debilidad lo venció. Imaginó su terrible agonía, allí solo. Corrió al pozo y sacó agua.

Mientras lo atendía, rompió a llorar como no lo había

hecho desde que llegaron a Barcelona. No paró mientras lo limpiaba y cambiaba. Retiró la ropa y la márfega, las lanzó al patio y llevó una limpia de una habitación. Al final quemó espliego seco.

El hombre sólo balbuceaba, pero a Marina le bastaba. Parecía un milagro.

Cuando volvió en sí, le indicó con gestos que se marchara. Dalmau el Navegante siempre había sido huraño, sobre todo tras enviudar, y empeoró al morir su hijo mayor. Pero Marina sabía que, a pesar de la coraza, la quería mucho.

La joven se disponía a encender fuego en la chimenea de la cámara, y Dalmau le pidió que se acercara. El hombre le cogió la mano. Marina, cansada pero alegre, le contó lo sucedido. Dalmau se esforzaba por no desvanecerse. Sus ojos brillaban con cada nueva herida en el corazón.

—No sé si Dios me ha favorecido o castigado al dejarme vivo ante tanto horror.

—¡Tiene que haber esperanza, tío! Esto es una señal de Dios. Iréis a un hospital.

—No pienso moverme de aquí. Mi hijo me ha abandonado. —Ese golpe había sido el peor para él—. Lleva la comida que quede al hospital y entierra a tu madre.

—No voy a dejaros morir.

—No me queda mucho.

—Pues os cuidaré aquí. Tenéis a tres sobrinas que os necesitan y un hermano en Valencia con problemas. Precisamos vuestra ayuda.

—Ese zorro de Pere sabrá solucionarlo. Después de Matilde, es el más listo de los tres hermanos. —Los ojos mortecinos se le cerraban—. Tú has salido a él, también hallarás una salida.

—Volveré mañana. —Marina iba a salir cuando decidió indagar sobre lo acontecido—: Tío, hay algo... Mi madre en realidad ha muerto asesinada.

—Seguía viva cuando enfermé —musitó Dalmau, afectado—. Me atendió en las fiebres, luego todo se me nubla. Piensas que fue Gaspar, ¿no es cierto?

—Estaba muy extraño el día que mis hermanas y yo llegamos. Romea y él se marchaban con prisas. La peste lo ha cambiado, o quizá el miedo a morir de esta manera. Decía que no existía el pecado.

El hombre perdió un momento la consciencia, pero volvió en sí casi enseguida.

—Mi hijo es un borracho y un inútil, tanto que me parece incapaz de asesinar a alguien. Pero ya no importa, el mundo ha enloquecido y todo es muerte. Da sepultura a la pobre Alda en nuestra capilla de Santa María del Mar. Correré con los gastos como si fuera mi esposa. Avisa a Mossé Natán y que traiga con urgencia un notario. ¡No pienso morir hasta que haya desheredado a Gaspar y le sea comunicado! A vosotras no os faltará de nada cuando ya no esté.

—¡Tío, escuchadme!

—Te prohíbo que entres aquí hasta que esté muerto.

Dalmau miró a Marina una última vez antes de bajar los párpados. Aunque su respiración era débil, al decir esas últimas palabras sus facciones se habían suavizado de puro alivio. Era duro como el pedernal, pero se sentía conmovido por lo que había hecho su sobrina. La joven no replicó. Sabía que, en el fondo, su tío quería vivir.

Cerró la ventana y lo cubrió con otra manta. Dejó el candil junto a un nuevo cántaro a rebosar de agua y se marchó.

22

La tumba de Alda de Palermo

El vigesimosegundo día de luna es bueno para todo negocio, actividad mercantil y oficio, el que nazca ese día vivirá ochenta años y siempre será afortunado.

Martes, 20 de mayo de 1348

Cuando Marina mostró el puñado de trigo en el beguinato, Agnès hizo llamar a fray Benet. El franciscano y varios sirvientes del hospital llevaron un carro a la calle de Montcada para cargar el cereal con discreción. De saberse, se formaría un tumulto.

Agnès fue muy estricta con los sirvientes: nada de explorar el resto de la casa de Dalmau Montaner. Los alimentos se guardarían en el beguinato y luego los repartirían entre los hospitales para pobres.

Mientras los sirvientes sacaban el trigo de las tinajas, Marina llevó a fray Benet hasta la cámara de su tío. El franciscano le administró el viático a puerta cerrada. Recibir los santos óleos aportó paz al enfermo. Por la tarde regresarían para llevarse el cuerpo de Alda y darle sepultura.

A última hora, Agnès, Sansa y fray Benet acudieron con las tres hermanas a la iglesia de Santa María del Mar para enterrar a su madre, todas ocultas bajo sus mantos. En las capillas laterales, casi todas por terminar, se celebraban varios sepelios de burgueses, por eso el templo estaba atestado de fieles. Nadie se fijaba en ellas.

La tumba de Alda Sclafani de Palermo se colocó en la capilla lateral de Sant Benet. El espacio lo compartían dos poderosas familias emparentadas, los Montaner y los Vila. A petición de Agnès, celebró el funeral fray Benet. Sólo estaban delante las beguinas. Marina, Teresa y Beatriu despidieron a su madre un tanto alejadas, ocultas entre el gentío.

Una vez que los siervos del templo colocaron la losa, las muchachas se atrevieron a acercarse. Teresa y Marina no habían contado a Beatriu que Alda había sido asesinada. Ya resultaba todo demasiado terrible.

—Ojalá todo fuera como antes —dijo la más pequeña—. ¡Dios mío, qué desgracia!

—Al menos nosotras estamos juntas —trató de animarla Marina—. Si el tío logra sobrevivir, nuestra suerte podría cambiar.

—Sé que madre nos ayudará allá donde estemos —señaló Teresa, emocionada.

—¡Rápido, mezclaos de nuevo entre los fieles! —las apremió Agnès.

El inquisidor general de Barcelona, fray Joan Llotger, y el capellán real, fray Nicolás Rosell, habían entrado en Santa María por la puerta de les Moreres. No podía ser casual pues fueron directos al altar de San Benet. A buen seguro, los habían avisado del entierro de Alda.

Las hermanas se confundieron entre los fieles, pero se mantuvieron cerca para escuchar.

Agnès, tensa, besó la mano a ambos frailes. Aquella vez no se mostró altanera.

—Aquí termina la historia que veníais a averiguar, fray Rosell. Es Alda de Palermo. Una madre sola, con sus hijas muertas y su marido lejos. ¿No resulta triste?

—La voluntad de Dios es difícil de entender —dijo fray Joan, sorprendido por su actitud mansa—. ¿Sólo estáis las dos beguinas? ¿No había más mujeres con vosotras?

—Alda era la esposa del mercader Pere Montaner. Han venido algunas damas conocidas de la familia. ¿Podéis realizar un responso por su alma?

Al terminar el rezo, las beguinas, agradecidas, se dispusieron a marcharse.

—Permitid una última duda —reclamó el capellán del rey—. Conocemos la situación de Pere Montaner y el final de su esposa e hijas, pero ¿adónde pueden haber ido Dalmau, su hijo Gaspar y su sobrina Romea? No logro saber nada de ellos. Ya que conocéis a tanta gente, ¿no os habrá llegado algún rumor?

Agnès puso un gesto de preocupación.

—Ignoro dónde están y si la peste no se los ha llevado ya. Lo único que oí decir es que vieron a Gaspar y a Romea Montaner en un carro con dirección al Llobregat. Hay jóvenes que se han aislado en masías y castillos. Prefieren vivir en el pecado de la carne a prepararse para una buena muerte cristiana. De Dalmau Montaner no sé nada, habrá muerto.

—Es cierto —convino el inquisidor—. Hay grupos que, debido al horror de la peste, han vuelto a las antiguas prácticas herejes de los adamitas y los Hermanos del Libre Espíritu. Creen estar limpios de pecado y consideran que hasta los deseos inmorales son lícitos. Si no llega el fin del mundo, habrá que limpiar la cristiandad de esos impíos.

—Sólo una cosa más, beguina Agnès —dijo Rosell—. ¿Por qué habéis organizado el entierro de la madre de las jóvenes a las que busca el rey? ¿Os lo ha pedido alguien?

Agnès pareció turbarse. No esperaba que volviera a incidir en esa sospecha.

—Os responderé yo, fray Nicolás —dijo el inquisidor Joan Llotger de manera inesperada—. Esta servidora de Dios, aunque algo descarriada, es una noble de Barcelona. Hay una red de matronas que la ayudan a mantener el hospital de Santa Margarida y se la ve en casi todos los entierros de damas de la nobleza y del patriciado. Os recuerdo que la difunta era cuñada de Dalmau Montaner.

Agnès disimuló su gratitud. Fray Nicolás Rosell miraba la tumba pensativo.

—Me habría gustado comprobar la causa de su fallecimiento.

—¿Por qué? —dijo la beguina, sorprendida. También el inquisidor abrió los ojos.

Marina sintió que se le erizaba el vello de la piel. No era posible que fray Rosell supiera la verdad, ni siquiera se lo había confesado a la beguina.

—Quizá alguien trató de sonsacarle información y acabó asesinándola. Y Romea puede estar en serio peligro de muerte por la misma razón.

—¡Eso es muy grave! —terció el inquisidor Llotger con espanto.

—El antiguo prometido de Romea, el caballero Gil de Montnegre, reveló ante el rey cierto secreto de los Montaner: la posesión de algo misterioso que les proporciona prosperidad; la Fuente, lo llaman. Gil tiene parientes en Barcelona y quizá intentaron hacerse con ello a la fuerza. Me consta que esa familia es capaz de eso. Están al borde de la ruina y de perder hasta el título.

Al oírlo, Marina se crispó, aunque se esforzó para no mover ni un músculo.

Ahora el capellán había sembrado la duda en la joven: quizá Gaspar no había matado a su madre. Recordó la última conversación de sus padres. Alda sabía de la Fuente, pero ignoraba su paradero. Si la sospecha de fray Nicolás Rosell era cierta, el verdadero asesino podía seguir en Barcelona, esperando a encontrar a otros Montaner para interrogarlos. Gaspar y Romea se habían aislado, pero ellas no y su tío estaba vivo.

—Cuesta creerlo —adujo Agnès—. Suena a leyenda para darse importancia.

—Estoy de acuerdo, pero el rey quiere que le confirme si la Fuente existe. Ninguno de nosotros ignora que le fascinan saberes como la alquimia, la astrología y la magia.

—¡Cosas de Satán! —rezongó el inquisidor, pero no descalificó a don Pedro.

—Y si Su Majestad obtuviera ese supuesto objeto mágico... ¿los perdonaría? —Agnès deseaba que las hermanas oyeran la respuesta.

—Nuestro monarca es rencoroso. Aunque es cierto que incluso una corona tiene un precio. Que Dios os guarde, beguinas.

Los dominicos se fueron y al poco lo hicieron también las beguinas.

Las hermanas Montaner quisieron ver la playa antes de regresar al beguinato. Marina tenía mucho en lo que pensar.

Antaño la playa de Barcelona era una zona bulliciosa, ahora apenas se veía a nadie. Las barcas descansaban en la arena y los veleros se mecían anclados mar adentro. A pesar del nuevo peligro que quizá las acechaba allí, había algo que les daba esperanza.

—¡Me muero de ganas de ver al tío Dalmau! —exclamó entusiasmada Beatriu.

Por ello, tomando nuestras criadas y haciéndonos
seguir de las cosas oportunas, [...] estará bien que gocemos;
y que permanezcamos de esta guisa hasta que veamos,
si vivimos, qué fin nos reserva el cielo.

Giovanni Boccaccio,
El Decamerón

23

Un destino incierto

El vigesimoséptimo día de luna llovió maná del cielo. Es buen día para toda actividad, el enfermo sanará. Lo soñado será verdadero.

Domingo, 25 de mayo de 1348

Barcelona recibió al fin una carta del rey. Don Pedro seguía en Valencia, donde la peste se extendía, pero confiaba en que las autoridades le permitieran salir hacia Zaragoza para preservarlo del contagio. La capital aragonesa se mantenía libre de la calamidad aún.

Respecto del asalto al *call*, declaraba que los judíos estaban bajo la protección real y daba órdenes al veguer Acard de Talarn de ahorcar a los alborotadores.

El dolor se apoderó del beguinato cuando Mencia murió de peste. La enterraron con discreción en la capilla de Santa Margarida. Una más de los que fallecían en el hospital.

Cada día les llevaban decenas de enfermos y moribundos. También heridos, pues la gente enloquecía de puro terror y se cometían crímenes por toda la ciudad.

—Deberíamos ponerle una cruz al menos —señaló Beatriu, desolada.

—La hermana Mencia está con Dios. —Agnès parecía diez años más vieja—. Vamos, hay mucho que hacer.

Teresa se acercó para animar a Sansa, pero Agnès la reclamó a gritos desde la puerta del hospital. Marina vio la decepción en la cara de su hermana. Las dos muchachas estaban juntas siempre que podían. Ella veía lo que pasaba y probablemente Agnès también, por eso estaba más atenta.

Marina no sabía cómo manejar la situación. Las dos acabarían en el infierno, pero nunca había visto a Teresa tan feliz. En la pubertad la tildaron de endemoniada y había sufrido el desprecio de las jóvenes de su edad, incluso en su propio hogar. Ahora era otra. En el peor lugar del mundo. Quizá una actitud pecaminosa con otra mujer era preferible a la infestación diabólica que sólo traía dolor, exorcismos terribles y soledad.

—¿Cuándo podré ver al tío, Marina? —demandó Beatriu.

—Cuando mejore os llevaré con él. También desea veros.

—¿Crees que nos dejará vivir allí? —comentó la más joven, animada.

—Eso nos delataría.

—¡El tío hallará la manera de protegernos! ¡Fue miembro del Consejo de Ciento!

—Yo me quedaré a vivir aquí —anunció Teresa—. Las beguinas necesitan manos.

—¡Qué dices, hermana! ¿Seguir aquí teniendo la casa Montaner? —Beatriu no podía creerlo.

Teresa se alejó molesta, pero Marina fue tras ella. Era el momento de hablar.

—Respeto que te quedes, pero vendrás a ver al tío, ¿verdad?

—No es por él. —Las pupilas le temblaban—. No quiero pisar esa casa. Es como si madre no descansara. ¿Y si es cierto que Gil está detrás de su muerte? ¡Estaremos en peligro!

—Pues ya pensaremos algo, pero ésa es nuestra casa. Allí también podemos vivir ocultas hasta que el tío Dalmau encuentre una solución. Padre estaría de acuerdo.

—¿Piensas en él?

—Siempre. —Marina sonrió—. Lo echo de menos. Y a Joan...

—¿Qué habrá sido de él?

Pasó Sansa con un cesto de sábanas y Teresa la siguió con la mirada, embelesada.

—¿Hay algo que quieras contarme? —demandó Marina con los ojos entornados.

La otra puso cara de espanto mientras se ruborizaba. Iba a hablar, pero no lo hizo. Miraba por encima del hombro de Marina.

—Viene alguien —se limitó a anunciar.

Su hermana se volvió extrañada y reconoció a Astruga. Era la hija del banquero judío Mossé Natán. No había nadie alrededor, de modo que Marina abrazó a la judía. Se conocían desde niñas.

—Me alegra ver que estás bien, Astruga. ¿Cómo sobrevivisteis al asalto al *call*?

—Mi padre tiene un doble sótano y nos ocultamos allí. Mi esposo, Joseph, no tuvo tanta suerte. Le rompieron una mano, y no sabemos si volverá a ejercer de cirujano.

—¿Sigues curando?

—Sólo me permiten tratar a judíos y ocuparme de dolencias de los ojos y partos. Pero tu tío me ha dejado examinarlo. Mi padre está con él. Dalmau ha pedido verte, por eso he venido. Parecía importante.

—¿Cómo se encuentra?

—Está débil, Marina. Creo que resiste por vosotras.

La casa Montaner tenía al fondo un huerto y almacenes que daban a la calle trasera, llamada de la Ceca. Allí había una puerta de servicio. Marina entró sin ser vista oculta bajo su manto, si bien era consciente de que otra vez no tendría tanta suerte. Al final las descubrirían o puede que incluso asaltaran la casa. Si su tío no se recuperaba y las ayudaba, se verían obligadas a desterrarse, pues tarde o temprano alguien las reconocería en el beguinato.

Desde el patio oyó los gritos coléricos de su tío Dalmau y subió corriendo.

—¿Qué ocurre, tío?

—¡Enfermé siendo rico y he despertado en la ruina, eso ocurre! Gaspar se ha llevado hasta la última moneda de la casa y ha cobrado varias letras de cambio.

—Pero hay depósitos —replicó ella—. Hay cuentas y escrituras.

Mossé Natán se volvió hacia Dalmau y éste lo instó a explicárselo a su sobrina. El judío no parecía conforme con tener que dirigirse a una mujer joven.

—Hace un año tu padre y tu tío decidieron cumplir el sueño de tu abuelo, que no era otro que construir una coca bayonesa, la nave más moderna del Mediterráneo, sólo con fondos de la compañía, sin dividir la inversión en parceros para compartir tanto los beneficios como los gastos.

—Lo entiendo, pero un barco grande como las cocas vale más que un palacio.

—Pues ésta es más cara porque tiene un diseño novedoso. —Los ojos de Dalmau brillaban—. Su maestro de hacha es el mejor de Cartagena. Se inspiró en veleros genoveses, pero con ajustes que imitan a los veleros del Atlántico. Esta coca es más ligera, rápida y manejable, algo único... Una señora del mar.

El judío intervino, aunque sin mostrarse tan entusiasmado.

—Gran parte de los depósitos avalan la enorme inversión. No deben disponerse mientras la coca no obtenga beneficios.

—¿Y qué ha ocurrido, tío? —Marina temía la respuesta—. ¿Por qué estamos en la ruina?

—Tras botarla, la coca se ancló junto a Les Tasques. A finales de abril ya tenía parte de la tripulación contratada y la estábamos cargando, pero alguno de los estibadores portaba la peste. Yo enfermé, y no fui el único a bordo. Los cónsules del mar nos impidieron desembarcar, aunque soborné a un oficial para hacerlo. Eso pasó unos tres o cuatro días antes de que vinierais. Luego empeoré y no recuerdo nada más.

—¿Y la coca?

—Pues... resulta que ha desaparecido. ¡Ése es el problema!

—¿Se ha hundido en el puerto?

—Sospechamos que se hundió durante el temporal del día del asalto al *call* o quizá se soltó del amarre y flota a la deriva. El resultado es el mismo: se da por perdida. Sin barco, los fondos deben destinarse a pagar los avales y a indemnizar a los mercaderes que cargaron su mercancía y no van a recuperarla.

La manera de decirlo angustió a Marina. El judío siguió:

—Ahora hay que ser prácticos y hacer las gestiones oportunas de manera correcta para no acabar en la cárcel. Marina, estás aquí para que transmitas la situación a tus hermanas. Lo lamento, pero las finanzas sólo permiten pagaros una dote de monja en el convento de Santa Clara. Aunque eso os delate, estaréis en clausura religiosa y el rey lo respetará.

—¿Y vos, tío? —preguntó Marina. Se le había caído el alma a los pies.

—Yo ingresaré como lego en Framenors.

Marina se sentó en una butaca, aturdida por la noticia.

—Lo lamento, hija. Con esa coca, los Montaner aspirábamos a viajar por nuestra cuenta por todos los mares. Lo teníamos todo... —Se dio cuenta de que divagaba y se calló—. Ya no importa. Sin barcos, ya no somos mercaderes.

24

Alquimistas

Palacio Real de Valencia
Viernes, 30 de mayo de 1348

En el palacio Real de Valencia, Albar de Ondárroa siguió al sirviente que lo conducía hasta la entrada a los subterráneos de la fortaleza, excavados en tiempos de los moros. Bajaron por una escalera angosta, donde el moho cubría los muros de ladrillos sin cocer y el aire era pesado.

El vasco no dijo nada. Había recibido la orden de boca de otro capitán de galera, su amigo Ponce de Santapau. Era un extraño lugar para verse con Pedro IV de Aragón, pero el rey pasaba allí buena parte del día, y de la noche, pues la reina Elionor de Portugal no lo recibía en su alcoba. Sufría melancolía desde la humillación del Domingo de Ramos. Otros decían que despreciaba a su regio esposo por haberse comportado como un cobarde. En cualquier caso, el rey combatía la frustración persiguiendo una quimera.

Don Pedro era amante de los fastos solemnes. Sus consejeros lo apodaban el Ceremonioso, pero también participaba en otra clase de rituales. Practicaba la magia con un estrecho círculo de alquimistas y nigromantes judíos. La Iglesia toleraba dichas prácticas si las realizaban eruditos y con fines nobles. Lo pernicioso era la brujería que las mujeres de baja ralea llevaban a cabo. El diablo seducía con más facilidad a las féminas.

Albar notó el fuerte hedor a azufre aun antes de entrar en la cámara. Al fondo del pasadizo se abrió un gran espacio con pilares y bóvedas de ladrillo ennegrecido. Estaba iluminado con lámparas y el ambiente era irrespirable a causa del calor.

Los muros tenían estantes con redomas, alambiques y toda clase de recipientes. En el centro ardía un extraño horno en forma de torre cubierta de símbolos astrológicos. Varias bocas superpuestas mostraban el interior al rojo vivo.

Allí estaba el rey, con una camisa sucia y sudada. Se apreciaba su constitución débil. Tenía la cara llena de hollín, pero sonreía con orgullo.

—Es un atanor —explicó más animoso que en las audiencias—. En cada sección superpuesta el metal es licuado a una temperatura diferente. *Solve et coagula.*

—La piedra filosofal —comentó Albar, sorprendido al ver el proceso alquímico.

—El oro es la quintaesencia del vil plomo —señaló un judío con acento mallorquín—. Y estamos cerca, majestad.

—El que logre culminar el *opus magnum* no tendrá rivales..., ni será humillado.

El semblante del rey se agrió al recordar el peor momento de su vida. La última vez que Albar estuvo en su presencia fue para rendir cuentas del fracaso de la Falcona. Temía que la intempestiva convocatoria de esa noche estuviera relacionada.

—Majestad, todos vuestros súbditos celebraríamos que Dios os concediera el regalo de la abundancia —dijo cauto—, pero un marino como yo es de poca utilidad aquí.

—Quizá seas la clave, Albar de Ondárroa. Hace unos días regresó de Barcelona mi capellán. Todo parecía haber ocurrido como informaste. No había rastro de las hijas de

Pere. La casa Montaner estaba cerrada. Incluso rezó en la tumba de Alda de Palermo.

El rey disfrutaba como un gato con su presa. Tras aquel momento afable, la ira en sus ojos ardió con más virulencia que el fuego del horno.

—¡Me mentiste, capitán! —Agitó en su mano un pergamino plegado—. Esto es una carta urgente de Gaspar Montaner. Se oculta por miedo, pero quiere congraciarse conmigo. Revela que un notario le ha comunicado que Dalmau Montaner no ha muerto de peste... Va a desheredarlo por haberlo abandonado. ¿Sabes quiénes son las nuevas herederas? ¡Su sobrina Marina Montaner, que lo encontró, y otras dos de sus hermanas! ¡Eres un traidor!

Aparecieron los dos ujieres, Gil de Montnegre y el capitán Ponce de Santapau, y obligaron a Albar a arrodillarse. Gil le puso su espada al cuello.

—Cuando ordenéis, mi rey —dijo el joven caballero.

—Es uno de vuestros mejores capitanes, majestad —intervino Ponce—. Ha demostrado su lealtad muchas veces. Quizá fue un acto de piedad, se trata de muchachas indefensas.

—¿Y quién se apiadó de mí mientras me hacían bailar?

El rey parecía a punto de llorar de rabia. Esperó una eternidad asomado a la mirada de Albar; quería ver miedo, pero no lo halló. Eso le impresionó.

—No temes a la muerte, porque algo en ti ya está muerto.

—Escuchad, majestad —comenzó el ujier Joan Lobera, siempre sensato—. Albar de Ondárroa os desobedeció, pero no es traición. Recordad para qué lo habéis llamado.

El monarca hizo al final un gesto a Gil. Éste, decepcionado, apartó la espada.

—No morirás hoy, capitán Albar de Ondárroa. Vas a enmendar tu error. Serás mi correo en el próximo mensaje que envíe a Barcelona y aprovecharás para encontrar a Marina

Montaner, sus hermanas y a su tío, allá donde se escondan. Sé que posees contactos en esa ciudad; además, de ti se fiarán pues las salvaste. Quiero que los traigas cautivos. Debo saber la verdad sobre esa Fuente que supera todo lo que hay aquí.

El vasco trataba de disimular su desconcierto. El rey lo creía a pies juntillas, o quería creerlo en su desesperación por obtener riquezas.

—Prepararé la Falcona.

—Eso lo hará Ponce de Santapau. Tú y tu tripulación quedáis relegados por desobediencia y expulsados del almirantazgo del Reino de Valencia. Consideraos caídos en desgracia hasta que traigáis a los Montaner para sonsacarles su secreto. Luego pensaré en el castigo que mereces.

—Puede que sea una invención, mi rey —advirtió Albar—. Son mercaderes.

—En este sótano no sólo podemos fundir metales. Los alaridos aquí no se oyen. Sea verdad o mentira, hay que descubrirlo. ¡Necesito un nuevo ejército y no puedo esperar!

—¿A qué se debe tanta prisa, mi rey? —se atrevió a preguntó Albar.

—La misiva que llevarás a Barcelona contiene el mensaje que tanto he esperado comunicar. —Su sonrisa se ensanchó, triunfal y malévola—. He firmado los privilegios que la Unión exigía y los conservadores acceden a que la reina y nos abandonemos Valencia para alejarnos de la peste. ¡Ingenuos! ¡Eso va a cambiarlo todo!

25

Noticias

> El octavo día de luna nació Matusalén. Es bueno para cualquier obra; para comprar y vender, formar sociedad, ponerse en camino. El que nazca ese día vivirá y será una buena persona.

Miércoles, 4 de junio de 1348

Despierta, hija. Que Dios bendiga este día.

A Marina le costó abrir los ojos. Como siempre, pensó en sus padres y en Joan. Habían pasado dos semanas desde que enterraron a su madre. Quizá Alda tuvo más suerte que ellas y no se vio obligada a vivir los días del fin del mundo. Despertó a sus hermanas.

—En una semana estaremos en una celda del convento de Santa Clara —murmuró Beatriu, somnolienta, sin mostrar si le complacía o no.

—Eso si aún queda alguna monja viva allí. Ya veremos.

Teresa estaba enfadada y se negaba a ir. Tampoco Marina deseaba encerrarse, pero una parte de ella prefería dejar de sentir ese miedo constante a ser descubiertas.

Después de rezar tocaba lavar sábanas. Cargaron los cestos y fueron por una senda entre las huertas hacia un lavador de piedra cerca de Sant Pau del Camp. Era una tarea pesada pues Agnès exigía no ver ningún rastro de pus en las telas raídas.

—Espero que en el convento no nos hagan lavar como aquí. —Beatriu frotaba una sábana con ceniza.

—Depende de la dote que dé el tío —dijo Teresa en un tono acre—. Serás señora o sirvienta...

Marina se enjugó el sudor y siguió raspando la mancha amarillenta de una sábana. Miró a Beatriu. Sus dedos estaban despellejados, pero en el convento podría bordar de nuevo.

—¿Qué sucederá con la casa Montaner? —preguntó Teresa, pensativa.

—Mossé Natán está hablando con los Bellpuig de forma discreta. Nadie debe saber que el tío vive hasta que esté dentro del convento de Framenors.

—¿No tienen ningún hijo en edad de casar? —dijo Beatriu—. Podría ser la solución.

Teresa se irguió, irritada por la insinuación.

—¡Tú como Romea, a abrirte de piernas para que te protejan!

—¡Y tú a morirte de hambre o de peste pero pura! ¡Somos mujeres, Marina! Miraos vosotras, tan valientes... ¿y qué? Al final, un hombre decide por nosotras y nos encierra.

Beatriu dio una patada al balde con rabia, pero no dominó la fuerza y el recipiente se volcó. Las sábanas que ya habían limpiado se llenaron de tierra. Marina, furiosa, la zarandeó.

—¡Ojalá la peste se nos lleve! —sollozó Beatriu—. ¡No quiero vivir así!

Se alejó por la senda con las manos en la cara.

—A todas nos cuesta asumir que el mundo ha cambiado —dijo Teresa al cabo de un momento, desolada—, pero con quince años es peor. Nada de lo que Beatriu soñaba sucederá. Algún día lo entenderá.

—Tú sí que has cambiado, Teresa. Aquí pareces feliz.

—Soy libre, ahora sí, por eso no quiero ir al convento.

Callaron para mirar a Beatriu. En el camino se había topado con Agnès y hablaban.

—Espero que no le replique también, o se llevará la mejilla caliente.

La anciana solía ser severa con la muchacha. Aunque fuera una Montaner, Beatriu debía ganarse el pan, y la beguina tenía la mano larga cuando la ponía nerviosa con sus quejas.

—Algo ha pasado.

Beatriu se había abrazado a la beguina. Juntas regresaron al lavador.

—¡Han llegado noticias desde Valencia! —anunció Agnès, sin aliento—. Los reyes van a salir de allí para ir a Zaragoza.

—¡Lo otro, Agnès, lo otro! —pidió Beatriu, excitada.

—Don Pedro ruega a los clérigos que no prediquen contra los judíos. Quiere una Barcelona en paz. Es una buena noticia. La gente necesita un guía.

—¡Agnès! —suplicó Beatriu, alterada—. Por favor...

—Quien ha traído la misiva es el capitán Albar de Ondárroa. Ha perdido la Falcona y era su último servicio para el rey. Ha mandado a un paje y me ha preguntado si sabía de vosotras. Al parecer, el vasco quiere contaros algo sobre vuestro primo. —Guiñó un ojo—. Deben de estar pecando en alguna taberna de Els Encants.

—¡Joan!

Marina echó a correr. A pesar de que sus hermanas la llamaban, no se detuvo. Pasó de largo el convento de Framenors y siguió por la playa. La actividad portuaria era nula. Entró en las pocas tabernas abiertas. Eran mugrientos locales arrasados por la peste. Si la confundían con una ramera, salía a toda prisa.

Al fin halló a Albar en un tugurio oscuro y mal ventilado detrás de la Torre Nova. Tenía unas pocas mesas llenas. El capitán estaba en una del fondo, con el naochero Felip de Mallorca y el maestro de hacha Miguel de Cartagena.

Ningún día había dejado de pensar en Joan, pero le causaba demasiado dolor, pues había perdido la esperanza de saber de él.

—¿Dónde está, capitán Albar? —preguntó a voz en grito.

El bullicio cesó de pronto. Una indiscreción que la joven podía pagar muy cara.

—¿Quién? —demandó Albar sin inmutarse.

—Mi hermano... —Marina se acercó a la mesa, ajena a las miradas—. ¿Qué le hicisteis?

—No cumplisteis la promesa. El rey se molestó cuando volví con las manos vacías. Ahora es otro quien capitanea la Falcona. —Levantó el cuenco de vino con gesto amargo—. ¡Todo por fiarme de una maldita mujer!

—No habéis respondido, capitán. —Marina escuchó su propia voz temblorosa.

La cara de Albar se oscureció. La taberna contenía la respiración.

—¿Cuál es el castigo por una traición?

—A Deidre no le gustaría ver en qué os habéis convertido —lo provocó ella.

Albar se puso en pie y la silla cayó al suelo. Sus compañeros trataron de calmarlo.

—¡Marina!

El corazón le dio un vuelco. Por primera vez desde que llegaron a Barcelona se gritaba su nombre en público. Alguien ataría cabos y ya no habría vuelta atrás, pero en ese instante no le importó. Se dio la vuelta lentamente.

Joan estaba en la entrada, junto al enorme mameluco de piel negra, Nasir, que tenía mucho mejor aspecto. También vio a Martín. El muchacho corrió y la abrazó.

Varios parroquianos aplaudieron divertidos. En tiempos de pérdida, un reencuentro era raro. Otros trataban de saber quién era la esbelta joven vestida con esa vieja túnica: Marina no era un nombre común.

Ella besaba a Joan sin parar y éste, al fin, se separó ruborizado.

—¿Estás bien? —Lo palpó aturullada—. ¿Te han hecho daño? Te han...

—¡Sí, sí, sí! —Joan le atrapó las manos—. ¡Soy uno de ellos! ¡Un paje del mar!

Olía a salitre y llevaba aún la misma ropa, ahora hecha harapos. Tenía la piel reseca por el sol. Bajo la camisa Marina notó sus brazos duros. Sólo habían pasado unas semanas y parecía más adulto. Le escudriñó las manos, castigadas y callosas.

—Os lo ha dicho... —Albar le mostró sus propias manos—. Como uno de nosotros.

El capitán se calmó y volvió a sentarse. Marina se alivió. Joan se puso detrás de Albar, erguido como un paje. Quería demostrar que sabía estar en su sitio.

—Agnès ha explicado a Martín por qué no regresaste —dijo Albar—. Me sorprendió y me enfurecí; sin embargo, intuía que había pasado algo. Sois una joven inconsciente y pícara, pero no cobarde. Eso ha salvado a vuestro hermano. —La miró con intensidad—. Joan no lo tuvo fácil, y ahora también tiene su historia. Sobrevivir y ganarse el respeto en una galera es duro. Pero estáis en deuda conmigo, Marina.

—Poco puedo ofreceros.

—¿Las otras hermanas están bien? —preguntó el chico—. ¿Y madre?

Se trataban siempre así. Marina se inclinó y, en voz baja, le contó algunas cosas. El joven se apenó, pero evitó llorar ante los marinos.

—¿Has sabido algo de padre en Valencia? —demandó Marina, con miedo.

—Ha hecho algunas donaciones a la Unión, pero en el puerto dicen que ese barbero..., Gonzalbo de Rodas, lo retiene en casa por alguna razón, como si esperara algo.

—Acabarán matándolo, si antes la peste no se encarga de llevárselo.

—Si los realistas ganan la guerra, el resultado será el mismo —señaló Albar, grave—. Al rey no le importa si Pere Montaner está coaccionado. Para él, es un traidor.

Marina comenzó a preocuparse. Ella también lo era y estaba allí, en medio de una taberna. Había cometido una imprudencia.

—Capitán —comenzó Joan—, deseo visitar a mis hermanas. Después volveré.

—Ve con ella, paje Joan, te relevo de tus obligaciones. Ya no hay ninguna cubierta a la que regresar. —Dedicó a Marina otra mirada intensa—. Tengo previsto acercarme al beguinato para visitar a Agnès. ¿Vuestras hermanas están allí también?

Marina no quiso responder. Cogió a Joan de la mano y lo arrastró al exterior. Notaba que ya no era el chico aterrado que subió a la Falcona.

Durante el camino a Santa Margarida, Marina pensaba en el capitán. Cuando le mencionó a su esposa vio el abismo de dolor en el que había caído. Se miró la cicatriz de la mano. Había cicatrizado bien gracias a las curas de Sansa. Albar de Ondárroa había sido cruel y violento, pero a Joan le había dado una oportunidad.

—Te desconcierta el capitán —dijo el muchacho, más avispado que antes—. Es oscuro, pero no es malo como ese Gil de Montnegre o el barbero. Tiene honor.

Marina notó una especie de pellizco en el interior del pecho. De pronto sentía curiosidad por él. Su esposa, Deidre, había estado en la leprosería, aunque Agnès no hablaba de ello. Marina deseaba conocer aquella historia, pero era peligroso ver a Albar otra vez. Le estaba agradecida por preservar la vida a Joan, pero se sentía expuesta. Hasta que no se hallaran en el convento no estarían de nuevo a salvo.

—Ahora lo importante es hablar con el tío sobre tu futuro, Joan.

—¿Vamos a renunciar a sacar a padre de Valencia? ¿Así acaba todo?

—¡No dejo de pensarlo cada día! —A Marina se le quebró la voz—. Pero aquí las cosas también están difíciles. Aunque el tío se convierta en un simple fraile lego, tiene aliados. Seguro que llega el momento de poder ayudar a padre.

—Yo no soy heredero —indicó Joan, preocupado—. El tío no tiene por qué ocuparse de mi futuro.

—Conoce a decenas de patrones. Si la peste lo permite, podrás enrolarte.

—¡Lo que debería hacer es conseguir un barco y encarar el temporal! —replicó Joan—. Podría contratar al capitán y a la tripulación.

—Teníamos una coca nueva, pero está hundida cerca del puerto... o a la deriva.

—Mi tripulación podría buscarla. Hablan con el mar, ¿sabes?

—¿Tu tripulación? No empieces con supersticiones marineras.

—¡Es cierto! —Joan sonreía—. ¿Te imaginas? El tío y el capitán Albar la llevarían a Palermo, traeríamos trigo y podríamos pagar el rescate de padre. ¡No iríais al convento!

A Marina se le erizó el vello de la piel al oír el idílico plan. Era una idea absurda, imposible, como las que solían hacerla reaccionar.

—La coca estaba anclada. Si no se hundió por el temporal, puede estar en cualquier parte. ¡Han pasado veinte días!

—Pero ¡si las aguas han estado en calma igual está cerca! Felip, el mallorquín, dice que aquí las corrientes no son fuertes. —Joan quería presumir de lobo de mar—. Ellos las conocen como los vientos. Piénsalo, Marina. No perdemos nada.

—¿Tanto te gusta esta nueva vida?

—Me acogisteis como a un hermano siendo muy pequeño. Quiero ayudar a mi familia. Y esos hombres ahora no tienen barco. Sería bueno para todos.

Marina se quedó en silencio. El corazón le latía con fuerza.

—¿El capitán Albar estaría dispuesto a buscar la coca?

—Si el tío paga bien, sí. Son marinos, no frailes, eso te lo aseguro.

La joven sintió una comezón en el estómago.

26

La búsqueda

El decimotercer día de luna es malo para cualquier actividad. Ese día plantó las vides Noé. Guárdate de afeitarte la barba o la cabeza. El enfermo morirá.

Lunes, 9 de junio de 1348

Marina no se atrevió a contar a su tío Dalmau que tenía la intención de buscar la coca. El hombre aún seguía débil y muy desanimado. Requería cuidados, de modo que Mossé Natán se encargó de encontrar a algunos de los sirvientes que Gaspar había despedido para que adecentaran la casa, y de las cuentas se hizo cargo uno de la confianza del judío, un sarraceno llamado Yamil. Pronto se corrió la voz de que el Navegante seguía vivo, lo cual era un milagro.

Aunque lo primero que hizo Dalmau fue desheredar a su hijo, Gaspar, el desánimo lo vencía. Quería dejar arreglados los asuntos mundanos e ingresar en el convento de Framenors de Barcelona, frente al mar. Allí se alejaría de tanto pesar.

Jamás habría permitido a Marina seguir adelante con aquella absurda idea de Joan. Sin embargo, Agnès sí se lo tomó en serio. Podía ser la solución para que Barcelona afrontara la inminente hambruna que traía la peste. Por eso un día apareció con tres libras de plata.

—Considéralo un adelanto hecho por unas inversoras.

Habrá que devolvérselo con alguna ganancia. Ojalá Dios haya mantenido a flote esa cáscara de nuez.

Joan, lleno de júbilo, fue el encargado de llevar la propuesta de Marina y el dinero de Agnès a la posada donde se alojaba la tripulación. Los marineros expulsados habían unido su suerte a la del capitán Albar, pero sólo Felip de Mallorca y el mameluco Nasir sabían que aún se podía lograr el perdón del rey; eso sí, manchado de sangre.

—¿Qué harás ahora? —le dijo el naochero esa misma noche al capitán, especialmente sombrío—. El dilema ya no es la cabeza de Marina o la nuestra, sino ayudar a una ciudad que agoniza o cumplir la ambición de un hombre, aunque sea rey.

—Si encontráramos la coca podríamos hacer ambas cosas —razonó Albar—. Dalmau Montaner tendría un barco para traer trigo, pero luego nos llevaríamos a sus sobrinas.

—Hacer un bien para después hacer el mal sin tanto remordimiento —musitó Nasir con su extraño acento egipcio.

Albar calló.

Al día siguiente alquilaron barcas a vela y preguntaron a los pocos pescadores que vieron al respecto de las corrientes y los vientos frecuentes en la costa barcelonesa.

Pasaron varios días. Marina estaba crispada todo el tiempo y apenas podía dormir. Joan no regresaba. Se ganó varias reprimendas de Agnès por varios despistes y alguna que otra mala respuesta.

La calurosa mañana del 9 de junio, mientras rociaba de vinagre el enlosado de la capilla aparecieron Joan y el fornido Nasir. El corazón le dio un vuelco. No sonreían.

—Ven, Marina, tienes que ver algo.

—¿Está hundida?

—Debes verlo por ti misma.

La joven soltó el cubo y los siguió. Al descubrir al negro, Beatriu se alarmó.

—¿Cuándo te detendrás, hermana? Al final, todo acaba mal.

—No le hagas caso y ve, Marina —le pidió Agnès, detrás de Beatriu.

Los ojos azules de la anciana la miraban con admiración, como si viviera otra vida a través de ella. Aunque no mantenían una clausura, las beguinas sólo salían para pedir limosna y por alguna razón importante.

Los marinos no le dijeron nada. En la playa esperaba un bote con Felip, el naochero, y Miguel de Cartagena, el maestro de hacha. La saludaron afables, pero sin entusiasmo.

Navegaron bordeando la costa de Montjuïc hasta el delta arenoso del río Llobregat.

—¡Mira! —dijo el naochero.

Rodearon una lengua de tierra llena de cañares y, detrás, apareció el perfil del barco.

A Marina se le erizó el vello de todo el cuerpo. El corazón le latía desbocado, y jadeó. Era absurdo, pero sintió que aquél era el momento más trascendental de su vida.

—Es una obra maestra —musitó Miguel de Cartagena.

Allí estaba la coca, un velero de casco redondo más moderno que la nave y el leño. Se apreciaban algunas diferencias, por eso sabían que era la que Dalmau le había descrito. Tenía menos manga que las panzudas de su clase, para aumentar su velocidad, y dos cubiertas elevadas, delante en la proa y detrás en la popa, que se llamaban castillos y eran para la defensa en caso de abordaje. El casco era alto y recio para permitir viajes largos. Contaba con dos mástiles y la quilla acababa en un largo bauprés para una vela latina en la proa. Arriba del mástil mayor estaba la cofa, para vigilar. El velamen estaba recogido y eso la había salvado de la tormenta, pero con las vergas se veía la distribución novedosa. Combinaba dos velas de tipo latino, la de trinquete y la de mesana, con la mayor, cuadrada, que se usaba más en el Atlántico, donde los vientos no eran tan cambiantes.

—Con ese trapo desplegado y buen viento sólo la alcanzarán las naves a remo —señaló Felip.

—Y se gobierna con un timón de codaste —explicó Miguel. Señaló una tabla vertical en la popa que bajaba hasta entrar en el agua—. Se inventó en Bayona, por eso las que lo llevan se llaman cocas bayonesas. Cuesta más moverlo, pero el barco gira más rápido. Y tiene dos timones más de espadilla, a cada costado. Es impresionante.

—Podrá cargar al menos dos mil cahíces —calculó Nasir.

—Parece en buen estado —dijo Marina, orgullosa de aquel barco de la familia.

Representaba el ímpetu y el esfuerzo de generaciones de Montaner afrontando los peligros del mar y toda clase de dificultades para reunir el capital. La propiedad exclusiva era algo difícil, muy pocas familias en el Mediterráneo la tenían; significaba libertad.

—Sólo está encallada en el banco de arena —dijo Marina, entusiasmada—. ¡Mi tío puede contratar estibadores para liberarla!

Si decir nada, rodearon el barco. A Marina se le heló la sangre. El casco tenía una enorme aspa roja pintada. Casi pudo oír el grito de auxilio de la coca.

—Está señalada por la peste —dijo Joan, contrariado.

—El capitán Albar ha ido a ver a los cónsules del mar y hemos sabido que unos pescadores la hallaron tras la tormenta. Llamaron a la casa Montaner, pero nadie abrió. Se marcó, y las costumbres marinas ordenan quemarla.

Marina no habló durante el regreso. No podía. Fueron al Consulado del Mar. En la explanada que había delante del edificio esperaba el capitán Albar. Miró a Marina con semblante grave.

—La coca está marcada porque se cree que hay cadáveres dentro —informó—. Si se desencalla será un peligro, de modo que van a quemarla. Ya se ha informado a Dalmau Montaner.

Marina lo miró con intensidad. Parecía de verdad decepcionado. La idea de que él y el tío pudieran aliarse le había causado un regocijo que no quería reconocer.

—¿No hay otra solución? —Le vinieron ganas de llorar de frustración.

—Deseas esa coca —dijo Nasir a su espalda, discreto—. Y ella a ti.

El extranjero estaba pendiente de Marina. La joven asintió estremecida.

—El mar no es lugar para ilusiones —intervino Albar—. Ese barco podría extender aún más la epidemia.

Marina sintió que todas sus esperanzas volvían a hundirse. Había acariciado una nueva vida y ahora se desvanecía ante sus ojos. En unos días cruzaría el dintel del convento de Santa Clara del que tal vez no saldría nunca. Y la ciudad se moría de peste y de hambre.

Se alejó para no escuchar nada más y para que no la vieran llorar.

27

El dilema

Marina siempre había sido impulsiva, un rasgo que le venía de la familia paterna y que le causaba problemas a menudo. Sus discusiones con su madre y su hermana Romea, la doncella ejemplar, solían tener lugar por eso, por querer ser algo más de lo que debía.

Pasó el resto del día obsesionada con la visión de la impresionante coca bayonesa. Encontrarla tan cerca de Barcelona y en buen estado era una señal propicia. Había sido un momento mágico y creyó que su destino cambiaría, pero fue desolador descubrir que el barco era propiedad de la muerte negra.

Sin embargo, tenía dudas, y no le era una sensación desconocida. Sentía la misma necesidad de actuar que la llevó a escaparse de casa el Domingo de Ramos con la carta de su hermano, un impulso que podía salvarla o destrozarla.

Agnès captó su tribulación y por la noche se la llevó a la capilla.

—¿Y si limpiáramos la coca de cadáveres? —Necesitaba decirlo en voz alta y que alguien la convenciera de que era una locura.

—Eso es un disparate.

—Lo sé, pero la idea vuelve a mi mente una y otra vez.

Aquí ocurre lo mismo. Mencia murió, y nosotras seguimos sanas. La peste es caprichosa.

—¿Y quién va a atreverse a subir a un barco lleno de apestados? Las beguinas no estamos para eso. Ponemos la vida en manos de Dios, no de una compañía mercantil.

Eso era lo que más angustia le causaba. No podía exigir a nadie algo así.

—Ni siquiera sabes si tu tío Dalmau lo aceptaría —concluyó Agnès.

—Es posible. Aun así, ser patrón de esa coca era su sueño. Lo vi en su mirada.

La beguina la dejó sumida en un mar de dudas, pero no se había desentendido. De madrugada la despertó. Dejaron a Sansa, Teresa y Beatriu durmiendo y salieron del beguinato.

—Todo esto es una idea nefasta —dijo Agnès con una sonrisa extraña—, de esas que, en ocasiones, me asaltan a mí también y comparto con fray Benet. En esos casos se necesita cerca a alguien con el espíritu sosegado para sopesarla bien.

El franciscano se acercó desde la oscuridad. Había escuchado la conversación. Marina se preguntó qué hacía a esas horas en el beguinato. Como en todas las casas, allí sucedían cosas que nadie advertía. El hombre le regaló una mirada bondadosa.

—Nadie sensato se atrevería a desafiar a la muerte, pero ¿has pensado que quizá Dios te trajo al lugar más infeccioso de Barcelona para prepararte? —Sonrió al ver la cara de sorpresa de la joven. Marina no esperaba oír algo así del fraile, tan audaz—. Hace meses te habría aconsejado desistir, muchacha; no obstante, la esperanza se agota y hay que hacer lo impensable.

—El mundo ha enloquecido y quizá sólo pueda afrontarse con una locura mayor —terció Agnès—. Deidre, la esposa de Albar, nos contaba a veces una historia sobre el miedo a la muerte. Fray Benet, ¿te acuerdas?

—La recuerdo cada día que entro en la leprosería. Se dice que la muerte posee una cueva en las entrañas del desierto egipcio. Hay gente que se ha perdido y ha acabado en su interior. Esa caverna es descomunal, y en la oscuridad brillan dentro de ella incontables luces. Se trata de lámparas de aceite que arden en las tinieblas de la gruta; unas deslumbran y otras languidecen. La muerte no permite que ninguna corriente de aire extinga ninguna llama.

—Cada luz es alguien vivo —siguió Agnès con mirada vidriosa—. Aunque seas prudente o seas necia, tu fin se fijó cuando la muerte preparó tu lampara, y esperará a que el aceite se consuma y la llama se extinga. No vendrá a por ti antes. ¿Entiendes?

Fray Benet aguardó embelesado a que Agnès terminara y se volvió hacia Marina.

—Moriremos cuando llegue nuestra hora. Puede que sea esta noche o dentro de unos años, pero no antes. Eso es lo que nos da valor para estar aquí cada día.

—Hay una barca pintada de azul frente al convento de la Merced —explicó Agnès—. Está pertrechada con todo lo que se necesita. Ha llegado la hora de tomar una decisión.

Marina tenía mucho miedo, pero una fuerza interior la empujaba a arriesgarse. Al final, se atrevió a ir por su cuenta.

Era un bote de remos, y dentro vio cabos y sogas, garfios, varios odres con vinagre y piezas de cuero grueso para cubrirse como los médicos.

Oyó pasos en la playa y se ocultó tras la barca, asustada.

—La última vez que hice un acuerdo con vos perdí la Falcona, Marina Montaner —dijo el capitán Albar desde la oscuridad—. Nos ha avisado un sirviente del hospital. Habéis perdido el juicio, y la vieja beguina no está mejor.

Llegaba con sus hombres. Marina se alivió al principio, pero sus semblantes eran graves.

—No vais a ayudarme. Entonces ¿para qué habéis venido?

—Por Joan, para pediros que desistáis. Subir en esa coca es buscar la muerte.

—¡El aire estará podrido y esos cuerpos no descansan en paz! —exclamó Joan.

El desánimo asaltó a Marina. Las palabras de la beguina y el franciscano ahora se le antojaron absurdas. Se vio incapaz de replicar y bajó el rostro.

—Yo también pensé que todos podríamos tener un futuro diferente —siguió Albar—, pero la muerte se nos ha adelantado. Lo siento, Marina, el final escrito es uno muy distinto... Mañana visitaré el beguinato y hablaremos con calma. Ahora regresad.

Mientras los veía alejarse Marina abrió la boca, pero de nuevo se halló sin palabras. Sólo Joan se quedó con ella. La conocía y no se fiaba.

La joven dio unos pasos y, de pronto, estalló en su interior una tormenta de emociones. Pensaba en sus fracasos, en su esfuerzo para superarlos, y todo para acabar en un convento.

—¡Lo haré! ¡Yo lo hare!

—¿Qué dices? ¿Sola? ¡No!

—¿Y qué quieres, Joan? —Se le anegaron los ojos—. El mismísimo rey nos quiere muertos, la peste lo devora todo. ¡Si hacerlo me mata, puede que sea mejor para todos! Ayúdame a arrastrar la barca hasta la orilla.

—No sabes guiarla por el agua.

—¡Ayúdame y márchate, hermano!

Joan la ayudó y salió corriendo a contarlo. Marina se

aferraba a la oleada de rabia que la empujaba desde dentro para no flaquear. Remó con torpeza tratando de orientarse en plena noche. Fue agotador, pero el esfuerzo contribuyó a serenarla.

Lo que fray Benet había dicho era cierto; pensar en cuerpos putrefactos ya no le causaba un terror paralizante como antes de vivir en Santa Margarida.

Cuando vio la coca bayonesa recortada por la luna, le pareció un lóbrego castillo sobre las aguas. Todo en su mente era oscuridad y silencio, pero regresó a ella la sensación de que era importante para su vida. Con el vello erizado, detuvo el bote bajo la cruz pintada en el casco de la coca; el signo de la muerte.

28

La coca

A Marina la coca le parecía inexpugnable. Los castillos de proa y de popa eran inalcanzables y tenían la borda en forma de almenas para proteger a los ballesteros. Lanzó el garfio atado para subir a la cubierta, varias veces. Una parte de ella se aliviaba cuando el garfio caía al mar. Sentía un miedo atroz.

Al final logró fijarlo en la barandilla. Era el momento de la verdad.

—¡Qué malas ideas tienes! —se dijo entre dientes, para escucharse.

Se ató las piezas de cuero a los pies, en las piernas y en los brazos, y luego se puso una especie de túnica. Se empapó en vinagre y con dificultad, apoyada en las tablas del casco, subió.

Cuando saltó a la borda contuvo el aliento. Sólo se oía el crujido de las sogas y los chasquidos de la madera.

La cubierta estaba combada, más baja en el centro. A los castillos de proa y de popa se accedía mediante escaleras. Tendría unos treinta pasos de eslora y ocho de manga, en la parte más ancha. Bajo el castillo de popa estaba la puerta del camarote del patrón.

Se animó a inspeccionar. Había muchos destrozos por el

temporal, pero la madera se veía en buen estado. Estaba oscuro, y pisó algo blando. Chilló. Era una rata negra descompuesta. Pensó en el aire y se cubrió la cara con un pañuelo impregnado con hierbas aromáticas.

Subió los odres y esparció vinagre a medida que avanzaba. El olor la aturdió, pero estaba acostumbrada. Además de ahuyentar las pulgas y los piojos, parecía efectivo para alejar la peste. Quizá todo estaba relacionado.

Encontró media docena más de ratas muertas. Con un trapo las cogía y las lanzaba por la borda. Sin embargo, cuando halló el primer cadáver tuvo arcadas. Era un muchacho mal vestido, quizá un estibador. Al final contó nueve cuerpos entre la cubierta y los castillos.

—Vamos, Marina —se dijo; hablaba sola para vencer el terror que la atenazaba.

Cogió al primer fallecido por las perneras de los calzones y lo arrastró hasta la altura del bote, donde se proponía reunirlos antes de intentar bajarlos. No debía tirarlos al agua sin más. Eso podía atraer la mala suerte al barco.

Verse rodeada de muerte a destiempo la afectó. Creyó oír suspiros y hasta alguna que otra voz desde las entrañas de la coca. El miedo la hizo pasar ratos sentada con las manos en la cabeza, y más de una vez estuvo a punto de abandonar. Si sobrevivía a aquella locura, nunca sería la misma.

En el camarote halló el último cadáver. Por el suelo estaban los portulanos, el astrolabio y los libros de cuentas, todo nuevo y de excelente calidad. A pesar del mal estado reconoció a Hernán Despuig, el escriba de confianza de su familia. A su lado había una rata y, como si la olieran, las pulgas del bicho saltaron hacia ella. Marina soltó el odre de vinagre, que estalló. Los parásitos quedaron a un paso de sus pies.

Oyó un golpe y, con el alma en vilo, salió a la cubierta. Allí reinaba la calma, pero le faltaba lo peor: revisar las bodegas.

—¿Alguien vive? —preguntó al asomarse a la trampilla para bajar.

Silencio.

La coca tenía antorchas y piedra de pedernal para encenderlas. Descendió por una escalera de mano hasta el primer nivel. Había docenas de fardos de tejido de lana. Por un hueco más estrecho, llegó a la segunda bodega. Era la base del casco, con la quilla de punta a punta del barco y las cuadernas que formaban las costillas. La madera de la estructura principal era de encina. Para que el velero no volcara entre las cuadernas estaba el lastre, compuesto de piedras. Había un poco de agua residual en la sentina, pero ninguna vía de agua, a pesar de que la embarcación estaba encallada. La coca de los Montaner estaba lista para navegar. Antorcha en mano, Marina avanzó.

—Gracias a Dios —musitó al no hallar más muertos.

Al llegar a la proa pegó la frente a la quilla y creyó oír el mar, como en las conchas. Tuvo el absurdo pensamiento de que la coca le susurraba su propio sueño de libertad.

De pronto algo le golpeó la cabeza desde atrás y se dio con la quilla. Cayó entre las piedras de lastre con un terrible dolor en la frente. La antorcha quedó encendida a su lado y vio al demonio que la atacaba. Era un hombre desnudo y mugriento con barba de varios días. Mientras la estrangulaba, Marina advirtió en sus ojos que había enloquecido de miedo.

Estaba quedándose sin aire y se le emborronó la visión, pero palpó a la desesperada a su alrededor hasta coger una piedra de lastre. Con un último esfuerzo, lo golpeó en la sien. El agresor soltó un gruñido y cayó sobre ella. Marina se lo quitó de encima y comenzó a boquear en busca de aire.

Antes de poder levantarse sintió más presencias y comenzó a gritar.

—¡Marina! ¡Cálmate, soy Joan!

Su hermano la abrazó hasta que se calmó. Al ver también a Albar de Ondárroa y a sus hombres, la joven se echó a llorar de puro alivio.

—Pobre diablo... —Felip cerró los ojos del hombre. Aún le sangraba la sien, pero ya estaba muerto—. Habrá pasado un infierno.

Albar se inclinó sobre Marina. La sangre de la frente le bajaba por el rostro.

—Me cuesta entender lo que habéis hecho, Marina Montaner —dijo el capitán. Parecía muy impresionado—. ¿Ha sido desesperación o simple locura?

—No lo sé —se avino a responder con voz entrecortada—. Ambas.

—Ya dije que mi hermana era especial —señaló Joan, con una mezcla de bochorno y orgullo.

—¿A qué habéis venido? —Marina vio las caras de admiración y lo aprovechó—. Os lo ha pedido Joan. ¡Ya tenéis barco, mi capitán, si tenéis valor para quedaros!

Los ojos de Albar eran dos abismos; estaba conmovido. Esa joven se había jugado la vida por una ciudad, incluso por ellos. Si después de eso la arrastraba a la perdición por unas migajas de perdón real, jamás se libraría de la vergüenza y el desprecio.

—He visto que habéis reunido todos los cadáveres.

—¿Me ayudaréis a sacarlos? ¡Sin muertos, no tiene sentido quemar la coca!

Albar miró uno a uno a sus hombres. Parecían entenderse así, como los tahúres.

—Esta coca tiene un aura especial —dijo Miguel de Cartagena, impresionado—. Si tuviéramos que morir no encontraríamos un sarcófago mejor.

—Sería un sueño pilotar esta maravilla —señaló el naochero Felip—. ¿No lo sientes?

Marina los observaba, comenzaban a notar lo mismo

que la joven. Ella no sabía explicar por qué, pero la coca los atrapaba. A pesar del dolor y el mareo, miró al capitán con una sonrisa franca, de respeto y gratitud.

—Esta coca ha sufrido muertes y está herida —dijo Albar, solemne—. Antes de purificarla y bendecirla, tendríamos que saber si nos acepta a bordo. ¿Nasir?

Joan pidió a Marina que guardara silencio. Apareció el mameluco, y sus enormes manos negras rozaron las cuadernas y las tablas como si tratara de impregnarse de algo al tiempo que susurraba. Lo seguía Lilith, la gata negra de la *galiota*. El felino lo olisqueaba todo.

—Nasir es un poco como Teresa, ya sabes —susurró Joan a Marina—. Los hombres confían en él pues parece que ve cosas que nosotros no. Quizá me toman el pelo... Aun así, para el capitán es como un hermano y confía en sus intuiciones. Están decidiendo nuestro futuro, hermana.

Lilith se sentó delante de ella y comenzó a mover la cola sin dejar de mirarla. A Marina le dolía cada vez más la cabeza y notaba que la sangre le goteaba.

Nasir tardó en hablar de nuevo:

—Aunque no figuréis jamás en ninguna escritura, la coca es vuestra, Marina Montaner. La nave reclama a quien la ha preservado del fuego. Y a nosotros.

Nunca olvidaría aquel instante íntimo y lleno de misterio entre hombres de mar. No era cierto que la coca la eligiera a ella, pues sólo era una mujer más de la familia propietaria, pero las palabras del mameluco la colmaron de dicha después de tanto tiempo de desgracias.

Su tío debía saberlo. Iba a decírselo a los hombres, pero no pudo. Todo se hizo borroso y vio a Joan sobre ella, con cara de espanto. Enseguida se sumió en la inconsciencia.

29

El comienzo

Martes, 10 de junio de 1348

Marina abrió los ojos y lo primero que vio fueron las vigas del techo, con el tridente rojo de los Montaner pintado en cada una; una costumbre megalómana de los burgueses. Así supo que estaba en la casa de la calle de Montcada.

—Parece que ni Dios ni el diablo quieren saber nada de esta familia. No hay forma de irse al otro mundo.

—¡Tío! ¿Qué ha ocurrido? ¿Estáis bien?

Habían pasado veinte días desde que encontró a Dalmau Montaner. Estaba junto a la cama, deslavazado en una silla, aún delgado y demacrado, pero los galenos opinaban que lo peor había pasado. En Barcelona creían que había sido el judío Mossé Natán quien lo había salvado y se le permitía acercarse al edificio de la calle de Montcada.

Dalmau se volvió hacia su nuevo contable, Yamil, que miraba fascinado a Marina.

—Ve a Santa Margarida y avisa a Agnès, la beguina. Mi sobrina ha despertado.

—¿Están todos bien? —preguntó Marina—. ¿Cuánto tiempo he dormido?

—Un día. Astruga dice que el desmayo fue fruto de la tensión, más que del golpe que te diste en la frente. ¡Al menos no tienes síntomas de peste! —Hablaba enfadado y a la vez aliviado—. Muy bien, explícame: qué locura fue ésa. ¡Ahora entiendo lo que pasó en Valencia!

—Tío, ¿la hemos recuperado? —dijo la joven, sin ganas de excusarse.

Dalmau era patrón y aquel barco era su gran sueño. Quería mostrarse severo, pero la fachada se le derrumbó.

—¡Sí! ¡Maldita sea! —Agitó los brazos; ni la debilidad apocaba su alegría—. ¡Nuestro propio barco! Albar y sus hombres sacaron los cuerpos, y esta mañana han recibido sepultura en el cementerio de Santa María del Mar. Los cónsules del mar han aceptado que se purifique la coca y que no se destruya. ¡Daría mi vida por contárselo a tu padre!

Marina gritó de puro entusiasmo. Dalmau parecía impresionado con ella.

—¿Qué haréis, tío? La ciudad necesita trigo con urgencia. Id a Palermo, así sabremos qué pasó con mi hermano Pere y su esposa, Monna, aunque me temo lo peor.

—Nada me gustaría más, pero no sé si las fuerzas me acompañan. Además, se necesitan fondos para costear el viaje: la comida y el bizcocho, repuestos y, sobre todo, la paga de los marinos. No cuento con tu padre, y aquellos de nuestros socios que aún vivan deben de estar dispersos.

—Pero tío, entonces ¿ha sido en vano?

—¡En ningún caso! Quizá no podamos ayudar a Barcelona, pero has salvado a la familia. Venderé la coca a los genoveses. Pagaremos su coste, las deudas y aún quedará para daros una buena dote. —No era propenso a hacerlo, pero tocó la mano de su sobrina para animarla—. Será como un nuevo comienzo para los Montaner, gracias a ti.

Dalmau lo dijo con palabras firmes, si bien sus ojos reflejaban pena y frustración.

—No, tío, esa coca ha de ser de los Montaner hasta que descanse en el fondo del mar o se desguace dentro de quince años. Si pudiéramos financiar la expedición, ¿seríais su patrón?

El hombre frunció el ceño y luego apareció en su rostro una sonrisa audaz.

—Eres terca como tu tía Matilde... ¡Sí! Lo haría si las fuerzas me acompañasen. —Se perdió en ensoñaciones—. Surcar el mar, una última vez al menos...

Por la puerta aparecieron Teresa, Beatriu y Joan. Se abalanzaron sobre el camastro.

—¡Cuidado, demonios! —les espetó el mercader.

Marina los abrazó emocionada y dio gracias a Dios.

—¡Tendrías que ver la coca! —intervino Joan, impaciente—. Hemos limpiado la cruz del casco. Miguel y los proeles ya han comenzado a repararla y a calafatear el casco. Es fabulosa. Toda de encina y roble, ¡y los dos mástiles de cedro! —Miró a Dalmau. Joan siempre le había tenido mucho respeto, pero era tanto el entusiasmo que esa vez se atrevió a preguntarle—: ¿Cuándo zarparemos, tío? En el puerto se ha corrido la voz y muchos marinos quieren enrolarse con el patrón más respetado de Barcelona.

El patrón era la autoridad del barco, como el capitán en las naves militares, pero su principal función era cumplir los objetivos mercantiles impuestos por la sociedad de mercaderes armadora, un complejo sistema de parceros y responsabilidades que los Montaner dominaban bien.

Temieron una réplica agria, pero Dalmau acarició el pelo ensortijado a Joan.

—Un mercader debe hacer números antes de decidir, hijo. Y nunca arriesgar demasiado. Sea quien sea su patrón, me encargaré de que tú navegues en ella, si lo deseas. Me enorgullecería mucho saber que alguien de nuestra sangre está a bordo.

Marina sintió que se le humedecían los ojos. Al menos uno de ellos ya tenía futuro.

—Lo que has hecho ya se ha extendido por Barcelona, Marina —dijo con orgullo Teresa, aunque un poco inquieta también—. Temo la reacción del rey cuando lo sepa. En Cataluña tiene un procurador general que cumple sus órdenes.

—Tío... —Era el turno de Beatriu. A ella le preocupaba otra cosa—. ¿Podremos vivir aquí o tendremos que ir a un convento?

—Sois mi familia. Mientras este techo sea mío, será el vuestro. Pero nuestra situación no ha cambiado aún. —Escrutó a Marina—. Debemos ser pacientes.

Los sobrinos pasaron la tarde con su tío y el hombre pareció revivir. Al final, Beatriu engatusó al viejo navegante para trasladarse a la casa Montaner esa misma semana. Prometió no salir hasta que la situación se solucionara de alguna manera. Teresa prefería continuar en el beguinato, para sorpresa de todos menos de Marina.

Casi oscurecía cuando recibieron la visita de Agnès y Sansa.

—Fue terrible, Agnès —le dijo Marina—, pero lo hicimos... ¡Y sigo aquí!

Agnès asintió, la observaba con verdadera admiración, con lágrimas en los ojos.

—¡Lo supe desde que te vi aparecer en el beguinato asustada y desesperada! Vas a dar una oportunidad a tu familia y a toda a Barcelona, ¿no es cierto, patrón?

—He despertado en un mundo enloquecido —rezongó Dalmau—. Claro que me gustaría llenar de trigo el almacén del racional, pero ¿cómo financiarlo?

—Con comandas —respondió Agnès—. Lo llevo pensando todo el día.

—No es tan mala idea —reconoció Dalmau, sorprendido—. Pero la peste...

—He hecho correr la voz entre las damas que conozco. Hace tanto tiempo que no sale ningún barco que se ha generado mucho interés entre las matronas.

Las comandas eran entregas de dinero o bienes a los mercaderes para invertirlos en el puerto de destino y obtener ganancias. Muchas mujeres nobles y burguesas movían así riqueza de la familia o de su propia dote, incluso constituían sociedades con hombres. Lo hacían sobre todo viudas y casadas, pero también algunas solteras.

—Harán falta muchas para cubrir los costes y que el viaje sea rentable —advirtió el hombre.

—Yo puedo reunir esas comandas, si estáis dispuesto a navegar de nuevo. —Agnès estaba decidida—. Encargaos del barco y del destino.

Dalmau Montaner frunció el ceño. Por fin Marina vio en sus ojos verdes la llama de determinación que había llevado a los suyos a cruzar los mares. El corazón se le aceleró, pero no dijo nada. Fue su tío quien rompió el silencio expectante.

—Hermana Agnès, toda Barcelona sabe que se os da mejor embaucar al patriciado que el recogimiento y la oración. Reunid lo suficiente para cubrir el viaje. El destino será Palermo, el granero de la Corona.

TERCERA PARTE

Mercaderas

30

La salida de Valencia

> El vigésimo día de luna es bueno para toda actividad porque en él Isaac bendijo a Jacob. Es bueno para construir casas. El enfermo sanará y el que nazca vivirá cien años.

Palacio Real de Valencia
Lunes, 16 de junio de 1348

Apenas había amanecido cuando se abrieron las puertas del palacio Real de Valencia. Don Pedro IV de Aragón, la reina Elionor de Portugal y su pequeño séquito iban a marcharse tras pasar un mes y medio retenidos a la fuerza por la Unión. El mundo era otro, arrasado por la mayor mortandad de peste jamás recordada.

En Valencia contaban más de trescientas muertes por pestilencia al día y decenas de moribundos eran abandonados en las calles. Ni los conservadores al frente de la Unión ni los pocos supervivientes del Consejo querían asumir el peso del fallecimiento de un monarca; si Su Majestad tenía que morir, que lo hiciera en Aragón.

—Salimos como desterrados —se lamentó el soberano. Estaban ante el cauce del río Turia y contemplaba el contorno de las murallas árabes de la ciudad con sus torres curvas.

—Zaragoza sigue limpia de peste, y eso es lo que importa, mi rey —dijo fray Nicolás Rosell, cansado.

Tampoco el infante don Fernando se había opuesto a su marcha, aunque con ello diera una nueva oportunidad al rey y alejara sus propias aspiraciones al trono. Todo era caos y pesimismo. Tomar la corona de un reino presa de los estragos del cuarto jinete del Apocalipsis no era tan tentador.

Don Pedro miró el cauce lleno de cañares y juncos.

—Durante el verano, el Turia es un riachuelo —comentó el monarca—, pero en otoño se convierte en un dragón rugiente.

—Así son también los habitantes de Valencia —indicó su capellán, fray Nicolás Rosell—. Son leales y sumisos, pero si se abusa demasiado de ellos pueden desbordarse y arrasarlo todo.

—Incluso una Corona —comentó el rey, tenso—. ¿Acaso me acusáis de algo?

—Nada más lejos, majestad. Aun así, no olvidéis que la rebelión se originó tras las decisiones injustas que algunos oficiales tomaron en vuestro nombre. Eso también es despreciar la sagrada Corona. Los súbditos no son meras ubres a las que exprimir..., son hijos de Dios.

—Mis consejeros nombrados del Rosellón —reconoció el monarca.

—En Cataluña, Aragón y Valencia rigen pactos seculares que el rey garantiza. Volved a respetarlos, y la nobleza y las ciudades os secundarán. Así venceréis.

—¿Y por dónde sugerís empezar, capellán?

—El noble más importante de Aragón es Ponce de Luna. El año pasado se acercó a la Unión aragonesa, pero si pactáis con él a cambio de privilegios tras la victoria, se unirá a vos y otros lo imitarán. No todo está perdido.

—Puedo recapacitar. No obstante, castigaré a los que me han humillado.

—Hacedlo, pero sin olvidar que la mayoría de los súbditos se vieron forzados a apoyar a la Unión. Ceded en algunas peticiones y vuestra grey regresará al redil.

El caballero Gil de Montnegre estaba detrás, atento a la conversación.

—Mi señor, los clérigos piden piedad, pero el vulgo necesita mano dura y sangre.

Don Pedro se volvió hacia el pequeño séquito. Sobre otra mula iba su esposa, Elionor de Portugal. Las pocas veces que lo miraba era con reproche. Y no lo recibía en el lecho. Si no concebían un hijo varón, el trono acabaría en alguno de sus hermanos.

—¡Si la peste no termina con Valencia, lo haré yo! —gritó el rey para que Elionor lo oyera—. Mantengo mi promesa de convertir su bella huerta en un erial salado.

En ese momento de debilidad, nadie confiaba en que don Pedro pudiera cumplirla. Escaseaban los aliados, muchos banqueros judíos habían sido masacrados y sus alquimistas no tenían éxito. El pánico a la peste ocupaba todos los pensamientos.

—Conservad el ánimo, mi rey. —Gil ansiaba destacar—. Terminaréis por vencer.

El monarca lo fulminó con la mirada. No disimulaba su decepción.

—Gil de Montnegre, me lisonjeáis sin cesar. Me embaucasteis al sugerir que podría disponer de esa supuesta Fuente de los Montaner, pero al final nada.

—Mi señor, yo...

—Creo que no sois digno de formar parte de mi séquito. ¡Si hubierais sido un verdadero caballero habríais mantenido el compromiso con esa doncella, Romea Montaner, en vez de desvirgarla y repudiarla! Su dote os habría proporcionado fondos para pagar la mesnada que ahora tanto necesito. ¡Lo que quiero de mis caballeros son espadas, no promesas! —Lo miró con desdén—. Y ahora no tenéis ni media docena que me sirvan.

El rey espoleó la montura. Gil se quedó abochornado por el reproche.

—Unas palabras así son el final del *cursus honorum* en

la corte real —le advirtió fray Nicolás Rosell—. En este momento estamos en guerra, pero id planteándoos otro futuro mucho más modesto.

La ira hizo temblar al caballero. Aferró la empuñadura de su espada con la mirada fija en la espalda del rey. Los ujieres Joan Lobera y García López de Cetina lo vigilaban, y Gil se tragó sus deseos. Cuando la comitiva estuvo bastante lejos, uno de sus hombres, también un hijo segundón del mismo linaje Montnegre, le susurró:

—Si el rey nos trata así, deberíamos plantearnos a quién servir. No tiene asegurada la corona.

Gil confiaba tanto en su primo que le mostró lo que ocultaba en el bolsillo de su capa. Tenía dos cartas y una rosa blanca. Las guardaba desde hacía dos días sin saber qué hacer, si mantenerlas ocultas, destruirlas o mostrárselas al rey. Por eso había hablado con él. Ahora lo veía todo claro.

—Nuestra fidelidad sólo es con nuestro linaje, los Montnegre —señaló con rabia—. Estaremos con el vencedor en esta guerra, sea quien sea. Hay que actuar. Preparadlo todo. Quiero entrar esta noche en Valencia en secreto.

31

Pacto de silencio

La calle de los Caballeros, en Valencia, el lugar de residencia de muchos nobles y burgueses, parecía un suburbio. Los desperdicios y la inmundicia se acumulaban en montones llenos de moscas. Las puertas de muchos palacetes estaban destrozadas y se veía el interior arrasado. La peste se había cebado con familias enteras y otras habían caído en desgracia ante los mantenedores de la Unión, que actuaban con impunidad.

Las tensiones internas entre los líderes minaban el espíritu de concordia inicial que había logrado aunar, de manera milagrosa, los intereses de la nobleza con las reclamaciones de los ciudadanos. Pero como creían Pere Montaner y muchos otros, el equilibrio no podía durar. Aquella deriva estaba generando un gobierno de terror, donde cualquier sospecha de disidencia se pagaba con arrestos y hasta con la horca.

Y uno de los grandes perjudicados había sido Pere Montaner. Como cada día, él y su sirviente Martín rociaban con vinagre el patio. Lo hacían como les había recomendado en la carta su hijo Pere, al que ya había llorado bastante, como al resto de la familia. Todos los demás sirvientes, cocineros y criadas habían huido tras la caída en desgracia de los Montaner.

El mercader pidió a uno de los hombres de Gonzalbo de Rodas que se apartara del escalón donde dormía asido a una bota de vino. Éste eructó con desprecio y siguió echado. Sin embargo, Pere no dijo nada; un día seguía a otro. Se mostraba sumido y colaborador, pero sólo había cedido los depósitos con menos dinero y las cartas de crédito de deudores insolventes. Fray Nicolás Rosell había vuelto de Barcelona con las peores noticias, pero el mercader no se hundió; tal vez Romea viviera, y en Mallorca estaba su hermana, Matilde. Era optimista por naturaleza. A veces todo daba un vuelco.

El día que supo que el rey había salido de Valencia camino de Aragón, Pere recibió una inesperada visita a medianoche. Él y Martín dormían sobre el heno de la cuadra cuando los despertó el chirrido de los goznes de la puerta.

Allí estaba Gil de Montnegre y dos de sus parientes, los tres armados.

—¿Cómo habéis entrado? —preguntó asustado—. ¿Sois el verdugo del rey?

—No gritéis. Nadie debe saber que estoy aquí. He recibido un mensaje para vos.

Sacó un pergamino y una rosa. Pere se puso nervioso cuando la cogió. Junto a una vela de sebo, comenzó a leer:

—*Querido padre: Si sucede como espero, esta carta os llegará de la mano del caballero Gil de Montnegre, mi amado al que perdono.* —Alzó el rostro—. ¡Romea!

Gil levantó un collar de jade y plata que el mercader reconoció enseguida. Era de su esposa y valía como un buen caballo. Le dolió que lo tuviera Gil. Sin embargo, sólo quería seguir leyendo:

—*En Barcelona han sucedido cosas terribles y muchas por mi culpa, querido padre. Con la llegada de la peste, se contagió el tío Dalmau y lo dimos por muerto. El miedo me nubló la razón y acepté marchar con Gaspar a la masía de Can Montaner. Allí nos hemos aislado de la peste con unos amigos. Tuve que dejar atrás a mis hermanas recién llegadas a Barcelona. Además, lamento comunicaros que madre ha muerto, de una manera horrible y misteriosa. Creo que fue por la Fuente, pero no sabemos quién entró en la casa. Cometí otra falta: ni siquiera la enterré. Que Dios se apiade de mí.*

En Can Montaner vivimos en malas condiciones, pues este grupo de jóvenes ha comenzado a tener ideas heréticas. He presenciado toda clase de actos pecaminosos, pero juro por el Altísimo que mi cuerpo es un templo reservado para un solo hombre, el que os trae estas líneas. A él le perdono y le espero.

Durante semanas no hallé valor para escribiros entre tanto horror, hasta que ha llegado la noticia de un milagro: tío Dalmau está vivo, y lo encontró Marina. Vuestras hijas seguimos con vida, aunque no gracias a mí, y esa falta me atormentará por siempre.

Gaspar ha sido desheredado y yo soy indigna de vuestro perdón, padre, pero os pido que sigáis leyendo. Si mi hermano Pere está muerto, soy la mayor, y tras esta amarga experiencia he crecido. Quiero ser digna del apellido Montaner, asumir mi papel de primogénita y heredera. Pediré perdón a Marina, a Teresa y a Beatriu, y encontraré al autor de la muerte de nuestra madre.

Lo último que sé de Barcelona es que el tío Dalmau ha recuperado una coca de la familia y que se habla de que va a traer trigo de Palermo. Gaspar y yo hemos decidido volver y pedir perdón por nuestra conducta. Vamos a ayudar a armar el barco, pero necesito vuestra autorización para disponer de los fondos de nuestra parte en la compañía. A través de los parientes de Gil, podría llegarme en pocos días.

Vuestra reacción será negaros, lo entiendo, pero puede ser la última oportunidad para los Montaner. Meditadlo, padre; sois mercader y sabéis cuándo conviene ceder.

Si el viaje a Palermo pudiera hacerse, Barcelona contraería una deuda de gratitud con esta familia. Eso nos abriría de nuevo las puertas de la corte. Podríamos contribuir con fondos a la causa del rey e intercederíamos por vos, por Teresa y Beatriu, por Joan e incluso por Marina. Ojalá ellas lleguen a perdonarme todo el daño que les he hecho.

La alternativa ya sabéis que es la Unión. Ellos acabarán confiscándolo todo. Quiero redimirme y ser digna del apellido. El collar de madre servirá para garantizar el silencio y la palabra de Gil de Montnegre y su familia. Ellos pueden hacerme llegar vuestras autorizaciones firmadas, si así lo estimáis, padre. Pido a Dios que nos permita volver a estar juntos y unidos. Vuestra hija que os quiere, Romea.

Pere rompió a llorar y acabó sentado sobre un abrevadero.

—¡Dios mío, Romea…! ¡Todas están vivas!

—Vuestra hija ha arriesgado mucho confiando en mí. Ha revelado incluso dónde se esconde y los planes de los Montaner. El rey apreciaría esta información.

—¿Y por qué habéis cumplido el encargo? La humillasteis.

Gil frunció el ceño, con la mirada fija en el collar; parecía encantado.

—El mundo se tambalea y también las lealtades. Os ayudaré, si colaboráis con generosidad. Los Montaner necesitan ayuda y los Montnegre precisamos fondos. Hemos traído pergamino y tinta para que escribáis.

Pere se acarició la barba descuidada. Era una decisión difícil. Lo que Romea confesaba era imperdonable, pero lo que proponía tenía sentido. Armar la coca era un esfuerzo enorme. Le resultaba imposible contactar con su hermano Dalmau o con Mossé Natán para valorar bien la situación y debía guiarse por el corazón, lo peor que podía hacer un mercader.

—Decidid, Pere Montaner.

Un poco más tarde, Gil y sus hombres salieron de la cuadra y se deslizaron en silencio hasta la puerta trasera de la casa.

—¿Y bien? —susurró una voz en la oscuridad.

El caballero se tocó el zurrón y asintió con un gesto triunfal.

—Entonces todo sigue adelante. Romea nos lo ha puesto en bandeja.

—Así es, Gonzalbo. Ahora es tu turno.

32

Bendición

Martes, 17 de junio de 1348

Agnès de Santa Margarida era más que la beguina de Barcelona. Era de sangre noble, educada para ser esposa y madre de hombres de la corte real, con contactos y parentela entre el patriciado, como los Cardona, los Cabrera o los Bellpuig.

Aunque su labor era atender a los enfermos de lepra en el hospital, para mantenerlo había tejido una red de contactos en la ciudad y en varios señoríos próximos, una hermandad nacida de la amistad y de la solidaridad entre ellas. Esos días, Agnès recorrió las calles próximas a la *seu*. Llamaba a los palacios que seguían habitados e iba logrando comandas para la expedición del trigo para Barcelona. No eran limosna sido depósitos en comandita, una inversión que aquellas damas realizaban.

—¡Y yo que creía que sólo les interesan los asuntos domésticos! —dijo Marina una tarde al repasar las comandas que engrosaban la lista.

Agnès la miró con orgullo.

—Eso quieren los confesores, pero ¿a quién no le gusta decidir sobre sus asuntos?

—Esto me recuerda a mi tía Matilde, la que vive en Pollensa, como sabéis —dijo Marina—. Su esposo fue cortesano del rey Jaime III de Mallorca y ella gestiona la baronía, incluidas las tierras y los ganados. Rezo para que todos estén bien allí.

—Me acuerdo de Matilde, sí —confirmó Agnès—. Seguro que habríamos contado con ella.

A pesar del azote de la peste, Yamil, en nombre de Dalmau, atendía a los procuradores y los notarios que traían los contratos. Todo se anotaba en los libros por su valor en libras de plata.

La operación para desembarrancar la coca del delta del Llobregat fue delicada. Después comenzaron los preparativos. Conforme a los usos del mar, se hizo una *crida* a viva voz en las esquinas del barrio de la Ribera donde se informaba de la nave, su carga y su destino. La peste había diezmado los oficios marineros, pero el prestigio de Dalmau animó a algunos veteranos que ya habían navegado con la Compañía Montaner.

A pesar de la hambruna que ya se extendía en las capas más bajas, la iniciativa de Dalmau el Navegante era motivo de debate. La idea enfurecía a ciertos clérigos y agoreros. Si Dios había sentenciado a la ciudad, nadie debía impedirlo. Sólo cabían ayunos y penitencias; lo demás era pecar de soberbia. Por suerte, el Consejo de la Ciudad sí autorizó la partida por su utilidad pública. El pueblo necesitaba una esperanza en medio de tanto terror y oscuridad.

Dalmau intentaba dar una imagen de fortaleza, pero seguía débil y muchos dudaban que pudiera aguantar el viaje. Si fracasaba, los acreedores que aún estuvieran vivos lo despedazarían.

Marina y Beatriu se trasladaron en secreto a la casa Montaner. La ciudad estaba sumida en el caos y eso las protegía. Teresa siguió en el beguinato. Parecía haber hallado su camino, y Marina no interfirió. Tenía miedo de truncar la vida de su hermana y que surgiera la oscuridad de su alma.

En lo que todos los Montaner coincidían era en mantener la esperanza: si el viaje a Palermo salía bien, Dalmau se ganaría el favor del *Consell* de Barcelona, fiel al rey, que intercedería ante Su Majestad por la familia. Incluso veían posible negociar con la Unión la entrega de Pere.

Dalmau decidió que el segundo de a bordo sería Albar de Ondárroa. Sería la autoridad ante la tripulación y el hombre encargado de las decisiones técnicas del barco. El siguiente oficial era el escriba, y para ocupar el puesto se presentó un joven llamado Bernat, hijo bastardo del escriba Hernán Despuig, a quien Marina había hallado muerto en la coca. Dalmau sabía de su existencia y de que vivía en el Raval. El muchacho no parecía diestro en cuentas, pero no había tiempo, ni más candidatos.

Felip de Mallorca sería el piloto primero, y Miguel de Cartagena, el maestro de hacha que todo barco debía llevar. Roger, el cocinero de la Falcona, también firmó, y otros quince tripulantes expertos en navegar a vela. Nasir y sus seis hombres quedaron contratados como proeles, los ballesteros y defensores que la ley exigía para repeler a piratas y corsarios genoveses. En el último lugar figuraban los pajes; Martín y Joan estarían para baldear la cubierta y acometer la peligrosa vigilancia desde la cofa, y por supuesto, iría Lilith.

Tras ocho días de actividad frenética para tenerla lista, la coca fue de nuevo bendecida. Dalmau pagó para que el obispo Miquel de Ricomà autorizara a hacer la misa en la cubierta. Era necesario para que la tripulación superara el temor supersticioso, pues allí había muerto mucha gente.

Quien ofició la misa fue el franciscano fray Benet, y acabada la ceremonia subieron los oficiales del Consulado del

Mar para inspeccionar el buque, además de los libros y los instrumentos de navegar. Si todo estaba bien, autorizarían su partida hacia Palermo.

En la hornacina de la popa, dentro del camarote de Dalmau, se puso una cruz de plata y la talla de madera de peral de la mártir santa Margarida, cedida por las beguinas. Sería la patrona del barco, un capricho que su tío había concedido a Marina.

El fraile roció con agua bendita cada rincón de la coca. Luego, como mandaba el viejo ritual, el patrón rompió contra el casco un ánfora de vino tinto. El líquido rojo evitaría que se derramara la sangre de sus tripulantes. Acto seguido, la tripulación gritó los vaticinios:

—¡Siempre con buen viento! —dijo el primero que se animó.

—¡Así sea! —respondieron los demás.

—¡Que nuestra patrona nos proteja de las tempestades!

—¡Así sea!

—¡Dios nos guarde de piratas y mahometanos!

—¡Así sea!

Las voces llegaban hasta la playa. Allí estaban Marina y Agnès, bajo sus mantos. A la joven nada le habría gustado más que estar a bordo, pero ya era arriesgado que hubiera salido de casa.

—Esto lo has logrado tú, hija —dijo Agnès con una sonrisa—. Y sin embargo aquí estás, oculta. Es injusto.

—Y también gracias a las damas de Barcelona que han confiado sus comandas a los Montaner —repuso la aludida—. ¡Cuatrocientas libras de plata! Eso sí, al cambiarlas por trigo los beneficios serán mínimos.

—Recibirán su recompensa en el cielo —apostilló Agnès imitando a los frailes.

Un clamor furioso interrumpió la conversación. Hacia allí se acercaba un grupo de flagelantes. Miraban la coca, anclada en Les Tasques. Los chasquidos de las cuerdas con las que se azotaban la espalda sobrecogían y la sangre de sus heridas manchó la arena.

—¡Acatad la voluntad de Dios, mercaderes! ¡Hijos del demonio!

—¡Mortificaos por vuestras faltas! ¡Montaner, amigo de judíos!

—¡Que se os pudra la carne y el alma!

Marina sintió que se le ponía el vello de punta.

—Ellos sí son portadores de pestilencias, pulgas y piojos —masculló Agnès.

—Pues yo creo que Dios nos ha dado una oportunidad —dijo Marina, cansada de tantas acusaciones tendenciosas.

—Rezaremos y ayunaremos para que la coca regrese en tres semanas.

33

La decisión de Marina

> El vigesimotercer día de luna es bueno para cualquier obra que se quiera hacer, para elaborar vino y para mudarse de lugar. En tal día nació Benjamín, hijo de Jacob.

Jueves, 19 de junio de 1348

Hemos cargado la madera, las sogas y las herramientas —explicó Albar a Dalmau Montaner en su despacho de la casa de la calle de Montcada—. Ahora están embarcando los toneles de agua y vino.

—¿Habéis encargado el bizcocho de mar? —preguntó el patrón. Hacía un esfuerzo por mantener la atención—. El mejor para la humedad se elabora en el horno de Ferran Ballaró.

—Lo traerán esta tarde —explicó el nuevo escriba, Bernat Despuig, inmerso en sus inventarios.

—Debes organizar mejor la contabilidad, Bernat, tu padre se avergonzaría.

—Lo siento, patrón. Gracias por esta oportunidad.

—No olvidéis el vinagre para el agua y para limpiar el barco —dijo Marina.

—Hemos adquirido cinco botas —aseguró Bernat, incómodo.

Su tío Dalmau se empeñaba en que ella participara en los preparativos y se tomaba la molestia de explicarle todo como haría con un sucesor.

—¿Y el casco está bien calafateado? —preguntó Dalmau.

—La coca está lista para zarpar, patrón —zanjó Albar con su habitual semblante serio.

—Cuando la luna sea propicia —señaló Dalmau—. Ni antes ni después.

—¿Habéis pensado un nombre? —preguntó el capitán.

Dalmau miró a Marina.

—De momento tendrá como patrona a la mártir santa Margarida. Ha protegido a mis sobrinas durante un tiempo y ellas me salvaron a mí. Los barcos suelen ganarse su sobrenombre con lo que suceda en el primer viaje.

—La Falcona se llamaba la Sant Miquel, pero en el sitio de Algeciras hundió varias galeras, como un ave de presa, y comenzó a conocérsela así.

Albar se lo decía a Marina; se merecía el derecho a bautizarla.

Esos días la joven conoció un poco más al capitán y a sus hombres. Se consideraban una cofradía pues habían unido sus destinos, se ayudaban y protegían.

—Rezaremos por vuestro regreso y el éxito de la empresa —dijo Marina.

—Mi sobrina vendrá a Palermo —afirmó de pronto su tío, sin previo aviso.

En el despacho se hizo un incómodo silencio. A Marina se le encogió el corazón. Albar, Bernat y Felip estaban rígidos.

—Mi patrón —comenzó Albar con cautela—, no es costumbre que...

—No lo será en las galeras —cortó Dalmau—, pero en los mercantes las mujeres viajan a menudo. Aunque sé que va en contra de la costumbre y los oficios, es mi voluntad.

—Pero ¡no como tripulación!

—Tío, yo debo quedarme —terció ella, atribulada—. A pesar de que haya hecho cosas que escandalicen, conozco cuál es mi sitio.

—Marina —dijo Dalmau—, ¿nos dejas a solas un momento?

Mientras salía, el capitán no disimulaba su inquietud. Los hombres discutían a puerta cerrada y ella recorría el vestíbulo hecha un manojo de nervios. El problema podía acabar en una negativa a zarpar.

Deambulando por la antesala, advirtió que la puerta de la habitación donde su madre había muerto estaba entreabierta. Allí encontró a su hermana Teresa.

—No sabía que habías venido. ¿Va todo bien en el beguinato?

Teresa estaba ausente, con la mirada fija justo donde había estado su madre.

—La muerte nos acecha —susurró Teresa—. Algo se cierne sobre nosotras...

—¿Quién pudo matarla? ¿Fue Gaspar o un sicario de Gil de Montnegre?

—Hay un secreto terrible aquí, Marina. Hace frío. Abriré la ventana.

—Dios hará justicia. No te dejes llevar por esas sensaciones que provoca el diablo. ¿Sabes una cosa? El tío quiere que viaje con él a Palermo. Ha perdido el juicio.

Teresa se volvió, sorprendida. Clavó sus ojos verdes y profundos en su hermana.

—No es cierto que la peste sea un castigo; es una prueba, para cada uno. La tuya podría ser ésa, ser mercadera; la mía, superar esta oscuridad que siento.

—Y hay alguien que te está ayudando —le insinuó para suavizar la situación.

Teresa intentó comenzar varias veces; al fin, habló de manera atropellada.

—¡Entre mujeres de menos de veinticinco años es pecado menor! Lo dijo fray Benet en una homilía. —Torció el gesto—. Quizá él también sospecha, como Agnès.

Marina se quedó atónita. Esas cosas se sabían, pero no se decían. Teresa ya estaba arrepentida de haberlo soltado, pero su hermana le cogió las manos.

—En algo Gaspar tenía razón: la mortandad se lleva igual a la puta que al abad. Ya no sabemos qué ofende a Dios y qué no. Veo tu felicidad, y eso me basta. No te obsesiones con el asesinato de madre y sigue adelante como intentamos hacer Beatriu y yo.

Al tiempo que Teresa asentía con alivio se oyó la puerta del despacho del tío. Marina salió al vestíbulo. Albar la miró preocupado y se fue sin hablar. Detrás, el escriba Bernat ni reparó en ella. Felip sí le sonrió, aunque su mirada traslucía temor.

Marina había soñado toda la vida con embarcar en un viaje comercial, pero esa expedición a Palermo era demasiado importante para que se frustrara por su causa.

—Tío, no voy a embarcar.

El hombre estaba sentado ante las cartas de navegación, parecía muy cansado.

—Naciste en el mar, Marina, por eso te llamas así.

—La mujer atrae malos vientos.

—Mira los carros llenos de muertos en las calles. ¡Eso es mala suerte de verdad!

Dalmau se acercó a una arquimesa que tenía al fondo del despacho. Era una joya de la familia. Consistía en un armario con decenas de cajones y una tabla que podía levantarse para usarse como mesa. El mueble era de maderas nobles. El mercader abrió un cajón que contenía un sello de bronce con un tridente.

—No sabemos si tu padre y tu hermano Pere viven. Gaspar y Romea para mí están muertos. Tú eres el futuro, y vas a iniciar la siguiente generación de mercaderes Montaner.

—¡Soy una mujer soltera!

—Te casarás con un Mitjavila, la otra gran familia de

mercaderes de la ciudad. Lo arreglaré a la vuelta, pero en este viaje te quiero a mi lado.

—Siempre habéis defendido las viejas costumbres del mar.

—Antes de que me salvaras y limpiaras nuestro barco sin enfermar. Es tu destino, hija. Esas cosas las sabemos la gente de mar. Hasta el capitán Albar lo reconoce.

—Lo que importa es el trigo —insistió la joven—. Me quedaré y rezaré. Es mi función.

—Aún no lo entiendes. Yo ya no estoy bien; necesito tu fuerza, hija, tu ímpetu.

Después de pasar tantos años imaginando una vida en libertad, surcando el mar como los hombres de su familia, ahora pensaba que no era cosa natural. En el barco la mirarían con recelo y en los puertos no la tomarían en serio. Eso sin contar con que el Mediterráneo estaba infestado de piratas. Lo que hacían a las mujeres cautivas no podía ni describirse.

—No soy la mujer que creéis, tío… —Estaba aterrada.

—El capitán Albar de Ondárroa lo ha aceptado, y si lo hace él, sus hombres lo harán también. Yo respondo por los marinos que conozco. Estarás segura a bordo. —Señaló la arquimesa—. Este mueble me acompaña en todos los viajes. Ahí está cuanto te enseñaré.

A Marina se le llenaron los ojos de lágrimas. El pánico la dominaba.

—¡Lo siento, no puedo!

Teresa la vio pasar y se asomó al despacho. Vio a su tío con el gesto cansado.

—Tened paciencia con mi hermana. Hay alguien que es experta en lidiar con el miedo. Le pediré que la convenza.

34

Anónimas

Marina salió de casa por el callejón de la Ceca. Se sentía abrumada. Ya anochecía, y las calles sin *guaita* eran peligrosas. Teresa la encontró y, de la mano, se fueron al beguinato, calladas. Marina fue directa al altar de santa Margarida. El familiar tufillo a polvo y vinagre la serenó. No pensaba salir hasta que la coca hubiera zarpado.

—No te esperaba aquí, Marina. —Agnès la miraba desde la entrada—. Tu hermana me ha contado ya lo que quiere Dalmau. ¿Te encuentras bien?

—No puedo hacerlo. Creo que mi tío no está en sus cabales.

Agnès se arrodilló a su lado quejándose de las articulaciones.

—¿Conoces la historia de Zobeida? —le preguntó tras un silencio prudente.

—Agnès, por favor, no estoy para eso.

—Es un relato que se contaban las mujeres de Persia, lo conocemos por un almogávar enfermo de sarna. Zobeida era una joven que vivía en un palacio de Bagdad con su padre y sus hermanas. Al morir, el hombre dejó mil dinares a cada hija. Las hermanas de Zobeida usaron el dinero para casarse, pero sus maridos las arruinaron y abandonaron.

Ella no quiso ese destino y, en vez de ofrecer una dote, fletó un barco para ir a Basora y comerciar.

—Son cuentos.

—Si este relato ha sobrevivido durante siglos es porque alguien necesita escucharlo —siguió Agnès—. Zobeida iba en el barco, pero su capitán equivocó la ruta y acabaron en una misteriosa ciudad en la que todos los habitantes estaban convertidos en rocas. La joven decidió explorar cada rincón y encontró a un muchacho vivo y lo salvó. Resultó que era el principie, y éste le llenó la nave de riquezas. ¿No es eso la fuerza del destino? Zobeida vivió aventuras maravillosas y algunas penas, el príncipe murió, pero ella regresó a Bagdad dueña de una gran fortuna. ¿Sabes por qué es una de mis historias favoritas?

Marina se encogió de hombros con desgana, pero deseaba saberlo.

—Ven —le pidió la beguina—. Quiero mostrarte algo.

Era casi de noche y se encaminaron al corazón de Barcelona. Agnès caminaba todo lo rápido que sus piernas le permitían. Entraron por el portal de Santa Ana. El silencio encogía.

—¿Adónde vamos, Agnès? No son horas.

Se detuvo frente a una casa grande, detrás de la cual había un muro con un huerto. Llamó a la puerta y abrió una mujer madura. El olor de la seda era inconfundible. Marina se asomó al taller. Había lámparas encendidas y vio a una docena de mujeres en las ruecas.

—Es la sedería de Romia. Aquí ha llegado a haber veintiocho trabajadoras.

Saludaron a Agnès con respeto, pero la beguina no tenía intención de entrar. Se fue con Marina a una casa cercana, donde les abrió una esclava árabe. Allí olía a cáñamo.

—Éste es el taller de mi prima Sancha Jiménez de Cabrera —dijo con orgullo.

—¿Es noble?

—Sí, pero prefirió los negocios. Tejen el cáñamo que preparan mujeres del valle de Osor, de donde Sancha es señora, y lo blanquean en el taller de Na Barela, que está al lado. —Agnès señaló la calle de Santa Ana, en ese momento oscura y amenazante—. Por ahí se va a la casa y taller de Caterina la Aragonesa, tejedora, y a la tienda de la especiera Blanca des Grau. Y en la calle Còdols se encuentra el taller de una buena amiga mía, Joana Fortunyà, que aspira a aprobar el examen de maestra entre los talladores de coral. Es el único gremio de Barcelona que lo permite a las mujeres. —Se volvió hacia Marina—. ¡Ésa es la esencia de la historia de Zobeida! Decidir el propio destino.

—Os sentís parte de ellas, ¿verdad, Agnès? —dedujo Marina.

—Así es. Aunque la ley lo prohíba. El mundo no es tan sencillo como predican en los púlpitos. Yo me debo a Dios y a los pobres, pero quiero decidirlo cada día. Sólo en Barcelona hay cientos de talleres, tabernas y tiendas regidos por mujeres como tú, Marina. Y ya has visto la cantidad de inversoras en comandas que hemos logrado. Otras regentan comercios por toda la ciudad, aunque estén a nombre del marido o del hijo. Y todas tenemos miedo y dudas.

—Pero esto es distinto.

—¿Acaso tu padre no te enseñó el ábaco? Muchos mercaderes educan a sus hijas para que sean alguien incluso después de que se casen.

—Pero ¡se quedan en tierra!

—Pues siempre hay una primera Zobeida. —Agnès solía ser una hábil manipuladora—. Dios quiere que lo hagas. ¿Crees que no se sabe que las Montaner andáis de aquí para allá? Lo que pasa es que en Barcelona arreglamos nuestros problemas entre nosotros, para que ni el rey ni nadie nos toque las narices. —Agnès miró a la joven con autoridad—.

Necesitamos que se haga ese viaje, y si tu tío te quiere a su lado, vas y ya está.

—Pero un barco no es lugar para una mujer.

—¡Ya estuviste en uno y rodeada de hombres podridos!

La beguina se echó a reír y la abrazó. Podía pasar de la risa a las lágrimas en un parpadeo.

—El mundo que quede tras esta peste necesitará tu historia.

Historias perdidas: Estàcia Eimeric, mercadera; Moneta, hostalera; Caterina, costurera; Simona, arriera; Romia, maestra sedera; Agnès Mestre, apotecaria; Sancha Jiménez de Cabrera, taller de hiladoras; Francesca, taller de tejedoras; Blanca des Grau, especiera; Caterina Marc, mercadera; Joaneta, perlera; Constança, esposa del cambiador Guillem Colombí, inversora en Beirut y Alejandría; etc.

Tesis *Les dones soles a la Baixa Edat Mitjana*

Que fembra alcuna no puxa ésser dita mercadera, cabalera, cambiadora o drapera.

Furs de València

35

La partida

El vigesimosexto día de luna Moisés separó las aguas del mar Rojo; es un buen día para toda actividad y para viajar por mar y por tierra, para contraer matrimonio. El enfermo sanará.

Domingo, 22 de junio de 1348

Antes del amanecer, una barca de gran tamaño partía en medio del silencio de la playa de Barcelona. Sentada en la proa y cubierta con un manto, Marina miraba los barcos prácticamente abandonados y luego la silueta oscura de la coca Santa Margarida. Esa vez no se perdió en ensoñaciones; rezaba, aterrada.

Detrás iba Dalmau Montaner, y envuelta en mantas de lana llevaban la aparatosa arquimesa que se colocaría en el camarote del patrón. Marina trataba de imaginar lo que pensaba su tío. No había pasado ni un mes desde que regresó de la muerte. Seguía débil y el mar podría ser implacable con él, pero no escuchó los consejos de su amigo Mossé Natán ni los de otros mercaderes de la calle de Montcada, como los Mitjavila, los Reart y los Dalmases, que estaban muy pendientes del éxito o el fracaso de la expedición de Dalmau, pues todo el comercio mediterráneo se había venido abajo.

En la playa quedaron Teresa y Beatriu, además de Yamil, que seguiría a cargo de las cuentas de la compañía en tierra. Los acompañaban fray Benet, que había oficiado la misa, y Sansa, que había recibido permiso de Agnès para despedir a Marina.

—¿Cuánto tardarán en volver? —preguntó Beatriu.

—Si los vientos son favorables, vuestro tío podría avistar Palermo en siete días —informó Yamil—. Estarán de vuelta en poco más de dos semanas.

—Dios sabe qué encontrarán cuando regresen —dijo fray Benet—. El hambre de la gente está haciendo que se pierda el miedo a la peste. Han entrado en casas y hospitales. El temor a la lepra evita que ataquen Santa Margarida, pero si la hambruna se agrava...

—Teresa —dijo Beatriu, seria—, ¿de verdad vas a convertirte en beguina?

—No lo sé... —Miró a Sansa—. Por primera vez, sé dónde quiero estar.

—¡Marina se cree un marino y tú, una santa! —se quejó la hermana pequeña—. ¿Y yo qué? ¿Qué hago yo? ¡Todas me abandonáis! Habría sido mejor ir al convento.

La muchacha se alejó enfadada y todos salvo el fraile fueron tras ella. En casa se encerró en la habitación de sus padres y no quiso hablar con nadie. Teresa buscó a Yamil para recalcar la orden que había dado su tío antes de partir.

—La casa permanecerá cerrada. Sólo se nos dejará entrar a Mossé Natán y a mí. A por víveres saldréis por la calle de la Ceca, cuando nadie merodee.

El sarraceno asintió y se fue a la cocina para hablar con el resto de los sirvientes. Sansa, que había acompañado a Teresa, ante la situación se dispuso a marcharse.

—Aún es pronto —le susurró esta última, sonriente.

—¡Teresa! —Sansa se sonrojo.

Faltaba una hora para el amanecer. Todo estaba tranquilo.

Con los nervios a flor de piel, subieron furtivamente a una estancia de invitados. Cuando Teresa pasó el pestillo les corrían mil hormigas por el vientre. Nunca habían estado juntas bajo un techo sin temor a ser vistas.

Fue Teresa la que abrazó a Sansa, bebiendo de sus labios y

con la piel erizada de excitación. Amaneció mientras se amaban desnudas, libres, con quedos gemidos que no llamaban la atención. Nunca podrían olvidar esa mañana en el paraíso.

Pero no duró.

—¡Teresa! ¿Sigues aquí? —gritaba Beatriu por toda la casa.

—Ha visto mi capa en la entrada. Espérame —susurró a Sansa.

Le dio un delicado beso y salió con precaución.

—¿Dónde estabas? —demandó Beatriu al verla bajar la escalinata del patio.

—Estaba rezando antes de irme. ¿Qué ocurre?

—Yamil te busca desesperado. Está en las cocinas.

Teresa entró con un mal presentimiento. El sirviente sarraceno estaba con un hombre andrajoso sentado frente a un cuenco de vino caliente.

—Debéis escucharlo, Teresa —dijo Yamil—. Es grave.

El hombre estaba maltrecho, había recibido una paliza y se le notaba nervioso.

—Me llamo Bernat, hijo natural de Hernán Despuig, que fue el escriba de confianza de vuestro tío Dalmau Montaner hasta que murió de peste. Puedo demostrarlo pues estoy bautizado en Santa Maria del Pi.

—¡Eso es imposible! Bernat Despuig ha zarpado esta mañana.

—Unos hombres me han retenido varios días en mi propia casa del Raval y hoy se han marchado. He venido a advertiros, tal como habría querido mi padre.

—¿Los reconociste? —demandó Teresa, alarmada.

—Sólo sé que os vigilaban, aunque no sé desde cuándo, y que se proponían hacer algo en el barco de vuestro tío.

—Si eso es cierto, ¿quién ha subido a la coca? —preguntó Yamil con inquietud.

—Es una trampa. —Teresa palideció.

36

El viento

Hace años que no veo ninguna de ésas!

Marina miraba intrigada a Felip, el naochero mallorquín que pilotaría la coca. Estaba emocionado como un niño. A su lado, el capitán Albar, Miguel y los pajes también observaban con interés.

Dalmau había sacado un cofre de la arquimesa y, con aire solemne, procedió a abrirlo delante de toda la tripulación. Lo que Marina vio le resultó decepcionante: era una tosca cuerda de esparto con tres nudos. A pesar de eso, hubo un rumor de admiración.

—Una cuerda de invocar vientos —explicó el patrón—. Un pequeño secreto de los Montaner.

—Valen mucho más que su peso en oro —indicó Felip, impresionado.

Dalmau la cogió. La ofreció primero a la talla de santa Margarida y a continuación al sol, que aparecía sobre la línea del mar. Los marinos ya habían desplegado la vela latina del trinquete, en la proa, pero colgaba flácida por la falta de viento.

Marina no decía palabra. Era un ritual antiguo, reservado a los marinos. En casa le habían hablado de esos talismanes que se confeccionaban en ciertos puertos con un saber mágico y ancestral que pasaba de padres a hijos. Pocos navegantes tenían acceso a ellos.

El silencio en la cubierta era absoluto, incluso la gata Lilith parecía atenta. Marina luchaba contra las miradas de temor supersticioso. Su tío había dejado claro que allí era su mano derecha; sin embargo, se sentía incómoda a bordo.

—Piloto —dijo su tío—, llama al viento y zarpemos.

Felip cogió la valiosa cuerda. Se colocó delante de la vela, aún floja. Susurró palabras ininteligibles, tensó la cuerda y soltó el primero de los nudos con un chasquido.

No pasó nada.

El mallorquín, sin signos de decepción, devolvió la cuerda al patrón con la misma solemnidad, y Dalmau se la dio al escriba con la orden de guardarla en su sitio.

—Paciencia, hija. —Su tío hablaba con total confianza—. La cuerda ha invocado a los vientos y veremos cuál acude.

El sol comenzó a salir mientras las gaviotas sobrevolaban la coca y graznaban. Era un día brillante. A una orden de Albar, los marineros subieron a las jarcias. Marina vio a Joan trepar y tuvo miedo por él, pero se mordió la lengua en vez de pedirle precaución; de hacerlo, lo habría ofendido.

Un soplo de brisa recorrió la cubierta y agitó las velas una vez. Todos se detuvieron, atentos. Enseguida llegó otra ventada más fuerte y las lonas flamearon, para volver a caer flácidas. Pero el ambiente había cambiado. El mar se rizaba.

—Ya está aquí el mistral. —Dalmau sonreía. Vivía el momento con intensidad.

Marina notó la fuerza del viento que le agitaba el brial y le subía por los muslos como una caricia sensual. Era un momento mágico que sólo se experimentaba en cubierta. Y se enamoró. Las velas comenzaron a hincharse. Se decía que las cuerdas de llamar vientos no fallaban, aunque quizá era sabiduría transmitida.

El piloto y un ayudante, en el castillo de popa, aferraron con fuerza la caña del timón de codaste para hacer virar la coca y encararla hacia el este, hacia el rumbo calculado en las cartas. Albar, desde la misma posición elevada, daba órdenes con palabras marineras que Marina jamás había oído. En un barco mercante no había capitán, sólo patrón, pero todos seguían llamándolo así y ella también. Albar estaba concentrado y parecía menos taciturno. Marina lo miraba con disimulo.

—Patrón, la Santa Margarida pide partir —dijo Albar.

—¡Levad el ancla!

Varios hombres fueron izando la gruesa maroma y el ancla salió del agua. La coca se sacudió con un golpe de viento. La madera crujió y los cabos se tensaron.

Lilith maulló como si hablara a la embarcación.

—Nuestra dama se despereza —dijo Nasir con una sonrisa.

—¡Probemos la vela latina de mesana! —indicó Albar.

De ella se encargaron los proeles mamelucos que también hacían funciones de marinos. Los siete se entendían con gestos y silbidos. Dos subieron por los obenques a lo alto del mástil de popa. Desataron la vela, que cayó desplegada, hinchándose enseguida, y el barco comenzó a moverse con más brío. Con las rachas fuertes escoraba ligeramente.

—¡A ver si valéis lo que os pago, marinos! —gritó Dalmau—. ¡Sacad a esta dama del puerto!

Al ver cómo aumentaba la velocidad hubo gritos y silbidos. Felip, el naochero, y sus ayudantes a las espadillas probaron a cimbrear la nave gracias a la capacidad de las velas latinas de recoger el viento en cualquier dirección.

—Es felina —dijo Felip con voz jubilosa, y palmeó la caña—. ¡He cogido un timón de codaste, ya puedo morirme!

Aún no habían desplegado la vela mayor y su velocidad ya se asemejaba a la de la mayoría de las cocas bayonesas. Aunque era cierto que llevaban poca carga.

Dalmau miraba las maniobras satisfecho. Parecía como si el mar le diera vitalidad.

—Subamos al castillo de proa, quiero ver cómo corta el agua.

Se apoyó en el hombro de su sobrina para cruzar toda la cubierta hasta la parte delantera. Quería que la tripulación entendiera quién era su sostén a bordo. La proa cabeceaba suavemente, cortando la superficie de un profundo azul y ribetes de espuma blanca. Impresionaba el ruido del aire al luchar contra la vela de trinquete.

—Llévanos a buen puerto, dama del mar —susurró el hombre.

Marina tenía delante el vasto mar. Oía el fragor del agua y el viento, el graznido de alguna que otra gaviota, los gritos de los marinos. Ya no había vuelta atrás. Hinchó los pulmones buscando fuerzas para resistir lo que vendría. En tierra había quedado la joven soñadora, la que se dejó embaucar en Valencia y acabó escondida en Barcelona. Había pasado la peor época de su vida mientras el mundo se desmoronaba.

Volvió a llenarse los pulmones de aquel aire con olor a salitre. No gritó con todas sus fuerzas por vergüenza.

37

Al caer la noche

Dentro del espacioso camarote destinado al patrón, bajo el castillo de popa, Miguel de Cartagena había separado un cubículo con un tabique de maderos para hacerle un espacio privado a Marina, con salida a cubierta por una puerta. Eran apenas unos palmos, pero ella lo agradeció. La cohibía estar entre tantos hombres en un lugar tan reducido. En un barco lleno de marinos no había intimidad. Iba a ser duro.

Al fondo tenía un estante. Allí guardaba su capa de viaje, una muda, trapos para la flor mensual y dos mantas de lana. Dormiría en una litera colgante.

Los oficiales dormían bajo el castillo de proa, en literas iguales, y otros, en el suelo. El resto de la tripulación tenía un espacio común en la bodega. Estaban acostumbrados a la incomodidad y a los olores.

Joan no quiso ningún privilegio. Rehuía a Marina; no le gustaba tenerla a bordo.

La primera tarde sopló a favor y probaron por fin la vela cuadrada. La coca aumentó la velocidad haciendo estallar de júbilo a todos. La velocidad suponía beneficios en un barco mercante, y permitía huir de las ágiles saetías a remos de piratas y corsarios.

Roger, el cocinero, repartió bizcocho, companaje y un cuarterón de vino. Cada marinero portaba su escudilla y la cuchara de madera. Las raciones estaban bien determinadas y todo se hacía con orden estricto, necesario para la convivencia a bordo.

Sólo el patrón tenía ciertos privilegios. Dalmau, ella y Bernat, el silencioso escriba, cenaron en el camarote, pero Marina tenía el estómago revuelto y no probó bocado. Los primeros días serían duros, sobre todo si el mar se agitaba.

Ya era noche cerrada cuando desde su pequeño cubículo escuchó cantar a algunos marineros. Otros se sumaron después. Luchó contra sí misma y al final se atrevió a salir del camarote. Era la primera vez que estaba en cubierta sin su tío. Quería retener aquel instante de paz. El viento había amainado y la coca avanzaba suavemente. Los hombres que no estaban de guardia y al timón se repartían en corros. Uno tocaba un laúd y otro, la flauta. La madera de la cubierta hacía de tambor.

Bajo el manto de estrellas, aquellos hombres rudos cantaron versos de amor y narraron historias de mujeres convertidas en rocas frente al mar. Hasta las canciones recordaban que las mujeres aguardaban a sus amados en tierra y no embarcaban.

A final se atrevió a acercarse al grupo de Felip, Miguel, Roger y el joven Martí, que jugaba con Lilith. Su hermano descansaba en la bodega. Albar estaba arriba del castillo de proa, con el *Islario* en la mano, sin abrir. Miraba la noche.

—Estamos deseando poder contar lo que hiciste para salvar de las llamas esta coca —dijo el mallorquín, siempre afable—. Algo así anima una noche de tabernas.

—No lo habría logrado sin vosotros. —Tras un largo silencio, se animó a comentar—: Sois como una familia…

—Llevamos años juntos. Hemos tenido suerte de encontrarnos —afirmó Miguel.

—¿Cuál es tu historia, maestro?

—Aprendí a construir barcos con mi padre y mi abuelo. Éramos los mejores maestros de hacha de Cartagena y quizá de todos los reinos hispánicos, pero uno de nuestros leños se hundió tres días después de botarlo. Mi padre acabó en la cárcel, donde murió. Siempre supimos que fue una negligencia del patrón. Se le daba mejor el vino que las cartas de navegación, pero no pudimos demostrarlo. Tuve que irme y después de muchos reveses acabé en la Falcona, donde nadie preguntaba. Ni el rey de Castilla ni el de Aragón han querido nunca atender mi indulto, por eso no les tengo ninguna simpatía.

—¿Y Martín?

—Quedó huérfano en Tarrasa en *el mal any primer,* en 1333 —explicó Felip—. Lo cazamos cuando trataba de robarnos en una taberna del puerto de Barcelona. Cuando vimos que tenía una vista prodigiosa y podía ser un buen vigía, nos lo quedamos.

El muchacho, con la gata ya nerviosa en brazos, sonrió con orgullo.

—¿Y el capitán y Nasir? —siguió Marina, animada—. Es una amistad extraña.

—Esa historia deberás sonsacársela a Albar, y no te resultará fácil —señaló Felip—. Los mamelucos se unieron a nuestra cofradía hace dos años en Bugía. Al principio fueron chusma a los remos, pero luego se quiso aprovechar su capacidad militar. Son esclavos zanjs del Sudán, los peor tratados, por ser negros. Ahora aprenden el oficio del mar.

—Se relacionan poco —dijo ella—. Uno me amenazó al bajar de la Falcona.

—Se lo ordenaría el capitán. No creo que entendiera lo que decía. Salvo Nasir, apenas saben dos palabras en nuestra lengua.

—Parecen pacíficos, para ser proeles.

—Practican una extraña corriente del islam llamada sufismo. A veces realizan curiosos bailes rituales de gestos delicados, pero si algún día los ves combatir cambiarás de idea. La mamelucos de Egipto son esclavos entrenados en el combate desde muy niños. A éstos debieron de usarlos para matanzas y cosas peores.

Marina asintió estremecida. Su padre contaba cosas terribles de aquellos ejércitos esclavos, entrenados para no tener sentimientos ni amor propio.

—Gracias a los Montaner hemos recuperado nuestro oficio —indicó Felip—. Cuando vinimos a Barcelona pensaba que todo iba a ser muy distinto, créeme, pero aquí estamos. —Estuvo a punto se decir algo más, pero se lo guardó—. Ahora compartimos un enemigo poderoso: el rey. Esperemos que la misión salga bien y Barcelona nos proteja.

Marina no entendió bien esas palabras, su preocupación era otra.

—¿No teméis que yo os traiga mala suerte aquí?

—Hace un año se habría producido un motín. Hoy, muchos de los marinos han embarcado después de enterrar a esposas e hijos. Ni siquiera saben si al volver les quedará alguien. El patrón ha dejado claro que estamos en manos de Dios, contigo a bordo o sin ti.

Marina se erizó. Inspiró con fuerza y notó olor de vinagre. A través de su tío obligaba a los pajes a desinfectar la coca. Tras el paso por la leprosería, era su obsesión.

—De momento hemos escapado de la peste —señaló agradecida—, pero todo puede terminar en cualquier momento.

Fue una gran noche para Marina. Con aquel grupo no se sentía marginada. Cuando regresó al camarote vio luz por debajo de la puerta de su tío. Al abrir halló a Dalmau en el camastro, profundamente dormido. El escriba parecía registrar la arquimesa. Al verse sorprendido dio un paso atrás, incómodo.

—¿Buscas algo, Bernat?

—No queda tinta para escribir —se excusó—. Supuse que habría aquí.

Marina se acercó. Al dársela vio el tarro de arcilla en la mesa, aún lleno.

El escriba salió a la cubierta y Marina lo miró en la oscuridad. No estaban contentos con su labor, pero su tío le daba una oportunidad por ser hijo de un viejo amigo. Ella decidió no decir nada, aunque la mentira no le había gustado y estaría atenta.

38

Promesas y miedos

Teresa y Sansa eran las encargadas de ir a los callejones de la parte baja del Raval de Barcelona, próximas a la insana laguna Cagalell. Allí se vendían hierbas curativas, ungüentos para los enfermos, talismanes y hasta reliquias, aunque los sellos de autenticidad hacían reír. Acudían cuando el hospital de Santa Margarida no podía permitirse medicinas de los apotecarios. A veces los donativos no alcanzaban.

A Teresa le encantaba perderse por las estrechas arterias. Los portales estaban llenos de cestas y frascos de barro. Igual que en Valencia, la mayoría de los puestos eran de curanderas pobres, muchas venidas de las tierras altas. Quien iba allí sabía que sólo veía la superficie. En secreto se practicaban ataduras, filtros de amor y execraciones con magia negra. La gente más desfavorecida de Barcelona recurría a las sanadoras para todo.

Luego había clientela de la nobleza y la burguesía, que pedía atraer la suerte, vislumbrar el futuro o buscar la desgracia de un rival.

Una muchacha de la edad de Beatriu de cabello muy rubio y blanca de piel trabó amistad con ellas. Nunca decía su nombre. Su interés era Teresa, como si advirtiera que tenía algo especial, quizá algo en común con ella. La joven Montaner estaba encantada, al contrario que Sansa, que no disimulaba su incomodidad en aquel lugar lleno de cosas sacrílegas.

Al poco de partir la coca, un día Sansa se enfadó al verla hablar en la intimidad con la muchacha rubia. Teresa fue tras ella y la alcanzó en la senda que atravesaba el descampado entre la laguna Cagalell, cerca del Raval, y el hospital.

—Sé que ese mundo te atrae —le dijo Sansa con una mezcla de pena y celos—, pero son cosas del demonio. Fray Benet lo advierte; sólo debemos comprar adormidera para aliviar el dolor de los enfermos y marcharnos sin hablar. Dicen que esas mujeres se relacionan con unos entes malignos que se llaman brujas. —Las pupilas de sus dulces ojos temblaban—. Si te atrae lo que ves allí..., no deberías seguir con nosotras.

—Sólo siento curiosidad, Sansa. Hablábamos de remedios. Yo te elijo a ti.

Sansa continuó caminando. Teresa iba unos pasos por detrás.

—No son tan distintas a nosotras. Viven al margen, pero ayudan a quienes acuden a ellas.

—¿Invocar demonios o causar impotencia es ayudar, Teresa?

—Quizá sí. En la vida hay mucho sufrimiento y rezar no consuela siempre. Esas mujeres son necesarias también, aunque el mundo no lo entienda.

—¡A mí todo eso me suena a herejía y blasfemia!

Teresa no la dejó seguir adelante. Sin hablar, sacó su sobado amuleto: el muñeco de esparto. Hizo un agujero en la tierra y lo enterró con cuidado. Sansa entendió el gesto y relajó el semblante.

—Agnès y tú sois mi familia ahora. Me has pedido elegir y lo he hecho.

Se abrazaron y, tras comprobar que no había nadie en el marjal, se dieron un beso largo que las excitó, pero era pleno día. Se tragaron las ganas y regresaron al beguinato.

—Dios nos castigará —musitó Sansa, que tenía remordimientos a menudo.

Cuando llegaron a Santa Margarida, Agnès las esperaba con gesto preocupado. Se inquietaron al temer que sospechara, pero la atención de la beguina se posó en Teresa.

—Ha aparecido un hombre preguntando por ti, Teresa. Sus ropas eran elegantes. No lo había visto nunca. Sabe que vives aquí. No me ha gustado nada.

—Primero ese falso Bernat que viaja en la coca, y ahora esto. Ya no estamos en paz.

—El consejero Romeu Llull me ha revelado que algunos ciudadanos han elevado peticiones al Consejo para que se os encuentre y se os ponga a disposición del veguer o del procurador real. Pero éste que ha venido no parecía un mero denunciante. Lo prudente es que Beatriu y tú salgáis de Barcelona. Os buscaré un refugio seguro.

Teresa se asustó. Agnès estaba inquieta de verdad.

—Beatriu no quiere moverse de la casa. Sigue enfadada. —Inspiró hondo para controlar la angustia—. ¿Qué está pasando, Agnès?

La beguina le cogió las manos en actitud maternal y luego la abrazó.

—No lo sé, pero temo que lo que le ocurrió a tu madre sólo sea el principio.

Teresa, como hacía cuando sentía miedo, buscó su amuleto en el cinturón y se angustió al recordar que lo había enterrado.

39

Tierra

El primer día de luna nació Adán; es un día bueno para empezar cualquier obra, casarse, comprar y vender y salir de viaje, tanto por mar como por tierra.

Viernes, 27 de junio de 1348

Marina se sintió defraudada al saber que la arquimesa no era la misteriosa fuente de la prosperidad, la Fuente, pero sus treinta y seis cajones eran un tesoro, y agradeció que Gaspar no se la hubiera llevado. Los verdaderos secretos mercantiles de la Compañía Montaner estaban allí: sellos, cartas comerciales, licencias y listas de proveedores de mercancías. Con eso y la coca, la compañía saldría adelante.

—Convénceme para descargar el barco. Fíjate en lo que hago y digo.

Marina frunció el ceño. Su tío Dalmau parloteó de temas banales un rato.

—Un oficial distraído —dedujo ella—, al que no le importa perder el tiempo. Confiado, quizá inseguro.

—Bien, ¿y cómo hay que aproximarse para ganárselo?

—Se incomodará si voy directa al grano. Primero debería hablar de cualquier cosa y halagar su ciudad o el honor de su cargo. Eso lo pondría en buena disposición.

Dalmau cogió un reloj de arena y le dio la vuelta.

—Hay varias formas de ser y todas tienen una llave, mercadera. No siempre será tan sencillo, pero tu trabajo es observar. Si sabes cómo soy, puedes abrirme.

Marina se sentía fascinada por su tío. Dalmau era un maestro exigente y hosco, pero brillante. A veces la miraba y se emocionaba, quizá pensando en una hija que nunca tuvo pues enviudó demasiado pronto.

Ya llevaban seis días de navegación con buen viento. El ejercicio de esa mañana era convencer al supuesto oficial de la aduana, pero Marina estaba pendiente de lo que pasaba en cubierta. En cualquier momento aparecería la costa de Sicilia.

Para la joven el viaje no había sido tan sosegado como imaginaba. Albar se encargaba del mando y su tío la tenía todo el día revisando documentos o adiestrándola en el arte de comerciar. Cada noche caía rendida en cuanto Dalmau la dejaba ir a su cubículo. Ya no había podido reunirse con la cofradía, como los marineros se llamaban.

Así aprendió los entresijos de la familia y sus relaciones con infinidad de mercaderes de todo el Mediterráneo, incluso con los reyes de Aragón, Castilla, Sicilia y con el papado. Aprendió el lenguaje de los sellos con el tridente, el color de las cartas según su importancia y los primeros rudimentos de una escritura criptográfica que usaban entre hermanos, cambiando el orden de las letras, para los asuntos confidenciales.

Por delante de la puerta abierta pasó Lilith con un pequeño ratón en la boca. Era una buena cazadora y un alivio para todos.

—¡Marina! —exclamó Dalmau, ceñudo—. No te distraigas.

La gata se esfumó veloz y ella siguió hablando. Estaba agotada, pero controló su porte, los gestos y la mirada. Para Dalmau eran tan importantes como las palabras. Si consideraba el ejercicio flojo, la obligaría a repetirlo, hasta la madrugada si era preciso.

Pero lo hizo bien y por fin volvió a su cubículo. Se refrescó un poco y orinó en un cubo sólo para ella. Entonces oyó voces y supo lo que pasaba. Notó el hormigueo en el vientre y comenzó el dilema de cada tarde. Trató de contenerse, pero al final acercó la cara a una grieta que había entre las tablas. Por allí veía una parte de la cubierta y el castillo de proa.

Se protegía su intimidad, pero no sucedía lo contrario. Y ella no podía evitar estar pendiente de lo que acontecía a esa hora, tras una dura jornada bajo el sol de junio.

En los barcos las necesidades se hacían en unas tablas colocadas en la proa, a los lados de la quilla. Como el agua salpicaba, para mantener la ropa seca, los hombres se la quitaban. Había cuerpos envejecidos y flácidos, pero también los había jóvenes que le cortaban el aliento. Dejaban la ropa en el palo mayor e iban desnudos al castillo de proa. No parecía importarles que hubiera una mujer a bordo. Allí algunas reglas no eran iguales para todos.

Mirar a escondidas le causaba placer, tanto que hasta ella se sorprendía de cuánto le gustaba. Unos aprovechaban y se lavaban con un trozo de jabón y esponjas de mar. A veces forcejeaban entre risas. Aquel contacto excitaba a algunos, Marina lo notaba por el tamaño del miembro, pero disimulaban; tener tales inclinaciones se castigaba con la muerte.

Ella no perdía detalle. Esa tarde acudieron a aliviarse Nasir y Albar, y se puso especialmente tensa. Era la primera vez que iba a verlos y su interés creció. Hablaban distraídos mientras se abrían la camisa. Dudó; era el capitán. Sin embargo, al final la curiosidad venció.

Nasir se quedó desnudo, de espaldas a Marina. Su piel oscura brillaba con los últimos rayos de sol. Era musculoso, bien formado, y la joven admiró sus piernas y sus nalgas. Tenía cicatrices en la espalda de azotes. Entonces se dio la vuelta. Marina jadeó con la mano en la boca, asombrada. Se apartó un instante, luchando contra sí misma, pero volvió a mirar. El mameluco era formidable en todos los sentidos.

Ahora era el turno del capitán. Ya se había quitado la camisa. También tenía un cuerpo recio. Hablando distraído, iba soltándose el cordón del calzón. Marina respiraba entrecortadamente. Se preguntó cómo sería acariciar ese cuerpo. Estaba pecando, pero hacía mucho que no se sentía así. Las mejillas le ardían, y comenzó a rozarse la piel con suavidad.

De pronto un grito de su hermano Joan se oyó por encima de las demás voces.

—¡Tierra! —Estaba en la cofa, sobre el mástil mayor—. ¡Tierra a la vista!

Marina dio un respingo y cayó sentada. Fue como un despertar brusco tras un sueño excitante. Deseaba ver la costa, pero maldijo que Joan no hubiera tardado un poco más en avistarla.

Fuera se alzó un clamor y alabanzas a la patrona. Marina se pasó las manos por la cara sudada. Al salir, su tío la miró extrañado.

—¿Estás bien, hija? Estás sonrojada.

—Emocionada, tío. ¡Por fin hemos llegado!

Todos se habían vestido. Albar le sonrió al acercarse, y Marina reparó en que su rostro no tenía la sombra de siempre. Alcanzar tierra era el momento más esperado de todo marino. Su tío le tocó el hombro con gesto agradecido.

—Un sabio mallorquín, Ramón Llull, dijo que ningún hombre pasaba tantos terrores como la gente del mar. Gracias por llevarnos a tierra, Albar.

—¡Allí, allí! —Joan gritaba para que todos lo oyeran.

—Dar el primer aviso de tierra es signo de buena suerte —explicó Albar—. Para un paje es algo deseable pues se gana el respeto. Vuestro hermano tiene una vista excelente.

Toda la tripulación permaneció en cubierta mientras llegaban a la boca del puerto de Palermo, una estrecha bahía llamada la Cala que formaba un fondeadero resguardado para barcas y naves menores. Echaron el ancla a un tiro de ballesta de la torre defensiva para demostrar que no tenían intenciones hostiles. Como ya era tarde, aguardarían allí hasta que las autoridades se acercaran al amanecer.

Esa noche hubo una pequeña fiesta y se repartió más vino del habitual. Marina llegó incluso a bailar con el joven Martín, y volvieron a mirar las estrellas contando historias que recorrían el mar de boca en boca de los navegantes.

Veían luces en la muralla de la ciudad y los llenaba de dicha. Palermo había sido atacada por la peste meses antes. Si aún le quedaban habitantes, significaba que había esperanza para la humanidad. El día siguiente, Marina sabría qué le había pasado a su hermano Pere, aunque desde hacía mucho toda la familia se había preparado para lo peor. Sólo esperaba que su tío no tuviera dificultades para cerrar los tratos y pudieran regresar pronto a Barcelona.

Se acostó emocionada. Aún tenía en la cabeza aquel excitante momento de la tarde y ya esperaba los días de retorno. Eran cosas que la hacían sentirse viva.

Oyó que la puerta chirriaba y se extrañó. Sólo su tío abría sin llamar. Llegó a imaginar que era el capitán con un deseo secreto. Fue el olor del intruso lo que lo delató. Estaba oscuro, y eso le salvó la vida a Marina pues vio la hoja de la daga y la esquivó. Era Bernat, el escriba. Chilló con todas sus fuerzas y notó una cuchillada en la pierna.

Hubo carreras y apareció Albar. Apartó de un tirón al agresor, que rodó por la cubierta. Sobre él cayeron los proeles.

Marina tuvo un mal presentimiento.

—¡Tío!

Cojeando, abrió la puerta del camarote de Dalmau Montaner. Estaba en su litera y se aferraba el cuello del que la sangre manaba a borbotones. Entró Roger, el cocinero, con un candil.

—¡Marina, tapa el corte!

Cuando puso sus manos sobre el tajo y notó el cálido fluido entre los dedos supo que su tío no se salvaría. Ni siquiera en la noche de la humillación del rey se sintió tan desolada.

—¡Tío, no me dejes, por favor!

El hombre la miró con angustia. También sabía que se iba. Se puso las manos en el pecho y se abrió la túnica. Temblaba, la vida se les escurría como la sangre. El cocinero también intentaba detener la hemorragia, pero sin éxito. Marina notó que su tío deseaba ponerle algo en las manos. Era una llave mediana que llevaba al cuello, casi idéntica a la que le dio su padre. Nunca se la había visto. Dalmau quiso hablar, pero sólo profirió un gorgoteo.

—¡Tío!

De pronto se quedó inmóvil. El brillo de sus ojos verdes, los ojos de los Montaner, se apagó. Marina pensó que eso le habría ocurrido a su madre cuando la degollaron.

Dalmau Montaner había muerto en Palermo.

Aturdida, Marina miró alrededor y se encontró con la cara sombría de Albar. Se hallaba en un barco, lejos de casa, rodeada de hombres extraños. No podía creerlo. No sólo la misión había fracasado, sino que nunca se había sentido tan perdida.

40

La muerte

Marina no se movió del lado de su tío en toda la noche. No podía asimilar lo ocurrido, así, tan de repente y en un lugar extraño. Joan también estuvo un rato en el camarote, pero al final se retiró a descansar. Nadie sabía qué hacer.

Albar se quedó con ella en silencio.

—¿Qué hacemos con Bernat? —preguntó Nasir desde la puerta—. Tiene toda la pinta de ser un sicario. Podemos sonsacarle cualquier información.

—Dejadlo en la bodega —susurró la joven—. Ya veremos.

El mameluco asintió y desapareció. Marina miró a Albar, desolada.

—¿Por qué Nasir me obedece? —Ni siquiera sabía por qué lo preguntaba.

—¿Te acuerdas de aquel día que estábamos en el despacho de tu tío y éste te pidió que salieras? —Por primera vez le habló con familiaridad—. Nos dijo que tenía el propósito de retirarse del oficio y abrazar el hábito franciscano en el convento de Framenors de Barcelona. Añadió que tú serías su heredera y que al regreso buscaríais un esposo adecuado. La compañía mercantil sería tu dote.

—A mí también me lo sugirió, pero sé que él amaba esta vida.

—Ya no se sentía con fuerzas. Quizá no sepas que dejó esas voluntades firmadas ante un notario antes de embarcar. Eres su heredera, Marina, y mandó una carta a su hijo a Can Montaner para comunicárselo. También te cedía el dominio de la coca y los beneficios, en caso de sucederle algo.

—¿Heredera? —Marina se asustó. Habría una guerra con Gaspar—. ¿De qué hablas?

—No eres la única mercadera del Mediterráneo. Los fueros y los *Usatges de Barcelona* no te permiten ser patrón de navío, pero sí tener propiedades mercantiles. —Albar la miraba a los ojos—. Tu tío quería que te casaras con un patrón; de ese modo, te resultaría más fácil mantener la Compañía Montaner en activo con tu esposo.

—¿Me alejan de mi padre, asesinan a mi madre, a mi tío, y ahora debo correr a buscar un marido conveniente? —La pena la ahogaba—. ¡Prefiero el convento de Santa Clara!

Por mucho documento que su tío hubiera firmado, allí no tenían valor. Era una joven soltera en un barco lleno de marinos desahuciados. Podían lanzarla al mar con una piedra de lastre y no pasaría nada.

Escuchaba el parloteo de los hombres en cubierta. Todos esperaban que dijera algo.

—En nombre de mi tío Dalmau Montaner, cumpliré todas las condiciones de los contratos con la tripulación. Negociaremos el trigo y regresaremos. Después...

Quería decirles que Gaspar y ella se verían obligados a pleitear ante el Consulado del Mar de Barcelona por la coca que tripulaban, pero se le quebró la voz.

Albar salió del camarote y regresó poco después. Lo rodeaban sus hombres más fieles y también Joan. El resto tuvo que quedarse fuera.

El capitán habló con voz potente para que todos lo oyeran.

—Yo, Albar de Ondárroa, patrón en funciones de esta coca, respeto la voluntad de tu tío Dalmau porque me parece justa después de todo lo que ha ocurrido. Si te muestras digna de continuar, Marina Montaner, cumpliré tus órdenes porque ésa era la voluntad manifiesta del patrón, y estos marineros continuarán como tripulación.

Como si deseara refrendar sus palabras con un símbolo que todos apreciaran, ofreció a Marina un pequeño libro manchado. Ella casi notó una punzada en la mano, justo donde Albar le había clavado la daga; sólo habían transcurrido dos meses, aunque parecía una eternidad. Gracias a Sansa, sólo era una cicatriz tierna y un mal recuerdo.

—El *Islario maravilloso.* ¿Por qué?

—Ninguno de nosotros sabe leer con fluidez. Acéptalo como disculpa.

Marina cogió el volumen. No sabía cómo interpretar el gesto, pero en el mar el simbolismo era importante. El capitán, líder de una parte importante de la tripulación, se había puesto de su lado ante todos. Si él permanecía leal, la mayoría haría lo mismo.

El *Islario* tenía los bordes dañados y la mancha de su propia sangre. Marina rompió a llorar. Las estrellas y las constelaciones giraban sobre ellos. Todo cambiaba, y Dios parecía dudar sobre cuál sería su suerte.

41

Palermo

> El segundo día fue creada Eva. Es un día bueno para traficar con mercaderías y podar viñas; los sueños se cumplirán al tercer día.

Sábado, 28 de junio de 1348

Marina se durmió después de que el cocinero y los proeles amortajaban a Dalmau Montaner. Apenas amaneció, se notó que sería un día ardiente en Sicilia. Lo sensato era enterrar a Dalmau en sagrado y sin demora, pero su sobrina no se decidía. Mientras no se conociera su muerte, todos pensarían que el prestigioso navegante Montaner había ido a comerciar.

El falso escriba permanecía en el fondo del barco bajo vigilancia. Marina aún no había reunido el valor para interrogarlo. Pero Nasir ya sabía que era un sicario a sueldo. El crimen formaba parte de un plan mayor, en Barcelona.

Una barcaza se acercó a la coca. Albar mandó izar la bandera de barras rojas sobre campo dorado que el rey había permitido usar al Consejo de Ciento de Barcelona quince años atrás. Se detuvo a cierta distancia.

—¿Hay alguien enfermo a bordo? —gritaron en varias lenguas.

—No —respondió Albar con firmeza—. ¡Por Dios lo juro! Traemos lana y mercancías. Venimos a cargar trigo. Tenemos las licencias oportunas para la aduana.

El oficial les hizo un gesto de aprobación.

Durante los días de travesía, Dalmau había explicado a Marina la situación política de Palermo, la capital del Reino de Sicilia. Era importante para un mercader conocer las tensiones y los conflictos. Aunque la isla tenía rey, estaba bajo la influencia de la Corona de Aragón por lazos familiares desde los tiempos de Pedro III el Grande, bisabuelo del rey actual. Pero la corte estaba dividida. Había fuertes disidencias entre la facción procatalana, encabezada por la familia de la madre de Marina, los Sclafani, y la latina, contraria a la influencia aragonesa, la liderada por los Chiaramonte.

El rey actual, Luis, era menor de edad y para mantener el equilibrio contaba con dos regentes, su madre, Isabel de Carintia, clara partidaria de la facción latina, y el noble Blasco II de Alagona, un linaje de origen aragonés. Dalmau temía que si se enteraba de que estaba allí Marina Montaner, cómplice de la humillación del rey Pedro IV, no descansaría hasta atraparla para entregársela y sumar méritos. Se había decidido desde el principio que la joven no bajara a tierra, pero ahora todo había cambiado.

Antes de dejar el camarote, Marina sacó de la arquimesa un anillo con un tridente. Como era grande, se lo colocó en el dedo pulgar. Eso le dio fuerzas. Rezó una oración ante la hornacina y salió a cubierta con su capa y un vestido de seda azul.

Albar y Marina, escoltados por Nasir y dos proeles, se dirigieron al muelle que se hallaba ante el portal de la ciudad. Vieron con asombro un mercado de abastos activo.

—Dejamos Barcelona desolada y... ¡mira esto! —dijo Albar a su lado.

—La peste entró en Palermo a finales del año pasado y hay gente viva suficiente para un mercado. No es el fin del mundo como vaticinan muchos. ¡Cuánto deseo contárselo a mis hermanas y a Agnès!

En tierra, Marina notaba que el suelo se movía bajo sus pies. La desagradable sensación le duraría varios días.

—Lo primero que debemos hacer es ir la Lonja de los Catalanes —dijo—. Haremos una oferta para comprar trigo. Nadie debe saber lo de mi tío aún. Otra cosa que quiero hacer es recabar información sobre mi hermano Pere.

La autoridad del puerto de Palermo estaba en la puerta de entrada a la ciudad. También había bancos con tapetes rojos de los cambistas de moneda. Los oficiales examinaron las credenciales, pero les interesaba más buscar indicios de fiebre o bubas.

—En algunas ciudades la peste ha vuelto —explicó uno de los oficiales sin que le preguntaran—. Ataca a oleadas como un mar furioso. ¿Motivo del viaje?

—Adquirir trigo y cebada para Barcelona —explicó Albar.

—Es una gran noticia. Hace dos meses que no llegan barcos del continente y nuestros graneros siguen llenos.

—Si llegamos a un buen acuerdo, Barcelona enviará más naves —dijo Marina.

El oficial alzó una ceja, molesto ante la intervención de una mujer. Al ver el sello con el tridente en el pulgar de la joven, cambió de actitud y se puso en pie.

—¿Sois una de las hijas de Alda Sclafani? Os parecéis a ella.

Marina evitó responder, pero no hizo falta porque era evidente que el oficial la había reconocido.

—¿Sabéis algo del mercader Pere Montaner?

—Me temo que la familia cayó víctima de la peste. Murió.

—¿Su esposa, Monna Datini, también? —dijo Marina con voz entrecortada.

—En la Lonja de los Catalanes os darán más detalles. Ha muerto casi la mitad de la población y algunas aldeas han desaparecido por completo.

Pagaron los aranceles y entraron en Palermo. Hedía a

pescado como en cualquier puerto. Penetraron en un laberinto de calles sinuosas y sombrías por las que era difícil transitar. Marina pensaba en su hermano Pere. Si siguiera vivo, todo se arreglaría.

Tras recorrer el suburbio de la Kalsa, la parte más tortuosa de la ciudad, llegaron a la calle Argenteria. Era más ancha y el aire no estaba tan viciado. La gente pasaba guardando las distancias.

—Temen acercarse unos a otros.

—El miedo tardará mucho tiempo en irse.

La Lonja de los Catalanes se encontraba en una plaza. Su sede era un edificio grande y austero sobre cuyo arco estaban esculpidas las armas de la casa de Barcelona. Era territorio de la Corona; las personas y los bienes que se hallaban en su interior quedaban bajo su protección.

Antes de cruzar, Marina pensó que allí dentro volvía a ser la mujer más buscada por el rey Pedro IV, pero no tenía otra opción. Entraron al patio interior con arcada y la escalera para ir a la planta superior. Abajo había almacenes y arriba estaba la hospedería para los mercaderes. Sólo vio unos pocos fardos y cajas, con aspecto de abandono.

Media docena de hombres, con togas de tafetán, conversaban. Tres hablaban catalán, uno, italiano y dos, castellano. Se entendían sin un trujamán para traducir.

Al verla callaron, pero enseguida uno reparó en el anillo del tridente.

—Debéis de ser hermana de Pere Montaner… ¿Romea?

—Soy Marina, pero he venido con mi tío Dalmau Montaner.

—Nos han informado de que ha llegado una coca procedente de Barcelona. Es un buque espléndido. ¿Cuándo bajara vuestro tío el patrón?

—Mi tío se curó de la peste, pero sigue débil. ¿Con quién hablo?

—Soy Antoni Cubells —dijo con recelo el hombre—, de Tortosa. Quedé atrapado por el brote de diciembre. ¿Sigue la peste en Valencia y Barcelona?

—La situación es catastrófica. Venimos en nombre del Consejo para llevar todo el trigo que quepa en nuestras bodegas.

Se hizo un silencio incómodo.

—¿Y vuestro padre? ¿Sigue aliado a la Unión de Valencia?

Ya empezaban los problemas, pensó Marina. Estaba en un mundo que no le pertenecía.

—Es fiel al rey y lo demostrará —acertó a decir.

—Yo respondo por el patrón. Soy Albar de Ondárroa —intervino el vasco al ver que la situación se tensaba—. Tenemos la encomienda de hacer una oferta pública.

—¿Y qué hace ella en la lonja? No es lugar para mujeres.

—He venido a saber de mi hermano.

—En la iglesia está su tumba. Pero es extraño que hayáis cruzado el mar sólo por eso... ¿No estaréis huyendo del rey don Pedro?

La miraban como lobos a una presa. Marina comenzó a angustiarse.

La conversación se interrumpió al llegar un joven apuesto. En el sobreveste portaba las barras del emblema de Aragón.

—Soy Román de Roses, cónsul de la Lonja de Palermo.

—Acabamos de llegar de Barcelona. En nombre de Dalmau Montaner solicito...

—Por favor, seguidme. —El cónsul hizo un gesto a la joven para que no dijera nada más.

El patio comunicaba con la iglesia de Santa Eulalia de los Catalanes, el refugio espiritual de los viajeros que llegaban a la ciudad. Cuando no los oían, le habló:

—Eres Marina. —Sonrió apenado—. Pere siempre me

hablaba de ti con admiración. ¿Cómo has puesto un pie en Palermo? Aquí estás en peligro.

—Me han dicho que mi hermano está muerto.

—Es cierto, y lo lamento. Se infectó en marzo. Unas semanas más tarde llegó una carta del rey donde explicaba lo sucedido en Valencia. Pedía al regente Blasco II de Alagona que confiscara los bienes de los Montaner a la espera de un juicio y añadió que, si venías, se ofrecieran dos libras de plata a quien te entregara.

—¿Y mi cuñada, Monna Datini? ¿Aún vive?

—Está bajo mi protección. —Al cónsul le costó decirlo—. Vamos a casarnos. Así romperá el vínculo con los Montaner y conservará sus bienes propios de los Datini.

Marina asintió. Detestaba la idea de casarse con alguien sólo para estar protegida, pero en ese momento de angustia ella misma lo habría aceptado si alguien como Román se lo hubiera propuesto. No era fácil sobrevivir sin derechos.

—¿Y tu tío? —El cónsul advirtió el temblor en la mirada de Marina. Un error imperdonable, le habría dicho Dalmau—. Le ha pasado algo...

—Está muerto —confesó. No tenía sentido mentir.

—Debería ponerte bajo custodia y avisar a los soldados del palacio de los Normandos, pero por mi amistad con tu hermano Pere te invito a abandonar Palermo.

—Tenemos el encargo de llevar trigo a Barcelona. Ha llegado una hambruna.

—Inténtalo en Córcega o en Nápoles, aquí acabarás en la cárcel.

Los otros mercaderes la miraban desde el patio. Nerviosa, Marina entró en la iglesia de Santa Eulalia. Bajo la tenue luz de las lámparas colgadas, recorrió el templo. El suelo estaba cubierto de losas recientes; eran de mercaderes y familiares sorprendidos por la peste. Encontró la de Pere en el presbiterio. Tenía un tridente y debajo las iniciales de su hermano.

Cayó de rodillas y apoyó las manos en la piedra fría.

Hacía mucho que lo sabía. Pero ahora no podía negárselo más: se había quedado sola de verdad.

42

Oscuridad

Marina se olvidó de todo. Pasó el día arrodillada ante la tumba de su hermano Pere, sin comer ni beber. Estaba agotada y se sentía perdida. Además, podían detenerla en cualquier momento. Albar y los proeles debían de estar en la puerta de la Lonja de los Catalanes, esperándola para regresar al barco y zarpar sin dilación.

Al final de la tarde, apareció el cónsul Román de Roses.

—Ven, Marina.

Llevaba dos días sin dormir y no se sentía con fuerzas, pero salieron por una puerta trasera a un callejón cerrado por cancelas de hierro.

—¿Adónde vamos?

—Te alegrará verla.

Por allí se accedía a una casa grande y suntuosa de construcción reciente. Casas así se alzaban cada vez más en ciudades portuarias, signo de la prosperidad de los mercaderes del mar. Una doncella la guio hasta una habitación con tapices. Sentada en una silla, Marina halló a una mujer bellísima de cabellos dorados. No la había visto nunca, pero su hermano se la había descrito por carta y supo que era Monna Datini. Estaba frente a un cesto de mimbre. Oyó un lloriqueo. Tenía un bebé de pocas semanas.

—Mira, Chiara, ha venido tu tía Marina.

La joven sintió que el corazón le brincaba en el pecho.

—¿Es...?

—Tu hermano no llegó a conocer a su hija. Sólo tiene un mes. A ver si descubres algo de él en su carita.

Marina se aproximó temerosa. La pequeña boqueaba, y cuando abrió los ojos a la joven le pareció ver, a la luz de un candil que había acercado una sirvienta, el color verde de los Montaner. No estaba segura, pero le dio igual. Monna se la puso en brazos. Marina la cogió con miedo, sin poder contener las lágrimas de emoción.

—Unas vidas se marchan y otras vienen. Lo siento por tu tío Dalmau. Es terrible, pero debes ser fuerte. Ahora estás al frente.

La manera de decirlo la sorprendió. Marina acunaba a Chiara y habría dado todo por quedarse así una eternidad, mirando la expresión tranquila de su sobrina.

—Monna, lo siento. No sé qué te habrán contado que pasó en Valencia, pero no somos traidores. Sólo quería mostrar al rey la carta de Pere sobre la peste.

—El rey lo sabía y no hizo nada. Tampoco actuó nuestro regente ni se hizo nada en ninguna parte. Los gobernantes nos abandonaron. Durante el invierno la peste se extendió como una mancha de aceite por Italia, los Balcanes y el norte de África. Los médicos han visto que no surge de la nada, sino que avanza unas millas cada día, como un ejército. Por eso se dice que es el cuarto jinete del Apocalipsis. Acabará cuando llegue al *Finisterrae.*

—Es terrible.

—En enero se recibió la noticia de que en Venecia los cadáveres flotaban por los canales. La peste entró en el palacio del papa en Aviñón, pero prefirieron hacer como si nada. Alguien pensó que era un buen momento para reafirmar la autoridad de la Iglesia. Y ya lo ves, a pesar de tanta muerte, Palermo aún existe y la vida rebrota.

Les llevaron dátiles y queso, y se quedaron solas en la cámara.

—Vas a casarte con Román. —Marina contemplaba al bebé—. Lo entiendo.

Monna se echó a reír.

—¿Crees que lo hago para que nos proteja a mi hija y a mí? —Ante la cara de desconcierto de Marina, sonrió—. Supongo que es lo que él quiere pensar. No, lo hago porque mi familia, los Datini, no desean perder influencia en Palermo. Román es parecido a Pere y me permitirá tomar parte en los negocios en los que se invierta mi dote. Además, desde hace años tengo mi propia sociedad mercantil con el sedero Francesco di Marco.

—¿Tú? En Barcelona conocí a artesanas y mujeres que negociaban comandas, pero una mercadera…

—Las hay en todos los puertos del Mediterráneo. La mayoría de ellas ayudan a sus esposos, pero otras atienden por su cuenta los negocios. A mí me educaron como a las mujeres de las casas Basigniate y Gherardini. Y creo que como a las Montaner.

Marina reconoció que su padre había tenido interés en que las cuatro hermanas recibieran la misma educación que Pere, el mayor, aunque al final tuvieran que dejarlo para casarse.

—¿Pere era feliz? —le dijo sin poder apartar la mirada de la niña.

—El nuestro fue un matrimonio convenido, pero nos respetábamos y nos profesábamos un cariño mutuo. —Monna no había dicho «amor»—. Le lloro, pero la vida continúa. Muchos negocios se han perdido, igual que las rutas comerciales. Hay que empezar de cero, y quien sepa aprovecharlo triunfará. Otros se hundirán. Espero que mi nuevo esposo, Román, esté a la altura. —Miró a Marina con una sonrisa—. Tú y yo ya no somos familia, y él figura como padre de

Chiara, pero si alguna vez vuelves, ven a vernos. Esta niña es un motivo más para mantenerte a flote, Marina.

—No sé qué será de mí, Monna.

—Román dice que nadie te venderá trigo para no desairar al violento Blasco II de Alagona. Es un perro fiel de Pedro IV, y ahora que es regente del rey Luis de Sicilia, se cree el dueño de la isla. Pero quienes mandan en Palermo son los mercaderes.

—¿Qué quieres decir?

—El mundo no es como antes de la peste. Las viejas lealtades languidecen y surgen otras. No te guíes por las advertencias prudentes de Román; los almacenes están a rebosar de trigo dado que el mercado ha desaparecido, también hay granjas y corrales llenos de carne para sacrificar. Y si los comerciantes de la facción catalana no se atreven a tener tratos contigo por miedo al rey de Aragón, no descartes negociar con los latinos.

Marina se animó. Monna había sabido insuflarle determinación.

—Lo haré.

—Me gustaría pedirte un favor —le dijo Monna—. Hay un hombre, Walter de Wrobruge, un galeno inglés y, según dice, también clérigo... Era como un hermano para Pere y estuvo junto a él hasta el final. Cuando los hombres de Blasco II de Alagona vinieron a confiscar mi casa y a detenerme, mis sirvientes huyeron y yo ya estaba con los dolores del parto y casi no podía caminar. Jamás lo he pasado tan mal. Walter se quedó conmigo, me sacó en secreto y convenció al cónsul de que me acogiera. Ha seguido defendiendo a los Montaner en Palermo a pesar de las noticias y los rumores. Pero tiene la lengua demasiado afilada y se ha puesto en peligro. Me gustaría que abandonara la isla.

—Si es clérigo será letrado. No tenemos escriba.

—Es un hombre particular, pero además es un buen médico y sabe de cirujano, lo cual es muy útil en un barco.

—Un fugitivo más en la coca... Parece que sea nuestro sino.

Marina besó a su sobrina Chiara y la miró una eternidad. Luego abrazó a Monna.

—Román tendrá controlados a los mercaderes de la lonja unos días, pero cierra el trato con quien puedas y no te demores en zarpar. Suerte y que Dios te proteja, Marina Montaner.

43

Caminantes nocturnos

La noche resultaba desoladora en la calle de Montcada de Barcelona. Durante décadas, al atardecer las mejores casas iluminaban sus fachadas con antorchas, pero ahora era un lugar oscuro, pavoroso y con aspecto de abandono.

Si pasaba alguien lo hacía con sigilo. El silencio se rompía por los ladridos de los perros que merodeaban entre las fosas de Santa María del Mar. Barcelona había enterrado a uno de cada tres habitantes, a familias enteras. Palacios, talleres, viviendas e incluso conventos estaban cerrados. Y la muerte seguía allí, segando vidas.

Aquellos que sobrevivían comprendían que debían ser más cautos. Los remedios que las beguinas compartieron se recordaban en las iglesias. Todos procuraban permanecer en sus casas.

También dejaron de tocar las campanas a muertos para no deprimir a la población y se apedreaba a los que vaticinaban el fin del mundo. Al paso de los flagelantes se cerraban las ventanas.

La siguiente calamidad era la hambruna. Se cebaba en las capas más pobres, pero iba extendiéndose. Un saco de trigo o de carne seca podía cambiarse por un hijo como sirviente.

La casa Montaner se estremeció a medianoche cuando tres golpes fuertes sonaron en el portón de entrada. El sarraceno Yamil, que dormía en el suelo del patio, se acercó inquieto a la puerta. Teresa le había advertido de que estaban en peligro.

—¡Soy Gaspar Montaner! —gritó desde la calle—. Vengo con Romea y unos amigos. ¡Abrid la puerta!

—¡Beatriu, soy tu hermana! —gritó Romea—. ¡Perdóname!

La muchacha ya los había oído. Estaba acostada, con el corazón desbocado. No podía creer que hubieran regresado. Al final se asomó a la calle por un mirador.

Romea y Gaspar estaban delante de media docena de jóvenes cubiertos con capa. Tenían mal aspecto, pálidos y ojerosos, pero no por la enfermedad.

—Hermana, estás viva... —Romea arrastraba las palabras—. ¡Gracias a Dios!

—¿Qué quieres ahora? ¡Nos dejaste abandonadas!

—Fue el miedo, lo siento —dijo apocada—. Debí llevaros conmigo, a las tres.

—¿Por qué habéis vuelto? La peste sigue matando cada día.

—¡Tengo buenas noticias! He logrado contactar con padre por carta. ¡Está vivo! Me ha perdonado y me ha enviado su autorización para disponer de su mitad de la compañía. Vamos a ayudar al tío y a solucionar el problema con el rey.

Beatriu se quedó confundida. Romea fue su referente durante años, por eso la decepcionó tanto. Ahora aparecía de nuevo, ofreciendo una solución a tantas angustias.

—El tío no está. Marina y Teresa tampoco —repuso recelosa.

—Sabemos que han zarpado hacia Palermo. Que Dios los proteja. Esperaremos aquí.

Gaspar apenas disimulaba que todo aquello le divertía. Estaba borracho.

—¡Gaspar! —gritó Yamil. Había subido a la vivienda y estaba asomado a otra ventana—. Ya sabéis que vuestro padre os ha desheredado. Lo lamento, pero debéis esperar a que regrese del viaje.

El grupo comenzó a silbar al sirviente. Gaspar sacó un pergamino pringoso; era la notificación donde se lo desheredaba, y la hizo trizas. Cuando lanzó los pedazos al aire, quienes lo acompañaban, incluso Romea, lo jalearon. A Beatriu se le heló la sangre.

—Eso no va a suceder, moro. ¡Abre!

—Por favor, Beatriu... —suplicó Romea—. Todo se solucionará.

La hermana menor no sabía qué hacer. Llegó Yamil a su alcoba. Estaba lívido.

—Esto no me gusta —le dijo el sarraceno—. Gaspar se comporta como si vuestro tío no fuera a volver y sabemos que hay un impostor a bordo de la coca. Es un complot. Saldré por detrás e iré al beguinato. Hay que avisar a Teresa.

—Pero Romea me suplica que la ayude. Tal vez está arrepentida de verdad.

—Gaspar no es de fiar. Que vuestro padre haya firmado una autorización para disponer de fondos precisamente ahora que falta Dalmau también es sospechoso.

De pronto se oyó un grito de dolor procedente de la calle. Beatriu se asomó, alarmada. Romea tenía el brazo lleno de sangre por un largo corte. Gaspar sonreía a su lado.

Beatriu bajó la escalinata temblando, a pesar de que Yamil le insistió en que no lo hiciera.

—¡No puedo dejar que mi hermana se desangre delante de casa!

Ambas siempre se habían entendido mejor que con Marina y Teresa. Compartían sueños e ilusiones. Si Romea había dicho la verdad, quizá volviera a ser todo como antes.

Cuando abrió un palmo de hoja, Beatriu los vio a todos agolpados. Sonreían triunfales. Romea se adelantó al resto, con cara de alivio.

Gaspar invitó a los suyos a acercarse y Beatriu se asustó; parecían ratas a punto de infestar un lugar. Una mano aferró la puerta para que la muchacha no pudiera cerrarla.

—¿Así reciben los Montaner a los amigos? —dijo un hombre en medio del grupo.

Beatriu lo había visto en el Grau, el día que huyeron de Valencia, y se le cayó el mundo encima.

—¡Gonzalbo!

44

La negociación

El tercer día de luna nació Caín, hijo de Adán; no es bueno para comprar ni vender, quien ese día caiga enfermo morirá, y los sueños no se realizarán.

Palermo
Domingo, 29 de junio de 1348

Marina llegó a la plaza de Santa Ágata, donde estaba una de las puertas de la muralla de Palermo. Era media tarde, pero el sol de junio abrasaba. Había pagado a varios cambistas del puerto para que se corriera la voz de su oferta a mercaderes de la facción catalana. Como vaticinó Monna, ninguna había recibido respuesta. A Albar tampoco le habían hecho caso pues no era reconocido como mercader en la ciudad.

Recordó lo que su tío contaba de Palermo y no se desanimó. Le había dicho que era un mercado duro. En la plaza había una taberna donde se reunían los comerciantes extranjeros y sicilianos. Era domingo y estaba llena. No era un local de mala muerte, sino una casa espaciosa y de fachada limpia. Según Dalmau, allí se hacía más comercio que en el puerto y las lonjas.

—¿Estás segura?

—Tengo que hacerlo, Albar.

Marina se tocó el sello de oro con el tridente que llevaba en el pulgar. Iba a ser directa y hablaría de libras de plata, a ver si era verdad que los negocios no entendían de prejuicios.

Pasó entre una docena de sirvientes sofocados por el calor que esperaban a sus señores a la puerta para protegerlos del sol con sombrillas de mano. La miraron mal pues allí no entraban las mujeres, ni siquiera las prostitutas.

El interior era fresco y el aire no olía a grasa rancia como en las tabernas infectas del puerto. Las conversaciones cesaron. Marina se acostumbró a la penumbra del local. Había una docena de mesas bien dispuestas con copas de plata, incluso tenían trozos de hielo en cuencos de bronce, un lujo difícil de conseguir. Los hombres vestían de paño oscuro, muy grueso para la época, pero así alardeaban de su holgada posición.

Un mercader de edad avanzada se levantó enojado y le barró el paso. Marina trató de no mostrarse nerviosa, consciente de que la negociación había comenzado desde que cruzó el dintel.

—Soy Paolo Romano. Te reconozco por el parecido con tu hermano Pere. Ya hacía negocios con tu abuelo y tu padre, un astuto mercader. También conozco a Dalmau, más hosco pero el mejor en lo suyo. —Hablaba en catalán con un marcado acento siciliano—. ¿Dónde está tu tío? Nunca ha dejado de visitar la taberna de Santa Ágata si venía a Palermo.

—Desembarcará cuando esté mejor. La peste le dejó secuelas y el viaje no le ha sentado bien, pero ha firmado y sellado las peticiones de trigo. Espera una respuesta.

—¿Y ha perdido el juicio? Enviar a su sobrina es un insulto hacia nosotros.

Los mercaderes asintieron entre quedos comentarios. La joven, sin embargo, simuló no afectarse.

—Quizá una libra por salma de trigo sosiegue vuestro enfado. Somos mercaderes —indicó conciliadora—, seguro que llegamos a un acuerdo.

Los hombres comenzaron a hablar con interés. Echaban

cuentas. Era más de lo que se pagaba en condiciones normales. Pero Paolo, más disgustado, impuso silencio.

—No lo creas, Marina Montaner. Por la memoria de tu abuelo te daremos un día para que zarpes antes de notificárselo al regente Blasco II de Alagona. Eso es todo.

—Pero...

—No me importa si Pere Montaner te dejaba jugar de niña con el ábaco, muchacha. Éste es un lugar respetable. Nadie va a cerrar un trato con una fugitiva del rey más poderoso del Mediterráneo. Si te viera tu madre se avergonzaría. Alda Sclafani era una dama siciliana honesta y admirable que sabía cuál era su papel. ¡Tú acabarás muy mal!

Marina notaba que las mejillas le ardían. La trataban así por ser mujer. Sólo deseaba que no se le saltaran las lágrimas.

—Mi tío se ofenderá.

—¡Basta! Sospechamos que Dalmau está muerto. Sus marinos han desembarcado para vender la pacotilla y se los ve nerviosos. Sabemos que pasa algo grave.

La pacotilla eran pequeñas cantidades de bienes que llevaban los marinos para comerciar por su cuenta y ganarse unas monedas. Antes de desembarcar, todos habían jurado no decir nada, pero ocultar cosas a comerciantes expertos era difícil.

Marina vio caras de decepción en algunos presentes. La oferta era inmejorable, pero Paolo Romano no dio ninguna opción y nadie se atrevió a desmarcarse. Las redes de alianzas entre mercaderes de una ciudad eran tupidas.

Palermo la despreciaba. Era el miedo que tenía desde que su tío no estaba.

—Hay cosas que están por encima del dinero —siguió el mercader—. Tenemos tratos con viudas que mantienen el negocio para sus hijos, o comerciantes bien respetadas, pero nada de libertinas que quiebran las leyes divinas. Ya humillaste al rey de Aragón y ahora te crees uno de nosotros. Aún no sabes cuál es tu lugar en el mundo. ¡Fuera!

Marina caminó erguida notando miradas como cuchillos. Nunca había sentido tanta vergüenza. Se había creído lo que no podía ser y quería morirse allí mismo.

Monna Datini la había alentado, pero la italiana tenía un prestigio en la isla; ella, en cambio, estaba marcada por un estigma que llevaría siempre y no tenía apoyos.

Mientras cruzaba la plaza con lágrimas en los ojos fue consciente del verdadero mérito de todas las artesanas que le presentó Agnès. Aquella noche en Barcelona sólo vio lo superficial: sus talleres y aprendices, la prosperidad. No comprendió el sacrificio, la inseguridad y los desprecios que habrían sufrido durante años. Cada vez era peor visto que una mujer se relacionase como una igual. Ya no era como antes y el ultraje iba a más.

Estaba advertida: tenía un día para desaparecer, con las manos vacías.

45

Walter de Wrobruge

El cuarto día de luna nació Abel. Es un día bueno para acompañar personajes; el enfermo sanará y quien nazca vivirá. Los sueños se realizarán al día siguiente.

Lunes, 30 de junio de 1348

Enterremos a Dalmau y zarpemos hoy —le insistió Albar—. Hay más puertos.

—Aquí es donde están los mayores graneros a los que tenemos acceso, en otros lugares será peor y no sabemos si están libres de peste.

El capitán no replicó. Era cierto.

Varias chalupas merodeaban la coca y el capitán había decidido que los proeles tomaran sus ballestas y vigilaran en los castillos. Sin duda se sabía la desgracia de Dalmau.

—Ni siquiera la facción latina ha respondido a las ofertas —se lamentó Marina.

—Existe un pacto para no crispar la convivencia entre las dos facciones.

—Está bien —admitió Marina, cansada—. Llevemos el cuerpo a Santa Eulalia de los Catalanes para enterrarlo y esta tarde zarparemos hacia Nápoles.

—Se acerca un bote —señaló Martín desde el castillo de popa.

En cuanto vio el hábito pardo del ocupante de la pequeña embarcación, Marina recordó de pronto que Monna Datini le había hablado de un médico inglés amigo de su hermano, Walter de Wrobruge.

—Espero que no tengamos problemas —dijo Albar.

—Si mi cuñada confía en él, podemos darle una oportunidad. No creo que nos vaya peor que con el escriba anterior.

Los proeles lo izaron. Walter iba camino de los sesenta años, si no más, calculó Marina. Estaba delgado, pero se notaba que había vivido tiempos mejores. Su mirada era vivaz y franca. Observó ceñudo la cubierta y se acarició la barba blanca, que le llegaba hasta el pecho.

—Odio navegar —anunció con acento extranjero.

—Pues podéis bajaros —replicó Marina, seca—. Un barco sirve para eso.

Al médico le hizo gracia la rápida respuesta y efectuó una reverencia.

—Disculpad a este viejo galeno. Son muchos viajes a las espaldas y no siempre agradables. Es un honor conocer a la hermana preferida de Pere Montaner. No exageraba vuestros encantos y habilidades, aunque me temo que de poco os han servido en Palermo. —Señaló la ciudad, al fondo—. Monna me lo ha contado todo. Lo que habéis visto en esta expedición es el futuro que se nos viene encima.

Marina se interesó y algunos marinos también. Walter sabía captar la atención.

—No os entiendo —dijo confundida.

—En Sicilia sufrimos la muerte negra antes que en el resto de los reinos cristianos y se ha marchado antes, por eso vemos lo que sucederá en otras tierras. La isla está llena de familias sin hombre al frente, y muchas mujeres, tanto viudas como hijas, han tomado las riendas, al igual que tú. Ocurrirá así en todas partes.

—Luchan para sacar adelante a los suyos. Eso trataba de hacer yo.

—Así es. —Los ojos azules del inglés eran vivaces, como su lengua—. Pero yo os pregunto: ¿qué ocurrirá si las mujeres prefieren trabajar como hombres en vez de quedarse en casa y aumentar la prole? ¿Cómo se repoblará el mundo?

Marina se quedó sin habla. Lo había oído de maneras más sutiles. Los clérigos primaban la procreación a todo lo demás. «Creced y multiplicaos, poblad la tierra». Dado que era una capacidad femenina, la forma de controlarla era dominar a las mujeres.

—¡Sicilia ha quedado devastada! Faltan brazos en campos y ciudades, y en el mar, marineros y pescadores.

—Y soldados —añadió Albar.

Walter asintió, feliz de ser el centro de atención. A Marina le recordaba en cierto modo a Agnès. Su seguridad al hablar retenía el interés de los demás, pero también podía granjearle enemigos.

—La Iglesia tiene claro que el número de hijos de Dios esparcidos por el orbe no debe quedar en manos de las mujeres. Si anteponen una actividad no religiosa a su naturaleza, es por influencia satánica.

Eran palabras de inquisidor, y los impresionaron. Marina era la única mujer allí y no pudo evitar cierto remordimiento. Quizá detrás de todas sus iniciativas estaba el demonio. De pronto el clérigo inglés comenzó a carcajearse de manera estridente.

—Un argumento impecable, ¿verdad? —Walter reía sin parar ante la atónita tripulación—. ¡La gente del Mediterráneo os impresionáis con facilidad! ¿Por qué no preguntarnos de dónde salen esas ideas? Muy fácil, de la codicia. Esto no es cosa de Dios. Los poderosos saben que por donde pasa la peste deja tierras fértiles, masías y talleres sin dueño, a disposición de quien los ponga en producción. Un mundo despoblado empobrece las tierras de los señores, incluida la Iglesia. Caerán o ascenderán según los siervos que posean dentro de unos años, y de asegurarlo se encarga la Iglesia. Es así.

—Entonces ¿eso es el futuro? ¿Siempre fracasaré por mi condición?

—Eso me temo.

—Habláis de un modo extraño, galeno —le dijo Albar, sorprendido.

—Lo sé. Por eso no puedo estar mucho tiempo en un lugar. Mi carta astral dice que no moriré, pero... sí puedo sufrir una violenta agresión de quedarme en Palermo.

—¿Sois astrólogo también?

—En mis viajes he aprendido algunas ciencias, pero ¡no soy hereje! —lo afirmó con demasiada vehemencia—. Sólo siento curiosidad por ciertos saberes.

—No seréis nigromante...

—¡Dios me libre de hablar con los muertos! Con los vivos ya tengo bastantes problemas.

La afirmación arrancó una sonrisa al capitán. Marina, por su parte, tuvo un buen presentimiento. Aunque Walter de Wrobruge se llamara astrólogo, no veía en él ese halo extraño que sí tenía Teresa. Walter era más bien un peregrino de mirada crítica y lenguaraz a quien la vida había llevado de un lugar a otro.

—Necesitamos un escriba a bordo. ¿Podréis hacer ese trabajo?

—Puedo escribir en inglés, latín, catalán, y sé algo de árabe y griego. Conocí a vuestro hermano ejerciendo de trujamán en las reuniones con mercaderes de Alejandría.

—Bienvenido a la Santa Margarida, pues.

—¿Ése es su hombre? No parece el adecuado.

—¿Veis? —exclamó Miguel—. Eso pienso yo.

—De momento ése es —zanjó Marina—. Vamos a llevar a mi tío a Santa Eulalia de los Catalanes y nos prepararemos para partir.

—¿Y el trigo? —preguntó el médico inglés—. Monna me dijo que lo necesitabais para abastecer Barcelona. ¿Vais a renunciar así?

—Vos mismo lo habéis dicho: no se me ha permitido.

Walter se plantó ante ella.

—Habéis fracasado al llamar a la puerta de los mercaderes respetables, que temen tomar partido en los asuntos del regente Blasco II de Alagona y el rey de Aragón. Pero hay otras...

—Explicaos, Walter —pidió la joven, intrigada.

—Hay una en las entrañas de Palermo a la que no habéis llamado: la puerta de los Pícaros, la denominan. Nadie sabe dónde está. —Se inclinó hacia Marina para dar más misterio a sus palabras—. Por ella se accede a cualquier cosa que se desee. Hay quien dice que es un acceso al infierno... Si tenéis valor suficiente, podría intentar un encuentro para arreglarlo, conozco a gente...

—¿Qué clase de clérigo sois? —señaló Albar con estupor.

El anciano esbozó una sonrisa enigmática.

—Uno que ayuda si lo ayudan.

46

La Kalsa

Al caer la noche, Marina se dispuso a abandonar la coca. La acompañaban Walter, Albar, Nasir y dos proeles más, armados pues sería peligroso. Albar había discutido toda la tarde con ella. Marina había estado a punto de claudicar, pero después de la humillación sufrida y del vaticinio de Walter, quería hacer un último intento antes de aceptar que no podría ser mercadera, ni vivir de aquella manera.

Para buscar esa misteriosa puerta de los Pícaros de la que hablaba Walter, debían adentrarse en el peligroso barrio de la Kalsa y tratar de contactar con algún traficante que les sirviera de enlace. Según Walter, a quien controlaba esa barriada no le importaría que fuera una mujer, sólo la pureza de la plata que pagara.

Marina, en el bote, disimulaba el terror. El capitán, frente a ella, le tendió una daga.

—Creo que has perdido el juicio, Marina Montaner.

Ella le enseñó una aguja fina y afilada oculta en su brial.

—Sicilia es el granero de la Corona de Aragón. Si no regreso, volved a Barcelona.

Albar la miraba de una manera casi suplicante. Marina lo veía distinto, menos frío.

Walter los esperaba en el muelle. Había bajado por la tarde para hacer averiguaciones. Se habían puesto en las manos de aquel hombre sin apenas conocerlo, pero Marina confiaba en él.

Les dejaron cruzar el portal de la muralla a cambio de unas monedas y entraron en las calles tortuosas de la Kalsa. Antes de que se dieran cuenta, varias sombras los seguían.

—Ya se habrá corrido la voz de vuestra presencia. No mostréis temor —susurró Walter—. Que parezca que sabemos adónde ir.

Marina se preguntó qué clase de clérigo y galeno se movía por esos lugares con tanta seguridad. Si sobrevivían les aguardaban muchas noches entretenidas en cubierta.

—Me dan ganas de estrangularos, galeno —dijo Nasir, tenso.

No se veía a nadie en los callejones sin luz, pero mil ojos los miraban. Al cabo de un rato se oyó un silbido; una tonada en apariencia inocente pero que helaba la sangre.

—¡Mirad quién nos visita! —gritó una voz jovial en siciliano—. ¡Nada menos que la hija de Alda Sclafani! El Regalo del Mar.

En uno de los sucios portales había un hombre con sombrero. Silbó de nuevo y de las sombras surgieron dos docenas de hombres y muchachos sucios y malcarados que los rodearon. Walter dio un codazo a Marina para que se armara de valor y hablara.

—En efecto, soy Marina Montaner, hija del mercader Pere Montaner y de Alda Sclafani. Busco la puerta de los Pícaros... Ofrezco comprar trigo a buen precio.

—¿Alguien tiene trigo por ahí? —Rieron—. ¿Y monedas? ¿Traéis para pagar?

Marina se acordó de Gonzalbo de Rodas. Así, como ella ahora, debió de sentirse la reina Elionor de Portugal cuando la obligaron a bailar el Domingo de Ramos.

—Esto ha sido un error. Salgamos de aquí —susurró el vasco.

—Eso es lo que esperan para atacar —repuso el inglés—. Hay que sorprenderlos. Recordad que buscamos a quien controla el barrio.

Dalmau solía decir a su sobrina que la codicia es la más fuerte de las cadenas. Marina sacó un florín de plata y lo lanzó al suelo con ímpetu para que tintineara.

—No sé si he venido al lugar adecuado —dijo con toda la firmeza que pudo—. Si esa moneda fuera un trozo de carne y vosotros fueseis perros os pelearíais por ella, sin pensar que quien la ha tirado tiene muchas más. Llevo encima una ridícula bolsa. ¡Quitádmela y alguien muy importante de la Kalsa al que busco perderá el cofre repleto! ¡Quiero trigo y cubriré de plata a quien me lo venda! ¡No me hagáis esperar más!

Lanzó varias monedas y se formó un tumulto. El del sombrero les hizo un gesto. Quería que lo siguieran.

—Ahora es cuando empieza lo peligroso —dijo Walter al verlo meterse en un callejón en tinieblas.

—Si salimos de ésta, ¡os colgaré de los pulgares! —lo amenazó Albar.

—Otra vez, no, eso duele.

No sabían si bromeaba incluso en esa situación. El hombre los guio por unas calles en peor estado aún, en las entrañas de la Kalsa. Parecía todo abandonado. En una plazoleta llena de maleza entraron por la puerta de una casa en ruinas.

—La puerta de los Pícaros —susurró el inglés, impresionado.

Allí los rodearon más hombres y bien armados. El guía bajó una escalera oscura y tardó un buen rato en volver. Su semblante había cambiado. Miraba a Marina con curiosidad.

—Nadie de la Corona de Aragón ha salido vivo de aquí, pero tu picardía para atraer la atención ha hecho gracia al patrón. A ver si eres tan buena mercadera como aparentas. Te espera abajo. Tus amigos se quedarán aquí sin dar problemas, ¿verdad?

Una docena de espadas apuntaron a Albar, Walter, Nasir y sus dos proeles.

—La daga, mujer. No la necesitarás en el averno. Vas a ver al Diablo.

Con un nudo en el estómago, Marina bajó los escalones y siguió avanzando por un corredor oscuro. Era espantoso. Según Dalmau, había mercaderes que creaban escenarios para predisponer al contrario.

Al final vio luz tras una puerta entornada. Varias lámparas mostraban una antigua cisterna de agua en desuso con bóvedas y pilares de ladrillos. Estaba llena de fardos, sacos y cajas. El olor a cereal era penetrante. Le dio un brinco el corazón.

Entonces apareció el Diablo, y a la joven se le cortó el aliento.

47

El señor de las tinieblas

El diablo de las iglesias era un ser horrible, a pesar de que en los cuentos se aparecía como una criatura bella, seductora, capaz de llevar a la perdición a cualquier hombre o mujer.

Marina tenía delante a uno de esos seres, y si no, es que era el hombre más guapo que había visto, y el más turbador. No atinaba a calcular su edad, si bien vio claro que rondaba la madurez, aunque su piel, blanca como la cera más pura, era tersa y brillante. Tenía las facciones angulosas, varoniles, pero con algo felino que sugería delicadeza en el trato. Una melena oscura, limpia, le caía sobre el jubón de cuero negro. Sus ojos negros reflejaban el fuego de las lámparas. Al mirarlos, la joven se estremeció.

Sonrió burlón. Su boca era perfecta, de labios gruesos y dientes blancos. Efectuó una reverencia.

—Me han contado tu treta para atraer la atención. Reconozco que estoy sorprendido. Podrían haberte hecho trizas. Supongo que es la desesperación.

—Entonces ya sabréis lo que busco. —Marina señaló el enorme espacio de aquella cisterna llena de mercancías y sacos, para huir de sus ojos penetrantes.

—Aquí hay suficientes salmas para llenar dos veces las bodegas de tu coca. Fuera has cacareado que podrás pagarlo.

—Con creces —afirmó turbada al ver que se le acercaba.

El hombre lanzó una de las monedas que Marina había tirado en la calle y la olisqueó. Luego caminó a su alrededor en círculo, como si olfateara a la presa, estudiándola con atención. Marina se sintió desnuda. Se debatía entre el temor y la extraña turbación que le causaba ese hombre que olía a sándalo y canela. No sabía de ninguno que oliera así.

Tragó saliva, esforzándose por no parecer aterrada.

—¿Quién sois?

—Esos mercaderes altivos de arriba te han despreciado y no tienes más remedio que intentar pactar con el Diablo, ¿eh? —Se acercó más a ella—. Ya ves que éste es el lugar de los deseos... Hoy trigo, mañana... ¿quién sabe? La cuestión siempre es la misma: ¿qué pide el Diablo a cambio?

—¿El grano está en condiciones? —preguntó Marina con temor—. Hay humedad...

—Compruébalo.

El hecho de moverse la ayudó a serenarse un poco. El hombre le señaló las pilas de sacos y la joven abrió uno al azar; estaba bien. El Diablo se situó a su espalda, muy cerca, y se le erizó la nuca. Aspiró su perfume. La situación le provocaba pavor y, a la vez, cierta excitación. Quizá era un demonio de verdad, que llenaba su cabeza de tentaciones.

—¿El género es de tu agrado, Marina Montaner?

—Os daré un precio justo.

—No me cabe duda. —Sus ojos ardían. Sonreía sardónico. Gozaba con aquel juego—. El trigo me lo pagarás, pero para entregártelo quiero algo, algo tuyo... —Dejó un largo silencio para que ella lo llenara de miedos y luego concluyó—: Quiero esto.

Le puso la mano en el pecho. Ella jadeó. Tardó en entenderlo.

—Queréis conocer lo que guardo aquí dentro —se aventuró.

—Llevo días escuchando cosas sobre la hermana de Pere Montaner y me desconcierta. ¿Quién es la joven que se juega la vida por algo que sabe que perderá?

—¿Qué es lo que, según vos, perderé?

—La libertad. Cuando te alejaste a la fuerza de tu padre, pusiste tu libertad en manos de tu tío, y se la habrías dado a tu hermano, si aún viviera. ¿Tan débil eres? ¿Y ahora qué? Supongo que al final será para un marido. Me intriga saber qué hay detrás de todo ese temor e inferioridad. —Sus ojos ardían—. ¡Dame tu historia y tendrás tu trigo!

Fue como pedirle el alma. Sentados en cojines árabes y bebiendo un moscatel dulce en copitas de cristal verde, Marina le desgranó su historia. Los gestos y las miradas del hombre la obligaron a regresar en el tiempo y explicarse todo con detalle, incluso lo que sintió en cada momento. El Diablo la traspasaba con la mirada; bebía de sus miedos y esperanzas.

Ella no se guardó nada, para atraerlo más. Su tío Dalmau lo repetía: negociar no es sólo acercar intereses, hay que moldear al otro.

La luz amarillenta y el perfume creaban un ambiente íntimo, embriagador. Él no hacía gestos, no la juzgaba, casi paladeaba los hechos como sorbos de licor.

Cuando Marina calló, el vino había hecho efecto y se sentía relajada. Se sostenían la mirada. No sabía cómo podía acabar aquello. El Diablo se acercó para besarla y ella se lo consintió una vez. No sabía por qué. Se sintió flotar, pero enseguida lo apartó con suavidad.

El hombre dio un respingo al notar el pinchazo. La joven le había puesto la aguja en la entrepierna y sonrió al ver los ojos de él refulgir de sorpresa, casi admiración.

—No he venido a la puerta de los Pícaros a eso —dijo Marina con un gesto seductor, como hacía él—. Cerremos el negocio y luego decidiré.

El Diablo profirió una carcajada y dio palmadas fuertes. Se puso en pie. No parecía molesto; al contrario, se mostraba entusiasmado.

—Fascinante, Marina Montaner. Sin duda mi intuición contigo era acertada. ¡Incluso has metido aquí esa aguja! Tienes mi más profunda admiración.

Se sintió extraña, como si saliera de un letargo. Apenas se perdió el eco de las palmadas en el sótano, entró el guía. Su olor a sudor acabó de romper el hechizo.

—Él te acompañará afuera de la Kalsa.

—¿Y el trigo? ¿Y mi tripulación?

El Diablo se rio con desdén y su ayudante lo imitó.

—¡Me has engañado! —Marina alzó la aguja, pero bastó una mirada gélida de aquel hombre para detenerla.

—¡Cuidado! —Su cara se había transformado en una mueca sanguinaria. Daba miedo, quizá por eso lo apodaban el Diablo—. ¿No te lo dijo tu tío? En Palermo se juega duro. Una sonrisa seductora y unos ojos negros no deben despistarte.

—Por favor, te lo imploro, ¡por el amor de Dios! Te pagaré el doble...

—Considera lo ocurrido como una lección para la verdadera prueba de esta noche. Actúa con mente fría y picardía.

Marina no entendió a qué se refería. Algo más iba a ocurrir. Trató de resistirse, pero el secuaz del Diablo la llevó a rastras hasta el exterior del sótano. Por el corredor en tinieblas se sentía como si cruzara el mismísimo infierno. Había nombrado a Dios, pero al contrario que en los cuentos, el demonio no había perecido. Todo era real.

Antes de salir a la plaza le cubrieron la cabeza con un saco. No oyó a sus hombres. No estaban ya. La hicieron caminar y se desorientó. Pensó que iban a violarla, torturarla y matarla. Sus hermanas la llorarían, pero no habría nadie para buscarla.

Sumida en esa espiral de miedos, de pronto la hicieron detenerse y le quitaron la capucha. Tardó en saber dónde estaba, pero al fin entendió las últimas palabras del diablo: allí estaba la verdadera prueba de esa noche.

—¡No!

48

¿Traición?

Habían dejado a Marina en la explanada frente a una fortaleza colosal que no podía ser otra que el palacio de los Normandos, la residencia de los reyes de Sicilia. La habían construido los normandos que conquistaron la isla dos siglos atrás. Tenía elementos de castillo militar, pero por influencia aragonesa se habían añadido ventanas ojivales y elementos decorativos que le daban un aire palaciego. Era la sede también de los regentes.

Hacia ella acudían soldados armados. El Diablo la había entregado a las autoridades. Sus hombres habrían corrido idéntica suerte, si no peor. Así terminaba todo.

—¿Sois Marina, hija del mercader traidor Pere Montaner?

—Lo soy —dijo cansada.

—Hay una orden del regente Blasco II de Alagona de reteneros en el palacio. Se enviará una paloma a Mesina para avisarlo de la captura. Luego se decidirá vuestra suerte.

La joven los siguió sin resistirse. No podía entender que el Diablo colaborara con el regente de Sicilia. Algo no le cuadraba, pero ya se imaginaba con el cepo al cuello y sufriendo un largo cautiverio hasta que el rey decidiera qué hacer con ella.

La introdujeron en la fortaleza por la puerta principal, bien custodiada. Mientras enfilaban por un corredor estrecho hacia las celdas apareció otro grupo de soldados. Se miraron unos a otros con hostilidad. Incluso los uniformes tenían ciertas diferencias: en los que vestían los recién llegados no se veía ninguna insignia con las barras de Aragón.

—Debemos llevarnos a la prisionera para que sea interrogada.

—¿Por orden de quién? —preguntó el soldado que parecía al mando.

El cabecilla de los recién llegados le tendió un pergamino. El otro leyó poco a poco, con el ceño fruncido. No pareció conforme.

—Esto va a traer serios problemas. Don Blasco quería ser el primero en verla.

—Nosotros cumplimos órdenes. No sé si os conviene meteros en esa guerra...

Los dos soldados se observaban con recelo. Hasta en ellos era evidente la tensión que se vivía en el palacio entre los partidarios de Aragón y los latinos. Al final, el soldado con la orden se llevó a Marina del brazo. Intrigada, no se resistió.

Salieron a un gran patio porticado y fueron a la entrada de una iglesia con la fachada decorada de mosaicos. Se quedó asombrada. En casa se contaba que Sicilia tenía iglesias que brillaban como el oro, pero no las imaginaba así.

—La capilla Palatina, la joya de Palermo. —El soldado habló en un tono amistoso—. Entrad.

Entonces cayó en la cuenta de que si los primeros soldados iban a llevarla a la mazmorra, a disposición de Blasco II de Alagona, éstos la habían interceptado con una orden que debía de ser de otra persona poderosa allí. Quizá el Diablo no la había entregado, después de todo. Parecía una estratagema preparada para que se reuniera con alguien en el corazón del palacio de los Normandos. Sus sentidos se despejaron. Como el Diablo le advirtió, iba a enfrentarse a la verdadera prueba de esa noche.

Se quedó extasiada en cuanto entró en la iglesia y vio que la iluminaban lámparas doradas. Todos los muros y las bóvedas estaban cubiertos de mosaicos inmensos con escenas bíblicas y santos, de tamaño colosal, hechos con millones de pequeñas teselas. Creyó estar en otro mundo; los dorados refulgían. Se sintió pequeña y sucia en un lugar casi celestial.

Entonces oyó pasos en la nave lateral y supo que su destino pendía de un hilo.

49

Millones de teselas

Una dama de unos cincuenta años se acercaba a Marina. Vestía una túnica de seda rosa y bordados romanos, sencilla pero de la mejor calidad. La mujer era fornida, con el aspecto de haber traído muchos hijos al mundo.

Detrás llegó una más joven, de unos veinticinco años, muy esbelta aunque no demasiado guapa. Tenía la mirada firme y el porte altivo. Por el parecido, debía de ser hija de la otra dama, supuso Marina. Ambas lucían diademas de perlas que delataban su condición noble.

Las recién llegadas la examinaron de arriba abajo con cierto disgusto. Marina sintió vergüenza. No llevaba la indumentaria adecuada y olía como un marino.

—Así que tú eres la famosa joven de la que habla toda Palermo... —comenzó la de más edad con frialdad. Tenía un marcado acento latino.

—La joven Montaner, aprendiz de mercadera —apostilló su hija, petulante.

Marina bajó el rostro.

Su madre les había dado lecciones de comportamiento ante la nobleza. No dijo nada. Eso las confundió, pues esperaban una explosión de súplicas.

—Soy Isabel de Carintia —dijo la primera—, reina regente de Sicilia mientras mi hijo Luis no alcance la edad para coronarse. Ella es Leonor, mi segunda hija.

Marina efectuó una gran reverencia. Aquello sí que era inesperado. Estaban allí porque tenían curiosidad por conocerla. Eso quizá le brindaba una oportunidad.

—Tenéis extraños aliados, mi reina —comenzó con cautela.

—Para sobrevivir aquí hay que tener relación incluso con el Diablo... Tus hombres han sido llevados al puerto. En cuanto a ti, depende de esta noche.

Un extraño silencio quedó flotando.

—Queríais conocerme antes de que vuestro rival, Blasco II de Alagona, me capturara. —Marina lanzó el señuelo.

La reina se sorprendió ante su franqueza. Marina pensaba en la humillante lección de la cisterna. Allí había sido demasiado franca y pueril, pero había aprendido y trataría de dominar la situación. Estaba cautiva y no tenía nada que perder.

—Eres la segunda hija de Alda Sclafani, ¿verdad? Conocía bien a tu madre. No he podido resistirme a ver a la famosa Marina, la muchacha que humilló a un rey y ahora se cree mercadera. Algo debe de haberle pasado a tu madre para que te lo permita.

—¡Qué vergüenza! —cargó Leonor, la hija, llena de desprecio.

—La enterré hace un mes en Barcelona. No fue la peste, la mataron.

Eso las dejó mudas. Marina comenzó a pasear por el templo, mostrando admiración sincera. Ya tenían algo en común. La joven sabía por su tío que la reina viuda no era ajena a la mordedura de la muerte. Sus padres, Otón III y Eufemia, duques de Carintia, y todos sus hermanos, además de su esposo, el rey Pedro II de Sicilia, habían muerto no hacía tanto.

—Jamás imaginé que vería algo así —continuó Marina. Su aparente serenidad generaba expectación y eso era lo que pretendía—. Se diría que una está en el cielo.

—Más te vale aprovechar el tiempo e implorar perdón —señaló Leonor, nerviosa con su inesperada actitud—. ¡Has caído en las garras de Sicilia y ni siquiera te humillas ante la familia real!

Marina la miró a los ojos y bajó el rostro en señal de sumisión. Iba a jugar a aquel juego.

—Si es lo que deseáis...

Ante el estupor de ambas, se arrodilló y le buscó la sandalia de seda bajo la falda. Se la quitó con delicadeza y le besó el pie. Dejó sus labios un instante más de lo necesario sobre la piel, para que notara el calor. Imaginaba lo que pensaría el Diablo de aquel juego por debajo del juego. Cuando levantó la mirada, Leonor estaba ruborizada.

—¡Por Dios, ponte en pie, niña! —exigió Isabel, tan confundida como su hija.

Marina obedeció. Estaban atónitas y ahora ella dominaba la reunión.

—Mis señoras —comenzó con aire apocado—, gracias por haberme regalado esta visión celestial antes de mi castigo. Es cierto, cometí la torpeza de ignorar que Palermo tiene oídos en todas partes.

—Tu tripulación ha sacado más por la información sobre ti que de la pacotilla.

Las dejó reírse de la ocurrencia de Leonor. Luego habló la reina Isabel:

—¿No había hombres que pudieran hacer los negocios?

—Son buenos marinos para manejar un velero, pero no saben nada de comerciar.

—Y en vez de contratar a un procurador, querías exhibirte y hacer cosas propias de los hombres —le espetó Leonor—. Como tu antigua cuñada, Monna Datini.

—El rey de Aragón parece obsesionado contigo —dijo la regente, mordaz—. Me complace que sus pesadillas las ocupe una mujer, por eso quería conocerte. Podría ayudarte, pero antes de arriesgarme dime qué te mueve a enfrentarte al orden divino.

Marina demoró la respuesta. Debía hacerlo bien. Eran damas nobles, expertas en asuntos políticos y que se manejaban con habilidad en una corte llena de intrigas y celos. A su modo también comerciaban, si bien con fines diferentes. Ésa era la clave, decía su tío, encontrar el mismo lenguaje. Por alguna razón le vino a la mente una historia que escuchó de niña.

—¿Conocéis el relato de Alcestis? Es un viejo mito pagano. —Acto seguido bajó la voz como si fuera a revelarles una confidencia—. No os lo contarán desde un púlpito.

El gesto hizo más que las palabras. Isabel se acercó a ella, interesada.

—No sé adónde quieres llegar —receló la joven Leonor.

—Alcestis, hija del rey Pelias, se enamoró de Admeto, un valeroso héroe griego capaz de domeñar leones y otras bestias con la fuerza de sus músculos. ¿Os lo imagináis, mis señoras? Admeto quiso desposar a Alcestis e impresionó al rey con memorables gestas. Al final lo logró, pero sucedió una terrible desgracia... —Al ver las caras de ambas, casi estalló en carcajadas; parecía Agnès explicando relatos en el patio del hospital—. Admeto olvidó hacer los sacrificios a la diosa Artemis para la boda y fue condenado a morir. A la joven Alcestis se le desgarró el corazón.

—¡Pobre! —se le escapó a la princesa Leonor, perdida en sus fantasías juveniles.

—Pero el dios Apolo se apiadó del héroe y rogó a las Moiras, reinas del destino, que lo perdonaran. Lo harían, pero sólo a cambio de otra vida. —Marina alargó la pausa mientras las nobles contenían la respiración—. Admeto rogó a sus padres que se sacrificaran, pues eran ancianos y les quedaba poco tiempo, pero éstos se negaron. Entonces alguien le comunicó que había sido perdonado. ¿Qué había sucedido? La bella Alcestis, su amada, se había ofrecido a morir por él, y así ocurrió, ¡cayó fulminada!

—Un noble gesto que la honró —adujo la reina, impresionada.

—En efecto, un gesto más valeroso que luchar en mil batallas, hecho por una mujer. ¿Pensáis que Admeto habría sacrificado su vida y sus glorias futuras por Alcestis?

—Quizá si la amaba... —dijo Leonor pálida. Nunca había pensado así.

—El amor, mis señoras. —Esa vez sí recaló en los ojos azules de cada una de las damas—. El amor contiene tanto valor que al desbordarse parece locura. La noche conocida como «la humillación del rey», no fui al palacio Real de Valencia a burlarme de don Pedro de Aragón, ni he cruzado el peligroso mar por pretender ser lo que no soy. ¡Todo lo he hecho para ayudar a los míos! ¡Por amor! Intentar hablar con el rey en Valencia, limpiar un barco lleno de peste, venir a Palermo a por trigo... Todo para salvar a mis queridos hermanos Joan, Beatriu, Teresa y Romea, y quizá, con el tiempo, también a mi padre. Pero aquí sólo he hallado el sepulcro de mi hermano Pere y el desprecio de los que decían ser amigos de los Montaner.

—Algo doloroso —musitó la reina, con otra actitud.

—¡Mi padre es Admeto, el condenado, el rey don Pedro es la diosa ofendida y yo soy la pobre Alcestis! —Marina lo habría dado todo por dejar caer una lágrima en ese momento—. Sólo soy un ejemplo de amor de mujer, el único capaz de sacrificarse así por los suyos. Ahora que ya habéis satisfecho vuestra curiosidad, podéis enviarme a la celda. ¡Siempre he sabido que podía acabar en el cadalso!

Leonor lloraba, arrastrada por el sentimiento que Marina demostraba. A su lado, la reina Isabel se había perdido en recuerdos amargos. A todas las mujeres las unía un lenguaje primigenio: defender a los suyos hasta la locura e incluso con la vida. Isabel se habría cambiado por cualquiera de sus parientes para salvarlos de la muerte, pero no pudo.

Marina estaba sorprendida de la agilidad mental que había tenido. Contar algún relato era un recurso que su tío le había sugerido en la travesía. Por eso en el hogar de los Montaner se contaban desde siempre. Había logrado despertar el sentimiento de afinidad en ambas nobles. Quizá a eso se referían todos al decir que tenía madera de mercadera.

Comenzó a pensar en cuanto había vivido, y entonces sí le brotaron las lágrimas. Fue un llanto sincero, sin aspavientos, de triste resignación ante el destino cruel.

Al fin notó las manos de la princesa Leonor en sus hombros. Cuando pudo hablar dejó caer su último anzuelo. A partir de ahí sabría si era una mercadera de verdad.

—Alcestis conmovió a los dioses y al final Perséfone, reina del inframundo, la perdonó. Ahora las mujeres no podemos decidir, y comprendo que no os atreváis a desafiar el capricho de venganza de un hombre, el rey don Pedro. Pero al menos, como regente, os imploro que influyáis en los mercaderes de Palermo para que el capitán Albar de Ondárroa, patrón en funciones, compre y lleve trigo a Barcelona; de lo contrario, sus ciudadanos morirán de hambre. En esta capilla que parece el cielo, os lo ruego: dejad que mi familia viva.

50

Un nuevo día

Martes, 1 de julio de 1348

El sol brillaba con fuerza sobre Palermo desde primera hora. Iba a ser un día asfixiante. Los puestos próximos a la Lonja de los Catalanes abrían. La gente se movía perezosa maldiciendo las plagas de mosquitos y chinches que favorecía aquel bochorno. Media docena de personas venía desde el palacio de los Normandos, y a los mercaderes apenas les dio tiempo a apartar las mesas. Maldijeron la soberbia de los nobles. Algún día eso acabaría.

Cinco jinetes armados escoltaban a una mujer sentada de lado sobre la jamuga de su montura. La dama se cubría con una capa de lana, de color carmesí, y se tapaba el rostro con la capucha. Debajo portaba una túnica ceñida de seda verde.

Aunque era el vestido de una princesa, no era ninguna de las de Sicilia.

El rumor se extendió por Palermo más rápido que la marcha de la comitiva: la reina regente había liberado a la hermana de Pere Montaner.

—Ya veremos si sale de la isla —dijo alguno—. Después de lo que le hizo al rey de Aragón, el corregente Blasco no lo permitirá.

Marina se había visto favorecida por las intrigas de la pequeña corte siciliana. Su perdón era un acto de desafío de Isabel de Carintia, quien no disimulaba su inclinación hacia la facción latina, al contrario que su rival, Blasco II de Alagona. Se decía incluso que la reina favorecía el retorno de nobles exiliados como los Palizzi y los Chiaramonte, cosa que podría acabar en una guerra civil en Sicilia.

Esa madrugada, antes de que Palermo despertara, la reina Isabel y su hija Leonor habían mandado acudir al palacio a un noble aliado, Francesco Palizzi, de tendencia latina. Tenía en Palermo graneros llenos y aceptó la oferta de Marina Montaner, pero no dudó en aprovecharse de la apurada situación y triplicar el precio del cereal. Ella tuvo que aceptar.

A la salida del sol ya estaba pactada la compra de setecientas salmas de trigo y trescientas de cebada. Todo se firmaría en el puerto. La coca podía cargar hasta dos mil, pero con aquel precio abusivo las comandas no alcanzaban para más.

Isabel y Leonor regalaron a Marina el vestido y la capa para que los luciera de camino al puerto. Entre los palermitanos que la vieron pasar, se forjó un relato que se contaría en casas y tabernas. Como todo había comenzado en la puerta de los Pícaros gracias a su astucia, empezaron a llamar a la coca en la que había llegado a la isla con un nombre que explicaba lo ocurrido, e iba pasando de boca en boca.

La comitiva de detuvo en la lonja. Ya habían enviado desde el barco el cuerpo amortajado de Dalmau Montaner. Marina se emocionó al ver a Albar y la singular cofradía, también a Joan. Los habían echado de la Kalsa en cuanto ella se internó por los subterráneos. En el barco se había vivido una noche tensa, y Walter casi acabó sin cabeza, pero al alba llegó un mensajero del palacio de los Normandos con la inesperada noticia.

El capitán era incapaz de dejar de mirarla con alivio. Todos seguían atónitos y admirados. Walter asentía, como si hubiera sabido en todo momento lo que pasaría.

El sudario de Dalmau no podía retener el olor y se realizó un sepelio rápido. De los aliados de los Montaner en Palermo sólo estuvo presente el cónsul, Román de Roses, y su prometida, Monna Datini. Marina abrazó a la viuda de su hermano. Tras la misa, cinco mendigos vestidos de blanco portaron el cuerpo del patrón a un sepulcro contiguo al de Pere. Marina firmó un préstamo para pagar una losa de mármol blanco con un tridente, además de aceite de sagrario para un año y cien misas.

Cuando el sol ya había superado su cénit, dejaron la lonja. Marina tenía aspecto de no haber dormido en meses, pero había un brillo distinto en su mirada.

En el puerto aguardaban los tres carros con el cereal, rodeados por muchos curiosos. Se comentaba el giro de la situación. Al final, la Montaner se había salido con la suya.

En la mesa de un cambista se firmaron los documentos de compra. Por parte del vendedor, Francesco Palizzi, había un procurador y un escriba. Como cualquier noble, rehusaba mostrarse en público como un vulgar mercader.

El cambista contó y pesó los ducados de plata para el pago. Se rasparon varias monedas para comprobar que no era cobre bañado en plata. Para los mercaderes, esa desconfianza era ofensiva, pero Marina calló; estaba agotada hasta el límite y no quería problemas. Sólo deseaba subir a su barco.

Cuando el escriba de Palizzi asintió, Marina notó que le quitaban de encima una losa. Plasmó el selló del tridente y rehusó con cortesía la invitación del comprador a visitar su palacio. Uno de los oficiales del puerto hizo una señal a los estibadores y comenzó la delicada operación de carga, vigilada por Albar. Walter lo anotaba todo. El barco sólo era responsable de la carga adquirida desde que los sacos pasaban a la cubierta, no antes.

—Lo has logrado, Marina Montaner.

La joven se volvió. Era la princesa Leonor, oculta con ropas y manto de sirvienta. Portaba dos escoltas disfrazados.

—Gracias a vuestra madre y a vos. Lo más importante que me llevo, más que el trigo y la cebada, es la esperanza. Si Palermo ha sobrevivido a la peste, Barcelona y Valencia también lo harán.

—La muerte nos ha diezmado, pero no es el final. Dios quiere que levantemos un mundo mejor, a pesar de que no parece que estemos dispuestos a hacerlo.

—Barcelona volverá a por más trigo. No seré yo, pero la situación cambiará para bien y, quizá, algún día regrese... puede que del brazo de un Mitjavila. —La idea no la ilusionaba—. Es lo que quería mi tío.

Leonor meditaba lo ocurrido. Era hija de reyes, incluso prima segunda del rey Pedro IV de Aragón. Su destino era servir a su linaje para forjar alianzas, y lo aceptaba de buen grado, pero era la actitud ante ello lo que ahora se cuestionaba.

—Te he tratado con desdén y aún no sé qué pensar, Marina Montaner.

—Deberéis aceptar lo que convenga, pero si no estáis llamada al silencio no os calléis, princesa. Mi madre decía que casarse es un oficio artesano.

Leonor abrió los ojos como si hubiera escuchado una blasfemia, pero luego asintió.

—He venido para decirte que ha llegado una paloma mensajera. El regente Blasco ha mandado a una galera armada. De eso mi madre y yo no podemos protegerte.

—En cuanto esté el cereal a bordo zarparemos. Esta coca es rápida como una gacela. Gracias, princesa Leonor. Espero poder devolveros algún día todo lo que habéis hecho por mí.

—También tú has hecho algo por mí —afirmó la noble con una mirada orgullosa.

En cuanto la princesa se alejó, vino Albar.

—Creía que era el fin —susurró a Marina.

Ella tenía ganas de abrazarlo, pero se contuvo.

—¿La tripulación está bien?

—Vamos al barco. Hay algo que debes ver por ti misma.

Marina volvió a alarmarse, pero no preguntó. Mientras la izaban notó que había demasiado silencio. Al rebasar la borda vio a toda la tripulación. Estallaron en una fuerte ovación. La joven sintió que toda la tensión se descargaba y no pudo evitar una lágrima.

Veía admiración y gratitud incluso en aquellos que la habían rehuido en el viaje de ida. Quizá varios actuaban forzados por la circunstancia, pero no le importó. Miró a los hombres en quienes más confiaba: el capitán, el piloto, el carpintero, Nasir, el cocinero y, ahora también, el médico inglés. Dependía de ellos para volver. Más allá, todo era incertidumbre.

Albar hizo un gesto y la tripulación se apartó. A Marina le dio un vuelco el corazón. Junto a la trampilla de la bodega había dos enormes pilas de sacos, de color distinto a los de Francesco Palizzi. Los reconoció. Los había visto la noche anterior.

—Mientras enterrabais a vuestro tío han aparecido siete esquifes con quinientas salmas de trigo y cuatrocientas de cebada. No se ve podrido ni avivado —explicó el capitán—. ¡Nos vamos llenos!

—¿Quién nos lo ha entregado?

—El Diablo... —Walter sonrió—. Junto con esta nota.

La joven rompió el sello de cera con la trinacria de Sicilia, el antiguo emblema de las tres piernas flexionadas rodeando la cabeza de una gorgona. Leyó el documento.

—Es una carta de crédito. Si quiero el trigo deberé regresar y pagar antes de un año.

—El precio es ajustado —dijo el inglés, que leía la nota por encima de su hombro.

Marina se quedó un momento en silencio. Había empleado el dinero de las comandas en la compra. El viaje había sido un éxito, pero volvía endeudada con la Lonja de los Catalanes. Aquel hombre turbador le ponía un lazo para que regresara a Palermo.

—Bajadlo a la bodega —dijo al fin; no podía renunciar a tanto cereal por miedo. Sin embargo, la actitud de la tripulación la previno de que faltaba algo más por saber—. ¿Ahora qué ocurre?

—Ese misterioso Diablo también te ha hecho un regalo —dijo Miguel, el maestro de hacha—. Sin duda debiste causarle una profunda impresión.

Caminaron hasta detrás de las pilas de sacos.

—¡Dios mío! —exclamó Marina.

—Nunca hemos visto nada igual —reconoció Albar, tan admirado como ella.

Era un mascarón de proa, una enorme talla policromada con forma de sirena, la criatura mítica que todos los marinos habían oído cantar alguna vez en alguna costa rocosa. La imagen tenía años, pero los ojos estaban recién repintados; eran verdes y rasgados como los de la joven Montaner. Lucía una melena larga y ondulada de color castaño. La bella criatura sonreía desafiante. Marina se ruborizó al ver sus pechos desnudos y generosos. Tenía una M grabada debajo de uno. La cintura se bifurcaba en dos colas de pez con escamas azules y doradas, para ajustarse a cada lado de la quilla.

Era una preciosidad, y a Marina la asaltó una sensación extraña, como si la coca tuviera a alguien más a bordo.

—Este buque no merece menos en su proa —señaló Miguel, entusiasmado—. Podemos colocarlo con facilidad ahora mismo.

—¿Qué significa la M?

—Quizá la inicial de tu nombre, como muestra de respeto.

Eso la llenó de orgullo, aunque la marca parecía tener algunos años.

—¿Sabéis que la gente de Palermo ha puesto nombre a la coca? —dijo Walter con una sonrisa—. Y me parece acertado, después de lo que habéis logrado.

—¿Cuál? —preguntó ella, sorprendida.

—Han comenzado a llamarla Picardía.

51

La puerta

El quinto día de luna es malo porque Caín empezó un sacrificio y no lo cumplió. Ninguna obra empezada ese día tendrá éxito, y quien se case no se alegrará por ello.

Habían pasado nueve días después de que la coca de los Montaner zarpara rumbo a Palermo. Mientras en la isla cargaban el trigo y la cebada, llenos de esperanza, en Barcelona Teresa fue al *call* para hablar con Mossé Natán. Estaba muy preocupada pues nadie le abría en la casa Montaner y tenía un mal presentimiento.

En la plaza de Sant Jaume, un grupo de exaltados increpaba a los pocos judíos que se aventuraban a entrar o salir. Después de semanas con cientos de muertos al día, Barcelona estaba vacía y silenciosa. La mortandad disminuía y se cebaba ahora en tierras del interior. El cuarto jinete cabalgaba hacia Lleida y poniente. Había dejado a su paso un mundo herido y angustiado.

—¡Arrepentíos! ¡Penitencia! —gritaba en el centro de la plaza un clérigo cubierto de ceniza. Miró a Teresa, quizá por azar—. ¡Estamos malditos! ¡Unos más que otros!

Nadie era capaz de asimilar la dimensión de la tragedia y los predicadores recorrían las plazas recordando el horror vivido. La Iglesia pedía la vuelta a su seno de todos los fieles, con humildad y mayor sumisión que antes, para evitar un nuevo castigo.

Teresa se escabulló pegada a los muros de los edificios.

Se detuvo delante de la cancela del *call.* Los guardias reales observaron que no portaba la rodela amarilla cosida en el hábito.

—Vengo a hablar con el rabí Mossé Natán. Es un asunto familiar grave.

No les hizo gracia, pero mandaron llamar a un muchacho judío para que la guiara.

Nunca había estado en la barriada habitada por la comunidad hebrea. Todo el espacio estaba aprovechado y desde la entrada única por la cancela se llegaba a unos callejones tan estrechos que no dejaban pasar el sol. Aún se apreciaban los estragos del asalto de mayo. La relación entre las comunidades estaba muy deteriorada y jamás volvería a ser igual. Nadie lo decía, pero detrás del odio había una intención clara de destruir documentos y escrituras para no tener que devolver los préstamos.

Aquello se saldó con varios alborotadores ahorcados por exigencia del rey, si bien ninguno fue del patriciado local, los más endeudados con los judíos después de la Corona.

El muchacho señaló una casa y tendió la mano. Teresa no llevaba nada que darle, y el chico la miró molesto. Apareció en la puerta Natán y le ofreció una pieza de cobre.

—Pasa, Teresa —dijo mirando a un lado y otro, preocupado.

Por fuera era una vivienda austera, de muros de adobe desconchados y sucios. Dentro era otra cosa. Tenía zócalos de azulejos con formas de colores. En el patio había dos palmeras altas y una fuente de piedra que borboteaba y creaba un ambiente fresco.

Teresa saludó a Astruga y a su esposo, el galeno judío, que aún no se había recuperado de la paliza que le dieron. Mossé Natán fue al grano.

—Sé por qué has venido, Teresa.

—Han vuelto Gaspar y Romea, y no están solos. Los

vecinos oyen cantar y reír, y a veces discusiones o ruido de cosas que se rompen. Por las noches es peor. —Se le llenaron los ojos de lágrimas—. ¡No sé nada de Beatriu!

El banquero la hizo sentar y le ofreció un vaso de agua fresca. Teresa temblaba.

—¡Ni se te ocurra meterte en ese lugar! —siguió el judío—. Han echado a Yamil y a los sirvientes que llevé para que atendieran a tu tío. Es muy peligroso.

—Padre, decídselo —le pidió Astruga con gesto apocado.

—Con ellos está Gonzalbo de Rodas. Lo lamento, Teresa.

—¡No puede ser! —La joven derramó parte del agua—. Es un rebelde, ¿cómo ha entrado en Barcelona?

—Ha estado en esta casa. Tiene un acuerdo con ese caballero próximo al rey, Gil de Montnegre. Gracias a eso ha cruzado Cataluña sin problemas hasta Can Montaner, donde estaba Romea. Se presentó aquí con vuestro primo Gaspar hace tres días, y llevaba una carta firmada de puño y letra por tu padre en Valencia. Ha autorizado a Romea a disponer de sus fondos.

—La están manipulando para hacerse con los bienes de la Compañía Montaner. ¿De verdad es la letra de mi padre?

—La conozco como la mía, pero su trazo irregular indica nervios. Además, Pere sabe que esos fondos avalan la coca y no pueden ser dispuestos hasta cubrir la deuda. Si los acreedores descubren que han sido retirados, acabaremos todos arruinados y en la horca. —Mossé la miró funesto—. Pero Gonzalbo me está extorsionando. Amenaza con alentar un nuevo ataque contra el *call* y lo veo capaz de hacerlo. Hace unos meses me habría resistido más, pero las cosas han cambiado. Apenas hay soldados para defender a los judíos de Barcelona. Lo lamento, pero voy a aceptar el documento. Es lo que quería que supieras.

—¿A cuánto asciende la suma de los fondos de mi padre de la que se puede disponer? —dijo sin voz.

—Veinte mil libras de plata, en mi caso. Otros banqueros en Valencia y Zaragoza tienen más, pero aquí está el grueso de los fondos de Pere.

—¡Una fortuna! Y todo acabará en manos de ese barbero y de Gil de Montnegre. Seguro que Romea cree que eso hará que rectifique y la tome como esposa.

—¿Cómo habrá surgido esa extraña alianza? —preguntó el judío—. Uno es partidario del rey y otro, de la Unión.

—Únicamente son leales a ellos y luego quizá a quien gane la guerra. Padre dijo que los vio hablar en el palacio Real de Valencia cuando fueron a intentar arreglar las cosas. —Miró implorante a Mossé Natán—. ¡Dilatad el pago! Mi tío volverá y pondrá orden en esto.

—Hablan como si Dalmau y Marina no fueran a regresar. Ese falso escriba debe de ser un sicario a sueldo. Si es así, los herederos de todo son Gaspar y Romea, dos títeres.

—Gaspar se ha dejado manipular siempre, sólo quiere mantener su vida disoluta, y Romea hará lo que su amado caballero le pida. —Teresa pensaba en voz alta—. Gonzalbo aspira a una clase mejor y los Montnegre a salir de la ruina. Dos hombres malos aprovechándose de mis hermanas, dos mujeres que confiaron en ellos.

El judío asintió con el ceño fruncido.

—Ha sido un asalto premeditado a tu familia, sin cabalgada ni espadas. Pasa más a menudo de lo que la gente se piensa. Te lo digo yo que soy banquero. El mundo de los mercaderes es un bosque oscuro en el que no sabes quién acecha. Aprovechan un momento de debilidad: un barco que naufraga, un conflicto con ciertos oficiales del rey. De repente, una familia de mercaderes quiebra y nadie sabe la razón. Son ataques hostiles, a veces con sangre de por medio, como en este caso.

—Mi primo Gaspar es un pelele, pero Romea... ¡no sé por qué se arrastra así! Por quien temo es por Beatriu. ¿Qué pasará dentro de la casa? Tengo que sacarla. Nos marcharemos a Pollensa con la tía Matilde. Es la única que puede protegernos.

—¡No cometas ninguna locura, Teresa! También quería decirte que he mandado un mensajero a Gaspar con una oferta por ella. Esperaremos la respuesta.

Teresa no quería discutir. Lo tenía decidido. Tras una charla con Astruga, dejó el *call*. Sentía crecer la oscuridad que creía extinguida tras su paso por el beguinato. Ahora que sabía que Gonzalbo estaba en Barcelona no iba a esperar más.

Pasó la tarde limpiando en Santa Margarida y al caer la noche fue con Sansa a los cañares cercanos. Se aseguraron de que estaban solas, pero Teresa no pudo seguir.

—¿Qué ocurre? —dijo la beguina con la cara encendida—. ¿Estás llorando?

Teresa esbozo una sonrisa. No había contado nada de lo que pasaba a Sansa, ni a ella ni al resto de las beguinas. No quería que la disuadieran. También ella tenía un mal presentimiento, pero debía intentarlo.

—Te amo, Sansa. —Se alejó. Sólo quería decirlo una vez más.

Horas más tarde dejó el beguinato. El corazón le pesaba. Si tenía éxito, huirían de Barcelona esa misma noche y no regresaría allí para no ponerlas en peligro.

Llegó al callejón de la Ceca y se apostó cerca de la puerta trasera de la casa Montaner. Estaba oscuro y silencioso. Tarde o temprano alguien saldría, pero el tiempo pasó. De vez en cuando, una rata se acercaba con hambre voraz y la joven tenía que espantarla para que no le mordiera. Tenía miedo y su convicción flaqueaba.

Esperó hasta que a medianoche la portezuela se abrió con un chirrido. Salió un hombre sucio y desaliñado. Debía de ser alguno de los sirvientes que habían traído. Cerró y se alejó renqueante. Era evidente que estaba ebrio. Teresa cogió una piedra y fue tras él. No sabía si tendría el valor de hacerlo.

El hombre se dio cuenta. Teresa vio su cara, con los ojos inyectados en sangre y la boca negra. Le golpeó la cabeza sin pensar, y se derrumbó ante ella. Con el corazón desbocado y temblando, la joven le cogió la llave y luchó con la cerradura hasta abrir.

Cruzó los almacenes y llegó a la cocina. Olía muy mal por los restos de comida. Al mirar el patio se quedó sin aliento. Era una noche cálida. Había hombres y mujeres desnudos, adormilados. Hedía a vino agrio y sudor. Era lo que Agnès contaba de los adamitas. Ya no existía pecado, y mientras llegaba la peste vivían en el paraíso original.

En una esquina vio a Romea, entregada al sexo nada menos que con Gonzalbo. Se quedó sin aliento. No parecía obligada. Tal vez lo hacía por despecho a la humillación de Gil. Temerosa, miró en derredor por si Beatriu estaba con aquella gente y la alivió no verla, pero no era tranquilizador.

Había sido tanta la impresión que había bajado la guardia. Alguien fue hacia ella.

—Bienvenida al Edén, prima. —Era Gaspar—. Contigo aquí todo está completo.

Le pasó un saco de esparto por la cabeza mientras otras manos la inmovilizaban.

52

La caza

Vamos a castigar al asesino de tu tío —dijo Albar desde la puerta. En las manos portaba un látigo de nervio de buey—. No será agradable.

Marina, sentada en la mesa del camarote, barajó la idea. Sólo había bajado una vez a la bodega para mirarlo a la cara.

El tipo la insultó con obscenidades. Nasir le rompió tres dientes de un puñetazo y se acabaron las burlas.

No reveló nada útil. Era un sicario haciendo un trabajo muy bien pagado por alguien de quien, por supuesto, no reveló su identidad pues no la sabía. Debía hacerse pasar por el escriba Bernat Despuig y atacar en cuanto llegaran a Palermo, para poder saltar del barco y esconderse en la ciudad. Si su hermano, el factor Pere Montaner, estaba vivo, también debía liquidarlo. En su bolsa tenía florines para pagarse el regreso.

—Prefiero posponer el castigo para cuando lleguemos a Barcelona.

—Es un signo de debilidad no presenciar con entereza una ejecución —dijo Walter con aire distraído—. Ya es poco natural que una mujer ocupe el mando en un barco.

Hablaba sin levantar la vista de los libros de cuentas en

la arquimesa. Para leer usaba un cristal que aumentaba el tamaño de las letras. Era magia, decía misterioso.

—Los marinos lo observan todo —lo secundó Albar—. La Picardía es una nave valiosa, y alguien podría amotinarse para arrebatártela si no muestras dureza, Marina.

—Ya veo que también tú la nombras así —dijo ella, un tanto inquieta.

—Así se llama. Es importante, pues halaga al barco y da buena suerte.

Se miraron en silencio. Marina se volvió hacia el inglés para desviar la atención.

—Quizá sea hora de saber quién es este inglés que viaja con nosotros. Monna decía que erais un gran galeno.

Evocó la noche en la Falcona cuando le contó su historia al capitán. Ahora entendía la razón. Las historias vitales permitían conocer el verdadero ser que se oculta tras la persona.

—Me crie en Oxford. Fui un segundón demasiado inteligente para ser guerrero. Hice mis votos de clérigo, aunque nunca he tenido un cargo eclesiástico. Mi familia quería convertirme en un abad, pero me enamoré de una joven y nos fugamos.

—¿Eso es cierto? —dijo Marina, interesada.

—Fue el mejor año de vida... Pero sus padres nos encontraron. A ella la metieron en un convento de clausura y yo estoy vivo de milagro. Eso sí —apostilló Walter, y se señaló la entrepierna—, no entero. Me caparon.

—¡Dios mío! —exclamó Marina.

—La mitad de la humanidad se perdió lo que era una obra maestra... —De pronto estalló a reír ante las caras sorprendidas, pero no desmintió su relato—. Tuve que marcharme, y decidí acabar mis estudios de medicina lo más lejos que pude. Así llegué al Estudio General de Lleida. Confiaba en que el seno de la Iglesia me acogería de nuevo. —Bajó el tono. Disfrutaba cuando lo escuchaban con tanto interés—. Pero si ya conocía el cuerpo de los vivos, mi curiosidad me llevó a investigar el de los muertos...

—Eso está prohibido —dijo Marina, ceñuda.

—Tras aprobar el último examen, el obispo de Lleida me dio la licencia. Esa misma noche, un grupo de estudiantes decidimos saber si todo lo que decían Hipócrates y los clásicos sobre el cuerpo era cierto. Habíamos bebido demasiado. Fuimos al cementerio de San Martín y vimos la tumba reciente de una niña. Alumbrados por cirios, la abrimos y contemplamos la maravillosa arquitectura de la vida. Era la obra de Dios. Pero alguien nos descubrió y nos delató. —Se pasó la mano por la calva—. La niña resultó ser sobrina de uno de los *paeres* de Lleida. Comparecimos ante el obispo por ser estudiantes y se nos condenó por profanación y nigromancia. Dos amigos míos fueron ahorcados. Yo escapé. —Se encogió de hombros—. Soy el mejor galeno que ha salido del Estudio General de Lleida, pero me revocaron la licencia y aún pesa sobre mí una condena a muerte.

»Hui a Palermo. Un puerto es un buen lugar para pasar de incógnito. Me enrolé en algunos mercantes y durante años viajé por todo el orbe. Aprendí el oficio de cirujano y algunos idiomas con los que podía sobrevivir como trujamán durante los inviernos en tierra. Eso me abrió muchas puertas de mercaderes, entre otras la de Pere Montaner y Monna. La amistad es mi reino. A nada más tengo apego.

Aunque no sabía cuánta verdad había dicho, Marina asintió.

—Las galeras siempre llevan cirujanos, nosotros podríamos tener a un galeno.

—Hace mucho tiempo que voy de un lugar a otro, pero los astros me sitúan cerca de un Montaner. Pensé que era Pere... Puede que me equivocara.

Marina vio pasar a Lilith y la cogió. La gata levantaba el lomo cuando le acariciaba la espalda.

—Pero debéis aceptar que quien ocupa este camarote es una mujer, Walter.

—¡Diréis más bien una enemiga del rey, falsa patrona de un mercante, embaucadora de princesas y firmante de un pacto con el Diablo! —Hizo palmas—. Ni en las tabernas de Orán se contarán historias tan entretenidas como en la Picardía. ¡Me quedaré, si queréis, hasta que nos maten a todos!

Justo en ese momento resonó la voz de Martín.

—¡Galera a la vista! ¡Nos persiguen!

Marina se sobresaltó y la gata salió disparada.

—¡Nos han encontrado!

—¿Veis? —El médico no parecía asustado—. Por eso odio el mar, uno nunca está del todo tranquilo.

Albar ya no se encontraba en la puerta. Tras una noche y un día, se habían creído a salvo. Navegaban sólo con las velas latinas de trinquete y mesana, pues soplaba un fuerte gregal y la coca escoraba. Marina subió al castillo de popa. El naochero Felip mantenía firme la caña del timón de codaste. Parecía preocupado.

Albar miraba por la borda. Era una galera de diez remos por banda.

—¿Martín? —gritó para pedir más información.

—Se ha puesto a bogar de arrancada, capitán. Lleva pabellón del rey de Sicilia.

—Va a caer sobre nosotros como un águila —dijo el capitán.

—A ese ritmo, la chusma resistirá dos millas como mucho —informó Felip.

—Lo suficiente para alcanzarnos. Su cómitre lo tiene calculado.

Marina sintió auténtico terror.

—Siempre alabáis las capacidades de la Picardía, ¿no podemos ir más veloces?

—El gregal sopla con rachas fuertes —dijo Felip—. Si desplegamos la vela mayor aumentaremos la marcha, pero un golpe de viento podría hacernos volcar.

—Nos dará más tiempo —pensó en voz alta el capitán.

—El resultado será el mismo si nos rendimos y si nos capturan —se lamentó Marina.

—¡Pongamos al límite a nuestra sirena... y que Dios nos proteja! —sentenció Albar.

El piloto se asomó por la baranda de la cubierta superior.

—Miguel, vamos a desplegar todo el trapo y viraremos la quilla a sotavento. Hace bastante viento. Lo recogeremos.

—La coca sufrirá... —El maestro de hacha miró la cubierta como si escuchara algo que los demás no percibían—. Pero resistirá, ¡lo sé! ¡Adelante!

El cartaginés miró a Marina con una sonrisa y asintió con firmeza.

—La Picardía no nos defraudará. Otra cosa es que consigamos escapar.

Marina contempló la frenética actividad que se desarrollaba en la cubierta. Oía los gritos de los hombres y los siseos de las sogas mientras éstos preparaban el velamen. Los nervios la devoraban. La vela mayor era enorme, y no era sencillo manejar su peso y volumen. En el Atlántico los vientos solían ser estables, pero en el cambiante tiempo Mediterráneo una racha inesperada podía volcar el barco, si no se manejaba con pericia.

El piloto se puso al lado de Marina.

—La clave está en la profundidad que demos a la vela cuando el viento la hincha. Cuanto más combada, mayor impulso crea, pero el barco sufre y escora a pesar del lastre y la carga. Hay que buscar el equilibrio. —El mallorquín guiñó un ojo a Marina para calmarla.

Vieron pasar a Miguel de Cartagena hacia la escotilla con Nasir y los proeles. Iban a fijar la carga para que no se moviera. La galera estaba a sólo media milla de distancia. La fuerza de la boga sobrecogía, con todos los remos paleando a una.

—¡Desplegad y contened las sogas! —gritó Albar junto al timón.

Los marineros se aplicaron pues nadie quería ser capturado. Aunque la costumbre del mar obligaba a liberar a los que no tomaban decisiones en el barco, los captores los abandonarían en cualquier puerto, y no sólo no cobrarían el resto de la paga, sino que la chusma de la galera les robaría la ganancia de la pacotilla que habían vendido en Palermo.

A una orden de Albar, la vela mayor se desplegó y comenzó a flamear, agitada por el viento. Marina tenía el estómago encogido. Impresionaban los chasquidos por la fuerza del aire. Cuando la vela se hinchó, la Picardía se estremeció con un millón de crujidos. El casco comenzó a inclinarse más y más. La tripulación se asió a lo que pudo.

—¡Aguantad! —gritó el capitán.

Felip aferraba el timón con sus dos ayudantes, miraba el velamen y movía los labios. Ya tenían las tres velas desplegadas, pero el viento aún se escurría y no acababan de hincharse como el piloto buscaba. Absorta como estaba, observando la mágica relación de los marineros con el medio, Marina tuvo que prestar atención para mantenerse cogida a algo. Navegaban tan escorados que veía el agua espumosa pasar rápidamente por debajo, lo que le provocaba un hormigueo en el vientre.

—¡Señor! —imploró Martín en la cofa inclinada, el peor sitio para estar.

—¡Aguantad! —cortó secó el capitán.

Marina apretó los dientes para no gritar por la tensión.

Parecía imposible que la Picardía lograra adrizar y enderezarse. Iba a tumbarse del todo, y sería el fin.

—¡Ahora!

Los marineros tensaron los cabos. Durante un instante no ocurrió nada y la mercadera se aterró, pero poco a poco vio que el casco se elevaba. Hubo gritos de entusiasmo. Se había trimado bien la vela, orientada en relación con el gregal, y la Picardía surcaba el mar veloz. Impulsada por sus tres velas, mostraba toda su capacidad.

De la galera llegó un pitido agudo. La boga aún se incrementó más en la coca.

—Nos alcanzarán —se lamentó Marina.

La persecución fue angustiosa. De pronto el viento cambio y la vela mayor perdió profundidad.

—¡Aquí, aquí! —gritó Felip. Subieron Nasir y los proeles—. Vamos a usar los tres timones para mantener siempre la proa a barlovento, que no perdamos fuerza.

Unos se colocaron con Felip en la caña del timón de codaste y otros en los timones de espadilla, a ambos costados. La Picardía se deslizaba al límite de su resistencia. Oían el agua al golpear la quilla. El fuerte oleaje los hacía cabecear. Cuando la proa se hundía, el mar formaba un muro ante ellos y al elevarse sólo veían el cielo.

La galera estaba casi a un tiro largo de ballesta. En la proa atisbaron a un hombre. Aunque no lo conocían, no podía ser otro que Blasco II de Alagona, quien sin duda acariciaba la idea de llevar en persona a Marina Montaner ante el rey, puesta en el cepo.

Felip daba órdenes precisas y los tres timones viraban juntos para que la coca ofreciera siempre todo el velamen a favor del viento. Se necesitaba mucha fuerza. Walter y Marina se agarraron también a la caña, detrás de Albar. Todos luchaban por la libertad.

Una flecha encendida se clavó en el mástil.

—¡Joan, encárgate!

Era peligroso correr por la cubierta inclinada. Marina se mordía el labio al ver caer a su hermano y golpearse, pero el muchacho llegó al mástil y apagó la llama antes de que prendiera.

—¡Ahora todo a estribor! —gritó Felip.

Rugieron juntos por el esfuerzo una vez más. Cuando la Picardía había girado llegó una ráfaga que la sacudió, y fue como si una mano invisible los hiciera brincar más veloces sobre el oleaje. Marina lo supo antes de que ocurriera, y se le aceleró el corazón.

Sonó un largo pitido en la galera. Sus remos se alzaron y quedaron suspendidos, sin palear más. La boga de arrancada había llevado a la chusma hasta la extenuación. Siguieron con la vela latina, pero sólo con la fuerza del viento la Picardía era insuperable.

Marina, ajena a los gritos de euforia, se asomó por la popa para asegurarse de que la galera se quedaba atrás. Junto a la quilla vio al noble Blasco mirando con impotencia cómo se le escapaba su presa. Una nueva humillación y un nuevo enemigo, pensó la joven.

Por alguna razón, recordó al Diablo y sus palabras. Siempre había ido en pos de un hombre, una figura de autoridad, en busca de protección; así la habían educado. Ahora escapaba. Quizá ése era su destino, que ninguno la atrapara.

Levantó la mano. Quería que la vieran, orgullosa y vencedora. De pronto deseaba que se hablara de ella y de la Picardía en todos los puertos del Mediterráneo.

53

La noche

Albar y Felip calcularon una ruta más al norte para eludir la galera perseguidora, aunque no esperaban que Blasco II de Alagona los siguiera; no eran una presa tan valiosa.

Esa noche la Picardía se llenó de música y risas. Con el permiso de Marina y Albar, Roger abrió un tonel de vino dulce. Los marinos confiaban en abrazar a los suyos muy pronto, en Barcelona, si la peste los había respetado. Por fin llevarían una cuantiosa paga a casa, tras meses de inactividad e incertidumbre.

Hasta Nasir y los suyos se unieron y marcaban ritmos con las manos. Se miraban con los cristianos, más sonrientes y amistosos. Luego se retiraron a rezar.

Walter sacó a Marina a bailar. En medio del corro, practicaron divertidas danzas. No sabían si el médico se las inventaba sobre la marcha o procedían, como dijo, del reino del Preste Juan, que juraba haber visitado. Ella se olvidó por un instante de que era una indecencia estar allí sin un pariente varón para vigilarla. A veces volvía el rostro hacia Albar, y sus miradas se cruzaban por un instante. El capitán, detrás del grupo, apoyado en el mástil de la mayor, también la miraba, quizá desconcertado tras lo que había vivido durante el viaje.

—¿Habéis visto la sirena del mascarón de proa? —dijo Walter mientras recuperaba el aliento—. Juraría que está más sonriente que esta mañana.

Aquello desató las risas de los hombres, pero más de uno fue a comprobarlo.

—Esa sirena tiene algo muy especial —insistió apasionado—. ¡Quién sabe en cuántos barcos habrá estado y cuántas situaciones habrá presenciado!

—¡Seguro que tú sí que lo sabes, inglés! —exclamó un marinero entre risas.

—He oído cosas de esos mascarones que ni imaginaríais...

Walter comenzó a contar una sugerente leyenda de magos. Marina, mareada y alegre, apuró la escudilla de vino y se acercó hacia Albar, el único que parecía ajeno a la historia del médico con maneras de juglar.

—Hoy ha faltado poco —dijo él tras un largo silencio.

—¡Ha sido fabuloso! —exclamó la joven, exaltada—. La Picardía ha resistido de una forma espléndida.

—Es una obra maestra. Puede que la sirena nos proteja de verdad.

—¿Ha habido algún daño?

—Hay dos vías de agua pequeñas en la sentina, pero Miguel las tiene controladas. —Acarició el mástil con suavidad—. Somos afortunados.

—Yo sí que he tenido suerte de encontraros, capitán —afirmó Marina—, a todos.

—No teníamos trabajo y los Montaner pagan bien —dijo Albar, sombrío.

—Pero no es sólo por dinero, ¿me equivoco?

Albar asintió y miró la noche estrellada. Ella iba a preguntar, pero no lo hizo. Sentía otra necesidad. Era por la euforia de la victoria, el vino y, un poco también, por el recuerdo del beso que el Diablo le había dado entre alfombras y perfumes. Estaba excitada. Siempre le habían dicho que eso era lo que movía a los hombres al sexo, por su naturaleza solar y ardiente. Las mujeres, en cambio, eran lunares; debían controlarse, ser tiernas y receptivas.

Años de educación estricta en casa y sermones se desmoronaban en medio de un barco lleno de hombres de mar, los que peor fama tenían. Tal vez algún día se arrepentiría, pero esa noche su cuerpo ardía.

Al percatarse de que el capitán la miraba como si esperara algo, hizo un leve gesto hacia el camarote, el único lugar íntimo allí.

La fiesta subió de tono y nadie los vio. Entraron por separado, con disimulo, y cerraron el pestillo. En la oscuridad Marina se abalanzó hacia él. No entendía lo que le pasaba. Tenía un animal dentro, o un demonio que le azuzaba fuego en el vientre y los pechos.

Se desnudaron con prisas y se acariciaron para descubrirse. Albar la sentó en la mesa, y Marina se estremeció cuando le cubrió los labios con una mano y descendió la otra hasta la entrepierna. Abrió la boca, luchando para no gemir y delatarse.

Tras un juego que la dejó exhausta, permitió que la tomara. Le dolió cuando Albar la penetró, como le habían dicho sus amigas, pero poco a poco aquel movimiento se convirtió en placer y se perdió en jadeos, con las manos en sus nalgas.

Cayeron al suelo las cartas de navegación y eso les hizo reír, comedidos, con temor a que los hubieran descubierto, pero fuera sonaba la música y ellos se amaban con pasión. Marina había fantaseado mucho acerca de estar con un hombre, lo que harían y lo que sentiría. Con Gonzalbo sólo había rozado la superficie de aquel reino de los sentidos.

Cuando comenzó a aumentar el placer pensó que no lo resistiría; ninguna mujer le había dicho que eso pasaba. Hubo un momento en que creyó que moriría, pero vio a Albar igual. Era el clímax; él parecía tener espasmos cortos y ella siguió moviéndose con ansia. Al final tocó el cielo con jadeos mudos.

Se dejaron caer en el suelo, respirando agitados. El camarote de madera ardía después de recibir el sol todo el día. Estaban totalmente empapados de sudor.

Sin hablar, se acariciaron con suavidad.

Un rato más tarde se hizo el silencio en el barco. Primero salió él y relevó al vigía. Marina salió sigilosa.

Llegaron al castillo de proa por separado. Estaban a oscuras, y nadie los veía. Marina se lavó a conciencia con agua de mar pues se decía que eso prevenía el embarazo. Sin quitarse las camisas comenzaron a juguetear y acariciarse. Era un secreto, pero las jóvenes hablaban mucho de sexo y ella sabía cómo hacerlo. Era la manera de prepararse para el matrimonio y también para los posibles amantes que muchas se buscaban.

Cuando se disipó el calor, se quedaron allí disfrutando del ambiente sereno de la noche y el frescor de la brisa nocturna. Miraron la cabeza de la sirena. Quizá el fantasioso médico tenía razón y sonreía más. Con esas tallas antiguas no se sabía nunca.

La calma del mar los predispuso para las confidencias pendientes. El timón estaba amarrado y las velas recogidas. Se oían los ronquidos de los marinos en la cubierta.

—Se llamaba Deidre y era de Irlanda... —comenzó al fin Albar de Ondárroa, con los ojos húmedos fijos en el manto de estrellas.

Bello y dulce amigo, besémonos vos y yo
allá abajo sobre los prados, donde cantan los pajarillos;
hagámoslo todo, a pesar del celoso.
¡Oh Dios! ¡Oh Dios! Qué pronto llega el alba.

Poema anónimo
de una *trobairitz* del siglo XII

54

Albar

Se llamaba Deidre y era de Irlanda. Era la hija de una familia de constructores de barcos, en Dublín. La conocí hace siete años, ella sólo tenía dieciséis. Yo era el piloto segundo de un velero mercante armado por el rey Alfonso XI de Castilla. Transportábamos lana y armas para el rey inglés. Tras una tormenta tuvimos que desviarnos a Irlanda. La reparación nos obligó a pasar allí el invierno. Cada día iba al taller del maestro de hacha, y la conocí allí ya que toda la familia trabajaba en aquel encargo. Deidre era soñadora y sensible. Me fascinaba escuchar sus historias y yo le contaba creencias de mi patria vasca. El padre, al ver que me interesaba por ella, me la ofreció como esposa. Aunque su dote era pobre, la acepté y en primavera nos casamos. Fueron días dichosos.

—¿La amabas? —preguntó Marina con reparo.

—Sé que la quería a mi lado. En marzo llegó el momento de volver a Bilbao y tuve que partir. Ella vendría a finales de la primavera, cuando el Atlántico estuviera más tranquilo. Nos íbamos a instalar en Ondárroa, y mientras la esperaba comencé a construir con mis manos una pequeña casa sobre un cerro frente a la costa. Pero Deidre nunca vino. Acabó el verano y llegó el otoño. Cada día el amanecer me sorprendía oteando el mar desde el porche de nuestra casa. Tenía un mal presagio. En octubre atracó un ballenero con noticias para mí: Deidre embarcó en Dublín el primer lunes de junio.

—¿Qué había ocurrido?

—No se sabía. La di por perdida con tristeza serena, pues el mar da y quita. Luego me enrolé en la armada de Castilla como piloto. Me fue bien, y hace cuatro años, en el sitio de Algeciras, fui naochero en una galera bajo el mando del almirante Edigio Boccanegra. Allí se fijó en mí el vicealmirante del Reino de Valencia, Mateu Mercer, que dirigía las galeras del rey de Aragón, aliado de Alfonso XI. Yo no pensaba volver al norte, demasiados recuerdos, y acepté la propuesta de Mercer de unirme a la armada como capitán. Era uno de los elegidos junto a Ponce de Santapau y Gil de Perellós.

»Me gané mi prestigio, y Mercer comenzó a buscarme a una dama noble para elevar mi estatus en la marina y la corte. —Los ojos de Albar se nublaron—. Pero en una misión diplomática en la que acompañaba al vicealmirante a la ciudad de Bugía, en el Reino de Argel, supe de Deidre. Fue un comentario en una taberna, una casualidad que parecía una burla de Dios. Yo estaba con nuestro trujamán sarraceno y detrás había un grupo de hombres con chilabas elegantes que gritaban y bebían alegres. Al quejarme, el traductor me explicó que celebraban la muerte de un rico mercader con el que competían por una ruta de caravanas hacia el interior de África. Oyó que tenía trescientos camellos, esclavos mamelucos caídos en desgracia allá en Egipto y numerosas concubinas. Y mencionaron a la más llamativa, una con el pelo rojo como el fuego del infierno que le habían traído de una isla del norte tan verde como las esmeraldas.

—¡Dios mío! —Marina se fijó en que las pupilas le temblaban—. ¿Era Deidre?

—Quise comprobarlo. El mercader había muerto de mal de costado mientras organizaba una nueva caravana. A las afueras de la ciudad estaba el campamento. Cientos de esclavos permanecían sin víveres, acosados por bandidos. Allí encontré a Nasir y a su grupo de guerreros, mal alimentados y maltratados hasta lo indecible.

—¿Y ella?

—Ya no estaba. Me dijeron que el amo se había deshecho de ella meses atrás. Nasir me reveló que él se había encargado, pero que no me gustaría conocer la verdad. Le imploré, y me ofreció acompañarme a cambio de comprarlos como chusma de galera. Lo preferían al infierno del desierto. Los esclavos negros zanjs son poco más que escoria. Se lo prometí, y me llevó más allá de las aldeas, hacia el desierto. Llegamos a un árido barranco lleno de cuevas. En cuanto oí los tintineos de campanillas y vi las sombras harapientas en los abrigos de las rocas, me invadió el terror. Era un valle de leprosos.

—¡Dios mío! —volvió a exclamar Marina.

—Deidre había contraído la enfermedad y su amo la había abandonado allí. Cuando me vio entrar en la cueva... —A Albar se le quebró la voz al recordarlo.

—Ahora lo entiendo. La llevaste a Barcelona y Agnès se hizo cargo.

Una lágrima rodó por la mejilla del capitán.

—Había oído hablar de que en Barcelona los leprosos estaban al cuidado de ciertas mujeres que los trataban con mucho afecto y atenciones. En ningún otro lugar de la Corona sucedía algo así, y no lo dudé. Así fue como conocí a Agnès y a sus beguinas. He vivido guerras, asedios y abordajes, y te aseguro que nadie tiene más valor en este mundo que esas mujeres.

—Lo sé. Son especiales. Yo no pude seguir allí, mi hermana Teresa sí.

—Agnès se conmovió con la historia de Deidre y la cuidó como a una hija. Ella, a pesar de todo, aún tenía cosas que ofrecer. Pasó los meses que estuvo en condiciones ayudando al resto de los enfermos con lo que mejor sabía hacer, contar historias. Comenzó a escribir el *Islario maravilloso* a partir de lo que había oído siendo esclava, y cuando sus dedos ya no fueron capaces de coger la pluma dictó a Sansa, hasta que ya no pudo hablar.

Marina no logró contener las lágrimas y cogió la mano a Albar.

—La enterré hace un año y medio en la capilla de Santa Margarida, y ya no he vuelto. Desde antes incluso, he vivido para vengarme. Sólo pienso en descubrir quién la capturó. Debe de ser alguien con recursos y barcos; un mercader o un noble. No es fácil traer esclavos desde el norte sin una buena organización. Al final, falté a mis obligaciones, cometí errores y tuve altercados con otros capitanes.

—Caíste en desgracia.

—Perdí mi estatus de capitán de galera, pero Mateu Mercer aún confiaba en mis dotes y me asignó a la Falcona, la *galiota* negra que no existe, destinada para misiones discretas y ataques a traición. En ella toda la tripulación huye de su pasado.

—En todo este tiempo, ¿has averiguado algo?

—He recurrido a cónsules, esclavistas árabes, piratas, incluso a astrólogos y nigromantes... y no hay ni rastro. Me escama pues los tratantes no son tantos. Tengo la sensación de que alguien va un paso por delante de mí.

—Esa obsesión es lo que te ha hecho así. Agnès afirmaba que no tenías corazón.

—Era lo que Deidre decía cuando me veía enloquecido de rabia, incapaz de pensar en nada más. Para ella, se me había perdido el corazón. Eso me convertía en alguien oscuro, incapaz de emocionarse ni de ver el lado bueno de la vida. —Se encogió de hombros, emocionado—. Carece de sentido, pero ella era así. Tenía su propio mundo.

—No te creas. Hay historias de héroes que son invencibles porque no llevan en su pecho el corazón, sino que lo ocultan en otro lugar para ser invulnerables a la muerte.

—A Deidre le gustaban esas historias. Siempre de manera suave y misteriosa, me decía que se imaginaba mi corazón guardado en un arcón con candado, en el sótano sellado de un castillo que estaba vigilado por un dragón. Lo último que me dijo antes de quedarse sin habla fue que lo encontraría, que tuviera esperanza, pues ella me guiaría. Es absurdo, pero me mantiene vivo.

—Por eso te uniste a mi familia en Barcelona —dedujo Marina—, para poder seguir buscando por el Mediterráneo.

Albar la miró con profundidad. Se había jurado no contarle jamás la misión que lo había llevado a reencontrarse con ella y a la que había renunciado definitivamente después de todo lo vivido juntos. Prefería unir su destino a la causa perdida de los Montaner y navegar, que servir a la codicia de un rey. Aunque quedara proscrito, no iba a traicionarla.

—Empeñaré hasta mi último aliento para cazar a los que trafican con mujeres inocentes.

—Podrías hacerlo a bordo de la Picardía —le ofreció Marina con una sonrisa—. Ahora pienso que tal vez ese hombre de Palermo, el Diablo, podría saber algo; según Walter, también trata con esclavos. Si alguna vez volvemos, deberías hablar con él.

—Pero debes saber una cosa: no voy a arrastrar a nadie más conmigo. Si logro alguna pista me marcharé. Por eso, deseo que me prometas que si la Picardía sigue en poder de los Montaner, pase lo que pase cuentes con mis hombres.

Marina asintió. Le dolía oírle hablar de irse para perseguir a un fantasma cuando acababan de amarse, pero esa parte indómita de Albar le gustaba. Ella también desearía poder alejarse, si bien por su condición era imposible. En cuanto pisara Barcelona debía plantearse el futuro. Su tío le había sugerido casarse con algún pariente de los mercaderes Mitjavila y ahora que era la heredera tenía una dote muy jugosa. Aun así, seguía pendiente el problema con el rey, la situación de su padre y la de sus hermanas.

Todo eso la angustiaba. No era libre, e imaginaba la risa sardónica del Diablo.

Se olvidó de sus cuitas al notar el roce de la mano de Albar. Correspondió, y poco a poco comenzaron a buscarse otras partes. Siguieron aquel juego un buen rato, como si no fuera con ellos, hasta que ya no pudieron más y ella se sentó a horcajadas sobre Albar.

Na Riera increpaba a su hija porque de día estaba
con Guillemó en el mismo lecho y le hacía guirnaldas de rosas
y jugaba con él de otras maneras.

Usos amorosos de las mujeres en la época medieval

Testimonio de Geralda (1378)

55

Castigo

Fue su hermano Joan, de nuevo, el que avistó tierra. Marina le entregaría veinte sueldos más como recompensa. Corrió como todos hasta la borda y atisbó la fina línea oscura en el horizonte.

—Barcelona.

No quiso permanecer mucho más allí para que no la vieran con los ojos húmedos. Antes de acercarse al puerto tenía asuntos pendientes.

—Nasir, ven, por favor.

Esperó al mameluco en el castillo de proa. Había decidido que ése era su lugar preferido, junto a la sirena que sabía sus secretos íntimos con el capitán.

—Albar me contó cómo os conocisteis. Llegué a creer que erais esclavos.

—Lo fuimos desde que los mamelucos del sultán de Egipto arrasaron nuestras miserables aldeas en las tierras de los zanjs, en el corazón de África. Nos llevaron a El Cairo para aprender el Corán y entrenarnos como guerreros. Por nuestra condición somos lo más bajo del ejército mameluco. Primera línea de infantería, cavadores de trincheras y carnaza para cansar al enemigo.

Los esclavos mamelucos eran los más temidos guerreros

de Oriente. Habían llegado a gobernar con mano de hierro el sultanato de Egipto. Pero tenían rangos.

—¿Cómo llegasteis a convertiros en esclavos de un mercader de caravanas?

—El guerrero mameluco se forja a golpes y castigos desde niño. Se le prohíbe mostrar sentimientos para no tener apegos ni sentir miedo. Cuerpos de piedra, almas de hierro. —Nasir estaba avergonzado de mostrar su debilidad—. No todos lo resisten ni pueden alejar los recuerdos de la infancia. Algunos se quitan la vida, otros hallamos consuelo en la fe. En la casa de una viuda en los suburbios del El Cairo vivía un maestro sufí y con él aprendimos a contemplar a Dios, acallando los gritos de los muertos.

—Por favor, Nasir, sigue.

—Luchábamos con la furia de mil *djins* en cada batalla, matar al enemigo forma parte de nuestro ser, pero hace cinco años el sultán nos ordenó volver a Sudán para esclavizar más niños zanjs. —Le tembló la mirada—. Entramos en las aldeas y matamos a ancianos y mujeres... De pronto recordé a mi madre llena de sangre y con los brazos extendidos, y me quedé inmóvil. No debo conmoverme, pero lo hice y ésa fue mi falta. A otros les sucedió igual.

—¿Os castigaron?

—En mi espalda llevo las marcas. Los que sobrevivimos fuimos vendidos a un mercader amigo del sultán para escoltar sus caravanas, el mismo que adquirió a la esposa de Albar. Nuestra fe y los recuerdos nos mantuvieron cuerdos.

—Os estoy agradecida, pero no sé qué ocurrirá en Barcelona. Con mi tío muerto, yo...

Nasir le dedicó una mirada cálida.

—El capitán nos salvó la vida y nos ha ayudado a vivir en este territorio de cristianos, tan extraño para nosotros. Somos espíritus errantes y este cascarón es nuestra patria si nos dejas vivir en él. —Sonrió—. Lo que seas para la Picardía serás para nosotros.

El hombretón se alejó y bajó ágil la escalera hacia la cubierta. Enseguida asomó la cara barbuda de Walter. Por su expresión, Marina comprendió que los había escuchado.

—¿Os habéis dado cuenta, Marina?

—¿De qué? —dijo un poco molesta por la tendencia del inglés a meter la nariz en todo.

—En realidad esos sanguinarios guerreros buscan a su madre. Muchos hombres se pasan la vida tratando de volver con ella, sobre todo si han sufrido tanto. Creo que vos y este barco representáis eso, aunque ellos ni se den cuenta.

—Qué extraño sois, Walter. ¿Sólo habéis venido para darme vuestra opinión?

—Soy el escriba y os recuerdo que hay algo pendiente. Lo que ocurra en la próxima hora, antes de anclar en Barcelona, definirá vuestro futuro.

Marina sabía a qué se refería el inglés. Había embarcado siendo la sobrina protegida de Dalmau, el patrón. Todos esperaban ver si era la misma o el mar la había cambiado.

Se plantó en medio de la cubierta.

—Nasir, subid al asesino de mi tío.

Se hizo el silencio. Los mamelucos lo sacaron y, sin miramientos, lo ataron al palo mayor. Luego le arrancaron la sucia camisa y lo dejaron desnudo, pero aún se atrevió a despreciar a Marina y a incitar a los hombres para que se amotinaran contra ella.

Albar apareció con el látigo. Los marinos se apartaron; nadie quería que le alcanzara la sangre pues traía mala suerte. El capitán hizo restallar el flagelo de tripa sobre la cubierta.

—Por haber asesinado al patrón Dalmau Montaner, es de ley que la madera que se manchó con su sangre beba también la del culpable. Cincuenta latigazos del proel Nasir te llevarán al infierno.

Hubo un murmullo entre los tripulantes. El gigante mameluco iba a destrozarlo.

Nasir hizo restallar el rebenque contra el mástil con tanta fuerza que dejó una marca en la madera. Eso borró de una vez la sonrisa del hombre. El primer latigazo le arrancó un alarido. En su piel apareció una línea blanca, como si apenas le hubiera hecho daño, pero enseguida se abrió y mostró la carne hasta las costillas.

Profirió otro alarido, todavía más desgarrador. Entonces Marina se puso en medio y detuvo a Nasir.

—No cedas a la piedad, pues nadie la tendrá contigo —intervino Albar—. En un barco el peligro es constante y no se puede tolerar el crimen.

—No va a haber ninguna muerte más. Como heredera de la Picardía dejaré que Dios decida si este hombre muere o no, y si vive lo hará maldiciendo este día.

Sacó su daga, fue hasta el sicario y le cortó la nariz sin un titubeo. No le importó que la sangre la salpicara, impasible a sus gritos de dolor. La tripulación se quedó estupefacta.

Marina lanzó la punta carnosa a la gata Lilith, que la olisqueó con curiosidad.

—Cortadle la mano que atacó a los Montaner y echadlo por la borda.

No moriría a bordo, pero ningún pescador ni marino recogería a un náufrago mutilado pues era como arrebatar a la muerte una presa segura.

Con la cara y el vestido ensangrentados, Marina caminó entre sus hombres, erguida como una diosa de la guerra. Subió a la proa y con la sangre pintó las mejillas de la sirena.

Los gritos del sicario cesaron tras lanzarlo por la borda. Ella ni siquiera miró el agua cuando el barco lo dejó atrás.

—Defiéndeme, hermana del mar —musitó. Había hecho aquello para ganarse el respeto. No sabía qué ocurriría en

Barcelona, pero si habían mandado a un sicario a bordo, con toda seguridad también habrían atacado la casa Montaner—. Si estás ahí, ayúdame.

La Picardía cogió una racha de viento y se alzó para superar la cresta de una ola profunda.

56

Un bosque de mástiles

> El decimoquinto día de luna es malo; no hagas nada en él, ni arar, ni sembrar ni contraer matrimonio. Los sueños se realizarán al octavo día.

Viernes, 11 de julio de 1348

Pasado el mediodía, desde la Picardía ya se veía la ciudad de Barcelona. Navegaban a medio trapo con un levante suave. Felip aferraba la caña del timón de codaste y dos marinos hacían lo propio con los de espadilla, todo para moverse entre los barcos de pesca y los anclados más lejos de la costa. Martín usaba el escandallo para medir la profundidad y, acto seguido, la cantaba.

Vieron varias naves con la marca de la peste, algunas eran restos ya quemados, y regresó la incertidumbre a la coca. No sabían qué podían encontrarse al desembarcar.

Marina oyó a Joan gritar su nombre. Le hacía señales desde la cofa para que subiera. La idea de trepar hasta allí la espantó.

—¿Por qué no? —la animó Albar—. ¡Nunca has visto Barcelona así!

La tripulación disimulaba, pendiente de ella. Se aupó a uno de los obenques. Iban desde las bandas de la coca hasta lo más alto del mástil, con unas flechaduras que formaban una escalera de cuerda. Los marineros trepaban con agilidad a la cofa y a las vergas que sostenían las velas. Marina comenzó animosa, pero la escala temblaba, y cuando el barco se balanceaba se veía suspendida sobre el agua.

—Marina, ¿te ayudo a bajar? —dijo Nasir, que ascendía tras ella.

La joven siguió avanzando, en pugna con el vértigo, hasta que su hermano le cogió la mano. Apenas cabían los dos en el cesto y se movían de lado a lado entre crujidos. Sentía la tensión en el vientre, pero se aferró bien y al fin miró al frente.

—Vale la pena —musitó extasiada.

Tras el bosque de mástiles ante la playa, se divisaban los edificios apiñados de Barcelona y la muralla nueva, que iba mucho más allá de la urbe, abarcando campos y huertas. Ella y Joan se distrajeron nombrando las iglesias que sobresalían entre los tejados. Enfrente se erguía Santa María del Mar, aún en obras, y en el centro de la urbe despuntaba la catedral de la Santa Cruz y Santa Eulalia.

—¡Mira toda esa gente en la playa! —dijo Joan—. Nos han reconocido.

Vitoreaban hacia ellos.

—¿Crees que Barcelona nos ayudará ahora con el asunto de rey?

—Eso espero, Joan. No sólo traemos la bodega llena, venimos de una ciudad que ha sobrevivido al paso de la peste. Ya podemos anunciar a todos que el mundo seguirá adelante.

El sol estaba en el cénit cuando la Picardía echó el ancla a cierta distancia. Llegó una barca con varios oficiales del Consulado del Mar y del racional. Primero preguntaron si había alguien enfermo en la nave. Albar gritó para que se oyera incluso desde la playa que en Palermo la mortandad hacía cesado. Eso tuvo un impacto profundo en Barcelona. Luego los oficiales se interesaron por la carga que llevaban en las bodegas. Sus rostros eran la imagen de la esperanza.

Albar informó de la muerte en Sicilia del patrón, Dalmau

Montaner, a los oficiales y éstos, por su parte, le dieron nuevas sobre lo sucedido esos días. El rey había dejado Valencia y había marchado hacia Teruel huyendo de la peste, pero el conflicto de la Unión estaba lejos de resolverse.

Albar se lo explicó todo a Marina en el camarote. Ella no se había atrevido a mostrarse por temor. Abrió un cajón de la arquimesa y le entregó el sello del tridente.

—Como segundo, sustituyes al patrón. Intercede por mí ante el Consulado del Mar y el Consejo de la Ciudad. Que valoren el éxito de la empresa.

—La ciudad te protegerá. El final de esta pesadilla está cerca, Marina Montaner.

Albar de Ondárroa desembarcó en el bote para proceder a informar e iniciar los trámites de la descarga del cereal. El resto de la tripulación quedó a la espera.

Marina andaba de un lado a otro del camarote, nerviosa. A pesar del optimismo del capitán, sin la protección de su tío se sentía indefensa.

A media tarde la playa ya estaba abarrotada de curiosos. Las esposas de los marineros se comunicaban a gritos con ellos. Albar regresó al barco, donde avisó enseguida de que iba a descargarse el cereal; luego podría desembarcar la tripulación, añadió. Se levantó un clamor en la Picardía. En la playa prepararon las balsas de transporte. Los estibadores, con sus pañuelos al cuello, esperaban para cargar los sacos en los carruajes del racional.

Al oír el jolgorio, Marina se decidió a salir a la cubierta. La misión del trigo concluía con éxito. Joan corrió a abrazarla. Al final se sentía orgulloso de ella.

—¡Marina! ¡Marina!

Se quedó desconcertada pues era la voz de su hermana Teresa. No veía de dónde procedía y las barcazas aún estaban lejos. Martín avisó de que se acercaba por detrás un bote que portaba a tres jóvenes atadas. Eran Romea, Teresa y Beatriu. Con ellas iban dos hombres a los remos y detrás Gaspar y el barbero Gonzalbo de Rodas. A Marina se le partió el alma. En la Picardía se hizo el silencio.

—¡Maldito seas! —gritó la joven con toda su rabia.

Sólo bastó eso para que Nasir y dos proeles apuntaran sus ballestas hacia el bote. Pero Marina les pidió calma. Sus hermanas tenían una piedra de lastre atada a los pies. Romea y Teresa lloraban, pero Beatriu, con la cara sucia y demacrada, observaba las aguas verduzcas con expresión ausente.

—Beatriu, ¡mírame! —se adelantó Joan—. ¿Qué le pasa?

—Gaspar, ¿qué ocurre aquí? ¿Qué haces con ese miserable? —gritó Marina.

—Verte es toda una sorpresa, Marina —comenzó el barbero.

—Tú enviaste al sicario, ¿verdad? ¡Pues no salió como esperabas!

—Sin embargo, no veo a vuestro tío Dalmau. —Gonzalbo compuso una sonrisa cínica—. Supongo que ya no está entre nosotros; de lo contrario, ya se habría asomado. Habría sido mejor para ti correr la misma suerte. Será más doloroso cuando tu capitán Albar de Ondárroa te arrastre ante el rey. Es por la Fuente. Don Pedro ya no sabe de dónde sacar fondos. —Comenzó a reír al ver la cara de estupor de ella—. ¿No lo sabías? ¿Por qué crees que volvió a Barcelona?

—¡No! Albar... —Se le quebró la voz. El gesto sombrío del capitán lo decía todo.

—¿Y también te has arrojado a sus brazos? ¡Cada vez que te entregas a un hombre acabas con esa cara! —Gonzalbo profirió una carcajada cruel, que Gaspar secundó.

—¡Hermana, perdóname! —comenzó Romea—. Contacté con padre a través de Gil, pero...

—¡Cállate! —Gonzalbo miró a Marina—. Esto puede ser muy sencillo. Mossé Natán nos ha entregado una parte generosa de los fondos de tu padre y Gaspar debe recuperar su herencia. Dado que has vuelto, deberás renunciar a ella si quieres que tus hermanas vivan.

—¡Aunque lo hiciera, su padre lo desheredó!

—Eso es fácil de arreglar en este tiempo de caos —respondió Gaspar—. La peste mata también a los notarios. Sus casas son saqueadas y los protocolos arden.

—Te propongo una solución, Marina —apremió Gonzalbo. Las balsas de carga ya estaban próximas—. Después de renunciar, te entregarás al Consejo de Barcelona, así evitarás que el vasco te lleve ante el rey. Que sea Barcelona la que decida si valora tu acción o prefiere entregarte a Su Majestad a cambio de mejores privilegios.

A Marina le fallaban las fuerzas. Le dolía el pecho y la cabeza. No podía creer que, después de todo, tanta lucha y tanto esfuerzo no sirvieran para nada. Vivía una gran mentira, incluso con Albar.

—¿Cómo puede un rebelde de la Unión moverse impune por Barcelona?

—¡Ha hecho un pacto con Gil de Montnegre! —gritó Teresa—. ¡Mataron a madre y nos matarán a todos!

—¡Gil no mató a madre! —replicó Romea—. El rey ha estado buscando la Fuente desde el principio. No sólo mandó a la Falcona y luego a Albar...

Gaspar la obligó a callarse a la fuerza.

—¡No la trates así! —gritó Joan, armado con una ballesta—. ¡Juro que os quitaré la vida!

—¡Espera! —le pidió Marina—. Si fallas, podríamos perderlas.

El barbero, impaciente, colocó una daga bajo el cuello de Beatriu.

—Elige: o renuncias a todo, incluida esa nave, y te entregas al veguer de Barcelona, o verás morir a tus hermanas y dejaremos que tu amante te arrastre hasta el rey.

Había decepción en los rostros de los marinos. Nadie lo sabía, quizá salvo Felip. Marina sentía vacío y cansancio. Luego llegaría la oleada de frustración.

—Marina, escúchame... —Albar parecía angustiado—. No es así.

—¡Déjame! —Se apartó de él—. Sé que es cierto. Esa culpa ha estado ahí desde el principio. La veía en tus ojos, pero pensaba que sólo era pena. Después de todo lo que hemos vivido... Deidre tenía razón: no hay corazón en ti. ¡No me entregarás a nadie!

Fue hasta la borda y cogió la soga con nudos que usaban para bajar. Se quedó en silencio y luego se volvió hacia la tripulación, que no se atrevía ni a respirar.

—Sólo os pido una cosa: si cuando pise la playa mis hermanas no son liberadas, ¡despellejadlos a todos y quemad la casa Montaner!

Entonces profirió un grito de animal herido que hizo enmudecer incluso a la gente que se agolpaba en la arena, ajena a lo que sucedía.

Walter lo veía todo desde la proa. Más tarde aseguraría a la desolada tripulación que la sirena del mascarón parecía tener cara de furia, pero nadie se atrevió a comprobarlo.

57

El plan

Marina subió a la barca y abrazó a Teresa y a Beatriu. Miró a Romea, que no dejaba de llorar, con ganas de abofetearla. Al final se sentó. Nadie había visto nada desde la playa pues estaban detrás de la Picardía. Todo el trayecto hasta la playa permanecieron sin cruzar palabra. Marina rehuyó la mirada de Gonzalbo; no quería llorar delante de él.

El bote tocó tierra lejos, más allá de la Torre Nova y el barrio de la Ribera. Teresa y Romea se llevaron a Beatriu hacia las casas de pescadores. Marina las vio alejarse sin que nadie lo impidiera. Al menos eran libres y Agnès se haría cargo de ellas.

—Te doy la oportunidad de volver a Valencia conmigo —dijo Gonzalbo de manera inesperada—. La Unión puede protegerte ante el rey, y estarías con tu padre.

Lo proponía de verdad, como si nada de lo ocurrido importara. Aún pretendía aprovecharse más, pensando que se ablandaría ante la posibilidad de regresar al lado de Pere.

—¡Ni al infierno iré contigo! —gritó Marina, y le escupió en la cara.

El barbero se quitó el salivazo y le dio un bofetón, pero Marina se mantuvo erguida.

—Tú lo has querido. Ya sabes cómo acabarás. Gaspar, entrégala.

Su primo la llevó del brazo hasta el Consulado del Mar. El veguer Acard de Talarn, con las insignias reales, presenciaba la descarga con los demás oficiales y consejeros. Se hizo el silencio al verlos llegar.

—Ella es Marina Montaner —comenzó Gaspar con solemnidad—, acusada de un delito de lesa majestad. Como gesto de fidelidad a la Corona por parte de la familia Montaner, yo, el hijo superviviente de Dalmau el Navegante, la entrego al veguer y al *Consell* para que se decida su suerte conforme a los *Usatges de Barcelona*.

Acard de Talarn era la máxima autoridad real en la ciudad. Su deber era ponerle un cepo y mandarla ante el rey, pero veía los sacos de trigo camino de los almacenes del racional en la plaza del Blat. Esa mujer había regresado incluso sin patrón para paliar la hambruna.

La multitud comenzó a ovacionarla. Una niña harapienta se aferró a su cintura y ese gesto la ayudó a reponerse. Durante días, Agnès se había encargado de correr la voz de que la expedición era cosa de Marina Montaner.

El veguer, incómodo, ordenó llevarla a una celda de las entrañas del palacio Real, junto a la catedral. Debían acordar qué hacer con ella.

Más tarde, en la sombría celda, Marina comenzó a asumir la derrota. Gonzalbo tenía razón: su corazón se veía zarandeado por confiar demasiado en los hombres. Pero no quería aceptar que fuera por la fragilidad de las mujeres. No era débil. Había luchado más que nadie para llevar el trigo a Barcelona.

Al día siguiente la visitó un notario de Gaspar. Dado que sus hermanas habían sido liberadas, debía cumplir su parte.

En el documento a firmar reconocía haberse aprovechado de la debilidad extrema de Dalmau Montaner para hacer realidad sus intenciones. Eso invalidaba cualquier decisión del anciano, también el nuevo testamento. Todos los fondos de Dalmau, la coca y las ganancias del cereal se sumarían a la herencia de Gaspar.

Marina sólo firmó cuando constó en el documento que su primo se obligaba a liquidar las comandas de las damas de Barcelona y a pagar a la tripulación de la Picardía. Luego entregó el anillo del tridente, que aún lucía en el pulgar. Ya no era una Montaner, sólo una prisionera a merced de unos hombres guiados por sus intereses personales.

Mientras, la tensión aumentaba en Barcelona. Los marineros que desembarcaron hicieron crecer el relato sobre las hazañas de la sobrina de Dalmau el Navegante y la coca Picardía. El veguer no se decidía a enviarla ante el rey don Pedro.

Pasaron tres días hasta que dejaron pasar a Agnès a la celda. Fue un encuentro agridulce. La beguina le explicó lo sucedido. Sansa y ella habían pasado muchos días de angustia, sin saber si las hermanas de Marina estaban vivas o muertas. Pero casi resultaba peor enterarse de que las habían convertido en mera mercancía para colmar los apetitos de aquellos depravados.

—Sé que no es un consuelo, pero Barcelona está cociendo pan gracias a ti.

—Antes me habría emocionado, Agnès; ahora, en cambio, me siento frustrada. Este viaje me ha cambiado. Ha habido momentos en los que he sido lo que siempre deseé. ¿Cuándo veré a mis hermanas?

—Teresa y Beatriu están a salvo en el beguinato, pero Beatriu ha vuelto con Gaspar a la casa de la calle de Montcada. Prometió que se encargaría de que las dejaran en paz para siempre. Sospecho que no podía soportar vivir en una leprosería. Prefiere la situación en la casa. Aun así, creo que era sincera y que evitará que molesten más a tus hermanas. Además, Gaspar ya tiene lo que quería y no sois un cabo suelto.

—¿Y Gonzalbo de Rodas?

La beguina no supo responderle. Nadie en Barcelona lo conocía ni lo había visto.

El día siguiente, Teresa y Beatriu fueron con Agnès a ver a Marina. La prisionera se sintió morir cuando supo la molicie en la que vivía aquel grupo que se creía en el paraíso. Gaspar permitía los abusos y que desangrasen el patrimonio familiar.

Beatriu seguía con la mirada ausente. Se había encerrado en sí misma.

—Apenas habla —reconoció Teresa entre lágrimas—. Le han hecho daño.

Marina también veía mal a Teresa, pero de un modo distinto, como si detrás de sus ojos se estuviera formando una tormenta. No pudo más y las abrazó de nuevo.

—¿Y Romea? —preguntó luego, intrigada—. ¿Ella también participaba?

—La trataban como a una sierva, aunque con Gonzalbo era diferente —musitó Beatriu, cabizbaja—. Tuvieron algo, pero ella sigue convencida de que se casará con Gil.

Teresa le habló del pacto entre Gonzalbo y Gil de Montnegre. Se habían hecho con una mitad de la compañía y Gaspar con la otra. Para el judío Mossé Natán era como una razia contra los Montaner, pero hecha de forma inteligente. Al final concluyó:

—Gonzalbo ya ha escapado y repartirá el botín con Gil. Gaspar seguirá gastando y cuando los acreedores caigan sobre él acabará en la horca. Y a nosotras nos tocará recoger los pedazos rotos de Romea, pues ese caballero jamás vendrá a por ella.

El panorama era desolador. Marina deseó no haber tocado tierra nunca.

—Han eliminado a cualquiera que pudiera suponer un obstáculo. ¡Malditos sean!

—Eso parece —musitó Teresa—, pero en esa casa se percibe algo más oscuro.

Marina pasó a explicarles el viaje. Lloraron por su hermano Pere y por el tío Dalmau.

—¿Ya se sabe qué va a hacer Barcelona conmigo? —preguntó a Agnès luego.

—El procurador general del rey en Cataluña es el noble Gilabert de Corbera, un hombre ambicioso. Ve la oportunidad de sacar rédito y exige que se te envíe a Teruel. Pero eso debe decidirlo el Consejo de la Ciudad. —La beguina sonrió—. Yo soy optimista.

—¿Sigue la guerra de la Unión, a pesar de la peste?

—Las tornas están cambiando. El rey se encuentra en Aragón, donde componen la Unión nobles, a quienes puede contentar con más privilegios y concesiones. Dicen que ha forjado una alianza con Lope de Luna y que ha recompuesto el ejército que perdió en Valencia. Pronto se enfrentarán. Si don Pedro es derrotado, su hermanastro don Fernando se hará con la corona, pero si vence impondrá su autoridad a cambio de concesiones y a continuación irá a aplastar a la que más odia, la Unión del Reino de Valencia.

—El rey no olvida que un barbero y una doncella lo humillaron. —Marina sintió el mordisco del miedo—. ¡Entre todos ya no pueden hacernos más daño a los Montaner!

—Yo creo que el Consejo te protegerá —la animó Agnès—. En Barcelona estarás a salvo hasta que logremos tu perdón. Ten confianza.

Marina no quería discutir.

—¿Qué ha sido de la Picardía y su tripulación?

—Gaspar envió a su notario para hacer inventario, y lo devolvieron desnudo y atado.

Sonrió orgullosa y sintió pena. Esperaba no volver a ver a Albar de Ondárroa.

—Decidles que si no obedecen serán acusados de usurpación y piratería.

—En realidad no bajan porque no se les ha pagado. —Agnès sonrió con cierta malicia—. El capitán Albar y Walter de Wrobruge están empeñados en rescatarte. Ese ingles parece un hombre interesante…

Aquello las dejó sorprendidas y rompieron a reír. Si debían esperar acontecimientos, mejor hacerlo con un poco de ánimo.

58

La decisión del *Consell*

Miércoles, 23 de julio de 1348

Marina perdió la noción de los días que estuvo en la mazmorra húmeda y oscura. Al menos notó la gratitud del pueblo, pues le dieron de comer bien, sacaban el cubo de las necesitades siempre que lo usaba y tenía varias mantas para no dormir sobre la piedra. Agnès la visitó a diario, y pudo ver a sus hermanas una vez más. La beguina le hablaba con optimismo, confiaba en el Consejo de Barcelona.

Esa mañana no entró en su celda el habitual sirviente con las gachas, sino que lo hicieron dos soldados.

—¿Qué ocurre?

—Debes acompañarnos al convento de Santa Caterina, la sede del *Consell de la Ciutat.* Los dos consejeros que siguen vivos van a celebrar una audiencia privada.

Marina asintió, si bien estaba intranquila. No eran horas, como si se tratara de evitar que la población se enterara. Uno de los soldados le devolvió su capa carmesí y salieron a la plaza del Rey. Comenzaba a amanecer y las golondrinas piaban sobrevolando sus cabezas. Aún se estaba fresco.

Rodearon la catedral y fueron a la plaza del Blat. Marina

veía muchas puertas de obradores abandonadas, otras marcadas. Pasaron por calles totalmente desiertas.

—En Palermo la peste ha remitido.

—Aquí también disminuyen los contagios —comentó uno de los soldados—. Hay galenos que piensan que este calor seca el aire pestilente.

—Pero casi la mitad de la población ha muerto o se ha marchado —repuso el otro—. En los campos es peor. Este año no se recogerán las cosechas ni se vendimiará.

Eran una generación marcada para siempre, pues nadie había quedado indemne.

El convento de Santa Caterina, de los frailes predicadores, además de la Inquisición de Barcelona, era desde hacía tiempo el lugar de celebración de las reuniones del Consejo de la Ciudad. Un dominico les franqueó el paso y cerró.

La iglesia era espaciosa, y olía a incienso y vinagre. Llegaron junto al altar de las Vírgenes, donde estaban las cinco sillas del *Consell*. Marina se puso nerviosa al ver que su primo Gaspar también estaba presente. Vestía una gonela de seda negra y la valiosa cadena de oro con tridentes hechos de coral rojo, la joya familiar que su tío lucía en ciertos actos solemnes. Fue hacia él, furiosa:

—¡Como heredero, cumple los contratos del viaje a Palermo! —le soltó—. O la tripulación de la Picardía te apaleará como a un perro. Quizá lo hagan de todos modos por lo que me has hecho.

—¡Le cambiaré el nombre y quemaré ese mascarón demoniaco!

Marina se rio en su cara al verlo afectado por la amenaza.

Un ujier del Consejo reclamó la atención de los Montaner. Sólo dos de las cinco sillas estaban ocupadas: la del *honrat* Romeu Llull, amigo de Agnès, y la de Francesc Bastida, mucho más anciano y con semblante preocupado. Los otros dos y el *conseller en cap*, Arnau Dusai, habían muerto por la peste. Dado que el Consejo de Ciento también estaba diezmado, se tardaría en realizar la elección de quienes los sustituirían. En un lateral se sentaban el escriba y un notario del Consejo para levantar acta de las decisiones.

También estaba fray Joan Llotger, inquisidor general de Barcelona. Alegó tener interés en la audiencia pues había acompañado al capellán del rey, Nicolás Rosell, durante su visita en mayo y ambos llegaron al convencimiento de que las hermanas Montaner estaban muertas. Ahora no disimulaba el profundo disgusto que le causaba haber sido burlado.

—Resulta que estás viva —dijo en tono severo el fraile en cuanto tuvo delante a Marina—. Veremos cómo se toma fray Nicolás Rosell esto. Has pecado de mil formas, mujer.

El último presente era un noble de mediana edad que lucía en el sobreveste las barras de Aragón bordadas. Era Gilabert de Corbera, procurador del rey en Cataluña.

—Ya estamos todos los convocados —anunció el consejero Francesc Bastida—. Por turno debó hacer la función de *conseller en cap*, pero hoy no seguiremos los formalismos de las sesiones ordinarias. Marina, hija del mercader Pere Montaner de Valencia, el Consejo debe decidir si entregaros al rey, como su procurador solicita, o dejaros libre.

—Hay pan gracias al trigo de Palermo —replicó la joven tras una reverencia.

—Y por ello el Consejo y el veguer habíamos tomado la decisión de no inmiscuirnos en los asuntos del rey y sólo desterraros de Barcelona. —Francesc frunció el ceño—. No obstante, acaba de llegar una noticia inesperada, de ahí la premura de esta sesión urgente y secreta. El procurador Gilabert de Corbera tiene la palabra.

Marina sintió que la incipiente esperanza se desvanecía.

—Gracias, honorable Francesc Bastida. —El procurador general clavó sus pequeños ojos en Marina, arrogante—.

Por prudencia, no se informó a las ciudades de que el ejército de don Pedro iba a enfrentarse a las fuerzas de la Unión aragonesa. El lugar elegido fue un campo cercano a la villa de Épila. La batalla aconteció anteayer, veintiuno de julio, y ya ha llegado un mensaje desde el columbario de Zaragoza anunciando la rotunda victoria de nuestro rey sobre los sublevados..., gracias, sea dicho, al apoyo del noble Lope de Luna.

Se hizo el silencio. Era la primera gran victoria del rey desde que estalló la guerra de la Unión en noviembre del año anterior.

—*Deo gratias!* —exclamó Joan Llotger—. Parece que Dios quiere el retorno del orden a nuestros reinos. Se acerca la hora de castigar a los siervos de Satán.

El eco de la voz del inquisidor se perdió en el vacío del templo. Marina se desanimó. Don Pedro IV de Aragón, el rey derrotado por sus propios súbditos y a punto de perder la corona, ahora se alzaba sobre sus cenizas con poderosas alianzas, ansioso de venganza.

—Hoy se festejará el triunfo en todas las ciudades leales a Su Majestad. Es el primer paso para pacificar Aragón. —Gilabert hablaba henchido de orgullo—. Lo siguiente será aplastar la Unión de Valencia.

—Esta novedad pone a Barcelona en una situación comprometida con respecto al asunto que nos ocupa —siguió Francesc Bastida con la mirada puesta en Marina.

—Somos leales al rey, pero también debemos primar el interés por nuestros ciudadanos —dijo el otro consejero, Romeu Llull—. Insisto, eso nos legitima para no tomar partido. Dejemos en libertad a Marina Montaner fuera de las murallas de Barcelona.

Comenzó una discusión acalorada. Las posturas estaban encontradas pues Francesc Bastida, el inquisidor y el procurador del rey advertían que don Pedro lo interpretaría como una deslealtad de la Ciudad Condal. Además, tenía interés en cierta información que la joven podía proporcionarle para ayudar a sus finanzas.

La guardia llevó a Marina a la sacristía, puesto que no tenía voz en la audiencia. Cuando la hicieron volver, una hora más tarde, Romeu Llull no se atrevía ni a mirarla. Tomó la palabra Francesc Bastida:

—Dado que Marina Montaner no es ciudadana de Barcelona, no la amparan los *Usatges*. El Consejo, por prudencia, ha acordado entregarla al procurador del rey. —Hablaba aliviado—. Por el contrario, se ha decidido que sus hermanas Romea, Teresa y Beatriu podrán seguir en la ciudad, bajo la protección del *Consell*, si mantienen una vida honesta.

Marina bajó el rostro. No iba a implorar. A pesar del optimismo que Agnès había mantenido, ella sabía que tenía demasiados enemigos y que éstos eran poderosos. De una manera u otra, acabaría en las garras del rey. La Fuente, de la que no sabía nada, era su maldición. Al menos sus hermanas estarían a salvo; había cumplido la promesa que le hizo a su padre.

Cuando los dos consejeros se pusieron de pie para marcharse, el inquisidor fray Joan Llotger los detuvo y pidió la palabra. No estaba del todo conforme.

—Honorables consejeros, pienso honestamente que los actos de una mujer que se comporta como un hombre, y que llega a burlarse de la Iglesia haciendo creer que ha muerto, no deben pasarse por alto pues es un ejemplo satánico para otras jóvenes.

—¡Y obligó a mi padre a nombrarla heredera! —intervino Gaspar sin permiso.

—¡No olvidéis quién ayudó a la ciudad cuando más lo necesitaba! —se opuso Romeu Llull.

—Y doy gracias a Dios por ello —siguió el inquisidor—.

El trigo beneficia el cuerpo, pero ¿qué hay de las almas? Ese trigo esta manchado con el pecado, y place a Dios un acto de reparación ejemplar.

A Gilabert de Corbera pareció satisfacerle la idea y dio su opinión.

—Nuestro rey concede mucha importancia a los actos ceremoniales y apreciará uno que ejemplifique el castigo a Marina Montaner.

Los dos consejeros guardaron silencio; era un asunto espinoso. Gaspar se adelantó hasta el altar. Marina comenzó a preocuparse por el giro que había tomado la reunión.

—Para alguien que humilló así al rey —dijo Gaspar, y miró sarcástico a su prima—, lo más apropiado y ejemplar sería el escarnio de *les cent cantonades*.

El procurador del rey y el inquisidor suscribieron con entusiasmo la propuesta. Al fin los dos consejeros claudicaron para no tener problemas. Marina se arrepintió de haber provocado a Gaspar. De nuevo fue consciente de que se había inmiscuido en un mundo regido por hombres, y eso sólo podía acabar de una manera.

Iban a causarle la peor humillación de Barcelona.

59

Les cent cantonades

El vigesimoctavo día de luna es muy bueno para elaborar vino, contraer matrimonio y ponerse en camino. Quien esté enfermo sanará; si truena será para bien.

Jueves, 24 de julio de 1348

Las campanas de Barcelona anunciaron el escarnio de *les cent cantonades* contra Marina Montaner. La mayoría de los habitantes estaban consternados. Era un castigo cruel, inadecuado para alguien que no era un criminal. Desde el amanecer, una multitud de curiosos se agolpaba a lo largo del recorrido, que salía del palacio Real y doblaba cien esquinas recorriendo buena parte de las plazas e iglesias del centro de la ciudad y del barrio de la Ribera.

Marina se encerró en sí misma, llena de pena y miedo. El único consuelo era que se dejaría en paz a sus hermanas.

Antes de comenzar el recorrido, fray Joan Llotger la visitó en la celda del palacio Real. No parecía complacido. Consideraba que aquello le haría bien a su alma pecadora.

—Eva cayó en la tentación, pero fue redimida. ¿Deseas pedir perdón a Dios?

—Lo hice ante fray Nicolás Rosell hace meses y de nada me ha servido. ¿Va a valerme ahora?

—No añadas arrogancia a tus faltas, Marina. Debes entender cuál es tu lugar en la creación divina. Las que prefieren seguir su albedrío son siervas de Satán.

La joven recordó los vaticinios de Monna Datini. La libertad de la mujer corría peligro.

—Renuncia a todo y abraza una orden religiosa cuando esto acabe, Marina.

—¿Me dais a elegir entre la horca del rey o la reja del convento? —se burló.

El inquisidor le propinó una fuerte bofetada. Marina notó que le sangraba el labio, pero se mantuvo erguida, sin llorar. Los ojos del inquisidor ardieron.

—Hablas como las hechiceras. ¡Hoy son cien esquinas, un día serán cien hogueras!

Antes de salir a la calle, le rasgaron la camisa. Llevaba colgadas dos llaves viejas en las que nadie reparó. Saldría sobre un asno, con un capirote de colores vivos y los pechos desnudos, cubiertos a lo sumo con sus cabellos castaño claro.

Apenas salió a la escalinata del palacio Real, ante una plaza abarrotada de curiosos, recibió una andanada de pieles de cebollas podridas. Otros ciudadanos abuchearon la agresión, y la comitiva se organizó con prisas. Subir al asno le causó la peor vergüenza de su vida, pero sólo era el principio. Delante del asno iban un estandarte, un tamboril y un pregonero; detrás, el *morro de vaques*, encargado de azotarla en cada esquina, y las autoridades, el veguer Acard de Talarn y el procurador del rey, Gilabert de Corbera.

Marina vio a Gaspar tras ellos. El monarca sabría quién estuvo presente, y su primo quería mostrarse. Se oían risas y comentarios sobre sus pechos, pero la mayoría demostraba su disgusto con silbidos y empujones. Deseaba que la tierra se la tragara.

Los soldados tenían dificultades para apartar a los indignados por lo que consideraban una injusticia. El ambiente se crispaba y se insultó a las autoridades.

Al llegar a la primera esquina, en la propia plaza del Rey hacia la catedral, el *morro de vaques* detuvo el asno e hizo restallar varias veces el látigo en la espalda de Marina. La joven apretó los dientes y no gritó, pero el suplicio duraría horas. Quedaría marcada y quizá también lisiada para siempre.

—¡El rey no trajo el trigo de Sicilia, fue ella! —gritó una voz con todas sus fuerzas.

La reconoció, era Joan, aunque no atinó a verlo entre los cientos de caras. Enseguida la arenga caló y el pueblo rugió. Los ojos verdes intensos de Marina destilaban pena y vergüenza. En la plaza del Blat estaba media Barcelona. Vio a Romea, que se escabulló en cuanto se miraron. La azotaron de nuevo, y no pudo evitar gritar de dolor. El *morro de vaques* no alcanzó a completar la tanda porque la muchedumbre comenzó a empujarlo y los soldados tuvieron que intervenir. El consejero Romeu Llull, asustado ante lo que veía, pidió suspender el escarnio, pero el procurador insistió. El fragor de la gente era ensordecedor.

La comitiva llegó a la calle de la Bòria. El asno se detuvo y Marina estuvo a punto de caer. La entrada estaba bloqueada por una muchedumbre que gritaba.

—¡Castigan a quien nos ha ayudado! —provocó alguien.

Marina iba abstraída. El intenso dolor que sentía en la espalda nublaba su mente, pero reaccionó al percatarse de que quien había gritado era Martín. Estaban parados en la boca de la calle.

El procurador Gilabert de Corbera instó al veguer y los soldados comenzaron a empujar a la gente para abrirse paso. Entonces estalló la trifulca, en el lugar más estrecho y difícil para mantener el orden. Entre el gentío aparecieron unos desconocidos de piel negra, armados. Marina vio los sables curvados de los mamelucos. Los soldados desenvainaron nerviosos. Nasir sajó de un mandoble la mano a uno de ellos. Así comenzó la lucha en la calle de la Bòria. La gente, al tratar de alejarse, formó una estampida.

Los soldados dejaron desprotegidos al procurador, al veguer y al *morro de vaques*, y la muchedumbre los rodeó y los zarandeó. Detrás iba Gaspar, inquieto. Había sido quien había capturado a Marina, de modo que comenzaron a insultarlo y a escupirle entre empellones. En medio del tumulto llegó Joan, y lo golpeó en la cara.

—¡Éste es el que la entregó!

El resto lo imitó. Gaspar cayó gimiendo bajo una lluvia de puñetazos y patadas. Al final salió a gatas, cubierto de sangre e implorando piedad desconsolado. Marina lo vio todo subida en el asno. Se miraron un instante, y la joven levantó la mano antes de que su primo huyera.

Gritó cuando de pronto unos brazos tiraron de ella para bajarla del asno.

—Nos vamos, Marina.

—¿Albar? —En los ojos del hombre vio pena. A su alrededor, los proeles se batían a muerte por ella. No tenía fuerzas para reproches y se aferró a él—. Sácame de aquí, capitán.

La gente se percató y formó un muro que impedía a los soldados ir en su persecución por la calle de la Bòria. El vasco la llevó en volandas, protegido por sus hombres. Joan conocía bien la ciudad y los guiaba. El grupo se internó por el laberinto de la Ribera. Barcelona había decidido indultar a Marina Montaner, y cuando llegaron más soldados del palacio los ciudadanos bloquearon las calles y crearon confusión. Aquello se recordaría durante años.

—¿Vamos al puerto? —preguntó Marina—. La Picardía es de Gaspar.

—Pues que venga a quitártela, mercadera. ¡Perdóname, Marina!

La joven dejó escapar una lágrima. La herida que Albar le había infligido al ocultarle la verdad tal vez sanaría, pero aún era pronto y su corazón sangraba. Hundió la cara en su cuello.

—Déjate cuidar, Marina Montaner. Sólo hoy.

Dos botes los esperaban en la playa. El paje Martín, quizá a través de las beguinas, había recuperado su capa carmesí y la cubrió. En un suspiro remaban hacia la Picardía, donde Walter la esperaba en el camarote con emplaste de camomila para las heridas. Parecía otro, serio y preciso; sabía lo que debía hacer. Por suerte, el verdugo no se había empleado a fondo y la espalda sanaría, aunque le quedarían finas líneas en la piel. Antes de limpiar las llagas, el galeno le dio a oler una pasta de color verduzco que olía intensamente a alcohol y menta. Aturdida, oyó los gritos de Felip para levar anclas y soltar el trapo. Al instante la puerta se abrió y vio entrar a Agnès y a sus dos hermanas menores.

Tras el alivio que sintió, acabó por desvanecerse.

60

Legado

Marina se despertó por el dolor en la espalda. Moverse fue peor, y se quedó quieta sobre la litera colgada de su camarote. Notó el familiar movimiento del barco al navegar.

—¡Marina!

Joan, que estaba a su lado, salió del camarote y avisó. Entraron Teresa, Beatriu y Agnès. Ninguna tenía buen aspecto, pero sonreían con alivio.

—Este mareo es un infierno —se quejó Agnès, lívida.

—¿Dónde estamos? ¿Qué ha pasado?

—Has dormido varias horas —explicó Teresa. Su sonrisa la tranquilizó—. Vamos bordeando la costa hacia la aldea de Calella, que está a media jornada de Barcelona.

Entró Walter y le tocó la frente para comprobar si tenía fiebre.

—Sólo cinco heridas han necesitado sutura, el resto sanará muy pronto.

—No es eso lo que más me duele, Walter. No tengo hogar, ni nada.

El médico sonrió y abrió los brazos.

—¡Éste es nuestro hogar! Unos maderos flotando en el mar. Es horrible, ¿verdad?

Miró a Agnès con una ancha sonrisa y la anciana le hizo ojitos. Al verlo, Marina se animó un poco. Apareció Lilith, y la dejaron en su regazo. La gata negra movía el rabo y ronroneó, complacida y atenta a las extrañas.

Luego entró Albar. Marina lo observó con sentimientos encontrados.

—El rey no te lo perdonará, capitán —dijo fría—. Ya eres un paria como yo.

Nasir se asomó y le dedicó una mirada profunda sin cruzar la puerta. Quizá Walter tenía razón y defenderla era para el mameluco suplir lo que no pudo hacer de niño con su madre.

—¿Está toda la tripulación? —preguntó Marina mientras rascaba la barbilla a la gata.

—Los de Barcelona desembarcaron —explicó Albar—. Aquí estamos los de la Falcona y alguno que no tiene un hogar al que volver. Somos quince, pero podemos navegar.

—No cuento con qué pagaros. Sólo tengo deudas en Palermo que no podré saldar.

—Eso no es exactamente así, ¿verdad, Agnès?

La beguina señaló un cofre sobre la arquimesa.

—El banquero Mossé Natán ha cobrado una carta de crédito de los Bellpuig que logró escamotear a Gaspar. Treinta libras. Podrás pagar al menos este viaje.

—He querido ser lo que no puedo —dijo pesarosa.

—Ten fe, hija. —La beguina temía que de nuevo se sumiera en la melancolía paralizante, como le ocurrió los primeros días en el beguinato—. Dios te guiará, pero de momento es mejor que desaparezcas.

El camarote quedó en silencio. Marina entendía las implicaciones de lo que había ocurrido. Había burlado una decisión del Consejo de la Ciudad, al procurador del rey en Cataluña y al inquisidor general de Barcelona. Ya no podía ser peor.

—¿Vosotras vendríais conmigo? —Señaló a Teresa y a Beatriu.

—No las arrastres —siguió Agnès, firme—. El Consejo determinó dejarlas al margen y eso supone respetarlas.

—Pero ¿y Gaspar? Ya las encerró una vez.

—Le convenía controlarnos. Tú eras la heredera principal en el nuevo testamento del tío, pero nosotras teníamos derecho a dote —explicó Teresa—. Ahora que es nulo ya no somos ningún problema para Gaspar. Tampoco querrá enfrentarse al Consejo.

—Juré a padre protegeros, y ahora... —Se le quebró la voz, estaba muy sensible.

—Y lo cumplirás si las dejas a mi cargo —terció Agnès con voz suave.

—Yo no quiero volver al beguinato, ni a un convento —dijo Beatriu con las pupilas temblando—. Me gustaría casarme un día, ser madre, vivir una vida normal...

Marina la miró apenada. Ella no podía ofrecerles eso. Agnès tenía razón.

—No volverás allí, hija. —La beguina le cogió la cara con ambas manos—. Eres muy habilidosa, y he pensado que seas aprendiz en el taller de Joana Fortunyà, la mejor talladora de coral de Barcelona.

—¿Es suyo el taller?

—Así es. Lo heredó de sus padres. Está obsesionada con ser maestra y quizá lo consiga. Suele enseñar el oficio a muchachas, y con la peste seguro que necesita gente.

—Soy una Montaner, no querrá tener problemas.

—Créeme —insistió la beguina—, si hay una mujer que no tiene miedo, es Joana.

—¿Qué te parece, Beatriu? —Marina sintió una oleada de alivio—. Estarás cuidada mientras aprendes el oficio.

—En esos dedos tienes un don, hermana —insistió Teresa—. Iré a verte a menudo. Cuando pase un año ya serás ciudadana de Barcelona y podrás moverte con libertad, casarte...

—¿Podré ver a Romea? Está tan distinta... Sufro mucho por ella.

—Acercarse a Romea es acercarse a Gaspar —comentó Teresa, sombría—. Pero te prometo que trataré de convencerla para que salga de ese infierno.

Marina se percató de que la tormenta crecía tras los ojos de su hermana. Agnès carraspeó.

—En cuanto a ti, Teresa, hay un curtidor joven que ha enviudado y me ha transmitido su interés. No le importa tu apellido ni que no aportes dote. —Al ver que abría los ojos de espanto, cambió de propuesta—. También sé que en el convento de Santa Clara se necesitan sirvientas. Empieza a haber trabajo por todas partes.

—¿No queréis que siga en el beguinato? —preguntó decepcionada.

—No hay nada que Sansa y yo deseemos más, pero ser beguina es consagrarse a Dios y eso no es lo que veo en ti.

Marina la vio angustiarse. Quizá Agnès se había dado cuenta de su relación con Sansa.

—Ahora mi alma está llena de odio y dolor, pero quiero quedarme con vosotras.

—Agnès, os lo pido yo también —terció Marina—, me quedaría más tranquila si Teresa sigue bajo vuestra tutela.

La beguina dudó. A pesar de todo, fue consciente de que habían sufrido mucho durante las últimas semanas; necesitaban recalar en un lugar sanador para el alma.

—Está bien, pero fray Benet y yo estaremos más pendientes de tu cuidado espiritual.

Teresa asintió aliviada, pero rehuyó la mirada. Aunque aparentaba más entereza que Beatriu, llevaba toda la vida escondiendo lo que sentía, y quizá estaba mucho peor.

Aprovecharon la tarde para hablar. Marina se serenó al fin. Dejar a sus hermanas era lo mejor para ellas. Agnès de Santa Margarida y su círculo de mujeres se encargarían de ayudarlas a vivir con discreción en una ciudad que renacería tras la peste.

Bajo la luz crepuscular llegaron a la costa de Calella. El cocinero Roger les preparó una cena frugal. Cuando fuera noche cerrada Teresa, Beatriu y Agnès desembarcarían con discreción y harían a pie el camino hasta Barcelona, adonde llegarían a la hora de abrirse las puertas de la ciudad.

Marina necesitó ayuda para recorrer la cubierta; aun así, mientras lo hacía intercambió una mirada con todos y cada uno de los miembros de la tripulación. La mayoría de aquellos hombres habían estado en la Falcona y eran proscritos como ella. Con muchos no había hablado jamás, pero con el gesto le hicieron saber que la reconocían. Encontraría la manera de compensarlos.

Llegó a la proa y se quedó observando el mar en la noche. Agnès, a su lado, contempló un tanto inquieta el sensual mascarón de proa. Luego miró a la joven.

—No guardes rencor a Barcelona. El miedo nubló el corazón de los dos consejeros. Has traído la esperanza. Dicen que en el Consulado del Mar ya se han registrado varias sociedades que preparan viajes comerciales. Renacerá, en parte gracias a ti.

—Si lo que me pedís es que olvide, no lo voy a hacer —replicó Marina.

—Viniste siendo una niña asustada y… ¡mírate! Has vuelto a desafiar a los más poderosos y hasta a la Inquisición, pero ahora tienes un barco. Si de verdad quieres proteger a tus hermanas, mantente alejada de Barcelona para siempre.

Agnès había sido directa. Era duro aceptarlo. Marina sentía rabia y al mismo tiempo una profunda admiración por aquella mujer fuerte e independiente.

—Estaremos en contacto por carta, pero si Gaspar vuelve a molestarlas regresaré y seré yo quien empuñe el látigo. De alguna manera esto debe terminar.

—Por quien debes preocuparte es por tu padre. Don Pedro ha vencido a la Unión de Aragón. Todos los nobles le jurarán lealtad y aportarán sus mesnadas al ejército real. Valencia es una espina clavada para Su Majestad y ya se acerca la hora de aplastar a los sublevados de allí.

—Entonces el sueño de un gobierno más justo para las ciudades ha terminado. Espero que el rey no destruya la ciudad de Valencia como juró.

—Lo hará, Marina, si lo dijo lo hará. El Ceremonioso es así.

—Debo hallar la forma de sacar de allí a mi padre, pero no sé cómo.

—Tu tía Matilde, que vive en Mallorca... —dijo Agnès como si ya lo hubiera pensado—. La recuerdo bien, era despierta y audaz. Todas la admirábamos.

Marina reflexionó. Su tía era la hermana menor de su padre y el tío Dalmau. Ascendió a la *mà major* y cambió su apellido tras casarse con don Bertrán de Ternelles, que poseía un pequeño señorío junto a la villa de Pollensa, en el extremo norte de la sierra de Tramuntana de Mallorca. Era el lugar más remoto de la isla, con calas donde poder ocultar la Picardía. Matilde seguía unida a su familia, como Monna a los Datini. La última vez que Marina estuvo en Ternelles fue para conocer a su único hijo, Enric, que, si no había muerto, tendría seis años.

—¡Ella podría ayudarme! Además, no tiene ningún apego al rey.

—Don Pedro aún debe convocar Cortes en Zaragoza para pactar con los nobles. Si decide atacar el Reino de Valencia no podrá hacerlo hasta el otoño —apuntó Agnès.

Marina la rodeó entre sus brazos con fuerza, aliviada de tener un rumbo.

Llegó el momento de la despedida y, antes de subir al bote que estaba listo para llevarlas a tierra, Teresa y Beatriu la abrazaron emocionadas. Marina les dijo adónde iba.

—¡Pregunta a la tía por la Fuente! —dijo Teresa para animarla—. Si no es un cuento, podría ser lo único que nos queda. ¿Te imaginas? ¡Todo se arreglaría!

El bote se alejó, y Marina retuvo la sonrisa de Teresa. Ni se acordaba de las llaves de su padre y su tío. Aún las llevaba colgadas. Algo debían abrir.

—¡Quién sabe!

CUARTA PARTE

Parias

61

Libras de plata

Las libras eran piezas de plata de un peso determinado. Constituían la referencia de los comerciantes para concretar los precios y establecer equivalencias entre la variedad de monedas de aleaciones distintas que cada ceca acuñaba en cualquier reino.

Pere Montaner nunca había visto la mitad de su fortuna en libras sobre una mesa. Era lo que había traído Gonzalbo de Rodas de su viaje secreto a Barcelona. Resultaba sorprendente. Allí estaba el esfuerzo y el éxito de tres generaciones de mercaderes. A ellas se sumaban otros fondos de Valencia, joyas, escrituras societarias, decenas de cartas de crédito y pagarés con vencimientos a futuro. Estaba en esa mesa por culpa de la autorización que firmó a Romea. Había temido desde el principio que jugaran con ella, pero al menos había logrado lo que más ansiaba: información sobre sus hijas. Todas vivían, y ya era algo.

—Llegué a creer que de verdad sólo os movía el deseo de justicia —dijo.

En el mismo despacho de la calle de los Caballeros en Valencia estaban Gonzalbo y uno de los conservadores de la Unión con más prestigio, el jurista Joan Sala. El barbero lo había hecho para recuperar su posición entre los líderes de la Unión, después de que intentara extorsionar a los Montaner por su cuenta, la noche que Alda y Romea huyeron.

Desde entonces era sospechoso de traidor a la causa. Con esa jugada limpiaría su nombre del modo más clásico y eficaz: sobornando al líder más decisivo de la Unión al partirse con él las riquezas robadas.

—Fue dos días después del Domingo de Ramos, ¿verdad? —comenzó Pere, que aún trataba de atar cabos—. Cuando llevé a Romea y a Marina al palacio Real. Trabaste relación con el caballero Gil de Montnegre y al final hicisteis un pacto de intereses.

Gonzalbo lo miró desde el otro lado de la mesa con una sonrisa enigmática.

—¡Callaos! No sabéis nada.

—Estos muros son gruesos —siguió el mercader—, pero no lo bastante para no haberme enterado de ciertas noticias. El rey ha vencido en Aragón. Pronto aparecerá con su ejército y no tratará a los ciudadanos como a los nobles. El Turia bajará rojo de sangre.

Gonzalbo se levantó para hacerlo callar de un golpe, pero Joan Sala lo detuvo.

—¿Y qué proponéis, Pere Montaner? —preguntó el jurista.

—Para empezar, detener este gobierno de terror que habéis impuesto en la ciudad de Valencia y en otras leales. El pueblo os entregó su confianza por un futuro más justo y ahora os temen. Cada noche entráis en casas como bandidos a robar y matar.

—Castigamos a los sospechosos de ser traidores a nuestra sagrada causa.

—¿Eso es la sagrada causa? —se burló señalando la mesa llena de plata—. Los reyes y nobles sólo quieren mantener sus privilegios y su riqueza. Vosotros habéis acabado igual, buscando la vuestra. Algún día los ciudadanos lograrán que se respeten los derechos que sus padres ganaron con sangre y sudor, pero no será en esta Unión. En vez de pensar en acudir a la futura Corte de Zaragoza y buscar una tregua con el rey, estáis en mi casa despedazándome como hienas.

—El rey no quiere negociar con nosotros y la Unión de Aragón nos dio de lado.

—¡Ahí está el culpable! —Pere señaló a Gonzalbo—. El rey odia a la Unión de Valencia con toda su alma. Si no acepta pactar es porque quiere castigarnos.

El barbero lo tumbó de un puñetazo. Pere se limpió la sangre del labio y se preparó para otra paliza, pero Joan Sala se interpuso y de un empujón hizo retroceder a Gonzalbo.

—¡Basta! Pere tiene razón. Tu terrible idea de humillar al rey ha cerrado la puerta a una solución pactada con el Reino de Valencia. ¡Eso nos aboca a la guerra final! —Señaló la mesa con los ojos ardientes—. Pero tú pagarás. ¿Qué te creías, estúpido? Hasta la última libra de esta plata es para financiar la guerra.

—¡No fue ése nuestro acuerdo privado, Joan! —rugió el barbero.

—Íbamos a ahorcarte en San Esteban por traidor, pero has sido útil. Acéptalo y podrás seguir con nosotros hasta el final, sea el que sea. Mientras tanto, te vigilaremos.

La discusión tensó a los hombres armados del patio. Unos eran los esbirros de taberna de Gonzalbo, pero Joan Sala tenía mercenarios de la Unión y eran muchos más.

El jurista ordenó que se guardaran las piezas de plata y los documentos en dos cofres. Era la mayor aportación que se había hecho a la Unión. A ojos de los realistas, eso significaba la condena definitiva para su donante, Pere Montaner.

—¡Vámonos, Gonzalbo! —exigió el jurista—. Aquí ya no hay nada más que hacer.

Joan Sala salió del despacho. Pere, ya de pie, miró con desprecio al otro.

—Nada de lo que has hecho te ha servido, barbero. Sigues siendo el mismo miserable al que nunca reconocerán como igual. Cuando llegue el rey, recibirás un castigo inimaginable.

—¡Si ésa va a ser mi suerte, que también sea la vuestra!

No había nadie en la cámara. Gonzalbo se abalanzó sobre Pere y le clavó una daga en el vientre. Su mirada era de puro odio. El mercader se tapó la herida, pero la sangre brotó entre los dedos. Cayó de rodillas, con la visión borrosa. Entró su fiel sirviente Lluís gritando, pero no entendió lo que le decía. Pere sólo pensaba en sus hijas. Se encomendó a Dios, aunque en ese momento habría vendido su alma al diablo por saber qué sería de ellas.

62

La tormenta

—Mirad la forma de aquellas nubes —dijo Felip con la mano en ángulo sobre la frente para no deslumbrarse—. Se acerca una tormenta y de las grandes.

—Ya se ve la bahía de Pollensa —anunció Marina, ansiosa—. A lo mejor llegamos antes de que arrecie.

—Nos alcanzará —terció Albar, que leía la cara del piloto como un libro.

—Que Dios nos proteja —señaló Walter.

En las tempestades del mar, el marinero recordaba lo frágil que era el cascaron de maderos al que había fiado su vida.

Las primeras ventadas no tardaron. El cielo se cubrió como por ensalmo, y la línea gris de la costa comenzó a aparecer y a desaparecer por el efecto de las olas.

El capitán mandó arriar las velas, y el puñado de marinos que gobernaba la Picardía corrió a prepararla para la tormenta. El maestro Miguel y dos ayudantes repasaron palmo a palmo el casco. Se retiraron los elementos no sujetos como los cubos de baldar, los toneles y las jarcias sueltas. Marina se fue con Albar y el médico para revisar la base de los dos mástiles en las entrañas de la coca a fin de asegurarse de que nadie había sacado las monedas colocadas allí. Era una antigua tradición para proteger los barcos.

La joven limpió con agua dulce el rostro y el busto de la sirena del mascarón. Su belleza embelesaría al mar y calmaría su cólera. Ahora la veía con aspecto grave.

Una hora más tarde el viento aumentó y la lluvia barrió a rachas las cubiertas. La Picardía, ya sin velas, comenzó a balancearse de manera peligrosa. Walter gritó una oración para conjurar la tempestad. La tripulación trataba de permanecer de pie y sin saltarse ningún amén por recitar. Marina rezó sola en el camarote ante la hornacina con santa Margarida y la Cruz. No se dejaba ver para no alentar el viejo temor supersticioso acerca de las mujeres a bordo. En momentos así, regresaban los miedos ancestrales.

—Debes bajar a la bodega —le dijo Albar desde la puerta—. Vamos a sellarla para que no entre agua.

—¿Y la gata?

—No se la ha visto en todo el día. Lilith lo intuye antes que nadie. Vamos, Marina.

—No. Permaneceré aquí con los instrumentos. Vigilaré que no se rompan.

Prefería quedarse en su pequeño mundo y afrontar allí lo que viniera en vez de en una bodega llena de hombres asustados. Con cuidado, guardó los instrumentos de navegación en la arquimesa y cerró sus cajones con la pequeña llave maestra.

El capitán la miraba en silencio. Se había levantado un muro entre ellos.

—Aquí todos estamos preparados para morir, Marina. Debes estarlo tú también.

—Lo he estado siempre, no así para la traición...

El vasco encajó el reproche. Era el momento de hablar. Cerró la puerta.

—El rey se enteró de que estabais en Barcelona por una carta que recibió Gil de Montnegre de tu hermana Romea. Yo le había mentido y mis hombres eran cómplices. No pensé que nos perdonaría la vida, pero el monarca estaba trastornado por todo lo que le había sucedido y buscaba riqueza para un nuevo ejército, como fuera. Cree que la supuesta Fuente de los Montaner es como la piedra que sus alquimistas y magos persiguen. Entonces me encomendó capturarte. Pensó que al haberte salvado confiarías en mí y te mostrarías.

—No tenías alternativa o todos sufriríais su ira —reconoció Marina, pero le dolía.

—Sabes que pude capturarte desde el primer momento. Fuiste muy incauta al mostrarte buscando a Joan. Debía hacerlo por mi gente, a mí poco me importaba mi destino, pero al subir a esta coca para limpiarla de la peste nos enseñaste quién eras de verdad, por qué los marinos te llaman Regalo del Mar. —Albar se perdió en sus ojos verdes—. Cuando te desmayaste en la Picardía vi tu estrella, lo juro, está allí arriba, cerca del Carro.

A Marina se le humedecieron los ojos. Sin darse cuenta se había enamorado de él durante el regreso de Palermo, y sin embargo algo había cambiado en la mazmorra del palacio Real. Podía perdonarlo y quería tenerlo cerca, pero las palabras de Gonzalbo pesaban como una maldición: cada vez que se entregaba a un hombre acababa rota.

Lo abrazó con fuerza, aunque en parte lo hizo para huir de los labios que buscaban su boca.

—Eres mi capitán, Albar de Ondárroa. Sé que podría confiarte la vida una y mil veces y nunca me traicionarás, pero dame tiempo.

Sus cuerpos se quedaron abrazados; en cambio sus almas, necesitadas y perdidas, ahora no lograban alcanzarse. Una ola golpeó el casco y la nave se balanceó con violencia. Perdieron el equilibrio y eso los devolvió a la realidad.

—Quédate en el camarote y la Picardía te protegerá.

Marina asintió. Estuvo a punto de besarlo, sólo para no

despedirse así. Se hallaban en peligro de muerte. Albar no lo vio. Salió apresurado para subir a la cubierta de popa. Debía estar con Felip y Nasir en el timón de codaste para afrontar las olas más violentas.

—Qué Dios nos proteja, capitán —susurró la joven, y se volvió hacia la hornacina.

La tempestad fue aumentando y la Picardía se vio mecida como si no fuera más que una cáscara de nuez. Con todo, al caer la noche llegó lo peor. Marina vomitó varias veces por el suelo. Ya no era capaz de rezar. Se sujetaba a lo que podía y sentía puro terror.

Se asomó por el ventanuco de la puerta. Las olas, que formaban cortinas, barrían la cubierta. A veces oía los gritos de los hombres al hablarse. Los imaginaba bajo la lluvia, aferrados a la caña del timón para orzar y encarar la proa hacia las olas. Debían evitar los golpes de costado, que los harían volcar.

—¡Cuidado con ésa! —oyó a Felip.

La Picardía se fue levantando tanto que parecía que iba a quedarse vertical. Marina contuvo el aliento. Un rayo rasgó las nubes del cielo negro. La quilla cortó la cresta de la ola y luego se inclinó hacia el abismo de aguas revueltas. La joven notó que se le subía el estómago durante el descenso y poco después todo el barco crujió como si fuera a romperse. Se dio cuenta de que había estado gritando todo el rato.

Otra ola violenta impactó en la cubierta con tanta fuerza que rompió el pestillo de la puerta del camarote y la abrió con violencia. Marina corrió a cerrarla y entonces otro rayo le mostró el horror de todo marinero. Estaban ante una muralla de agua que cubría el campo de visión por completo y se precipitaba sobre ellos. Lanzó un gritó de terror y pegó la espalda a la puerta. Iban a sufrir el puño de Poseidón, el dios pagano del mar.

El estruendo era sobrecogedor. La nave se inclinó hacia

arriba y recibió la mole de agua. Cada tabla del barco, cada falca y cada clavo se vieron sometidos a la prueba más difícil. Como si fuera un ser vivo, la Picardía gritó de agonía con la estridencia de mil chirridos, madera quebrada y chasquidos de cuerdas al romperse. Marina pensó que esa cacofonía era el último canto de la sirena, aquel que enloquecía a los hombres.

Sin embargo, el velero resistió, aunque estaba segura de que no habían salido indemnes.

La tormenta continuaba descargando su furia y la coca buscaba la perpendicular de las peores olas para cortarlas de frente, si bien ya no fueron tan violentas.

Al rato, Marina volvió a mirar por el ventanuco. Los rayos iluminaban la cubierta arrasada. Vio a Albar. Caminaba hacia la proa, con dificultad pero sin cogerse a nada.

A pesar de que sus amigos lo llamaban, los ignoraba. La joven se asustó. Era muy extraño.

Abrió y le gritó también. Albar no la oyó o no quiso hacerlo. Un golpe de mar lo arrastraría. Fue tras él sin pensar, algo le pasaba. La cubierta estaba bajo medio palmo de agua, llovía a mares y la coca se balanceaba tanto que era imposible estar de pie. Al final avanzó a gatas, muerta de miedo. Cuando alcanzó el palo mayor se agarró a él con todas sus fuerzas. El vaivén era tan pronunciado que creyó que el estómago se le saldría por la boca.

Cuando un nuevo relámpago iluminó todo el cielo, Marina vio sobre el castillo de proa la silueta del capitán en medio de la tempestad, pero le pareció que no estaba solo. Las tinieblas lo engulleron, y se quedó turbada. Le había parecido ver a alguien más, una mujer con la tez pálida y el cabello como el fuego. Vestía una camisa blanca larga hasta los tobillos, como las que usaban los enfermos en la leprosería.

No podía ser, pensó aterrada; se lo negó una y otra vez. Miró de nuevo. Necesitaba que otro rayo iluminara lo que creía haber visto y, al mismo tiempo, rezaba para no ver nada.

Y un nuevo relámpago iluminó la cubierta.

Albar seguía de pie, solo, ajeno a las olas que descargaban sobre su cuerpo. Marina se arrastró hacia él. A veces se cogía con las uñas a las tablas y gritaba cuando sentía que el mar quería llevársela, pero luego seguía, palmo a palmo.

—¡Albar!

Subió la escalera hasta el castillo. Albar la miró. Su rostro tenía grabada la pena más profunda, y lloraba. Marina se conmovió.

—La he visto. Prometió guiarme…

La joven hizo que se sentaran bajo la quilla. La lluvia los empapaba, pero estaban a resguardo de los golpes de mar. Juntos resistieron los envites constantes. Nasir llegó hasta ellos con expresión preocupada, pero al verlos acurrucados se detuvo y se volvió más tranquilo.

La tormenta fue quedando atrás poco a poco. Los truenos se distanciaron.

—Quiere que busque mi corazón —musitó Albar, como ausente.

Marina no dijo nada. Se abrazaban, y cada uno permaneció preso de sus pensamientos.

Fue una noche extraña y jamás la olvidaría. Cogida al capitán Albar de Ondárroa, en la proa de la Picardía, se sintió unida no al hombre al que había amado allí mismo, sino al marino vasco. Había pasado algo compartido por ambos, pero el mar y sus gentes guardaban misterios.

Neguns homens han tant sovin paor com mariners.

RAMÓN LLULL

63

Pollensa

El sexto día de la luna nació Nemrod. Es un día bueno para amueblar y construir cualquier casa, para plantar y para iniciar a los muchachos en cualquier oficio.

Jueves, 31 de julio de 1348

Marina se sintió dichosa cuando puso los pies sobre los guijarros de la orilla. Todo le daba vueltas y la playa se movía. Se sentó y exhaló con fuerza.

Habían anclado en la cala Castell, que pertenecía a la pequeña baronía de Ternelles, junto a la villa de Pollensa. Aunque la punta rocosa de Formentor los ocultaba, pronto los descubriría algún pescador local. En cuestión de días el bayle de la villa informaría a los oficiales del rey en Ciudad de Mallorca.

La Picardía seguía a flote, pero la tempestad la había dañado y no podía ir más lejos. Las vergas de las velas estaban descolocadas, tenía vías de agua en la obra viva y muchos cabos sueltos o rotos.

La cala también estaba llena de ramas partidas y algas arrastradas por las olas profundas de la tormenta. Había una barca destrozada, pero llevaría tiempo allí a juzgar por su aspecto. Tras el paso de la peste por las aldeas de pescadores, muchas playas eran varaderos de embarcaciones sin dueño.

Albar fue hasta Marina y le ofreció la mano para ayudarla a levantarse. La joven la aceptó. Tenían una conversación pendiente sobre lo que había pasado en la tormenta, pero ella respetaba su silencio. Aún le causaba escalofríos recordar lo que creyó ver. A plena luz del día se le antojaba absurdo, y aun así no hacía más que darle vueltas.

—La Picardía ha resistido como pocos buques, pero hay daños. Las libras que tenemos no alcanzarán para repararla.

Marina volvió a mirar la nave. Veía la sirena encarada hacia la cala. Le pareció que su rostro de belleza salvaje tenía un ligero matiz de expectación.

—Esta cala pertenece a los dominios de mi tía, aunque no sé lo que voy a encontrar.

—Si no se puede reparar la coca, la costumbre es venderla por piezas y con ello pagar primero a la tripulación. El resto es para los socios.

Albar lo dijo con serenidad. A Marina le costaba asumir que era cierto. Quizá su vida en el mar había terminado. El mar daba y quitaba. Era su sagrada ley, por eso los marinos a su alrededor no se quejaban más de lo debido.

—Vamos a buscar a mi familia —dijo—, para eso hemos venido.

Marina y Albar tomaron la senda que se internaba por un valle agreste. Ella conocía el lugar. Había estado allí varias veces y todo permanecía igual. Delante tenía las primeras estribaciones de la Tramuntana. La montaña, los acantilados y el mar creaban un paisaje casi mágico. Su tía solía contarles numerosas leyendas que los fascinaban.

—Ver atardecer desde el cabo de Formentor es lo más bello del mundo.

—Felip dice que Mallorca es un ser vivo y que su corazón late bajo estas sierras.

—Éste es un buen lugar para desaparecer. —Su mente corría rápida—. Y si vendemos el barco a piezas, tal vez alcance para intentar rescatar a mi padre. Habrá gente de la Unión a la que se pueda sobornar. Tía Marina nunca ha sido una dama mojigata; me ayudará. Luego quizá me quede aquí con ella. Podría cuidarla.

—¿Cómo llegó a casarse con un noble de la isla?

—Intereses de los Montaner. Mi familia es ambiciosa. La estrategia era primero situar a mi tía entre la nobleza cercana al rey de Mallorca, clave para el comercio por el Mediterráneo. Mi hermana Romea, la más guapa, se reservó para algún de caballero que despuntara en la corte del rey Pedro IV de Aragón, una inversión de cara al futuro. Yo debía ser para algún mercader genovés. Teresa iría a un convento pues no se fiaban de su comportamiento. Beatriu debía casarse con algún hidalgo de Castilla que facilitara rutas y clientes en el interior. ¡Habríamos superado a los Mitjavila!

Albar la miró con una ceja alzada. Marina se encogió de hombros.

—¿Suponías que iba a contarlo apenada? Es nuestro deber de mujeres en la familia. Mantener el buen nombre y dar descendencia es un trabajo encargado por Dios. Hay que hacerlo bien. —Le guiñó un ojo con picardía—. Luego cuando nadie mira es otra cosa...

—¿Quién es el esposo de tu tía?

—Bertrán pertenece al viejo linaje mallorquín de los Ternelles y es señor de esta cabdalía de Pollensa. Su abuelo fue el vicealmirante Berenguer de Ternelles, comandante de galeras. Poseen tierras, ganados y una aldea. Mi tía Matilde se casó hace ocho años. Su dote salvó a la baronía de la ruina y el rey de Mallorca favoreció tratos comerciales de los Montaner en las islas. Pero todo se torció hace seis años, cuando nuestro rey don Pedro condenó a su cuñado el rey Jaime III de Mallorca por acuñar moneda sin su autorización; dado que este reino era vasallo del de Aragón desde mucho tiempo atrás, se consideró como un acto de rebelión. Fue un pretexto para atacar y anexionar las codiciadas islas a la Corona. Mi tío se alzó a favor del rey de Mallorca, congregó una mesnada y se unió a los Martorell, señores de Pollensa.

»Pero los nobles de la capital y los judíos del *call* de Ciudad de Mallorca intuyeron que no había nada que hacer. Defender a su rey Jaime III era una sangría de hombres y una ruina. Además, el Reino de Mallorca ya pagaba el vasallaje a Aragón.

—Es más caro mantener a dos reyes que a uno —reconoció el vasco.

—Aunque los mallorquines sueñan con un reino independiente en medio del mar, estas islas son demasiado valiosas por su ubicación y riquezas. Si no hubiera sido Aragón, habría sido Francia, Génova o Venecia. Por eso prefirieron pactar la rendición y no perder sus privilegios y bienes.

—El rey Pedro IV conquistó Mallorca con facilidad. En la marina se explican las batallas —apuntó Albar—. Dijiste que tu tía no le tiene aprecio al rey don Pedro. ¿Qué ocurrió con el señor de Ternelles y su esposa?

—Mi tío, el muy necio, ha seguido fiel al rey Jaime III, que vive refugiado en sus dominios de Montpellier. Sólo por la memoria del primer Ternelles, se les perdonó la vida, pero se les confiscó buena parte de la cabdalía. Ahora les quedan unas pocas tierras a los pies de esa montaña de ahí, el Puig del Vilar, la cala Castell y la alquería de Jardelas, donde habitan sus siervos. Ellos viven en una torre. Mi tío llevaba mal la derrota y mi tía, con un niño de un año, se tuvo que hacer cargo de la propiedad. Es allí a donde vamos.

Llegaron a la villa de Pollensa. Eran visibles los destrozos de la tormenta, pero no había nadie arreglando nada. La peste había diezmado a la población.

Se refrescaron en la fuente de la plaza de la Almoina y tomaron un camino de carros delimitado por muretes de piedra. Al fin vieron la torre de tres plantas, recia, con aspilleras, sillares en las esquinas y matacanes en el techo. Todo alrededor eran campos de vides y olivos, y más allá estaban las casas de la aldea y varios cobertizos de piedra.

—¿Marina?

Una mujer madura se había levantado tras una cepa. Vestía con ropa humilde, de sierva. Estaba cubierta de polvo y con la manga se secó el sudor de la frente.

Marina no daba crédito al ver a su tía así. Había sido una mujer muy elegante, de maneras finas y porte altivo, un modelo para todas las mujeres de la familia.

—¡Tía Matilde!

—¿Qué haces aquí? —preguntó entre sorprendida y molesta—. ¿Es tu esposo?

—Es el capitán Albar de Ondárroa. Hemos anclado en la cala del Rey.

—¿Tenéis fiebre o bubas?

—Nadie de la tripulación está enfermo, gracias a Dios.

En ese momento Matilde frunció el ceño. Se la notaba incómoda al mostrarse de ese modo, pero al reparar en la cara de Marina sonrió.

—Si quieres abrazar a una mujer sudada y llena de polvo, ven. Sé que no esperabas verme así.

La burguesía de Barcelona jamás podría imaginarse a Matilde Montaner, en su tiempo la doncella más codiciada de la calle de Montcada, vestida como un siervo de la gleba.

—Tía, han pasado muchas cosas —dijo apretándola con fuerza.

—Algunas las sé y otras no. —Matilde la miró emocionada—. Rezo por tu padre y por el alma de Alda. ¡Yo te habría emparedado para siempre por hacer aquello!

—Tía, no fue como se cuenta. —Tenía que darle la mala noticia—. El tío Dalmau ha muerto en Palermo. Lo enterré en una tumba al lado de mi hermano Pere.

Aquello hizo que Matilde mudara el rostro y bajó los

hombros. Marina la abrazó de nuevo. Las lágrimas dejaron dos regueros en el polvo de la cara de la mujer.

—Demasiados muertos, hija. Aunque a los vivos tampoco nos va mejor.

—Ahora la compañía y la casa están en manos de Gaspar. Soy una fugitiva.

—Entonces ambas estamos mal.

Matilde silbó y aparecieron cinco cabezas entre las parras. Marina recordaba muchos más labriegos en aquellas tierras.

—En el campo la peste ha sido terrible. Nadie se lo explica, como si la muerte negra, al tener menos almas disponibles, se hubiera ensañado. —Le enseñó las manos. Ya no eran de piel blanca y tersa, ni lucían anillos de oro traídos de Alejandría—. Todo ha cambiado para siempre.

—¿Y el tío?

—Eso es peor. —Miró al capitán Albar y le hizo un gesto para que se aproximara—. Vamos a la torre, comeremos algo y os mostraré cómo es el nuevo mundo que vivimos tras la peste. Lo que pasa aquí sucederá en todas las tierras de interior.

Marina asintió. Siempre había estado en ciudades y aún no había conocido los estragos que la peste había causado en el campo.

64

La señora de Ternelles

Cerca de la torre, Matilde de Ternelles se lavó en el abrevadero de un pozo de piedra y su aspecto se transformó. Marina la observaba. Su tía se acercaba a los cuarenta años y seguía siendo una mujer bella, de cabellos negros con hebras plateadas. Sus ojos verdes eran más intensos que los de sus hermanos. Sólo Romea podía compararse a ella.

Marina la recordaba en Barcelona. Ella aún era una niña, pero admiraba a su tía; todas lo hacían. Se mostraba graciosa y galante en las fiestas, su encanto embelesaba, sabía bordar y era una devota de santa Eulalia. Esa mezcla de mujer que rebosaba sensualidad contenida y cuidaba su honra hacía furor en la Ciudad Condal. Además, Matilde era muy rica.

El abuelo sacó provecho y logró emparentar a los Montaner con la nobleza. Matilde tenía muchos candidatos, y, aun así, el hombre eligió mal. Bertrán era noble, vasallo de Jaime III de Mallorca, pero obtuso. No quiso escuchar a su esposa, más inteligente que él, y se quedó en el bando perdedor incluso cuando don Pedro IV tomó posesión de la isla y requisó las tierras de quienes no lo siguieron.

Matilde aún no había comentado nada acerca de su esposo, pero vivía en lo que quedaba de la cabdalía de Ternelles, olvidada, cubierta de polvo y con las manos agrietadas. Las cosas no marchaban bien, aunque no parecía doblegada, y eso animó a Marina.

La mujer se secó el rostro y esbozó una sonrisa mordaz.

—¿Qué has sentido al verme, hija?

—Alegría. Mucha alegría de veros viva. —Marina cambió de tema—. ¿Y mi primo Enric?

Supo que al menos estaba vivo porque los ojos verdes de Matilde brillaron con orgullo.

—Mientes mal. Sé que te he dado vergüenza. Buscabas a la señora que recordabas y has encontrado a una vieja campesina.

Se formó un espeso silencio. Albar se mantenía unos pasos atrás.

—Lo siento. ¿Y el tío Bertrán? ¿Se lo ha llevado la peste?

—Puesto que estás en mi casa yo haré las preguntas en primer lugar. Dime a qué has venido... ¿A traerme más problemas con el vengativo rey de Aragón?

—He tenido que huir, tía. —La joven comenzó a apocarse—. No tengo hogar.

Al verla así, Matilde suavizó las facciones.

—Perdóname, hija, se me está haciendo el carácter áspero como esta tierra. Intuyo una larga historia. Entremos, hace mucho calor para hablar aquí.

Dentro de la torre se estaba fresco. Abajo se encontraba el almacén. Matilde, Marina y el capitán Albar subieron a la primera planta. Era una estancia única, amplia, donde vivían los señores. Marina la recordaba con más muebles y tapices, pero la fabulosa mesa de pino seguía allí. El hogar era una chimenea grande, donde cabían dos sillas. Hervía un caldero. El olor del cabrito aderezado con romero y laurel hizo que la joven sintiera de pronto un hambre voraz. No había comido bien desde hacía meses.

—Comida no nos falta —afirmó la señora—. Los cinco sirvientes que tengo comen como príncipes, al menos hasta que se vacíen los establos por no poder cuidar de tantas cabras. —Se asomó al tramo de escalera que subía a la segunda planta y gritó—: ¡Fátima, tenemos visita!

Una anciana sarracena bajó apoyada en un bastón. Marina sonrió. Le parecía tan vieja como la torre. Sabía que incluso había criado a su tío Bertrán de niño. Lo que más recordaba de ella eran sus guisos de carne.

—¡La hija de Pere Montaner y Alda! ¿Cuántos años hace que no venís?

—Fátima, me alegro de verte.

—Cuando vi morir a tantos, creía que me tocaría a mí, pero aquí sigo.

Detrás bajó un niño de seis años, intranquilo.

—¡Enric de Ternelles! —exclamó Marina al ver a su primo—. ¡La última vez que te vi sólo medías cuatro palmos!

El pequeño se resistió al abrazo por miedo innato a la peste y por el olor a sudor y salitre de la joven. Cuando su madre le explicó quién era, le regaló una bonita sonrisa. Tenía los ojos de los Montaner, pero era muy rubio.

—Sigo adelante por él —musitó Matilde al tiempo que le tocaba un bucle del pelo—; si no, ya me habría retirado a algún convento. Sentémonos.

Marina quería saber cuál era la situación y si tenía cabida en Ternelles, pero tuvo que ser la primera en informar de todo a su tía. Matilde escuchaba con interés el relato y a veces miraba a Albar, como si sus asentimientos dieran veracidad a los sucesos que la joven contaba.

La sirvienta les sirvió un cuenco con estofado de cabra y pan blanco recién horneado. Marina y Albar estuvieron a punto de llorar de dicha. La joven siguió contando con la boca llena. Su tía sentía cada muerte, pero se resistía a llorar. Se mostraba dura.

Luego se interesó por sus sobrinas, especialmente por Teresa.

—Temo por su alma —dijo la tía muy seria—. Si han abusado de ella y no lo saca, puede que se le despierten sombras. Ya sabes lo que pasó. Rezaré por ella.

—Siempre ha sido vuestra predilecta.

—Es más sensible y eso la hace vulnerable, aunque lo esconda. Pero precisamente esa sensibilidad es su fuerza. Podría convertirse en una santa o en el diablo. Me gustaría volver a verlas a todas.

—Me negué a condenar a Teresa y a Beatriu a seguirme. En cuanto a Romea, parece más muerta que viva.

—Y mientras nosotras nos lamentamos aquí, ese malnacido de Gaspar acaba con todo lo que tenía la familia. Nunca me gustó... Pero no te fíes de Romea tampoco. Si está allí es por algo. No es tan débil como supones.

Matilde se levantó y ella misma recogió los cuencos rebañados. Del pan no habían quedado ni las migas. Marina estaba ansiosa por escuchar el relato de su tía. Su futuro dependía de lo que le dijera.

—Capitán —comenzó Matilde al fin—, ha sido un honor teneros en mi humilde mesa, pero me gustaría tratar a solas con mi sobrina los asuntos familiares.

Albar miró a Marina y ésta asintió.

—Regresaré al barco. Felip ya habrá hecho una estimación de todos los daños.

—Mi sobrina se quedará esta noche, al menos.

Cuando se marchó, Matilde la miró con una sonrisa pícara y Marina se ruborizó.

—Tienes suerte de calentarte con un hombre así. Yo sólo lo sueño ya.

—¡Tía! —La joven se ruborizó.

El padre de Marina solía decir que su hermana era la más lista y observadora de los tres, y añadía que si Matilde hubiera sido hombre habría tomado las riendas de todo.

—Cae la tarde y refresca. Demos un paseo por las tierras, sobrina.

Marina la siguió. Matilde nunca se había comportado de ese modo tan reservado. Enfilaron por una senda hacia los cultivos. El pequeño Enric correteaba por delante de ellas. Marina vio el abandono en el que se hallaban las tierras. Las malas hierbas cubrían los bancales y las amapolas ahogaban el trigo.

—He perdido a tantos siervos y jornaleros que ahora tenemos las alacenas y las tinajas llenas, pero este agosto no segaremos ni en octubre vendimiaremos, todo por falta de brazos. Había pensado tantas veces en marcharme a Ciudad de Mallorca con Enric... —La miró por primera vez con alegría—. Y hoy mis plegarias han sido escuchadas.

—¿De qué habláis, tía? ¿Por mí?

—¿Querías saber dónde está tu tío Bertrán? —Torció el gesto—. Me ha abandonado.

—Lo lamento.

—Se fue en cuanto el primer siervo murió de peste. Antes de que todo se desplomara. Creyó que la peste era una señal, el muy imbécil. ¡Se llevó a los siervos jóvenes que podían luchar y, con los fondos que habíamos podido reunir tras años de penuria, contrató mercenarios! Me dejó hasta sin la dote.

Marina se estremeció.

—¿Y adónde fue?

—A Montpellier, a renovar su vasallaje con Jaime III de Mallorca. Desde que don Pedro le arrebató la isla sólo vive para recuperarla. Ahora que la peste marcha hacia Castilla y Aragón y las guerras de la Unión han debilitado las fuerzas del Ceremonioso, se rumorea que don Jaime III prepara un alzamiento. Bertrán me dijo que su sangre y su juramento de caballero lo empujaban a las armas. Sin embargo, huyó por miedo y nos dejó aquí... ¡Abandonó a su propio hijo! ¡Cobarde! No sé si lo amaba, pero lo respetaba. Yo también deseo ayudar a nuestro legítimo rey de Mallorca, aunque sea un temerario, pero no así.

—Padre decía que los nobles se creen en el siglo anterior, que su alma contiene plata y la nuestra bronce. No aceptan la decadencia en la que se van hundiendo.

—Bertrán nunca me consideró a su misma altura. Sus amigos y parientes me miraban por encima del hombro, ¡aunque bien que me cortejaban cuando se dormía borracho en los banquetes! —Matilde hablaba con amargura y rencor—. Asumí que era lo natural: yo era inferior por ser hija de mercaderes. ¡Jamás oyó de mí una queja! —Se le empañaron los ojos—. Eso sí, la cabdalía era una ruina y yo arreglé las cuentas. Como muchas mujeres que tienen un esposo inútil, me dejé el alma para administrarla. Me costó muchas lágrimas, pero devolví hasta el último sueldo de los préstamos que se debían a media aljama de Ciudad de Mallorca. ¡A Bertrán todo eso del dinero le parecía vil en comparación con sus justas y cacerías!

—Dicen que hay nobles tan míseros y engreídos que parece que sólo coman de su apellido. —Marina quería arrancarle una sonrisa. No lo logró.

—Jamás se atrevió a ponerme una mano encima, quizá por temor a mi reacción, pero me humillaba de esa forma sutil que una llega a no notar. Era como una sierva con ciertos privilegios. No fui consciente del daño que me hacía hasta que se marchó.

—Lo siento, tía.

—¡No lo sientas! —Soltó el aire con fuerza para quitarse de encima la mala sensación y abarcó las tierras hasta donde alcanzaba la vista—. ¡Quizá Dios mandó la peste para cambiar mi situación! Mira todos esos campos. Mis tierras acaban en aquel nogal, pero hay más de doscientas jovadas al lado que han perdido a sus dueños. Incluso rebaños que se están repartiendo en secreto.

—Las reclamarán sus herederos.

—¿Y qué harán con ellas? La peste se ha llevado la mano de obra. Grandes cabdalías van a la ruina y las pequeñas podemos ocupar su lugar. El que trabaja tierras abandonadas al final las adquiere.

—Pero si los nobles más ricos no podrán aguantar la falta de siervos, ¿cómo podréis hacerlo aquí, tía?

—¡Todo lo que ven tus ojos será para mi hijo, y tú me ayudarás!

Marina se admiró de la fuerza interior de su tía ante las dificultades. Pensó en Agnès, en las artesanas de Barcelona, incluso en su cuñada Monna, una verdadera mercadera. Si en los púlpitos se dictaban normas para atar a las mujeres y enfocar su vida a procrear, la vida se encargaba de romperlas. A cada paso lo veía con más claridad.

—Soy una fugitiva, tía, no veo cómo puedo ayudaros a cumplir vuestro sueño.

—Pues yo veo a una mujer que, por un extraño capricho de Dios, tiene el control de un buen velero. —Matilde le guiñó un ojo—. Mientras me contabas tu historia he comprendido que las dos tenemos una oportunidad. Podemos quedarnos aquí, sobreviviendo como hago yo ahora, cubiertas de polvo, o puedes ayudarme a ser de nuevo la señora de Ternelles, y esta vez nadie me mirará por encima del hombro. Yo te ayudaré a salvar a tu padre y a reconciliarte con el rey don Pedro, pues lo traté hace tiempo. Ese hombre a mí no se me resiste.

—¿Qué habéis pensado, tía?

La sonrisa enigmática de Matilde la inquietó.

65

Coral

En Barcelona, Agnès y Beatriu salieron por el Portal Vell de la muralla antigua y se detuvieron en la plaza del Blat. Se veía vacía, toda la ciudad lo estaba, y la gente mantenía las distancias con cautela. El descenso de muertes parecía refrendar esa práctica.

Ya se respiraba cierto optimismo tras las noticias traídas por la Picardía desde Palermo. Toda la población estaba de riguroso luto por algún pariente. Los tonos apagados y una obsesión enfermiza por la muerte lo ensombrecía todo, pero algunas voces ya clamaban por festejar la vida y lucir vestidos de vivos colores.

Beatriu se cubría la cabeza para que no la reconocieran. En la ciudad no se hablaba de otra cosa que de la fuga de su hermana.

Con todo, la versión se había deformado por obra del inquisidor fray Joan Llotger y del noble Gilabert de Corbera, furiosos y humillados. Se tildaba a Marina de ramera por convivir entre marinos tras robar el barco a la familia. Era peor que Lilith, la primera Eva, rebelde por querer yacer encima de Adán y no debajo. Se pedía a los fieles que rezaran para que Dios la enviara al infierno. Pero nadie lo hacía.

—¿Creéis que la coralera me aceptará? —dijo Beatriu, nerviosa—. Sólo sé bordar.

—Eso espero, hija —respondió Agnès—. No nos quedan muchas más opciones.

Beatriu asintió. Ambas habían hablado mucho mientras regresaban a pie desde Calella y en los días que la muchacha pasó encerrada en el beguinato.

Poco a poco se curaron las marcas del cuerpo que le habían hecho. Aquel grupo de pervertidos que Gaspar mantenía por ser hijos de nobles la habían forzado a participar en orgías y juegos depravados. Pero ya estaba mejor. Hablar, abrazarse a las beguinas y a Teresa hizo que Beatriu fuera superando aquello. Ahora rezaba para no estar preñada.

Agnès le decía que ya no era la niña caprichosa que llegó a Barcelona unos meses atrás y que tenía algo de Marina. Además, ellas vivían mientras miles habían muerto por la peste, eso debía tener por fuerza algún sentido. De momento intentaría alojarla en el taller de la artesana Joana Fortunyà. El trabajo duro y la compañía de otras aprendizas la ayudarían a sanar. Pasado un año, se la consideraría ciudadana y le buscarían marido.

En la plaza del Blat oyeron una discusión con los oficiales del racional y un procurador de Gaspar Montaner. Ya habían empezado los problemas pues Gaspar retrasaba el pago de las comandas que las mujeres habían invertido en el viaje a Palermo.

—Es Brunisenda de Bellveí —le explicó Agnès, preocupada—. Su comanda fue de veinte libras. Gaspar no sabe lo que hace. Esa familia saca la espada con facilidad.

—¡Ojalá tuviera yo también una espada!

Llegaron de la calle Còdols. Las ventanas tenían rejas y las puertas estaban remachadas para proteger la valiosa materia prima que trabajaban: el coral rojo, usado en joyería y objetos religiosos. Agnès se detuvo ante un portón grande.

Encima tenía un voladizo desde el que se podía disparar a quien tratara de entrar a la fuerza.

—¡Agnès de Santa Margarida! —gritó tras llamar con cinco golpes.

Oyeron varios pasadores y cerrojos. La hoja era de un palmo de gruesa, como la de una iglesia. Una joven con un delantal lleno de polvo rojizo y un pañuelo en la cabeza las invitó a entrar sin dejar de mirar con curiosidad a Beatriu.

En el patio había una gran puerta que daba al taller. Se oía el tintineo de cinceles golpeando con delicadeza.

—No hay corona en todo el reino que no tenga alguna pieza de coral tallado en Ca Fortunyà. El taller está abierto desde la época del rey Jaime I. La madre de Joana enviudó y siguió a cargo del negocio hasta que enfermó. Ahora lo lleva su hija. Es peculiar. Su lengua es el tridente del diablo, pero tiene un gran corazón.

—¿Está casada?

—Sí, con Tomás, un buen cirujano que tiene un local en la parte trasera.

—¿Ella tiene su propio oficio? —se extrañó Beatriu—. Yo creía que la esposa de un hombre no podía hacer algo distinto.

—Es muy frecuente entre los artesanos. A pesar de los sermones, la gente sobrevive de muchas maneras. Las mujeres trabajan en todo, hasta como peones de obra en las catedrales. Cuando conozcas a Joana sabrás a qué me refiero.

El taller que daba al patio era muy espacioso y con buena luz. En un pupitre había una muchacha de la edad de Beatriu con un pañuelo sobre el pelo. Las observaba de arriba abajo con preocupación. Tenía la mesa llena de pequeños martillos y cinceles.

Agnès se dirigió directa a la mesa del fondo, donde trabajaba una mujer de unos treinta años. También llevaba un pañuelo sobre el pelo. Estaba inclinada sobre un caos de cajitas llenas de pequeñas ramas de coral rojo. Una criada detuvo a la beguina y, con gestos, le pidió silencio para no interrumpir la concentración de la dueña.

—Es Joana Fortunyà —susurró Agnès a Beatriu.

La talladora no se había dado cuenta de la llegada. Tenía el ceño fruncido y la punta de la lengua entre los labios. Con un escalpelo, daba delicados golpes a una pieza de coral en forma de estrella más pequeña que una uña. A su lado, un sirviente, tenso como una cuerda de laúd, le secaba el sudor tras cada gruñido.

En uno de los golpes una de las puntas de la estrella se quebró. El sirviente dio un paso atrás. La mujer se quedó quieta mirando la pieza estropeada mientras su rostro iba adoptando el tono rojo del coral. Y estalló la tormenta.

—Pero... ¡qué mierda de coral! ¡Que se me lleven los demonios! ¡Mil putas!

—¡Joana! —gritó Agnès—. ¡No blasfemes!

Con un alarido de furia, la mujer volcó la mesa. Beatriu, espantada, se colocó detrás de la beguina. El valioso coral y mil herramientas quedaron por el suelo mientras la artesana se arrancaba el delantal sin dejar de proferir las palabras más soeces.

—¡No puedo! ¡No lo lograré nunca, coño! Me cago en la cofradía, en los maestros... —Miró a las recién llegadas y se sorprendió—. Agnès, ¿qué haces aquí? ¿Vas a comprarme un collar para lucirlo en alguna fiesta de la leprosería?

—¡Guárdate la rabia, Joana! —le replicó la beguina—. Ella es Beatriu Montaner, la muchacha de la que te hablé.

—El gremio no me deja enseñar a nadie el oficio, por ser mujer. ¡Idiotas!

—¡Tú te pasas entre las piernas lo que dicen esos viejos! —dijo Agnès, a su altura.

Joana se puso la mano en el pubis y lanzó una carcajada. Al menos eso la calmó.

—A ver, ¿tú eres la Montaner que quiere pasar un tiempo en la sombra?

—Busco casa y oficio. Haré lo que sea.

—En el huerto hay un pozo ciego para vaciar.

—Beatriu lo hará si se lo ordenas —repuso Agnès, firme—, pero mira sus manos. Era una magnífica bordadora en Valencia y seguro que trabajar el coral se le da bien.

—Este oficio es difícil. Y ya lo has visto, lo roto no se arregla.

—Puedo hacerlo bien —insistió Beatriu.

—Joana, escúchame —siguió la beguina al ver el recelo de la artesana—. Sé que has perdido a tus mejores ayudantes. Hay tantos muertos que va a costarte encontrar coraleros con experiencia. Ella será una buena aprendiz.

La talladora examinó con expresión ceñuda las manos de Beatriu.

—¡Válgame el diablo! Son dedos finos. Si hubieras venido unos días antes…

Las llevó hasta la muchacha del pañuelo que trabajaba en el pupitre. Estaba pálida y le temblaban las manos.

—Francesca, ella es Beatriu Montaner.

—Es la hermana de la joven que humilló al rey —dijo con reproche, a punto de llorar.

—Francesca era la hija de Román, el sastre de la calle Mayor —explicó Joana—. Perdió a toda su familia. Me la encontré hace dos semanas delante del obrador. Iba a coger una de esas ratas negras que aparecen muertas donde hay peste. ¿No os parece que merece una oportunidad? Ya tengo una aprendiza.

—Beatriu también ha sufrido, Joana —adujo Agnès—, mucho.

—No me la estarás jugando como has hecho con todas esas nobles que han invertido en comandas, ¿eh, Agnès? Podrías llevarla con las monjas. Esas tragasantos necesitan hermanas legas para que les laven esto que tenemos aquí abajo.

—¡Por eso se te rompe el coral! ¡Son los diablos de tu lengua! La he traído porque Beatriu tiene un don y contigo se labraría un futuro de verdad.

Joana dudaba, miraba a una y a otra. Al final chascó la lengua.

—Estoy en deuda con las beguinas —explicó a ambas chicas—. Acogieron a mi madre con sarna hasta que murió. Sin embargo, ahora mismo no puedo manteneros a las dos. Mi situación es apurada. Muchos deudores han muerto y no espero cobrar. Tengo préstamos con los judíos. ¡Arrasan el *call* y el registro de mis deudas es de lo poco que queda intacto! ¡Es para renegar de Dios y de la madre que me parió!

Agnès le propinó una de sus sonoras bofetadas. Beatriu y Francesca se quedaron espantadas, pero Joana, con la mano en la mejilla, comenzó a reír.

—Perdóname, Agnès. Es que estoy disgustada. Esa estrella era muy importante.

—Lo sé, Joana, sé lo que significaba, pero esto lo es más. ¿Qué piensas hacer?

—Las dos muchachas son un estorbo y no se ganarán el sueldo en mucho tiempo. Mi marido también ha perdido a la mayoría de los clientes y no puede ayudarme.

Examinó con desaprobación la bolita de coral que Francesca intentaba tallar.

—Es para un collar que Maria de Cotlliure donará a la cripta de Santa Eulalia de la *seu* por salvar a su hijo de la peste. Descontando el coral, con lo que saque puedo mantener a una de las dos durante un par de meses. —Joana las miró a ambas—. Hay que entregarlo cuanto antes. Os enseñaré a tallar las cuentas, a pulirlas y a trepanarlas. Prestad atención. Trabajaréis toda la noche. La que haga más y estén mejor se quedará. La otra no.

—No es justo, Agnès. —Beatriu veía llorar a Francesca—. Ella estaba antes.

—La que mejor lo haga será mi aprendiza, he dicho —zanjó Joana. Cogió un punzón para empezar—. El tiempo de llorar ha acabado.

—En eso estoy de acuerdo —apuntó Agnès—. Me parece justo.

Las dos muchachas se miraron con aire retador.

66

Las buenas mujeres

Teresa y Sansa estuvieron mirando las llamas de la hoguera durante un instante. Como cada noche, habían ido al descampado cerca de Sant Pau del Camp para quemar la ropa de los fallecidos. Ese día habían muerto cuatro, pero sólo dos debido a la peste.

En el fuego ardía la túnica de un niño de dos años y las ropas de su padre.

—En mi casa decían que las personas nacen con una estrella que se extingue cuando son olvidadas. —Teresa señaló la bóveda estrellada, con gesto apenado—. Quizá se estén apagando dos en este momento. No creo que nadie los recuerde más.

Sansa comprobó que estaban solas y cogió la mano a Teresa. Trató de llevarla hacia los juncos altos donde podían ocultarse, pero la otra no se movió. Sus pupilas temblaban fijas en las llamas. Desde que volvió del cautiverio en la casa Montaner no habían estado juntas. Habían pasado ya una docena de días, pero Teresa no era la misma.

—¿Qué te ocurre, Teresa...? ¿En qué piensas?

—En mi padre, llevo días pensando en él. No sé, creo que no está bien.

Sansa se acercó y le besó los labios con suavidad. Quería

animarla. Siempre había iniciado el juego la Montaner; ahora lo intentaba ella cada noche, pero nada.

—Lo siento, Sansa —dijo apartándose, ceñuda.

—¿Qué te pasa? —insistió, y su voz sonó rota en esa ocasión—. Estás tan lejos…

Teresa salió de su estado y rozó el rostro de Sansa con suavidad. La miraba con la misma expresión de pena que tenía desde que la liberaron.

—Tu caricia me sabe a despedida —dijo Sansa mientras veía una lágrima en la mejilla de la otra.

—Ojalá mi estrella se hubiera apagado también.

—¡No digas eso!

—¡No puedo olvidar, y no lo soporto!

Sansa la abrazó, pero Teresa no respondió con la calidez de antes. Se hacía la fuerte, sonreía y actuaba con normalidad, pero seguía en el sótano donde Gaspar y Gonzalbo le pusieron el cepo en los pies. El carismático barbero Gonzalbo, uno de los líderes de la Unión en Valencia, quiso seducirla como había logrado hacer con Romea, pero Teresa lo despreció y descargó sobre ella su odio. Le hizo daño, y mucho.

Teresa no se lo había contado a nadie, ni siquiera a Sansa. Además de aquellos encuentros, estaban las vejaciones en grupo, convencidos de que eran el nuevo Edén, sin mancha de pecado. Bebían y se descontrolaban. Alguno la estrangulaba al llegar al clímax, y ella deseaba que se le fuera la mano y acabar con todo de una vez.

Lo peor fue saber que Beatriu sufría lo mismo. La tenían en la alcoba de sus padres, y cuando la oía gritar enloquecía de rabia. Romea nunca apareció, y llegó a pensar que estaba muerta, pero no, superada por el horror se comportaba como una sierva complaciente, se había hecho la protegida de Gonzalbo y así evitaba a los demás.

Jamás podría perdonarle su cobardía y falta de amor por ellas.

—Ya no estás allí. Estás conmigo. Con las beguinas. Permíteme cuidarte, Teresa.

Se dejó besar, intentó centrarse en la suavidad de los labios de Sansa, en la calidez húmeda de su lengua, pero enseguida se contaminó con malos recuerdos.

Quizá aquellos jóvenes hacían bien al abandonarse al placer libertino, en vez de esperar la muerte sumidos en el miedo. Fuera como fuese, Teresa no lo había vivido así. Ella no lo había elegido y no podía quitárselo de la cabeza. Era tanta la angustia que unos pocos días después de salir comenzó a ver cosas. Por segunda vez en su vida. Primero fueron sombras informes por el rabillo del ojo que desaparecían al mirar y susurros que erizaban la piel. No sabía si era su mente o algo real; en cualquier caso, se alimentaba de su ira.

A ojos de todos parecía estar mejor, pero no superaba la experiencia, como Beatriu, y cada vez era peor. Se escondía en la capilla. Sin llorar nunca. Rezar no le sirvió, y la presencia que la rondaba acabó adoptando forma humana, oscura y sin rostro. Los susurros se hicieron comprensibles.

No era la primera vez que le sucedía, y temía que volvieran a tacharla de endemoniada, por eso pidió ayuda, aunque no a los clérigos.

Sansa trató de ser más apasionada, pero al final paró. Teresa tenía puesta la atención en la senda del descampado.

—¿Esperas a alguien esta noche? —Sansa abrió los ojos—. ¿Son ellas?

—Sansa, sabes lo que siento por ti. —La miró a punto de llorar—. He luchado con todas mis fuerzas por ser eso. —Le tocó el hábito de beguina—. Aun así, algo me devora.

—Te lo ruego, Teresa... Recemos, pediremos perdón por nuestro desliz, pero no...

La otra le cerró la boca con un beso. En sus ojos no había arrepentimiento.

Oyeron el crujido de unos pasos. Teresa se puso en pie, y Sansa le cogió la mano.

—¡Quédate conmigo! Yo te ayudaré a librarte de eso. No recurras a ellas.

—Soy como ellas. En el fondo lo he sabido siempre, desde niña. Dios no ignora que me he resistido hasta el final, pero no puedo... —Se soltó de Sansa con suavidad—. Volveré al amanecer. Por favor, no se lo digas a Agnès.

—Podrías acabar en la hoguera.

—No creo que me doliera tanto como lo que tengo aquí dentro.

Allí estaba la muchacha rubia de los callejones del Raval, la que tenía discretas conversaciones con Teresa cuando compraban hierbas. La esperaba en el borde del descampado bajo un manto negro. La visión causaba escalofríos. A pesar de los ruegos de Sansa, las otras dos se alejaron por la senda.

Teresa no entendía cómo esas aojadoras habían sospechado lo que le pasaba, sus intuiciones y extrañas visiones. A los pocos días de salir de la casa Montaner, se habían presentado en Santa Margarida. Ellas sí veían su sufrimiento oculto. Les confesó lo de la sombra, y la creyeron. No la miraban mal ni con lástima, ni le advertían que tuviera cuidado como solían hacer los demás. Rezar no la había consolado, necesitaba otra clase de ayuda. La habían emplazado para esa noche, y había decidido ir.

A pesar de que la chica rubia sólo tenía trece años, su mirada era la de una anciana. Sabía mucho de hierbas y otras cosas. Rehuía a Sansa, pero era muy simpática con ella, aunque esa noche no habló.

Teresa lo prefirió, pues sentía una pizca de culpa. Lo que iba a hacer era pecado mortal. Si Agnès o fray Benet se enteraban, era posible que incluso recurrieran al inquisidor fray Joan Llotger por el bien de su alma.

Caminaba detrás de la chica rubia para que no pareciera que iban juntas por las calles desiertas en plena noche. Dentro del pequeño laberinto de callejones del Raval, donde se vendían los remedios y hechizos para los pobres, la muchacha se metió por una puerta entreabierta.

Detrás sólo había oscuridad, salvo por un tenue resplandor que surgía de una trampilla en la planta superior. Teresa dudó si volver al beguinato. Agnès decía que la fe en Dios la ayudaría a superarlo. Había aprendido con Sansa a ser feliz lidiando entre lo sagrado y lo prohibido. Lo intentaría una vez más, se dijo. Sin embargo, nada más darse la vuelta vio la siniestra sombra en la pared desconchada. No la abandonaría nunca.

Con una lágrima en los ojos, comenzó a subir al altillo.

La estancia estaba vacía. Varias velas de sebo iluminaban el centro. En el techo se secaban manojos de hierbas.

Cinco mujeres de edades diferentes estaban arrodilladas en círculo sobre una estera. Vestían sólo la camisa, abierta hasta el ombligo, con los cabellos sueltos sobre la cara. La muchacha rubia ayudó a Teresa a quitarse el hábito de beguina. No la cubrían otras prendas, y se quedó desnuda. Luego le soltó con dulzura el moño que llevaban en el hospital.

—Venid al círculo —dijo la más anciana, que tenía acento toscano. El pelo blanco le tapaba la cara—. Mi nombre es Anna de Volterra, te he vendido hierbas más de una vez, muchacha.

Le hicieron hueco, y Teresa se arrodilló, un poco avergonzada. Las demás tampoco ocultaban sus cuerpos. El círculo quedó formado por siete mujeres. El pulso le latía fuerte.

En el centro ardía un cirio de cera natural manchado de sangre. Anna acercó un manojo de hierbas y el humo amarillento las hizo toser.

—Teresa Montaner, revela al círculo lo que buscas —dijo Anna con voz grave.

Se lo pensó mucho. Liberarse de la pena y la vergüenza, proteger a sus hermanas, recuperar a Romea, castigar a los que la lastimaron, matar a Gonzalbo de Rodas, el perdón del rey, que nadie les hiciera más daño... Comprendió que no podía elegir, lo quería todo. Su respuesta brotó de lo más hondo:

—¡Poder!

La vela osciló y a ella se le puso la piel de gallina. Todas rieron, pero fue para distraerla. Anna de Volterra le atrapó la mano y le hizo un corte en la palma con un fino cuchillo. Teresa gimió. La otra llevó su mano hasta el cirio para que la sangre goteara sobre él.

—Ahora morirás como Teresa Montaner, herida y triste, para renacer con un don; quizá el que has pedido, quizá otro. Aprenderás con paciencia. Desde esta noche serás odiada y temida, condenada si te capturan, pero te sentirás como nosotras, viva y agradecida de tu nueva familia. Desde mucho antes de que nacieras formas parte de nuestra estirpe y al fin nos has encontrado. Somos las hermanas de Aradia, la hija de la diosa Diana. ¿Aceptas unirte al círculo?

—Acepto —respondió Teresa, embriagada y con todo el vello erizado.

—Las *buenas mujeres* que caminan de noche —dijo la más joven con entusiasmo.

—Las *buenas mujeres* que caminan de noche.

—Vamos a empezar.

67

El pacto

No sé qué abrirán esas llaves, Marina —dijo su tía Matilde observando las dos piezas que le mostraba—. Quizá tienen que ver con la compañía. Hace demasiados años que vivo ajena a todo eso... En cualquier caso, guárdalas bien porque puede que algún día lo sepas.

Marina se las puso de nuevo por debajo de la túnica. Se sentía decepcionada por la respuesta, pero había percibido en los ojos de Matilde que sabía más de lo que trataba de aparentar.

—Teresa me pidió que os preguntara sobre las llaves. Espero que esté bien. Las echo de menos.

Ella y su tía estaban sentadas a la mesa con un cuenco de vino especiado caliente. Fuera ya era de noche. Marina había tenido que contarle de nuevo su viaje a Palermo con mayor detalle. En ese momento aguardaba impaciente la propuesta de Matilde.

—No deberías haber dejado a Teresa en Barcelona. Conmigo habría estado mejor.

—Quería estar con las beguinas. A pesar de lo que le ha pasado, creo que su espiritualidad le hará bien. Allí está cerca de Dios.

—No sé si la conoces de verdad. Es demasiado sensible.

Después de esa experiencia su alma debe de estar a un paso del abismo.

—Yo la veía más entera que a Beatriu.

—No es tan fuerte como aparenta, pero aprendió a disimular después de los exorcismos de los predicadores. Si se siente muy angustiada se quebrará.

—¡Fue una acusación falsa para perjudicar a los Montaner!

—Quién sabe, hija, quién sabe. El demonio también tiene sus santos y mártires. No hay nadie en la familia con más luz, y si se le apaga, no habrá tiniebla más negra.

—¡No me asustéis, tía!

La mujer se quedó mirando la oscuridad del salón.

—Yo era como ella, sentía cosas. Un día fui con mi madre a comprar hierbas a cierto lugar del Raval, y una anciana dijo que sabía lo que me pasaba y que podía ayudarme. Cuando se enteró tu abuelo, se puso hecho una furia. Durante un año sólo salí a misa, y a base de rezar y ayudar dejé todo aquello atrás. Pero Teresa no tiene a nadie para protegerla, aunque quizá deba ser así. A estas alturas ya no sé si es mejor pasarte la vida bajo el yugo de un padre y un esposo atroz o vivir señalada pero libre.

—¿Creéis que se apartará de la verdadera fe? —Marina estaba espantada.

—No lo sé, pero haga lo que haga lo hará con rotundidad.

Se quedaron en silencio.

—Teresa y Beatriu tienen una oportunidad en Barcelona, ojalá yo también pudiera tenerla aquí… —dijo para ver si su tía picaba el anzuelo y le contaba de una vez lo que planeaba.

—Eso depende de si me ayudas con tu barco. Ahora que tengo más detalles de tu historia, creo que mi plan es posible.

Fue a un arcón y de debajo de unas mantas sacó una vieja espada mellada.

—Ésta es la única arma que queda en la torre. ¿Ves cómo está? Pues han venido a comprarla por cinco libras. ¡Imagínate el precio de una nueva, imagina el de un centenar!

—¡Armas! —Marina se puso de pie. Veía con claridad la expresión lobuna de su tía—. ¿Queréis vender armas? Los oficiales del rey controlan a los espaderos y a cuantos las poseen.

—Pero no a los piratas. —Matilde la miró con firmeza—. No hay rebelión que no necesite espadas, puntas de flecha, lanzas... Es uno de los comercios más lucrativos del Mediterráneo, y ahora es el momento de Mallorca. Te conté que el rey Jaime III pretende iniciar la guerra para recuperar la isla. A todos sus nobles partidarios les confiscaron las armas, por eso intentarán armarse en secreto, cueste lo que cueste, para esperar a su señor y luchar. La Picardía puede traerlas de contrabando.

—¿Y cómo? —replicó Marina, sorprendida—. ¿Dónde pretendéis adquirirlas?

—En Sicilia. Tiene un comercio de armas oficial y otro de contrabando. Ese misterioso hombre que te ganaste en Palermo, al que llamas el Diablo, estoy segura de que sabrá cómo conseguirlas. Podrás localizarlo; al fin y al cabo, le debes el trigo, ¿no es así?

—¡Es una locura! Además, esas armas serían para una rebelión contra el rey de Aragón. No habría perdón para ningún Montaner, ni siquiera para mis hermanas.

—¡Nadie lo sabrá! —Matilde se enfadó, no esperaba su resistencia—. ¡O empiezas a pensar como una superviviente o aceptas lo que te propuso ese inquisidor y te metes en un convento! Esto es el mundo, Marina. Deseo arruinar a todos esos nobles que me han humillado. Me pagarán las espadas a precio de oro y con él les quitaré a los siervos y los traeré a trabajar las jovadas que pienso tomar sin permiso. Necesito dinero, mucho, y también nos hará falta si queremos salvar a tu padre.

—Pero...

—¡Si hay guerra en Mallorca, esas armas van a ser necesarias! —insistió la mujer, alterada—. ¿Cómo crees que se arman los nobles y los mercenarios para sus razias? Si no las traemos nosotros, lo harán otros. Tras la peste, el nuevo mundo será de los valientes.

—Aunque los hombres de la Picardía me hayan traído aquí, no sé si me seguirían en algo tan peligroso. Ser piratas supone convertirse en parias, condenados a morir si nos capturan. Además, la tempestad ha causado daños a la nave que no puedo arreglar. ¿Por qué no pensáis en vuestro hijo, tía? ¿Qué sería de él si nos descubrieran?

Matilde frunció el ceño. Enric dormía cerca de ellas sobre dos sillas. Tras una eternidad en silencio, la mujer suspiró como si así quisiera expulsar de su cabeza aquel avezado plan.

—Quizá tengas razón, Marina. —La miró entre molesta y resignada—. Llevo tanto tiempo pensando en la manera de conseguir todas esas tierras que al verte llegar y saber que traías un barco me he cegado. No acepto lo que Dios me envía, es lo que me dicen los curas de Pollensa.

—Yo venía a pediros refugio... Trabajaré en lo que haga falta para mantenerme.

Marina se calló al ver la decepción en la cara de Matilde. No sabía qué decir. La conversación se enfrió. Hablaron del pequeño Enric y de su aciago futuro como heredero de aquellas tierras escasas y perdidas en un rincón de la isla.

Marina encajó los reproches indirectos en silencio. Estaba agotada y aún se sentía algo mareada tras la tempestad. Poco después, su tía dejó que se acostara. Veían el futuro negro.

Dormían allí mismo. Fátima subió una márfega y le arregló un lecho. Matilde y su hijo dormían en un tálamo estrecho junto al hogar.

Cerca de la medianoche, Marina oyó que su tía se levantaba y se hizo la dormida. La mujer fue hasta la pared lateral y movió una piedra. Extrajo un cofre pequeño y desapareció por la escalera. La joven sintió deseos de seguirla, pero no quiso incomodarla más. Su negativa a ayudarla ya había tensado demasiado la situación entre ambas.

Al final se durmió, mucho más tarde, sin que Matilde hubiera regresado.

68

Un cambio

Esa noche, la misma en que Marina se negó a secundar el plan de la tía Matilde y Teresa daba un giro oscuro a su vida en el barrio del Raval de Barcelona, también estaba siendo muy larga en el taller de la coralera Joana Fortunyà de la calle Còdols.

Beatriu se sentía inquieta. No dejaba de pensar en su hermana Teresa sin motivo aparente. Era una intuición sombría. El día siguiente trataría de averiguar si le había pasado algo, pero hasta entonces se jugaba su futuro. Volvió a centrarse en el coral. Tenía hechas cinco cuentas y estaba segura de que recibirían la aprobación de la artesana.

En la mesa contigua Francesca maldecía en susurros. Por culpa de los nervios se le escapaban las herramientas y ya había estropeado dos trozos del valioso coral.

—Debes limar suavemente —le aconsejó Beatriu—. Le quitas la curvatura.

—¡Cállate! —le espetó Francesca—. ¡Ojalá estuvierais todos los Montaner en la cárcel! Lo que se cuenta de tu hermana la fugitiva es horrible.

—Céntrate en la cuenta. —Beatriu no iba a enzarzarse en discusiones.

—¿Para qué? ¡Si sólo llevo dos...! ¡Y míralas!

La otra calló. Francesca soltó la pequeña lima y dejó la bola de coral a medio hacer en la caja. No podía competir con la destreza natural que mostraba Beatriu. Con ojos llorosos miró la puerta del taller.

—¿Pedirías a la beguina que ahora me ayude a mí? Puedo hacer otros trabajos.

—¿Es verdad que no tienes ningún lugar al que ir?

—El único que me queda son los callejones de la Torre Nova, en el puerto.

Beatriu calló. Era el lugar donde ejercían las rameras más humildes de Barcelona.

Francesca se fue hacia la puerta de la casa, pero Beatriu corrió y le barró el paso.

—¿Por qué esta vida es tan cruel? —dijo Francesca sollozando—. No quiero hacerlo, Beatriu, no quiero vivir de eso, pero ¿qué puedo hacer? Joana va a echarme.

—No nos iremos de aquí ninguna de las dos. —Beatriu la miraba con firmeza para darle seguridad, como hacía su padre en los negocios—. Trabajaremos juntas y nos aprenderemos todas esas blasfemias de Joana.

—Ya... ¿Y cómo? No la conoces. Te digo que no es una mujer fácil de convencer.

—Mientras te veía trabajar he pensado algo. Ven.

Regresaron a las mesas y Beatriu empujó la suya para juntarla con la otra.

—A ti no se te da bien tallar la forma esférica, pero sí sabes trepanar la cuenta. Cada una podemos hacer una parte del trabajo.

—Joana no nos ha dicho que trabajemos por separado.

—Iremos más rápidas si nos repartimos las tareas. Piénsalo. Joana es lista y práctica. Si adelantamos más así y la calidad es buena, entenderá que podemos abarcar más comandas sencillas, y eso son ganancias.

—Cada una haremos una parte del trabajo... ¿Cómo se te ha ocurrido algo así?

Beatriu se encogió de hombros.

—Si la gente dice que ahora todo es distinto, también puede cambiar la manera de trabajar en un taller. Y no quiero que te vayas, Francesca.

—¿Por qué? No me conoces.

—Porque es lo que debe hacerse entre nosotras. En estos meses he vivido cosas que ni te imaginas, y otras me han ayudado a mí. —Sus bonitos ojos verdes se oscurecieron—. Nadie te abrirá de piernas a la fuerza. Aquí tenemos futuro las dos, ya lo verás. Soy una Montaner y sé de estas cosas.

Los ojos llorosos de Francesca la miraban con sorpresa. Beatriu le tomó la mano y se la acercó a una cuenta de coral. Se sentía renacida, fuerte. Ahora tenía un techo, un propósito y compañía; ésos eran los cimientos de la vida. Pensó en Marina, Teresa y Joan. Esperaba que también encontraran un lugar.

La noche avanzó y la caja de madera con las cuentas se fue llenando. Beatriu tenía razón y comenzó a pensar que al amanecer el collar podría estar listo para encordar.

El silencio en el taller era total cuando se oyó el cerrojo de la puerta de la calle. Las dos se asustaron. Se abrió y entró un hombre.

—Es Tomás, el marido de Joana —le explicó Francesca—. Suele llegar tarde, aunque no tanto como hoy. Es cirujano y a veces atiende peleas de taberna, incluso algún parto.

Tomás se acercó, y Beatriu sintió que el corazón le daba un vuelco. El hombre tendría casi treinta años y era atractivo, con una larga melena trigueña y ojos de mirada profunda. Les brindó una sonrisa franca. Sus dientes parecían perlas.

—¡Tenemos una joven más en casa! —Se acarició la fina barba—. Tú debes de ser Beatriu Montaner, Agnès me lo dijo. Supongo que esto es una prueba de mi esposa, ¿me equivoco?

Beatriu sentía las mejillas calientes y se quedó en blanco. Nunca había experimentado algo así de repentino e intenso. Su pulso dejó de ser tan firme. Debía bajar el rostro por educación, pero no podía dejar de mirar a Tomás mientras él examinaba la caja con el coral ya tallado.

—El taller de mi esposa no pasa por el mejor momento —dijo, sorprendido ante el trabajo realizado—, pero si habéis hecho todas esas cuentas esta noche, creo que las cosas pueden cambiar por aquí.

Alzó el rostro y les guiñó un ojo. A Beatriu se le escurrió de los dedos la pequeña pieza de coral que sostenía. Tomás la atrapó y se la entregó. El mero roce de sus dedos la dejó sin aliento.

—Os mandaría a dormir, pero Joana os arrastraría de nuevo a las mesas. Es un poco perversa en eso... A pesar de todo, su corazón es grande. Sabrá compensaros.

—¿Y no tenéis nada que ver en el taller? —preguntó Beatriu, extrañada.

—Cada uno hemos mantenido el oficio de nuestros padres. Así tenemos más posibilidades. La nobleza no, pero las familias de artesanos son como los huesos del cuerpo: ninguno es igual. —Le regaló una luminosa sonrisa—. Buenas noches.

Beatriu siguió al cirujano con la mirada mientras éste enfilaba por una puerta que conducía a la escalera de la casa. Recibió un codazo de Francesca y dio un respingo.

—¡Menos mal que es de noche! Estás más roja que el coral.

—No digas tonterías. Sólo es que estoy sorprendida. Nada más.

—A mí también me pareció muy guapo. Pero no te obsesiones. Joana y él parecen estar bien.

—Sigamos —dijo hosca—. Nos queda mucho trabajo.

Continuaron tallando y limando, sin dejar de hablar en susurros. De cuando en cuando, Beatriu miraba con disimulo la puerta por la que se iba arriba. El corazón le bailaba y no podía dejar de sonreír. No le había pasado nunca.

69

Cala Castell

Viernes, 1 de agosto de 1348

Marina, despierta, rápido!

La joven se incorporó sobresaltada y confundida.

—Joan, ¿qué haces aquí?

—Tienes que ver algo.

Marina vio que la cama de su tía seguía vacía desde que se marchó la noche anterior. Fátima preparaba un cuenco de leche a su primo Enric.

Todo parecía tranquilo.

—¿Adónde quieres que vaya, Joan?

—Eres la única que sigue acostada, perezosa. ¡Vamos!

Se tomó un vaso de agua fresca aprisa y fue tras él. Antes de llegar a la cala Castell ya se oían voces masculinas dando órdenes. Se quedó sorprendida.

—¡Mira, mira! —gritó Joan, y corrió hacia la playa para reunirse con la tripulación desembarcada.

Estaban los cinco siervos de Matilde y gente de Pollensa. Había un carro con tablones y aparejos. Unos hombres subían a una balsa toneles con pega para calafatear. En sólo un día se había iniciado la reparación de la coca. A sus espaldas.

—¿Qué te parece, sobrina? —Matilde se acercó con Albar y Felip. La mujer la miraba desafiante.

—¿Qué significa esto? —dijo Marina, algo molesta.

—No soy la señora de Ternelles por claudicar a la primera negativa. Quería ver la Picardía con mis propios ojos. Ahora estoy aún más convencida. No podemos perder esta oportunidad, sobrina, y menos con esta maravilla. ¡Parece pensada para esto!

Marina se disgustó, pero su tía había hecho lo que habría hecho ella en su situación. En eso ambas eran iguales, de sangre Montaner.

—¿Vais a costear la reparación? —cargó Marina.

—Ese clérigo inglés tan peculiar me ha dado más detalles del Diablo. Igual vende trigo, que esclavos, que armas. Eso sí, está convencido de que tú eres clave para que el siciliano entre en el negocio. —Señaló el mascarón de la sirena—. Eso lo demuestra.

—Volveremos a Palermo —dijo el vasco con mirada lóbrega.

—¡Esto es piratería! —exclamó Marina.

Miró a Felip buscando su aprobación, pero no la halló. Matilde tenía sangre de mercadera y lo había demostrado. Había convencido a todos.

—Conforme a las leyes del mar, desde que te sacamos de Barcelona y zarpamos sin autorización del Consulado ya somos un barco pirata y nuestras cabezas tienen precio. —El naochero miró a Matilde de un modo particular. Ambos se sonrieron—. La propuesta de la señora de Ternelles es arriesgada, pero si sale bien, podemos obtener mucho.

—Marina, te ofrezco a ti y a tus hombres un tercio de los beneficios —propuso su tía—. Reservaremos una parte para conseguir favores y sacar a tu padre de Valencia, o si es necesario, para comprar el perdón del codicioso rey don Pedro.

La joven miraba a Albar. Algo en sus ojos oscuros la desconcertaba. Parecía ansioso por partir. Lo cogió del brazo y fueron hacia las rocas del extremo.

—¿Tú también estás conforme con esta locura?

—Tú misma me sugeriste que cuando volviéramos a Sicilia preguntarías al Diablo sobre la venta clandestina de esclavas cristianas —se adelantó él—. Esto me da la oportunidad. Llevo años esperando una pista.

—¿Y serías capaz de quitarme la Picardía? ¡Habéis comenzado a repararla sin contar conmigo!

—Jamás te traicionaré, y si me lo pides, ordenaré que lo paren todo, pero pensaba que era lo que querías. Ayer te lamentabas por su posible pérdida. ¿De verdad en este rincón del mundo acaba la vida de Marina Montaner?

La joven lo miró a los ojos. Era sincero, pero le ocultaba algo.

—¿Si encuentras alguna pista sobre Deidre te marcharás?

—Si a mi esposa la capturaron en el Cantábrico y acabó en Bugía, puede que pasara por Palermo. Sólo quiero un nombre. ¡Necesito saberlo!

—¿Qué pasó anteayer durante la tempestad? Estabas tú y...

—Puede que vieras mi maldición, no lo sé. Cuando el mar está embravecido el pánico aturde la razón y a veces ocurren cosas. Algunas quieres verlas y otras no... Nadie lo comenta. —La miró con los ojos húmedos, emocionado; era raro verlo así—. Quiero descansar, Marina, quiero encontrar mi corazón allá donde esté oculto. Te necesito para hablar con el Diablo, Matilde te necesita para el futuro de su hijo, tu padre te necesita para salvar la vida, pero quien más necesita volver a navegar eres tú.

—¿Por qué?

—Porque debes perdonarte y entender que no eres culpable de nada de lo que ha ocurrido. Dios teje la historia con hilos intrincados, y mereces sentir que estás viva. Si de niña soñabas con esto, pues deja el miedo atrás y ayuda.

Marina contempló la cala Castell y sus aguas turquesas. Vio a Joan, bromeando con los marineros junto a Martín. Felip flirteaba con Matilde. Del barco llegaban las órdenes del maestro Miguel. Walter deambulaba parloteando más que otra cosa. Los marinos entonaban una canción marinera mientras trabajaban en los mástiles y los mamelucos se encargaban de los aparejos. Se había urdido un mundo allí.

Y en medio, la silueta elegante de la Picardía con su sensual sirena en la proa. Era su nave, era su hogar. Albar tenía razón: siempre había deseado viajar, recorrer mil lugares y conocer sus historias. Recordaba la mirada ardiente del Diablo. Una parte de ella, inconfesable, deseaba oler de nuevo su perfume, ver su cara... y hasta revivir aquel momento de tensión en la cisterna.

—¿Qué has decidido, Marina? —le preguntó Albar al rato.

Y entonces la perspectiva de quedarse en Ternelles le pareció desoladora. Se volvió hacia Matilde y le gritó:

—¡Tía, iremos, pero no por un tercio, sino por la mitad de los beneficios!

A Matilde le molestó interrumpir la conversación con el piloto mallorquín.

—Eso es demasiado, Marina.

—La mitad.

—Ya veo que Dalmau te enseñó bien. De acuerdo, pero quizá con un viaje no sea suficiente.

Albar mostró una sonrisa de gratitud, al tiempo que Felip aullaba entusiasmado y el resto lo imitaba. También era partidario de Jaime III de Mallorca y parecía gustoso de complacer a Matilde.

—Otra cosa, tía: ningún noble de la isla debe enterarse de nuestra implicación.

—A primera hora he pagado al bayle de Pollensa, y no mandará ningún correo a Ciudad de Palma. Contrataremos de Pollensa los marineros que falten. Hay familias muy necesitadas debido a la peste y, además, así tendremos a la población de nuestro lado.

—Lo que vamos a hacer es traición —dijo a los hombres en la cala.

—¡Es piratería! —señaló Felip—. El segundo oficio más viejo del mundo.

La ocurrencia hizo que Matilde profiriera una carcajada. Marina jamás había oído reír así a su tía. Al final, se dejó contagiar por el entusiasmo que reinaba. Subió a una barca para ir a la Picardía y revisar las cuentas con Walter.

70

Nueva vida

El undécimo día de luna nació Sem. Es un buen día para cualquier empresa; para comprar campos. Quien esté enfermo sanará. Los sueños se cumplirán al cuarto día.

Martes, 5 de agosto de 1348

En el obrador de la talladora de coral Joana Fortunyà, esa mañana nadie se atrevía a respirar. Los dos sirvientes, al ver terminado el collar que las aprendizas habían hecho durante la noche, prefirieron trajinar en el huerto trasero.

Beatriu y Francesca aguardaban de pie, con el aliento contenido. Esperaban a que Joana bajara de la planta superior y examinara el resultado, colgado en un clavo del patio.

—Francesca, tú que conoces más a Joana, ¿crees que nos hemos excedido? —le preguntó Beatriu ante la actitud de los sirvientes.

—Sólo teníamos que tallar cuentas, y hemos terminado el collar. Supongo que sí.

—¿Y eso es malo?

—¡Qué habéis hecho! —rugió una voz en la escalera—. ¡La madre que os parió!

Joana bajó corriendo. Detrás, su esposo miró a las muchachas y con el gesto les transmitió calma. Era mucho más sosegado que ella. La artesana cogió el collar y lo examinó primero con alarma, pero poco a poco su gesto mudó al alivio.

—Las hemos ordenado por...

—¡Callaos, cojones! ¡Las monas de los juglares las habrían tallado mejor!

La artesana se marchó hacia su mesa de trabajo rezongando. Examinaba cada cuenta con atención. Beatriu vio a Francesca pálida.

—Quizá no ha sido buena idea acabarlo —musitó.

—Ya lo creo que lo ha sido —dijo Tomás el cirujano, afable—. Está encantada.

—Pero ¡mirad cómo se ha puesto! —lamentó Beatriu.

—Cuanto más grita y critica, es que más satisfecha está —afirmó volteando los ojos—. Que me lo digan a mí. Creedme, si le hubiera molestado ya estaríais las dos en la calle.

—¡Tomás! —chilló Joana—. ¿Ya estás endulzándoles la situación? Estas dos niñas están aquí para hacerse mujeres artesanas, ¡y es más duro que para vosotros!

—Es cierto, querida, pero reconocerás que para ser el primer trabajo que hacen no está tan mal. Preguntaremos a los huesos de santa Eulalia qué le parece su nuevo collar.

—¡Blasfemo! —Joana comenzó a reír a carcajadas.

—Y mira que te gusta... —Tomás la abrazó y empezó a tocarle el culo con descaro.

Beatriu no salía de su asombro. Sus padres también se trataban bien, pero no de esa forma. Joana recordó que no estaban solos y se apartó con un rubor en las mejillas.

—Vamos a ver... Aunque el collar necesita pulirse, está claro que en una noche habéis hecho lo que un aprendiz tarda dos o tres días. Se nota que no queréis dejar mi taller. Lo que no logro distinguir es la diferencia de las manos. ¿Cuál ha hecho más?

Beatriu incitó a la tímida Francesca a hablar:

—Cada una hemos hecho una parte del proceso, la que mejor se nos daba.

—¡Una buena idea! —dijo Tomás, que se preparaba un zurrón con comida.

—No es costumbre trabajar así. No distingo a la más habilidosa de las dos —repuso Joana, ceñuda.

—Pero mira, han ido más rápidas y el resultado no está mal, querida —siguió Tomás—. Hacer cuentas de collar no requiere tanta pericia como otros trabajos y de esa manera no se tarda tanto. Podrías aceptar más pedidos que antes.

—O tener varios collares hechos y listos para vender —se atrevió a sugerir Beatriu—. Los clientes se los podrían llevar en el acto.

—¿Ves? Esta chica es lista. Se nota de la familia de la que viene.

—Sin embargo, mis clientes quieren piezas exclusivas —replicó Joana. Miraba a Beatriu entre molesta e interesada—. Los tragasantos y beatas pagan por saber que un artesano les está tallando una pieza como ellos la desean. Es la esencia de estos oficios.

Beatriu miró a Tomás casi pidiendo ayuda. Él la incitó a decir lo que pensaba:

—¿Quién no ha querido un vestido o un adorno y ha soñado con tenerlo enseguida? La exclusividad siempre será lo más valorado del taller, y por supuesto lo más caro. Lo ya fabricado sería para los impacientes. Que los clientes decidan.

Tras un largo silencio, Joana abrió las manos y comenzó a aplaudir de contenta.

—¡Coño con la hija de los Montaner! ¿Has visto, querido? ¡Por eso son ricos!

—¡Te lo dije! Vienen nuevos tiempos. Las dos juntas pueden hacer mucho.

—Tú lo que buscas es tener un harén en casa, como los moros.

—Eso también.

Joana se acercó a las dos muchachas. Sabían que iba a pasarles algo bueno por fin. La coralera les miró las manos y escupió sobre los pequeños cortes y rozaduras que se habían hecho trabajando toda la noche.

—Os acojo en mi taller. No recibiréis un salario, pero tendréis techo, comida y ropa. El año que viene os haré una prueba y si la superáis seréis mis oficialas. Para entonces, si esta maldita peste no se nos lleva por delante, tendremos más aprendices. —Joana las miró fijamente—. Sólo os pido lealtad y discreción. Soy una mujer en un gremio que siempre ha aceptado mujeres, aunque no quieren que enseñe a más mujeres. ¡Que les den por el culo! Antes de la peste algunos maestros ya se quejaban de que nosotras no deberíamos tener taller propio. En otros gremios es peor, expulsan a las mujeres si no hay un varón al frente.

—¿Por qué? —preguntó Francesca.

—¿No notas algo en falta en esta casa? No hay hijos.

En ese momento el ambiente cambió. Tomás borró su sonrisa y se metió por una puerta. Joana tenía un gesto de amargura.

—Yo tuve dos y los perdí. No quiero volver a pasar por ello. ¿Por qué los hombres no pueden entenderlo? —Se crispó—. ¡Los clérigos dicen que cualquier otra cosa a la que nos dediquemos que no sea parir es interferir en la voluntad de Dios! ¡Malditos tragasantos! Si eso fuera así, con tener un buen coño bastaría, ¿no? —Para espanto de las dos muchachas, se carcajeó con amargura—. El Altísimo nos concede pericia porque también podemos crear obras de arte.

—Es cierto —dijo Beatriu, impresionada.

—Venid a mi mesa de trabajo —les dijo la artesana.

Los sirvientes ya habían arreglado el estropicio del día anterior. Joana se sacó una llave que guardaba entre los pechos y con aire solemne abrió un cajón. Beatriu se quedó sin habla. Dentro había un cáliz de plata con piedras preciosas y motivos de coral. Nunca había visto nada tan bello. Si embargo, estaba inacabado, faltaba parte de la decoración.

—Es maravilloso —afirmó Francesca con los ojos como platos.

—Lo comenzó mi padre siendo yo niña —dijo Joana con una dulzura que no le conocían—. Su mayor anhelo era verme convertida en maestra coralera.

—¿Es una pieza maestra?

—Así es. El único gremio que permite a una mujer artesana presentarla para obtener el grado. Éste es mi sueño. Aún puedo tener hijos, pero antes quiero lograrlo.

—Estoy segura de que será así. Jamás he visto nada parecido —dijo Beatriu.

—Lo que pasa es que necesito mucho dinero y tiempo para acabarlo. —Señaló los huecos en la plata donde iban las minúsculas estrellas de coral—. Y no es fácil. Por eso necesito ayuda.

—Pues ahora somos dos las que podemos trabajar —siguió la joven Montaner.

Joana puso sobre la mesa el collar que habían hecho y en una cuenta marcó tres puntos en triángulo. La marca del taller. Lo levantó, y la luz reveló el rojo vivo del coral.

—Es una birria de cojones, pero creo que es una buena señal.

A media tarde, Beatriu pidió permiso para salir. Se tapó bien y evitó las calles concurridas. Llegó al hospital de Santa Margarida, ansiosa por contárselo todo a Teresa. Sansa salió a la puerta y al verla se echó a llorar.

—¿Dónde está mi hermana?

—Se marchó... con ellas, ayer. Dijo que regresaría al amanecer, pero no lo ha hecho.

Beatriu abrió los ojos. No hizo falta más.

—¿Con las curanderas del Raval? ¡Dios mío!

—Teresa no está bien —sollozó Sansa—. Fingió que sí, pero lo que os pasó la ha devorado. Lo que más miedo me da es que la Inquisición está cada vez más inquieta con esas actividades. Mira qué actos sacrílegos y herejes han ofendido tanto a Dios como para enviarnos la peste. Podría haber acusaciones y procesos de brujería.

—¡No la dejaremos allí! —Beatriu abrazó a Sansa, derrumbada.

—Teresa es libre. —Agnès las miraba desde la puerta. Estaba demacrada.

—¿Os encontráis bien? —le preguntó la muchacha.

—¡Estoy como Dios quiere que esté! —repuso la beguina con sequedad—. Tu hermana nos ha dejado y lo lamento, pero nosotras tenemos unos votos con Dios.

La actitud de Agnès revelaba el disgusto que tenía con la joven. La desolación de Sansa delataba que su corazón ya no pertenecía a Dios por entero.

—Por favor, Agnès —comenzó Beatriu.

—Lo siento, pero no voy a permitirlo. Si nos acusan de tener una vida disoluta entre nosotras, será el fin de las beguinas de Barcelona. Ha pasado en otros beguinatos.

Beatriu estuvo con Sansa un buen rato, hasta que se recompuso. Al final, la beguina joven entró en la capilla donde Agnès rezaba, se acercó cabizbaja hacia ella y le besó las manos en señal de fidelidad a sus votos con Dios y la pequeña hermandad.

—Teresa no podrá volver hasta que no se arrepienta y tú y ella renunciéis a lo que sea que tengáis y que prefiero no saber. —Agnès abrazó a Beatriu contenta de que le hubiera ido bien en el taller—. Tú aprovecha la oportunidad que Dios te ha dado. Ninguna nos olvidaremos de Teresa, sabremos de ella cuando vayamos al Raval a por remedios.

—Pero tengo miedo.

—Tu hermana está bien, aunque sea una paria. Conozco a ese Círculo de las Buenas Mujeres. No me gustan, pero entre ellas se cuidan. —Un velo de preocupación pasó ante sus ojos—. De hecho, sospecho que ahora son otros los que están en peligro.

71

La víspera

Los daños en la Picardía no eran tan graves como se temían y cinco días más tarde la coca ya estaba en condiciones de zarpar.

La víspera, los más allegados de Marina y Joan entre la tripulación cenaron en la torre de Ternelles: Albar, Felip, Miguel, Walter, Roger y el paje Martín. Nasir y sus hombres se quedaron vigilando el velero.

Matilde los agasajó con un banquete digno de un rey: cordero asado, jamón y embutidos, queso de Menorca y una variedad de frutos secos. También las bodegas de la Picardía estaban llenas. Muchas familias de Pollensa tenían exceso de cebollas, ajos, legumbres secas, tocino y pescado salado, pues apenas subsistía la mitad de sus habitantes. Matilde empleó lo poco que le quedaba para pagar las viandas y el silencio. En Mallorca, la gente de la tierra y del mar se ayudaba y protegía.

Marina comprendió que su tía llevaba mucho tiempo pensando en cómo conseguir dinero, casi hasta la obsesión. Estaba convencida de que la falta de mano de obra aumentaría los salarios de los jornaleros como nunca se había visto. Ella sería de las pocas propietarias que podría pagar, y eso la pondría por encima de todos los nobles engreídos que tanto la habían despreciado y que se hundirían por falta de brazos al no poder pagarles. Así era el nuevo mundo tras la peste.

Brindaron en cuencos de madera porque el rey había confiscado las copas de plata, pero la anfitriona prometió que en el futuro lo harían en copitas de cristal.

Marina miraba a su primo Enric, empeñado en jugar con la arisca Lilith, si bien ésta parecía más interesada en inspeccionar los rincones de la torre. Los ratones de campo eran una exquisitez para la gata marinera. La joven Montaner estaba nerviosa por el viaje, pero era un momento de paz que quería retener. Incluso fantaseó sobre cómo sería si algún día fuera como su tía. Le costaba imaginarse casada y rodeada de niños. Su principal trabajo sería cuidarlos y pensar en futuras alianzas y compromisos.

En esos meses, desde que salió de Valencia como una joven aterrada, había visto que el mundo femenino no era tan simple como le decían en casa o clamaban los clérigos. No sólo acababan siendo mujeres casadas, monjas o rameras. Vivían una época en la que el mundo era un laberinto vasto y cambiante. Agnès tenía razón: más allá del hogar y del convento había otros lugares y destinos, por muchas voces que se alzaran en contra.

La tripulación se marchó tarde, algunos renqueantes por causa de la ebriedad. Marina decidió dormir esa última noche en la torre. Quizá por los nervios y los efectos del vino, estuvo tentada de sugerir a Albar que se quedara con ella, pero no lo hizo. Tal vez en el barco se dieran otra oportunidad. Una parte de su corazón lo deseaba mucho.

A medianoche la despertaron unos crujidos en la escalera de alguien que subía. Lo primero que pensó fue en el falso escriba que degolló a su tío Dalmau, y se preparó. Ya jamás se separaba de un fino estilete. Emergió una sombra en la planta y, sigilosa, se dirigió hacia la cama que ocupaba su tía. Marina iba a gritar cuando, por el perfil, le pareció que era Felip, el mallorquín.

La Picardía no sólo había llevado a Matilde de Ternelles dos sobrinos y la esperanza de medrar, sino también otros regalos. El hombre se metió en la cama de Matilde y ésta lo tapó con la manta. Estaba claro que lo esperaba, pues el pequeño Enric dormía arriba con Fátima.

Marina se dio la vuelta con los ojos como platos por la sorpresa. Al momento se oyeron risitas y luego, suspiros.

Cada día admiraba más a Matilde de Ternelles. Se casó por el interés de la familia Montaner y jamás faltó a sus obligaciones. Tras años soportando humillaciones, su marido la dejó con un hijo pequeño, arruinada y en medio de la mortandad más grande que se recordaba. Pero ella, a sus casi cuarenta años, no había renunciado a nada, ni siquiera al sexo.

La joven oía los crujidos del camastro, y prefirió subir a la segunda planta de la torre con el pequeño Enric y Fátima. Ella también aprendería aquel arte femenino de jugar al filo de lo impuesto y lo deseado.

72

Nuevos rumbos

Viernes, 8 de agosto de 1348

Quince días después de que azotaran en público a Marina por la calles de Barcelona, la Picardía partía hacia una nueva vida con la misma discreción con la que había llegado a las costas de Mallorca. Conformaban la tripulación veinte marinos expertos, algunos de Pollensa, más Nasir y sus seis proeles para la defensa.

Era un barco sin licencia ni pabellón, por tanto, pirata, pero Matilde, como buena administradora, se había empeñado en tener un registro de todo. Albar de Ondárroa era el capitán, y Walter, el escriba y cirujano, aunque recordaba a todos que era galeno. Se haría un control detallado de los gastos y una bitácora del viaje. La paga a cada marinero, según su rango, equivalía prácticamente a una temporada entera de navegación en otra nave mercante. Para mantener el orden y asegurar el respeto hacia Marina, dos tercios se abonarían a la vuelta, a ellos o, en caso de morir a bordo, a sus familias.

La compra de armas era secreta. Para la tripulación eran contrabandistas que importarían desde Palermo sedas, especias y joyas robadas de otros barcos. Todo debería embarcarse bien sellado. En cualquier caso, si los capturaban tendrían un final horrible.

La navegación durante las primeras jornadas fue lenta por la escasez de viento. Luego ganaron rapidez. El calor de agosto convertía el día en una tortura, pero al caer la noche la Picardía se envolvía de una atmósfera especial. Después de todo lo ocurrido, y tras haber sobrevivido juntos a una tempestad, Marina notaba el sutil vínculo que los unía. Era parte de aquella extraña cofradía de parias sin destino. Bajo el cielo estrellado se reunían en cubierta y ella llevaba el *Islario maravilloso* para leer las delicadas caligrafías de Deidre y Sansa, y soñar juntos mundos maravillosos.

—Hace un siglo, queriendo el rey Bicornio saber qué había al otro lado del océano, mando a un barco para navegar hacia allí durante un año. Así lo hicieron sus tripulantes, pero no vieron otra cosa que el vasto mar. Justo cuando viraban para regresar a casa, en el horizonte de poniente apareció otro barco que navegaba hacia ellos. Trataron de hablarles, pero no se entendieron. Eran distintos hasta en el color de la piel. Hicieron un trueque: dieron uno de sus marineros a cambio de una mujer que navegaba con aquéllos, y regresaron.

—¿Se refiere al Atlántico? —preguntó el paje Martín con asombro.

—¡Espera! —lo increpó Miguel de Cartagena, absorto—. Sigue.

—Esa mujer se casó con un hombre y tuvo un hijo. Como el pequeño aprendió la lengua de los dos progenitores, por fin pudieron preguntar a la mujer. Ella dijo que habían sido enviados por un rey para tener conocimientos de este lado del mundo.

—¿Cómo puede existir una tierra más allá del mar tenebroso? —insistió Martín.

—Eso le preguntaron, y ella dijo... —Marina leyó la última línea—: «Claro, un rey más poderoso que el vuestro, un reino más extenso y gentes más numerosas». Todo esto lo contó Al-Qazwini hace más de un siglo.

Todos guardaron silencio, impresionados. Aquel pequeño libro estaba lleno de sorpresas increíbles. Deidre tenía una memoria prodigiosa.

—Yo sí creo posible que exista un continente más allá del océano tenebroso —intervino Walter—. También lo dijo el filósofo griego Platón, y en mi patria se cuentan historias parecidas.

—Eso es absurdo, inglés —dijo Felip—. En poniente acaba el mundo y las aguas caen hacia el abismo.

Se enzarzaron en un acalorado debate. Los tripulantes de guardia también escuchaban atentos desde sus puestos. A todos les gustaban las viejas historias contadas por autores con nombres raros y que hablaban de tierras lejanas. Las memorizaban para explicarlas después, siempre con algunos detalles más.

Marina sabía que pronto avistarían la costa siciliana. Luego todo dependería de ella. Sólo había estado una vez con ese hombre, el Diablo, e ignoraba si era de fiar. Mientras Walter aseguraba que en el Atlántico hubo una gran tierra que fue engullida bajo las aguas, la joven buscó al capitán.

Albar permanecía en la oscuridad del castillo de proa, ajeno a todo. Desde que había visto la posibilidad de avanzar en su búsqueda, recordaba al capitán oscuro de la Falcona. Marina tenía sentimientos encontrados. Poco a poco se alejaba todo lo que había sufrido en Barcelona, incluso iba olvidando que pretendía traicionarla. Sin embargo, el dolor de los latigazos en la espalda le recordaba el giro que al final había dado su vida.

Gonzalbo mentía al decirle que no era más que una mujer zarandeada por hombres sin escrúpulos. Lo fue, pero esa mujer se quedó desnuda y fustigada en las cien esquinas de Barcelona. Dios le había brindado una nueva oportunidad, e iba aprovecharla para dejar de sentirse culpable. Estaba denostada y proscrita, pero experimentaba una libertad como jamás había imaginado. Era libre incluso para perdonar, libre para amar de nuevo.

—Jamás he visto tantas estrellas —dijo al acodarse junto a Albar en la quilla.

—Sobrecoge. Son los mejores días del año para navegar. Has cambiado, Marina. Todos lo notamos.

—Ésta es quien soy. —Le regaló una bonita sonrisa—. Gracias a vosotros.

Permanecieron mucho tiempo en silencio. El mar era una balsa de aceite.

—¿Qué harás si el Diablo nos da la información que buscas? —preguntó Marina al fin.

—Alguien debe pagar por lo que le pasó a Deidre.

—Saberlo sólo te causará más dolor y no cambiará nada. Seguirás sufriendo mientras no apartes de ti esa rabia.

—No tengo corazón, ya lo sabes.

A Marina le sentó mal el comentario.

—Este viaje también podría ser un nuevo camino para ti. —Lo cogió del brazo para obligarlo a mirarla—. Ahora todo ha cambiado, tenemos otra vida que podría ser dichosa si esto nos sale bien. Necesitas descansar, Albar de Ondárroa.

Las manos de Albar estaban blancas de apretar con tanta fuerza la baranda. Se había desatado una tempestad en su alma. Marina lo veía luchar, aferrarse a sus palabras mientras le golpeaban olas de odio y rachas de venganza. Y lo veía perder pie, caer y hundirse en un mar embravecido y profundo de dolor. No lograba salvarlo.

—Jamás he conocido a una mujer como tú, Marina. Mi destino está unido al tuyo, y... —La voz se le trabó, pero clavó la mirada en ella para añadir—: Y creo que te amo, te amo de verdad, pero no me pidas que incumpla lo que prometí sobre una tumba.

Marina notó una opresión en el pecho. Bajó el rostro.

—Quizá después sea demasiado tarde —dijo.

Una lágrima descendía por la cara de Albar hasta su barba oscura.

—Debo encontrar lo que busco. Tienes razón, necesito descansar…

Dolía, y Marina bajó de la cubierta para no llorar. Se juró que nadie la vería hacerlo a bordo de la Picardía. Antes se arrojaría al mar.

73

Capo Gallo

Avistaron la costa siciliana el 14 de agosto, seis días después de partir de Pollensa.

El capitán decidió anclar la nave frente al litoral rocoso de Capo Gallo, próximo a Palermo pero a resguardo de sus torres de vigilancia.

Reunidos en el camarote de la Picardía, acordaron que Walter guiaría a Albar y a Nasir para entrar con discreción en la ciudad. En el barrio de la Kalsa contactarían con alguno de los esbirros del escurridizo Diablo, cerca de la puerta de los Pícaros. Marina rememoró todo el miedo que pasó en Palermo y les rogó que tuvieran cuidado.

Cuando les entregó un sello de plata con el tridente de los Montaner que le había dado su tía Matilde, dejó claro que si el Diablo exigía verla, debía ser fuera de la ciudad y con los proeles de Nasir. No jugaría de nuevo con ella. Prefería volver con las manos vacías.

—Si no regresamos antes del alba, no intentéis buscarnos. Poned rumbo a Mallorca —ordenó el capitán. Luego miró a Marina con gesto apenado—. Si Blasco II de Alagona nos descubre, saldrá con varias galeras y se nos acabará la suerte.

Marina asintió sin decir nada; Albar estaba ansioso por desembarcar.

Cuando todos se marcharon para preparar el desembarco, retuvo al vasco.

—Haz tus averiguaciones, pero regresa, Albar —le pidió. A pesar de que no iba a abrirle más su corazón, la aterraba perderlo—. Eres el capitán. Hagamos esto juntos y te prometo que te ayudaré a buscar al culpable de la desgracia de Deidre. Somos como una cofradía, ¿recuerdas?

Albar comenzó varias frases sin terminar ninguna. Al final le cogió las manos.

—Somos aliados, Marina. Volveré.

La joven se quedó plantada en el camarote mientras él salía. Se recordó lo que había jurado; ni una lágrima. Luego fue a la hornacina y acarició la talla de santa Margarida. Rezó mientras escuchaba cómo bajaban a los mensajeros hasta el bote auxiliar. Estaba muy nerviosa, y cruzó el barco en dirección a la sirena de la proa. Le imploró ayuda en un susurro. Todo tenía que ser rápido. Eran piratas, y cada hora que pasaban frente a la costa siciliana aumentaba el peligro de que alguna galera del regente aragonés los descubriera.

La noche transcurrió en calma. La Picardía no tenía ninguna luz encendida y, aunque estaban alejados, nadie debía hablar en voz alta. Marina recorría la cubierta sin cesar. Miguel y Felip le pedían que se calmara, pero estaban igual de inquietos.

Bien entrada la madrugada, Martín bajó de la cofa. Se veía una luz intermitente en la costa, a los pies del promontorio de Capo Gallo. Era la señal acordada. Apareció el bote de la coca y cuando tocó el casco de la Picardía ayudaron a embarcar en él a Marina.

Todo se llevó a cabo en silencio. La joven sentía los nervios en el estómago. Era una costa rocosa, y los esperaban en una cala resguardada. A la luz de la luna, vio al Diablo con un jubón y una capa negra, igual de atractivo que en sus sueños. Sintió emociones encontradas.

Parecía sorprendido y contento de volver a verla, pero sus ojos calculadores comparaban la fuerza de sus esbirros con la de los poderosos mamelucos de Marina. Era una situación tensa y un paso en falso podía acabar en una matanza.

—Bienvenida de nuevo, Marina Montaner —dijo como si fueran viejos conocidos—. Esto sí que ha sido una sorpresa. Y veo que vienes bien protegida. ¿Dónde has comprado a estos hombres?

—No son esclavos. Con lo que les pago, a una orden se convierten en leones —dijo con seguridad.

—No pareces la chica que vino lloriqueando a por un poco de trigo.

—Si vamos a hacer negocios, ¿cómo debo llamarte?

—Diablo. El nombre es elegante y causa respeto. —Hizo una reverencia.

A pesar de la chanza, Walter aseguraba que su capa de cuero negro estaba hecha con la piel de los deudores que había despellejado por no cumplir. Al mirarlo a los ojos surgían dudas.

En la orilla sólo estaban Walter, con aspecto agotado, y Nasir.

—¿Y el capitán?

—No he sido yo el único que se ha llevado una sorpresa esta noche —se adelantó el Diablo—. La luna brilla y el tiempo es agradable. Demos un paseo. —Señaló a la docena de hombres armados que había llevado con él—. No temas, te doy mi palabra de que estás a salvo.

—Tú también estarás a salvo, te lo prometo —replicó Marina, y señaló al fornido Nasir.

Los dos caminaron por un sendero llano y ancho que trascurría cerca de la orilla. Las olas lamían las rocas, pero el sereno rumor no calmaba a la joven.

—¿Dónde está Albar?

—Resulta que vendí a su esposa, la irlandesa, en el mercado de Bugía. Sólo fui el intermediario, pero entender que yo no soy el verdadero culpable casi le cuesta la vida a tu amante.

—No somos eso.

—Eres una mujer y tienes necesidades. Para mí el placer es obra de Dios.

—¿Qué ha ocurrido luego? —siguió, incómoda.

—Ha enloquecido al saber que el proveedor de la cautiva era un noble mallorquín, aunque no sé su nombre; sólo conocí a un esclavo suyo. Deben de estar implicados muchos más... y de la alta nobleza. Cuando abordan barcos, si hay doncellas o niños que por la piel, la belleza o algún rasgo exótico pueden cumplir el capricho de ciertos compradores, los apartan del resto de los cautivos y los hacen desaparecer... Y esas doncellas suelen ser cristianas, por eso es un tráfico clandestino. Se trata de género selecto y caro. Antes de la peste llegó un mensajero para explicarme que a una de las esclavas que vendí la había encontrado su marido después de años, enferma de lepra. Era un asunto delicado por ser un capitán de la marina aragonesa, y el mensajero me advirtió con malos modos que si alguna vez me preguntaban no dijera una palabra o lo pagaría. Y mira por dónde ese esposo herido ha topado conmigo.

—¿Te amenazaron?

—Al mensajero lo dejé en el puerto. Dentro de una caja de marfil llevaba su lengua y sus ojos. —Se encogió de hombros—. Jamás hablo de mis negocios, pero sólo por aquella arrogancia he querido hoy contar a vuestro capitán todo lo que sabía, aunque no es mucho. Ahora veo que he hecho mal.

—¿Cómo ha reaccionado? —demandó, lánguida.

—Lo lamento, Marina Montaner, pero Albar sólo es fiel a un fantasma. Recorrerá cada taberna de Palermo para averiguar qué nobles mallorquines, aragoneses o castellanos hacen ese tipo se negocios con cristianos presos en abordajes clandestinos. Si se deja llevar por el ansia, incomodará a alguien y acabará acuchillado en cualquier esquina o incluso en la horca. Hay gente importante metida en eso.

A Marina se le heló la sangre y enseguida le llegó una oleada de frustración.

—¡Se lo pedí! Esta misma mañana. ¡Le pedí que volviera!

—Se ha despedido de tu gente y se ha marchado sin mirar atrás. —El Diablo le clavó sus inquietantes ojillos—. Lo lamento, pero lo ocurrido lo cambia todo.

—¿Por qué? El trato que os ha explicado Walter es conmigo y con la noble Matilde de Ternelles.

—Por extraño que parezca me fio de ti, y si no cumples te desollaré viva. Necesito una capa nueva. —Le decepcionó que ella no se asustara—. Sin embargo, ahora hay un hombre que deambula por Palermo y que sabe de este encuentro.

—¡Albar no me traicionaría!

—Puede, pero se os vio juntos por la ciudad en el viaje anterior y alguien podría hacerse preguntas. El peligro aumenta y, claro, también el precio de las armas.

—¿Me las proporcionarás? Negociaremos el precio.

—Era cuestión de tiempo que tras la peste se reactivara el mercado clandestino de espadas y lanzas. Las forjas no descansan pues se espera que se recrudezca la guerra entre Francia e Inglaterra.

—¿Por qué? ¿Aún no ha muerto bastante gente en el mundo?

—Los nobles han perdido a sus siervos y las tierras se quedan baldías. Para compensar las pérdidas, habrá más guerras y rapiñas. Así se han llenado las arcas siempre. Para contentar a sus vasallos, a los reyes les conviene retomarlas o provocar nuevas.

A Marina le costaba seguir la conversación. Se sentía dolida y desanimada. No daba crédito a que Albar hubiera incumplido su palabra. La había abandonado en el momento más delicado de la misión, incluso podía haberla abocado al fracaso.

—¿Cuánto tardarías en traer un buen cargamento?

—Tengo que hablar con varios forjadores y otros intermediarios, pero calculo que cinco días.

—Al amanecer del cuarto zarparé. En el reino nazarí de Granada también hay proveedores.

El Diablo la miró y profirió una carcajada.

—¡Te adoro, Marina Montaner! Ese capitán no sabe lo que tenía.

—Doy por supuesto que Walter ha explicado la cantidad y las condiciones. Mejoraré un poco el precio, pero no tenemos nada más que hablar. Con los beneficios, en el siguiente viaje liquidaré el préstamo del trigo y las armas. Te doy mi palabra de Montaner.

—¿No te interesa conocer la historia de la sirena del mascarón de tu barco?

Marina se alejó porque no se veía capaz de decir ni una palabra más sin estallar, y tampoco lo haría delante del Diablo. En realidad, Albar siempre había sido sincero, ella era la que creía que al final no renunciaría a su nueva vida, a sus hombres y a su lecho, por vengar a un fantasma.

Y lo había hecho.

Cogió una piedra y la lanzó al mar. Después profirió un grito de rabia que resonó tan fuerte en el roquedal que los hombres del Diablo y los de Nasir sacaron sus espadas. Llegó al bote y miró al traficante.

—Volveré dentro de tres noches, Diablo.

74

Armas

Desde la cubierta de proa, Marina contemplaba el mar dorado del atardecer. En el centro del fulgor veía la mancha negra de un bote que se acercaba. Inspiró con fuerza y se dejó seducir de nuevo por el paisaje de la costa siciliana iluminada por el sol.

Se había cumplido el plazo. El día siguiente navegarían rumbo a Mallorca. Si ese bote traía lo que esperaba, por primera vez estaría más cerca de salvar a su padre.

Bajó ágil la escalera hasta la cubierta principal y se asomó a la barandilla. En la barca, Walter y Nasir le mostraron dos espadas recién forjadas.

—¡Fabulosas! —exclamó Marina, aunque enseguida reparó en que el bote estaba vacío—. ¿Dónde está el resto?

—La negociación ha sido exigente, pero el precio es asequible —explicó Walter orgulloso—. Al fin y al cabo, también soy un clérigo. Sin embargo, ha puesto una condición final.

—Maldita sea… ¿Cuál?

—Quiere bridar con vos por una larga alianza. Ésas han sido sus palabras.

—¡Bribón! Le encanta este juego.

—Podría ser una trampa, Marina —le advirtió Nasir, a los remos.

—No creo que ninguna recompensa por mí supere el precio de estas armas.

—¡Hay acero de Damasco! —afirmó Walter—. Pagarán fortunas.

Marina les pidió que esperaran y se metió en su cubículo. Había pasado tres días llenos de amargura, pensando en Albar, sufriendo por él. La tarde anterior había enviado al paje Martín a la ciudad con la misión de encontrarlo. Lo eligió porque en el anterior viaje no había bajado del barco. El escurridizo muchacho recorrió las tabernas y las posadas, sin éxito. El vasco se movía con discreción y de incógnito. No era un estúpido.

Estaba cansada de cargar con todo, la situación de su padre, la supervivencia de sus hermanas, la lucha de su tía, la pena del capitán, la suerte de su tripulación. Sólo quería un respiró. Su intuición le decía que aquel encuentro no sería una reunión de mercaderes.

Se atusó el pelo mientras sentía una extraña comezón. Sabía que el Diablo la respetaría, pero en realidad ignoraba si sólo iba a conformarse con beber el mejor vino de la isla mientras atardecía.

Se lavó con agua y jabón para quitarse el sudor que la cubría por el bochornoso calor de agosto en Sicilia. Se hizo trenzas en la melena y se cambió el vestido por uno más ceñido. Por último se aplicó un poco de aceite de ámbar violeta que elaboraba su tía. Ya había comprobado que Matilde de Ternelles no era de las que suspiraban resignadas hasta el regreso de su esposo.

Al verla salir del camarote los marineros se miraron entre ellos. Nasir la ayudó a bajar al bote y remó hacia la costa en medio de un mar tranquilo. Las nubes altas se teñían de un vivo color anaranjado. La joven notaba el desasosiego del mameluco, pero no dijo nada.

—Espérame aquí.

—Si cae la noche y no has regresado, iré a buscarte.

—Por favor, Nasir, no te muevas. Todo irá bien.

No se atrevió a mirarlo a los ojos mientras se adentraba por el sendero. Por el camino se topó con varios hombres de la escolta del Diablo. Poco más adelante divisó una docena de cajones de madera. Uno estaba abierto para que viera el medio centenar de espadas y puntas de lanza. Brillaban bien aceitadas. Los partidarios de Jaime III de Mallorca estarían encantados.

Uno de los malcarados sicarios le señaló unas rocas. Marina asintió. Al doblar el recodo del sendero se quedó sin aliento. Frente al mar había una jaima roja. La entrada estaba delante de la propia orilla. De un incensario de bronce salía una fragancia de salvia blanca, que tenía la propiedad de fijar el recuerdo del momento.

El Diablo estaba recostado entre cojines de seda y oro, con una camisa de lino fina que dejaba entrever su cuerpo. Miraba distraído las suaves olas que morían entre los guijarros, a unos pasos de allí. Era un agua transparente. Si quería impresionarla lo había logrado. Una esclava negra la acompañó y la ayudó a acomodarse frente al hombre. Enseguida apareció otra esclava, la descalzó y le lavó las manos con suavidad.

El Diablo la miraba con una sonrisa seductora.

—Después de las incomodidades y el olor del barco, te parecerá un sueño.

—Es como estar en uno de esos relatos del lejano Oriente.

—Me gusta imaginarme como el legendario califa Al-Rashid en la fastuosa corte de Bagdad.

—Ya lo veo. Por cierto, las armas son excelentes. Revisaré el resto de las cajas.

Él asintió sonriente. Las esclavas entendían sus gestos y con un simple ademán les acercaron dos copas de un raro vidrio azul labrabas con primor. Las llenaron de vino. Frente a ellos, el atardecer iba cambiando de tonalidad. Marina no recordaba haber estado nunca envuelta en tanta belleza ni rodeada de tan buenos olores.

—Así sellamos nuestro pacto, Marina Montaner, por una relación fructífera. De corazón deseo que salves a tu padre.

Bebieron mirándose a los ojos.

—Detecto cierto tono de cinismo en tu voz.

—No me malinterpretes. Es correcto que una hija se sacrifique por su padre. Los relatos paganos ya lo elogiaban. Los clérigos también alientan la sumisión y el sacrificio como un don sagrado de la mujer. Pero ahora te hablo a ti, no a la joven que se espera. —Con el gesto abarcó la lujosa jaima—. No he conseguido todo esto por ser hombre, sino por mi astucia y sangre fría. Podrías aspirar a lo mismo pues tienes de ambas cosas.

—Curiosa forma de seducir a una mujer... —Bebió un sorbo, coqueta—. ¿Nada dices de mis ojos o de mi talle?

—Cuando tenía veinte años tuve un harén. —Le encantó ver su cara de sorpresa—. Sólo pensaba en eso y me quedaba con las esclavas más bellas que pasaban por Palermo. Créeme, aprendí cosas que no puedes ni imaginar, pero me cansé... La belleza me excita; sin embargo, ciertas naturalezas me fascinan. Puede que esté haciéndome viejo.

—La mayoría de los hombres no estarían de acuerdo.

—Es miedo, y el miedo es una fuerza poderosa. Tras esta mortandad hay más miedo que nunca, y poco a poco el cepo que os impondrán irá más ceñido. Cuando liberes a tu padre deberás volver al redil. Te buscará un esposo para continuar el linaje y, con suerte, podrás participar un poco en los negocios. Pero ya no tienes por qué, Marina.

—Me empujas a rebelarme. Eres un diablo de verdad.

Marina hacía girar el vino en la copa. Estaba nerviosa. Ese hombre había metido el dedo en la llaga; aquel futuro le parecía desolador.

—No he venido sólo para cerrar el acuerdo. —Marina dejó la copa en una bandeja de bronce y se inclinó hacia él. Su túnica tenía una apertura por la que se veía el nacimiento de sus pechos. Se recreó en el brillo de deseo que advirtió en la cara del Diablo, incapaz de no mirar, y dejó que la tensión creciera—. Háblame de la talla de la sirena que me regalaste, de mi mascarón de proa.

—Es cierto —dijo con decepción—. ¿Te has fijado en la M que tiene grabada debajo de un seno? No es por tu nombre, Marina, sino que es la inicial del nombre del barco al que perteneció, una coca francesa llamada Ma vengeance.

—¿Mi venganza?

—Exacto. Era la nave capitana de Jeanne de Belleville, una pirata que surcó los mares del norte hace cinco años y llegó a aterrorizar a los navíos mercantes franceses. —Ante la cara incrédula de Marina, rio—. ¿Acaso piensas que eres la primera mujer que surca los mares al frente de su barco?

—Cuéntame la historia —pidió fascinada.

—Hace cinco años mataron injustamente a su esposo, un noble influyente en la corte francesa. Jeanne de Belleville, apodada la Dama de Clisson, juró venganza contra el rey Felipe VI de Francia, pues había sido el instigador de la muerte. La dama usó la fortuna de su familia y, con ayuda del rey de Inglaterra, adquirió tres grandes cocas y enroló a la mejor tripulación. Llamó Ma vengeance a la nave capitana, en la que ella navegaba. Los tres barcos se conocieron en aquellos mares del norte como la Flota Negra, pues Jeanne hizo pintar de negro los cascos; además, tenían las velas rojas por la sangre de su esposo asesinado por los franceses. Ellos iban a sufrir su venganza.

—No puedo creerlo.

—Jeanne navegaba con sus dos hijos pequeños y llegó a controlar el canal de la Mancha. La aparición de la Flota Negra causaba terror en los barcos franceses. Cuando abordaba uno, dejaba sólo dos supervivientes para que relataran lo ocurrido a su rey.

—¿La conociste en persona?

—Tenía una red de contactos e hice de intermediario para vender a compradores de Sicilia parte del botín que Jeanne lograba. Sólo la vi una vez, en un banquete. Entonces la llamaban la Leona Sangrienta. ¡Tenía cinco hijos y comandaba tres barcos! —El Diablo parecía inmerso en aquel recuerdo—. Me fascinó su presencia y su alma ardiente.

—¿Qué pasó?

—Su dominio en aquellas aguas duró casi dos años y llegó a participar en la batalla de Crecy apoyando a los ingleses, pero la flota francesa logró hundir sus cocas. Ella y sus dos hijos pequeños huyeron en una barca mientras se hundía la Ma vengeance. Uno murió de sed en sus brazos y eso la destrozó. Al final los recataron, y ahora Jeanne vive en Inglaterra con una pensión del rey inglés Eduardo III, en gratitud por sus valiosos servicios y su lealtad. Poco después logró recuperar el mascarón de la sirena y se lo compré no sé muy bien por qué. Tiene algo, ¿verdad? Jeanne también lo decía.

—En la Picardía creemos que es una imagen poseída.

—Podría ser. Hay muchas que son más que tallas. Tienen un espíritu dentro. Jeanne de Belleville ya adquirió la sirena de otro barco, y puede que no fuera el primero...

—Una historia fascinante. Me gustaría conocer a esa mujer.

—Nunca se sabe.

Marina aspiró el aroma de la salvia. Era todo: el ambiente sensual en la jaima, los tonos índigos del crepúsculo, la conversación, la belleza de aquel hombre. No podía más. Apuró el vino de un trago.

—Creo que no te llaman Diablo por tus actividades, sino por la tentación. No toda la noche tiene que ser para hablar.

Sin pensarlo para no cohibirse, se puso sobre él y lo besó. Primero con cautela y a medida que le respondía, con más y más pasión.

El Diablo la hizo levantarse. Lentamente la desnudó y comenzó a besarle la piel rozando con la punta de la lengua desde su cuello hasta sus pechos. Tras cada jadeo de Marina, seguía un poco más abajo.

—Lo que vamos a hacer no lo has hecho nunca —le dijo a la altura del ombligo.

La recostó, y siguió aquel juego de caricias y besos húmedos entre sus piernas. Sabía encontrar los lugares que más placer le causaban. Marina se olvidó de todo más allá de la jaima; era lo único que quería. Y cuando él la llevó al clímax así, sin penetrarla, supo que la noche no había hecho más que empezar.

Mientras recuperaba el aliento, él le mostró unas láminas que la hicieron ruborizarse. Reproducían escenas de sexo practicado en lejanos países de Oriente, de unas maneras increíbles y hasta con la boca, todas prohibidas desde los púlpitos. Al final, asintió a la propuesta y entre cojines se dejó guiar por aquel maestro.

Sentía que compartía el control; él la incitaba a pedir cosas sin vergüenza y la convenció de gozar al máximo sin temores. Aprendió formas de placer que hicieron subir al cielo a su amante. El Diablo se lo explicaba todo como si hablara de un arte.

Una vez que se metieron en el agua para refrescarse y limpiarse, chapotearon entre risas bajo la luna y luego las dos esclavas los lavaron con agua perfumada y los secaron. Ni siquiera aquello escandalizó a Marina. Se sentía fuera del mundo.

Y la noche pasó sin hablar de nada más que del siguiente juego erótico, del lugar donde tocar y besar, de esperarse si hacía falta para viajar juntos hasta la cumbre.

La jaima fue un santuario del placer y el olvido. Con cada respiración profunda, el aroma de la salvia blanca penetraba en Marina y fijaba el recuerdo.

Los placeres amorosos que juntos gozamos son tan dulces
para mí que no consigo detestarlos ni apartarlos de mi recuerdo.
Allá hacia donde me vuelvo, aparecen ante mis ojos
y despiertan mi deseo.

Carta de Abelardo a Eloísa,
siglo XII

¿Qué reina, qué gran dama no ha envidiado
mis alegrías y mi lecho?
El título de esposa parece más sagrado, más fuerte;
sin embargo, el de amiga me ha resultado siempre más dulce.

Carta de Eloísa a Abelardo,
siglo XII

75

El regreso

El vigesimocuarto día de luna nació Faraón. No es un día bueno ni malo, los sueños serán vanos.

Lunes, 18 de agosto de 1348

Con las primeras luces del alba, Marina regresó al bote. Caminó erguida y seria, sin mostrarse arrepentida. Aun así, notaba que le temblaban las piernas. Nasir no dijo ni una palabra al verla.

Procuró serenarse, y se preguntó si no habría sido seducida por un íncubo con apariencia de hombre irresistible. No sabía si ponerse a rezar y hacer algún tipo de penitencia en cuanto llegara al barco, o bien aceptar lo compartido con el Diablo como una experiencia intensa que jamás contaría a nadie. Sabía que algo así no era normal, ni siquiera entre amantes.

—Las armas ya están en la Picardía —dijo el egipcio, sombrío. Sospechaba lo que había ocurrido. Su lealtad con Albar pesaba—. Nos las entregaron antes de anochecer... mientras te esperaba.

Marina encajó el reproche, pero replicó con acritud:

—Peor pecado es vender armas que matan a hombres y destrozan familias.

Nasir se quedó sorprendido. En silencio, la ayudó a subir a la barca y remó hasta el velero.

Poco después de que Walter, como cada mañana, dijera una misa, levarían el ancla. Marina asistió delante de su tripulación. Estaba cansada, pero al acabar la ceremonia tomó la palabra y les dio ánimos para el regreso. La recompensa para todos iba a ser grande.

—Te veo distinta —le dijo Felip en el camarote mientras repasaba los cálculos sobre la carta de navegación—. Sin esa cara de amargura de los últimos días.

—¡Me recordáis a Eloísa, el amor del gran jurista Abelardo! —apuntó Walter—. ¡Qué historia!

—¿Y eso qué significa, inglés? —quiso saber el piloto, desconcertado.

El galeno guiñó un ojo a Marina, como si leyera en su cara lo ocurrido y le causara regocijo. Quizá ni siquiera era clérigo de verdad, llegó a pensar la joven. Parecía saber mucho.

—Algún día os contaré quiénes eran esos amantes que el tiempo no ha olvidado.

—Llévanos a casa, piloto —se limitó a decir Marina antes de que el mallorquín tratara de averiguar más.

En el barco todo eran rumores sobre dónde había pasado la noche la Montaner. Aun así, Marina no se escondió ni se dejó llevar por la vergüenza. Se dio cuenta de que tampoco había en ella un deseo especial de seguir junto al Diablo. No se sentía atada a nada ni a nadie, y le gustaba.

Mientras las velas latinas se desplegaban y flameaban por la brisa, se colocó en el castillo de proa junto a la sirena. Le miró los pechos erguidos, la M grabada, y ocultó su sonrisa a todos. No era amor ni tenía futuro, pero había estado muy bien.

Cuando se soltó el ancla del fondo del mar, la coca se movió. Marina siempre se ponía un tanto nerviosa al notar el primer movimiento. Era el comienzo de la incertidumbre. Durante días estarían flotando sobre aguas muy profundas.

Las velas triangulares no llegaban a hincharse por falta de viento y el barco viró con mucha lentitud.

—¡Se acerca un bote! —gritó su hermano Joan desde la cofa.

A Marina le dio un vuelco el corazón. Subió al castillo de popa y se asomó.

—Albar.

Sintió alivio y una sensación extraña, como una vuelta a la realidad. Luego llegó la rabia y el enfado. Desde la puerta del camarote lo vio saltar a cubierta y abrazar a sus amigos. Cruzaba breves palabras con cada uno y sonreía palmeándoles la cara.

El vasco le gustaba y era el mejor hombre que tenía. Con él a bordo se sentía más segura, pero había un muro entre ellos que no hacía más que elevarse.

—Espero que hayas encontrado lo que buscas —le espetó con frialdad cuando Albar se acercó.

El vasco no respondió. En sus ojos no había arrepentimiento.

—Me dicen que la negociación ha sido intensa pero que ya tenemos las armas. Lo has logrado, Marina Montaner.

—Ese Diablo sabe regatear muy bien. —Para eludir el tema, lo invitó al camarote—. Tenemos que hablar. ¿Qué vas a hacer? Llegué a pensar que no volverías.

—Llevaré la Picardía a Mallorca como acordé. He averiguado que Deidre pasó por allí antes de seguir hasta Palermo. Lo único que tengo son rumores de que en Ciudad de Mallorca se halla quien busco; falta descubrir su nombre... y no será fácil.

—Si me lo hubieras pedido, te habría ayudado en Palermo. Conozco a la reina Isabel de Carintia y a su hija Leonor.

Albar replicó con una amargura que la conmovió.

—¡Por primera vez he sabido algo de mi esposa! Lo siento, perdí la cabeza. Ahora sé que es una búsqueda peligrosa y no voy a arrastrar a nadie conmigo. Y menos a ti.

Marina lo encajó y bajó la cabeza. Le ardían los ojos y el corazón le latía rápido, pero trató de mostrarse impasible.

—Esta noche me he enterado de que nuestra sirena es una imagen poseída. La M viene del nombre de su anterior barco, Ma vengeance. Cuando anochezca contaré la historia en la cubierta.

—Ya notábamos que era especial. Los mascarones protegen nuestras vidas de los desastres del mar y de momento nuestra sirena lo ha hecho.

No pudo aguantar. Hablarse así, como si nada hubiera ocurrido, la enfureció. En el pasado se lo habría tragado con lágrimas, pero ahora dejó que la desbordara.

—Sin embargo, vivir no es sólo estar vivo; es elegir no estar muerto, ¿no te parece, Albar? —Sabía que lo siguiente que iba a decir acabaría con lo que quedaba entre ellos, y aun así no se lo calló—: Es posible que amaras a Deidre, y llegaste a confesarme que me amabas. Hiciste mal… —Se le empañaron los ojos—. Porque mentiste. Sólo te quieres a ti, y esa venganza que buscas es para poder sentir algo auténtico. ¡Así perderás todo lo demás!

Albar se crispó. Tras un largo silencio, salió del camarote.

Marina se sentó en la silla plegable y respiró hondo para calmarse. Las lágrimas no llegaron a brotarle. Había resistido, pero no se sintió mejor.

76

El pasado

Barcelona,
taller de la coralera Joana Fortunyà

Habían transcurrido algo más de dos semanas desde que Beatriu entrara en el obrador de Joana Fortunyà. Las jornadas pasaban con celeridad debido a la continua actividad. El cierre de muchos talleres de coraleros a causa de la peste había aumentado las comandas y el precio. La manera de trabajar planteada por la Montaner resultó beneficiosa, y a veces se les unían los sirvientes y hasta Joana, si la situación era apurada.

El brío de la talladora, en ocasiones su mal carácter y también el trabajo constante alejaban a Beatriu de los recuerdos. En el taller no había lugar para lamentos. Cada día se notaba más cambiada y lamentaba su actitud soberbia en el pasado.

Pronto cumpliría dieciséis años y creía haber hallado su lugar. Poco a poco los recuerdos más dolorosos quedaban atrás. Sentía rechazo hacia los hombres por cuanto le habían hecho en la casa Montaner, y fintaba las insinuaciones de Joana, que hablaba de sexo tan abiertamente que llegaba a ruborizar a sus dos aprendizas púberes.

Sólo Tomás, el cirujano, el cabeza de familia, despertaba

en Beatriu sentimientos que la joven ocultaba a toda costa. Con todo, curaban esa parte herida en su alma. Era amable con ellas y solía defenderlas de los estallidos de Joana. Verlo entrar o salir de casa bastaba para hacerle sentir un hormigueo en el vientre.

El domingo salía del taller para acudir a la iglesia de Sant Jaume y por la tarde tenía permiso para ir al hospital de Santa Margarida. Joana siempre le daba algo para llevar a las beguinas, ya fuera comida o pequeñas piezas de coral que ellas podrían vender o cambiar. Al fin Beatriu entendió la verdadera importancia de la red de mujeres que Agnès había tejido en Barcelona. Gracias a esa solidaridad habían sobrevivido familias enteras y los hospitales seguían ayudando a enfermos y pobres.

En el beguinato, Beatriu solía recibir alguna noticia de su hermana Teresa a través de Sansa. Esos días Agnès comenzó a debilitarse. Su carácter seguía igual, pero se la veía más pálida y cansada. Los médicos no acertaban el humor que tenía descompensado. Un día Beatriu sorprendió al venerable fray Benet rezando en la capilla y con lágrimas en los ojos. Fue cuando se preocupó de verdad por la beguina, pero no podía hacer nada.

En la segunda quincena de agosto ya no hacía tanto bochorno en el corazón de la ciudad, de modo que Beatriu y Francesca solían tallar en el patio. Esa tarde las sorprendió una tormenta, y entre gritos y risas tuvieron que meterlo todo en el local del taller.

Mientras el agua caía a cántaros se pusieron a limar unas cuentas de coral.

—Francesca, recítanos la «Canción de Rolando» —le propuso Beatriu, animada.

—Mi abuelo se la sabía entera, pero yo sólo recuerdo la primera parte, hasta que los francos cruzan los Pirineos.

—Pues hasta ahí, da igual.

La joven Montaner sabía sacar lo mejor de Francesca, quien, por timidez, tendía a hacerse invisible. La obligaba a hablar por las dos con Joanna o ensalzaba su trabajo. Había pasado de ser cuidada por sus hermanas a cuidar de Francesca, que también cargaba con muchas tragedias. Desde que supo que tenía una memoria prodigiosa y que recordaba infinidad de canciones y romances, había hallado la forma de espabilarla y, de paso, entretener las interminables jornadas de labor. A veces cantaban juntas e incluso se sumaban los sirvientes, si se sabían el poema o la canción. En todos los trabajos recitar o cantar ayudaba.

Aún no había cesado la lluvia torrencial cuando llamaron a la puerta, dos secos golpes que hicieron que Francesca se callara. Hasta Joana se extrañó.

—Con este aguacero el fango de la calle no deja andar. Mucha prisa tendrán.

Mientras un sirviente quitaba los pasadores, Beatriu tuvo una intuición y estuvo a punto de pedir que no abriera. Así había entrado la oscuridad en la casa Montaner.

Desde el obrador vieron que alguien hablaba con el sirviente, y luego éste se volvió hacia Beatriu.

—Es una joven. Dice que es tu hermana.

—¡Otra Montaner! —exclamó Joana, amistosa—. Que pase, con este tiempo...

Beatriu se quedó sin habla cuando entró Teresa. Ya no llevaba la túnica parda de beguina, sino unos ropajes negros talares. Pero no fue eso lo que más la impresionó; fueron sus ojos. Helaban la sangre. A Francesca se le escapó el punzón.

—Hola, Beatriu. Hace muchos días que no nos vemos...

—Hola, Teresa.

Beatriu notó el sentimiento de culpa con el que lidiaba cada día. No había ido a buscarla al Raval, como tampoco se había acercado a la casa Montaner para saber de Romea. Rezaba por las dos, eso sí, pero necesitaba alejarse de tanto dolor. Tampoco sus hermanas habían ido al obrador para ver cómo estaba ella. La ausencia de Marina y Joan había enfriado los rescoldos del cariño familiar.

—Sansa me habla un poco de ti cuando se pasa a comprar hierbas —comentó Teresa—. Me alegro de que te vaya bien. Has tenido suerte.

—Estás cambiada, hermana.

—Es que he cambiado. —El brillo en sus ojos denotaba cuánto.

—Pasa, joven Montaner —dijo Joana, cortés pero cauta—. Beatriu es muy hábil. Soy afortunada de tenerla de aprendiza. ¿Deseas tomar algo? Tenemos vino.

Teresa, ajena, miraba a su hermana de tal manera que parecía tratar de leer su interior. Luego se volvió hacia Joana como si acabara de reparar en su presencia.

—No, gracias. He venido a por Beatriu. Necesito que me acompañe.

—Tengo mucho trabajo, Teresa. No voy a ir a ningún sitio.

—Se trata de Romea.

—¿Le ha ocurrido algo?

—Es mejor que vengas. —Miró a Joana—. Esta noche estará de vuelta.

Sin más le dio la espalda y salió. Beatriu miró angustiada a la coralera, y ésta asintió.

—Ve, pero ten mucho cuidado.

77

Romea

Beatriu siguió a su hermana por las calles embarradas de Barcelona. Pasaron por delante del convento de la Merced en dirección a la humilde barriada del Raval.

—¿Eres de esas curanderas? —le soltó cuando enfilaron por los callejones.

—Ayudo a la gente, igual que las beguinas, pero sin tantos remilgos.

—Ellas están en el regazo de Dios.

Teresa lanzó una risa de burla que a Beatriu le pareció horrenda. El último callejón se hallaba en penumbras. Entraron por un portal y oyeron los gritos de Romea. Una joven rubia de ojos claros descorrió una cortina y pasaron a una estancia sin ventanas. Estaban presentes un grupo de mujeres de negro, la mayoría de ellas ancianas. Beatriu se estremeció.

Romea se sentaba en la única silla. Le habían arremangado el brial hasta el vientre.

—Tiene dos faltas —dijo Teresa—. Ha aparecido por aquí para abortar.

—¡Hermana! —Romea abrió los brazos y estrechó a Beatriu entre lágrimas—. Lo siento, lo siento tanto…

—Lo sientes, ya… —comenzó Teresa, fría—. ¡Has sido

cobarde al no cuidar de los tuyos! Sólo mereces ser maldecida… Y ahora te presentas aquí.

—¡No lo entendéis! No soy como vosotras. —Romea se echó a llorar—. Mi única ilusión en esta vida ha sido siempre casarme con un noble, como la tía Matilde. ¡Y miradme!

—¡Por eso te has dejado preñar por ese barbero! —replicó Teresa, acre—. Os vi hacerlo. ¿Fue por despecho o por divertiros en aquellos días extraños? ¿Cuándo comprenderás lo que han hecho los hombres con nosotras? Gil, Gaspar, Gonzalbo…

—¡El diablo los confunda! —clamó Romea, aturdida ante el ataque de Teresa—. Me causaba tanto pánico morir con esas bubas que no pensaba con claridad. Me fui con Gaspar porque parecía el fin del mundo. Decía que todos íbamos a morir y que no tendría tiempo de arrepentirme. Sin embargo, comprendí mis errores, y quise enmendarlos y ayudar. Decidí enviar una carta a padre y pensé en los parientes de Gil. Creía que sería el primer paso hacia nuestra reconciliación. Pero no fue así. Todo ha sido una locura.

Romea hablaba alterada. A pesar de todo, no dijo nada de Marina ni volvió a culparla.

—¿Siguen esos depravados en la casa Montaner? —preguntó Teresa.

—Y seguirán mientras puedan continuar sangrándonos.

—No lloriquees, Romea. Tú también te aprovechas. Explica por qué quieres perder al feto.

—Cuando Gaspar vea que estoy preñada, seré un estorbo y me echará a la calle.

—Podrías ir a Pollensa con la tía Matilde —dijo Beatriu—. Marina estará allí.

Teresa la fulminó con la mirada. Romea miraba el suelo, pensativa. Aparentemente no había oído el comentario, pero aquel desliz ponía en grave riesgo a Marina.

—¡Os he dicho que no soy fuerte como vosotras! Ya visteis que no pude soportar la leprosería y tampoco podría vivir como doncella de la tía. Acabaré mendigando en cualquier rincón de la Ribera o acogida como sierva en un convento. Sólo pido quitarme esto de dentro y mantener las esperanzas de un futuro más alentador.

—Esperanzas de que un día aparecerá Gil de Montnegre para llevarte con él —alegó Teresa, hastiada—. Te recuerdo que nos dejó en la miseria con la ayuda de tu amante el barbero. —Le señaló el vientre—. Pero sigues enferma de obsesión, arrastrándote.

—No es cierto —afirmó Romea con lágrimas—. Ayudadme y no os molestaré más.

Una de las ancianas se acercó a ellas.

—Según los clérigos, el feto del hombre recibe el alma a los cuarenta y cinco días y el de la mujer a los ochenta por ser inferiores. No hay crimen ni pecado si se quita antes.

—¡Eso lo repite la abadesa de Santa Clara cada vez que vamos a *hacer un ángel* en el vientre de las monjas que se quedan preñadas! —dijo otra.

El grupo de mujeres comenzó a reír con malicia. Romea sollozó angustiada.

—¡No lo hagas! —le rogó Beatriu—. Es un hijo de Dios.

—¿Eres consciente del riesgo? —dijo la primera anciana—. Los brebajes que preparamos podrían matarte.

—¡No quiero morir en la calle!

No hubo forma de convencerla; bien al contrario, no dejó de suplicar que continuaran con aquello. Así pues, le prepararon una bebida de ruibarbo y de aceite de poleo endulzada con jugo de granada y un pellizco de azúcar.

Sus dos hermanas se quedaron con ella. Romea sufrió durante horas retortijones terribles, espasmos y vómitos violentos. Luego llegó lo peor, la sangre. La muerte rondaba la casa. Teresa ayudaba a las mujeres y Beatriu, horrorizada, sostenía la mano fría de su hermana mayor sin dejar de murmurar oraciones.

Amaneció, y se anticipaba un día de calor pegajoso. Mientras Teresa recogía las sábanas llenas de coágulos de sangre Beatriu miraba a Romea, que dormitaba. Sus facciones bellas tenían una palidez mortal. Aún temían por su vida.

—No es justo que debamos sufrir tanto por miedo al desprecio. ¿Cuánto más daño pueden hacernos?

—Beatriu, vete a la casa de Joana y no salgas durante días —dijo Teresa de un modo que a la hermana menor se le heló la sangre—. Y no te quedes sola en ningún momento.

78

Ave Fénix

Tras su triunfo en Épila, el pasado 21 de julio, sobre los nobles de la Unión aragonesa, don Pedro IV de Aragón se había instalado en el palacio Real de la Aljafería de Zaragoza. Allí pasaría lo que quedaba del verano mientras se celebraban las Cortes. Embriagado por el esplendor y la belleza del recinto, hacía fiestas y recepciones, concedía audiencias y festejaba la victoria que le había cambiado la vida.

Pasados los meses más terribles de toda su existencia, donde llegó a ser un rey acabado, el más débil de Europa y una vergüenza para su linaje, un juego de alianzas secretas y quizá la ayuda de los astros lo habían levantado y volvía a estar en la cima, para asombro y maravilla del orbe entero. El descendiente del mítico casal de Barcelona no había perdido la corona, como muchos reyes vaticinaban. La llevaba en la frente y seguía teniendo a sus reinos leales, salvo Valencia; ésa era su espina.

Le gustaba mostrarse como un rey poderoso. El pendón real había sido limpiado y las barras rojas sobre campo de oro lucían como nunca. Siempre aparecía con la dalmática ampulosa, pieles y joyas, rodeado de sus consejeros y nobles. El grueso cojín de la silla real lo elevaba sobre todos. La parafernalia importaba.

Mientras, los consejeros y oficiales trabajaban sin descanso. Salían embajadas a otros reinos y mensajeros a los dominios de los nobles más importantes. Debía cerrar alianzas para rehacer su ejército y sofocar la rebelión en el Reino de Valencia, antes de que pudiera extenderse a Cataluña, el Rosellón o Mallorca. Sólo así dejaría de sufrir la misma pesadilla cada noche, en la que bailaba con Marina Montaner sin parar bajo las risas crueles de los espectros de sus ancestros.

Para simbolizar el triunfo del rey sobre la Unión, el monarca eligió la sala capitular del convento de los Predicadores de Zaragoza. Era donde se celebraban desde primeros de agosto las Cortes Generales con los tres brazos del Reino.

Era un día gris de finales de agosto. Ante los súbditos y en medio de un silencio absoluto, don Pedro caminó solemne hacia el centro de la sala, con el cetro y la corona. Se había dispuesto una pequeña mesa cubierta con un paño rojo. Sacó su puñal, lo alzó como si fuera un objeto de poder y rasgó con él uno a uno los documentos concedidos a la Unión cuando sólo sufría derrotas y presiones. Luego, con un martillo de plata golpeó los sellos de la rebelión y gritó de euforia cuando se quebraron.

—¡En adelante, nada de lo que se escribió, se juró y se selló para la diabólica Unión de Aragón tendrá validez!

El eco se perdió en la bóveda de la gran sala. Nadie respiraba. Los nobles unionistas retractados deseaban pasar desapercibidos. Habían logrado el perdón renovando sus vasallajes y con generosas contribuciones. Nadie quería pensar qué habría ocurrido si no hubieran tenido nada que ofrecer a un rey tan vengativo, como sucedería con los ciudadanos de Valencia en caso de que la guerra llegara a sus puertas.

A continuación, el rey prendió fuego a los pedazos sobre

una bandeja de plata. Lo llamaban Pedro el Ceremonioso por la importancia que daba a los rituales públicos, y desde ese día también lo reconocerían como Pedro el del Punyalet, el arma que usó para acabar con su peor pesadilla en el Reino de Aragón.

El humo se extendió por la sala y los presentes tosieron, pero nadie se movió. Don Pedro lloraba y no se sabía si era por el ambiente irrespirable o por haber resucitado como rey.

—¿Y bien? —gritó con fuerza para que su voz resonara—. ¿Qué hay de Valencia?

—Como represalia por vuestro triunfo en Épila, han atacado mis villas de Benaguasil y Paterna, y también el castillo de Planes de mi hermana Beatriz —explicó Lope de Luna, el noble que aportó su ejército para vencer. Gracias a él habían llegado allí—. La Orden de Montesa os es fiel, majestad, y hay enfrentamientos en ciudades como Alzira y Castellón.

—¿Y Valencia?

—La euforia ha dado paso al terror, y muchos esperan que los salvéis. Sus calles están vacías por miedo a los conservadores. Ese jurista, Joan Sala, manda ejecutar a cualquiera a la mínima sospecha de deslealtad. Lleva consigo siempre al infame barbero.

—Mejor —dijo el rey con sonrisa pérfida—. Así los ejecutaré juntos. Ahora debemos formar el ejército que aplastará a mis enemigos. Juré cubrir Valencia de sal y lo haré. Ah, y para que la reina se libre de la melancolía, no olvidemos capturar al mercader y ya sabéis a quién más... —No pronunció su nombre para no manchar el momento glorioso. Miró a sus caballeros—. Quien la traiga tendrá mi gratitud para siempre.

E dins la casa major del convent del monestir dels Preycadors,
hont les corts se celebraven, foren cremades
les dites escriptures [...] per la dita Unio. E axi mateix
fon lo sagell de la Unio trocejal y trencat.

Crónica del rey de Aragón Pedro IV el Ceremonioso

79

La entrega

El trigésimo día de luna es bueno para hacer cualquier cosa y para comprar y vender toda clase de mercancías. Quien esté enfermo sanará.

Domingo, 24 de agosto de 1348

El mismo día que don Pedro IV de Aragón rompía las escrituras de la Unión ante las Cortes Generales de Zaragoza y anunciaba su voluntad de marchar hacia Valencia, la Picardía echó el ancla frente a la cala Castell de Pollensa.

La reunión tuvo lugar en la orilla. Matilde había enviado mensajes a los nobles de la sierra de Tramuntana fieles a Jaime III de Mallorca y había acudido una veintena. Tras la toma de las islas por Pedro IV de Aragón, se los desarmó, por eso les interesaba estar allí. Querían saber si la esposa de Bertrán de Ternelles iba en serio o era la patética acción de una mujer abandonada para sacarles algo de dinero con malas piezas.

Matilde no pensó ni una vez en su marido. De haberlo hecho, habría sido para mofarse. Aquel noble corto de entendederas no podría ni imaginar lo que había logrado.

Marina bajó de la barca aupada por los proeles de Nasir. Portaba una espada corta sobre un vestido elegante de seda azul y lucía una bonita diadema sobre la melena suelta y con trenzas. Lo habían dispuesto así antes de la partida, para causar impresión ante el grupo de nobles. Era un alarde de arrogancia para exagerar lo que dirían de ella y su Picardía.

Su tía Matilde la abrazó con orgullo.

Después desembarcaron un cajón pesado. Se formó un corro alrededor.

—Adelante.

Nasir abrió la tapa de madera, y enseguida hubo un murmullo de admiración. Algunos caballeros tomaron las espadas y probaron su equilibrio. Luego entre ellos hicieron ejercicios de esgrima.

—Sólo el tintineo ya muestra que son excelentes —reconoció uno.

—Y caras —añadió alguien por detrás.

—Lo son —afirmó Matilde—, pero nuestro rey no recuperará Mallorca sin ellas. Pensemos en la recompensa en tierras y honores que recibiremos si volvemos a sentarlo en el trono. El precio de hoy será ridículo en comparación con las ganancias de mañana.

Todos consideraban que era difícil que Jaime III ganara la partida al astuto rey de Aragón. Era demasiado temerario y no ocultaba sus planes de reconquista. Pedro IV lo aplastaría en cuanto comenzara a ser una molestia. Pero eso estaba aún lejos. Además, Matilde sabía que ningún noble se sentía como tal si estaba desarmado.

Tras la ostentosa llegada, era la hora de negociar. Se había dispuesto un fabuloso banquete en la torre de Ternelles con el mejor vino de Manacor. Había que insuflar en el corazón de los caballeros el deseo de la guerra y la victoria, la fama y las anheladas recompensas. En la medida que creciera la ilusión, aumentaría el precio.

Cuando el nutrido grupo se alejó animado hacia la torre, comenzó la operación de descarga del resto de las cajas. Se guardarían en cuevas cercanas.

—Deseo que puedas lograr la libertad de tu padre, Marina —le dijo Albar a su espalda. Sonaba a despedida.

—De momento tendremos que volver a Palermo —respondió la joven con frialdad—. Harán falta más viajes, quizá hasta el invierno. Sin ti al frente de la Picardía no sé si será posible.

Al verlo preparado para marcharse se entristeció. Albar habló afectado también:

—La cofradía seguirá en tu barco. Es su hogar. Esto lo haré solo.

—Podrías esperar a que termine la campaña de navegación.

Marina sentía un escozor en la garganta; no quería, pero no era de hielo.

—Tenías razón, no es por Deidre, es por mí. Voy a encontrar al culpable y quizá también mi corazón. —La miró con intensidad—. Cuida de mis hombres y de la Picardía.

—¿No te veré más? —Deseaba abrazarlo; sin embargo, no se movió.

—Hacer bailar a un rey es poner la vida en peligro, pero matar a un noble es imperdonable. Y es lo que voy a hacer cuando lo encuentre. Camino hacia la muerte. —Aunque se disponía a marcharse, añadió—: Si tú hubieras sido mi esposa, también lo habría hecho. Has sido un regalo puesto por Dios que no he sabido apreciar. Para mí ya es tarde.

Marina extendió los brazos, ahora sí, pero Albar ya se había dado la vuelta. Con un petate al hombro y una espada, se alejaba por la senda. Lo aguardaba un largo viaje hasta Ciudad de Mallorca, donde esperaba hallar más pistas y quizá al escurridizo esclavista.

Marina notó una mano en el hombro y dio un respingo. Era Nasir. El mameluco le sonreía con resignación y pena. Albar y él eran como hermanos. Eso la desmontó.

—¿Y ya está? —dijo maldiciendo al percatarse de que iban a saltársele las lágrimas.

—Quizá sí, quizá no. El vaticinio de Deidre sobre su corazón sigue siendo un misterio. Hay hilos dorados que te unen con el capitán y no se han roto.

80

Ruda

Al caer la noche, los habitantes de la casa Montaner de la calle de Montcada de Barcelona decidieron celebrar un banquete en el patio, aunque ya refrescaba. Rebuscaron entre los desperdicios acumulados sus copas de plata para poder seguir bebiendo.

Uno sacó el laúd y comenzó a puntear una melodía desafinada, hastiado de todo.

—Hace tiempo que no componemos ninguna trova.

—Hace tiempo que no hacemos nada —rezongó Gaspar con fastidio.

Llamaron a la puerta con cinco golpes que resonaron en toda la casa. Nadie se molestó en abrir, pasaba a menudo, pero los de fuera insistieron.

—¡Abrid las puertas a Romea Montaner! —gritó alguien en la calle.

Las miradas se posaron en Gaspar. Hacía dos días que no la veían vagar por la casa como un alma en pena. La mujer altiva solía mantenerse alejada de ellos.

—¿No te acuerdas, lerdo? —lo insultó uno de los nobles—. Tu puta se marchó ayer antes de la tormenta.

—Dijo que iba a vender un collar de su madre —alegó Gaspar.

—¿No sois tan ricos? Aquí todo son toneles vacíos y mierda esparcida. Espabila, Gaspar Montaner, o tendremos que hacértelo entender de otro modo.

El aludido asintió temeroso. Quien le había hablado así era un doncel de la casa Bellvent que se habría armado caballero el día de San Juan de no ser por la peste. En realidad, todos los invitados le hablaban igual, por mucho que se esforzara y a pesar de ofrecerles cuanto tenía. La situación en la casa era cada vez más tensa.

Aquel juego de los adamitas en Can Montaner fue divertido y los preservó del horror de fuera. Gaspar se sentía al fin parte de aquel grupo de hijos de nobles, pero los meses pasaban, las prostitutas y los bodegueros entraban y salían de la casa, y roían el patrimonio disponible. Romea se lo advertía y él zanjaba el asunto a gritos. En el fondo, les tenía pánico a todos. Se arrepentía de no haberse ido con Gonzalbo a Valencia, donde podría haberse olvidado de Romea y de lo demás.

Abrió la puerta y se sorprendió al ver una muchacha muy rubia, bonita, aunque tenía los ojos demasiado claros. Sostenía a Romea, que apenas se mantenía en pie.

—¿Tú quién eres? ¿Qué le pasa a ésta?

—Está enferma. Pero no es peste, tan sólo necesita descanso.

—¿Trae lo que dijo? Lo del collar...

—Trae eso y mucho más —respondió la chica, sugerente—. Ayúdame a meterla en alguna cama y te lo explicaré.

A Gaspar se le iluminó la cara llena de mugre. Miró a la adolescente de arriba abajo y sintió que sus ganas de sexo volvían. Allí dentro no regían la cortesía ni el decoro.

—Dejémosla primero en un lugar tranquilo —siguió la muchacha con una sonrisa.

Gaspar cogió a Romea con malos modos y la metió en casa. No cerró la puerta ni advirtió la sombra que entraba y se agazapaba bajo la arcada del patio. Algunos silbaron cuando la muchacha subió la escalera. Hubo un intercambio de miradas lobunas.

—¡Por fin una novedad! No parece una de las rameras que paga Gaspar. Ahora que no están las Montaner, no saldrá de aquí. ¿Queda algo de vino en esta maldita casa?

—¡En el vestíbulo hay una bota llena! —señaló uno—. ¡Se nos había pasado por alto!

Mientras llenaban sus jarras comenzaron a cantar a gritos. Arriba, la muchacha rubia recostaba a Romea, que no dejaba de balbucear y quejarse.

—Su aspecto da asco —afirmó Gaspar junto a la puerta—. ¿Seguro que no tiene nada contagioso? No me engañes o te lo haré pagar.

—¡Mira, ha despertado! —repuso la muchacha con voz ingenua—. Ven, Gaspar. Creo que trata de decirte algo sobre el collar.

Gaspar se acercó al lecho con cara de hastío. Mientras, la chica rubia retrocedió. Cuando el otro lo advirtió, se volvió y se estremeció espantado. Desde la puerta lo miraba una figura enlutada y cubierta con un manto negro.

—¿Quién eres, demonio? —balbució.

La hoja se cerró de golpe y se oyó el mecanismo de la cerradura. Gaspar corrió y aporreó la puerta. Forcejeó, pero no pudo abrirla.

—¿Qué está pasando? —Se quedó un instante en silencio—. ¿Eres Teresa?

Al otro lado, la joven Montaner se descubrió, sin inmutarse por las amenazas que su primo profería ni los golpes que propinaba a la madera.

—¿Por qué no dejas que él también beba el vino? —preguntó la chica rubia.

—Se lo merece más que nadie, pero Romea no me lo perdonaría; depende de él. Ya llegará su momento. Las cosas van a cambiar en la casa, y los primeros que pagarán serán los de abajo.

Se guardó la llave del aposento y salieron a la galería que daba al patio. Dentro resonaban los golpes y los gritos desesperados de Gaspar.

Desde la parte alta de la escalera, Teresa contempló el infierno que había ido a desatar. La media docena de hombres la vieron en lo alto, como un ángel negro aterrador, pero ya tenían la vista borrosa y la boca seca; los primeros síntomas. Sobre el pozo del patio la bota de cuero que habían llevado estaba vacía. La increparon como a una criatura del averno, pero ninguno fue capaz de subir más de dos o tres peldaños a por ella sin caer presa de espasmos y vómitos. Luego llegaron los alaridos y los lamentos fruto de las visiones.

—¡Os veré a todos en el infierno! —les gritó Teresa con la voz tomada.

—¡Es el vino! —graznó uno de los hombres. Ya tenía la lengua hinchada.

—¿Eres de esas que van con brujas?

—Lo soy. Me pegasteis y violasteis, pero yo seré lo último que veáis.

—¡Pagana, arderás en las piras de la Iglesia!

—Puede... Sin embargo, no lo presenciaréis. ¡Esperadme con los demonios en el Averno!

Algunos se provocaron el vómito del vino, pero ya era inútil. El beleño negro y la ruda hacían su efecto.

Teresa bajó la escalera y, muy despacio, pasó entre ellos mirando la agonía causada. Si alguno le agarraba la túnica, lo apartaba de una patada. Le imploraban auxilio con las pupilas dilatadas y temblando. Recordaba con demasiado detalle lo que cada uno de esos hombres le hizo; cada forcejeo, el aliento a vino y vómito, y el resto.

La muchacha rubia del Círculo de las Buenas Mujeres salió tras ella. Al llegar al exterior, cerraron de golpe y se fueron por la calle de Montcada hacia la plaza del Born cubiertas con sus mantos negros, como espectros. Los gritos y las peticiones de ayuda rompían el silencio de la noche. Desde muchas ventanas miraban la casa Montaner aterrados y elucubraban sobre lo que podía estar pasando.

Eso hizo que al día siguiente acudiera la *guaita* y se descubriera la terrible matanza. Aunque no había sangre ni malheridos, la casa estaba destrozada. Para quitarse el problema de encima, los oficiales del veguer lo atribuyeron a asaltantes que causaban el caos en una ciudad no recuperada de la peste. Barcelona aún no había dejado atrás las tinieblas, pasaría mucho tiempo hasta que lo consiguiera.

Por suerte para la casa Montaner, sus herederos, Gaspar y Romea, habían sobrevivido. La burguesía local entendió que Dios daba una nueva oportunidad a la familia, como se esperaba que Barcelona la tuviera tras el paso del cuarto jinete del Apocalipsis.

QUINTA PARTE

Dueñas del destino

81

La promesa del rey

Villa de Jérica
Jueves, 30 de octubre de 1348

El murmullo de los rezos era continuo en la estancia de la torre del homenaje del castillo de Jérica. En un lecho dispuesto en la esquina, la joven reina Elionor de Portugal tosía y balbuceaba palabras incomprensibles para los médicos y los clérigos presentes.

Llevaba cinco días con síntomas de peste. Comenzaron tras dejar la ciudad de Teruel mientras acompañaba a su esposo con el grueso del ejército hacia el Reino de Valencia, el último reducto de la rebelión unionista. Las Cortes celebradas en Zaragoza durante agosto y septiembre había sido un éxito, y los astrólogos de Pedro IV de Aragón vaticinaban el triunfo para antes de la Natividad de nuestro Señor.

Pero la campaña no empezaba bien. Apenas habían entrado en tierras valencianas, la peste ya había infestado a la reina. Detuvieron la marcha a la altura de la villa de Jérica, propiedad del noble Pedro de Jérica, capitán general y gobernador del Reino de Valencia.

Sólo los galenos se acercaban a doña Elionor, que agonizaba cubierta de sudor. A través de las lentes de vidrio de la máscara de cuero, examinaban las dos bubas negras de su cuello, del tamaño de ciruelas. A media mañana ya supuraban, y el aire hedía a putrefacción. La muerte negra causaba tal espanto que los clérigos comenzaron a abandonar la torre del homenaje.

El rey aguardaba en una tienda alejada por miedo a enfermar. Al final, llegó la noticia esperada.

—La reina ha muerto —le comunicó su capellán, fray Nicolás Rosell—. Que Dios la tenga en su gloria.

Se hizo un silencio total bajo la lona. Con el monarca permanecían una docena de consejeros, todos nobles de Aragón y del Rosellón. El estallido de ira no llegó. Don Pedro se dejó caer de rodillas ante su crucifijo de plata y cerró los ojos. Sus manos reposaron sobre el pomo de su inseparable puñal.

—La enterraremos en la iglesia de Santa Águeda hoy mismo —dijo un largo rato después—. Mañana quiero estar en Segorbe. Estamos en guerra.

El señor de la villa, Pedro de Jérica, intervino en nombre de todos.

—Mi rey, es una pérdida grandísima y quizá deberíamos aguardar unos días.

—Desde que la reina Elionor llegó a esta tierra no dejó de padecer las penurias de la guerra, y desde el Domingo de Ramos no fue la misma. La vergüenza y la bilis negra la convirtieron en una mujer triste… y fría en el lecho. Me temo que nada habría nacido de su vientre. Dios se la ha llevado pues de nada servía, pero destiné su dote a luchar contra la Unión y por su memoria lo terminaré antes de Navidad, como señalan los cielos.

—Aconsejo ir al señorío de Segorbe, que ya está libre de peste —dijo Lope de Luna.

—Pues allí preparemos la incursión final. Ya no caben pactos.

—Debéis sosegaros, majestad —siguió el señor de Jérica—. Destruir Valencia no es sensato. Es una de vuestras capitales y una gran fuente de riqueza.

—¡La Corona exige sacrificios! —El monarca pasó ante los nobles presentes—. Todos prometisteis aumentar vuestras mesnadas en las próximas semanas. Llegará el invierno y no podremos permitirnos largos asedios. El veinticinco de diciembre las horcas y las picas deben estar ocupadas con rebeldes ajusticiados. ¿Qué dicen nuestros espías infiltrados?

—Los conservadores han nombrado al líder Joan Sala capitán de la guerra de la Unión para preparar la contienda final. Además de obligar a luchar a los ciudadanos, ha logrado parte de la fortuna de los Montaner para pagar mercenarios sarracenos.

—Mis hermanos dominicos de la ciudad aseguran que fue obligado —señaló el capellán—. Lo hacen con todos los que tienen algo de dinero. Sabemos por un confesor que alguien apuñaló a Pere Montaner en su casa. Cuando le administró los óleos estaba grave y es probable que esté muerto, pero no se sabe.

—Por favor, Dios, no me lo arrebatéis —imprecó el rey elevando los ojos al cielo—. ¡Ese mercader y su hija humillaron a mi reina, que ha muerto sin venganza! ¿Qué esposa de rey querría un marido que no hiciera respetar su honor? Cuando venza, si aún vive, van a pagarlo de un modo que ni se imaginan.

—Será como digáis, mi rey —aceptó el señor de Jérica para no provocarlo.

Tras meditar un instante, los ojos del monarca se detuvieron en el caballero Gil de Montnegre. De la misteriosa Fuente de los Montaner que había prometido ya no se sabía nada, como tampoco del capitán Albar. Sin embargo, Gil, de forma repentina, había aportado cinco caballos de guerra y varias docenas de peones. Aunque lo detestara por su comportamiento indigno de la orden de caballería, era la clase de aliado que la situación requería. Quizá Gil podía aportar más si sabía de dónde obtenerlo.

—Hago un llamamiento a los *honrats* de mis dominios y a la Diputación de Cataluña. —Su secretario Jaume Roig tomó nota—. Cualquier menestral y mercader, hombre o mujer, que aporte fondos a mis vasallos o a nos para la guerra, recibirá privilegios cuando recupere el control del Reino. —Agarró el crucifijo—. Sobre el cuerpo aún caliente de mi esposa, juro que hoy comienza mi verdadero reinado soberano.

82

Nuevas alianzas

El decimonoveno día de luna es bueno para cualquier actividad y para todo negocio, para colocar a los niños en la escuela y para contraer matrimonio.

Santa Eulalia de los Catalanes, Palermo
Lunes, 10 de noviembre de 1348

Marina ya estaba a punto de regresar del tercer viaje a Sicilia portando armas a Mallorca y, dado lo avanzado del otoño, iba a ser el último ese año. Pasaría el invierno en Ternelles. Allí procuraría enterarse con exactitud de la situación de la guerra para decidir si podía ayudar a su padre o si le convenía seguir oculta y continuar con esa vida que tanto le gustaba. Sentía un peso en el estómago sólo de pensar en volver a ser la hija de antes y asumir lo que se esperaba de una joven de su condición. Habían sido unos meses emocionantes, libertinos, y tanta actividad le dejaba poco tiempo para pensar. Se sentía bien estando olvidada del mundo, construyendo el suyo a su propia medida y sin cadenas.

Beatriu mandaba cartas a Ternelles, y así Marina supo del oscuro giro que Teresa había dado a su vida. La pequeña de las hermanas también les refirió la sospechosa tragedia acaecida en la casa Montaner. Quizá Romea se libraría ahora de su dependencia de Gaspar. El primo ya no tenía el lastre de ese extraño grupo, pero en las cartas se decía que era incapaz de cerrar ningún negocio. La Compañía Montaner no remontaba, los acreedores comenzaban a revolotear y otros mercaderes de Barcelona se aprovechaban de la nueva situación. La peste había remitido en la Ciudad Condal; sus huestes mortíferas avanzaban por Aragón y el interior de Castilla.

De quien no sabían nada era de su padre. Si aún vivía, Pere Montaner debía de estar confinado en la casa o en la cárcel de la Unión. Ni siquiera la tía Matilde había recibido respuesta de sus contactos en Valencia. La Unión controlaba las comunicaciones. Aun así, Marina no perdía la esperanza.

La única vez que pensó en desviar la Picardía a la Ciudad Condal fue cuando supo que Agnès estaba muy enferma, pero al final renunció. Era demasiado peligroso pues el rey tenía a todos de su lado en ese momento. Temía empeorar la situación si intervenía.

La víspera de partir de Palermo rumbo a Mallorca, solía encontrarse con su socio, el Diablo. Se hacía el intercambio, y los dos sabían cómo acabaría la tarde. Sólo era sexo, ambos lo querían así. Ella seguía pensando en el capitán Albar, del que no tenía noticias. Ignoraba si seguía en Mallorca o en otro territorio persiguiendo a sus fantasmas. Quizá estaba muerto en un pozo y no sabría nunca más de él.

Pero esa tarde el Diablo le propuso entrar en Palermo para verse con alguien. Sería un encuentro secreto. A pesar de que era arriesgado, a esas alturas Marina ya no tenía tanto miedo. Iba armada con una daga damasquinada y su aguja. Aun así, se llevó a tres proeles con ella.

Vestidos como sirvientes, cruzaron la puerta Mazzara, en la parte alta de Palermo, y un esclavo los condujo hasta Santa Eulalia de los Catalanes. En la penumbra de la iglesia, la recibió el cónsul Román de Roses, tenso. Marina, asombrada en un primer momento, enseguida le preguntó por Monna.

—Ya es mi esposa, pero no sabe que has venido, prefiero que se mantenga al margen. Debo proteger su honor.

—Era buena mercadera —le advirtió.

—Conmigo no necesita tales preocupaciones. Su deber está en la casa. Espera aquí.

Marina sintió pena. Román había prometido a Monna que respetaría su libertad, pero sólo lo había hecho para que aceptara casarse con él. Ella misma habría podido acabar como esposa de Román de Roses en otras circunstancias. La mayoría de las mujeres veían malogrado su talento y la educación recibida si su marido no quería compartir el oficio. No dijo nada. Habría sido una torpe imprudencia ofender al cónsul.

Se acercó a la losa que tenía las iniciales de su hermano Pere. Al lado estaba la del tío Dalmau, hecha como ella había encargado. Tuvo tiempo de rezar y recordar. Se emocionó; echaba en falta a todos. Pensó que estaba muy sola.

—Me alegra verte, Marina.

Identificó al instante la voz dulce de la princesa Leonor de Sicilia, a la que conoció en el palacio de los Normandos. Ella era la misteriosa visita. Se recompuso e hizo una reverencia.

—¿Cómo sabíais que estaba en la isla?

—En Palermo todo se sabe. La misma gente que comercia con piratas lo hace con la casa real. A veces es difícil distinguirlos —señaló la princesa con ironía.

—Supongo que es la ley del más fuerte. El que puede hace, y el que no exige leyes.

Leonor rio. Marina la veía esplendorosa. Aunque no era una mujer bella, tenía atractivo y una mirada llena de vida.

—No nos conviene que nos descubran juntas, ni por tu seguridad ni por mi honor, pero tengo una pregunta y creo que sólo tú puedes responderme con sinceridad. Supongo que te has enterado de las novedades en Aragón.

—El rey don Pedro ya concentra a su ejército para aplastar a la Unión del Reino de Valencia y esta vez cuenta con grandes apoyos de la nobleza —dijo sombría. Así se lo había explicado la tía Matilde—. Si mueve bien sus piezas logrará la victoria.

—Dicen que ha jurado arrasar la ciudad hasta los escombros. Cubrirla de sal...

—¿Cuál es vuestra pregunta, mi señora? —dijo Marina, incómoda. Aquello la devolvía a las dolorosas cuestiones pendientes.

—Ha llegado una noticia que lo cambia todo: la reina Elionor de Portugal ha muerto de peste.

—¡Dios mío! Nadie se salva de la ira de Dios.

—Enfermó en Teruel, pero murió de camino a Valencia. En Jérica, hace diez días.

—Jamás olvidaré su cara de terror aquella noche en el palacio Real. Me temo que vino al reino en un mal momento. Parecía una persona frágil, y el rey...

Marina calló al ver la cara de interés que había puesto la princesa Leonor. Frunció el ceño al sospechar la razón:

—¿Os interesa... él, don Pedro?

—El rey de la Corona de Aragón es mi primo segundo, pero vuelve a ser viudo y no tiene un heredero varón —dijo Leonor, ruborizada—. No esperará para buscar una nueva esposa.

Marina sonrió. Su vida esos meses era tan agitada que había olvidado que ése era el principal interés de las mujeres en edad casadera, en especial de las nobles.

—¿Y qué queréis que os cuente de un hombre que me colgaría en cuanto me viera?

—Por eso quería hablar contigo. Conocí a don Pedro en el palacio de los Normandos. Recuerdo su aspecto. Era bajito y enclenque, aunque iba cubierto con mucho ropaje para parecer más corpulento. Aun así, no me resultó desagradable. Recuerdo asimismo su pelo y su barba rojiza y ensortijada, como han tenido todos los reyes de su linaje. —Leonor comenzó a pasear por el templo vacío—. Era engreído y algo agresivo al hablar, pero supongo que es la manera de compensar su debilidad física. También sé otras cosas de las damas de la corte y de algunas nobles aragonesas. Dicen que no es un mal amante, aunque la reina portuguesa no quería recibirlo en el lecho.

—Sabéis mucho más que yo —dijo Marina, impaciente.

—Puede que sea así, pero no conozco a nadie que lo haya enfurecido, excepto tú.

Marina se quedó sorprendida. Quizá en el pasado no habría entendido bien lo que Leonor quería, pero ahora sí. Una princesa sabía cuál era su papel y lo aceptaba con el mismo valor que los hijos varones acataban la espada o el hábito. Pero también deseaba ser feliz o, al menos, no sufrir. Leonor quería averiguar si una mujer podría vivir tranquila al lado del rey Pedro IV de Aragón.

—Aquella noche el rey estaba colérico. Me habría traspasado con el puñal de haber podido, pero como a los demás unionistas. No se refirió a mí por ser mujer, ni vi en su mirada ese desprecio que a menudo soportamos, ¿verdad? Lo que más le preocupaba era la reina Elionor. Creo que fue tan sumiso precisamente para evitar represalias que quizá la hubieran dañado más. —Aunque odiaba a su rey por todo, fue sincera—. Mi señora, no lo sé con seguridad, pero creo que no es un hombre violento con las mujeres.

Leonor asintió con visible alivio y apareció un brillo de ilusión en sus ojos.

—Como no ignoras, mi madre, Isabel, es de la facción latina de esta isla, contraria a la catalana, y se disgustará conmigo. ¡Imagínate, su hija Leonor, la reservada para sus alianzas políticas con otras casas reales, en el lecho de su rival más odiado, dándole vástagos! —Con la cara roja, esbozó una sonrisa altanera, que decía mucho de su carácter—. Pero no me importa, quiero aspirar a ese trono. Hay que organizar una embajada.

—No sois como Elionor de Portugal, sino fuerte y ambiciosa. Un consejo: no os ofrezcáis sólo como un útero para parir reyes. Don Pedro apreciará una compañera que comprenda sus desvelos y lo ayude en el gobierno, como la reina Elisenda de Montcada, que aún vive junto al monasterio de Pedralbes. Algunas reinas lo han hecho: gobernar con ellos.

—Pero también se dice que las mujeres que quieren mandar son monstruos.

—Deberéis serlo para imponeros a todos los interesados que rodean al rey.

Leonor no esperaba esa respuesta.

—Qué distinta estás, Marina Montaner, pero tienes razón. No me apura. Soy de Sicilia, y la disputa entre procatalanes y prolatinos ha convertido nuestra corte en un nido de víboras. Sé algunas cosas sobre ejercer el poder y creo que puedo servir a mi patria así.

—Su Majestad caerá rendido a vos, lo presiento.

—No es necesario que me lisonjees aún. Don Pedro tendrá muchas candidatas. Sé que uno de sus hermanos también está interesado en desposarse conmigo, pero yo prefiero un rey; si me elige, haré lo posible por ayudarte.

—Mi tía está casada con un noble de Mallorca, no es muy afín al monarca, pero tiene conocidos en la corte. Extenderé el rumor sobre vuestra dulzura y vuestra alma cándida —dijo Marina, y entornó los ojos—, para que don Pedro no se nos asuste antes de hora.

Aquello las hizo estallar de risa.

83

Boca de fuego

El 11 de noviembre la Picardía desplegó su velamen y se alejó de Capo Gallo. La bodega tenía el doble de cajas que en el primer viaje y Walter exageraba diciendo que si algún rey invadiera Sicilia en ese momento no quedaría ni una espada para defenderla.

Marina cogió a la gata negra en brazos y reunió a sus hombres de confianza, Felip, Walter, Miguel y Nasir, y les relató el encuentro con Leonor, la hija del fallecido rey Pedro II e Isabel de Carintia. Algo así afectaba a todo el Mediterráneo y a ellos en particular.

—Si esa joven lograra hacerse con la corona de reina, tendrías una poderosa aliada —señaló el maestro de hacha.

—Eso aún tardará. Lo que más me preocupa ahora es el ataque final del rey a Valencia para acabar con la guerra. —Sonrió agria. No quería, pero al final lo dijo—: Ha llegado el momento de interceder por mi padre. Si tengo éxito me redimiré, y me buscará un pretendiente, quizá de los Mitjavila de Barcelona, para intentar levantar la Compañía Montaner. Las cosas ya no serán igual en la Picardía.

Los hombre callaron mientras apuraban el vino malvasía que reservaban para las ocasiones especiales. Después de dos meses Marina era otra, y no parecía posible que fuera de nuevo una dama dócil en manos de intereses familiares. Su historia reciente tampoco ayudaría a considerarla una mujer virtuosa. Pero en realidad la habían educado como a cualquier hija de burgueses, por eso no podía evitar pensar en un futuro ordenado.

—Así no nos va mal a nadie —señaló Felip, el mallorquín, que seguía siendo el amante de su tía—. Podríamos continuar el año que viene.

—No nos regimos por las mismas normas que en tierra. No tenéis por qué renunciar a todo —continuó el galeno Walter.

—A la Picardía tampoco le va nada mal. Es el mejor barco en el que hemos navegado —añadió Miguel—. Lástima que nuestro capitán no esté con nosotros.

Marina sonrió y se permitió soñar:

—Imaginaos... Si Leonor llegara a ser reina y nos perdonaran, yo podría pedir una patente de corso, como tenía Jeanne de Belleville del rey inglés. Así gozaríamos de puerto seguro.

Hablaba con ellos sin tapujos. Se sentía parte de esa extraña cofradía de almas perdidas, pero al mismo tiempo todos la respetaban como comandante. Gracias a ella, cada marinero tenía una paga como jamás podría lograr en otra nave.

—¡Barco a la vista! —gritó el paje Martín desde el puesto de vigilancia—. ¡Viene hacia nosotros!

Las sonrisas se borraron. Salieron en tropel y subieron al castillo de popa. Era una saetía a boga de arrancada, con ocho remos por banda y casco afilado. Ya no se veía la costa siciliana, pero venía de allí. Tenía un único mástil con una vela latina desplegada.

—¿Es Blasco II de Alagona? —gritó Marina a Martín, el único que, con su vista de águila, era capaz de responder con certeza.

—¡No llevan pabellón!

—Ese tipo de saetías las usan los corsarios sarracenos —explicó el maestro de hacha, el más experto en barcos—. Estarían ocultos en alguna cueva de la costa, al acecho.

—Felip, ¿podemos alejarnos?

—No tenemos buen viento y la saetía va ligera.

—Le haremos frente. No hay otro remedio. —Nasir palmeó la sólida madera de la borda—. Este barco también es una fortaleza.

Marina echaba siempre de menos al capitán Albar, pero en ese momento habría dado la carga entera por tenerlo a bordo. En un abordaje, un barco era una ratonera. Aunque era la cabecilla, ahora no sabía qué hacer ni qué decir a los hombres. El miedo cundió entre los marinos. Sobre todo entre los de Pollensa, que nunca habían navegado en barcos de guerra como la Falcona. El mameluco tomó el control y reunió a todos en cubierta.

La joven se acercó a Walter, tan asustado como ella.

—Lo mejor es no estorbar —señaló el médico, pálido—. Por esto odio el mar.

—Nos lanzarán flechas en llamas y con la catapulta barrerán la cubierta con clavos y cadenas —explicaba Nasir, impasible. Se volvió hacia el médico—. Walter, no eres marino, pero hoy eres el hombre más necesario de la tripulación. Va a ser un día largo.

El médico asintió y se marchó a revisar su arcón. Marina fue tras él.

—Puedo ayudaros —le propuso nerviosa.

La saetía estaba cerca y se oía el silbato del cómitre marcando la boga de la chusma. La crujía y la proa estaban llenas de hombres con pañuelos y turbantes. Estar así de hacinados sería repugnante y saltarían a la Picardía enardecidos. Uno de ellos ya les hacía señales para que detuvieran la coca.

Nasir gritaba órdenes a sus hombres apostados en los castillos elevados de popa y proa, las principales defensas.

Los pajes, Martín y Joan, llenaban la cubierta de cubos de agua para apagar las flechas incendiarias. Mientras tanto, Felip y sus timoneles hacían virar la nave aprovechando ráfagas de viento cambiante, a fin de ganar algo de tiempo.

En el camarote, Marina y Walter iban de lado a lado. De repente se oyó un trueno potente y seco.

—¿Una tormenta? —preguntó la joven, sorprendida.

Poco después se oyó un nuevo estrépito, aún más fuerte. Estallaron las copas de vidrio azul que el Diablo le había regalado en el segundo viaje.

—Pero ¿qué es eso?

Marina salió a la cubierta. El cielo estaba raso. Se asomó para observar la saetía. De pronto, de la proa brotó una llamarada seguida de un tercer trueno, tan potente que la hizo encogerse. Era alguna clase de catapulta de fuego, pues se produjo un fuerte crujido en la antena que sostenía la vela mayor. La pértiga estalló en mil pedazos y se precipitó sobre la cubierta, arrastrando la vela y todas las sogas. Unas manos cogieron a Marina por la espalda y la apartaron hacia atrás justo antes de que los restos cayeran sobre la cubierta y la destrozaran.

El barco pareció gemir y luego todo fue silencio. Poco a poco se elevaron los gritos angustiados de los heridos. Uno de ellos era el paje Martín. Había caído desde la cofa. Fue el propio Joan quien lo arrastró hacia el camarote. Walter salió y lo ayudó.

Marina estaba bloqueada por el pánico.

Un solo tiro de aquella misteriosa boca de fuego había bastado para destrozar la mejor coca del Mediterráneo. Sonó un nuevo trueno, y esa vez vieron la columna de mar que se alzó cerca del casco. Había fallado, pero el disparo había apuntado a la obra viva de la Picardía, bajo el agua. Contra esa arma no tenían defensa alguna.

Nasir se acercó al camarote. Estaba cubierto de sangre tras ayudar a los heridos.

—Piden abordar la nave; de lo contrario, nos hundirán con ese demonio de fuego.

Marina bufó; le temblaban las manos. No quiso imaginar lo que le harían.

—Walter, vos que sabéis tantas cosas, ¿qué es eso? —preguntó aterrada.

—He oído que ciertos ejércitos han empezado a usar unas bocas de hierro. Provoca un fuego potente para lanzar piedras. No creí que lo vería, y menos en un barco.

—¿Qué vamos a hacer? —demandó desesperada.

—Luchar. Mis hermanos y yo cumpliremos nuestra misión en la Picardía. —Nasir desenvainó el sable—. Los esclavos mamelucos no poseemos un sultanato por azar.

Ellos atendieron a Martín. Estaba grave. Walter ya no parecía el medio clérigo charlatán. Observaba las heridas y actuaba para cerrarlas con la precisión del mejor cirujano. Además, poseía una gran colección de frascos con medicinas y polvos para evitar la infección. Conocía bien su ciencia, y Marina se alegró de tenerlo a bordo.

Trajeron a más heridos. Marina seguía sus instrucciones con la atención puesta en lo que ocurría fuera. El abordaje era inminente. Incluso su hermano Joan asía una espada, pero poco podría hacer contra piratas sarracenos y se quedó tras los proeles.

A pesar de todo lo vivido, Marina jamás se había sentido tan aterrorizada.

La saetía acorulló los remos para no romperlos y se pegó al casco del velero. Justo en el momento en que los garfios se cogían a la borda para permitir la escalada, Nasir dio la orden. Desde los castillos de proa y popa sus proeles descargaron las ballestas. Se oyeron gritos y se respondió al fuego con flechas incendiarias y nuevos garfios. Miguel y otros hombres se afanaron en apagar las llamas.

En el código de los hombres del mar aquello zanjaba

cualquier posibilidad de acuerdo. Los vencidos serían torturados y asesinados, o vendidos como esclavos.

Enseguida saltaron los primeros piratas. Parecían tunecinos. Eran muchos y subían confiados en que sólo se enfrentarían a marinos y, en todo caso, a proeles mercenarios. No imaginaban que los esperaban temibles mamelucos, entrenados desde niños para matar sin piedad.

Marina entreabrió la puerta del camarote y el horror la dominó. Se había desatado una lucha encarnizada en la cubierta. El ruido de espadas y los gritos ensordecía. Los asaltantes ya eran una docena y los proeles siete; siete demonios sanguinarios. Nada quedaba de los serenos zanjs de rostro imperturbable y escuetas sonrisas. Sus gritos y sus caras deformadas a propósito producían pavor. Los sables, ensangrentados, zumbaban y descargaban golpes letales. Eran rápidos y agresivos. Cuando abatían a uno, lo sableaban con saña, sin piedad, dejando que la sangre los salpicara.

A pesar de ser más, los piratas comenzaron a flaquear, y más de uno, tras asomar la cabeza por la borda, retrocedía a la saetía. Marina se distrajo mirando y uno de los atacantes la vio. Ella gritó sin querer y se metió en el camarote maldiciendo.

—¡Viene uno! Walter, quedaos junto a la puerta.

Se puso ante la arquimesa y cogió una espada. La hoja temblaba. En ese momento se arrepintió de haber puesto el pie en un barco. La puerta saltó de sus goznes y el pirata rugió al verla. Dio dos pasos y se detuvo en seco; de repente su rostro reflejaba amargura. Walter le había clavado una daga en el costado. Marina fue hacia él y, con todas sus fuerzas, le clavó su hoja en el vientre, como le enseñó Nasir.

Cuando el líder mameluco entró con cara de angustia, Marina y Walter estaban frente al pirata abatido. Gritaron pues no lo reconocieron al principio. Nasir estaba cubierto de sangre. Marina veía el fuego asesino en sus ojos y tuvo miedo de que no lograra apagarlo.

—Hemos capturado al capitán de la saetía y han cesado de luchar —dijo entre jadeos mostrando sus blancos dientes—, pero ninguno verá el atardecer hoy. Vamos a hundirla.

Nasir desapareció, y Marina tardó en reaccionar. Se asomó a la cubierta; estaba destrozada y llena de cuerpos. Los proeles habían cometido una matanza. Notó que aún le pitaban los oídos por los disparos que tantos daños les habían causado.

—¡Nasir, espera! —Lo alcanzó en la borda—. ¡La boca de fuego! Subámosla. Y traed también al hechicero que la maneja. Dejad marchar a los demás. —Pensó en lo que hacía Jeanne de Belleville—. Que cuenten lo que han visto en la Picardía.

El mameluco la miraba como si estuviera muy lejos, dominado por la sed de sangre. Sus músculos estaban hinchados y temblaba. Parecía no querer dejar de matar.

—¿Nasir? —dijo Marina, asustada.

Al fin el mameluco sacudió la cabeza y su gesto se relajó. Fue hacia sus hombres gritando en árabe. Resultó difícil detenerlos y descargaron una vez más sus ballestas contra los remeros. Aun así, logró hacerse oír por unos y por otros, y el combate cesó.

La comandante de la Picardía, Marina Montaner, se asomó y dejó que los piratas la vieran. Les respetaría la vida a cambio de ciertas exigencias. En las miradas turbias de los tunecinos aparecieron el desconcierto más absoluto y el miedo. Sólo una genio, una djin, podría haber embrujado a marineros y mamelucos para que la tuvieran como su ama.

La joven se acordó de la historia de Zobeida, la capitana de Bagdad, que Agnès le contó. Ella, Marina Montaner, acababa de forjar el principio de su propia leyenda.

84

El mago

Tal como Nasir predijo, fue un día largo para Walter, que tuvo que atender a muchos hombres de la Picardía. Cauterizó numerosas heridas, e incluso amputó la pierna a un joven de Pollensa llamado Arnau, quien, a pesar de todo, murió porque había perdido demasiada sangre. El cirujano también entablilló brazos y cosió decenas de profundos cortes. Demostró tener pulso firme y buena concentración.

Quien peor estaba era el paje Martín. Se debatía entre la vida y la muerte. Joan no se separaba de su nuevo hermano.

Mientras lanzaban al mar los cuerpos de los piratas muertos y los destrozos de la Picardía, Marina pensaba en que hasta hacía poco casi se le había olvidado lo peligroso que era navegar.

Esa vez Dios les había sonreído, pero no siempre sería así. Quizá volver al redil de la familia no era mala idea. Le costaba encontrar los argumentos de antes. La libertad podía costar cara.

Hizo subir a bordo el extraño artilugio que lanzaba fuego. No resultó fácil pues era muy pesado. Los hombres de la Picardía lo miraban con recelo y asombro. Era como un barril de hierro de diez palmos, pero las duelas no estaban combadas y las rodeaban anillos de metal, con cadenas de refuerzo. La munición eran bolas de piedra del tamaño de la cabeza de un adulto.

—¿Cómo es posible? ¿Dónde está el hechicero?

Nasir llevó a rastras a un hombre de barba blanca, casi anciano, y lo lanzó a los pies de la mujer. Estaba todo cubierto por una especie de hollín negro y olía a azufre. Tenía la piel llena de quemaduras. Los marinos retrocedieron, supersticiosos. Parecía asustado, y eso dio confianza a Marina.

—¿Hablas mi idioma?

Negó, pero Nasir le tradujo y hablaron entre ellos.

—Dice que no es ninguna hechicería. El artilugio se llama bombarda y lanza las piedras mediante la fuerza de un fuego especial que él sabe hacer.

El cautivo mostró un saquito de piel. Dejó un pellizco de un polvo negro en la cubierta y pidió una llama. Al prender, brotó una luz deslumbrante. El siseo y el humo los hizo retroceder, espantados. Tenía el mismo olor que impregnaba al hombre.

—¡Por Dios! —exclamó Felip—. ¡Ese polvo debe de ser arena del mismísimo infierno!

—¡Huele como los demonios! —exclamó Miguel, afectado por los destrozos del buque—. Un arma diabólica. Echémosla al mar antes de que Dios nos castigue.

—Se llama pólvora —tradujo Nasir—. Es una mezcla de tres ingredientes y la fórmula proviene de Oriente, donde se usa desde hace siglos. Algunos ejércitos la emplean para derribar murallas.

—Pues en un barco mirad lo que nos ha hecho —observó Marina—. ¿Os dais cuenta del poder que tiene?

—Dice que la bombarda es peligrosa y poco certera, pero ninguna catapulta puede hacer nada parecido. A él le pidieron que la adaptara para un barco y construyó un soporte recio de madera para sostenerla. No sabe de ninguna otra usada en el mar.

Marina cada vez sentía más curiosidad.

—No tiene aspecto de pirata. Mirad su piel y sus manos. Pregúntale, Nasir.

Tras una larga explicación en árabe, el mameluco tradujo:

—En Túnez era apotecario y alquimista. Hace dos años en su peregrinación a La Meca se enteró de la fórmula de la pólvora y cómo usarla como arma. Pensó que sería un buen negocio e hizo demostraciones en su ciudad. Pero hacerlo público fue un error. A los pocos días unos piratas mataron a su familia y lo secuestraron para servirse de ese conocimiento. Es un cautivo de esta gentuza.

—¿Cómo te llamas, alquimista? —le preguntó Marina.

—Alí al-Mumín —contestó el tunecino sin la intervención del mameluco.

—Ésta es mi oferta, Alí: serás siervo en la Picardía y enseñarás a uno de los míos a usar la bombarda. Si compartes tu secreto con lealtad, transcurrido un año podrás regresar a tu patria con una generosa compensación.

—¡Yo, hermana, yo quiero aprender! —Joan examinaba el tubo fascinado.

—Es peligroso —señaló Walter con un gesto de advertencia.

Marina iba a asentir, pero se lo pensó. Un conocimiento así era muy valioso. Le convenía que lo tuviera un Montaner antes que otro hombre. Nunca se sabía.

—También es peligroso subirse a un barco. Nasir, di a Alí que este joven es mi hermano y que tenga cuidado. En Mallorca empezará a instruirlo. —Miró a Felip—. ¿Podemos regresar?

—Los daños son irreparables en alta mar, pero el trinquete y la mesana están bien. Si se mantiene este viento, podremos volver, aunque la cubierta está casi impracticable.

—Hay alguna vía de agua en el casco—añadió Miguel de Cartagena—. No nos hundiremos, pero tendremos que achicar agua día y noche.

—¿Y si remolcamos la saetía? Por si acaso —sugirió Marina—. Es una nave ligera.

—Quizá tardemos un día o dos más.

—Estamos a pocas millas de Sicilia, que se apañen con el bote para volver. Nos la llevaremos en compensación por los daños. Podemos usarla en el futuro.

—Como la Flota Negra de Jeanne de Belleville —indicó Walter.

—Se lo preguntaremos a nuestra sirena protectora.

85

La soga del ahorcado

Sábado, 15 de noviembre de 1348

Teresa llegó a la plaza del Blat a medianoche. No se acordó para nada de que hacía justo tres meses y medio que se había unido al Círculo de las Buenas Mujeres del Raval de Barcelona. Le parecía que había estado allí siempre, y ya era la tercera vez que llevaba a cabo lo que iba a hacer esa noche. Todo era silencio. Observó la horca al fondo de la plaza, rodeada de antorchas. Dos cuerpos colgaban suspendidos. Esa mañana se había ejecutado a dos asaltantes de casas y palacios que aún aprovechaban el caos tras la peste. Los cuerpos colgarían unos días para escarnio de los condenados y ejemplo para todos.

Eso brindaba a aquellas mujeres la oportunidad para obtener el objeto más poderoso en sus rituales.

Desde la esquina de la calle Argenteria miraba a los soldados que vigilaban la horca. Sonrió e hizo un gesto hacia la esquina de la calle de la Llana, donde se hallaba la silueta oscura de la muchacha rubia. Las dos tenían las piernas más jóvenes y por eso asumían el riesgo. Era la costumbre en el Círculo de la Buenas Mujeres.

El silencio de la plaza se llenó con una risita provocadora

y sensual que llamó la atención de la guardia. La muchacha rubia se asomó y se atrevió a lanzar una piedra al cadalso. Los soldados dieron el alto y fueron hacia allí con sus lanzas en ristre. Teresa se deslizó pegada a las casas bajo el manto negro. Subió de un salto al cadalso y sacó su cuchillo.

Era el momento más importante y no había tiempo que perder. Ya estaba acostumbrada a manipular vísceras y sangre para los conjuros más oscuros, de modo que controló la repulsa que le causaban el cuerpo amoratado y el desagradable olor dulzón que comenzaba a extenderse. La soga chasqueaba por el peso. Sin vacilar la cortó. El ajusticiado cayó por el foso de la tarima hasta el suelo y Teresa saltó al lado. Era lo más delicado y debía hacerse rápido. Tenía que sacar la soga hundida en la carne violácea y fría del cuello.

Justo entonces oyó varios maullidos de gato. En el Círculo de las Buenas Mujeres se decía que a menudo sucedían cosas extrañas cuando robaban sogas de ahorcado, el talismán más potente para realizar hechizos y, sobre todo, maldiciones.

—¡Eh! ¡Aojadora! —gritó un soldado desde la calle de la Llana.

Teresa logró quitarle la cuerda al muerto y salió como alma que llevara el diablo hacia la calle Argenteria. El soldado avisó a su compañero y fue tras ella. A voz en grito, pidió ayuda a los buenos cristianos que vivían en la plaza para cazar a una de esas hechiceras que proliferaban como una nueva peste diabólica. Pero las puertas permanecieron cerradas.

Teresa no esperaba que el soldado fuera tan veloz y se asustó. La inmundicia acumulada en la calle la hacían ir más lenta, y tropezó. Se dio con una piedra en la rodilla y gateó por el asqueroso fango de la calle, no podía levantarse a causa del dolor.

El soldado se acercó y le puso la punta de la lanza a dos dedos de la cara.

—Esta vez irás a los frailes inquisidores y te quemarán por

andar con brujas. Suelta esa soga y ponte en pie, demonio.

Una sombra se acercó por detrás, se abalanzó sobre el soldado y lo golpeó por la espalda con un madero. El hombre cayó de rodillas, aturdido. Teresa miró a la figura salvadora, sorprendida, pues no reconoció el manto de su compañera.

—¡Vamos! ¿Puedes correr?

A Teresa el corazón le dio un vuelco. Miró la mano tendida. Echaba mucho de menos las caricias que esos dedos le brindaban, hacía una eternidad. Sansa, pálida bajo su manto, no podía estar más asustada.

Teresa se levantó mientras el soldado trataba de cogerla, y Sansa y ella corrieron cogidas de la mano. Le dolía mucho la rodilla y notaba que la sangre bajaba por la espinilla, pero pudieron escabullirse por los callejones hasta detenerse en el cementerio de Santa María del Mar.

Se miraron jadeando. Sansa observó con aprensión la soga que Teresa sostenía. Ésta la soltó, y se abrazaron dejando ir todo el miedo acumulado.

—He ido a los callejones del Raval a buscarte y me han dicho dónde encontrarte.

—¿A estas horas? ¿Por qué, Sansa? —Era extraño que no la hubieran emplazado para el día siguiente. Entonces lo vio en la mirada trasparente de su amada. Era pena—. ¿Qué ocurre? ¿Es por Agnès?

Antes de saber la respuesta, Teresa notó que algo en su interior se contraía. A pesar de la distancia entre ellas de los últimos tres meses, Agnès había sido su verdadera mentora en la vida, la que realmente la ayudó a tener la fuerza de descubrirse a sí misma.

—Se muere —reveló Sansa al fin entre lágrimas.

Teresa, sin decir nada, escondió la cuerda en una de las tumbas. De camino hacia el hospital de Santa Margarida sus manos se buscaron y caminaron juntas un trecho por la calles oscuras de la ciudad. Luego se soltaron.

86

La luz de Agnès

El vigesimoquinto día es muy malo para toda actividad y todo negocio. El que esté enfermo morirá; los sueños se cumplirán al tercer día.

Domingo, 16 de noviembre de 1348

Marina... —susurró Agnès en su lecho, con los ojos entreabiertos—. ¿Eres tú?

—No, soy Teresa.

—¡Oh, Dios mío! Eso sí que me da alegría. No lo hice bien contigo, hija. Las cosas que tanto me afectaban ahora me parecen absurdas. Te pido perdón y se lo pido a Dios.

La anciana estaba acostada en el jergón del dormitorio de las beguinas. Tenía las facciones mortecinas y afiladas, un claro aviso de la proximidad de la muerte, pero estaba en ese momento de lucidez que precede al final.

—No he conocido a nadie más fuerte y bondadosa —le dijo Teresa entre lágrimas. Le cogió la mano y se la acercó a la mejilla. En ese momento fue consciente de lo que Agnès había supuesto para ella, para las tres hermanas.

—¡Teresa, estás aquí! —exclamó Beatriu, en la puerta. Llegaba con fray Benet, encargado de ir a buscarla al taller de Joana Fortunyà.

Se abrazaron emocionadas. Hacía mucho que no se veían y era terrible hacerlo en esas circunstancias. A Teresa le sorprendió el aspecto radiante de Beatriu, a pesar de la pena.

—Si sigues así superaras a Romea en belleza.

—¿Marina? —volvió a preguntar Agnès, que intentaba enfocar la mirada.

—Ella no puede venir, Agnès —respondió Beatriu—. Sigue en Pollensa.

Las dos se arrodillaron junto al lecho, y Beatriu sollozó. Agnès frunció el ceño.

—¡Ya basta, niñas! Es curioso, llevo años cuidando a la gente de las enfermedades más horribles y no sé de qué voy a morir. Vine a este hospital huyendo de un hombre, ¿sabéis? —Nunca lo había contado—. Mi padre me casó con doce años y al maldito diablo le gustaba más pegarme que todo lo que podía darle una mujer. Tenía dieciséis años cuando el mal de costado se lo llevó, y recé y recé para que fuera muchos años por delante de mí. —Arrancó unas sonrisas en las hermanas y eso la animó. Nada le gustaba más que ser el centro de atención—. Pero mi madre no esperó ni el *any de plor* para buscarme un nuevo compromiso con el hermano de mi difunto esposo, que era más bestia aún. —Sonrió como si el recuerdo le hiciera gracia—. Decidí que el único esposo que valía la pena era Dios, al menos Él no me pondría la mano encima. —Eso las hizo reír de verdad—. No se me ocurrió otra cosa que convencer al beneficiado de Santa Maria del Pi y emparedarme en el arco junto a la entrada. ¡Fue horrible, sólo aguanté dos meses! Desde entonces mi mayor miedo es despertar dentro de una tumba. A veces pasa...

—Y os hicisteis beguina.

—Una noble no tiene muchas opciones, lo sabéis de sobra. Pero a estas alturas ya habéis visto que nuestro destino no es tan simple como predican los clérigos. Suplique a mi padre que, por una vez, no hiciera caso a mi madre y se dejaran de estrategias matrimoniales. Era un hombre bueno y yo sabía manejarlo. —Sus ojos se humedecieron por la emoción—. Me dejó abrazar esta vida. Renuncié a mi apellido y fui Agnès de Santa Margarida. Él pagó esta pequeña casa, y la ciudad supo apreciar mi labor. Con los años llegó Mencia, y otras que murieron antes que ella. No he salvado vidas, como hacen las sanadoras, pues aquí se viene a morir, pero esta libertad que he tenido me ha permitido ayudar a muchas mujeres que estaban perdidas como yo.

—Toda Barcelona os da las gracias —musitó fray Benet, desolado. Parecía mucho más pequeño.

—Ése es mi testamento para vosotras y para Marina, que Dios la proteja —siguió Agnès—. Vienen malos tiempos para las mujeres. Ya tenemos pocos derechos, y nuestra situación no mejorará.

—¿Por qué?

—Es lo peor que ha traído la peste. La Iglesia y los gobernantes fomentarán la virtud de la vida doméstica, para repoblar el mundo. Y eso está bien, pero después no querrán que las mujeres tengamos oficio, ni educación más allá de las labores propias ni negocios, o que se consagren a Dios sin reglas, como yo.

Fray Benet se acercó al lecho. Como siempre, había permanecido en un lugar discreto, en todo momento pendiente de Agnès, de ayudarla y cuidarla.

—Ya hay muchas voces que se lo exigen al papa en Aviñón —dijo con un hilo de voz—, por el bien de la obra de Dios.

Las hermanas Montaner veían su desolación. Era la de un hombre enamorado. Un amor imposible y, por eso, puro.

—A las que renieguen las tildarán de adoradoras del diablo —reconoció Teresa—. Ya lo dicen por ahí.

—Cada una de las hermanas Montaner es distinta, pero todas sois fuertes —siguió Agnès, cada vez más débil—. Sed consecuentes con eso y dejaréis una huella que otras mujeres podrán encontrar en tiempos de oscuridad. Y tú, Teresa, vuelve con Dios, no te creas que no conozco los caminos de las *buenas mujeres.* Todos conducen al fuego. Nada temen más los hombres que a una mujer que vive al margen y oculta lo que hace.

Beatriu y Sansa miraron a Teresa. Ella bajó el rostro. No iba a discutir con Agnès en ese estado. Quería verla en paz. Una hora más tarde Agnès empeoró. Teresa y Sansa prepararon unas hierbas para aliviarle el dolor. La beguina tenía el rostro crispado. Luchaba por mantener los ojos abiertos y se resistía con las fuerzas que le quedaban.

—Deidre contaba que había una anciana muy atareada a la que un buen día la muerte decidió llevarse. La mujer aceptó, si bien le pidió por favor que la dejara acabar cierta tarea que llevaba entre manos. La muerte accedió a regañadientes. Pero cuando acabó lo que debía hacer, la anciana se afanó en otra cosa y dijo a la muerte que aún no había terminado. Pasaban los días, y la anciana seguía atareada y no encontraba nunca el momento de morir... Y es que las tareas no se acaban.

Sansa se acercó y le cogió las manos. Junto a ella se puso fray Benet. Las lágrimas rodaban por sus mejillas. Las historias también ayudaban a bien morir.

—Pero en esta casa la muerte es una vieja amiga, Agnès. Siempre habrá trabajo y lo haremos otras. Sed dos amigas que se van juntas a descansar, conversando en paz.

—Dos viejas amigas, sí... —Agnès sonrió y cerró los ojos. Su cara se relajó.

Ya no volvió a abrirlos.

Las hermanas estuvieron en un rincón mientras alguien hacía sonar la campana de la ermita del hospital de leprosos de Santa Margarida de Barcelona. Pronto se corrió la voz en la ciudad y comenzó a acudir gente a despedirse de la beguina.

Sansa susurraba a Teresa y Beatriu quiénes eran. Desfilaron nobles y familias burguesas enteras, aunque muchas mujeres acudieron sin sus esposos y en grupos. Se conocían. La red que la beguina había tejido era más extensa de lo que todos creían. Luego aparecieron artesanas y dueñas de talleres, entre otras Joana Fortunyà; la *spitalera* Anastasia Llull, a cargo de pobres y enfermos del hospital de Santa Marta; así como religiosas y muchas madres con sus hijas. También quiso estar allí la institutriz de niñas Catalina de Reus, en cuya casa, tras los Baños Nuevos, las hijas de ciudadanos pudientes recibían una educación esmerada en letras, filosofía y aritmética.

—Al verlas me parece que las mujeres cada vez tenemos más espacios —señaló Beatriu, impresionada.

—Pues ocurre justo lo contario, según Agnès —explicó Sansa, sombría—. Somos la última generación a la que se le permitirá hacer todo eso que ellas hacen.

—Entonces Romea es el futuro —musitó Teresa—. Ella es miedo y sumisión.

Fuera se acumularon siervos y damas que querían acompañar a la beguina que había sido inspiración y guía al margen de los confesores y predicadores.

Poco antes del amanecer de aquel día de mediados de noviembre, Agnès de Santa Margarida entregaba su espíritu con serenidad y en paz con Dios. Barcelona se quedaba huérfana.

Cientos de personas acudieron para acompañar el breve traslado del cuerpo de Agnès portado por seis mendigos hasta la capilla de Santa Margarida. La velaron con sentimiento y la enterraron en el suelo, sin losa, como ella deseaba.

A pesar de ser un sepelio humilde, llegaron prelados del capítulo de la *seu*, sacerdotes de todas las parroquias e incluso dos frailes predicadores y el inquisidor Joan Llotger, que parecía apenado de verdad. También asistió el único miembro del Consejo de Barcelona vivo de los nombrados antes de la peste, Romeu Llull.

Al terminar, un sacristán de Santa María del Mar se acercó a Teresa y Beatriu.

—No sabía si seguíais en la ciudad —les dijo con recelo—. Hace tres días, vuestra hermana Romea vino a rezar a la tumba de su madre y nos dio un recado para vosotras. Ha recibido el mensaje de un caballero con una petición de ayuda y se ha ido a atenderlo.

—Gil de Montnegre.

—Creo que sí. Se disponía a partir en barca y después iría al campamento del ejército real, que ya se aproxima a la ciudad de Valencia. Quería vuestro perdón, pues afirma que cuanto hace es para elevar la casa Montaner a la nobleza. El rey promete compensaciones a quien aporte recursos para su ejército. Eso dijo, y se marchó.

El sacristán se fue para que no lo vieran hablando con ellas. Las Montaner seguían despertando recelo debido a las versiones deformadas que corrían de su historia.

—¡Dios mío! ¿Padre habrá muerto? —preguntó Beatriu. Sin embargo, tras el golpe de la noticia, llegó la incertidumbre—. Esto es muy extraño. ¿Gaspar sabrá algo más?

—Me juré no pisar de nuevo esa casa, pero tengo un mal presentimiento.

—Yo también, hermana. Ojalá estuviera aquí Marina.

87

El sótano

La entrada principal de la casa Montaner por la calle de Montcada estaba cerrada. Teresa y Beatriu rodearon la manzana por la calle de les Mosques y fueron hasta el callejón de la Ceca. La puerta del almacén parecía cerrada, pero la hoja se desplazó al empujarla. Se miraron preocupadas y entraron. La matanza de los jóvenes instalados allí se produjo a finales de agosto, hacía casi tres meses. Desde entonces, Gaspar y Romea vivían solos y de manera discreta, con algún sirviente nuevo, pues nadie quería acercarse siquiera.

—¿Hay alguien? —gritó Beatriu.

Las asediaron recuerdos amargos. Aunque no quedaba rastro de la molicie y los perversos juegos, Teresa seguía oyendo las risas estridentes de las prostitutas, las blasfemias y los gritos mientras morían. La casa estaba llena de fantasmas.

—Hace frío —dijo.

—No me asustes, Teresa. Parece que se han marchado.

Todo estaba en su sitio, pero en el despacho de su tío los arcones estaba abiertos.

—Faltan los títulos de la compañía y todas las cartas de crédito por vencer.

Eran miles de libras de plata a favor de la Compañía

Montaner que vencían en los meses o años siguientes. Era lo único que les quedaba tras tanto expolio.

—Quizá con eso Gaspar y Romea logren el perdón del rey para toda la familia —dijo Beatriu tratando de ser positiva—. ¡Ojalá pudiéramos saber algo de padre!

—Yo siento que está vivo. Tengamos esperanzas.

Beatriu asintió; Teresa era especial para eso y confiaba en ella. Era una situación dolorosa y, por si fuera poco, venían de enterrar a Agnès. Estaba cansada de sufrir. Lo único que quería era volver al taller con Francesca y Joana, y ver a Tomás, aunque sólo fuera cuando las saludaba con afecto al entrar y salir de la casa. Ahora entendía los versos de las trobairitz que a veces su amiga recitaba de memoria. Los amores platónicos y secretos también podían llenar la vida de ilusión. Lo que el cuerpo se perdía la mente lo recreaba en la intimidad bajo la manta que la cubría por la noche.

—Siento cada vez más frío, hermana —musitó Teresa.

—Estás pálida... ¿Qué pasa?

Teresa quiso recorrer el resto de la casa sin decir por qué. A ambas les causaba terror bajar al sótano, pero tuvieron que hacerlo.

El hedor a descomposición precedió la horrible escena. Beatriu gritó. Gaspar estaba desnudo, con las manos sobre el pecho, los ojos cerrados y un corte en la garganta.

—Así vi a madre muerta —musitó Teresa.

—¿Qué es esto? Si sólo estaban él y Romea... ¿Crees que lo ha hecho ella?

Teresa no respondió. Una siniestra verdad que había sospechado siempre se abrió paso en su interior. La muerte de su madre guardaba un secreto terrible y su alma no descansaba en paz. Temblando de frío, cogió de la mano a su hermana pequeña y subieron al patio para respirar aire puro.

Durante un rato no hablaron.

—Hemos estado equivocadas desde el principio —dijo Teresa al fin.

—Pero ¿por qué ha matado a Gaspar? Si se comportaba con él como una esclava...

—Romea ha estado detrás de todo desde el principio. ¡Eso era lo que yo sentía aquí!

—¿Qué quieres decir? ¡Hablas como una hechicera!

Los hechos encajaban en la mente de Teresa. Era horrible.

—La humillación del rey involucró a nuestra familia en la guerra de la Unión y Romea pensó que era el fin. Si nuestro hermano mayor, Pere, estaba muerto en Palermo, ella podía convertirse en la principal heredera, y decidió que sobre las cenizas de los Montaner podía fundar una nueva estirpe, unida a la nobleza.

—Estaba obsesionada con eso de formar una familia de sangre noble.

—A los dos días de suceder aquello, cuando nuestro padre la llevó a ella y a Marina al palacio Real, Romea se entregó a Gil de Montnegre, pero quizá no lo hizo por lo que creíamos. En ese momento no se sabía si don Pedro acabaría destronado, y creo que nuestra hermana ofreció un pacto a Gil para sacar provecho de la situación, pasara lo que pasara. Los obstáculos de una hija segunda para hacerse con el patrimonio familiar son insalvables, pero ahora todo estaba patas arriba y ella iba a cambiar su suerte. Contar lo de la Fuente hizo que picara más el anzuelo. Gonzalbo de Rodas también se beneficiaría si colaboraba.

—¿Romea se entregó a Gil para demostrarle que estaba dispuesta a todo si al final le daba su apellido?

—Eso es lo que sospecho. Era su mayor anhelo. Madre se la llevó a Barcelona y ella aceptó cuando pensó que allí estaría cerca del tío Dalmau y del maleable Gaspar, su único heredero. Cuando se desató la peste y el tío enfermó, Romea vio su oportunidad. A toda costa debía estar cerca de Gaspar, allá donde fuera, mientras planeaba cómo apoderarse también de la parte de la compañía de nuestro padre.

—Por eso se fue sin mirar atrás —musitó Beatriu, apenada.

—Su sufrimiento al dejarnos abandonadas en esta casa era sincero, pero se siente llamada a algo más elevado, que exige sacrificios. —Sus ojos se oscurecieron—. Yo también los he hecho.

—¿Y crees que fue capaz de matar a madre? —Era lo que más afectaba a Beatriu. La hermana mayor había sido durante años su referente en casa.

—Madre jamás le habría permitido irse con Gaspar así, dejando al tío moribundo y con los asuntos de la compañía en el aire. Pudo ser un arrebato de ira o algo premeditado. Ese crimen nefando es el secreto más terrible de esta casa. Sí, creo que fue Romea.

—Debió de ser un contratiempo cuando supieron que el tío Dalmau estaba vivo y había desheredado a Gaspar en favor de nosotras. —Beatriu se convencía.

—Romea es muy lista y se mostró arrepentida. Contactó con sus dos cómplices para enviarle una carta a padre con una falsa intención. No había más remedio que sacrificar al resto. En medio del caos de la muerte negra jamás se sabría la verdad. Nuestro propio dinero sirvió para pagar al sicario que mató al tío Dalmau. A nosotras nos capturaron y si Marina no hubiera regresado de Palermo, creo que ya no estaríamos vivas… —No quería continuar—. Hubo imprevistos, pero da igual, al final la herencia volvió a Gaspar y todo ha salido como Romea quería. Se ha deshecho de él cuando ha llegado el momento de reencontrarse con Gil de Montnegre. Ahora es la primera en la línea de sucesión para heredar, y se ha llevado las últimas cartas de crédito y títulos, lo que queda del patrimonio de los Montaner.

—Para cumplir su trato con Gil —dedujo la hermana pequeña.

—Así es. Gonzalbo ya se llevó su parte, la que le entregó Mossé Natán. Romea tuvo un desliz por divertirse demasiado con él, pero nosotras la ayudamos a solucionarlo con un aborto antes de que su caballero pudiera enterarse.

—Entonces ni sus lloriqueos cuando pedía perdón ni su miedo fueron reales...

Beatriu recordó ver a Romea herida en el brazo y por eso abrió la casa Montaner, pero en realidad no vio a Gaspar agredirla. Con esa falsa debilidad de joven mimada y delicada había ido tejiendo su tela de araña. Gil y Gonzalbo seguían sus instrucciones.

—¿Y qué crees que va a hacer ahora?

—El rey ha anunciado que recompensará a las casas que ayuden a la causa realista. Quiere que Gil de Montnegre restaure su honor y la convierta en la dama Romea de Montnegre. El sacrificio de los Montaner habrá servido para iniciar la nueva estirpe, más elevada e importante, y ella será la matrona. Parece algo digno y casi sagrado. —Teresa sonrió con acritud—. Seguro que piensa que Dios le perdonará todo lo que ha hecho.

—Entonces ¿las desgracias de estos meses son fruto de su ambición?

—Un precio a la altura de su sueño de grandeza. Romea y Marina son más parecidas de lo que parece. Opuestas en su anhelo, pero fuertes y capaces de hacer lo impensable para lograrlo. Ahora lo que me preocupa es ese malnacido de Gil. Es rastrero y volverá a herir a Romea. Si sucede una desgracia, no habrá perdón para nadie con nuestro apellido. Tú y yo también tendremos que huir lejos de Barcelona para siempre.

—¡No quiero ir a ningún sitio! —exclamó Beatriu—. Ahora no, por favor.

Teresa se quedó pensando.

—Estoy de acuerdo en que Romea no puede hacernos

esto. Trataré de encontrarla. Tengo gente que me ayudará a ir a Valencia. Tú envía un mensaje a Ternelles. Debemos prepararnos por si al final hemos de marcharnos al otro lado del mar.

—Es como si el mundo volviera a hundirse bajo nuestros pies.

88

El ejército del rey

El vigesimonoveno día de luna entraron en Tierra Santa los hijos de Israel; es un día bueno para todo salvo para contraer matrimonio. Los sueños se realizarán el mismo día.

Ciudad de Morvedre
Jueves, 20 de noviembre de 1348

Romea llegó al puerto de Morvedre, a dos días de Valencia, en una barcaza de pasajeros. Había hecho escala en Castellón, donde se enteró de que el rey había acudido desde Segorbe en auxilio de la ciudad, después de que los unionistas saquearan la aljama judía. Allí preparaban el asalto final a la capital del Reino.

Si el año anterior sólo se oían quejas contra los abusos de los oficiales roselloneses del monarca, ahora el pueblo rogaba que éste acabara con el terror y la locura que los líderes de la Unión habían instaurado, fruto del fanatismo y la desesperación ante la inminente derrota.

Los ideales de restaurar la pureza de los fueros se había corrompido.

Romea contempló el cerro en cuya cima se alzaba el castillo con un largo lienzo lleno de torres y numerosos edificios. De allí bajaba una muralla que abrazaba la ciudad de Morvedre en la ladera. Después de tantas amarguras, de soportar humillaciones, de mancharse las manos de sangre y de infinitas noches de desvelo meditando cada movimiento, Dios iba a concederle lo que llevaba años pidiendo con fervor.

Siempre se había sentido especial, llamada a la grandeza. No le pasaría como a su tía Matilde, casada con un noble venido a menos que, encima, había jurado fidelidad al rey equivocado. Ella no había caído en esa ceguera. Había ayudado a Gil a jugar a dos bandas, gracias a Gonzalbo, hasta que vio claro quién saldría vencedor en la guerra.

Todas las escrituras, las joyas que quedaban y los créditos estaban bien ocultos en la masía de Can Montaner, pero nadie la manipularía como hacían con Marina por su candor. Antes de poner un óbolo, su destino debía estar firmado. Sonrió y se limpió una lágrima.

—¡No hemos venido a llorar, muchacha! —gritó una mujer rolliza, y se puso la mano en la entrepierna.

El resto del grupo que bajaba de la barca comenzó a reír de manera escandalosa para llamar la atención de los estibadores y los marineros que trajinaban en esa parte del puerto. Era la forma de captar clientes.

Romea asintió sin responder. Un último sacrificio, una última humillación al hacerse pasar por prostituta, y lo lograría. Allí arriba en el castillo, con los otros nobles cercanos al rey, estaba su futuro esposo, el caballero Gil de Montnegre.

El grupo de furcias en el que iba se movió a codazos entre el gentío. Ella llamaba la atención sobre las otras y soportó más palmadas en el culo que el resto. Las demás respondían con gritos y provocaciones. Detrás, la anciana robusta que las cuidaba iba acompañada de dos enormes africanos con cara de querer pelea.

—¿Has estado alguna vez en un campamento militar?

—No. Mi esposo era cantero —mintió—, pero la peste...

—Hay muchas maneras de sobrevivir, hija, ésta no es peor que otras.

Desde el puerto partía una fila casi continua de carros y mulas cargados hacia Morvedre. Los transeúntes debían ir por los márgenes del camino. A los pies del castillo estaba el extenso campamento que don Pedro IV había convocado, pero los nobles tenían sus tiendas dentro del recinto.

—Lo que más me impresiona de estos ejércitos, más que el mal olor, es el ruido.

Ante ellas, las tiendas y las cabañas se perdían de vista. El campamento estaba inmerso en una nube de polvo. Además, había numerosos puestos de venta de todo. La mezcla de gritos, tintineos y relinchos era ensordecedora.

—Dicen que el jaleo es bueno, así parece que el ejército sea mayor y las tropas se animan —señaló con aire experto una niña que no tendría más de catorce años.

—Hay muchas mujeres —dijo Romea, sorprendida.

—Se nota que es tu primer campamento. ¡Pues claro! Mira todos esos puestos de carniceros y artesanos. Como nosotras, ganan en unas semanas más que en todo el año. Se traen a esposas e hijas. A veces las ponen a hacernos la competencia.

—¿Sus familias las obligan a prostituirse?

—A unas sí y a otras no. Seguro que tú, como cualquiera, has pasado por cosas peores que abrirte de piernas de vez en cuando.

Romea se calló; la otra no podía ni imaginar lo que había hecho para llegar allí.

—¿Qué hacemos? —dijo la niña, arreglándose la túnica sucia y remendada.

—Lo de siempre. Hay que averiguar qué nobles han adelantado algo de la paga y nos instalaremos cerca. ¡Los peones de los rácanos que se lo arreglen entre ellos!

Esa vez incluso Romea se rio. Resultaba curioso el ánimo de aquellas rameras. Había subido a la barcaza despreciándolas y ahora sentía cierto respeto hacia esas mujeres. Se hacían cosas horribles por muchos motivos que no se elegían. Al menos ella tenía un fin mayor.

—¿Vas a unirte a nosotras? —le dijo la anciana—. Con esa cara y ese cuerpo te harás de oro. La mitad será para ti, y mis hombres te darán protección. Si vas por libre y estos brutos se enteran, te destrozarán y acabarás en algún barranco.

—Debo entrar en el castillo para reunirme con alguien especial.

—¡Así que puta de un solo hombre! —La anciana alzó una ceja y la miró con interés por primera vez—. Hija, allí no hay más que nobles. Buscan lo mismo que estos pobres desgraciados, pero como se creen elegidos y sagrados, no ven motivos para ser respetuosos. Los de aquí nos pagan, los de allí arriba nos humillan.

—¡Tú no sabes quién soy! —estalló Romea, con la cara retorcida.

La anciana retrocedió sin dejar de mirarla, inquieta. Uno de sus sirvientes se acercó con gesto de amenaza, pero la mujer lo detuvo y miró a Romea.

—Lo que llevas dentro va a traerte problemas. No quiero verte más. Vámonos.

Romea esperó con los labios apretados. Al fin soltó la empuñadura de la daga que guardaba en el cinto. Era muy pequeña, pero ya había matado antes con ella.

Esa tarde Romea pagó a otras prostitutas para que la lavaran y perfumaran en su tienda. Mientras le trenzaban la melena negra, las chicas le propusieron unirse al grupo por considerarla la mujer más bella del campamento. Ella lo rechazó con rotundidad.

A media tarde subió hasta la puerta principal de la fortaleza. Había un trajín enorme de hombres y mujeres entrando y saliendo. Como le habían contado las prostitutas, se hacía la vista gorda con ellas, necesarias en cualquier parte, pero había que aguantar algún que otro pellizco. Debía procurar que ningún caballero del rey la reconociera.

Se cubrió con un manto rojo que había comprado y se acercó con aire tímido.

—¡Mirad eso! —exclamó uno de los guardias de la puerta.

Romea pasó entre silbidos. Hizo un gesto coqueto y bajó la mirada.

—¿Dónde puedo encontrarte esta noche, preciosa? —El guardia jugó a no dejarla pasar.

—En el rincón más oscuro que haya en el castillo, mi señor.

Aquello elevó el jolgorio de los guardias. Romea lo rodeó y se internó en el recinto. En la plaza de la Almenara preguntó y fue hacia una explanada llena de tiendas elegantes. Localizó el pendón con una montaña negra en campo de oro y el corazón le brincó en el pecho por la emoción. Unos meses atrás, Gil de Montnegre no habría podido ni aspirar a una mula y menos a tener soldados, más allá de un puñado de parientes. Ahora tenía tiendas para sus hombres y un cercado con cuatro soberbios caballos de batalla, el bien más valioso de un caballero. Sonrió. Sólo fue un anticipo; ahora Gil estaba en deuda con ella.

—¡Dios mío, ayúdame y te levantaré un monasterio en el lugar más bello!

Había llegado el momento soñado durante los meses más oscuros de su vida. Mil veces había recreado aquel encuentro.

89

Gil de Montnegre

Romea pasó entre las tiendas de los hombres de la casa de Montnegre hasta llegar frente a la más grande, la que sin duda ocupaba el caballero Gil. Un soldado la detuvo por el brazo.

—Aún no se ha llamado a ninguna puta. Largo.

Romea se limitó a descubrirse.

El hombre abrió los ojos y entró en la tienda. Al momento salió Gil de Montnegre. La recorrió con la vista sin disimular su impresión.

—Romea... Estáis radiante.

—Ha sido un viaje horrible, pero sólo por veros ha valido la pena, mi señor.

—Si os halláis aquí es porque vuestro primo ya no os es útil...

—Ha vuelto al seno del Señor sin nadie que le llore. Hice que me nombrara heredera, como también lo soy de mi padre, y guardo en mi poder lo que queda de la Compañía Montaner, que no es poco. Os dije que lo lograría. Ya sabéis a qué he venido...

Los ojos de Gil refulgieron de codicia y con una media sonrisa la invitó a pasar a la tienda. Era austera, con un brasero y mantas en el suelo.

—La triste guarida de un soldado —señaló Romea con calculado desdén—. La despensa de cualquiera de mis casas en Barcelona o Valencia es más grande.

—Sois sorprendente, Romea Montaner. —Gil se colocó detrás y le rodeó la cintura.

Romea lo dejó tocarla un instante y luego le atrapó las muñecas.

—Calmaos, mi señor. El hígado se os calienta demasiado. —Disfrutó al ver su cara encendida—. ¿Sabíais que el semen del hombre es un poco de cerebro derretido como la cera? Lo dicen los galenos. Hay que saber aprovechar lo que tiene límites.

—No juguéis conmigo. —La nueva actitud de Romea lo enardecía más.

—Oh, no, mi señor. —Puso cara de desvalida antes de pasar la mano por el pecho del caballero—. Cada noche recuerdo lo que hicimos en el establo del palacio Real y cómo gozamos. —Dejó que Gil volviera a la carga, y sus ojos se tornaron de hielo—. Pero en adelante me veréis como soy. Tengo la dote de una reina: casas, tierras, créditos y hasta un barco que recuperaré pronto, pero sólo lo compartiré con el noble que garantice que seré aceptada y respetada por toda la *mano mayor* de la Corona. ¡Dejad de comportaros como un parásito, Gil de Montnegre! O todo o nada. —Se mostró sensual, jugaba con él—. Imaginaos, os compararían con Lope de Luna o con el gobernador Pedro de Jérica.

Gil dejó de atosigarla como si fuera una ramera. Sus ojos miraban sin ver; reflexionaba.

—La nobleza no acepta mujeres que entregaron su honra, y además sois una Montaner, el rey no os perdonará. Pero seréis mi concubina; tendréis una vida regalada.

Romea sonrió. Era lo que suponía que le diría aquel aprovechado, en parte lo había elegido porque era sanguíneo y predecible.

—Mi señor, ¿no pensáis que muchos jóvenes caballeros y nobles de ahí fuera pasarían por alto que me habéis desvirgado a cambio de tanta fortuna? —Lo miró con desafío—. Cuidado, sólo sois la primera de mis opciones.

—¿Es una advertencia? —preguntó airado—. ¿A mí?

—Yo os elijo a vos en cuerpo y alma. —Sonrió altiva—. Pero sólo si me hacéis vuestra esposa legítima, Romea de Montnegre, y me abrís las puertas de la corte.

—Ya os he dicho que el rey no cambia de idea con facilidad.

—En mi caso lo hará. Sé dónde está mi hermana Marina. —Eso lo dejó sin palabras. Era lo que más deseaba oír el monarca—. ¿Cuánto beneficio podremos sacar de esa revelación? Dejadme a mí el resto, sabré ganarme la estima de don Pedro.

—Acepto, Romea. —Gil abrió los brazos con un sonrisa conciliadora—. Necesito cubrir ciertos pagos, adquirir otro caballo y contratar más soldados. Eso complacerá a Su Majestad. Cuando la guerra termine, empezaremos los preparativos de la boda.

—Haced traer a un notario y a varios testigos nobles —replicó Romea sin amilanarse—. Firmemos aquí y ahora las capitulaciones y los esponsales. Si mi padre vive los ratificará cuando liberéis Valencia y el obispo Huc de Fenollet nos casará en la *seu*.

—¿Queréis firmar ahora? ¿En medio de una guerra?

—¿Y si morís en la batalla? ¡Dios no lo quiera! Así ya tendré derechos de esposa. Hasta entonces no aportaré nada. Ganaos el respeto del rey con valor en la batalla, no con el oro de una mujer sola.

—Habéis pensado todo con calma.

—He tenido meses para preparar esto. La peste nos ha cambiado a todos.

Romea hizo un gesto coqueto, pero su mirada era firme. Una actitud osada.

—Acepto. —El hombre quiso besarla, pero ella lo apartó con firmeza—. Dime, ¿dónde está la puta de tu hermana Marina? Don Pedro aún tiene pesadillas con aquello.

—Firmemos los esponsales y os lo diré. Luego esperaré en la iglesia de Morvedre y rezaré hasta que se oiga cantar el *Te Deum* por la victoria contra la Unión. —Sin rubor, posó la mano en el bulto de la entrepierna de Gil—. La dote y todo lo demás esperará a la noche de bodas en Valencia. Si me sois fiel, prometo que cuando sea Romea de Montnegre os daré tantos consuelos como deseéis. *Quanto occultius, tanto dulcius.*

90

Beatriu

La barca se acercaba hacia la cala Castell. La maltrecha Picardía y la saetía habían arribado tras una travesía agónica. Una figura solitaria esperaba en la orilla pedregosa. Marina Montaner se puso la mano en la boca y los ojos se le llenaron de lágrimas. Una mano se agitó.

—¡Mira, Joan!

El chico salió del camarote donde estaba Martín en la camilla, luchando entre la vida y la muerte.

—¡Beatriu! ¿Cómo es posible?

En cuanto la quilla de la chalupa tocó las piedras, Marina y Joan saltaron al agua y con los pies mojados, sin importarles el frío de noviembre, corrieron a abrazar a Beatriu. Marina le hizo dar una vuelta sobre sí misma.

—Pero ¿cómo estás tan guapa? ¿Qué haces aquí?

Beatriu se limpiaba los ojos de pura alegría. Marina la notaba preocupada, pero no quería estropear el inesperado reencuentro. Siempre había confiado en que vería de nuevo a sus hermanas, aunque no sabía cuándo.

—¿Has venido sola? ¿Y Teresa y Romea?

—Ellas están bien, pero se han marchado de Barcelona. Han pasado muchas cosas y creo que debéis saberlas. No podía contaros todo esto por carta.

—¿Cómo has logrado pagarte el viaje? Sigues con la artesana coralera, ¿no?

—La convencí para que me dejara embarcar, bueno, me ayudó su esposo, Tomás. Mossé Natán pagó mi pasaje en un leño y llegué hace tres días. —Inspiró con fuerza para reunir valor—. Agnès ha muerto.

Marina habría querido que esperara sólo un instante más antes de partirle el alma. Casi había sido como en el pasado, cuando eran una familia de mercaderes con preocupaciones normales. Beatriu la cogió de las manos al verla tan hundida.

—A todos los que entraban les preguntaba si eras tú, Marina.

—Fue como una madre para nosotras, ¿verdad? —dijo la mayor con la voz quebrada—. Seguro que fue ella hasta el final.

—Se marchó en paz, tranquila. Cualquiera querría morir así.

—En el lugar más horrible del mundo.

Marina se olvidó de todo y lloró un buen rato, con la mirada perdida en las aguas azules y la maltrecha Picardía anclada en la boca de la cala. Joan explicaba a Beatriu las aventuras del viaje y el hallazgo de la bombarda.

—Vamos a la torre de Ternelles —indicó—. Va a ser un día largo.

Los tres hermanos se marcharon. Hasta la noche no se realizaría la descarga de las armas, pero Felip y Miguel de Cartagena se fueron a Pollensa para negociar con los maestros de hacha y buscar madera para reparar el barco.

Para Marina, entrar en el salón de la torre de Ternelles y notar el olor de la leña en la chimenea fue como regresar por fin al hogar. Tenían el invierno encima y el suelo de madera estaba cubierto con viejas alfombras tejidas en Almería. El pequeño Enric no cabía de contento. Enseguida le mostró unos barquitos de madera que Beatriu le había tallado. Ahora esperaba el regalo que Marina le traía siempre.

—Es un tambor para llamar a los guardianes del mar. Nasir, el gigante, te lo dará.

—¡Dios mío, mi cabeza! —se lamentó Matilde mientras el pequeño bajaba a toda prisa gritando de alegría.

Se secaron frente a las llamas. Beatriu, sin su primo pequeño delante, contó todo lo sucedido desde que se marcharon, la muerte de Gaspar y lo que sospechaban de Romea. Permanecieron en silencio un buen rato.

Marina no dijo nada. Estaba afectada. La desgarraba pensar que Romea había matado a su madre, a Gaspar también, y que había estado detrás de todas las desgracias sucedidas, incluso la muerte de su tío. Todo por la obsesión de ser noble. Matilde, en cambio, lo veía como Teresa.

—Romea no cree que esté haciendo algo nefando, para ella es una redención. Es mejor dejar atrás a una familia ya tocada de muerte y con los restos levantar algo nuevo. —Clavó sus bonitos ojos en Marina—. Lo logrará, pero el problema es que está cegada por el brillo de la ilusión: los elegantes banquetes, las recepciones, los corrillos en la corte. Olvida que Gil le quitará el control pues la ley lo ampara. ¡Caerá como un buitre sobre ella, como hizo mi esposo conmigo, y arrasará con todo como hacen los nobles en la miseria!

Matilde tenía los ojos anegados en lágrimas, de pura rabia.

—¿Qué va a pasar ahora? —preguntó Joan, incómodo y apenado.

—A Mallorca llegan noticias de la guerra a diario. El rey está en Morvedre con mil quinientos caballos y quince mil peones. Aplastará Valencia. Habrá amnistía para los ciudadanos que renuncien a la Unión y podrán marcharse con sus bienes antes de que cubra de sal la ciudad, pero prepara un castigo memorable para los líderes.

—Esta pesadilla no cesará jamás —se lamentó Beatriu—. ¡Y sin saber nada de padre!

—Romea, quiera o no, está bajo la tutela de Pere —explicó Matilde—. Si mi hermano aún está vivo, cuando entren en Valencia lo obligará a firmar lo que sea, o le sucederá como a la pobre Alda, me temo. A estas alturas, su obsesión domina a vuestra hermana.

—Gil pertenece al círculo más íntimo del rey —dijo Marina—. Me sorprende que don Pedro acepte ahora que una Montaner se sitúe en una posición tan elevada y cercana a él. ¿Bastará una boda para que se le permita ese privilegio?

Se quedaron en silencio. Beatriu llevaba días allí, pero hasta ese momento no había explicado el motivo real por el que había ido en persona, lo que la reconcomía.

—La noche que Romea quiso abortar se me escapó que tú y Joan estabais en Ternelles con la tía. Creo que eso es lo que puede haber ofrecido: tu cabeza, Marina.

Matilde se levantó furibunda y comenzó a andar por el salón.

—¡Niña ingenua! ¡Sólo falta que el rey extienda su sed de venganza hasta aquí!

—¡Lo siento! —musitó Beatriu a punto de llorar—. Estaba muy nerviosa.

—¡Mandará a la Falcona! —le espetó Marina. Su nueva vida se desmoronaba.

—Y confiscará Ternelles por acoger a una fugitiva —dejó caer Joan.

Se pusieron a discutir hasta que Matilde los hizo callar.

—Beatriu, llévate a Enric. Joan, acompáñalos. ¡Ahora!

Los dos asintieron. La tía imponía, más aún enfadada. Joan miraba a Betriu y a Marina con pena. Él no tenía derechos sobre nada. Su sueño de ser marino se había cumplido, pero sufría por ellas.

Marina se quedó mirando el fuego. Intentaba serenarse

sin lograrlo. Había llegado de Palermo con la Picardía destrozada y no iba a ser un invierno recogido y tranquilo.

—¿Qué más nos puede ocurrir, tía?

—Tengo noticias de tu capitán, Marina. Mandó un mensaje. Albar tenía razón. Hay nobles que hacen piratería en los mares del norte. También trafican con mujeres y muchachos porque la piel blanca y ciertos cabellos se pagan muy bien en los harenes.

Era lo último que esperaba, pero el corazón se le aceleró. Se envaró en la silla.

—Él siempre pensó que el de Deidre no fue un caso único.

—Es un mercado clandestino de cristianas que se nutre de las razias marinas. Otra manera de financiarse cuando no hay campañas bélicas. —Matilde sonrió con ironía—. En sus valores caballerescos es menos indigno que trabajar con las manos, como los campesinos o menestrales.

—¿Qué decía el mensaje? —pidió Marina intentando no parecer ansiosa.

—Hay una red de intermediarios en Palma, Palermo, Bugía y Alejandría. Albar descubrió que las chicas que van hacia Oriente llegan al puerto de Ciudad de Mallorca y se las esconde un tiempo en casa del caballero Berenguer de Auger, muy cerca del *call*. El noble llegó a ser consejero del rey Sancho de Mallorca, hasta que éste se lo quitó de encima tras algún turbio escándalo. Las entregas se producen en secreto en la isla Sa Dragonera.

—¿Cuándo recibisteis su mensaje, tía? —preguntó Marina, nerviosa.

—A los pocos días de partir tú en el último viaje. No sólo quería explicarte su descubrimiento. También pedía ayuda y confiaba en que Nasir y sus mamelucos estuvieran aquí, pero ya habíais zarpado. Me temo que al no recibir respuesta, decidió actuar por su cuenta. Hace poco llegó un segundo mensaje. Aunque no sé si tiene mucho sentido.

Marina notaba una opresión en el pecho. Matilde se acercó a un arcón y sacó un fragmento de pergamino. Era tan pequeño que la joven se sintió defraudada. Antes de dárselo, la miró con expresión grave.

—Durante días he dudado si dártelo o no, pero lo que Beatriu nos ha contado lo cambia todo. En cuanto Romea revele al rey tu paradero, aparecerá por aquí esa *galiota* asesina. Si se descubre lo que estamos haciendo, desataremos una guerra en Mallorca... Necesitamos la experiencia de un capitán del ejército o no tendremos ninguna posibilidad.

Marina le cogió la tira de pergamino y leyó. Se quedó sorprendida. Releyó una y otra vez la sorprendente frase escrita con la mala letra de Albar:

Ella tenía razón. En un castillo guardado por un dragón, tras la puerta sellada de un sótano, hay un arcón rodeado de cadenas; allí he encontrado el corazón que perdí.

—¿Qué significa esto, tía?

—Deberías averiguarlo... y rápido. Trae a Albar, Marina.

91

El corazón de Albar

Ciudad de Mallorca
Jueves, 4 de diciembre de 1348

Atardecía cuando la barca tocó puerto en Ciudad de Mallorca. Marina miró extasiada la silueta de la catedral de Santa María, asomada a las aguas.

—¡Es como una galera surcando el Mediterráneo! No he visto nada más bello.

—Es la única catedral que se refleja en el mar —explicó Felip, feliz de haber regresado a su ciudad—. Su sombra bendice las aguas, por eso el mar es turquesa y da riquezas a la isla. Soñábamos con un reino independiente, como las repúblicas libres de Italia, pero ¿qué rey no codicia una perla así?

Marina y Felip pagaron a los pescadores de Pollensa y saltaron al muelle. Con ropas de payés, como un matrimonio, cruzaron el intrincado arrabal de almacenes y entraron a Ciudad de Mallorca por el portal de la Almudaina. Ambos estaban nerviosos por descifrar el enigmático mensaje del capitán. Albar no decía si había llevado a cabo su venganza. Nasir planteó que el caballero Berenguer de Auger podría haberlo capturado con la intención de que fuera un señuelo para atraerla. El rey recompensaría a quien le llevara a Marina Montaner en un cepo.

Los mamelucos habían entrado por el portal de Santa Catalina, al otro lado de la ciudad, y se encontrarían con ellos al caer la noche ante la casa del noble señalado.

El naochero quiso visitar la iglesia de Santa Eulalia, en el corazón de la urbe. Por la calle, los artesanos recogían las mesas de trabajo, pero muchos portales estaban cerrados desde hacía meses y estaban llenos de inmundicia. En la plaza del mercado, frente a la iglesia, se respiraba un ambiente apagado. Era así en todas las ciudades; no se sabía si volverían a ser populosas como antes. Dependía de los hijos que, en adelante, llegaran al mundo.

Nadie había salido indemne. Cada uno de los vivos se preguntaba por qué la muerte negra lo había respetado y en cambio se había llevado a padres, hermanos o hijos. Personas buenas habían fallecido de forma horrible, a veces abandonadas o tiradas en la calle, y otras, despiadadas y pecadoras, vivían a cuerpo de rey con lo que dejaron los finados. La calamidad llegó en silencio, arrasó una manera de vivir y se fue a matar a otras tierras. Era una generación marcada, con menos sonrisas y menos brillo en la mirada.

Felip tocó emocionado las piedras ennegrecidas de la iglesia de Santa Eulalia.

—Aquí se coronaban los reyes de Mallorca. Es un lugar especial, como el ombligo de la ciudad. Se nota un hormigueo al visitarlo.

Marina se unió a la contemplación, en silencio respetuoso.

—¿Qué crees que encontraremos en Can Auger? —le preguntó el piloto más tarde.

—No lo sé —dijo inquieta.

—Para llegar hay que entrar en un callejón detrás del muro del *call*. Los nobles celebran muchas fiestas, pero nadie tiene claro cómo Berenguer de Auger puede mantener esa vida. Que yo sepa, no es señor de ninguna cabdalía, ni tiene licencia de corso para abordar barcos enemigos de la Corona, como otros nobles mallorquines. Ha estado casado tres veces, con huérfanas de doce o trece años recogidas en el convento de la arrepentidas de Santa Magdalena. Y nadie hace preguntas; eso es lo mejor de ser un noble.

Marina quería ser férrea como Matilde o Agnès, pero estaba aterrada ante lo que podría haberle ocurrido a Albar de Ondárroa. Había traído a los proeles, y cabía la posibilidad de que la pesquisa terminara en un cruento enfrentamiento. Arrodillados ante el altar de santa Eulalia, se tragó la vergüenza y cogió la mano áspera del piloto para rezar. Necesitaba seguridad.

Cuando cayó la noche y las calles se vaciaron, fueron al portal de la aljama judía. Marina se asomó por la cancela de hierro que la cerraba. Su familia tenía tratos con los Cresques, artesanos de instrumentos y cartas de navegación, y con un prestamista, Magalluf Mili. El callejón tortuoso se perdía en las sombras. Igual que sucedía en Barcelona, al no permitirles ampliar la aljama, las casas del barrio judío se hacinaban y los tejados casi se tocaban.

—¿Será verdad que han causado la peste? Odian a los cristianos —dijo Felip.

—Han muerto tantos de ellos como de los nuestros. Se los odia por otros motivos.

—Llaman a esta aljama «el cofre de la Corona». Los reyes nunca podrán devolver lo que los judíos les han prestado. Antes los expulsarán.

Rodearon el *call* hasta una calle estrecha sin salida. Todo estaba en silencio, pero advirtieron que al fondo se movían unas sombras. Felip lanzó un silbido y, al instante, oyeron otro en respuesta. Eran los proeles. Marina soltó el aire que había contenido.

No llevaban armas de filo salvo algunas dagas pequeñas, pero durante la espera se habían fabricado armas con duelas de barriles erizadas de clavos. Marina recordó cómo se comportaban en la lucha. Si Auger tenía esa red de esclavas, contaría con guerreros para defenderse, como el Diablo. Iba a ser una matanza; sin embargo, no había modo de evitarla.

Se reunieron delante del único portal de la calle, el de Can Auger. La fachada era austera, pero Felip afirmaba que esa casa era por dentro una de las más bellas de Mallorca.

—Mirad —les dijo Nasir.

En la dovela central del arco de la entrada había un pequeño dragón esculpido.

—Es «el castillo del dragón» que Albar refería en su nota —susurró Marina, erizada.

Los proeles se apostaron a los lados. Marina y Felip estaban detrás.

Nasir llamó a la puerta. Sólo necesitaban un resquicio para empujar y entrar. Cuando oyeron descorrerse un cerrojo alzaron las horribles armas. Se sentía la muerte allí delante. Marina estaba justo frente a la puerta y por eso fue la única que vio el interior cuando la recia hoja se abrió medio palmo.

—¡No! —gritó desaforada—. ¡Esperad!

La puerta fue a cerrarse, pero Nasir empujó y se oyó un grito. Era una niña. La fuerza la hizo rodar por el suelo del vestíbulo en sombras. Luego comenzó a gatear hacia dentro de la casa, gimiendo de terror. No tenía ni trece años.

—Dejadme entrar a mí —apremió Marina, tan desconcertada como el resto.

—¡No te fíes! Podría ser una trampa —le advirtió Nasir.

—¿Por qué no han salido guerreros? Algo extraño ocurre ahí dentro.

Entraron con cautela y llegaron al patio. Era magnífico. Tenía arcos ojivales sostenidos por columnas, una bonita fuente árabe y una escalera en escuadra con la balaustrada labrada. Varias chicas muy jóvenes trataban de esconderse, totalmente aterradas. El eco de las puertas al cerrarse enmudeció el lugar.

En cambio, el olor era terrible. Entonces vieron en la esquina que formaba la escalinata un cuerpo colgando de una soga.

—Creo que es Berenguer de Auger —señaló Felip tapándose la cara.

Era un anciano consumido y con la cabeza rapada. Llevaría varios días muerto, a juzgar por su estado.

—Que el infierno se lo trague —musitó Marina.

—¿Sois Marina Montaner? —dijo una voz con extraño acento, desde la escalera.

Era una joven muy bella, con los cabellos dorados y la piel blanca. Pero tenía media cara amoratada y no podía abrir un ojo. Sólo cuando Marina asintió, pareció aliviada, aunque también se demoró observándola con curiosidad. Como si se midiera.

—¡Es ella! —gritó al vacío del patio—. La que esperábamos. No temáis. Salid.

De las puertas y esquinas surgieron, con cautela, una docena de chicas de una belleza llamativa y con aspecto de ser de muy lejos. Tendrían entre diez y veinte años. También dos muchachos. Todos parecían animales asustados. A Marina sus miradas heridas le recordaron a Teresa y Beatriu en la barca, después de los abusos a los que se vieron sometidas en la casa Montaner. Llena de rabia, se puso debajo del ahorcado y escupió como los marineros.

—El capitán Albar os esperaba —dijo la joven de la escalera—. Subid.

Marina no salía de su asombro. Aun así, los proeles fueron a registrar la casa para evitar sorpresas. Nasir la escoltó hasta la planta superior.

La casa era digna de un rey, con tapices, armas y esculturas en todas las paredes. Las estancias tenían camas con dosel y cortinas de colores vivos.

—Mirad las puertas —señaló Nasir—. Todas tienen grandes cerrojos.

La joven los guio hasta la última, que permanecía cerrada. No dejaba de estudiar a Marina con una mezcla de alivio y cierta tristeza.

—Albar de Ondárroa tardó muchas semanas en ganarse la confianza de un grupo de donceles que el amo Berenguer solía invitar a sus fiestas. Venían a catar la *mercancía* que vendía en Sa Dragonera. Logró entrar a esta casa hace diez días. —Clavó sus bonitos ojos del color de la miel en Marina—. Pasé la noche con él, sin saber que era el ángel exterminador que venía a liberarnos.

Se hizo un silencio espeso. Marina se sintió extraña, pero no tenía nada que decir. Le pidió que continuara.

—De madrugada los donceles se fueron. Los guardias de Berenguer dormitaban, y Albar salió y con sigilo los degolló uno a uno. Peleó con los últimos, y nosotras supimos que era militar. Como parecía querer ayudarnos, nos pusimos de su lado. Al fin, llegaba nuestra oportunidad. —Se emocionó y señaló el moratón de su cara—. Se desató el caos. El amo Berenguer nos pegaba, pero lo acorralamos en el patio. Albar dejó que lo castigáramos como merecía.

—¿Qué hizo él? —demandó Marina, impresionada. Advertía con claridad que la muchacha estaba profundamente enamorada del capitán.

—Nos dijo que su esposa, Deidre, fue una de nosotras. Cuando la casa quedó en calma, liberó a las que estaban abajo encerradas, pero al fondo del sótano hay una puerta que siempre está cerrada con llave. Berenguer era el único que entraba a diario. Allí solía guardar su *mercancía* especial. Albar rompió el cerrojo y entramos. Era una estancia vacía, salvo por un enorme arcón de hierro y rejas, como los que se emplean para transportar fieras. Estaba protegido con cadenas, aunque más bien eran para que nadie pudiera abrirlo y robarle. Dentro de él encontró algo. Entrad.

Abrió la puerta de la estancia, y Marina no pudo esperar.

Varios candelabros encendidos mostraban cortinas azules de seda y un techo que parecía el cielo en primavera. Albar estaba sentado junto a una cama con dosel decorado, digna de un rey. Se volvió y, al verla, sonrió de una manera tan luminosa que le hizo saltar las lágrimas. Allí estaba el hombre que durante meses sólo había atisbado detrás de sus propias sombras de pena y rabia.

—Marina, has venido. Lo he encontrado, el corazón, mira...

Ella, con el alma encogida, se acercó para ver. Se quedó sin habla.

—¡Dios mío!

—Es como ella. Quizá irlandesa también, o de Gales.

La niña no pasaba de los cinco o seis años. Tenía la piel muy blanca y los cabellos de un color rojizo que Marina no había visto hasta entonces. Estaba dormida y su respiración era regular. A Albar se le empañaron los ojos y a ella se le contagió la emoción.

—¿Quién es? —le preguntó con la voz quebrada.

Albar se encogió de hombros y esbozó una sonrisa cargada de sentimiento.

—No lo sé. Una niña lejos de casa. Podría ser la hermana de Deidre o ser del otro extremo de la isla. Berenguer de Auger la tenía encerrada en un arcón y la sacaba un par de veces al día. No sé para quién iba destinada, pero está intacta. No han llegado a herirla.

—Gracias a ti.

—¡Creo que lo supe aquella noche en la tormenta! Fue como una llamada... —Se le humedecieron los ojos, conmovido—. Quizá mi esposa también estuvo allí metida, nunca lo sabré, pero ya no importa.

Fue el tono lo que hizo que Marina dejara escapar una lágrima delante de todos, esa vez no quiso evitarlo. No había olvidado la extraña visión en la tormenta. Quizá estaba relacionada o quizá sólo fue un engaño de su vista. Jamás lo sabrían, pero lo sucedido ahora era extraordinario. Albar necesitaba encontrar algo que diera un nuevo sentido a su vida. Esa niña era su corazón perdido que, al recatarla, volvía a latir.

—La protegeré como no pude hacer con Deidre.

—Como no se puede hacer con tantas mujeres —dijo la chica que los había recibido.

Marina se acercó a la cama y tocó un mechón del cabello rojizo.

—Pues que sea bienvenida a la cofradía.

Albar, de manera inesperada, se levantó y se abrazó a Marina con fuerza. Comenzó a llorar de una manera que ella no creía posible en un hombre.

92

Morvedre

Teresa había podido entrar con facilidad en Morvedre y luego en el castillo del cerro. Además de las mujeres casadas, las religiosas y las prostitutas, también algunas hechiceras pasaban con discreción. La inminencia del combate con los unionistas hacía que los guerreros buscaran amuletos de protección y consejos para realizar rituales que les permitieran volver de una pieza.

Teresa había vendido numerosos paños mojados con agua de guerra, de estramonio y gotas de rocío. También muchas astillas que arrancaba de las puertas de iglesias y ermitas. Los guerreros se las clavaban en brazos y piernas antes del combate.

Sin embargo, la verdadera razón por la que había hecho aquel largo viaje a pie desde Barcelona se le resistía. Siempre había pensado que Romea, tan recta y pragmática, tenía intuiciones como ella. Su hermana mayor sin duda la presentía y la evitaba, pues no podía encontrarla.

Pero sí le contaron muchas cosas. Romea Montaner era la comidilla del campamento. Acariciaba al fin su mayor anhelo. Había estado unos días recogida en la parroquia de Morvedre, haciendo ayuno, mientras se conocía el hecho de sus nuevos esponsales con Gil de Montnegre y el extenso inventario que aportaría como dote. Incluso habían mantenido una audiencia privada con el rey don Pedro y éste la había aceptado. De pronto, las esposas de otros nobles la reclamaron y cada noche asistía con su prometido a algún banquete. Luego volvía con recato junto a la comunidad de religiosas jerónimas dentro de la ciudad.

Actuaba como una noble de alta cuna, con una elegancia y un porte sobresalientes que muchas damas de linaje envidiaban. Parecía haber nacido para ello.

Teresa quería saber qué había acordado con el monarca a cambio de su perdón. Tras tanto reconocimiento, estaba el destino final de la familia Montaner.

Mientras tanto, se desataron los acontecimientos. El rey quería cumplir la promesa de vencer antes de Navidad. El 4 de diciembre ordenó avanzar hacia Puzol y tomar una torre en poder de los rebeldes de la Unión. La vanguardia, el lugar de honor, la ocupaban Pedro de Jérica y su hermano Alfonso Roger de Lauria, señor de la baronía de Cocentaina. Gil iba montado justo detrás, un puesto preeminente que le habían granjeado las riquezas prometidas de Romea. La desposada formaba parte ahora de la corte de la excelsa María de Cardona, esposa de Alfonso Roger de Lauria. Un sueño hasta para las damas de la nobleza.

Cuando las mujeres aparecieron para despedir a sus caballeros en la vanguardia del ejército realista, Teresa pudo ver a su hermana por fin. Tuvo que reconocer que estaba radiante, la más elegante de todas las nobles, y la más arrogante. Era el centro de atención. Como si Romea la hubiera presentido, sus miradas se cruzaron y su sonrisa se borró.

Teresa sólo pudo acercarse a ella unos días más tarde, en el monasterio del Puig. El ejército había tomado el castillo al desampararlo las fuerzas de la Unión. Las damas y su séquito de doncellas y sirvientes se habían alojado allí mientras que las fuerzas armadas tomaban posiciones en Paterna para asestar el golpe final sobre la capital del Reino de Valencia.

Los rebeldes, desesperados, habían levantado empalizadas a ambos lados del río Turia a la altura de Mislata, sólo para retrasar lo que todos veían inevitable.

El encuentro entre las dos hermanas Montaner tuvo lugar mientras Romea rezaba en el templo de Santa María del Puig junto a otras damas. Teresa gastó la mitad de lo que había ganado para que una doncella le advirtiera al oído de que si no se dignaba a hablar, su hermana aojadora entraría en el templo para increparla delante de todas las nobles que la acompañaban.

Ante el daño que eso causaría a su nueva imagen, Romea aceptó que se reunieran en la cripta de la iglesia.

—¿Qué quieres, Teresa? —Sus ojos ardían por la tensión. Miraba a su alrededor, pero sólo estaba la doncella vigilando—. Os he librado de Gaspar. ¿No era lo que deseabas?

Teresa no se apocaba como antes. Entornó la mirada, sin importarle que Romea tuviera la mano en el cinto, donde probablemente guardaba una daga.

—No vas a hacer nada por padre ni por Marina, ¿verdad?

—Padre seguramente está muerto y Marina no tiene perdón alguno. Iban a requisar la compañía, pero yo mantendré el patrimonio unido. Nada ha sido en balde. Nuestra casa seguirá en mis futuros hijos. Romea de Montnegre dará gloria a nuestra sangre. —Torció el gesto—. Si aún te comunicas con Marina dile que me devuelva la Picardía o será peor. La imagino entre esos repulsivos marinos, como una ramera. ¡Qué asco y qué vergüenza!

—No creo que puedas dar lecciones de virtud. ¿Le contamos a Gil tus devaneos?

—¿Y tú, Teresa? Mírate, vendiendo baratijas y seguro que dejándote sobar por cualquier lacayo. En cuanto a Beatriu, estará rompiéndose los dedos para reunir cuatro sueldos y casarse con algún anciano baboso del gremio. —Sus pupilas temblaron de rabia—. ¡Eso es lo que madre quería para mí en Barcelona! Decía que yo sola me había truncado el futuro. ¡Envidiosa!

—Veo que contigo ya es demasiado tarde. Estás cegada por el fulgor de tu nueva vida. Te has deshecho de los que te protegían y convives entre lobos. Acabarás destrozada.

—¿Vienes con esos vaticinios de bruja? —se burló—. Podría denunciarte a los frailes de la corte. Seguro que lo que llevas en ese zurrón bastaría para hacerte arder en una pira. Tú y Beatriu aprovechad que nadie se acuerda de vosotras. Vete.

—Me iré cuando me digas cómo te has reconciliado con el rey. —Escrutó sus ojos y lo confirmó—. Le has dicho que Marina está en Ternelles.

—Es inevitable, tiene que pagar.

—¿Ése es el precio de tu ascensión? ¡Harán una razia en la cabdalía de la tía! Ella no tiene nada que ver. ¡Tú la admirabas!

—El tío Bertrán es vasallo de Jaime III de Mallorca. Es un traidor a don Pedro y ella nunca ha tratado de implorar su favor. El saqueo sirve para pagar a la chusma. Es así.

—¿Qué será de padre..., si vive? —siguió Teresa, desolada.

Los ojos de su hermana mayor refulgieron. Dudó un momento, pero al final asintió.

—Ya da igual. Hay una lista de líderes de la Unión que el rey no perdonará y en ella están escritos los nombres de Pere Montaner y su hija Marina. Eso me convierte en la legítima heredera, y si padre todavía vive, lo seré tras la ejecución. Luego se hará la voluntad de Dios; no voy a incomodar a Su Majestad.

No había ni un ápice de remordimiento en su mirada. De ello dependía su gran sueño. Cualquier escrúpulo había sido vencido en las largas noches de confinamiento en Can Montaner, cuando el mundo parecía a punto de morir.

Al Círculo de las Buenas Mujeres acudía gente con el espíritu insano y pedían execraciones y daños, a veces por el puro placer de ver sufrir o por forzar las leyes divinas y lograr algo. El alma de Romea se había vuelto negra persiguiendo esa quimera.

Teresa se acercó y le asestó una fuerte bofetada. Romea, con la mano en la cara, la miró con rabia, pero no hizo nada. La otra se encaminó hacia la salida.

—Tú y yo nos veremos en el infierno, Romea, y será más pronto de lo que crees.

—¿Adónde vas?

93

Malos presagios

El decimoséptimo día fueron destruidas las ciudades de Sodoma y Gomorra; no efectúes obra alguna. Si truena, será señal de muerte.

Domingo, 7 de diciembre de 1348

Los primeros días de diciembre fueron terribles para los habitantes de Valencia. El campamento real se detuvo en el castillo de Paterna, propiedad de Lope de Luna, pero el día 7 había avanzado hasta Mislata, en la orilla opuesta del río Turia, a tan sólo dos millas de la ciudad. Cuando se diera la orden final, comenzaría la venganza que don Pedro IV de Aragón prometió tras la humillación del rey.

Las noticias que traían los informadores llenaban de horror los hogares. Todos los habitantes sabían lo que implicaba la entrada violenta de guerreros y mercenarios. Al asaltar las casas, no preguntarían si eran fieles al monarca o a la Unión. Nadie los protegería de los saqueos, las violaciones y las palizas. Luego llegarían las ejecuciones públicas y los castigos. Era desolador pensar que todo lo que habían conocido y construido durante generaciones —hogares, familias y comercios— perecería por la intransigencia de los cabecillas de la Unión y la rabia de Su Majestad. Y no podían escapar, pues los conservadores, con el jurista Joan Sala como capitán de la guerra, y su perro fiel Gonzalbo, habían cerrado las puertas de la ciudad y no dejaban salir a nadie. Iban a obligar al pueblo a luchar por ellos y a correr su misma suerte.

El desaliento era absoluto pues nadie confiaba en que pudieran resistir mucho tiempo. El rey tomaría Valencia y aboliría la Unión como hizo en las Cortes de Zaragoza. Pero lo que sus habitantes más temían era su juramento: demoler el *Cap i Casal* del Reino de Valencia y cubrir de sal sus restos y huertas para que nunca más pudiera ser habitada.

Era casi de noche de aquel aciago domingo cuando los vigilantes del portal del Puente oyeron gritos y se asomaron a las almenas. Temían que fuera el aviso del ataque final, pero sólo vieron en el crepúsculo a una mujer de negro frente al foso de agua. Más allá, el camino de los Serranos estaba tranquilo, no se veía ni oía nada.

La mujer, con aspecto agotado, pedía por caridad entrar a Valencia.

—La ciudad está cerrada.

Teresa abrió el zurrón y sacó varios amuletos de protección.

—¡No os cobraré nada, si me dejáis pasar! —gritó—. Sólo quiero esconderme dentro, buenos soldados.

—Lo que deberías hacer es marcharte al sur. Esto será un baño de sangre.

—Con estos talismanes no hay nada que temer, os lo aseguro.

Los hombres hablaron entre ellos. El ataque sucedería pronto y ya se consideraban vencidos. Un poco de ayuda mágica no les vendría mal.

Abrieron el portillo y, después de comprobar que la mujer no llevaba armas ni mensajes para posibles espías infiltrados, la empujaron adentro y cerraron de nuevo.

—No des problemas ni cuestiones ninguna orden de la Unión, o acabarás así.

Teresa vio a una docena de ahorcados en la muralla, junto al portal.

Sin hablar ni mostrarles la cara, dio los amuletos a los soldados y se alejó por la calle principal en dirección a la *seu*. Estaba oscuro y no se cruzó con nadie, como si Valencia ya fuera una ciudad muerta. El silencio impresionaba. En muchas esquinas había barricadas de sacos y tablones de madera, para defenderse.

Lo primero que iba a hacer era averiguar si su padre vivía o no. Para ello debía llegar al centro de la urbe. Al pasar por delante del edificio de la Almoina, donde se almacenaba el trigo, vio sólo a dos soldados. Eso significaba que estaba casi vacío. Además de la peste y el miedo a la guerra, la ciudad se moría de hambre. De allí cruzó rauda la explanada entre la *seu* y la Casa de la Vila. Había un centenar de hombres sentados en corros, con sus armas apiladas en montones, que hablaban en susurros con el gesto abatido.

Delante de la fachada de la Casa de la Vila comenzaba la calle de los Caballeros. Su corazón se llenó de dudas, pues nunca había tenido tan mal aspecto. Estaba llena de inmundicia y ratas. Varios portones de edificios nobiliarios tenían la marca de la peste.

Llegó hasta su casa y contuvo el aliento. Después de tantos meses y tantos sucesos volvía al hogar. La aterraba entrar y descubrir lo sucedido. Llamó de la forma en la que tenían costumbre en la familia. Pasó una eternidad hasta que abrieron. El hombre que lo hizo, delgado y macilento, retrocedió al ver la figura talar.

—Lluís, soy Teresa, la hija del señor.

—¡Teresa! —El sirviente tardó en reconocerla. Luego oteó a un lado y otro de la calle y la hizo pasar—. ¡Estáis aquí, Dios mío! El malnacido de Gonzalbo nos dijo que estabais todas vivas, pero ya no creíamos que... Os veo muy cambiada.

—Estamos bien... —dijo Teresa para no perder tiempo—, pero sólo yo he podido venir. ¿Mi padre cómo está?

—Venid. —El hombre trató de sonreír—. Se alegrará.

Teresa sintió una oleada de alivio, a pesar de que el tono de Lluís era mustio. En el patio todo estaba destrozado, incluso en la escalinata habían arrancado el mármol de la balaustrada. Lluís caminaba con mucha dificultad.

—Me rompieron una pierna en uno de los saqueos, pero no me llevé la peor parte.

Teresa subió y entró en el salón de la casa con el aliento contenido. Allí había vivido muchos momentos felices con su familia: veladas, bailes, reuniones... Sin embargo, ahora todo estaba vacío y oscuro. Olía a polvo y decadencia.

Cuando lo vio le dio un vuelco el corazón. Pere Montaner estaba sentado en la única butaca de la casa, frente a la chimenea encendida, con las manos apoyadas en un cayado. Estaba tan pálido y demacrado que la joven creyó hallarse ante una visión espectral.

—Padre...

El antaño enérgico mercader tardó en reaccionar. Movió lentamente la cabeza con gesto ausente y cuando vio a Teresa le costó reconocerla, pero luego se puso a llorar. Ella perdió la frialdad con la que se envolvía desde hacía meses y corrió a abrazarlo emocionada.

—Gonzalbo lo apuñaló —explicó Lluís, discreto en un rincón—. Fue en agosto, cuando regresó de Barcelona con la plata. Estuvo a punto de morir. Aún sigue muy débil.

—Había perdido la esperanza de verte, Teresa. —Pere hablaba sin fuerzas, pero sus ojos lloraban de dicha—. ¿Y tus hermanas y Joan?

Teresa se descorazonó. Lo veía tan vulnerable que odiaba tener que ser el heraldo del relato más duro para un padre: los crímenes y el enfrentamiento entre sus hijos.

Se sentó a su lado y le cogió una mano antes de desgranar lo ocurrido durante los últimos meses. Pere lloró por su esposa, por su hijo mayor y por su hermano, Dalmau. Era difícil asumir la verdad: que Romea, su propia hija, había estado detrás de tanto horror. Teresa pensaba que su padre se hundiría más; sin embargo, apareció un destello en sus ojos. Era un relato de sangre, dolor y traición, pero también de valor, generosidad y lucha.

—Esto no puede acabar así. Dios no lo permitirá —dijo a su hija para animarla—. Quizá por eso me ha mantenido vivo.

—El rey atacará en cualquier momento, incluso podría estar marchando ahora mismo sobre la ciudad. Cuando la tome estaréis sentenciado. Vuestra hija Romea es otra. Aunque la desheredéis, don Pedro lo anulará. Ahora está con los vencedores y quiere más.

—Hija, sal de Valencia y toma una barca que te lleve a Ternelles. Debéis abandonar los dominios del rey de Aragón. En Génova tenemos aliados. En sólo cinco días de navegación podéis estar a salvo.

—Pero vendréis conmigo, padre, y Lluís también.

Pere le acarició el rostro como si quisiera borrar la crispación de sus facciones.

—Estás tan cansada de sufrir como yo, pero tú tienes una vida por delante todavía. Yo estoy viejo y débil. Aun así, sigo siendo mercader, y mi última negociación será con el rey... antes de que me ahorque. La Unión controlaba las visitas y me impidieron contactar con él mientras lo tuvieron retenido. No obstante, por nuestra antigua relación, creo que aceptará verme y podré explicarle al fin qué hacíamos Marina y yo en el palacio Real aquella noche. Le mostraré la herida de la daga de Gonzalbo, para que vea que no soy de la Unión, sino una víctima más.

—Por muchas razones que deis a don Pedro, no os perdonará.

—Lo sé, sería una muestra de debilidad que no puede permitirse. Lo que pretendo es que se conforme con mi cabeza y con el destierro perpetuo de Marina. A cambio, ratificaré los esponsales de Romea con Gil. Jamás le perdonaré a ella el mal que nos ha hecho, pero lo haré porque el rey es astuto y entenderá la oferta. Puede sacar mucho provecho de la dote ganada por uno de sus caballeros más necios. —Los ojos del mercader refulgían como antaño. Conocía bien las debilidades humanas—. Para don Pedro la humillación acabará siendo beneficiosa. La victoria final hará que todo se olvide y quede como una anécdota en la crónica del Ceremonioso que al parecer va a escribir. Piénsalo, Teresa, muy pronto Beatriu y tú podríais regresar a Barcelona sin miedo.

Teresa frunció el ceño. Aunque le alegraba ver que su padre era el hombre que fue, la solución le parecía terrible.

—Puedo aceptar que Romea nos lo quite todo y que tengamos que vivir un tiempo ocultas, pero ¡no puedo dejaros aquí para morir!

—¿Quitárnoslo todo? —Pere miró a su sirviente Lluís y ambos rieron hasta que el anciano comenzó a toser por el esfuerzo. Después regaló a su hija una sonrisa enigmática—. Créeme, Teresa, ¡Romea, Gonzalbo y Gil no han hecho ni un arañazo a los Montaner! Por eso quiero que Beatriu y tú busquéis un lugar seguro mientras las aguas se calman, antes de renacer...

Ante aquel gesto, la joven recordó la vieja leyenda familiar.

—¡La Fuente! Hasta el rey la persigue y mandó a un capitán en su busca. ¿De verdad existe?

—Ten fe.

Pere se sumió en sus pensamientos y su hija no quiso ahondar más. Siempre había admirado la seguridad de su padre, pero tenía miedo. El rey no iba a estar abierto a escuchar. El Reino de Valencia había padecido una guerra civil muy cruenta, con miles de bajas, también amigos de Su Majestad, y en parte por culpa de las libras de plata de los Montaner. Incluso había enterrado a su esposa, Elionor de Portugal, sin honores de reina.

Teresa se había arriesgado a entrar en Valencia a las puertas de una batalla también por otra razón mucho más oscura, pero decidió quedarse esa noche con su padre. Quería convencerlo de que la acompañara, aunque ya sabía la respuesta que él le daría.

94

La batalla de Mislata

> El decimoctavo día Isaac tomó a Rebeca. Es un día bueno para sembrar, arar, construir y plantar. Los sueños se realizarán el mismo día. Si truena hará daño al pueblo.

Lunes, 8 de diciembre de 1348

Teresa y el sirviente Lluís pasaron la mañana intentando convencer al padre de la joven de que debía salir de la ciudad también y tratara de negociar con el rey más adelante, pero cuando a mediodía comenzó a tañer una campana en la Casa de la Vila supieron que era demasiado tarde.

Teresa reconocía su sonido y se le contrajo el alma. Era la campana de la Unión; con insistencia, llamaba a los partidarios a la guerra.

—Que Dios nos ampare —musitó Lluís, lívido, y se santiguó.

Pere Montaner permaneció en silencio frente al fuego del hogar con su bastón en las manos, pensativo. Teresa casi podía oír sus pensamientos: su padre tejía los argumentos y las razones para convencer al rey.

Sin embargo, ella también podía hacer algo para ayudar, algo mucho más contundente que las palabras de su padre. Había entrado en Valencia por otro motivo: matar a Gonzalbo, pero tal vez podía cazarlo y ofrecerlo como ofrenda al monarca. Era muy difícil y sus secuaces podían matarla; aun así, se había preparado antes de salir de Barcelona. Llevaba amuletos y símbolos grabados a cuchillo en la piel. Confiaba en la diosa Diana y en la fuerza del Círculo de las Buenas Mujeres.

Si moría, al infierno con todo, pero si lo lograba, eso sí podía cambiar la suerte de los Montaner.

Teresa salió de la casa. Por la calle de los Caballeros la gente corría hacia la plaza. Unos portaban armas, pero muchos sólo llevaban una azada o una tosca lanza.

Se congregaron cientos de unionistas ante la Casa de la Vila. Por una de las ventanas se asomaron el capitán de la guerra Joan Sala con el estandarte de la Unión y el noble Joan Roís de Corella con el pendón de la ciudad.

Teresa vio a Gonzalbo de Rodas. Era el que tocaba la campana con insistencia. Una oleada de odio la recorrió. Desde ese mismo instante sería su sombra, en busca del momento oportuno para ejecutar su plan.

—¡Hermanos! —gritó el jurista Joan Sala—. En Mislata los traidores a la Unión han arremetido contra los nuestros en las empalizadas del río. ¡No podemos permitir que crucen, o Valencia quedará a merced del enemigo!

—¡Unión! ¡Unión! —comenzó Gonzalbo, como le gustaba.

Enseguida se unieron las voces del pueblo, aunque sin entusiasmo. Antes de que la turba vacilara, salió a la explanada un clérigo afín a la causa y les aseguró que Dios estaría de su parte. Luego los bendijo y pasó entre la gente asperjando agua bendita.

La plaza se llenó poco a poco de voluntarios para defender la ciudad. No les quedaba más remedio. Se concentraron más de dos mil, pero eran menestrales, artesanos y campesinos de las huertas. No sabían luchar y estaban mal armados. Salieron los líderes para encabezar la marcha. El barbero iba entre ellos, escoltado por mercenarios y secuaces. No obstante, Teresa estaba segura de que la oportunidad llegaría; el Círculo de las Buenas Mujeres se lo había prometido: poder.

La joven se unió a las mujeres de la retaguardia. Algunas asían hoces y hondas, si bien la mayoría de ellas cargaban fardos con vendas y ungüentos de aloe y camomila.

Los unionistas salieron de Valencia por la puertas del Puente y la de la Culebra, al oeste de la ciudad, y fueron río arriba casi una legua hasta la altura de Mislata, en la orilla opuesta del Turia. El rumor del combate se oyó mucho antes de verse. El terror se pintó en las caras de los ciudadanos. Gritos, relinchos, tintineos y el continuo trepidar de cascos. Teresa nunca había imaginado que la guerra fuera tan ruidosa. El suelo vibraba. Muchos de los que habían salido de Valencia huyeron, sin que los insultos y las amenazas los detuvieran. Alguno cayó herido por las muchas flechas que surcaban el cielo.

Cuando pasaron los cañares de la vereda y se asomaron al cauce del Turia, a Teresa se le encogió el corazón. Unos pocos caballeros del rey y sus peones habían logrado atravesar la empalizada que la Unión había puesto para bloquear el río. Los mercenarios se enfrentaban a ellos en medio de una nube de polvo, y Teresa se fijó en dos caballeros que peleaban entre sí con armadura y escudo sobre sus monturas de guerra.

—Uno es nuestro paladín Berenguer Llançol y el leal al rey es su primo Ramon de Riusech —dijeron las mujeres junto a Teresa.

Los dos nobles, parientes pero ahora rivales, representaban el horror de una guerra fratricida que desgarraba el Reino de Valencia. De nada valían las razones justas de la sublevación. Había pasado un año como un suspiro y nadie se acordaba. Era el tiempo de la cosecha de la muerte. La peste no había sido suficiente.

Teresa se ocultó entre las cañas en la vereda y observó el

combate de los dos guerreros. Los mandobles eran de una fuerza terrible y sobrecogía el ruido metálico. Con todo aquel peso encima, vencía el que más aguantaba. En el suelo, los peones luchaban para mantener la posición; mientras sus señores resistieran, ellos también. Berenguer Llançol comenzó a golpear con menos ímpetu. Ya le costaba levantar la pesada espada, casi tan larga como una pierna. Entonces Ramon de Riusech, el guerrero del rey, aprovechó y con un fortísimo golpe vertical hundió el yelmo de su primo.

El caballero de la Unión cayó fulminado y la sangre comenzó a salir por los agujeros de la protección. La escaramuza se detuvo. En la orilla los miles de unionistas se quedaron en silencio. En el fondo, aquello tenía un profundo significado. Su paladín había sido derrotado. El fraile de la Unión les había mentido: Dios les daba la espalda.

Lo que había comenzado con la provocación de Ramon de Riusech se había convertido en una ordalía entre dos nobles contrarios, con un claro resultado a favor de don Pedro IV de Aragón. Así prendió la chispa de la batalla final.

La euforia de los peones de Ramón se oyó con claridad en el lado del campamento de Mislata, detrás de las empalizadas de troncos puestos por la Unión. Eso hizo que resonaran los cuernos que convocaban al ejército del rey. Teresa buscó a Gonzalbo con la mirada. Estaba en la retaguardia con otros líderes de la Unión, sin intención de combatir, pero arengaba a las fuerzas para que protegieran las defensas. Era su función. Por eso toleraban a un barbero entre ellos.

La joven empezó a asustarse. Más y más guerreros del rey pasaban por la brecha de la empalizada, y los unionistas, desesperados, trataban de mantenerlos a raya. Entonces el crujido de la madera encogió a todos el alma. Una larga fila de troncos había caído sobre la orilla fangosa del río Turia. El paso estaba abierto.

—Ya está —musitó Teresa—. Es el fin de la Unión.

Se elevó un clamor triunfal entre el ejército realista y se inició la incursión para atravesar el Turia hacia la orilla donde estaba la ciudad. Los nobles a caballo cruzaron el ancho cauce del río con sus estandartes, delante de miles de peones enardecidos. Resonaban tambores. Cayeron más empalizadas.

Teresa vio a Gil de Montnegre a caballo y con una imponente armadura negra. En cuanto las fuerzas se enfrentaron y el río comenzó a teñirse de rojo, se sintió enferma. Las muertes a destiempo la afectaban. Sentía la agonía de los moribundos y, aturdida, se puso en pie en medio de las cañas.

Oyó un crujido. Un hombre con el hacha en alto cruzaba el fango de la orilla hacia ella con los ojos inyectados en sangre. Teresa huyó. El peón la persiguió sin dejar de gritar hasta que una flecha lo atravesó y cayó con un gorjeo. Alguien de la Unión la saludó con la ballesta. Teresa se detuvo y por alguna razón se arrastró hasta el moribundo.

El hombre agonizaba escupiendo sangre. Sorprendida, le vio en la mano izquierda uno de sus amuletos. La miró con pena un instante, quizá la reconoció, y murió.

Teresa le cerró los ojos. Un muerto sin nombre ni lugar de reposo. Una estrella menos en el firmamento. Acusaban de diabólicas a las que formaban el Círculo de las Buenas Mujeres, pero era en las guerras donde Satán se presentaba.

Resonó un cuerno y apareció el rey don Pedro de Aragón a caballo y con una armadura destellante. Cabalgaba con su escolta y los nobles más importantes, Pedro de Jérica, Lope de Luna y sus ujieres. Detrás iban el maestre de la Orden de Montesa y sus monjes soldados.

El ejército impresionaba. Si el rey permitía a sus huestes entrar a saco, arrasarían Valencia.

Los unionistas huyeron río abajo para encerrarse en la ciudad, Teresa también. Gonzalbo ya se había marchado con los líderes para no quedarse fuera.

Entonces comenzó la verdadera matanza. El Turia bajaba turbio de sangre. En su huida por la vereda, los combatientes de la Unión eran cazados sin piedad. Los nobles se divertían segando vidas con facilidad. Apostaban entre ellos; los peones no eran nada. Teresa llegó a esconderse debajo de un cadáver para evitar que la mataran.

Luego corrió con todas sus fuerzas. Cuando en el portal del Puente iban a alzar la pasarela sobre el foso, la muchedumbre se agolpó y la joven logró entrar. Se sentó en el suelo sin aliento y temblando de pánico. A su alrededor, en la explanada, se vivían momentos terribles. Había heridos por todas partes.

Miles de cadáveres cubrieron la vereda del Turia aquel 8 de diciembre de un año que jamás se olvidaría en la historia del orbe entero: el año de la peste, el mismo en el que la humanidad estuvo al borde del precipicio, en el que nacieron nuevas historias y se truncaron otras, como la revuelta de la Unión contra los abusos del rey de Aragón, Cataluña y Valencia.

El monarca, quizá aconsejado con prudencia, no quiso entrar en la ciudad aún para evitar el saqueo y todos los horrores que conllevaba. Prefería una confiscación ordenada que lo beneficiara más. Tomó sin resistencia el palacio Real, que quedó indefenso en la otra parte del río. Allí prepararía su entrada triunfal en unos días. El campamento del ejército se instaló junto al monasterio de la Zaidía, bien visible desde los muros de Valencia. Dentro, las puertas de las iglesias estaban abiertas. Era hora de rezar y ni el miedo a la peste impidió que miles de personas se hacinaran en sagrado.

Teresa se fue a su casa, cerró bien las entradas y se sentó con su padre junto al fuego.

95

Frente al destino

En la cala Castell, Marina miraba a su primo Enric jugar con la pequeña a la que Albar había salvado. Lanzaban cantos planos para que rebotaran sobre la superficie del agua. La niña sólo hablaba una lengua enrevesada, pero al menos habían entendido que se llamaba Moira. Asintió cuando la llevaron ante la pila bautismal de Pollensa y besó una cruz bendecida; por tanto, comprendieron también que era cristiana.

Matilde quiso que no sólo las familias que trabajaban en Ternelles sino también toda Pollensa vieran a la niña en la iglesia, pues su pelo rojizo y sus ojos azules tan claros levantaban recelos supersticiosos al considerarla una hija concebida de Satanás.

—Espero que no suframos una mala cosecha o una epidemia mientras esté aquí —dijo Matilde nada más verla—. Podrían quemarla.

Marina observaba la Picardía y varias balsas junto al casco, al fondo de la cala. Ya había cambiado la antena de la vela mayor. Miguel de Cartagena dirigía a varios calafates y maestros de hacha para arreglar la cubierta, pero ya podía navegar de nuevo.

De pronto resonó un trueno terrible que hizo temblar el

suelo. Marina reaccionó encogiéndose. Moira chilló y corrió hasta Albar para abrazarse a sus piernas. La escena despertó sorpresa y ternura. El capitán era otro hombre. Su sonrisa y el modo en el que trataba a la pequeña desconcertaban a la joven.

—Esa niña ha tenido mucha suerte, y tú también —le dijo de lejos.

—¡Deberíamos arrojar al mar ese instrumento del demonio!

En medio de una humareda amarillenta estaban Joan y Alí al-Mumín con la bombarda. La había colocado en uno de los dos salientes que conformaban la cala llamado punta Topina. Defendería la ensenada si aparecía la Falcona. El joven Montaner agitaba los brazos triunfal. Le entusiasmaba aquello y estaba aprendiendo a fabricar la pólvora.

—¿Has visto cómo revienta las rocas? Igual hace con una muralla —explicó Marina—. Algún día las guerras se harán con eso.

—No creo que llegue a pasar —replicó Albar—. No hay honor en combatir así, ni posibilidad de piedad o de escoger. Ese fuego mata a todos. Es como la peste.

Moria corrió hacia Marina y la abrazó. Los miraba a ambos con las cejas alzadas, esperando saber si eran como sus padres.

—¿Qué harás con ella? ¿Vas a buscar a sus progenitores?

Albar tenía allí su corazón correteando por la playa. A pesar de su terrible suerte, la niña era risueña y estaba llena de vida.

—Lo mejor es que se críe en un convento —señaló—. Yo la mantendría.

—También podría criarse en Ternelles si logramos defenderla contigo —dijo Marina, consciente de lo que eso implicaba—. Y si el rey acepta nuestro generoso donativo, las cosas pueden cambiar. Esto se llenará de siervos y familias campesinas. Tú podrías ser el patrón de la Picardía. Me gustaría.

Desde que el capitán había llegado, se habían dedicado a preparar las defensas de la torre de Ternelles y la cala Castell. También se estaban reencontrado, aunque los dos habían cambiado.

Su relación había nacido de un vacío mutuo que no resistió los envites. Él se había marchado en pos de una obsesión y ella, una fugitiva sin honra ni valor ninguno como esposa, quería explorar los límites de una libertad que muy pocas mujeres tenían. Se estimaban y atraían, pero cada uno tenía sus sueños. Marina también sabía que la joven que los había recibido en Can Auger, y que hacía de aya de Moira, esperaba su oportunidad. Tal vez Albar la correspondía.

—Sería un honor ser de nuevo el patrón del mejor barco del Mediterráneo, pero la temporada de las grandes navegaciones ha terminado, y para los marinos el invierno es el tiempo de meditar. —Albar sonrió—. Si algo he aprendido contigo es que la rueda del destino gira y todo puede cambiar en un instante. Antes nos decíamos que ninguno tenía nada que perder. Ahora... ¡míranos! Me temo que tanto nuestra suerte como incluso nuestras vidas dependen de lo que esté sucediendo en Valencia.

—Es verdad. Todo acabará pronto.

96

Gonzalbo de Rodas

En cuanto cayó la noche sobre Valencia, Teresa salió de la casa Montaner, donde se había retirado para calmar el terror de lo que había vivido. Ya era tarde para intentar sacar de la ciudad a su padre. Él insistía en seguir adelante con su plan y en que ella debía huir para tratar de viajar hasta la isla de Mallorca. Sin embargo, la joven estaba decidida a que primero Gonzalbo de Rodas pagara todo el daño que les había hecho. No quedaba tiempo, pues seguro que el barbero trataría de huir como el resto de los líderes de la Unión, ahora que todo estaba perdido.

Hasta en el último rincón de la urbe se oía el jolgorio de la celebración de la victoria en el campamento real, al otro lado del río. Dentro de los muros, muchos daban gracias por el gesto del rey de no dejar entrar a sus soldados. Hubo altercados, pues algunos ciudadanos comenzaron a buscar a los líderes de la Unión para capturarlos y congraciarse con el monarca. Confiaban en que, antes de arrasar la ciudad, dejara marchar con sus pertenencias a quienes no lideraron la rebelión.

Teresa había pasado la tarde barruntando cómo localizar al escurridizo Gonzalbo de Rodas. Había una manera. Fue al mercado y llamó a la puerta de las mujeres curanderas que conocía. Algunas no quisieron recibirla, pero otras se alegraron de verla. El submundo de las sanadoras estaba entretejido de contactos que alcanzaban todos los lugares y estamentos. No tardó en saber que los líderes de la Unión aprovecharían la celebración de la victoria para escapar esa noche por el portal de la Culebra, que estaba en la parte opuesta.

Las mujeres también le dijeron a quién debía pagar para ir extramuros, pues acudían de noche al barranco del Carraixet, donde se ahorcaba de nuevo a los ajusticiados en la plaza del Mercado para que las alimañas dispersaran sus despojos. De allí cogían las sogas de ahorcado más viejas, las que más muertos habían sostenido.

Teresa se sentía distinta cuando estaba rodeada de mujeres como aquéllas. Se liberaba de culpa. Les contó su historia y lo que pretendía: capturar al barbero Gonzalbo de Rodas y entregárselo al propio rey don Pedro para ayudar a su padre.

Pasada la medianoche, Teresa salió de Valencia y aguardó escondida en un cobertizo junto al camino de Ruzafa. Esa noche de diciembre era oscura y hacía frío. Pasaron pequeñas comitivas, rápidas y sin antorchas. Huían a un destierro autoimpuesto. Pero había cazadores de recompensas y espías del rey al acecho con el propósito de capturarlos antes de que salieran del reino.

Al fin vio aparecer a Gonzalbo de Rodas, solo. Iba embozado, y aun así lo reconoció por su forma de andar, la misma que tenía al entrar en el sótano de la casa Montaner. Avanzaba deprisa y vigilaba su espalda continuamente. Teresa salió al camino con su manto negro sobre la cara y fue hacia él como si se dirigiera a la ciudad. Parecía la figura de la mismísima muerte dirigiéndose a Valencia, donde la esperaba una gran cosecha.

No había nadie más cerca. Teresa se estremecía de gozo al notar el terror del barbero. Gonzalbo se desvió para pasar lo más lejos posible de ella. Después de cruzarse, la joven se dio la vuelta y se puso detrás de él. Al sentir su presencia, el hombre gritó. Teresa tenía una piedra en la mano, lo golpeó con fuerza en la cabeza y el barbero cayó al suelo, aturdido.

Se echó sobre él con un alarido gutural y levantó de nuevo el canto para aplastarle el cráneo, sin acordarse de su plan, pero una mano le agarró la muñeca.

—¡No lo hagáis! —le rogó Lluís, el sirviente de su padre—. Así no.

—¿Qué haces tú aquí?

—Vuestro padre me ha mandado seguiros. Se lo temía. El barbero es más útil vivo.

Teresa logró calmarse. Gonzalbo era la pieza necesaria para dar un vuelco a la situación. Lluís lo ató y amordazó. Lo llevaron campo a través al puente de madera que cruzaba el Turia hasta el palacio Real. Estaba iluminado con antorchas y se oía la música en el campamento cercano.

Gonzalbo se retorcía entre el miedo y la rabia. Se metieron debajo del puente, entre los juncos.

—Lluís, ¿puedes traer a mi padre hasta aquí?

—Está débil, pero en cuanto sepa esto sacará fuerzas.

—Dile que ha llegado la hora de acabar con esta pesadilla.

97

Un nuevo juramento

En tus ojos veo el sufrimiento, Teresa, y sé que pasaron cosas que no te atreves a contarme porque soy tu padre. Aun así, las advertí en tu cara. —Pere Montaner acarició el pelo de su hija. Abrazada a él, bajo el puente de madera, no dejaba de llorar—. Yo mismo le aplastaría la cabeza a este miserable, pero has demostrado templanza y estoy orgulloso de ti. Has dado una oportunidad a esta familia. Y no lo dudes, nada de lo que pudiéramos hacerle nosotros será comparable a la venganza del rey.

Teresa se sentía dichosa después de mucho tiempo. A pesar de su debilidad, Pere Montaner no había dudado en salir de la ciudad y aprovechar la oportunidad. Lo que le quedara de fuerzas lo emplearía esa noche para salvar a su familia. Ella, recostada en su pecho, se sintió niña otra vez, como antes de que las sombras la acecharan.

—Padre, dejadme acompañaros al palacio. Aún estáis débil.

—No necesito mi cuerpo para esta batalla, sólo mi mente. Pero no me fío. Es mejor que nadie sepa que estás aquí. Espera las noticias que te traerá Lluís. Él te dirá si debes comunicar a tus hermanas que el rey nos perdona.

Pere Montaner caminaba con paso vacilante, apoyado en

el cayado. Delante, Lluís llevaba a empujones a Gonzalbo, amordazado y con la cara ensangrentada. Cruzaron el puente de madera y la explanada frente al palacio Real.

Varios soldados se acercaron. El mercader se identificó y pidió la presencia de Alfonso Roger de Lauria. Al principio rieron, pero cuando se supo que el cautivo era uno de los líderes de la Unión más buscado por el monarca, dieron el aviso.

Teresa era un manojo de nervios. Comenzaron a salir nobles y hablaron con Pere. Desde allí no los oía, pero confiaba en su padre. Se emocionó cuando lo vio entrar en el palacio escoltado como un invitado mientras los soldados se llevaban a Gonzalbo a rastras y lo metían por una puerta pequeña hacia las mazmorras.

En el salón del trono fue donde comenzó toda aquella pesadilla. Pere recordaba al rey bailando con la cara abotargada de rabia y miedo, y a la reina llorando a su lado.

El aire olía a carne asada y a vino, pero el banquete se había interrumpido. La estancia estaba llena de consejeros y capitanes que guardaban silencio. Pedro IV estaba de pie frente a la gran mesa. Cuando Pere Montaner lo miró y vio en sus ojos aquel brillo cargado de deseos de muerte, se postró con humildad. Sin cruzar una palabra, ambos sentían que el círculo se cerraba.

—Ésta ha sido la segunda mayor alegría que podía esperar hoy. La tercera es veros colgado en la horca junto con vuestra hija Marina. ¿Cómo pudisteis hacerme aquello?

—Aceptad al traidor Gonzalbo de Rodas como un gesto de los Montaner. Lo hemos atrapado mientras huía de Valencia. A cambio, sólo os pido una cosa: tiempo para hablar.

—Nos conocemos, y sé que cuando habláis sois peor que

un ejército bien armado. Lo permitiré, pero sabed que juré ante la tumba de mi esposa que os castigaría.

—Aquella fatídica noche de Domingo de Ramos, en este mismo salón, os hicieron ver algo que no era verdad. La víctima no erais vos, majestad, sino yo y mi familia. A la Unión le interesaba mi dinero para afianzar su victoria, y ese barbero lo hizo de la manera más eficaz: convirtiéndome en vuestro enemigo. Jugaron con vos, mi rey, igual que el caballero Gil de Montnegre al hablaros de la Fuente de los Montaner.

Los nobles prestaron atención. Se había especulado mucho sobre la Fuente.

—¿Es una patraña?

—Más bien un cuento familiar para tomar el pelo a nuestros hijos y tenerlos ilusionados. ¿Quién no lo ha hecho en su casa? Es conocida vuestra afición a la alquimia, y Gil lo usó para ganarse vuestra atención y que lo tuvierais cerca.

—Tiene sentido, Pere, pero un juramento es sagrado. Un rey no rectifica.

—Así es, pero un juramento bajo engaño es nulo. Dadme unos evangelios y con mis manos sobre ellos, a riesgo de condenar mi alma, os contaré la verdad de lo que pasó. Después volved a jurar lo que debáis. Así habréis cumplido sin tacha, y yo acataré cuanto decidáis.

En el exterior, la noche transcurría en un ambiente festivo. Teresa aguardaba nerviosa, pero sentía que algo bueno estaba pasando dentro del palacio. Casi dos horas más tarde, Lluís salió por una puerta de servicio y cruzó el puente. Tras cerciorarse de que nadie lo observaba se internó en el cañar.

Teresa vio su cara de gozo y se le escapó una lágrima.

—¡El rey ha apreciado el gesto, Teresa! Siguen hablando en el salón del trono. Uno de los sirvientes me ha dicho que Su Majestad se plantea jurar de nuevo para castigar sólo a los líderes de la Unión. Es su forma ceremoniosa de rectificar sin reconocerlo. Romea se llevará el patrimonio como dote, pero ¡vuestro padre ha logrado que el perdón alcance también a Marina! ¿Podéis creerlo?

Teresa abrazó al viejo sirviente. Fue como si se quitase una losa de encima.

—Creo que mañana debemos ir al Grau y mandar una barca a Pollensa con las buenas noticias —musitó la joven, feliz y aliviada.

Después de tantas penurias, por fin podrían volver a estar juntos.

98

La victoria

Romea, futura esposa de Gil de Montnegre, estaba en Santa María del Puig con las otras damas nobles cuando recibieron la noticia de la victoria. Henchida de orgullo, como una más, unió su voz al coro de monjes para cantar el *Te Deum.*

Miró lo que había sobre el altar. Las demás también lo hacían. Había permutado una de las cartas de crédito cogida de la casa Montaner para adquirir tres magníficos crucifijos de plata. Uno lo había donado al monasterio y lucía allí, como muestra de su holgada posición, otro se lo había regalado a la noble María de Cardona, su mentora en aquel resbaladizo mundo. El tercero era para su futuro desposado, Gil de Montnegre.

Durante la tarde, las damas se reunieron en el claustro y compartieron un vino moscatel que los monjes les ofrecieron. El trasiego de sirvientes informando sobre lo ocurrido en la batalla y el estado de las tropas era incesante. Las damas querían saber quiénes de ellas eran viudas, y también cuáles se verían privilegiadas gracias a la heroicidad de sus esposos.

Romea escuchó emocionada que Gil de Montnegre había destacado en la batalla. Recibió altiva las felicitaciones del resto. Violant de Montpalau, apenas una adolescente pero ya casada con un caballero de cincuenta años, se enteró de que su esposo llegó borracho al campo de batalla y unos peones lo apalearon entre burlas; tuvo que huir a gatas. Inmediatamente las demás damas se apartaron de la muchacha. Romea la miró de arriba abajo y se marchó con las otras, dejándola sola entre lágrimas de vergüenza.

—No puedo esperar para darle la cruz a Gil —comentó Romea, emocionada, a María de Cardona—. Será como un regalo previo a nuestra boda.

—Ten paciencia, hija. Mañana llegaremos al campamento con los capellanes.

—¡Es que me parece una eternidad sin felicitarlo por la victoria!

Las otras damas se miraron entre ellas. Alguna tenía que decirle algo.

—Querida —comenzó Leonor de Montcada, condescendiente—, un campamento militar no es agradable la misma noche de la victoria. Los peones se comportan como bestias con todas esas furcias, y luego están los lamentos de los heridos. Todo huele a sangre y semen. Mañana llegaremos las esposas y seremos recibidas con el respeto que merecemos.

—¡Y mañana por la noche, más de una concebirá nuevos vástagos!

Eso desató las risas contenidas de las damas, y alguna se ruborizó.

—¡Eso si aún se les levanta después de esta noche! —les gritó Violant, la muchacha despreciada. Había perdido la compostura y enseguida salió del claustro llorando de rabia.

Se hizo un silencio incómodo, pero al final todas siguieron sus conversaciones triviales como si nada hubiera sucedido. Si bien Romea las imitaba, el comentario la había trastocado. No sólo los peones se estarían divirtiendo.

—Hija, ¿os ocurre algo? —dijo María de Cardona—. Estáis ausente.

—Ha sido la primera batalla que he vivido esperando noticias. Estoy agotada.

—Pues id y descansad. Os esperan días muy intensos si deseáis casaros en la catedral. El rey pretende cerrarla cuando ordene el abandono de Valencia.

Romea dejó el claustro y respiró agitada. Se puso la mano en el pecho, se ahogaba.

—¿Estáis bien, mi señora?

Era Andreu, un sirviente que María de Cardona le había asignado para que la escoltara y también para tenerla vigilada. Sostenía su capa.

—Quiero que me acompañes a un lugar.

—Es noche cerrada.

—¡No te lo estoy pidiendo!

—Debería hablar antes con doña María.

Romea se acercó al sirviente con la mirada febril.

—No me disgustes o diré lo que haga falta para que te castiguen. Vamos.

Se cubrió la cabeza con la capucha de la capa y con coquetas sonrisas logró que los guardias la dejaran salir del cenobio. Todos conocían a Romea, la futura esposa del caballero predilecto del rey, Gil de Montnegre. Andreu la seguía inquieto mientras pasaban por estrechos callejones sin luz, entre las casas arracimadas en el promontorio del monasterio del Puig.

El sirviente la detuvo al ver que enfilaban el camino que iba a Valencia.

—Mi señora, es muy peligroso andar por esos caminos de noche.

Romea no iba a ceder y volvió a amenazar al hombre. Aún le faltaba el aire por una angustiosa duda. Necesitaba ir al campamento y entregar la cruz de plata a Gil de Montnegre. Era preciso que todo sucediera como había planeado.

A pesar de las horas, Andreu fue a una casa y contrató un asno para llevar a la dama. Tras varias horas de camino, avistaron las luces del campamento en el llano de la Zaidía, en la orilla del Turia opuesta a la ciudad de Valencia. Se oía música de flautas, canciones de borrachos y risas. Romea bajó del animal y atravesó las tiendas de los peones, esquivando a los que la tomaban por una prostituta más. Con las prisas perdió al sirviente, pero no le importó. Al fin un peón borracho le señaló la tienda que su prometido había alzado para sus hombres.

—Don Gil prefiere celebrarlo con los suyos en vez de ir al palacio Real, ¡lleno de clérigos y secos monjes de Montesa!

Romea se alejó dejando atrás las carcajadas estridentes. La tienda no estaba vigilada, y con el pecho a punto de estallar entró.

Gil de Montnegre y tres hombres más estaban desnudos rodeando a una muchacha arrodillada, casi una niña. La muchacha abrió los ojos al descubrirla en la entrada y la señaló.

—¡Yo te conozco! Tú viniste con nosotras desde Castellón. ¡Éstos me han pagado a mí! ¡Vete a otra tienda!

Romea también la reconoció. Había otra ramera desnuda y medio borracha en un rincón. Lo primero que le vino a la mente fue compararse con ambas. No eran ni la mitad de bellas, ni de cara ni de cuerpo. Sin embargo, Gil las tenía con él. Las había preferido antes que a ella. Ese pensamiento absurdo fue lo que más la hirió en ese momento. Y estalló.

—¿Qué más tengo que hacer por ti, hijo de puta?

Gil, con el rostro oscurecido, gruñó a sus hombres que sacaran a rastras a las prostitutas. Se las llevaron entre chillidos e insultos. Luego se acercó a Romea con gesto desafiante. Dejó que le mirara el miembro medio erecto. Era el hombre.

—¿Qué me has dicho, Romea? —Le cruzó la cara de tal modo que la joven cayó al suelo y allí se quedó, notando el sabor de la sangre.

—¿Esto es lo que merece quien te ha sacado de la mierda, Gil?

—¡Vengo de jugarme la vida por el rey y por el honor de nuestra casa! —La cogió de la barbilla y la obligó a levantarse—. ¿Es que no merezco ni poder celebrar una victoria? ¿Quién ha combatido, las damas y los curas?

—Sólo te pedía respeto. Te lo dije.

—¿Respeto? ¿Sabes dónde están las esposas de todos mis compañeros de batalla? ¡Claro que lo sabes! Agradeciendo a Dios la victoria. No ignoran lo que ocurre en noches como ésta, pero callan y esperan con dignidad. Eso las hace grandes y respetadas. Mañana las recibiremos con honores. Pero se nota que tu sangre, Romea, es de simple mercadera. Lo quieres todo y no sabes mirar hacia otro lado cuando debes. Te falta espíritu de nobleza. Me has avergonzado ante mis hombres y se correrá la voz.

La tiró al suelo y le dio una patada en el vientre. Romea jadeó, sin aliento.

—Gil, por favor…

—¡Eres una desgraciada que necesita saber su sitio! —Volvió a golpearla con brutalidad—. Cuando estemos casados te enseñaré cuál es. Si quieres ser noble compórtate como una dama y no como una niña que desconoce su deber.

Romea se arrodilló y, sollozando, se aferró a los tobillos de Gil. No lo entendía. Por su mente pasó cada uno de los difíciles momentos que había tenido que atravesar para estar con él y ser una noble. Recordó cuando le entregó su virginidad para que no la abandonara y le prometió que algún día ofrecería toda la Compañía Montaner a los Montnegre. Se había deshonrado ante toda Valencia y luego había traicionado a su familia. Recordó la mirada angustiada de su madre mientras la sangre salía disparada de su cuello; también lo hizo por él. Pensó en el trato humillante de Gaspar y sus amigos durante meses. Llegó a planificar la muerte de Marina y su tío, y a ignorar las vejaciones que sufrieron sus hermanas, y todo para alcanzar el anhelo de casarse con aquel malnacido. Pudo escoger a otro noble para realizar su sueño, pero lo había elegido a él... y se había equivocado. Dios se lo mostraba esa noche; se había equivocado y lo había perdido todo. Romea se rompió por dentro.

—¡Perdóname! Me he inmiscuido en algo que no me corresponde. Sólo... sólo venía a darte un regalo. —Lo miró implorante—. Acéptalo y ahora mismo volveré al monasterio. Nadie sabe que estoy aquí y tus hombres callarán. ¡No se sabrá nunca!

Sacó la cruz de un bolsillo de la capa, se puso en pie y se la ofreció.

—Parece valiosa —dijo Gil con un brillo codicioso en los ojos.

—Lo es. Muy valiosa, como yo...

Gil seguía pendiente de la cruz de plata y no vio el destello de la hoja. La sangre manó a chorros del tajo en su gaznate y salpicó la cara de Romea. La joven no dio un paso atrás. Tampoco sonreía, sólo miraba absorta lo que había hecho. El caballero cayó de rodillas ante ella. Su expresión era de angustia y sorpresa. Alzó las manos implorante y se desplomó en medio de un charco de sangre. Romea apreció un ligero temblor en sus labios.

—¿Gil? —Se arrodilló frente a él y le rozó la cara—. Por favor, amor mío, perdóname.

El hombre seguía moviendo los labios, con los ojos hacia el techo. Al final se quedó inmóvil.

—¿Gil?

Una gota roja de la boca de Romea, provocada por la bofetada, cayó y se mezcló con la del noble. Por fin la sangre de los dos se había unido.

Romea Montaner profirió un grito que acalló de súbito la música de los festejos. Varios soldados entraron y vieron la escena.

La terrible noticia corrió rápidamente por el campamento hasta el palacio Real.

Hubo quien vaticinó un cambio en el sino de los tiempos.

99

La entrada

El vigésimo día de luna es bueno para toda actividad porque en él Isaac bendijo a Jacob.

Miércoles, 10 de diciembre de 1348

El mundo era un lugar cruel, pensaba Teresa mientras amanecía. La vida era un tránsito por el filo de una espada. Oculta en su casa, estaba sentaba en la misma butaca que su padre, frente al fuego, mientras Lluís iba y venía con nefastas noticias. Muy pronto asaltarían la casa Montaner y la reducirían a escombros.

No iba a ser fácil escapar, pues los soldados del rey identificaban a todos los que entraban y salían, pero ella contaba con aquellas mujeres del mercado para conseguirlo. El problema era que le faltaban las fuerzas. El terrible giro de los acontecimientos, cuando por fin habían logrado el perdón real, la había dejado abatida.

La noticia del crimen de Gil de Montnegre había conmocionado al ejército y a toda la ciudad. Nadie se preguntó si Romea Montaner tuvo una razón. Él era un noble valeroso, buen cristiano, y ella una mujer seducida por Satán como toda su familia. Ninguna otra casa había causado peores males a Valencia que la Montaner.

En cuanto a Pere, la noticia lo pilló con una copa de vino fondillón en la mano, en el salón del trono. En un suspiro pasó de ser el rico mercader que había demostrado su fidelidad al rey, a ser la cabeza de una familia de traidores de la peor calaña.

La afrenta no podía saldarse sólo con el castigo a la asesina. Cazarían a los Montaner uno a uno, los ejecutarían, requisarían sus bienes y luego el apellido sufriría la *damnatio memoriae*, la condena a la memoria, y todo vestigio de su historia y patrimonio quedaría borrado para siempre.

—Teresa, don Pedro va a desfilar por Valencia con su ejército —le anunció Lluís, sombrío—. Exhibirán también a los cautivos de guerra, para escarnio público. Él irá.

Llegada la hora, la joven salió por la puerta trasera, bajo su manto. Esa noche alguien había manchado de sangre las fachadas de la casa para señalarla. Ya no había nada que hacer.

Valencia había estado dos días preparando la recepción. Tras el sueño de una Unión que había durado poco más de un año, ahora venía el esfuerzo por el perdón real.

Se habían limpiado las calles, engalanado las fachadas de los edificios nobles y los portales de la *seu*. La ciudad echaba las campanas al vuelo para avisar de la llegada de la comitiva real. Una multitud de valencianos se agolpaba en las calles y frente a la catedral para recibirla. El obispo Huc de Fenollet, con el báculo y la mitra, aguardaba en la puerta de los Apóstoles de la *seu* flanqueado por los pocos miembros de la curia que habían sobrevivido a la peste.

El continuo trasiego de comunicaciones entre los oficiales de la corte y el Consejo de la Ciudad no eran alentadores. Don Pedro estaba satisfecho, pero pesaban en su ánimo la muerte de la reina, las derrotas de los primeros meses y la afrenta de verse obligado a firmar privilegios a la Unión que limitaban su poder como monarca. También le pesaba la humillación del rey, y ahora el crimen de otra hermana Montaner a uno de sus caballeros. La llegada del monarca se consideraba una liberación, pero el ambiente era pesimista. La existencia de la propia ciudad estaba en riesgo.

Cuando sonaron los tambores y aparecieron los pendones de las casas de la nobleza, la gente jaleó y aclamaron como héroes a los hombres de la comitiva real.

Al frente, bajo una lluvia de pétalos de flores, cabalgaban los caballeros que habían iniciado la escaramuza: Ramon de Riusech, Miguel Pérez Zapata, Pedro de Jérica y Alfonso Roger de Lauria. Luego desfilaron otros leales a Su Majestad de la nobleza valenciana, aragonesa y catalana. Cuando pasaba una armadura muy abollada la gente aplaudía. Los siguientes eran las formaciones de ballesteros e infantes; por último, el rey y la nobleza emparentada con la casa de Barcelona. Detrás, las damas nobles con sus galas y los clérigos de la corte.

Teresa sabía que su hermana Romea ya no estaba con ellas. Languidecía en una oscura mazmorra del palacio Real, esperando a ser ajusticiada. Los había arrastrado a todos a la perdición, ahora sin remedio. No podía recurrir a ninguna de las familias aliadas ni a la comunidad judía. Cualquiera que se relacionara con los Montaner sería señalado y castigado.

Vio a su padre encadenado y con un cepo de madera que le apresaba el cuello y las muñecas. Caminaba con dificultad junto a los líderes de la Unión capturados. Unos pasos por detrás iba Gonzalbo de Rodas. Se produjo un fragor de insultos mientras el gentío les tiraba hortalizas podridas. Si alguno les lanzaba piedras, intervenían los soldados con varas, pues sería el monarca, y no el pueblo, quien impondría la manera de morir.

Teresa esperó a que el rey, a caballo, llegara a su altura. Tenía entre las manos un muñeco de trapo manchado con la sangre de un gallo negro. Una anilla simbolizaba la corona. Con los dientes apretados le hundió un clavo que había sacado del patíbulo de la plaza del Mercado y repitió la acción mientras sus labios invocaban el nombre de Diana y el de Aradia.

Don Pedro IV de Aragón mudó el rostro. Se inclinó para decir algo a uno de sus ujieres y se aceleró la marcha de la comitiva real. Parecía indispuesto. Al final lo ayudaron a bajar de su montura y a entrar en la catedral mientras el coro entonaba el *Te Deum*.

Algunos comentaban que el rey era endeble y enfermizo desde su nacimiento antes de la luna correcta. A menudo sufría debilidad y dolores, por eso nadie se alarmó demasiado. Para Teresa había sido la execración, pero tampoco le habría causado un gran daño. Aunque no se apreciara, el monarca iba cubierto de talismanes, y sus astrólogos y nigromantes lo protegían de los ataques mágicos, más frecuentes de lo que la gente creía.

Mientras se celebraba la misa solemne en el interior de la catedral, comenzó la purga de verdad en Valencia. Guardias del rey entraron en la Casa de la Vila en busca de cualquier documento de la Unión, los sellos y la campana. Otros grupos se distribuían para detener a los unionistas que seguían libres.

Lluís se acercó a Teresa y juntos se alejaron hasta un rincón del muro de la *seu*.

—Unos peones acaban de ocupar la casa Montaner en nombre de Su Majestad.

—No sé qué hacer, Lluís.

—Antiguos empleados me han dicho que la Falcona se encuentra atracada en el Grau. El capitán Ponce de Santapau la está avituallando para zarpar.

—Va a Ternelles, estoy segura. A comenzar la venganza.

Con gesto emocionado, el sirviente le puso en las manos una pesada bolsa de monedas.

—Es lo que he podido coger de la casa antes de que entraran. La *galiota* aún tardará dos o tres días en levar anclas, pero conozco a un viejo barquero que podría zarpar ahora mismo. Es un buen marinero y su barca es capaz de navegar hasta la isla de Mallorca. Con suerte y buen viento, llegaríais para avisar a vuestra tía y a vuestra hermana Marina. Marchad a Génova.

—Pero, mi padre...

—Vuestro padre no tiene salvación y vos tampoco. Seguro que Gonzalbo, para ganarse el favor de los carceleros, habrá revelado que estáis en Valencia, Teresa. Os buscarán para obtener alguna recompensa.

—¿Y tú, Lluís? —Teresa sentía pena por aquel hombre que había sido fiel toda la vida a los Montaner.

—Yo estaré cerca de vuestro padre hasta el final. —Se le humedecieron los ojos—. Ha sido más que un amo para mí, un hermano. Luego entraré como siervo en el convento de los franciscanos y pasaré desapercibido. Cuando estéis a salvo en Génova escribid al convento. —Entornó la mirada y en su cara apareció una misteriosa sonrisa—. Entonces empezará la segunda parte del plan de vuestro padre.

—Pero...

El hombre la cogió por el hombro y comenzaron a caminar entre la gente. Teresa sabía que si su padre se lo había ordenado, no sacaría a Lluís ni una palabra más.

—Vayamos al puerto, Teresa.

100

Teresa

Sábado, 13 de diciembre de 1348

Marina hablaba con su tía en el salón de la torre de Ternelles y la vio mudar el gesto.

—¿Qué ocurre?

—De repente me ha venido a la mente tu hermana Teresa. —Pensativa, Matilde se levantó de la silla y se fue hasta una de las ventanas de la torre. Sonrió—. Y ahí está. Algo me decía que se hallaba cerca. Siempre nos ha pasado eso.

—¿Cómo?

No sabía si la sorprendía más la intuición o la inesperada visita. Pero Matilde también tenía sus cosas extrañas.

Marina llamó a gritos a Beatriu, que se encontraba arriba tallando una pieza de coral para regalársela a su tía. Bajó la escalera con Enric de la mano.

El día era plomizo y no dejaba de llover. Al ver a una figura talar vestida de negro que caminaba hacia la torre, el pequeño de la casa se puso a llorar.

A ellas también les pareció una imagen siniestra. Bajo el manto, la palidez de Teresa y su mirada intensa impresionaban. Beatriu lo había dicho: estaba muy cambiada.

—¡Hermana! —Marina corrió a abrazarla.

Tras el abrazo, la hermana menor miró a su primo. Dulcificó su gesto.

—Este pequeño príncipe debe de ser el valiente Enric de Ternelles, ¿verdad?

El niño aún dudó, pero Marina le hizo un gesto para que se acercara. Luego se aproximaron Beatriu y Matilde. La tía y la sobrina predilecta se miraron un rato, como si se entendieran sin palabras. Al final Teresa la abrazó con fuerza y un gesto de alivio.

—Tranquila, niña —le susurró Matilde—. Estás en casa.

Aunque se intuían malas noticias, fue un reencuentro alegre. Matilde mandó avisar a Joan, que estaría en alguna taberna de Pollensa con los marinos o fabricando más pólvora con Alí en el sótano de una casa que habían alquilado.

Hasta que Teresa no lo abrazó a él también y pasó un buen rato disfrutando de la compañía, no se decidieron a ponerse al corriente. Marina sólo deseaba pedirle que alargaran un poco más ese instante de paz. Casi sentía que había cumplido la promesa a su padre y los había protegido. No era cierto, pero allí estaban juntos los cuatro.

—El rey ya se encuentra en Valencia, y todo se ha torcido de una manera inesperada y terrible. Debemos marcharnos cuanto antes a Génova, o quizá más lejos.

—Los Montaner estamos malditos —se lamentó Matilde, como si intuyera lo que su sobrina Teresa se disponía a contarles.

Anocheció y se olvidaron de la cena que Fátima había servido en la mesa. Iban quemando troncos en el hogar, hablando o quedándose largos ratos en silencio, sobre todo cuando la joven les explicó el crimen de Romea y la visión de su padre con el cepo.

—Cuando zarpé del Grau de Valencia, la Falcona se estaba armando y estoy casi segura de que viene hacia Mallorca.

Romea debió de facilitar a los capitanes del rey datos concretos de la cala Castell. Es posible que la *galiota* navegue ya hacia aquí. No lo sé con certeza.

—La Picardía no está reparada del todo, pero puede navegar —dijo Marina, abatida.

—Esa coca es demasiado fácil de reconocer en cualquier lugar del Mediterráneo —apuntó Matilde—. Será mejor que os marchéis en la saetía pirata.

—Tía —dijo Teresa—, debéis venir.

—¡Yo no me voy a ningún sitio! Soy Matilde de Ternelles, ésta es mi torre y éstas son mis tierras. Llevamos días preparando la defensa.

—Las cosas han cambiado —reconoció Marina—. Pensábamos resistir para negociar un buen pago, pero ya no es posible. Van a aniquilarnos.

—¡Cambié mi apellido al casarme, no soy una Montaner, así que el rey no puede extender su venganza contra mí! Si es preciso, pediré ayuda a mi esposo y sus parientes.

—Tía, estamos solas —la cortó Marina.

Todas vieron el gesto de derrota de Matilde. Era así. Nadie acudiría en su ayuda, y aunque ahora fuera noble, en el caos de una razia podían violarla y degollarla. Don Pedro no se preocuparía de la esposa de un vasallo de su rival el rey Jaime III de Mallorca.

—No he podido ni despedirme del taller de Joana —se lamentó Beatriu.

En ese momento apareció Moira por la escalera. Eso significaba que Albar de Ondárroa se había enterado de la llegada de alguien a la torre. La pequeña sonrió al ver a tanta gente. Pareció que el salón se iluminaba.

El capitán había alquilado una pequeña casa enfrente de la iglesia templaria de Nuestra Señora de los Ángeles en Pollensa. Tenían encima el invierno y aún no había decidido qué hacer con la niña, pero no parecía el mismo hombre.

Miró a Marina. Entre ambos seguía habiendo algo pendiente.

—Me han dicho que ha desembarcado una mujer que venía del Grau de Valencia. —Reparó en Teresa, y se sorprendió—. ¿Hay noticias?

—Viene la Falcona, mi capitán —anunció Joan, apocado.

Albar palideció. Teresa le resumió lo sucedido. El vasco se ensombreció al saber que la capitanearía su amigo Ponce de Santapau.

Mientras, en el salón se producía una persecución. El pequeño Enric iba detrás de Moira, que lo esquivaba corriendo alrededor de la mesa entre las sillas vacías.

—¡Niños! —los riñó Matilde, sin ánimo para alborotos infantiles.

Marina fue la única que perdió el hilo de la conversación. Ahora era Moira quien perseguía a Enric. El niño era mayor y más rápido, pero la pequeña fue más astuta, pasó por debajo de la mesa y logró atraparlo. Aunque Enric puso cara de fastidio, enseguida los dos comenzaron a reír a carcajadas, y les cayó otra reprimenda.

Marina sintió que el corazón le daba un vuelco. Un pensamiento le llegó como el fogonazo ruidoso de la boca de fuego. Se puso nerviosa y al principio lo descartó, pero poco a poco la idea fue tomando fuerza en su mente. Se alimentaba de la desesperación y la rabia que sentía.

—¿Y si hacemos lo único que nadie espera? —dijo de pronto. «Como Moira acaba de hacer», pensó.

—¿A qué te refieres? —preguntó Albar, viendo que los demás se quedaban callados.

—¡Antes de que lleguen a cala Castell, plantémosles cara en el mar! —Marina hizo con las manos el gesto de una explosión de bombarda.

101

Falcona y Picardía

Miércoles, 17 de diciembre de 1348

Cuatro días después de la llegada de Teresa a Ternelles, por aquellos valles y acantilados de la sierra de Tramuntana resonó un cuerno. En el horizonte se había recortado una vela triangular hinchada por el viento de lebeche, teñida de negro.

Matilde de Ternelles abastecía de carne a la pequeña guarnición que vigilaba la costa desde un castillo roquero, *el castell del Rei*, situado en la cima de un promontorio cercano a la cala Castell. Desde allí se tenía una impresionante panorámica del extremo norte de la costa de Tramuntana.

Para los partidarios de Jaime III de Mallorca, el castillo era el símbolo de su resistencia, pues fue el último bastión de la isla en caer en manos del rey de Aragón. Pero aquello formaba parte del pasado. La señora de Ternelles también se encargaba de que no les faltaran algunos caprichos como vino moscatel, y por eso se comprometieron a avisar de la llegada de cualquier galera.

—¡Marina!

Matilde corría con dificultad por el camino hasta la cala

Castell. La joven había pasado la mañana allí y se disponía a subir al bote que la llevaría a la Picardía.

—¿Vas a embarcar de verdad? —Matilde la miraba con miedo—. Una mujer no puede estar en una batalla naval. Será terrible, y si te capturan...

—Si no es hoy, será dentro de un mes en Génova o al cabo de un año en Chipre. El rey ofrecerá una generosa recompensa por mi cabeza y nunca estaré a salvo. Uní mi destino al de estos marineros y los estoy arrastrando a una batalla desigual. Prefiero morir a bordo con ellos o lanzarme al final al mar, en vez de esperar aquí. Ya no tenemos nada que perder. Por favor, tía, cuidad de mis hermanas y de Moira. Si la Picardía no regresa, huid.

—Si os veis al borde de la derrota id a las cuevas con la saetía —le aconsejó Matilde—. Y una cosa más: te equivocas, Marina Montaner, al afirmar que no tienes nada que perder, porque sí lo tienes, y mucho.

—¿Qué? —demandó la joven, hastiada.

Matilde se sacó del cuello una llave, idéntica a la de su padre y a la de Dalmau. Como había sospechado, su tía no había sido sincera cuando ella se las mostró.

—Existen tres llaves iguales. Tu abuelo nos dio una a cada hijo. Sólo cuando se reúnen puede abrirse lo más valioso que tenemos. Poseerlas es un símbolo.

—¡La Fuente! —Marina se estremeció—. ¿Existe de verdad?

—Haz que la Picardía salve Ternelles y vuelve a por nosotras. Cubriré de oro a tu tripulación y a ti te prometo que te entregaré mi llave. Nadie la merece más que tú.

Marina lo pensó y dejó las suyas a su tía para que las guardara. Si ella no regresaba, serían para sus hermanas. Matilde la miraba sin disimular su admiración. A pesar del riesgo de la estrategia, confiaba en que podrían tener éxito.

—Vuelve a esta misma cala con la Falcona atada como un perro.

El plan de Marina Montaner era interceptar la *galiota* en el mar y atacarla con la bombarda hasta que se rindiera. Contra esa arma no había defensa posible. No sólo pretendía la rendición, sino también capturar vivos al capitán Ponce de Santapau y a sus oficiales para negociar un intercambio con el rey. Eran muy valiosos para la marina real y además nobles. Don Pedro se vería obligado a negociar. Y si fracasaban, escaparían en la saetía sarracena, que navegaría junto a la coca. No había naves a remos más veloces y había contratado a los jóvenes más fornidos de Pollensa.

Matilde y Marina habían ofrecido una parte de las ganancias del contrabando de armas a los marinos que secundaran su acción. Era una fortuna, pero estaba en juego la supervivencia de la familia Montaner y la cabdalía mallorquina de Ternelles.

—Márchate, Marina, y que Dios os proteja —dijo Matilde con la voz quebrada.

La joven se cubrió con su capa carmesí y se sentó en la proa del bote. Dos proeles la llevaron a bordo de la Picardía, que ya levaba anclas y desplegaba el velamen.

—No deberías estar aquí —le dijo Albar cuando la ayudó a saltar a cubierta.

—Nadie debería estarlo.

El capitán tenía miedo. Había dejado a Moira en la torre de Ternelles. Matilde y sus sirvientes se llevarían a los pequeños y a las hermanas de Marina al *castell del Rei*, por si la Falcona tocaba tierra y asaltaban el señorío. En aquel nido de águilas estarían seguros.

Marina miró a todos: Albar, Felip, Miguel, Walter, Roger, su hermano Joan, el alquimista Alí, cinco marineros encargados de las velas, más Nasir y seis proeles, y por supuesto la gata Lilith. El paje Martín se había quedado en la posada de Pollensa, todavía a cargo de un cirujano. Seguía vivo, pero tardaría meses en caminar.

En la saetía, junto a la coca, había dieciséis remeros, cada vez más arrepentidos de inmiscuirse en aquel asunto del rey de Aragón.

Mientras el viento hinchaba las velas y la Picardía se desperezaba, Marina subió al castillo de proa. Como siempre, se acercó a la sirena. Habría jurado que ese día su expresión era de determinación. Tocó su mejilla. La pintura rosada de la cara ya tenía grietas por el sol y la humedad de todo el verano.

—Si nos proteges, pediré a Miguel que te acicale bien, mi dama del mar.

Luego inspeccionó su secreto, su esperanza. La bombarda estaba bien falcada en su estructura de madera. Los anillos y las cadenas estaban fijados. En una caja grande se hallaban las bolas de piedra. Revisó los toneles de pólvora, todos tapados.

—Recordad, si hay riesgo de que nos aborden, hundid la Falcona.

—¡Lo haremos! —exclamó Joan. Disimulaba mal el miedo.

—*Domina*... —Alí hablaba con dificultad—. Explosiones fuertes..., hierro enfría...

—Confío en ti, Alí. Tú más que nadie puedes estar tranquilo pues si nos capturan te ofrecerán unirte a ellos. Este conocimiento puede levantar imperios o derrumbarlos.

Joan tocaba nervioso una concha en la que Teresa había grabado unos símbolos extraños. Marina llevaba una igual. Salvo los mamelucos, todos tenían clavada en el brazo una pequeña astilla sacada de la puerta de la iglesia de Pollensa.

Se alejaron de la punta Topina y enseguida los vieron desde la Falcona. La *galiota* viró a boga de arrancada para ir hacia ellos.

—Ahí vienen —dijo Albar, junto a Marina en la cubierta—. Ponce es un excelente capitán. No será fácil que se rinda.

—Cuando reciba un disparo de la bombarda verás el terror en su cara.

La *galiota* se acercaba, y Marina comenzó a dudar. La Falcona tenía un afilado espolón bajo el mascarón del halcón dorado. Si no la detenían, a esa velocidad atravesaría el casco de la Picardía.

Felip iba atento a la dirección del viento y la Picardía fue virando hasta encarar su proa a la Falcona, que se abalanzaba hacia ellos como un ave de presa.

Era el turno de la bombarda. Alí acercó una antorcha larga al trapo untado de pólvora sobre la base del cilindro. Se produjo una llamarada y la explosión estremeció el buque. A todos les dejó un agudo pitido en los oídos. Bastante lejos de la Falcona se elevó una columna de agua. Había fallado, pero la boga perdió sincronización y redujo la velocidad. Sin duda los habían sorprendido. Marina esperó ansiosa a que la humareda se alejara. Alí pidió paciencia con un gesto.

La *galiota* volvió a acelerar al ritmo enfebrecido que marcaba el cómitre.

—¿Cuántos van armados a bordo? —gritó Albar a Joan, que vigilaba en la cofa.

—Entre la crujía y las cubiertas, habrá unos treinta soldados, capitán. Son almogávares.

Albar y Marina se miraron con gesto funesto.

La bombarda disparó un rato después y rompió dos de los remos de la Falcona. Albar ya veía en la proa a su antiguo compañero y ahora rival Ponce de Santapau. Movía los brazos para advertirles que se rindieran.

—¡Se están acercando mucho! —gritó Marina a Alí con voz angustiada.

—¡Hierro enfría...!

La roda de la quilla de la *galiota* cortaba las aguas. A Marina le dolía el pecho por el ansia. Todo aquello era un terrible error. Estuvo a punto de gritar que saltaran a la saetía y huyeran. De nuevo su ímpetu traía la desgracia a quienes la rodeaban.

Alí y Joan colocaron otra piedra en la bombarda, y el sarraceno acercó la antorcha. Marina apretó su amuleto y contuvo la respiración. La Falcona estaba a un tiro de flecha.

Sonó un fuerte siseo. Sonó distinto, y la proa se envolvió en una pavorosa llamarada mientras la explosión estremecía la Picardía y los dejaba aturdidos. Una vaharada ardiente recorrió la cubierta. Marina se tiró al suelo aterrada. Algo había salido mal. No oía nada, pero veía a un hombre caído en la cubierta, atravesado por astillas humeantes. A ella le sangraba una pierna. Alzó la mirada y descubrió que el castillo de proa estaba en llamas.

—¡Joan!

Subió la escalera gritando de angustia. En medio de la humareda asfixiante, su hermano estaba inclinado sobre el cuerpo de Alí. Joan tenía la ropa quemada y la cara negra con ampollas, pero el alquimista se había llevado la peor parte.

—Lo dijo... —musitó Joan, conmocionado—. Tenía que enfriarse más...

Todo el campo de visión era la enorme vela negra de la Falcona, que viraba para abordarlos. La Picardía era demasiado valiosa para hundirla con el espolón.

—¡A la saetía! —gritó Albar.

Mientras los primeros garfios caían sobre la cubierta Marina trató de llevarse a Joan. Algunas partes de la coca ardían todavía. Los marineros dejaron sus puestos y, defendidos por los proeles, bajaron con cuerdas a la saetía situada detrás del casco.

Nasir y Albar vieron a Marina en el castillo de proa y le hicieron gestos para que bajara. No quedaba tiempo para escapar.

—¡Ayúdame a cargar la bombarda! —le gritó Joan, medio quemado.

Ella casi no podía respirar de angustia. Su hermano soltó las cadenas de hierro del artilugio para poder meter la pólvora dentro del cilindro. Desesperada, fue a ayudarlo y chilló al quemarse con el hierro. El calor que irradiaba era insoportable. La bombarda era un arma muy peligrosa también para quienes la manejaban. Comenzó el abordaje en la cubierta y se desató una lucha entre los mamelucos y los almogávares de Ponce, un combate entre demonios sanguinarios. Joan, sin hacer caso a lo ruegos de Marina, llenó la pieza trasera de pólvora y la apretó como Alí hacía. Marina se miró las ampollas de las manos.

—¡El hierro está ardiendo!

—Si nos atrapan, darán igual las manos, ¿no? —Joan fijó las cadenas y luego colocó el trapo con pólvora.

Nasir, Albar y varios proeles veían lo que los Montaner se proponían hacer y protegían la escalera del castillo para darles tiempo, pero a gritos los apremiaban. El capitán Ponce ya se había dado cuenta de que la diabólica boca de fuego estaba allí y dirigía a sus hombres. La lucha era encarnizada.

Los Montaner metieron una bola de piedra en la bombarda, y Joan movió la pesada arma con una gruesa palanca e inclinó su boca hacia la cubierta de la Falcona, justo abajo, pegada a ellos. Demasiado cerca.

—¡Joan! —gritó Marina, aterrada. Era una locura.

—¡Apártate, hermana!

El estallido fue tan potente que la joven cayó al suelo, aturdida. Ya no oía nada más que el molesto pitido y le dolía mucho el brazo. Cuando la humareda se dispersó, se vio la piel ensangrentada y llena de astillas. Eran de la Falcona. Con torpeza, se puso en pie.

La *galiota* tenía la proa destrozada. Le habían atravesado el casco y se hundía sin remedio. En los bancos de remos se había desatado el caos. La chusma y los soldados se empujaban para ir a la popa, que se elevaba cada vez más. Marina estaba horrorizada y supo que nunca olvidaría la desesperación que veía en el rostro de todos aquellos hombres.

El combate había cesado en la cubierta. Los almogávares de Ponce estaban demasiado impresionados y los proeles recuperaron el control.

La Falcona fue inclinándose cada vez más hasta que se hundió con una rapidez pasmosa. Muchos tripulantes se aferraban a los remos y los toneles que quedaron flotando. Otros se vieron arrastrados por los remolinos del naufragio.

—¡No podemos dejarlos morir! —gritó Marina al capitán.

No logró oír la respuesta. Temía haberse quedado sorda pues sólo oía el dichoso pitido. Pero comenzó la operación de rescate. A medida que los supervivientes de la Falcona eran izados a la Picardía, Nasir y sus hombres los desarmaban y ataban. Cuando Ponce de Santapau fue subido, conmocionado pero ileso, Marina sintió que se abría una luz entre tanta tiniebla.

102

La sentencia

Martes, 23 de diciembre de 1348

Quince días después de la victoria de don Pedro IV de Aragón sobre la Unión del Reino de Valencia, en vísperas de la Natividad del Señor, la ciudad contenía el aliento. Los interrogatorios a los conservadores y otros líderes habían concluido. Como muchos vaticinaban, el monarca no convocó Cortes Generales como en Zaragoza, ni se sentó a negociar pactos con los sublevados. En Valencia, quienes componían la Unión eran en su mayoría ciudadanos *honrats*, mercaderes y menestrales, y ellos no tenían a nadie en el Consejo Real para defenderlos. Ni el rey ni los nobles podían sacar otro beneficio que confiscar sus bienes y el placer de la venganza. Ese día comenzaban las ejecuciones públicas.

La plaza de la Fruta, ante la puerta de la Almoina de la catedral, estaba abarrotada. Frente al patíbulo, para que el monarca y sus más próximos no perdieran detalle, se había instalado una grada engalanada con las barras de Aragón y con una tolda roja, la misma que se montaba en los torneos y los festejos urbanos. Allí estaba el rey, rodeado de sus consejeros. Sus rostros no disimulaban el regocijo que les proporcionaba el momento. La multitud los aclamaba. En esos días se decidía el futuro de la ciudad y la población se volcaba en secundar cualquier disposición de Su Majestad, a fin de que se apiadara y no la destruyera.

Cuatro figuras aguardaban entre la multitud enfebrecida. Eran Marina, Teresa, Beatriu y su tía Matilde, ocultas bajo sus mantos y capas.

La Falcona se había hundido frente a Mallorca seis días atrás y los cautivos habían permanecido presos en la torre de Ternelles. Matilde no dejó que saliera ninguna noticia de la derrota. Ella elaboró el plan para forzar al soberano a hacer lo que más le costaba: negociar y ceder. Marina sentía alivio tras permitir que, esa vez, su tía los guiara. Ahora el adversario era un rey, con valores y mentalidad de noble.

Habían llegado al Grau de Valencia dos días antes ocultos en una barcaza de pescadores, pero no habían entrado en la ciudad hasta el momento de la ejecuciones.

Lo que más expectación causaba era una hoguera que ardía desde primera hora delante del lienzo de la catedral. Sobre las ascuas avivadas con fuelles se había colocado un crisol sostenido por pinzas de metal. La plaza enmudeció cuando dos peones llevaron la campana de la Unión que durante más de un año había llamado a la rebelión. El herrero la rompió con una maza y colocó los fragmentos en el crisol para derretir el bronce.

—Tía —gimió Beatriu al verlo—, ¿estáis segura de que es buena idea?

La mujer les hizo un seco gesto para que no comenzaran de nuevo.

—Conozco a los nobles como si los hubiera parido. Confiad en mí.

Sonaron dos cornas y en la grada el portavoz real se puso en pie.

—En este día glorioso, Dios nuestro Señor, ayudado por

su brazo ejecutor el ungido don Pedro IV, rey de Valencia, Aragón y Mallorca, conde de Barcelona y Ampurias, duque de Atenas y de Neopatria, ha restaurado la paz en Valencia y las ciudades levantadas —anunció—. Como ya hizo en Aragón, ha quebrado el sello de la Unión y quemados sus privilegios y disposiciones. Pero nada hay más importante que la justicia. Ciento cuarenta y dos responsables, conservadores, tratadores y tesoreros, que han liderado la satánica Unión de Valencia van a comparecer ante Dios y los tribunales del rey por delitos de lesa majestad, homicidios, traición, sacrilegio y latrocinio.

A continuación gritó los nombres de los que recibían la pena capital ese día. A los pocos nobles sentenciados se los decapitaría y a los ciudadanos se les cortaría la mano derecha, se los arrastraría por la ciudad y, una vez de vuelta en la plaza, se les cortaría la lengua y se los ahorcaría.

Al son de tambores, salieron de la Casa de la Vila los primeros condenados. A la cabeza iba el primer conservador y capitán de la guerra, el jurista Joan Sala; detrás, el causante de la humillación del rey, el barbero Gonzalbo de Rodas; y luego el mercader Pere Montaner. Detrás iba el resto. Un clamor lleno de silbidos e insultos resonó en la plaza.

Marina sintió que el corazón se le encogía. Se volvió con expresión implorante hacia su tía, pero ésta cortó cualquier queja con una simple mirada. Los condenados arrastraban cadenas y pasaron inclinados por delante de la grada. El rey se levantó y la marcha se detuvo. Miró a todos y cada uno cara a cara con desprecio y señaló a Gonzalbo de Rodas.

—El día que nos hiciste bailar cantaste una canción que decía: «*Mal haya el que se marchará, ahora y no ahora...*». Entonces no respondí, pero hoy te propongo el verso final: «*¿Y quién no nos arrastrará, después y después?*».

Gonzalbo vio el crisol de piedra donde se derretía el bronce de la campana de la Unión y comenzó a gritar y a implorar. Don Pedro sonrió y, con la mano en la empuñadura de su puñal, se dirigió a la muchedumbre que presenciaba la escena.

—¡Es justo que quienes la mandaron hacer beban del licor de ella cuando esté fundida!

Se elevó un clamor mientras la comitiva era obligada a seguir hasta el patíbulo. Allí, dos soldados cogieron al jurista Joan Sala, pero el rey señaló al barbero. Gonzalbo fue el primero en ser subido al cadalso. Gritaba fuera de sí.

Marina sintió un peso enorme en el pecho. Ese hombre había jugado con sus sentimientos para aprovecharse y luego les había causado todo el daño posible sin contemplaciones. Él había quebrantado a la Marina ingenua que fue, y así le surgió de dentro la mujer que quería trazar su destino. Deseaba adelantarse y que la suya fuera la última cara que Gonzalbo viera. Aun así, a pesar del odio, no estaba preparada para lo que iba a pasar; nadie lo estaba.

En la plaza no se oía ni un suspiro. Un fraile hizo un breve responso y la señal de la cruz sobre Gonzalbo. Su vida había llegado a término. Luego lo obligaron a arrodillarse. El *morro de vaques* usó unas pinzas largas de herrero para asirle la cabeza y alzarle la cara hacia el cielo. Dos sirvientes portaron el crisol, que humeaba y brillaba con el bronce fundido. El barbero gritó y la multitud contuvo el aliento. Los hombres levantaron el crisol a dos palmos del rostro del barbero que osó humillar al rey.

Gonzalbo de Rodas profirió un alarido profundo. El recipiente se inclinó y el metal líquido cayó sobre su boca abierta. La voz se le quebró con un siseo horrible. La cara le hirvió y se derritió levantando una grasienta columna de humo.

Marina notó la presión de los dedos de Beatriu mientras el metal deshacía el rostro del barbero. Nadie había visto algo así jamás. Hasta los más sádicos estaban impresionados. El rey había superado con aquel castigo su fama de monarca implacable.

—Lo veremos en el infierno —musitó Teresa con frialdad.

Gonzalbo cayó muerto con una masa de bronce enfriándose sobre su cráneo chamuscado. Los otros reos enloquecieron de pánico. Pere Montaner permanecía cabizbajo.

El siguiente fue el jurista Joan Sala y el proceso fue el mismo. Otra vez el gentío profirió chillidos de espanto. Mientras los sirvientes volvían a calentar el crisol subieron a Pere Montaner.

—¡Tía! —volvió a gritar angustiada Beatriu.

La gente cercana las miró extrañada.

La señora de Ternelles no se molestó en responder. Observaba con aire malicioso la grada donde estaba don Pedro el Ceremonioso y sus ojos brillaban más que el bronce.

Mientras los sirvientes portaban el crisol de nuevo, Pere Montaner recibía la oración de consuelo del fraile. En ese momento un rumor recorrió la multitud. Un ujier corrió con gesto de alarma hasta la grada del soberano. Conforme le susurraba al oído, todos vieron que la sonrisa exultante de don Pedro desaparecía.

—Vamos, pequeño rey —musitó Matilde—, bebe tú ahora un poco de frustración.

La cara del monarca adquirió un tinte casi morado y con un gesto seco detuvo la ejecución. Las hermanas Montaner miraron a su tía, que mostraba los dientes, fiera.

Entre el desconcierto general, el rey bajó de la grada y fue con sus ujieres hasta la puerta de la Almoina de la *seu*. Dos negros fornidos que nadie había visto en Valencia habían dejado una arqueta con el blasón de Ponce de Santapau, el capitán al mando de la Falcona. Aún no tenían noticias de la misión fantasma que la *galiota* debía llevar a cabo para saquear Ternelles y capturar a Marina Montaner. Se creía que estarían persiguiendo la Picardía por el Mediterráneo.

—¿Qué demonios es esto? —rugió don Pedro.

—Lo han traído estos extranjeros, majestad, ahora mismo, con el mensaje que os he dicho: si Pere Montaner muere, vuestra corona caerá en menos de un año.

Don Pedro ordenó abrir la arqueta. Contenía un trozo de lona de color negro.

—Es de la vela de la Falcona. Esto significa que ha sido derrotada y su capitán capturado —le susurró su ujier Pedro de Jérica—. Mi rey, esto es muy grave. Es un ultimátum.

Sobre ella había un sello con el tridente de los Montaner. Matilde sabía cómo interpretarían el mensaje la nobleza y el soberano: si por vengarse de unos simples mercaderes permitía la muerte de Ponce de Santapau, de buena cuna y uno de los mejores capitanes de su marina, toda la aristocracia de la Corona se alzaría contra él. Un noble estaba por encima, y el *primus inter pares* no podía despreciar así a nadie de su *mano mayor*. Era imposible ocultar el desafío ya que, con idea, se había hecho en público, delante de ciudadanos ilustres y clérigos. Don Pedro no tenía opción. Miró al gentío, abotargado por la cólera. Sabía que quien le había hecho esa jugada se escondía entre la multitud.

Alzó sus manos como garras y dio un traspiés. Sus galenos corrieron a sostenerlo. Entre jadeos, ordenó que devolvieran a Pere Montaner a la Casa de la Vila y que siguiera la ejecución. Marina sintió que se le aflojaban las piernas y suspiró aliviada.

Matilde rompió a reír como una doncella. Jamás la habían visto así.

Los cinco Montaner dejaron la plaza. Oyeron los alaridos de un unionista al que le cortaban la mano derecha. Sólo era el principio de una mañana en la que varias calles quedarían teñidas de sangre.

—Volvamos al Grau. Albar nos dará noticias del rey. Ahora nos toca a nosotras.

—Id delante —les dijo Teresa—. Nos encontraremos esta noche.

—¿Adónde vas?

—No todo va a arreglarse con ese acuerdo.

E lo dit Gonçalvo [...], Nos diguemli, com haguem donad
la sentencia:
—Vos nos digues laltre jorn, com vingues ballar al nostre real
tal canço, ço es:
Mal aja qui sen yra, encara ni encara...
A la qual canço lavors nous volguem respondre;
mas ara responemvos:
¿E qui nous rossegara susara e susara?
E hacni alguns qui aximateix foren rossegats e penjats, [...] ni
hac alguns [...] als quals fon donat a beure de metall
de la campana de la Unio [...] perque, fo justa cosa que aquells
que lhavien feta fer, beguessen de la liquor de aquella
com fon fusa.

Crónica del rey de Aragón Pedro IV el Ceremonioso

103

La audiencia

El siguiente mensaje que Pedro IV de Aragón recibió fue del capitán Albar de Ondárroa en persona. Ese día el rey tuvo un ataque de ira tras otro, pero Matilde sabía que cedería. Desde los acuerdos alcanzados en las Cortes de Zaragoza, dependía aún más del apoyo de los nobles para mantenerse en el trono frente a sus hermanos rivales, que esperaban que cometiera un nuevo error.

La respuesta llegó a la posada del Grau la misma tarde de las ejecuciones, acompañada de un salvoconducto para Marina Montaner y la noble Matilde de Ternelles.

Poco antes de que se ocultara el sol, la joven y su tía, bien aseadas y con trajes de seda, se dispusieron a ir al palacio Real de Valencia en carro.

—Recuerda comportarte con humildad pero sin perder la dignidad —le dijo el capitán Ponce de Santapau a Marina—. Que Dios te guíe, Regalo del Mar.

Marina asintió agradecida. El capitán de la Falcona había sufrido una terrible derrota naval, pero se lo había tomado con serenidad y sentido práctico. Lo que había presenciado era trascendental para la historia de la marina y deseaba conocer el secreto.

En Ternelles lo habían tratado como un invitado, aunque

los proeles lo mantenían vigilado. Allí oyó una versión de la historia distinta de la que corría por la corte. Habló mucho con su amigo Albar y conoció a la pequeña Moira, la niña rescatada. El corazón del noble se conmovió y poco a poco fue cambiando su posición sobre lo sucedido. Eso formaba parte de la estrategia de Matilde.

Ponce ansiaba saberlo todo de la bombarda y la pólvora que la alimentaba, y aceptó secundar el plan de los Montaner si compartían con él ese conocimiento.

Cuando llegaron en secreto a Valencia a bordo de una barcaza, no trató de escapar ni delatarlos. Bien al contrario, incluso se ofreció a costear los cuidados de Alí, al que llevaron con ellos e instalaron en el hospital de En Clapers. El de Santapau pagaría a los mejores médicos para que el tunecino no muriera, pues aún tenía mucho que enseñar.

La tripulación superviviente de la Falcona se quedó en la cala Castell, custodiada por los hombres de la Picardía.

Quien salió beneficiado desde el principio fue Joan Montaner. Los hechos se deformaban a medida que saltaban de boca en boca entre los que se salvaron de la Falcona, y lo veían como un medio demonio capaz de hundir con su aliento de fuego una galera con cientos de guerreros a bordo. Su futuro en la marina había quedado asegurado.

Marina y Matilde dejaron la posada y a Beatriu en ella hecha un manojo de nervios, junto con los dos capitanes, que esperarían noticias. Teresa aún no había vuelto.

Sobre las almenas del palacio Real, en una pica, lucía el cráneo rebozado de bronce de Gonzalbo de Rodas, para regocijo del rey y advertencia a sus súbditos.

Las dos mujeres entraron custodiadas hasta la antesala del trono. Marina Montaner observó con inquietud la puerta cerrada. Recordó haber pasado por esa estancia arrastrada por Gonzalbo de Rodas. De eso hacía casi diez meses, pero le parecía que había transcurrido un siglo.

Al fin las puertas del trono resonaron al abrirse. Marina perdió el hilo de sus pensamientos y sintió una tensión en el vientre, pero se irguió. Debía entrar con dignidad.

Don Pedro el Ceremonioso ocupaba el viejo trono de Jaime I. Portaba la corona y una dalmática roja con capela de armiño. El salón estaba lleno. Como representante de Dios estaba su capellán, el dominico Nicolás Rosell, y para registrar lo que pasara se hallaban presentes también sus secretarios. A los lados aguardaban docenas de nobles y damas, cargos reales, consejeros y familiares. Miraron mal a Marina y se oyó el nombre de Romea varias veces.

Los soldados habían llevado a Pere Montaner desde las mazmorras de la Casa de la Vila y lo tenían ante la puerta por donde el rey y la reina escaparon la noche de la humillación. Todo confluía en el mismo lugar.

Marina dio unos pasos rápidos y se postró en el escalón de la tarima del trono. Ponce le había aconsejado que empezara alimentando la vanidad del monarca.

—Marina Montaner... ¡Una mujer sirve para endulzar los sueños del hombre, no para convertirlos en pesadillas con sus actos y palabras!

Con la frente en el suelo, la joven pensó que la dulzura debería ser mutua, pero no lo dijo.

—Os imploro perdón, mi rey. Fui una necia al confiar en traidores y sacrílegos. Nada complace más a mi familia que servir a la Corona, y así ha sido durante tres generaciones.

—Pero ¡has mordido mi mano! ¡Mi Falcona!

La joven no respondió. Debía dar un giro a la conversación. La audiencia era un ritual con sus partes. El rey había perdido algo y debía ganar algo, pero antes era preciso que acercaran sus almas para comprenderse, como decía su tío Dalmau.

—Desde que dejé Valencia, cuanto he llevado a cabo ha sido para cumplir una promesa que hice a mi madre, Alda de Palermo: proteger a mis hermanos. Vos sois un rey con honor y me entendéis. No cumplir la palabra es el mayor deshonor. Algún día tendréis hijos y os sentiréis orgulloso si crece en ellos la lealtad incondicional a la casa de sus padres.

Tras un largo silencio, Marina no pudo evitar alzar la cara. Don Pedro no mostraba ira, más bien curiosidad pues no esperaba esa actitud.

—Tu padre me contó todo lo ocurrido tras aquella amarga noche, así que no necesito escucharlo una vez más. Estoy seguro de que fue así, y parece que la familia Montaner, también ha sido víctima de la locura de tu hermana Romea. No obstante, juré un castigo. Respóndeme a una duda: ¿te cambiarías ahora por tu padre?

—Lo haré, si me lo pedís —afirmó Marina. Ponce le había explicado que era mejor impresionar al soberano que suplicarle—. Pero he venido a cubriros de plata, mi rey.

Matilde, por su parte, le había dicho que no había otra manera de lograr el perdón que comprarlo.

Los ojos de Su Majestad destellaron. Conseguir metales preciosos, incluso con métodos mágicos, era su obsesión desde hacía años. En parte, quería capturarla también por eso.

—Me han contado que la Picardía no ha estado ociosa estos meses. ¿Contrabando...? ¿O acaso los Montaner ocultáis algo más? Quizá sea el momento de contarme algún secreto.

De nuevo cundió la idea de que los Montaner tenían una fuente de la prosperidad, la Fuente.

—Mi tripulación asaltaba barcos de infieles. Tengo un botín. Nada más, majestad.

El rey mostró su decepción. Eso confirmaba lo que Pere Montaner le había asegurado allí mismo: que su familia no poseía nada que proporcionara riqueza fácil.

—Ahí está tu padre y aún queda bronce de la campana para él. ¿Qué ofreces?

Ése era el punto flaco de la negociación. Marina había corrido muchos riesgos en sus viajes a Palermo y había reunido una suma importante.

—Diez mil libras de plata, mi rey. A pagar en cinco años.

La sala se llenó de murmullos. Era una fortuna que muchos de allí no podían ni soñar, pero el codicioso soberano rio con desprecio y Marina se inquietó.

—¡Veinte mil! —dijo Pere Montaner con rotundidad.

La propia Marina se quedó sin habla. Jamás podría reunir tanto, pero la seguridad de su padre le insufló valor. El rey pareció más interesado, aunque aún reticente.

—¿Y la Picardía? —demandó—. ¿Qué hay de esa boca de fuego?

—El capitán Ponce de Santapau tendrá el secreto. Para poder pagar, pedimos recuperar las licencias para los puertos de la Corona en las condiciones de costumbre.

Los consejeros se agolparon alrededor del monarca. La Corona estaba quebrada por la guerra. Tras la despoblación del territorio a causa de la peste, se recaudaría mucho menos y los trabajadores cobrarían sueldos más altos.

Si bien la oferta era irrenunciable, el rey se mostraba terco debido a su obsesión por parecer implacable. Marina se desesperó, pero otra mujer intuía que eso podía ocurrir.

La puerta del salón se abrió de nuevo. Marina ni siquiera se había dado cuenta de que su tía se había quedado en la sala anterior, esperando atenta para hacer su entrada.

Matilde de Ternelles pasó lentamente entre los cortesanos, que, poco a poco, la reconocían. La sala del trono se quedó en silencio. Hacía años que nadie la veía, e incluso el rey se quedó boquiabierto. Su presencia imponía. Iba sin capa, con un traje ceñido y escotado de seda negro con perlas cosidas mediante hilos de plata, con una cofia sobre la melena, ya con hebras grises, bien recogida en una finísima red plateada. Su fragancia a ámbar se extendió por la estancia.

Caminaba sobre chapines altos, despacio, altiva y con gracia.

—Matilde de Ternelles —dijo el rey, admirado—. Me resulta sorprendente veros después de tanto tiempo. ¿También vais a participar en esta negociación?

Ella se inclinó reverente. Sabía comportarse.

—A pesar de que mi sobrina es avezada, aún es joven para un rival como vos. —Su cara era la imagen de la seducción. Don Pedro estaba embelesado—. Permitidme hablar a mí en su nombre, en confianza. La venganza es dulce, pero yo vengo a ofreceros grandeza.

—No sé cómo la familia que más quebraderos de cabeza me ha causado últimamente puede esperar que le conceda ni tan sólo una tímida sonrisa.

Matilde alzó las cejas y dejó que el misterio venciera por ella. En un aparte, conversó con el monarca, que escuchaba y asentía con ojos brillantes. Los consejeros y el resto de los presentes se morían por saber lo que la noble de Mallorca proponía al rey. Todo era parte de la estrategia de la dama.

Marina miró a su padre, que no podía sonreír más al ver a su hermana. Con el gesto le pidió que observara atenta a su tía. Por cosas así los nobles la habían perseguido como locos durante años. Volvía a ser la hija del mercader Berenguer Montaner, imponente y carismática, que nadie había olvidado.

Poco después el rey regresó al trono y Matilde se mezcló entre los congregados. Don Pedro estaba contento. Miró a Marina.

—Acepto la propuesta. Mi secretario Jaume Roig redactará el documento.

Hubo un murmullo de desconcierto. Marina corrió y

abrazó a su padre. Pere Montaner, con la mano de su hija entre las suyas, pidió la palabra.

—Majestad, como ciudadano redimido os imploro lo mismo que vuestro Consejo: no destruyáis Valencia. No hay rey que posea sobre los puntos cardinales de sus dominios cuatro joyas: Barcelona, Zaragoza, Valencia y Ciudad de Mallorca. ¡Y fijaos que forman la sagrada Cruz!

Pere sabía encontrar siempre los puntos flacos de cualquier rival. También quería congraciarse con el Consejo Real y el patriciado local. Sería vital en el futuro.

—Puede que sea cierto —siguió fray Nicolás—. Ningún reino tiene esa bendición. Sin la ciudad de Valencia podríais perder el favor de Dios, majestad.

El rey palideció. Los oficiales y la Iglesia habían pasado días tratando de convencerlo de que no destruyera Valencia. No dijo nada, pero ya estaba sembrada la duda en su corazón supersticioso, y cuando hizo un gesto de conformidad con la cabeza todos los congregados en el salón acogieron el gesto con vítores. La corte miró a los Montaner de otra forma. Salvar una ciudad bien valía un respeto.

Al fin se acercó Matilde, que no había dejado de recibir saludos y halagos.

—Tía, ¿qué le habéis dicho?

La dama seguía abrazada a su hermano, emocionada.

—Que dejara de comportarse como un niño malcriado y fuera el hombre que todos esperaban. Un puñado de nobles y ciudadanos revoltosos no es nada en comparación con lo que vendrá después de la peste. Es tiempo de tener un gran rey…, el que merecemos.

—Bonitas palabras, hermana. —Pere sonreía lobuno—. ¡Venga, suéltalo!

—Treinta mil libras, en cinco años, y los servicios de la Picardía.

—¿Cómo? —Marina jadeó.

—La Picardía, sin la protección de un reino, es una nave condenada a ser cazada tarde o temprano, como la Ma Vengeance de Jeanne de Belleville. —Matilde sonrió. Le encantaba la historia de la sirena del mascarón que le contó su sobrina—. Enhorabuena, Marina, tendrás patente de corso de la Corona de Aragón y tu coca estará bajo la protección del monarca y disponible para ciertas misiones...

—Pero ¡es imposible reunir esa cantidad, ni con lo que llevamos entre manos!

Marina cerró la boca cuando su tía se sacó las tres llaves que guardaba en el cinto y se las entregaba con cierto aire solemne. La joven no había vuelto a pensar en ellas después de todo lo ocurrido. Matilde miró a su hermano y éste asintió, emocionado y orgulloso.

—Es hora de compartir nuestro secreto. Los Montaner superaremos esto juntos.

—Supongo que el rey habrá puesto una última condición —dijo entonces Pere.

Matilde asintió sombría. Los hermanos se leían los pensamientos. Marina tenía mucho que aprender.

—Nunca más debemos mencionar a Romea Montaner —dijo la tía, con pena—. Ya no existe. No tuviste esa hija, hermano.

—¿Qué será de ella? —musitó Marina.

Es ver que Nos per la gran rebellio quens havien feta
los de la ciutat, erem de enteniment que la ciutat fos cremada
y destroyda e arada de sal, per tal manera que james
persona noy habitas. Mas alguns, e gran res
del nostre consell nos ho desconsellaren.

Crónica del rey de Aragón Pedro IV el Ceremonioso

104

El silencio de la dama

Quién hay ahí? —dijo una voz desde la oscuridad—. ¿Gil? ¿Sois vos, mi señor?

—Romea, soy tu hermana Teresa.

—Ah, pero ¿dónde está él? Sé que vendrá. Me espera para casarnos.

—Acércate a la puerta.

—¡No!

—Ven, por favor.

Romea se aproximó poco a poco desde el rincón en tinieblas.

—¡Qué te han hecho...! —dijo Teresa, horrorizada.

Le habían quemado los ojos y la cara. Arrebatarle la belleza era parte de la venganza ritual de los Montnegre. Y sólo era el principio. Aún habría más torturas y humillaciones antes de que la descoyuntaran viva y luego la mataran.

—He sobornado a los guardias para poder visitarte, Romea. Ha ocurrido algo que lo cambiará todo: padre va a ser redimido. Los Montaner recuperaremos nuestro nombre.

Los labios resecos de Romea temblaron. Sus manos se movían erráticas.

—Me alegro, pero di a padre que no se olvide de firmar los esponsales.

—¿De verdad que no recuerdas nada?

Romea torció el gesto como si esperara oír la llegada de alguien.

—Gil vendrá y me sacará de aquí. Está muy oscuro. Hice lo que debía para estar con él. —Se estremecía—. Estaba en la tienda con una muchacha y me enfurecí, pero ya no lo estoy. Él me quiere, ¿sabes? He comprendido que Gil no cambiará su temperamento, seré yo la que cambie el mío. Las damas son silencio y paciencia. Yo seré Romea de Montnegre.

Teresa observó la sonrisa floja en la cara destrozada de su hermana mayor, reflejo de su alma quebrantada. A pesar de todo lo que les había hecho, después de tanto dolor, tuvo lástima.

—Sólo dime por qué... por qué atacaste a tu propia familia. ¿Por él?

—Yo... yo le entregué mi honra, mi virginidad, y le juré que le daría todo. ¡Él pidió que se lo demostrara, y lo hice! —Romea se quedó en silencio—. La peste me ayudó, Dios la envió para que pudiera convertirme al final en heredera, y lo hice. ¡Estoy tan agradecida...! Ahora me casaré y seré noble. Nuestra familia se elevará pues la convertiré en los Montnegre. Mis hijas serán esposas de duques e infantes...

A Teresa se le escapó una lágrima. Romea ya no estaba allí, ni siquiera podía reprocharle la monstruosidad de lo que había hecho.

—Hermana... —comenzó—. Debes descansar.

—¿Dónde está Gil? Lo dejé dormido en su tienda. Fue... fue sólo un enfado. Ya estará mejor, ¿verdad? Dile que debemos empezar los preparativos de la boda. —Abrió los brazos—. Seré Romea de Montnegre, le daré hijos legítimos, le...

Teresa le atrapó las manos entre los barrotes y las agitó para hacerla callar. A pesar del delirio, su cara era todo pesar. De haber tenido ojos habría llorado.

—¿Qué me das, Teresa? ¿Es una ampolla? —Levantó la minúscula jarrita.

—Te ayudará a dormir, hermana, y cuando despiertes serás libre.

—Sí, debo dormir. Estoy tan cansada... Quiero salir de aquí. Está demasiado oscuro. Gil va a venir pronto, ¿sabes? Di a padre que firme de una vez. Vamos a casarnos en la *seu*. El obispo Huc de Fenollet oficiará y don Alfonso Roger de Lauria me llevará del brazo al altar.

—Toda tu vida has soñado eso... —Teresa extrajo el pequeño corcho de la ampolla. Tenía un olor fuerte—. Bébelo, así estarás descansada y radiante para la boda.

—Cuando mezcle la sangre de los Montaner con la de los Montnegre, seremos la mejor nobleza del Reino. —Se bebió el contenido con una mueca de desagrado—. Gil va camino de convertirse en copero o ujier del rey, un cargo mucho más elevado que el del tío Bertrán de Ternelles. Estás orgullosa de mí, ¿verdad, Teresa?

—Todos lo estamos. Sentémonos, Romea, cuéntame cómo será la boda.

—Sí, la boda... Será como en los cuentos que la abuela nos contaba...

Romea siguió hablando, cada vez en un tono de voz más apagado. Teresa le sostenía la mano y se la apretó cuando sus palabras se extinguieron. La piel de su hermana se cubrió de sudor frío y comenzó a temblar. Los dedos perdieron fuerza y quedaron inertes.

Ni siquiera había vomitado. La dosis exacta de adormidera, cicuta y amonio.

Teresa le acarició el rostro mutilado. Recordaba su belleza que enamoraba al pasar; su alma, en cambio, era afilada. Quizá merecía aquel final triste, pero ningún Montnegre le pondría más la mano encima.

Salió de la celda con la ampolla oculta en un puño. Había pagado todo lo que tenía por el silencio de los guardias. No habría pesquisas. Para la corte, el corazón delicado de la hija de los Montaner no había resistido las torturas ni la culpa.

Nadie sabría jamás la verdad.

105

La Fuente

Jueves, 1 de enero de 1349

Los Montaner pasaron las fiestas de Navidad de ese terrible año de 1348 en la casa de la calle de los Caballeros. Era un milagro difícil de creer. A pesar de hallarla destrozada y llena de inmundicia, no les importó. Pere Montaner, sus hijas Marina, Teresa y Beatriu, y la tía Matilde se sentían de nuevo una familia. Los acompañó Albar de Ondárroa. Echaron de menos a Joan, que seguía en Ternelles con la tripulación de la Picardía, su otra familia.

Nada sería como antes, demasiadas heridas, pero juntos honraron la memoria de Alda de Palermo y la de Pere hijo, y acogieron con sentimientos encontrados la repentina muerte de Romea en la mazmorra del palacio Real.

Teresa era quien menos resentida estaba con su hermana mayor. Decía que su mente sufrió una folía. Al menos no padecería las vejaciones que los Montnegre exigían; lo que harían con su cadáver no se sabría nunca. Y no tendría tumba, así era la *damnatio memoriae*. Los parientes de Gil seguían furiosos y no estaban conformes con la voluntad del rey de perdonar a los Montaner; aun así, ya estaba decidido.

La guerra de la Unión y la peste parecían haber quedado

atrás, pero lo habían cambiado todo. Don Pedro el Ceremonioso no había podido olvidar las razones del alzamiento, algo único en la historia. Mandó informes y reflexionó. Bajo su reinado se había incumplido un pacto secular entre la casa de Barcelona y su grey, y adoptó resoluciones para restaurarlo. Se apartó a los consejeros roselloneses de la toma de decisiones. La Unión fue una advertencia de que un pueblo oprimido podía quebrar el orden sagrado y rebelarse si no se respetaban los privilegios y los derechos de cada estamento.

El día después de Navidad, a media tarde, Pere pidió a Marina que lo acompañara. También quiso que fueran el sirviente Lluís y el capitán Albar de Ondárroa.

Salieron por la puerta de Boatella, cruzaron el foso y tomaron el camino de Játiva. Llegaron enseguida al convento de San Francisco, un monasterio grande de los tiempos de la conquista de Jaime I. Ahora tenía los muros agrietados; era evidente, constató Marina, que estaba necesitado de reformas. Los Montaner hacían aportaciones para evitar que el deterioro fuera a más, y por eso gozaban de la estima de los frailes.

Un monje lego les abrió. Albar debía esperar fuera. Entraron padre e hija, junto con Lluís. Acto seguido, el hermano los condujo hasta el claustro. Los frailes no miraban con buenos ojos a la joven, pero no se atrevieron a quejarse.

—Muéstrame las llaves, Marina —dijo al fin su padre.

Ella asintió. Tenía las tres desde el día de la audiencia con el rey, pero no les había sacado ni una palabra al respecto. Pensar que iba a saber por fin qué abrían la hizo vibrar de emoción.

—¿Es aquí donde la familia guarda la Fuente?

—La cambiamos de lugar. Ha estado en la casa de Valencia, en la de Barcelona e incluso en Ternelles, pero tras la humillación del rey la oculté aquí. Sólo puede abrirse con las tres llaves. Una por cada hijo de tu abuelo Berenguer. Vamos.

Al momento apareció el padre guardián. Marina lo recordaba de niña.

—Bendito sea Dios, Pere Montaner, hemos rezado mucho por vuestra alma.

—Ha llegado el momento, fray Adrià.

Marina buscaba la mirada de su padre, pero Pere estaba ausente, sumido en sus reflexiones. Entraron a la iglesia. Los frescos que cubrían el ábside apenas se veían.

—Necesitamos restaurar y ampliar el convento. Somos muchos frailes.

—Todo se andará —musitó Pere, sin ganas de hablar.

El fraile prendió las velas de un candelabro y abrió una estrecha puerta de hierro tras el presbiterio. El chirrido pareció estremecer el templo. Por allí se bajaba a la cripta. Lluís se quedó en la penumbra del templo, mientras Pere y Marina descendían. El aire estaba enrarecido. La joven contuvo un grito de espanto al ver que las paredes estaban llenas de cráneos y huesos bien colocados. Incontables cuencas vacías la miraban.

Era una antigua catacumba. Los restos formaban un corredor, y Marina aceleró el paso para no quedarse fuera del círculo de luz. Al final llegaron a unos nichos. El fraile quitó una losa funeraria y apareció en el hueco un cofre ancho con un tridente grabado a fuego. Sin decir nada, fray Adrià se marchó dejándoles el candelabro.

Pere esperó hasta asegurarse de que estaban los dos solos.

—Hija, aquí está la Fuente. Será necesaria para pagar la deuda con el rey.

Marina se olvidó de los huesos y del ambiente casi irrespirable. Durante toda su vida imaginó ese momento, hasta que se convenció de que era una invención. Pero allí estaba. El corazón le latía desbocado. Sacaron el cofre, y la joven se fijó en que era de forma aplanada, como si sirviera para contener un libro de grandes dimensiones. En los remaches de hierro estaban los tres candados. Se sintió como la protagonista de uno de esos relatos de tesoros fantásticos y objetos mágicos que tanto le gustaban de niña.

—Aún recuerdo cuando mi padre nos enseñó la Fuente a los tres hijos. Tú estás sola porque tus hermanas y Joan han escogido su propio camino. Serás libre de compartir con ellos o con tu primo Enric este secreto, pero sólo con ellos. Es el tesoro familiar.

—Lo entiendo, padre —dijo Marina, impaciente.

Abrió los candados con sus llaves. Las manos le temblaban. Dentro vio una manta de camelote, hecha de pelo de camello y lana, resistente e impermeable para llevarla en un barco. La apartó y se quedó boquiabierta. Era como la cubierta de un libro, pero de madera y mucho más grande que cualquier volumen que había visto.

—Adelante, hija —dijo Pere, muy emocionado.

En realidad, eran dos tablas que protegían un pergamino enorme, plegado en seis partes. Pere la ayudó a abrirlo. Marina jadeó y se le puso el vello de punta.

—¡Dios mío! ¡Jamás he visto algo tan maravilloso!

—Es frágil y delicado, pero es la fuente de nuestra prosperidad. Somos mercaderes desde hace generaciones y todo está aquí.

Marina se hallaba delante del mapa más increíble que había visto. Era una piel de ternero de doce palmos de largo por siete de alto. En el centro estaba representado el mar Mediterráneo, con líneas onduladas de un azul intenso. La línea de la costa era precisa, hasta los islotes. También mostraba con detalle Europa y el mar Atlántico con sus islas al este, al sur estaba África, hasta más abajo del desierto, y seguía por el oeste con los territorios y las ciudades de Arabia y la India. Cada imagen tenía un detalle y unos colores asombrosos. Estaban pintados ríos, montañas, valles, ciudades, figuras de reyes, rutas de caravanas, bestias maravillosas y, además, todo repleto de textos explicativos.

—¡Es el mundo! —exclamó Marina.

—¡El mapamundi en nuestras manos! Lo llamamos atlas.

Lo comenzó un cartógrafo genovés llamado Angelino Dulcert, pero murió y lo terminó un joven judío, Abraham Cresques, en el *call* de Mallorca. Deberías visitar su taller. Algún día reyes y almirantes poseerán atlas mallorquines como éste, pero los Montaner tenemos el modelo original y aquí se esconde la Fuente. Fíjate bien.

Marina lo observó. Contenía la ubicación exacta de cientos de puertos y ciudades de todos los tamaños, así como también líneas para calcular los rumbos como las cartas de navegación que todos los barcos grandes debían llevar, y las rutas interiores hacia las regiones de las que procedían los bienes más valiosos. El atlas proporcionaba información sobre dónde encontrar oro, especias, marfil y otros artículos cuya obtención en Occidente era un misterio.

—¡No puedo creerlo! —Marina señaló un pequeño animal pintado en las islas del norte de Europa—. ¡Un oso blanco! ¿Eso existe?

—Este mapa tiene algo de mágico. Atrapa la atención. —Pere lo repasaba emocionado—. No me cansaría nunca de mirarlo. Las explicaciones provienen de peregrinos y mercaderes, como el veneciano Marco Polo. Está lleno de lugares misteriosos y maravillas.

Marina miraba cada lugar e imaginaba encontrarse allí, viéndolo. Era eso, despertaba la fantasía. Al azar, sus ojos se toparon con una reina coronada en medio de África, y leyó:

—«Arabia Sebba, provincia que fue de la reina de Saba. Ahora es de los sarracenos. Hay oro y plata, especias y, según se dice, un ave llamada Fénix».

Levantó la mirada y se percató de que su padre asentía, orgulloso.

—Los Montaner poseemos siglos de conocimientos de navegantes y viajeros.

Marina no salía de su asombro. Miraba regiones ignotas como las islas de Hivernia.

—¿Y son reales, padre? ¿Existen estos lugares?

—Sí. El atlas ofrece una gran ventaja: no sólo tenemos rutas, sino que, aunque no podamos ir, sabemos las procedencias de los bienes que hay en los mercados.

—¡También aparece la relación de los días buenos y malos de la luna!

—Hoy es el duodécimo día desde la luna nueva. Lee, Marina.

—«El duodécimo día de luna nació Canaán. Es un día bueno para todo; el enfermo sanará; los sueños se cumplirán el vigesimonoveno día».

—Todas las decisiones importantes y todos los actos públicos se toman teniendo en cuenta el día de luna. Tú también debes calcular qué días conviene zarpar, negociar o esperar. Con este atlas saldarás la deuda con el rey y mucho más.

—¿Por qué me hacéis esta encomienda a mí, padre? ¿Qué vais a hacer?

—Ven conmigo, Marina.

Pere guardó el mapa y colocaron el cofre en el nicho. Marina se quedó con las tres llaves. Volvieron a la iglesia sin mediar palabra, pero la joven ya tenía lágrimas en la cara.

—Vais a quedaros en el convento, ¿verdad, padre?

—He perdido a una esposa, a un hermano y a dos de mis hijos. Nada me queda por hacer ahí fuera. He reservado una pequeña parte de mi patrimonio para reformar el convento; será mi casa desde ahora. También se queda Lluís. Seremos por fin hermanos.

—¡Padre, yo os necesito! —Marina se abrazó a él con fuerza.

—He llegado a un acuerdo con el capitán Albar. Él figurará como patrón de la Picardía, pero tú serás quien la gobierne. A cambio, he firmado unos violarios para la manutención de la niña que rescató. Custodiaré la Fuente hasta que decidas llevártela.

—Veo que lo tenéis todo decidido.

—Es lo que hace un buen mercader. Ahora te corresponde a ti usar la Fuente y preservarla. Eres Marina Montaner, la heredera del mar.

Marina salió del convento un tanto triste y al mismo tiempo aliviada. Podría visitar a su padre cuando recalara en Valencia.

—Hola, mi patrón —dijo con cierta ironía al reunirse con Albar.

—Hola, mercadera. Ya lo sabes...

Le habría encantado poder hablarle de la maravilla que acababa de ver. Se sentía contenta y animada, tanto que comenzó a pensar en otras cosas.

—Esta noche debemos acudir al palacio Real. El rey celebra un banquete para reconciliarse con el Consejo de la Ciudad —comenzó Marina, y se acercó a Albar con una sonrisa seductora—. Pero antes... ¿qué te parece si pasamos por la posada donde te hospedas, capitán?

El hombre enseguida captó cuál era su intención. Era directa.

—¿Estás segura?

—Aún no he oído cómo late tu corazón.

No era capaz de afirmar qué sentía por él, no quería indagar en ello, como tampoco deseaba saber si Albar tenía algo con la joven que cuidaba a Moira. Era una mujer y tenía sus necesidades, como decía su amigo el Diablo. Mientras entraban de nuevo en Valencia a pasó más rápido del habitual, el capitán la miró con curiosidad.

—¿De verdad piensas que debemos ir a ese banquete?

—Me gustaría hablar al rey de cierta princesa siciliana.

—¡Qué lista eres!

Epílogo

En el decimocuarto día de luna fue bendecido Sem. Es un día bueno para todas las actividades. Quien nazca en él vivirá y si está enfermo sanará.

Jueves, 27 de agosto de 1349

La peste ha acabado!».

Eran las palabras que clamaban los voceros, la frase que se repetían unos a otros entre lágrimas en los reinos del Mediterráneo. La mortandad seguía avanzando hacia poniente y sólo el *Mare Tenebrarum* la detendría. Pero el mundo no acabó en 1348, y en los primeros meses del año siguiente las comunidades se levantaban para seguir adelante. Todas las actividades, lícitas e ilícitas, volvían a emprenderse.

A pesar de todo, se dijera o no, nada era igual. Únicamente las generaciones de la historia que sufrían el paso del cuarto jinete del Apocalipsis, el portador de epidemias que no distinguían al justo del injusto, al noble del mendigo, comprendían lo que significaba aquel grito de esperanza: «¡La peste ha acabado!».

Teresa dio un respingo cuando notó que le rozaban la mano. Estaba en medio del gentío reunido en la plaza, tan atenta a lo que ocurría en el atrio de la iglesia de Santa Maria del Pi que no había reconocido a quien tenía al lado.

—¡Sansa!

—Hola, Teresa. —Se perdieron en una larga mirada, siempre les ocurría cuando se veían—. Hace tiempo que no me paso a por hierbas. ¿Cómo estás?

—Muy bien. —Y fue directa al añadir—: Aunque a veces no como me gustaría.

Sus dedos se rozaban con disimulo, pero al final Sansa retiró la mano.

—Mi corazón sigue con Dios. En ocasiones me cuesta... A pesar de todo, son mis votos.

Teresa asintió. Sansa era ahora la madre de las beguinas de Santa Margarida. A ella se habían unido dos jóvenes que se quedaron solas por la peste. La pequeña comunidad mantenía el prestigio que tenía con Agnès.

Teresa y Sansa vivían en mundos opuestos y únicos, donde eran libres. Pero esa misma libertad las separaba.

—¿Cómo va la prueba? —preguntó Sansa rompiendo la tensión.

—Creo que Joana Fortunyà lo conseguirá esta vez. Media Barcelona se encuentra aquí.

—Ya lo veo. ¿Dónde está tu hermana Beatriu?

—Allá, con los aprendices del taller.

—¡Mierda! ¡La madre que me parió! —rezongó una voz delante de ambas.

—Joana Fortunyà... —comenzó uno los artesanos que hacía de juez. Y la reprendió con severidad—: Una blasfemia más y serás expulsada del gremio.

—Lo lamento, maestro.

Por fin Joana, esposa del cirujano Tomás, se presentaba al examen para el grado de maestra talladora. El acontecimiento había trascendido y se realizaba en el atrio de Santa Maria del Pi, en una plaza abarrotada de curiosos. Allí donde hacía un año sólo era un campo de muertos, ahora bullía la vida. Para muchas artesanas de la ciudad era un sueño inalcanzable, por eso Joana representaba sus anhelos.

Delante de los maestros, la coralera iba a colocar la última pieza en su cáliz, una minúscula estrella que casi no se veía. Se le había caído dos veces, de tan nerviosa como estaba, y ya tenía el rostro sudado. Los maestros la miraban con el ceño fruncido. En el extremo del atrio estaban su esposo, sus dos aprendizas, Beatriu y Francesca, y seis ayudantes más. Todos contenían el aliento.

Las miradas estaban fijas en los finos dedos de Joana. Con la punta de la lengua presa entre los dientes, cogió de nuevo la estrellita con sus pinzas y la acercó lentamente hasta el ribete de plata de la copa. Mediante un movimiento preciso, ensayado mil veces, colocó la estrella en el hueco. Sólo ella pudo oír el chasquido cuando encajó al fin.

Hubo un instante de silencio. Los maestros examinaron la pieza maestra con suma atención, ceñudos. Tras una eternidad parlamentando, asintieron unánimes.

El grito de Joana resonó en toda la plaza, y con las manos en la cara se echó a llorar de alegría. Beatriu y Francesca comenzaron a saltar y a abrazarse. El entusiasmo se extendió entre los congregados. De pronto Beatriu, en medio de la euforia, acabó en los brazos de Tomás. Se le aceleró el corazón; habría dado un brazo por detener el tiempo en ese instante.

Estaba enamorada de aquel hombre. Sólo tenerlo cerca le hacía olvidar cuanto de malo había vivido. Era inalcanzable, no quería traicionar a la mujer que le había proporcionado una nueva vida, pero fantasear y experimentar en secreto aquel sentimiento la llenaba de dicha. Cada mirada de Tomás era un tesoro y sentirse entre sus brazos le parecía el paraíso.

Joana ya le buscaba un marido, pues no quería que la aprendiza más hábil de todo el gremio se marchitara, pero debía ser alguien que la respetara y le permitiera seguir ejerciendo el oficio; ésa era la condición. Beatriu lo aceptaría, a pesar de que estaba segura de que, en el fondo, seguiría amando a Tomás.

Teresa y Sansa se acercaron al atrio. Beatriu corrió a abrazar a su hermana.

Las dos Montaner no solían reunirse en público, pues Teresa no deseaba ensuciar la buena fama de Beatriu. Ella era una de las curanderas del Raval para los pobres, además de realizar otras actividades más oscuras. Desde los púlpitos se las acusaba de ir con brujas, de dejarse seducir por el diablo y de alentar la superstición del vulgo, algo que acabaría convirtiéndose en un problema.

—¡Una maestra artesana, Teresa! ¿Te das cuenta de lo que eso supone?

—Algún día tú también lo serás, hermana.

—No sé si lo permitirán mucho más tiempo. —No dejó que aquel vaticinio empañara el momento—. Gracias por venir. Me gusta verte sonreír.

—Tengo paz. —Teresa cogió las manos de Beatriu, el mismo gesto que solía hacer Marina, a la que echaban de menos—. Si algo aprendimos el año pasado fue que una mujer no es sólo lo que nos decían, ¿verdad?

—Ni esposas, ni monjas ni putas —señaló Beatriu—. Cada una es una historia.

Teresa y Sansa asintieron sonrientes. Entre la gente había hombres disgustados por lo ocurrido. Cada vez se hacía más alto el clamor de que las mujeres debían dedicarse a repoblar el mundo tras la peste y no a menesteres de hombres.

—Esta libertad ya no la tendrán nuestras hijas, Beatriu. Aférrate a ella.

Se abrazaron de nuevo. Teresa miraba a Sansa y Beatriu a Tomás.

Al fondo sonaban las campanas. Anunciaban que a esa misma hora, en la ciudad de Valencia, el rey Pedro IV de

Aragón se casaba por tercera vez, ahora con la princesa Leonor de Sicilia.

Pasada la medianoche, Marina esperaba fuera del palacio Real de Valencia, en un lugar discreto junto a una puerta auxiliar que sólo usaban los sirvientes. Había refrescado y se cubría con su capa carmesí. Nasir y uno de sus mamelucos, ocultos en la oscuridad, vigilaban cualquier movimiento. La joven estaba nerviosa; el encuentro se retrasaba y no tardaría en amanecer.

Cuando ya había decidido marcharse, oyó el chirrido de los cerrojos y la estrecha puerta se entreabrió. Una muchacha con aspecto de dama de la corte le hizo una señal para entrar. Marina pidió a los proeles que esperaran allí.

Dentro era un almacén. Alguien la aguardaba en las sombras de un rincón.

—¿Leonor? Sí que habéis tardado... Deduzco que la noche ha ido bien.

La reina recién casada se acercó. Tenía la piel brillante de sudor y las mejillas encarnadas. Marina sonrió pícara.

—¿Vais desnuda bajo ese manto?

—¡Dios mío! Cuando los monjes han salido de la alcoba ha sido... ¡Uf! Gracias por tus consejos, ¡no podía ni imaginar que pudiera ser así! El rey está exhausto...

Marina asintió, pensando en el Diablo de Palermo.

—Contad, contad...

Leonor susurraba y las dos reían discretas ante el asombro de la joven doncella.

—Si ellos supieran de lo que hablamos... —musitó la flamante reina.

—Ahora decidme, ¿para qué me habéis citado? No esperaba que en la misma noche de bodas tuviera que participar.

—De momento puedo sola con mi rey —bromeó—. Tengo una misión que encargarte. Desde que los genoveses controlan la isla de Cerdeña están aumentado los ataques a nuestros barcos. Quiero que la Picardía viaje con licencia de comercio a Cáller para averiguar qué se trama. La Corona necesita aliados como Venecia, o perderemos el control del mar. Se avecinan tiempos convulsos en el Mediterráneo, Marina, y tú participarás.

—¿Una misión espía para la reina? —Alzó las cejas—. Vais a intentarlo, ¿verdad?

Ambas llevaban meses de confidencias. Estaban muy unidas desde que la Picardía escoltó a la galera que llevó a Leonor de Sicilia a Valencia para la boda.

—Sí, y desde esta noche aspiro a ser algún día la primera reina lugarteniente de la Corona de Aragón. ¿Te acuerdas de cuando me dijiste que no fuera sólo el útero del rey? —Su gesto se agrió—. Mi madre odia a los aragoneses y no me habla; he sacrificado mis derechos dinásticos en Sicilia. Pero no me importa porque sé que con Pedro voy a ser madre y también reina.

—Yo os ayudaré, mi señora —dijo Marina, orgullosa—. Aunque ya sabéis que soy Montaner y tengo una gran deuda que saldar con la Corona. ¿Habéis traído lo mío?

Leonor hizo un gesto a la doncella y ésta le acercó una caja de madera. Marina se estremeció. Desde que vio la Fuente en el convento de los franciscanos, soñaba con lo que iban a darle a cambio de servir en secreto a la reina. Habría deseado tener a su padre allí.

Sacó el documento con el sello real. Era la licencia para comerciar en Alejandría y las tierras de Oriente, un privilegio que desde hacía unos años sólo ostentaban los Mitjavila para toda la Corona. Con ella y con el pago de una multa al papado por hacer negocios con infieles, tenían el orbe al alcance y la posibilidad de enormes ganancias.

Viajar a Oriente era el sueño de Marina y el de toda la

tripulación de la Picardía, más que hacer el corso. Allí estaban las especias y los objetos más bellos y caros inimaginables, tierras increíbles y las historias más maravillosas. El atlas mallorquín sería su guía.

Ya estaba deseando contarlo a la tripulación; lo celebraría con ellos. Luego, quizá, con el capitán Albar en privado. Y a lo mejor algún día también con el Diablo. Tenía sus secretos.

Su campamento de invierno estaba en Ternelles. Su tía Matilde ahora era su mentora. Aunque el intento del rey Jaime III de Mallorca por recuperar las islas acabara en fracaso, la señora de Ternelles caería siempre de pie, como la oscura gata Lilith del barco.

La Picardía podía ser espía, mercante o pirata, y ella, Marina Montaner, también. El mundo había sobrevivido a la mortandad más terrible que se recordaba y se había dividido. Unos querían aprovechar la vida; celebraban más fiestas, vestían colores vivos y buscaban la propia felicidad. Otros vivían contritos, esperando la muerte, fascinados por lo macabro, buscando la salvación en el dolor y la renuncia.

Era pronto para conocer hacia dónde soplarían los nuevos tiempos, pero Marina había elegido el primer sendero, el de la vida. Fue dama, beata, mercadera y paria, y ahora era dueña de su destino. Para algunos, sin embargo, era una ramera de puerto, una depravada por vivir entre hombres y una soltera lunática que viajaba medio oculta en la Picardía, el barco de la sirena cuya cara en los últimos meses parecía sonreír burlona. En definitiva, Marina era alguien indigno de aparecer en los documentos o en las crónicas, como muchas otras de su tiempo.

Pero Marina Montaner sólo era una mujer con una historia: la de una joven que heredó el mar y quería vivir en él.

Nota del autor

La heredera del mar se asoma al año en que la humanidad contuvo el aliento ante una pandemia que cambió el mundo. Quizá somos la generación contemporánea que mejor puede comprender el estupor que experimentó aquella sociedad, por eso valía la pena abordarla en este momento.

Mientras Occidente se tambaleaba, la Corona de Aragón vivía una de las primeras revueltas contra el abuso de poder de la historia: la guerra de la Unión. Suele decirse que la protagonizaron los nobles, pero en el Reino de Valencia participó una gran cantidad de ciudadanos, y el rey tuvo que recordar que su poder nace siempre del pueblo.

Por la novela pasan muchos personajes históricos. De algunos se sabe muy poco, como es el caso de la beguina Agnès, a quien su padre construyó una casa junto al hospital de Santa Margarida. Fundó una pequeña comunidad que atendía a los enfermos de lepra y estuvo bajo la protección del Consejo de Barcelona. A ella se unió otra mujer llamada Sansa.

Hubo también un velero llamado Picardía que recorría los mares y hubo, asimismo, alguna que otra mujer que desafió al mundo desde la proa de una coca, como hiciera Anne de Belleville.

No obstante, cada novela es un capítulo de mi vida y no quiero cerrar éste sin explicarles que detrás de *La heredera del mar* se esconde el deseo de resolver un enigma histórico.

A mediados del siglo XIV había beguinas, campesinas, constructoras, artesanas con taller propio —algunas con oficio distinto al de su marido—, maestras talladoras de coral, mercaderas al frente de compañías mercantiles junto a sus esposos, damas nobles con grandes señoríos, inversoras y redes asistenciales de mujeres. Su número era muy inferior al de los hombres, pero constan más de las que llegué a imaginar.

Y, sin embargo, justo en ese punto de la historia se acelera el proceso para relegar a la mujer al ámbito doméstico. Es abrumador el aumento de disposiciones legales que a partir de la mitad del siglo XIV y durante el siglo XV restringen el acceso de la mujer a los oficios y a cualquier esfera pública, y esto coincide con el inicio de las cazas de brujas en toda Europa. ¿Hay alguna razón que explique ese giro histórico?

Pudo ser parte de un largo proceso, si bien es indudable que en esas décadas se aceleró. Son muchas las teorías, pero una se abre paso como una bruma sombría. El devastador efecto de la peste negra redujo la población entre un tercio y la mitad del total según lugares, y los poderes desearon tomar el control de la procreación. El mundo debía repoblarse de campesinos, clérigos y soldados que sostuvieran la estructura, por eso se apartó a la mujer de otros intereses que no fueran la familia y la descendencia. La proliferación de tratados morales para mujeres, los *exempla* y las leyes civiles así lo confirman. Y pobre de la que no lo aceptara, no tardaría en ser vista como bruja.

El año 1348 alteró la historia. El cambio de mentalidad fue tan profundo que imperó durante siglos y aún hoy se percibe. Con el tiempo se instauró el tópico de que en el pasado, a excepción de algunas nobles o reinas, las mujeres nunca tuvieron una actividad lejos del ámbito doméstico, salvo por necesidad, y hasta se dudó de sus capacidades para ello. Madres casadas, monjas o rameras, así creíamos que eran la mayoría de nuestras antepasadas. *La heredera del mar* muestra una realidad mucho más interesante y fundamentada en documentación histórica conservada.

Para este autor ha valido la pena contar la historia perdida de las mujeres medievales, espero que para usted también leerla.

Agradecimientos

Las líneas finales son para mostrar mi agradecimiento a todas las fuentes y todos aquellos especialistas cuya ayuda me ha permitido documentar *La heredera del mar*, en especial a la biblioteca del Museu Marítim de Barcelona. Gracias también al excelente equipo de Grijalbo y Penguin Random House por lograr que encajen con precisión las piezas que posibilitan que toda novela llegue a manos de los lectores, y por encima de todo a las librerías que apuestan por esta historia que les ofrezco.

Por último, mi agradecimiento más especial a dos mujeres claves en *La heredera del mar*: Ana Liarás, que confió en esta trama cuando sólo era un cúmulo de ideas en la inmensidad, y Clara Rasero, quien, con su cercanía y profesionalidad, me ha ayudado a culminar la nueva aventura literaria que usted, estimado lector, tiene ahora en sus manos.